# 벌거벗은 자와 죽은 자 1

**The Naked and the Dead**

# THE NAKED AND THE DEAD
### by Norman Mailer

**Grateful thanks are expressed to the publishers and copyright owners for permission to reprint
lyrics from the following songs:**

"Betty Co-ed", by Paul Fogarty and Rudy Vallee. Copyright, 1930, by Carl Fischer, Inc., New York,
and used with their permission.
"Brother, Can You Spare a Dime?", words by E. Y. Harburg, music by Jay Gorney.
Copyright, 1932, by Harms, Inc., and used with the permission of Music Publishers Holding
Corporation.
"Faded Summer Love", words and music by Phil Baxter. Copyright, 1931, by Leo Feist, Inc., and
used with their permission.
"I Love a Parade", words by Ted Koehler, music by Harold Arlen. Copyright, 1931, by Harms, Inc.,
and used with the permission of Music Publishers Holding Corporation.
"Show Me the Way to Go Home", words and music by Irving King. Copyright, 1925, by Harms, Inc.,
and used with the permission of Music Publishers Holding Corporation.
"These Foolish Things Remind Me of You", by Jack Strachey, Hold Marvel and Harry Link.
Copyright, 1935, by Bourne, Inc., and used with their permission.

세계문학전집 341

# 벌거벗은 자와 죽은 자 1

The Naked and the Dead

노먼 메일러

이운경 옮김

민음사

## 차례

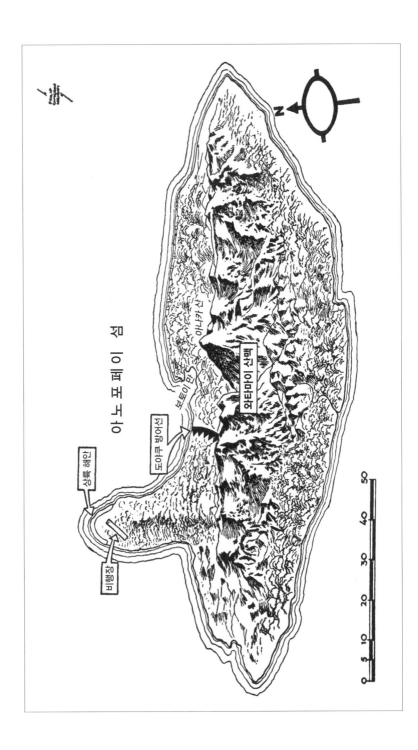

아우라이 표피 섬

상륙 해안

비행장

도우아웅감

아우라이 촌

해산아우타마하

N

0  5  10  20  30  40  50

# 1부
쇄도

# 1

아무도 잠을 이루지 못했다. 날이 밝으면 강습상륙정이 내려지고 선발 병력이 파도를 타고 아노포페이 해안으로 진격해 들어갈 것이었다. 탑승한 병사 전체가, 호송선에 있는 사람 모두가, 몇 시간 안에 자기들 가운데 목숨을 잃는 사람이 생기리라는 것을 알고 있었다.

병사 하나가 의식은 또렷한 채로 눈을 감고 침상 위에 누워 있다. 좀처럼 깊이 잠들지 못하고 발작적으로 선잠에 빠지는 병사들의 잠꼬대 소리가, 단조롭게 이어지는 파도 소리처럼 사방에서 들려온다. "안 해, 안 할 거야!" 누군가가 큰 소리로 잠꼬대를 한다. 병사는 눈을 뜨고 선실 안 이곳저곳을 천천히 응시한다. 해먹과 벌거벗은 몸뚱이와 주렁주렁 매달린 장비 들이 뒤엉켜 시야가 불분명하다. 뱃머리 쪽으로 가 보아야겠다고 마음먹은 그는 몇 마디 욕설을 내뱉으며 힘겹게 일어나 앉아 두 다리를 침대 아래로 늘어뜨린다. 그의 굽은 등 위쪽으로 상단 해먹의 쇠 파이프가 가로질러 있다. 그는 한숨을 쉬고는 손을 뻗어 칸막이 기둥에 묶어 놓은 구두를 집은 뒤 느린 동작으로 신는다. 그의 침대는 다섯 단 가운데 네 번째이다. 캄캄한 중에도 그는 아래쪽 해먹에서 자는 사람들을 밟지 않도록 조심하며 밑으로 내려간다. 바닥에 내려선 그는 자루와 배낭이 엉킨 사이를 조심조심 지나다가, 소총에 발이 걸려 넘어지기도 하면서 칸막이 문 쪽으로 간다. 통로가 어지러운 선실을 또 하나 지나 그는 마침내 뱃머리에 도달한다.

안에는 김이 잔뜩 서려 있다. 지금도 누군가가 하나밖에 없는 담수 샤워기를 쓰고 있다. 군대가 승선한 이래 언제나 그것은 사용 중이다. 아무도 쓰지 않는 해수 샤워 칸에서는 주사위 노름이 벌어지고 있다. 병사는 그 옆을 지나 쪼갠 나무판자로 만든 변기 위에 쭈그려 앉는다. 담배를 갖고 오는 것을 잊은지라, 좀 떨어진 곳에 앉아 있는 다른 사내에게서 한 대를 얻는다. 담배를 피우면서, 담배꽁초가 어지러이 흩어진 젖은 바닥을 내려다본다. 그러고는 오줌이 변기에 부딪혀 튀는 소리에 귀를 기울인다. 꼭 이곳으로 올 필요는 없었으나, 그는 그냥 변기 위에 앉아 있다. 이곳은 시원한 데다 변소의 악취가, 짠 바닷물과 염소(鹽素)와 젖은 금속의 선득하고 축축한 냄새가, 선실 안에 짙게 밴 역한 땀 냄새보다는 차라리 견딜 만했기 때문이다. 병사는 오랫동안 그대로 앉아 있다가 천천히 일어나 초록색 작업복 바지를 추어올린다. 그리고 침상으로 돌아가기 위해 거쳐야 하는 번거로움을 생각해 본다. 그는 자기가 그곳에 누워 날이 새기만을 기다리리라는 것을 안다. 빨리 때가 되었으면 좋겠다고 생각한다. 빌어먹을, 알 게 뭐야, 이미 때가 된 거라면 좋겠어, 하고 생각한다. 침상으로 돌아가면서, 그는 어린 시절의 어느 이른 아침을 떠올린다. 그때 그는 잠이 깬 뒤에도 그냥 누워 있었다. 그날이 그의 생일이라, 어머니가 생일 파티를 열어 주기로 했기 때문이었다.

그날 저녁 일찍부터, 윌슨과 갤러거와 크로프트 하사는 본부 소대의 연락병 두어 명과 포커 판을 벌였다. 그들은 선창에서 소등 후에도 유일하게 카드를 볼 수 있는 빈 공간에 자리를 잡았다. 하지만 눈은 가늘게 떠야 했는데, 아직 켜진 것이 사다리 옆 파란 전구 하나뿐이어서 카드의 붉은색과 검은색을 분간하기가 어려웠기 때문이다. 게임이 몇 시간째 계속되었던 터라, 그들은 반쯤 몽롱한 상태였다. 패가 시원치 않을 때는 기계적으로, 거의 무의식적으로 돈을 걸었다.

윌슨에겐 처음부터 운이 따라 줬지만, 세 번을 내리 따고 나서부터는 놀라울 정도로 좋은 패가 이어졌다. 그는 기분이 대단히 좋았다. 책상다리를 하고 앉은 그의 다리 밑에는 오스트레일리아의 파운드 지폐가 아무렇게나 수북이 쌓여 있었다. 돈을 세면 재수가 없다고 생각하면서도, 그는 자기가 100파운드는 좋이 땄으리라 확신했다. 목구멍 안에 욕정에 가까운 감각이 진하게 일었다. 어떤 형태의 풍성함에서든 그는 그런 흥분을 느꼈다. "저기 말이야," 하고 그가 부드러운 남부 말투로 크로프트에게 말을 건넸다. "이런 돈은 골치만 아프단 말이야. 이 빌어먹을 파운드는 좀체 계산이 안 되거든. 오스트레일리아 놈들이 하는 일은 하나같이 후지다니까."

크로프트는 아무런 대꾸도 하지 않았다. 돈을 좀 잃기도 했지만, 밤새 시시한 패만 들어오는 게 더 짜증이 났다.

갤러거가 경멸하듯 투덜거렸다. "빌어먹을! 그렇게 운이 착착 붙는데 계산할 필요가 뭐 있어? 그냥 팔로 쓸어 올리면 되지."

윌슨이 킬킬거렸다. "맞는 말이야. 그런데 팔심이 엄청 필요해서 말이지." 그는 아이처럼 신이 나 한 번 더 태평하게 웃고는 패를 돌렸다. 그는 몸집이 큰 서른쯤의 사내였다. 황동색 머리칼은 숱이 풍성했고, 건강하고 혈색 좋은 얼굴은 이목구비가 큼직하고 뚜렷했다. 어울리지 않게도 둥근 은테 안경을 쓰고 있었는데, 그 때문에 언뜻 보기엔 모범생 같거나 적어도 꼼꼼해 보이는 인상이었다. 패를 돌리는 그의 손가락이 카드의 유혹적인 감촉을 즐기는 듯했다. 그는 술 생각이 났다. 이렇게 돈이 쌓여 있는데 술 한 모금 살 수가 없다니 슬프기까지 했다. "그런데 말이야," 그가 느긋하게 웃었다. "지금껏 빌어먹게 퍼마셨는데도, 당장 술병이 옆에 없으면 고놈의 술맛이 어땠는지 하나도 기억이 안 난단 말이야." 그는 카드를 돌리다 말고 잠시 생각에 잠기다가 낄낄 웃었다. "여자랑 자는 거하고 꼭 같단 말이지. 꼴릴 때마다 꾸준히 실컷 여자 맛을 보고도, 안 할 땐 그 맛이 어땠는지 기억이 안 나거든. 당장 여자랑 뒹굴지 않을 때는 고것의 느낌이 어땠는지 도통 떠오르지가 않는단 말이야. 언젠가 내가 도시 외곽에서 같이 잔 여자가 있거든. 친구 마누라 년이었는데 말이야, 거기가 어찌나 맛이 좋은지 남자들이 껌뻑 죽을 수밖에 없었지. 많은 여자들하고 해 봤지만 고년 맛은 정말 잊을 수가 없더라니까." 그가 감탄하듯이 고개를 흔들고는, 손등으로 높고 단정한 이마를 훔치듯 금발을 쓸어 올리며 기분 좋게 킬킬거렸다. "정말이지, 그걸 꿀통에 담그는 기분이었어." 그가 부드럽게 말했다. 그는 카드를 엎어 두 번 돌리고 나서, 그다음엔 앞면이 위에 오도록 뒤집어서 돌렸다.

이번만은 윌슨도 패가 마냥 좋지만은 않았다. 돈을 많이 따 놓았던 터라, 그는 한 차례 더 남아 있다가 죽었다. 그는 작전이 끝나면 술 빚는 법을 강구해 보리라 스스로에게 다짐했다. C중대 어느 취사반장은 1쿼트당 5파운드를 받고 팔았다니 못해도 2000파운드는 번 게 틀림없었다. 설탕과 이스트, 그리고 배나 살구 통조림만 좀 있으면 되는 일이었다. 기대감에 가슴이 기분 좋게 달아올랐다. 아니, 그보다 빈약한 재료로도 만들수 있었다. 사촌 에드가 당밀과 건포도만으로도 제법 괜찮은 술을 만들어 냈던 일이 생각났다.

그러나 윌슨은 잠시 낙담하지 않을 수 없었다. 술을 만들려면 언제든 밤에 식당 천막에서 재료들을 모두 훔쳐 내야 했고, 또 이삼 일 동안 그것을 감춰 둘 장소도 물색해야 했다. 그리고 재료들을 섞어 짓찧은 뒤 그것을 놓아 둘 구석진 자리도 필요했다. 야영지에서 너무 가까우면 아무래도 누군가의 눈에 띌 위험이 있었지만, 급하게 조금씩 꺼내 마실 걸 생각하면 너무 먼 곳이어도 곤란했다.

작전이 끝나고 그들이 영구 야영지에 정착할 때까지 기다리지 않는 한 문제가 많았다. 그러나 그러려면 너무 오래 기다려야 했다. 서너 달이 걸릴지도 모를 일이었다. 윌슨은 불안해지기 시작했다. 군대에서는 뭐든 손에 넣으려면 머리를 이만저만 굴려야 하는 게 아니었다.

갤러거도 이번 판에서는 일찌감치 포기하고 나서 화난 눈으로 윌슨을 바라보았다. 저런 얼간이 같은 녀석이 꼭 크게 딴단 말이야. 갤러거는 양심의 가책을 느꼈다. 그가 잃은 돈은 적어도 30파운드, 거의 100달러 정도였다. 대부분 이곳으로 오는 여정 초반에 딴 돈이지만, 그렇다고 그게 변명이 되지는 않았다. 그는 이제 임신 칠 개월이 되었을 아내 메리를 생각했고, 아내의 모습을 떠올리려 애썼다. 그러나 그가 느낄 수 있는 것은 죄책감뿐이었다. 아내에게 보냈어야 할 돈을 도대체 무슨 권리로 그렇게 써 버렸을까? 그는 익숙하고 짙은 씁쓸함을 느꼈다. 모든 것이 결국은 엉망이 되어 버린 것이다. 그의 다문 입술에 힘이 들어갔다. 무슨 일을 시도해도, 아무리 애를 써도, 그는 언제나 함정에 빠지는 기분이었다. 순간 괴로움이 점점 더 날을 세우며 그에게 덤벼들었다. 무언가 그가 원하는 것, 손에 닿을 것 같은 것이 있으면, 그것은 늘 그를 안달만 나게 하고는 홀연히 사라진다. 그는 카드를 섞고 있는 연락병 레비를 쳐다보았다. 갤러거의 목울대가 출렁였다. 저 유대인 놈은 운이 더럽게 좋았지. 그의 가슴속 괴로움이 분노로 돌변해 목구멍을 조이더니 둔탁하게 떨리는 상소리로 터져 나왔다.

"그만 됐어, 됐다고. 도대체 언제까지 그 빌어먹을 카드만 섞을 셈이야? 씹할, 이제 그만 섞고 게임이나 시작하자고." 그는 보스턴에 사는 아일랜드계 주민들 특유의 말투대로 a를 촌스럽게 길게 늘이고 r는 끝을 흐려 발음했다. 레비가 고개를 들어 그를 보더니 그의 말투를 흉내 냈다. "좋아, 카아드(caaads)는 그만 섞고 게임이나 시자악하지(staaart)."

"놀고 있네, 새끼." 갤러거가 혼잣말처럼 중얼거렸다. 그는 키는 작아도 꼬챙이를 여러 개 묶어 놓은 듯 강단 있는 몸매의 사내였는데, 그래서인지 어딘가 비꼬이고 심술궂어 보이는 인상이었다. 몸매에 걸맞게 작고 보기 흉한 얼굴은 심한 여드름 흉터로 인해 피부가 울퉁불퉁 얽은 데다 여기저기 자홍색으로 얼룩져 있었다. 그런 얼굴색 탓인지, 아니면 뭐가 맘에 안 든다는 듯 한쪽으로 휘어진 아일랜드인 특유의 길쭉한 코 모양 탓인지, 그는 언제나 화가 난 것처럼 보였다. 하지만 그는 이제 겨우 스물네 살이었다.

하트 7이 위를 향하고 있었다. 엎어져 있는 카드를 조심스럽게 들춰 보니 두 장 모두 하트였다. 어느 정도 희망을 걸어 볼 만한 패였다. 밤새 플러시를 한 번도 못 잡아 봤으니, 이제는 나올 때도 되었다는 생각이 들었다. '이번만은 저놈들도 날 엿 먹이지 못할걸.' 하고 그는 생각했다.

윌슨이 1파운드를 걸자, 갤러거가 돈을 더 걸었다. "좋아, 이번에는 한 판 크게 벌여 보자고." 그가 거칠게 말했다. 크로프트와 레비가 따라왔고, 다른 녀석 하나는 죽어 버렸다. 그러자 갤러거는 뭔가 억울하단 생각이 들었다. "왜 이래?" 그가 물었다. "꽁무니 뺄 거야? 어차피 내일이면 그 빌어먹을 머리통에 한 방 맞을 텐데 뭘 그래?" 그의 말소리는 포커 담요 위로 던져지는 돈 소리에 묻혔지만, 정작 그 자신은 불경을 저지른 것 같아 등골이 서늘해졌다. "성모 마리아님……." 그는 재빨리 혼잣말로 되뇌었다. 머리통이 있던 자리에 피 웅덩이만 남긴 채 해변에 쓰러진 자신의 모습이 눈앞에 어른거렸다.

다음에 들어온 카드는 스페이드였다. 그들이 내 시체를 고향으로 보내 줄까? 메리가 내 무덤으로 찾아와 줄까? 그는 궁금했다. 자기 연민은 감미로웠다. 자기를 측은하게 바라보는 아내의 눈빛이 한순간 간절해졌다. 아내는 날 잘 알아. 그가 스스로에게 늘 하는 말이었다. 하지만 아내를 생각하려 했을 때 머리에 떠오른 것은 그가 교구 학교에서 구매한 성화(聖畵) 엽서에 그려진 '……성모 마리아(Mary)……'의 잔상뿐이었다. 메리(Mary)는, 나의 메리는 어떤 모습이었더라? 그는 아내의 얼굴을 정확히 그려 보려 애썼다. 하지만 이 순간에는 아내의 모습을 떠올릴 수가 없었다. 어렴풋이 반쯤 기억하는 노래를 떠올리려 할 때마다 좀 더 익숙한 곡조로 되돌아가곤 하던 것처럼, 아내의 모습은 그를 비껴 갔다.

다음에 뽑은 카드는 하트였다. 이로써 하트가 모두 넉 장이 되었다. 다섯 장째 하트를 뽑을 기회가 두 번 더 남아 있었다. 불안한 마음이 누그러들자, 그는 게임에 더욱 맹렬하게 집중했다. 그는 주변을 둘러보았다. 레비는 돈을 걸기도 전에 카드를 엎어 버렸고, 크로프트 앞에는 10이 두 장 나와 있었다. 크로프트가 2파운드를 걸자, 갤러거는 크로프트의 엎어진 카드들 가운데 10이 또 한 장 있을 거라 판단했다. 크로프트의 패가 그 이상은 나오지 않을 거라고 확신했다. 그렇게 되면 크로프트는 내 플러시에 된통 당하겠지.

윌슨이 킬킬거리며 웃더니 아무렇게나 돈을 집어 들었다. 그는 담요 위에 그 돈을 내던지며 말했다. "이번 판은 굉장히 커지겠는데." 갤러거는 얼마 남지 않은 지폐를 만지작거리며 이번이 만회할 수 있는 마지막 기회임을 스스로에게 상기시켰다. "2파운드 더." 그가 성난 목소리로 말했다. 그러고 나니 덜컥 겁이 났다. 윌슨 앞에 놓인 스페이드 석 장이 눈에 들어왔다. 저게 왜 지금껏 안 보였을까? 운도 참!

그러나 윌슨은 가만히 베팅에 응했다. 갤러거는 마음이 놓였다. 윌슨이 아직 플러시를 만들지 못했구나. 적어도 갤러거와 윌슨 모두에게 승산은 반반인 셈이었다. 윌슨에게 더 이상의 스페이드가 없을지도 모르고, 어쩌면 그가 노리는 것이 애초에 플러시가 아닌 다른 것인지도 모를 일이었다. 갤러거는 윌슨과 크로프트가 모두 다음 순번에서 베팅을 멈추지 않기를 바랐다. 그는 돈이 떨어질 때까지 판돈을 올릴 생각이었다.

크로프트는, 크로프트 하사는, 다음 카드가 뒤집어졌을 때 또 다른 종류의 흥분을 맛보고 있었다. 그때까지는 찌무룩한 마음으로 그냥저냥 따라왔었는데, 이번에 패를 뽑아 보니 7이었다. 그의 수중에 이제 투 페어가 생긴 것이다. 그 순간 이번 판에서 이기리라는 갑작스럽고도 강력한 확신이 밀려들었다. 어찌 되었든 그는 자기가 7이나 10을 뽑아 풀 하우스를 만들 것이라는 걸 알았다. 다른 가능성은 생각도 하지 않았다. 이렇게 생생한 확신이 괜히 들었을 리 없었다. 대개 그는 특정한 카드가 나올 확률을 빈틈없이 계산하고, 또 함께하는 사람들의 특성을 효과적으로 파악하며 게임을 했다. 그러나 포커가 흥미로운 것은 그 게임에 운이 작용할 여지가 있다는 것이었다. 그는 무슨 일을 하건 자기가 발휘할 수 있는 온갖 기술을 동원하고 철저히 준비하는 편이었으나, 일의 성패는 결국 운에 의해서도 결정된다는 사실을 알았다. 이것은 그로서도 환영하는 바였다. 입 밖에 내어 표현한 적은 없지만 그에게는 일이 되게 하는 무언가가 자기편이라는 깊은 신념이 있었다. 그리고 밤새 시원찮은 패만 나오다가 이제야 강력한 패를 쥐게 된 것이다.

갤러거가 하트 한 장을 더 가져가자, 크로프트는 갤러거가 플러시를 만들었을 거라고 판단했다. 윌슨이 뽑은 다이아몬드는 스페이드 석 장에 보탬이 되지 않았지만, 크로프트는 그가 이미 플러시를 만들어 놓고는 시치미를 떼고 있다고 생각했다. 선량하고 태평스러운 분위기와 달리 포커 판에서는 유독 교활한 윌슨의 면모에 크로프트는 언제나 놀라곤 했다.

"2파운드 걸지." 크로프트가 말했다.

윌슨이 2파운드를 던지자 갤러거가 판돈을 올렸다. "2파운드 더." 이것으로 크로프트는 갤러거가 플러시를 갖고 있는 게 확실하다고 판단했다.

그는 담요 위에 4파운드를 깔끔하게 떨어뜨렸다. "그 위에 2파운드 더." 그는 입안에 감미로운 긴장감을 느꼈다.

윌슨이 태평하게 킬킬거렸다. "빌어먹을, 이번 판은 아주 커지겠는걸." 그가 그들에게 말했다. "나는 사실 죽어야 하는데 마지막 카드를 봐야 직성이 풀리는 성미라서 말이야."

크로프트는 이제 윌슨도 플러시를 갖고 있다고 확신했다. 갤러거를 보니 자신이 없는 눈치였다. 윌슨이 가진 스페이드 중 하나가 에이스였기 때문이다. "2파운드 더." 갤러거가 다소 절박하게 말했다. 진즉 풀 하우스를 만들어 놓았으면 갤러거를 상대로 밤새도록 판돈을 올리련만, 하고 크로프트는 생각했다. 하지만 마지막 라운드를 위해 돈을 좀 아껴 둘 필요가 있었다.

그가 담요 위에 쌓인 돈 더미 위에 2파운드를 더 던졌고, 윌슨이 그를 따랐다. 레비가 마지막 카드를 뒷면이 위를 향하게 해서 각자에게 돌렸다. 크로프트는 흥분을 감추고 어둑해진 선실 안을 둘러보다 주변에 어지럽게 층층이 놓인 침상들을 응시했다. 그는 병사 하나가 잠결에 돌아눕는 것을 지켜보았다. 그런 뒤 마지막 카드를 집어 들었다. 5였다. 그런 큰 실수를 한 것이 스스로도 믿기지 않아 그는 어리둥절한 채로 천천히 카드를 섞었다. 너무 기가 막혀서 윌슨에게 패를 내보이지도 않고 카드를 엎어 버렸다. 분노가 치밀었다. 그는 남들이 돈을 거는 광경을 조용히 지켜보았다. 갤러거가 마지막 남은 지폐 한 장까지 판돈에 얹었다.

"내가 지독한 실수를 저지르고 있다는 건 알지만, 네 패는 봐야겠어." 윌슨이 말했다. "뭘 갖고 있는 거야?"

마치 자기가 이길 가망이 없다는 걸 알기라도 하는 듯 갤러거의 말투는 공격적이었다. "빌어먹을 뭐긴 뭐야? 하트 플러시지."

윌슨이 한숨을 쉬었다. "너한테 이러긴 정말 싫지만, 나는 스페이드 에이스 플러시야." 그가 자기 앞의 에이스를 가리켰다.

잠깐 동안 갤러거는 말문이 막힌 듯했다. 대신 얼굴의 거무스레한 여드름 자국이 칙칙한 자색으로 변했다. 그러다 한 번에 분노를 폭발시켰다. "빌어먹을 행운이란 행운은 저 개새끼가 다 쓸어 가네." 그는 그 자리에 앉은 채로 몸을 부들부들 떨었다.

승강구 가까이 놓인 침대에 누워 있던 병사가 짜증스럽다는 듯이 한쪽 팔로 몸을 확 일으키더니 고함을 쳤다. "원 세상에, 이봐, 좀 조용히 할 수 없어? 우리도 잠 좀 자자고."

"신경 꺼." 갤러거가 소리쳤다.

"도대체 언제 그만둘 거야?"

크로프트가 일어섰다. 중키에 깡마른 체구였지만 꼿꼿한 자세 때문에 그는 실제보다 키가 커 보였다. 푸른 전등 빛에 비친 세모꼴의 갸름한 얼굴에는 표정이 드러나지 않았고, 단단하고 작은 턱과 여위고 견고한 볼, 그리고 곧고 짧은 코에도 허술한 구석 하나 없었다. 가늘고 검은 머리카락엔 푸른빛이 감돌았는데 전등 불빛에 그 푸른빛이 더욱 두드러졌고, 얼음처럼 차가운 눈은 짙은 파란색이었다. "이봐, 잘 들어." 그가 차갑고 억양 없는 목소리로 말했다. "너라면 오줌을 누다가 중간에 그만둘 수 있겠어? 우리는 어찌 됐든 우리 내키는 대로 게임을 계속할 거니까, 불만 있으면 덤벼. 우리 넷하고 붙어 볼 생각이 아니라면 별로 할 수 있는 게 없겠지만."

침대의 병사가 입속으로 알아들을 수 없는 말을 중얼거렸다. 크로프트가 계속 그를 노려보았다. "사고 한번 제대로 치고 싶으면 내가 도와줄 수 있어." 크로프트가 덧붙였다. 그의 말투는 조용했고 남부 사투리의 흔적이 역력했다. 윌슨이 그를 주의 깊게 지켜봤다.

조용히 해 달라던 병사에게서는 아무런 대꾸가 없었다. 크로프트가 슬며시 웃고는 도로 자리에 앉았다. "넌 싸울 궁리를 하고 있어." 윌슨이 그에게 말했다.

"저 녀석 말투가 거슬리잖아." 크로프트가 짧게 한마디 했다.

윌슨은 어깨를 으쓱했다. "그럼 포커나 계속하지." 그가 제안했다.

"나는 그만두겠어." 갤러거가 말했다.

윌슨은 마음이 편치 않았다. 누군가에게서 가진 돈을 몽땅 빼앗는다는 건 전혀 기분 좋은 일이 아니었다. 갤러거는 평소 괜찮은 친구였다. 더구나 같은 천막에서 석 달을 지낸 친구의 돈을 딴다는 것은 이중으로 치사한 일이었다. "이봐, 친구." 그가 제안했다. "돈이 떨어졌다고 판까지 깰 건 없잖아. 내가 돈을 좀 대 줄게."

"아니, 난 관두겠어." 갤러거가 화난 어조로 좀 전에 한 말을 반복했다.

윌슨은 또 한 번 어깨를 으쓱했다. 그는 포커 판에서 심각하게 구는 크로프트나 갤러거 같은 사람을 이해할 수 없었다. 그는 포커를 좋아했고, 아침까지는 달리 시간을 보낼 방법도 없었지만, 그렇다고 포커를 그렇게까지 대단하게 생각하진 않았다. 앞에 돈이 수북이 쌓여 있는 건 기분 좋은 일이었으나, 그보다는 차라리 술을 마시는 편이 좋았다. 아니면 여자랑 뒹굴거나. 그는 서글프게 웃었다. 여자는 까마득히 멀리 있는 존재였다.

오랜 시간이 지난 후, 레드는 침대에 누워 있기가 지루해져서 슬그머니 초병 옆을 지나 위로 올라갔다. 선실 안에 오래 머물렀던 탓에 갑판 위에 나서자 공기가 서늘하게 느껴졌다. 레드는 숨을 크게 들이쉬고 배의 윤곽이 눈에 익을 때까지 어둠 속에서 몇 초간 조심스레 걸음을 옮겼다. 달이 떠서 잔잔한 은빛으로 갑판의 구조물과 장비의 윤곽을 드러냈다. 그는 주위를 살펴보았다. 밑에 있을 때는 침상의 진동으로 느꼈던, 파도를 가르는 프로펠러 소리와 천천히 전진하는 배의 소리가 지금은 제대로 들려왔다. 갑자기 기분이 한결 나아졌다. 갑판 위에 사람이 거의 없었기 때문이다. 근처의 포 옆에 수병 한 명이 보초를 서고 있었지만, 선실에 있을 때에 비하면 혼자 있는 거나 마찬가지였다.

레드는 난간으로 다가가서 바다를 내다보았다. 배는 움직임이 거의 없었다. 호송선 전체가, 자신이 맡은 냄새에 확신이 안 서 멈추었다가 다시 냄새를 맡았다가를 반복하며 나아가는 사냥개 같았다. 저 멀리 수평선을 배경으로, 섬의 능선이 가파르게 솟아 산을 형성했다가 다시 내려와 여러 개의 구릉으로 이어졌다. 저것이 아노포페이구나, 라고 생각하며 그는 어깨를 으쓱했다. 다를 게 뭐 있겠어? 섬 모양이야 다 거기서 거기지.

막연히, 어떠한 예상도 없이, 앞으로의 일주일에 생각이 미쳤다. 내일 상륙하면 발이 젖고 군화에는 모래가 가득 차겠지. 상륙정이 연달아 해안에 닿으면 짐을 내려 해변에서 몇 미터 떨어진 곳으로 상자를 옮겨 쌓아야 할 테지. 운이 좋으면 일본 놈들에겐 포가 없을 것이고 저격병도 많이 남아 있지 않을 것이다. 그는 그동안 지겹게 경험했던 두려움을 다시금 느꼈다. 이번 군사 작전이 끝난다 해도, 출정은 끊이지 않을 것이다. 그는 손으로 목덜미를 문지르며 우울한 표정으로 바다를 응시했다. 그의 길고 가는 몸의 관절이 모조리 맥을 놓은 듯했다. 아마 1시쯤 됐겠지. 세 시간 후에는 함포 사격이 시작되고 병사들은 뜨겁고 구역질 나는 조반을 급히 먹게 될 것이다.

하루하루를 살아 내는 길밖에는 없었다. 어찌 됐든 내일 하루는 소대에겐 운이 좋은 셈이었다. 그들은 아마도 일주일 정도 해변에서 수색 작업을 정밀하게 수행할 것이다. 그동안 낯선 지역에서의 첫 번째 순찰이 전개될 것이고, 작전은 익숙해져서 견딜 수 있을 만큼 틀에 박힌 일상이 될 것이다. 그는 상처가 있는 뭉툭한 손가락으로 다른 쪽 손의 울퉁불퉁하게 부어오른 뼈마디를 주무르면서 또 한 번 침을 탁 뱉었다.

난간에 기댄 실루엣만 보면 그의 옆얼굴은 커다란 코 뭉치와 낮게 처진 턱으로만 이루어진 것 같았다. 하지만 달빛 아래서 그의 피부와 머리칼이 붉다는 걸 알 수 없었다. 그의 얼굴은 주름과 주근깨에 둘러싸인 옅은 파란색의 평온한 눈을 제외하고는 술에 취한 것처럼 벌게서 언제나 화가 난 것처럼 보였다. 웃을 때는 크고 누르스름한 이가 고르지 못한 모양을 드러냈고, 아무도 신경 쓰지 않는 듯 거칠고 거리낌 없는 웃음소리가 크게 울려 나왔다. 몸은 전체적으로 뼈마디로만 이루어진 사람처럼 보였다. 키는 180센티미터가 넘었지만, 몸무게는 70킬로그램도 되지 않을 듯했다.

그는 손으로 배를 긁었고, 잠시 그 주변을 더듬다가 동작을 멈추었다. 구명대 차는 것을 잊었던 것이다. 선실로 돌아가 구명대를 가져와야 한다는 생각이 당연한 듯 머리에 떠오르자, 별안간 화가 치밀었다. "이 빌어먹을 놈의 군대는 한숨 돌릴 때조차 겁을 먹게 한단 말이야." 그가 침을 뱉었다. "지시받은 걸 기억하려 애쓰다 시간 다 간단 말이지." 그래도 그는 구명대를 가져오는 문제를 두고 잠시 갈등했고, 그러다가 씩 웃었다. "됐어, 사람이 한 번 죽지 두 번 죽나."

그는 사단의 기동 부대가 이번 상륙 작전을 위해 승선하기 불과 몇 주 전에 수색 소대에 배속된 헤네시라는 젊은 친구에게 그렇게 말한 적이 있었다. "구명대 걱정은 헤네시 같은 녀석이나 할 일이야." 그는 그렇게 혼자 중얼거렸다.

공습경보가 울렸던 어느 날 밤, 그들은 갑판 위에 나와 있었다. 그들은 구명보트 밑에 쪼그리고 앉아, 호송선단의 배들이 검은 바다를 가르며 힘차게 전진하는 모습과 가장 가까운 포옆에서 긴장하여 서 있는 동료들을 지켜보았다. 제로 전투기 한 대가 공격을 해 오자, 10여 개의 서치라이트가 그것을 포착하려 했다. 수백 개의 예광탄 자국이 하늘에 붉은 무늬를 수

놓았다. 그가 이전에 보아 왔던 전투와는 모든 게 달랐다. 열기도 피로감도 느껴지지 않았고, 천연색 영화나 달력의 사진처럼 아름답고 비현실적이었다. 그는 수백 미터 떨어진 배 위에 담황색 부채 모양으로 폭탄이 작렬할 때도, 머리를 숙일 생각조차 못 한 채 넋을 잃고 그 광경을 지켜보았다.

그런 그의 기분을 깬 사람이 헤네시였다. "맙소사, 이제 생각났어." 그가 말했다.

"뭔데?"

"구명대에 바람을 안 넣었어."

레드가 큰 소리로 웃었다. "잘 들어. 배가 가라앉으면 살찐 쥐 한 마리를 찾아서 해안까지 타고 가면 돼."

"아니, 이건 웃을 일이 아니야. 아무래도 바람을 넣어야겠어." 그러고는 어둠 속에서 튜브를 더듬어 찾아 구명대에 바람을 넣었다. 레드는 재미있다는 듯이 헤네시를 주시했다. 정말 어린애 같단 말이야. 교육이 그 모양이니 신병들이 모두 규칙에 목을 맬 수밖에. 레드는 서글프기까지 했다. "이제 완전히 준비가 끝났겠군, 그렇지 헤네시?"

"이봐, 나는 절대 모험 같은 건 안 해. 이 배가 폭탄을 맞을 수도 있잖아? 아무 준비도 없이 물속으로 뛰어들긴 싫어." 헤네시가 우쭐대며 말했다.

저 멀리 아노포페이의 해안이, 마치 그 자체가 거대한 한 척의 배인 양 서서히 미끄러지는 듯 보였다. 그래, 헤네시라면 절대 준비 없이 물속으로 뛰어들진 않겠지, 하고 레드는 생각했다. 그놈은 여자도 생기기 전에 결혼 자금부터 저축해 놓을 거야. 규칙을 따르며 살다 보면 그렇게 되는 것이다.

그는 난간 위로 몸을 내밀고 바닷물을 내려다보았다. 배는 움직임이 거의 없는 것 같은데, 배가 지나간 자리에는 빠르게 거품이 일었다. 달이 구름에 가려지자 바닷물이 검고 심술궂고 지독하게 깊어 보였다. 뱃전 주변으로 50미터 정도의 거리까지 달무리가 뻗어 있는 것처럼 보였다. 하지만 그 너머로는 짙고 짙은 어둠만이 한없이 펼쳐져서, 더 이상 아노포페이의 능선을 분간할 수 없었다. 바닷물은 배가 나아가며 만드는 파도를 따라 몸을 뒤치고 흔들어 짙은 잿빛 거품을 일으켰다. 얼마 후 레드는 서글픈 연민의 감정을 느꼈다. 그럴 때 사람들은 모든 것을, 인간이 원하면서도 결코 손에 넣을 수 없는 모든 것을 이해할 수 있을 것처럼 느낀다. 여러 해 만에 처음으로, 그는 겨울날 해 질 녘에 흰 눈과 대조되는 더러운 꼴로 탄광에서 집으로 돌아가 어머니가 무뚝뚝한 표정으로 차려 주는 음식들을 말없이 먹던 자신의 모습을 떠올렸다. 식구들이 모두 서로에게 남남이 되어 가고 있던 신랄하고 황량한 가정이었다. 그 모든 세월 동안 집을 떠올릴 때면 언제나 기분이 쓸쓸했다. 그런데 지금, 바다를 응시하자니 어떤 측은한 정 같은 게 느껴졌다. 지금껏 거의 잊고 살았던 어머니, 형제자매들을 이해할 수 있었다. 그는 많은 것들을 이해했다. 그가 정처 없이 방랑하며 살았던 여러 해 동안에 겪은 슬픈 일들, 추악한 일들이 기억났고, 브루클린 브리지 근처의 바워리 공원으로 이어지는 계단 위에서 강도를 당한 어느 주정뱅이도 떠올랐다. 그것은 그가 경험한 모든 것, 승선한 후 이 주일 동안 그에게 강요된 불안감, 그리고 상륙 공격이 예정된 해안으로 접근 중인 이 밤의 분위기 등에서 우러나오는, 이 순간이 아니면 가질 수 없는 그런 이해심이었다.

그러나 그런 측은한 감정도 그리 오래가지 않았다. 그는 다 이해할 수 있었다. 그러나 이젠 더 이상 어떻게 할 수도 없을 뿐더러 어떻게 해 보고 싶다는 생각도 들지 않았다. 무슨 소용이란 말인가? 그는 한숨을 쉬었고, 그와 함께 절실한 기분도 사라졌다. 세상에는 해결할 수 없는 일도 있는 법이다. 너무 복잡하게 얽혀 있기 때문이다. 세상은 혼자서 헤쳐 나가야지, 그렇지 않으면 헤네시처럼 평생 별일 아닌 것에 동동거리게 된다.

그는 절대로 그렇게 살고 싶지 않았다. 일부러 남을 해치지도 않겠지만, 억울하게 당하며 살기도 싫었다. 그런 적은 한 번도 없었다고 스스로에게도 자랑스럽게 말할 수 있었다.

그는 오랫동안 그 자리에서 바닷물을 응시했다. 아무것도 알아낼 수 없었다. 그가 아는 것이라곤 자신이 무언가를 좋아하지 않는다는 사실뿐이었다. 그는 끈질기게 뱃전을 따라붙는 바람 소리에 귀를 기울이면서 콧방귀를 뀌었다. 매 초(秒)가 경주하듯 지나갈 때마다 아침이 다가오고 있음을 온몸으로 느꼈다. 앞으로 몇 달은 이렇게 혼자 있을 시간이 없을 거라고 생각하니, 혼자 있는 이 느낌이 더욱 소중하게 생각되었다. 그는 언제나 고독을 즐기는 사람이었다.

원하는 건 아무것도 없다고, 그는 스스로에게 되뇌었다. 돈도, 여자도, 아무것도 필요 없다. 여자가 필요할 땐 값싼 창녀를 사면 그만이었다. 또 창녀가 아니고는 그에게 오려는 여자도 없었다. 그는 씩 웃으며 난간을 붙잡았다. 그리고 얼굴을 감싸는 바람을 느끼며 섬에서 실려 오는 물기 머금은 초목 냄새를 깊이 들이마셨다.

"네가 뭐라고 하든 여자란 믿을 게 못 돼." 브라운 병장이 스탠리에게 말했다. 두 사람은 나란히 놓인 침대에 누워서 낮은 소리로 이야기를 나누고 있었다. 처음 승선했을 때, 스탠리는 두 사람이 나란히 놓인 침대를 사용할 수 있도록 안배를 했다. "세상엔 믿을 여자가 하나도 없단 말이야." 브라운이 단언했다.

"글쎄, 다 그렇진 않겠지." 스탠리가 동의할 수 없다는 듯이 웅얼거렸다. "나는 내 아내를 믿어." 그는 대화의 방향이 마음에 들지 않았다. 그것이 그의 마음속에 자리 잡은 작은 의심을 키웠기 때문이다. 더욱이 그는 브라운 병장이 누구든 자기 말에 동조하지 않는 걸 좋아하지 않는다는 것을 알고 있었다.

"이것 봐." 브라운이 말했다. "너는 좋은 놈이야. 똑똑하기도 하지. 하지만 여자를 믿는 게 별로 이득이 안 된다는 걸 알아야 해. 내 마누라만 해도 그래. 미인이지. 사진 봤잖아."

"정말 아름답더군." 스탠리가 얼른 맞장구를 쳤다.

"나무랄 데 없는 미인이지. 그런데 그 여자가 얌전히 앉아서 날 기다릴 거라고 생각하나? 천만에. 어디서 놀아나고 있을 게 빤하다고."

"글쎄, 그거야 내가 알 수 있나." 스탠리가 직접적인 대답을 피했다.

"왜 몰라? 내가 상처받을까 봐 그래? 나는 그 여자가 뭘 하는지 다 알아. 돌아가면 좀 따져 봐야겠어. 먼저 '남자들하고 놀아났나?' 하고 물을 거야. 만약 '그래요.'라고 대답하면 이 분 안에 그동안에 있었던 일들을 다 불게 할 거야. '아니에요, 여보. 난 정말 그런 적 없어요. 당신 나 알잖아요.'라고 대답하면 친구들에게 확인을 좀 해 봐야겠지. 그런데 마누라가 거짓말을 한 사실이 드러나면 말이야, 글쎄 그러면 그년을 흠씬 두들겨 패 준 뒤 쫓아내지 않는다고는 말 못해." 이 말을 강조하느라 브라운은 고개를 흔들었다. 브라운은 들창코에 적갈색 머리칼을 가진 중키의 조금 뚱뚱한 젊은이로, 주근깨투성이 얼굴에는 아직 소년 같은 분위기가 남아 있었다. 그러나 눈언저리에는 잔주름이 잡혀 있었고 턱에는 열대 궤양이 몇 개 나 있었다. 다시 자세히 보면, 그가 스물여덟은 좋이 되었다는 것을 쉽게 알 수 있었다.

"돌아가서 그런 꼴을 보면 정말 기분 더럽겠지." 스탠리가 한마디 했다.

브라운 병장이 냉정을 유지하며 고개를 끄덕였다. 다음 순간 그의 얼굴이 씁쓸하게 변했다. "뭘 기대했나? 살아 돌아가면 영웅 대접이라도 해 줄 것 같아? 잘 들어. 고향에 돌아가면 사람들은 널 보며 이렇게 말할 거야. '아서 스탠리, 오랜만에 돌아왔구나.' 네가 '그러게요.'라고 대답하면 사람들은 또 이럴 거야. '그런데 여기는 살기가 참으로 팍팍했단다. 하지만 차차 나아지겠지. 자넨 그 고생을 면했으니 참 운이 좋았지 뭐야.'"

스탠리가 소리 내어 웃었다. "나야 아는 게 별로 없지만," 하고 그는 겸손하게 말을 꺼냈다. "그 불쌍한 민간인들이 실상을 모른다는 건 알아."

"모르고말고." 브라운이 말했다. "너도 모토메 전투에서 볼 만큼 봤으니 생각이 있을 거야. 내가 내일 일을 생각하며 이렇게 진땀을 흘리는 바로 이 시간에도 마누라가 다른 놈들이랑 붙어먹고 있을 거라고 생각하면, 아주 미친단 말이지……. 미친다고." 그는 신경질적으로 손가락 관절을 꺾어 소리를 내고는, 두 사람의 해먹 사이를 가로지르는 쇠 파이프를 손가락으로 더듬었다. "내일은 별로 걱정 안 해도 될 거야. 우리 소대는 똥줄 빠지게 작업을 해야겠지만, 일 좀 한다고 죽지는 않으니까." 그가 콧방귀를 뀌었다. "제기랄, 내일 커밍스 장군이 나한테 다가와서 '브라운, 나는 자네에게 당분간 하역 임무를 맡기겠네.'라고 말한다 해도 내가 불평 한마디 할 줄 알아? 천만에. 전투라면 겪을 만큼 겪었어. 우리가 배와 해안을 왕복하는 동안 줄곧 포격을 받는다 해도, 내일 있을 상륙 작전은 모토메에 비할 수 없을 거야. 그날 나는 영락없이 죽을 거라 생각했거든. 내가 어떻게 살아남았는지 지금도 모르겠어."

"무슨 일이 있었는데?" 스탠리가 물었다. 그는 자기 머리 위로 불과 30여 센티미터 위의 침대에 누운 병사를 건어찰까 봐 조심하며 무릎을 굽혔다. 그것은 그가 처음 수색 소대에 배치되었을 때 이미 10여 번이나 들은 이야기였지만, 그는 브라운이 그 이야기 하는 걸 좋아한다는 것을 알고 있었다.

"그러니까 소대가 B중대에 배속되어 고무보트에 올랐을

때부터, 우리는 이제 글렀다고 생각했지. 하지만 뭐 어쩌겠어?" 이어 그는 동이 트기 몇 시간 전 구축함에서 내려 고무보트를 타고 출격했는데 썰물에 휩쓸린 데다 일본군에게 발각되었던 상황을 설명했다. 브라운이 말했다. "정말이지, 일본놈들이 우리를 향해 함포를 쏘아 댈 땐 항문에 힘이 풀리더라니까. 우리가 탄 보트란 보트는 죄다 포탄에 맞아 기울어지기 시작했어. 우리 옆 보트에는 중대장이 타고 있었는데, 아마 이름이 빌링스였을 거야. 근데 그 한심한 새끼가 완전히 얼이 빠져 버려서는 말이야, 엄호 사격을 요청하러 울며불며 구축함을 향해 조명탄을 쏘려고 하는 것 같은데, 손이 덜덜 떨려서 총을 제대로 잡고 있지도 못하더라니까."

"그러는 와중에 크로프트가 그 보트 안에서 일어서더니, 이렇게 말하는 거야. '이 병신 새끼, 총 이리 줘.' 빌링스가 조명탄 총을 내주자, 크로프트가 해변의 일본 놈들이 모두 보는 가운데 선 자세로 총을 두 번 발사하더니 다시 장전하더군."

스탠리가 크로프트의 처지를 동정하듯 고개를 흔들었다. "크로프트는 정말 대단한 사내야."

"대단한 사내 정도가 아니지! 잘 들어, 크로프트는 무쇠로 만들어졌다고. 나도 그의 비위는 절대 건드리지 않아. 그는 아마도 육군 최고의 하사일걸. 성질도 제일 더럽고. 도대체가 무서운 게 없는 친구야." 브라운이 씁쓸한 표정으로 말했다. "수색 소대의 고참병들 가운데 겁먹지 않은 놈이 한 명도 없었어. 나도 내내 떨었고 레드도 마찬가지였어. 갤러거는 우리 소대에 온 지 육 개월도 안 됐지만 고무보트에 탔으니 빼놓을 수 없지. 아무튼 그 녀석도 겁을 먹었어. 최고의 정찰병 마르티네 즈도 나보다 더 겁에 질려 있었지. 심지어 윌슨도 겉으로 드러내지는 않았지만 상태가 별로 안 좋았어. 하지만 크로프트 는 말이야, 전투를 즐기더라고. 정말이지 크로프트는 전투가 좋은 거야. 지휘를 받기에 그 친구만큼 위험한 인간도, 그 친구만큼 믿음직한 인간도 없지. 보는 사람의 관점에 따라서 말이야. 당시 소대장을 포함해 소대 병력 열일곱 명 가운데 열한 명이 전사했어. 제일 우수한 놈들이 죽어 버린 거야. 살아남은 우리는 그 뒤로 일주일 동안 얼이 빠져 아무짝에도 쓸모가 없었지. 그런데 크로프트는 그다음 날 바로 수색 임무에 자원하더라고. 그래서 너와 리지스와 토글리오가 보충병으로 와서 분대 편성이 가능할 만큼 인원이 충족되기까지 A중대에 임시 파견을 나가 있었던 거야."

이제 스탠리의 관심은 이 한 가지에만 쏠려 있었다. "소대 병력을 채울 만큼 보충병들이 올까?" 그가 물었다.

"내 생각엔 보충병들이 안 왔으면 좋겠어. 그때까진 우린 그냥 임시 분대거든. 인원이 다 찬다 해도 우리는 여전히 병력이 각각 여덟 명밖에 안 되는 이 개 분대로 남는 거지. 수색 소대에 있으면 그게 문제야. 그저 소규모 기갑 분대 이 개에 불과한데, 진짜 보병 소대나 맡을 수 있는 임무를 떠맡게 된단 말이지." 브라운이 말했다.

"맞아, 게다가 우리는 진급에서도 손해를 보잖아." 스탠리 가 말했다. "연대의 다른 소대였다면 너와 마르티네즈는 하사 가 됐을 거고, 크로프트는 중사가 됐을 거야."

브라운이 씩 웃었다. "그야 나도 모르지, 스탠리. 보충병들이 와도 상병 자리가 하나 빌 텐데, 너도 그 자리에 관심이 없다고는 안 하겠지?"

감추려 애는 썼지만, 스탠리는 얼굴이 화끈 달아오르는 것을 느꼈다. "이런, 젠장, 내 주제에 무슨 그런 생각을 해?" 그가 짐짓 기분이 상한 듯 투덜거렸다.

브라운이 나직하게 웃었다. "생각할 만한 일이지, 뭘."

속내를 들킨 것에 격분해서, 스탠리는 앞으로 브라운과 함께 있을 땐 좀 더 조심하리라 다짐했다.


한 유명한 실험에서, 어느 심리학자가 개에게 밥을 줄 때마다 종을 울렸다. 당연하게도 개는 밥을 보자 침을 흘렸다.

얼마 후 그 심리학자는 밥을 치워 버리고 종만 계속 울렸다. 개는 그 소리에 계속 침을 흘렸다. 심리학자는 거기에서 한 단계 더 나아가, 종을 치우고 종소리를 여러 종류의 소음으로 대체했다. 개는 계속해서 침을 흘렸다.

배 위에는 바로 그 개와 같은 병사가 한 명 있었다. 그는 해외에 나온 지 오래였고, 그동안 수많은 전투를 경험했다. 처음엔 포탄 날아오는 소리와 거기서 야기되는 충격이 그가 느끼는 공포와 직결되었다. 그러나 여러 달이 지나 너무도 많은 공포를 알게 되자, 그는 이제 예상 범위 밖의 소리에도 겁을 먹었다.

이날 밤 내내, 그는 침대에 누워서 누군가 별안간 큰 소리로 말하거나, 배의 엔진이 진동하는 소리에 어떤 변화가 생기거나, 선실 바닥에 놓인 장비에 누군가의 발이 걸리는 소리가 날 때면 두려움을 느끼며 몸을 떨었다. 전에 없이 신경이 팽팽하게 긴장된 상태로 침대에 누워, 그는 두려운 마음으로 다가오는 아침을 생각하며 식은땀을 흘렸다.

이 병사의 이름은 훌리오 마르티네즈 병장. 460보병 연대의 본부 중대 산하 수색 소대 소속 정찰병이었다.

# 2

새벽녘의 미광이 사라지고 몇 분 뒤 4시가 되자, 아노포페이에 대한 해상 포격이 시작되었다. 강습상륙함대의 모든 포가 이 초 간격으로 불을 뿜었고, 밤은 파도에 부딪혀 침몰하는 거대한 통나무처럼 사정없이 흔들렸다. 함정들이 함포 사격의 반동으로 몸부림을 치며 사납게 바다를 후려갈겼다. 한순간 밤은 무섭게 경련을 일으키며 이리저리 찢겼다.

최초의 일제 사격이 끝나자 포격이 불규칙해지고, 폭풍처럼 휘몰아치던 불꽃이 다시 어둠 속으로 잦아들었다. 엄청난 포성이, 비탈길을 덜컹거리며 힘겹게 오르는 거대한 화물 열차의 그것 같은 단속적인 소음으로 변했다. 잠시 후엔 포탄들이 근심 어린 한숨을 내쉬며 머리 위를 날아가는 소리가 들려왔다. 아노포페이의 여기저기에 흩어져 타고 있던 모닥불들이 급히 꺼졌다.

처음에는 포탄들이 바다에 떨어져 해안에서 밀찍이 장난처럼 물보라를 일으켰다. 그러나 뒤이어 포탄들이 해안에 연달아 낙하했고, 아노포페이는 이내 살아나 깜부기불처럼 타올랐다. 정글과 해안이 만나는 곳 여기저기에 작은 불꽃이 일었고, 이따금 지나치게 멀리까지 날아간 포탄이 100여 미터 거리의 관목림에 불을 붙였다. 해안선의 윤곽이 뚜렷해졌고 밤에 멀리서 보면 항구처럼 반짝거렸다.

탄약 더미 하나가 타오르기 시작하여 해안 일부를 장미꽃처럼 붉게 물들였다. 포탄 여러 개가 그 한가운데 떨어지자 불길이 어마어마하게 높이 일더니, 성난 갈색 연기구름으로 솟구쳐 올랐다. 이어서 해안을 꾸준히 유린하던 포탄들이 내륙으로 옮겨 갔다. 포격은 이미 형식적이라고 할 만큼 차분한 양상으로 진행되었다. 한 번에 함정 몇 척이 각개 포격을 하고 뒤로 물러나면, 그다음에 다른 함정들이 열을 지어 공격했다. 탄약 더미는 아직도 화염했 휩싸여 있었지만, 해안 위 대부분 구역의 불은 다 잦아들었고, 밝아 오는 새벽빛 속에서 해안을 가려 줄 만한 연기도 거의 사라지고 없었다. 내륙 쪽으로 약 1.5킬로미터 들어간 곳의 고지 위 무언가에 불이 붙어 타올랐고, 그 뒤쪽 저 멀리에는 적갈색 연기 위로 아나카 산이 우뚝 솟아 있었다. 발치에 심홍색 새 옷을 두르고도, 산은 섬 위에 완강히 버티고 앉아 바다를 응시했다. 그 앞에선 함포 사격도 시시한 짓거리에 불과했다.

선실 안에서는 포성이 더욱 둔하고 집요하게 들렸다. 마치

지하철 열차 굴러가는 소리처럼 신경을 긁었다. 아침 식사 후 켜진 선실의 희미한 노란 전등 불빛이 느리게 깜박이면서 승강구 위와 열 지어 놓은 침상들 사이로 그림자를 드리웠고, 통로와 상갑판으로 나가는 층계 주위에 모여든 병사들의 얼굴을 비췄다.

마르티네즈는 불안한 마음으로 소음에 귀를 기울였다. 깔고 앉은 승강구가 밑에서 스르르 없어졌어도 아마 놀라지 않았을 것이다. 그는 피곤한 불빛을 쏘아 대는 전등을 향해 핏발 선 눈을 깜박이며, 모든 것에 대해 감각을 마비시키려고 애썼다. 그러나 엄청난 포성이 강철로 된 칸막이벽을 때릴 때마다 두 다리가 무의식적으로 경련을 일으켰다. 그는 딱히 명백한 이유 없이 오래된 농담의 마지막 부분을 되뇌었다. "죽으면 죽는 거지, 그런 거지, 난 상관 안 해." 그곳에 앉아 누런빛을 받고 있는 그의 피부는 갈색으로 보였다. 그는 잘생긴 얼굴에 키가 작고 호리호리한 멕시코인이었다. 머리칼은 단정하게 물결쳤고, 얼굴은 작았지만 이목구비는 뚜렷했다. 지금과 같은 상황에서도 그의 몸은 사슴처럼 우아하게 균형을 유지했다. 아무리 빠르게 움직일 때에도 그의 동작에는 언제나 연속성과 힘 들이지 않은 자연스러움이 있었다. 그리고 그의 머리는 사슴처럼 한시도 가만히 있지 않았고, 촉촉한 갈색 눈 또한 한곳에 고정되는 법이 없었다.

꾸준히 계속되는 포성 위로, 사람들의 음성이 한순간 똑똑히 분간되었다가 다시 소음에 섞여 들었다. 소대에 따라 들려오는 말소리도 달랐다. 어느 소대장의 음성이 지나가는 벌레의 윙윙거리는 소리처럼 불분명하고 기분 나쁘게 그의 귀를 울렸다. "해변으로 치고 들어갈 때 한 사람도 낙오되어서는 안 된다. 서로 일치단결하는 것이 중요해." 그는 양쪽 팔로 무릎을 가슴으로 바짝 끌어당겨, 살 없는 엉덩이가 배길 정도로 몸을 뒤로 기울였다.

수색 소대는 다른 소대들에 비해 규모도 작고 우왕좌왕하는 듯 보였다. 크로프트가 상륙정에 오르는 요령을 설명하고 있었다. 마르티네즈는 멍하게 귀를 기울였으나 자꾸만 주의가 흩어졌다. "잘 들어," 크로프트가 조용히 말했다. "지난번 연습 때와 똑같아. 잘못될 이유는 하나도 없고 잘못되지도 않을 거야."

레드가 비웃듯 껄껄 웃었다. "그래, 우리 모두 저 위에 올라가겠지." 그가 말했다. "하지만 두고 봐. 머저리 같은 자식 하나가 달려 올라와서는 다들 선실로 도로 내려가라고 말할 테니까."

"전쟁이 끝날 때까지 여기 남아 있으라고 한다 해도 누가 열이나 받을 것 같아?" 브라운 병장이 말했다.

"그쯤 해 둬." 크로프트가 두 사람에게 말했다. "상황이 어떻게 돌아가는지 나보다 많이 안다면, 너희가 나와서 말하든가." 그가 인상을 썼다가 다시 말을 이었다. "우리는 28번 보트 갑판으로 올라간다. 거기가 어딘지는 다들 알겠지만, 그래도 우리는 함께 그곳으로 간다. 뒤늦게 선실 안에 무언가를 놓고 온 걸 깨달아도 다시 돌아올 수 없으니 명심해."

"그렇지, 다들 콘돔 챙기는 거 잊지 말라고." 레드가 한마디

하자, 한바탕 웃음이 터져 나왔다. 크로프트는 잠시 화가 난 듯했지만, 다음 순간 천천히 말을 이었다. "윌슨이야 그걸 잊을 리 없지." 다시 웃음이 일었다. "빌어먹게 맞는 말이야." 갤러거가 빈정대는 어투로 말했다.

윌슨이 킬킬 웃었다. 그의 웃음은 전염성이 강했다. "그걸 잊고 갈 바엔 차라리 M-1을 두고 가겠어. 해변에 여자가 나 잡아 잡수, 하고 있는데 콘돔이 없어 봐. 그럼 내 골통을 쏴 버려야지 어쩌겠어."

마르티네즈도 씩 웃긴 했지만 그들의 웃음소리가 신경에 거슬렸다. "왜 그래?" 크로프트가 조용히 물었다. 두 사람의 눈이 마주쳤다. 그들의 시선에는 오랜 친구의 친밀함이 있었다. "빌어먹을 배 속이 편치 않아서 그래." 마르티네즈가 말했다. 발음은 분명했지만, 스페인어를 번역하듯 나직하고 망설이는 어조였다. 크로프트가 그의 얼굴을 한 번 더 살핀 뒤, 설명을 이어 갔다.

마르티네즈는 선실 안을 둘러보았다. 해먹이 걷혀 침상들 사이의 통로가 넓어진 뒤라 선실이 낯설어 보였다. 그 장면이 그에게 막연한 불안감을 유발했다. 이곳이 샌안토니오에 위치한 큰 도서관의 서가 같다는 생각이 들었다. 그곳에서 있었던 불쾌한 경험이 떠올랐다. 어떤 여자가 그에게 거친 어조로 말했었다. "죽으면 죽는 거지 뭐, 난 상관 안 해."라는 말이 그의 머릿속을 지나갔다. 그는 몸서리를 쳤다. 오늘 나한테 뭔가 끔찍한 일이 일어날 거야. 하느님은 언제나 어진 마음으로 그런 것들을 알려 주시지. 그러니 나는…… 정신을 바짝 차려서 조심해야 해. 그는 이 마지막 부분을 영어로 혼자 중얼거렸다.

그 여자는 도서관 사서였는데, 그가 책을 훔치려 하고 있다고 생각했다. 아직 어렸던 그가 겁을 먹고 스페인어로 대답하자, 그녀는 그를 심하게 야단쳤다. 마르티네즈의 다리 한쪽에 경련이 일었다. 그 여자 때문에 울음을 터뜨렸던 일이 기억났다. 망할 년! 지금 같으면 따먹어 버릴 수도 있는데. 그런 생각이 그의 마음에 기분 좋은 악의를 부추겼다. 그 사서 년 가슴이 아주 작았지. 지금이라면 그년한테 침을 뱉어 줄 텐데. 그러나 이곳은 이제 그 도서관 서가가 아니라 병사들을 수용하는 선실이었다. 그의 마음에 공포가 되살아났다.

호각 소리에 그는 깜짝 놀랐다. "15번 보트 갑판으로 가는 소대 집합." 위에서 누군가가 선실을 내려다보며 소리쳤다. 한 소대의 병사들이 사다리를 오르기 시작했다. 마르티네즈는 주위 사람들의 음성이 낮아진 걸로 그들이 느끼는 긴장을 감지할 수 있었다. 우리가 먼저 가면 안 되는 걸까? 그는 속으로 자문했다. 기다리는 시간이 길어질수록 그만큼 오래 긴장감을 견뎌야 한다는 사실이 싫었다. 그는 오늘 자기에게 무슨 일이 생기리라는 것을 알았다.

한 시간 후 그들의 차례가 왔다. 그들은 빠른 걸음으로 사다리를 올라 승강구 밖에서 거의 일 분 동안이나 서서 무작정 기다리고 나서야 보트로 이동하라는 명령을 받았다. 새벽의 갑판은 매우 미끄러워서, 병사들은 비틀대고 욕설을 내뱉으며 갑판 위를 천천히 나아갔다. 그들이 탈 보트가 매달린 기둥에 이르자, 다들 대충 열을 짓고 다시 기다리기 시작했다. 레드는 차가운 아침 공기에 몸을 부르르 떨었다. 오전 6시도 안 됐는데 군대에서의 이른 아침이 언제나 그렇듯 벌써 우울한 분위기가 감돌았다. 군대에서 이른 아침은 그들이 이동한다는 것을 의미했고, 뭔가 새로운 일, 달갑지 않은 일이 일어난다는 것을 의미했다.

배 전체에서 상륙 준비가 여러 단계로 진행되고 있었다. 병사들을 가득 실은 상륙정 몇 척이 이미 바다에 내려져서 목줄에 매인 강아지들처럼 배 주변을 맴돌고 있었다. 보트 위의 병사들이 배를 향해 손을 흔들었다. 그들의 낯빛은 상륙정의 회색 페인트와 새벽 바다의 푸른색에 대비되어 비현실적으로 보였다. 잔잔한 바다는 기름처럼 매끄러워 보였다. 수색 소대 가까이에서 병사들 몇 명이 상륙정에 승선하고 있었다. 이제막 병사들을 다 태운 또 한 척의 상륙정이 물 위로 강하를 시작했는데, 기둥의 도르래가 이따금씩 삐걱거렸다. 그러나 배위 대부분의 지점에서는 병사들이 아직도 수색 소대원들과 마찬가지로 기다리고 있었다.

레드는 보급품이 가득 들어찬 배낭의 무게로 어깨의 감각이 없어지기 시작하고 소총의 총구가 연신 철모에 부딪치자 짜증이 치밀었다. "이 빌어먹을 배낭은 아무리 메도 익숙해지지가 않아." 그가 말했다.

"배낭끈을 제대로 조절한 거야?" 헤네시가 물었다. 그의 음성은 긴장감으로 약간 떨리고 있었다.

"조절은 무슨, 빌어먹을." 레드가 말했다. "그래 봐야 배기는 위치만 달라지지. 배낭은 나한테 안 맞아. 뼈마디가 너무 많거든." 그는 이따금씩 헤네시 쪽을 곁눈질하며 말을 이었다. 헤네시의 긴장이 좀 풀렸는지 확인하기 위해서였다. 공기는 차가웠고, 왼쪽에서 솟아오른 해가 아직 낮게 떠 있어 온기가 거의 느껴지지 않았다. 그는 배의 갑판과 기름과 타르의 이상한 냄새와 바닷물의 비린내를 맡으면서 발을 굴렀다.

"도대체 우리는 언제 보트에 타는 거야?" 헤네시가 물었다.

해안을 겨냥한 함포 사격은 여전히 계속되었고, 새벽녘의 섬은 연한 초록빛을 띠었다. 희미한 연기가 해안을 따라 꼬리를 길게 늘이고 있었다.

레드가 소리 내어 웃었다. "뭐라고! 오늘이라고 다를 줄 알아? 아침 내내 갑판 위에서 이러고 있어야 할걸." 이렇게 말하면서 그는 일단의 상륙정이 그들로부터 1.5킬로미터 정도 떨어진 해상에서 맴도는 광경을 보았다. "1진도 아직 저렇게 어정대고 있잖아." 그가 헤네시에게 다시 확인시켰다. 순간 모토메 상륙 작전 때의 일이 떠올랐다. 동시에 그때의 공포감이 다시 엄습했다. 그의 손가락 끝에는 물속에서 고무보트에 매달렸을 때의 감촉이 아직 남아 있었다. 목구멍 뒤쪽에 소금물의 맛을 느끼며, 그는 일본군의 포격이 그치지 않은 상황에서 탈진한 상태로 물속에 완전히 잠겼을 때의 그 말로 표현할 수 없는 공포감을 다시 한 번 느꼈다. 그는 또다시 바다 쪽으로 시선을 던졌다. 수염이 텁수룩한 그의 얼굴에 잠시 암울한 표정이 스쳤다.

멀리 해안에 가까운 정글은 포격이 있은 뒤면 늘 그렇듯 이제 헐벗고 망가진 모습을 드러냈다. 야자수들은 지금쯤 잎이 모두 사라져 기둥처럼 서 있을 테고, 불이 붙었다면 검게 탄 모습으로 남아 있을 것이다. 수평선 저 멀리 아나카 산이 안개에 거의 가려진 상태로, 바닷물과 하늘의 색깔을 절충시킨 것 같은 엷은 회청색 몸통을 희미하게 드러냈다. 그가 지켜보는 가운데, 대형 포탄 한 발이 해변에 떨어져 바로 직전에 떨어진 두세 발의 포탄들보다 더 크게 연기를 일으켰다. 이번엔 상륙하는 게 어렵지 않겠구나, 하고 레드는 생각했다. 하지만 그는 여전히 고무보트에 탔을 때의 일을 생각하고 있었다. "우리를 위해 땅 몇 조각은 온전히 남겨 둬야 할 텐데 말이야." 그가 헤네시에게 말했다. "우리도 저기서 살아야 하잖아." 오늘 아침에는 뭔가 익숙지 않은 기대를 하게 하는 분위기가 있었다. 그는 숨을 들이쉰 뒤 쪼그리고 앉았다.

갤러거가 거칠게 투덜거렸다. "젠장, 언제까지 여기서 기다려야 하는 거야?"

"참아." 크로프트가 그에게 말했다. "통신 소대 병력의 반이 우리랑 같은 보트에 타게 되어 있는데, 아직 선실에서 올라오지도 않았어."

"그런데 왜 안 올라오는 거야?" 갤러거가 물었다. 그는 철모를 머리 뒤쪽으로 더 밀어젖혔다. "저 개자식들이 이 빌어먹을 골통들을 날려 버리라고 이렇게 갑판에 세워 두는 거야?"

"일본군 쪽 포성을 듣기라도 한 거야?" 크로프트가 물었다.

"포성이 안 들린다고 포가 없으란 법은 없잖아?" 갤러거가 말했다. 그는 담배에 불을 붙이고 우울한 얼굴로 연기를 빨아들였다. 금방이라도 누가 채 갈까 봐 두려운 듯 한 손으로 담배를 가린 채로.

포탄 하나가 핑 하고 머리 위로 날아갔다. 마르티네즈는 무의식중에 포탑 쪽으로 몸을 바짝 기댔다. 그는 무방비 상태로 벌거벗은 느낌이었다.

보트를 매어 놓은 기둥의 기계 장치는 복잡했고, 그 일부가 바다 위로 튀어나와 있었다. 배낭을 메고, 군용 벨트를 차고, 소총 한 자루와 탄띠 두 개, 수류탄 여러 개에다 총검을 지니고 철모까지 착용하고 있으면, 양쪽 어깨와 앞가슴을 가로질러 지혈대를 감고 있는 것 같은 느낌마저 들었다. 호흡이 곤란해지고 사지의 감각이 자꾸만 무뎌졌다. 상륙정으로 이어지는 갑판보 위를 걷는 것은 갑옷을 입고 줄타기를 하는 것과 별반 다르지 않은 모험이었다.

상륙정에 오르라는 지시가 수색 소대에 내려지자, 브라운 병장은 초조하게 입술에 침을 발랐다. "잘 좀 만들어 놓을 것이지." 그가 갑판보 위를 한 발 한 발 조심스럽게 나아가면서 스탠리에게 투덜거렸다. 요령은 밑을 내려다보지 않는 것이었다. "있잖아, 갤러거는 나쁜 녀석은 아니지만, 툭하면 성질을 부린단 말이지." 스탠리가 속내를 털어놓았다.

"맞아." 브라운이 건성으로 대꾸했다. 그는 분대장인 자기가 물에 빠지면 얼마나 볼썽사납겠는가 하는 생각을 하는 중이었다. 맙소사, 그러면 가라앉겠지. "나는 늘 이 부분이 제일 싫어." 그가 큰 소리로 말했다.

상륙정의 가장자리에 이르자, 그는 배 안으로 뛰어내렸다. 배낭 무게 때문에 배 밖으로 떨어질 뻔했고 그 와중에 발목을 살짝 삐었다. 기둥에 매달려 조금씩 흔들리는 작은 보트 안에서 사람들은 갑자기 명랑해졌다. "여기 레드가 오도다." 윌슨이 외쳤다. 레드가 말린 자두처럼 얼굴을 잔뜩 구긴 채 조심조심 갑판보를 건너왔고, 모두들 그 모습을 보며 와자하게 웃었다. 상륙정 가장자리에 이르자, 레드는 그 안에 있는 사람들을 업신여기듯 훑어보며 한마디 했다. "제기랄, 잘못 찾아왔군. 수색 소대 놈들이라고 하기엔 하나같이 덜 멍청해 보이잖아."

"들어와, 이 염소 같은 놈아." 윌슨이 낄낄거리며 말했다. 그의 웃음은 태평했고 가래 끓는 소리가 났다. "물이 아주 기분 좋게 차."

레드가 씩 웃었다. "네놈 몸에 차갑지 않은 부분이 한 군데 있는 건 알지. 지금 이 순간에도 빨갛게 달아올랐을걸."

브라운은 웃음을 멈출 수가 없었다. 그는 소대원들이 모두 좋은 녀석들이라고 생각했다. 마치 최악의 고비는 이미 넘긴 것 같은 기분이었다.

"장군은 어떻게 이런 보트에 오를까?" 헤네시가 말했다. "우리처럼 젊지도 않은데 말이야."

브라운이 킬킬 웃었다. "이등병 두 사람이 어깨에 태워서 나르겠지." 이 말에 모두들 웃음으로 화답해서, 그는 기분이 좋았다.

갤러거가 보트 안으로 뛰어내렸다. "이 빌어먹을 놈의 군대에서는 보트를 타려다가 생기는 빌어먹을 놈의 사상자가 더 많을 거야." 브라운이 큰 소리로 웃음을 터뜨렸다. 갤러거는 마누라와 뒹굴 때도 화난 얼굴을 할 위인이었다. 순간 그 말을 해 볼까 하는 충동이 일었다. 그 생각을 하니 더욱 웃음을 참을 수가 없었다. 그렇게 웃는 와중에도, 바로 이 순간 다른 남자와 침대에서 뒹굴고 있을 아내의 모습이 별안간 머리에 떠올랐다. 그가 아무것도 느낄 수 없게 되었을 때, 그의 웃음소리도 공허해졌다. "이봐, 갤러거," 하고 그가 격분해서 말했다. "넌 네 마누라랑 할 때도 화난 얼굴을 하고 있을 거야."

갤러거가 부루퉁한 표정을 짓더니, 다음 순간 뜻밖에도 남들처럼 웃기 시작했다. "지랄하네." 그가 한마디 내뱉자 사람들은 한층 더 큰 소리로 왁자하게 웃었다.

앞이 뭉툭한 작은 강습상륙정들은 코로 물을 가르며 거침없이 나아가는 하마 떼 같았다. 상륙정은 길이가 12미터에 폭이 3미터 정도였는데, 뒤쪽에 모터를 단, 뚜껑 연 구두 상자 같은 모양을 하고 있었다. 병사들이 앉은 곳에서는 파도가 뱃머리에 귀에 거슬릴 만큼 큰 소리를 내며 부딪쳐 왔고, 틈새로 새어 든 물이 벌써 3~4센티미터 깊이로 괴어 바닥에서 출렁였다. 레드는 발을 적시지 않으려 애쓰다가 이내 포기했다. 그들이 탄 배가 한 시간 이상 같은 곳을 맴돌고 있는 터라 그는 현기증이 날 지경이었다. 이따금 차가운 물보라가 부채 모양을 그리며 그들을 덮쳤고, 그때마다 그들은 충격과 놀라움과 약간의 아픔을 동시에 느꼈다.

상륙 병력 1진은 약 십오 분 전에 상륙했는데, 전투가 시작된 저 멀리 해변으로부터 딱딱거리며 모닥불 타는 소리가 들려왔다. 마치 먼 곳에서 벌어지는 대수롭지 않은 일처럼 느껴졌다. 지루함을 덜기 위해 레드는 가끔 뱃전에서 얼굴을 내밀고 해안 쪽을 살폈다. 5킬로미터 밖에서 보니 해변에는 아직 사람이 없는 듯했지만, 전투의 흔적은 있었다. 해안을 따라 엷은 안개 같은 연기가 떠돌고 있었다. 이따금 급강하 폭격기 세대가 편대를 이루어 굉음과 함께 빠른 속도로 해안 쪽으로 날아간 뒤에도, 그들의 모터 소리는 천으로 막아 소리를 죽이기라도 한 듯 낮게 웅 하는 소리로 오랫동안 이어졌다. 폭격기들이 해안 위로 급강하하는 모습을 포착하기는 힘들었다. 눈부신 햇빛에 반점들처럼 되어 거의 보이지가 않았기 때문이다. 폭탄이 일으키는 연기는 작고 위험해 보이지 않았다. 그리고 폭발음이 바다 위를 건너왔을 즈음이면 폭격기는 시야에서 거의 사라졌다.

레드는 보트의 칸막이벽에 배낭을 갖다 눌러 그 무게를 덜어 보려 했다. 계속해서 한자리만 맴돌자 짜증이 났다. 자기와 함께 상륙정 안에 빽빽이 들어찬 서른 명의 병사들을 보고, 보트 내부의 청회색 칠과 대비해 그들의 군복이 얼마나 부자연스러울 정도로 녹색인가 하는 생각을 하면서 그는 몇 번 숨을 크게 쉬고는 가만히 앉아 있었다. 그의 등을 따라 땀이 배어 나오기 시작했다.

"도대체 언제까지 이러고 있어야 해?" 갤러거가 투덜거렸다. "이놈의 빌어먹을 군대, 서두르라 했다가 기다리라 했다가, 서두르라 했다가 기다리라 했다가.”

레드가 담배에 불을 붙이려 하고 있었다. 상륙정이 바다 위에 내려진 후, 다섯 개비째였다. 담배 맛은 밋밋하고 입에 맞지가 않았다. “너는 어떻게 생각해?” 레드가 물었다. “10시 전엔 안 움직일걸.” 갤러거가 장담했다. 아직 8시 전이었다.

그 말을 받아 레드가 말을 이었다. “이런 종류의 일을 제대로 처리할 줄 아는 놈들이었다면, 우리는 지금쯤 아침밥을 먹고 있을 거고, 보트에는 지금부터 적어도 두 시간쯤 후에나 탔을 거야.” 그가 담배 끝에 생긴 작은 재를 떨어냈다. “그런데 지금 이 시간까지도 잠이 덜 깬 어떤 미친 소위 새끼가 걱정거리를 덜어 버리려고 우리를 저 빌어먹을 배에서 내쫓은 거지.” 그는 통신 소대의 그 소위가 들으라는 듯 일부러 큰 소리로 말했는데, 소위가 몸을 돌리자 씩 웃었다.

갤러거 옆에 쪼그리고 앉아 있던 토글리오 상병이 레드를 쳐다보았다. “이렇게 바다 위에 나와 있는 게 훨씬 더 안전해.” 토글리오가 자못 진지하게 설명했다. “호송선보다는 훨씬 작은 표적인 데다가 이렇게 움직이고 있으면 생각보다 맞히기가 어렵거든.”

레드가 투덜거렸다. “헛소리.”

“이것 봐, 할 수만 있다면 난 언제든 호송선에 남아 있겠어. 그 편이 훨씬 더 안전할 것 같아.” 브라운이 말했다. “

“내가 다 조사해 봤다니까.” 토글리오가 거듭 주장했다. “상륙 작전 때는 여기 물 위에 있는 게 다른 장소에 있는 것보다 훨씬 더 안전하다고 통계에 나와 있어.”

레드는 통계가 싫었다. "나한테 수치 운운할 생각 말아." 그가 토글리오 상병에게 말했다. "통계 따위를 믿다가는 위험하다는 이유로 목욕도 못하게 될걸."

"아니, 나 진지하게 말하는 거야." 토글리오가 말했다. 그는 중키에 다부진 체격의 이탈리아인이었는데, 배 모양으로 생긴 얼굴은 턱이 이마보다도 넓었다. 전날 밤 면도를 했음에도, 그의 얼굴은 크고 사람 좋아 보이는 입을 제외하고는 눈 밑이 온통 수염으로 거뭇했다. "진짜라니까." 그가 거듭 강조했다. "내가 그 통계를 봤어."

"너나 그걸로 잘해 봐." 레드가 말했다.

토글리오는 미소를 지었지만 기분이 좀 상했다. 레드는 꽤 괜찮은 놈이지만 지나치게 자기 생각을 고집한다는 생각이 들었다. 사람들이 다 레드 같다면 큰일이다. 그랬다가는 되는 일이 하나도 없을 것이다. 모든 일은 힘을 모으는 것이 중요하다. 이번 상륙 작전과 같은 일은 정연하게 계획되어 있고, 시간표 또한 효율적으로 짜여 있을 것이다. 열차를 기관사 개인의 기분에 따라 운행한다면 철도 운영이 불가능할 것이다.

이런 생각에 스스로 감동을 받은 그가 그 말을 하려고 굵은 손가락 끝으로 레드를 가리켰을 때, 삼십 분 만에 처음으로 갑자기 일본군 포탄 하나가 날아와 수백 미터 떨어진 곳에 물기둥을 일으켰다. 그 소리가 예상 외로 컸던 탓에 모두가 한순간 움찔했다. 그 뒤에 이어진 완전한 침묵을, 레드가 보트에 탄 사람들 전부에게 들릴 만큼 큰 목소리로 깨뜨렸다. "어이, 토글리오, 너한테 내 안전을 맡겼다면, 나는 일 년 전에 벌써 지옥에 갔을 거야." 와자하게 웃음이 터지자, 토글리오는 무안함을 느끼면서도 억지로 웃었다. 윌슨이 그의 높고 부드러운 목소리로 마지막 한 방을 먹였다. "토글리오, 넌 많은 걸 생각해 내지만, 그 가운데 제대로 된 건 결국 하나도 없어. 너처럼 아무것도 아닌 일에 그렇게 야단법석을 떠는 놈은 또 없을 거야."

그건 사실이 아니라고 토글리오는 마음속으로 생각했다. 그는 무슨 일이든 제대로 하는 성미였다. 그런데 이 친구들은 그걸 모르는 모양이었다. 레드 같은 놈은 언제나 남이 해 놓은 일을 웃음거리로 만들어 다 망쳐 버리는 위인이었다.

상륙정의 모터 소리가 갑자기 커지는가 싶더니 크게 포효하기 시작했다. 상륙정은 원을 한 바퀴 완전하게 그리고는 해안을 향해 돌진했다. 그 즉시 파도가 뱃머리를 두드려 대기 시작했고, 물보라가 긴 폭포수처럼 병사들을 덮쳤다. 상륙정 안에는 놀란 신음 소리에 이어 침묵이 자리를 잡았다. 크로프트는 어깨에 멘 소총을 풀어 총신에 물이 들어가지 않도록 총구를 손가락으로 막았다. 순간 그는 전속력으로 달리는 말을 타고 있는 것 같은 기분을 느꼈다. "젠장, 이제 곧 들어간다." 누군가가 말했다.

"청소는 좀 되어 있으면 좋겠는데." 브라운이 중얼거렸다.

크로프트는 우월감과 실망감을 동시에 느꼈다. 몇 주 전, 상륙 첫 주 동안 수색 소대가 해변에서 임무를 맡게 될 거라는 걸 알았을 때, 그는 실망했었다. 그 소식을 듣고 좋아하는 소대원들을 내심 경멸했었다. "겁쟁이 새끼들." 그가 혼자 중얼거렸다. 목숨 내놓는 걸 두려워하는 놈들은 아무짝에도 쓸모가 없었다. 병사들을 통솔하는 일이야말로 그가 간절히 원하는 임무였다. 그는 그런 순간에 힘과 확신을 느꼈다. 그는 해변에서 내륙으로 들어간 곳에서 벌어지는 전투에 합류하고 싶었다. 수색 소대에게 하역 임무를 맡긴다는 결정이 못마땅했다. 그는 자신의 여위고 단단한 볼을 손으로 쓸어내리고는 말없이 주변을 둘러보았다.

상륙정의 선미 가까이 서 있는 헤네시가 크로프트의 눈에 들어왔다. 말을 잃은 채 하얗게 질린 헤네시의 얼굴을 보고, 크로프트는 그가 겁에 질려 있구나 싶어 우스운 생각이 들었다. 녀석은 가만히 있지를 못했다. 그는 제자리에서 몸을 부산하게 움직였고, 갑작스러운 소음에 한두 번은 눈에 띄게 움찔했다. 다리가 간지러웠는지 맹렬하게 다리를 긁었다. 그러다가 크로프트가 지켜보는 가운데, 왼쪽 바짓가랑이를 각반에서 뽑아 무릎을 드러내더니 긁어서 붉어진 부분에 신중하게 침을 발랐다. 크로프트는 금빛 털이 난 그 흰 살결을 주시했고, 헤네시가 바짓가랑이를 각반 속으로 도로 집어넣는 데 무척이나 공을 들이는 것을 발견하고, 마치 그 동작에 어떤 의미가 있는 것처럼 이상한 흥분을 느꼈다. 저 녀석, 지나치게 조심스럽잖아. 크로프트가 혼자 중얼거렸다.

그리고 그는 강렬한 확신을 갖고 생각했다. '헤네시가 오늘 죽겠구나.' 그는 마음속 동요를 가라앉히기 위해 웃고 싶어졌다. 이번엔 확신이 섰다.

그런데 풀 하우스를 만드는 데 실패했던 전날 밤의 포커 게임이 갑자기 생각나 이내 혼란을 느꼈고 뒤이어 욕지기가 일었다. 이러다가는 내 꾀에 내가 넘어가지, 하는 생각이 들었다. 욕지기가 인 것은 그런 느낌이 아무런 의미도 없을 거라는 확신에서라기보다 그런 느낌을 믿을 수가 없다는 느낌 때문이었다. 그는 고개를 젓고는 엉덩이를 깔고 앉아 상륙정이 육지를 향해 달려가는 것을 몸으로 느꼈다. 그리고 마음을 비우고 앞으로 벌어질 일들을 기다렸다.

마르티네즈는 상륙하기 전 최악의 시간을 보내고 있었다. 전날 밤의 고뇌와 그날 이른 아침에 경험했던 모든 두려움이 절정에 달한 것이었다. 그는 하선용 경사판이 내려지고 상륙정 밖으로 나가야 할 그 순간이 두려웠다. 포탄 한 방이 그들 모두를 몽땅 삼켜 버리거나, 그들의 몸이 노출되는 순간 일본군이 그들의 배 앞에 미리 설치해 놓은 기관총에서 불이 뿜어져 나올 것만 같았다. 병사들은 침묵을 지키고 있었다. 눈을 감고 있자니 바닷물이 뱃전에 부딪치는 소리가 압도적으로 크게 들려와서, 마르티네즈는 자신이 물속으로 가라앉고 있다고 느꼈다. 그는 눈을 뜨고 손톱이 손바닥을 찌를 정도로 주먹을 꽉 쥐었다. "부에노스 디오스.(오오, 주여.)" 그가 중얼거렸다. 이마에 밴 땀이 눈 속까지 흘러들었다. 그는 그것을 거칠게 닦아 냈다. 왜 아무 소리도 들리지 않는 걸까? 그는 스스로에게 물었다. 사실 아무 소리도 나지 않았다. 병사들은 말이 없었고 해변도 쥐 죽은 듯이 고요했다. 저 멀리서 울리는 단 한 정의 단조로운 기관총 소리가 공허하고 비현실적으로 들렸다.

별안간 비행기 한 대가 굉음을 내며 그들의 머리 위를 지나가더니, 정글 위로 노호하듯 총알을 퍼부어 댔다. 그 소리에 마르티네즈는 하마터면 비명을 지를 뻔했다. 양쪽 다리에 다시 경련이 일었다. 왜 상륙을 안 하지? 그는 이제 경사판이 내려지는 순간 그에게 들이닥칠 재앙을 차라리 환영하고 싶은 심정이었다.

헤네시가 높고 날카로운 소리로 물었다. "곧 우편물을 받을 수 있을까?" 갑작스럽게 터져 나온 웃음소리에 그의 질문이 묻혔다. 마르티네즈는 웃고 또 웃었다. 웃음소리가 잦아드는가 싶다가는 다시 터져 나왔다.

"빌어먹을 헤네시 녀석." 갤러거의 음성이 들려왔다.

마르티네즈는 어느새 배가 육지에 닿았음을 불현듯 깨달았다. 프로펠러가 물 밖으로 나와 있는지 모터 소리가 아까보다 크고 불규칙했다. 잠시 후에야 그는 자기들이 상륙한 사실을 알았다.

한동안 그들은 움직이지 않았다. 곧이어 경사판이 덜컹 소리를 내며 내려졌고, 마르티네즈는 터벅터벅 파도 치는 바다로 말없이 걸어 들어갔다. 무릎 높이의 파도가 뒤에서 밀려오는 바람에 그는 거의 넘어질 뻔했다. 그는 고개를 떨어뜨리고 물을 보면서 걸었다. 해변에 올라서고 나서야, 그는 자신에게 아무 일도 일어나지 않았음을 깨달았다. 주위를 둘러보니 그들이 탄 배와 동시에 해변에 닿은 상륙정이 다섯 척 더 있었다. 병사들이 길게 열을 지어 해변으로 올랐다. 장교 한 사람이 그들 쪽으로 와서 크로프트에게 물었다. "너희들은 무슨 소대인가?"

"수색 소대입니다. 저희는 해변에서 하역 임무를 맡았습니다." 해변 근처의 야자나무 숲에서 대기하라는 지시가 내려졌다. 소대는 푹푹 들어가는 모래를 밟으며 힘겹게 열을 지어 걸었다. 마르티네즈는 레드 뒤에서 비틀대며 걸었다. 최후의 심판이 미뤄졌다는 확신 외에는 아무 생각도 나지 않았다.

소대는 약 200미터를 행군하여 야자나무 숲 앞에 멈췄다. 이미 공기는 뜨거웠다. 병사 대부분이 배낭을 벗어 놓고 모래 위에 누워 있었다. 그들이 오기 전에 이곳을 거쳐 간 병사들이 있었다. 수많은 군홧발에 밟혀 평평하게 다져진 모래에 빈 담뱃갑과 배급품 깡통 한두 개가 뒹굴고 있는 것으로 보아, 1진 부대들이 근처에 집결했었음을 알 수 있었다. 하지만 지금 그 부대들은 내륙에서 정글을 지나 어딘가로 진격하고 있어, 이쪽에서는 전혀 보이지 않았다. 그들은 양쪽으로 해안선이 구부러져 시야에서 벗어나기 전 약 200미터 거리까지는 볼 수 있었다. 이 일대는 조용하고 텅 비어 있다시피 했다. 해안선이 구부러진 양쪽 저편에서는 활발하게 작업이 진행되고 있을지도 모르나, 그들로서는 알 수 없었다. 아직 보급품을 들여오기에는 일렀고, 그들과 함께 상륙한 병력은 재빨리 산개되고 난 뒤였다. 오른쪽으로 100미터쯤 떨어진 지점에 해군이 세워 놓은 지휘 초소가 보였다. 지휘 초소라고 해 봐야 작은 접이식 책상 앞에 앉은 장교 한 명과, 정글과 해안이 만나는 지점에 만들어진 차폐물 그늘 밑의 지프 한 대가 전부였다. 왼쪽으로 200미터쯤 떨어진 만곡부 근처에서는 기동 부대 본부가 막 활동을 개시하고 있었다. 당번병 몇 명이 장군의 참모들이 사용할 개인호를 파고 있었고, 다른 두 명은 해안을 따라 반대 방향으로 걸으면서 40킬로그램짜리 전화선을 풀어 놓고 있었다. 지프 한 대가 물가의 단단하게 젖은 모래 위를 달려 해군의 지휘 초소 너머로 사라졌다. 기동 부대 본부의 맞은편 채색 삼각기들 근처에 얹혔던 상륙정들은 이제 바다로 물러나 강습 함대 쪽으로 항진하고 있었다. 바닷물은 짙은 청색이었고, 아침 아지랑이 사이로 보이는 함정들은 몸을 떠는 것처럼 보였다. 이따금 구축함들 가운데 하나가 한두 번 일제 사격을 하곤 했는데, 그러고 나서 삼십 초쯤 후 병사들은 머리 위로 호를 그리며 정글 쪽으로 날아가는 포탄의 낮은 속삭임을 들을 수 있었다. 어쩌다 기관총 소리가 정글 속에서 어지럽게 울리면, 곧이어 일본군의 날카로운 전투 소총 소리가 그에 응답했다.

브라운 병장이 포탄 때문에 윗부분이 잘려 나간 야자나무들을 보았다. 그보다 더 먼 곳에 있는 또 다른 숲은 손상된 부분이 전혀 없었다. 그는 고개를 저었다. 그 함포 공격을 받고도 살아남은 일본군이 많을 거라는 생각이 들었기 때문이다. "모토메 때에 비하면 오늘 함포 사격은 별것 아니네."

레드가 씁쓸한 표정을 지었다. "그래, 모토메 때 말이지." 그는 돌아누워 모래 위에 배를 깔고 엎드려 담배에 불을 붙였다. "이놈의 해안은 벌써부터 냄새가 나네." 그가 말했다.

"어떻게 냄새가 날 수 있어?" 스탠리가 물었다. "아직 너무 이르지."

"나면 나는 거지." 레드가 대답했다. 그는 스탠리가 마음에 들지 않았다. 그는 정글 쪽에서 희미하게 흘러오는 불쾌한 냄새를 과장해서 말한 것이었으나, 자기가 한 말을 방어할 준비가 되어 있었다. 오래전부터 겪어 온 익숙한 우울감이 조금씩 온몸에 스며드는 느낌이었다. 그는 권태롭고 짜증이 났다. 식사를 하기에는 아직 일렀고, 담배는 이미 너무 많이 피웠다. "상륙 작전은 무슨." 그가 말했다. "이건 연습이야, 수륙 양용모의 훈련이지." 그가 씁쓸한 기분으로 침을 탁 뱉었다.

크로프트가 탄띠를 허리에 감고 소총을 어깨에 멨다. "나는 병참 부대를 찾아볼 테니까, 너는 내가 돌아올 때까지 소대원들을 데리고 여기 있어." 그가 브라운에게 말했다.

"그놈들은 우릴 잊은 거야." 레드가 말했다. "우리는 잠이나 자는 게 좋겠어."

"그래서 내가 데리러 가는 거야." 크로프트가 말했다.

레드가 신음 소리를 냈다. "오늘 하루는 그냥 좀 이렇게 가만히 앉아서 놀게 내버려 두지그래."

"이것 봐, 발젠,[1] 헛소리는 이제 그쯤 해 둬." 크로프트가 말했다.

레드가 경계하며 그를 쳐다보았다. "대체 왜 그래? 혼자 전쟁을 해서 이겨 보겠다는 거야?" 두 사람은 한동안 팽팽하게 서로를 노려보았다. 그러다 크로프트가 큰 걸음으로 그 자리를 떠났다.

"상대를 잘못 골랐어." 브라운 병장이 레드에게 말했다.

---

1) 레드의 이름.

레드가 또 한 번 침을 탁 뱉었다. "난 어느 놈한테도 당하지 않아." 그는 심장이 빨리 뛰는 걸 느꼈다. 100미터 남짓 떨어진 해안에 시체 몇 구가 뒹굴고 있었다. 레드가 그 광경을 보는데, 기동 부대 본부의 병사 하나가 시체들을 물에서 끌어내기 시작했다. 항공기 한 대가 머리 위에서 정찰 비행을 했다.

"빌어먹게 조용하군." 갤러거가 중얼거렸다.

토글리오가 고개를 끄덕였다. "나는 참호나 파야겠다." 그가 휴대용 삽을 끌렀다. 그러자 윌슨이 킬킬 웃었다. "체력을 좀 아껴 두지그래." 그가 토글리오에게 말했다.

토글리오가 그 말을 무시하고 모래를 파기 시작했다. "나도 하나 파야지." 헤네시가 새된 목소리로 말하고는 토글리오로부터 20미터 정도 떨어진 곳에서 작업을 시작했다. 잠시 동안 들리는 소리라곤 두 사람이 모래에 삽질하는 소리뿐이었다.

오스카 리지스가 한숨을 쉬고 말했다. "젠장, 나도 하나 파는 게 낫겠어." 그렇게 말하고 나서, 그는 무안한지 큰 소리로 웃으며 배낭 쪽으로 몸을 굽혔다. 그의 웃음은 부자연스럽게 커서 귀에 거슬렸다.

스탠리가 그 웃음소리를 흉내 냈다. "와아 ─ 아 ─ 아아아!"

리지스가 고개를 들더니 부드럽게 말했다. "이런 제길, 웃음소리가 그렇게 생겨 먹은 걸 어쩌라고? 내 생각엔 그 정도면 나쁘지 않아." 그는 사람 좋게 또 한 번 너털웃음을 웃었으나 이번에는 소리를 훨씬 낮추었다. 스탠리의 대답이 없자, 그는 다시 모래를 파기 시작했다. 그는 얼굴이든 발목이든 어느 쪽으로도 가늘어지지 않는, 뭉툭한 기둥처럼 짧고 건장한 몸매의 소유자였다. 얼굴은 둥글고 뭉뚝했는데 긴 턱이 처져서 그런지 항상 입이 벌어져 있었다. 눈을 휘둥그렇게 뜨고 조용히 바라보는 습관 때문에 수더분한 성격의 조금 모자란 사람처럼 보이기도 했다. 모래를 파는 그의 동작은 짜증이 날 정도로 굼떴다. 그는 모래를 정확히 똑같은 곳에 퍼 놓고는 주변을 한 번 둘러보고 나서야 다시 몸을 굽혔다. 무언가를 경계하는 듯이. 마치 사람들의 장난에 이골이 나서, 누구든 언제라도 자기에게 못된 장난을 치리라고 생각하는 사람 같았다.

스탠리는 초조하게 그를 지켜보았다. "이것 봐, 리지스." 브라운 병장의 눈치를 살피며 그가 말했다. "넌 너무 굼떠서 불 위에 앉아서도 오줌을 싸 불을 끌 생각 같은 건 안 할 거야."

리지스가 애매하게 웃었다. "그럴지도 모르지." 그가 자기 쪽으로 다가오는 스탠리를 보며 조용히 말했다. 스탠리는 리지스가 해 놓은 작업의 진척 상황을 살피기 위해 참호 속을 들여다보았다. 스탠리는 보통 체격에 키가 큰 젊은이였는데, 허영심이 강한 듯 보이는 긴 얼굴에는 언제나 냉소적이면서도 다소 불안한 표정이 어려 있었다. 긴 코와 듬성듬성 난 검은 콧수염이 아니었다면 잘생겼다는 소리를 들을 수도 있었을 것이다. 그는 이제 겨우 열아홉 살이었다.

"맙소사, 온종일 파겠군." 스탠리가 지겹다는 듯이 말했다. 그의 말소리에는 병사들의 말투를 서툴게 따라 하는 배우의 그것처럼 일부러 꾸며 낸 것 같은 난폭함이 있었다.

리지스는 아무 대꾸 없이 그저 끈기 있게 계속해서 모래를 파냈다. 스탠리는 무언가 재치 있는 말을 생각해 내려 애쓰면서 좀 더 그를 지켜보았다. 그러다 그곳에 그렇게 서 있는 자기가 우스꽝스럽게 느껴져서 충동적으로 리지스가 파 놓은 개인호 속에 모래를 조금 차 넣었다. 리지스는 잠자코, 작업의 리듬을 깨지 않고 그것을 퍼냈다. 스탠리는 소대원들이 자기를 지켜보고 있음을 느꼈다. 그들이 자기편인지 아닌지 알 수가 없어, 그는 일을 벌인 것을 후회했다. 그러나 되돌리기엔 이미 너무 멀리 와 있었다. 그는 이번에는 모래를 꽤 많이 차 넣었다.

리지스가 삽을 내려놓고 그를 쳐다보았다. 그의 참을성 있는 얼굴에서 얼마간 짜증이 배어 나왔다. "뭐 하자는 거야, 스탠리?" 그가 물었다.

"기분 나빠?" 스탠리가 빈정거렸다.

"그럼, 나쁘지."

스탠리가 씩 웃었다. "그래서 어쩔 건데?"

레드는 그때까지 화난 얼굴로 그를 지켜보았다. 그는 리지스가 좋았다. "이봐, 스탠리." 그가 고함쳤다. "코나 닦고 어른스럽게 굴어."

스탠리가 획 돌아서서 레드를 노려보았다. 일이 영 이상하게 흘러가고 있었다. 그는 레드가 두려웠지만, 그렇다고 물러설 순 없었다.

"레드, 넌 참견 말고 꺼져." 그가 말했다.

"이왕 참견하게 됐으니 묻는 건데 말이야." 레드가 느릿하게 말을 이었다. "똥구멍에 털이 잔뜩 났으면 됐지, 코밑의 그건 굳이 왜 기르는 거야?" 그 빈정거리는 말투가 너무도 우스워서 소대원들은 그 말이 다 끝나기도 전에 웃음을 터뜨렸다. "역시 레드야." 윌슨이 킬킬거렸다.

스탠리가 얼굴이 벌겋게 달아올라 레드 앞으로 한 걸음 다가섰다. "그런 식으로 말하면 곤란하지."

레드도 화가 치밀어 한바탕 싸우고 싶었다. 스탠리 따위는 제 상대가 되지 않는다는 걸 알고 있었다. 마음속에 무언가 걸리는 것이 있었고, 분노를 구실 삼아 그 찜찜한 기분을 밀어내버리고 싶었다. "너 이 자식, 어디 부러질 수도 있어." 그가 위협하듯 말했다.

브라운이 일어서더니 두 사람 싸움에 끼어들었다. "이봐, 레드, 아까 크로프트하고는 싸울 생각까진 안 했잖아."

레드는 주춤했고 스스로에게 넌더리가 났다. 바로 그거였다. 그는 다음 행동을 결정하지 못한 채 그 자리에 서 있었다. "그래, 싸울 생각은 안 했지." 그가 말했다. "하지만 싸우지 못할 상대는 없어." 그는 자기가 크로프트를 두려워했던 게 아닐까 하고 자문해 보았다. "아, 젠장." 그는 한마디 내뱉고는 돌아섰다.

그러나 싸울 생각이 없다는 걸 알자, 스탠리가 레드의 뒤에 따라붙었다. "나랑은 아직 안 끝났잖아." 그가 말했다.

레드가 그를 쳐다보았다. "넌 좀 꺼져."

"왜 그래, 겁쟁이라도 된 거야?" 이런 말이 입에서 튀어나오는 순간, 스탠리 본인도 내심 깜짝 놀랐다. 이번엔 확실히 선을 넘었다.

"스탠리," 하고 레드가 입을 열었다. "네놈 머리통 부수는 일쯤 아무것도 아니지만, 오늘은 싸우지 않아." 그는 다시 치밀어 오르는 화를 애써 눌렀다. "병신 같은 짓은 이제 그쯤 해 두자고."

스탠리는 그를 쳐다보다가, 모래 위에 침을 탁 뱉었다. 한마디 더 하고 싶어 입이 근질거렸지만, 자기가 이겼다는 것을 알았다. 그는 브라운 옆에 앉았다.

윌슨이 갤러거를 보며 고개를 흔들었다. "레드가 물러설 줄은 몰랐어." 그가 중얼거렸다.

귀찮게 구는 사람이 없어지자, 리지스는 다시 모래를 퍼내기 시작했다. 방금 벌어진 일이 머릿속을 맴돌았지만, 손에 쥔 삽의 만족스러운 중량감이 그의 기분을 달래 주었다. 정말 조그만 연장이구나, 하고 그는 생각했다. 이런 연장을 보면 아버진 아마 껄껄 웃으시겠지. 그는 노동에서 편안한 익숙함을 느끼며 작업에 열중했다. 일만큼 정신 차리게 만드는 것도 없다고 그는 생각했다. 호가 거의 완성되자, 그는 바닥을 발로 쿵쿵 밟으며 평평하고 단단하게 다지기 시작했다.

파리채로 식탁을 치는 듯한 날카로운 소리가 들려왔다. 소대원들이 불안한 표정으로 사방을 두리번거렸다. "일본군 박격포야." 브라운이 나직하게 말했다.

"가까운데." 마르티네즈가 중얼거렸다. 상륙 후 그의 입에서 나온 첫 마디였다.

기동 부대 본부의 병사들이 땅에 엎드려 있었다. 브라운은 귀를 기울였고, 울음소리 같은 소리가 점차 가속화되자 모래

에 얼굴을 처박았다. 박격포탄이 약 150미터쯤 떨어진 곳에서
폭발했다. 그는 꼼짝도 하지 않고 엎드린 채, 공기를 가르며
날아와 정글의 나뭇잎들을 사정없이 후려갈기는 파편들의 끔
찍한 소리에 귀를 기울였다. 브라운은 저도 모르게 튀어나오
는 신음 소리를 억눌렀다. 포탄은 꽤 먼 곳에 낙하했지만, 그
러나……. 그는 불쾌한 공포감에 사로잡혔다. 전투가 시작될
때면 늘 몸의 기능이 완전히 마비되어 버리는 순간이 있었는
데, 그럴 때마다 그는 당장 생각나는 일을 하곤 했다. 폭발음
의 여운이 사라지자 그는 벌떡 일어났다. "자, 자, 다들 여기서
빨리 벗어나자." 그가 외쳤다.

"크로프트는 어떡하고?" 토글리오가 물었다.

브라운은 생각을 해 보려고 애썼다. 그는 해변의 이 지점
에서 빨리 벗어나야 한다는 다급한 느낌에 사로잡혀 있었다.
한 가지 생각이 떠오르자, 그는 신중히 생각해 보지도 않고 거
기에 매달렸다. "너는 호를 팠으니 여기 있어. 우리는 여기서
800미터쯤 떨어진 곳에 있을게. 크로프트가 돌아오면 거기서
우리랑 합류하는 거다." 그는 자기 장비를 끌어모으다가 갑자
기 도로 내려놓고 중얼거렸다. "빌어먹을, 이깟 건 나중에 챙
기지 뭐." 그러고는 해변을 달리기 시작했다. 다른 병사들은
놀라서 그를 쳐다보다가 어깨를 으쓱했다. 이어 갤러거, 윌슨,
레드, 스탠리, 마르티네즈가 길게 열을 지어 그의 뒤를 따르기
시작했다. 헤네시가 그들이 가는 것을 지켜보다가 토글리오
와 리지스 쪽을 건너다보았다. 야자나무 숲 언저리에서 고작
몇 미터 떨어진 곳에 개인호를 판 그는 숲 속을 살펴보려 했지

만 녹음이 짙어 15미터 이상은 내다볼 수가 없었다. 토글리오의 개인호는 20미터가량 왼쪽에 있었으나 훨씬 멀리 있는 듯 느껴졌다. 토글리오의 다른 쪽에 있는 리지스는 굉장히 먼 거리에 있는 느낌이었다. "난 어떻게 해야 할까?" 헤네시가 토글리오에게 속삭였다. 그는 다른 소대원들을 따라갈걸 그랬다고 후회하고 있었다. 그러나 남들이 비웃을까 봐 차마 묻지 못했던 것이다. 토글리오는 사방을 살피고 몸을 구부린 채 헤네시의 개인호로 달려왔다. 그의 넓고 가무잡잡한 얼굴에서 땀이 흐르고 있었다. "내 생각엔 아주 심각한 상황인 것 같아." 그가 극적인 말투로 말하더니 정글 안쪽을 살폈다.

"무슨 일이야?" 헤네시가 물었다. 그는 목구멍에 무언가가 차오르는 것을 느꼈다. 그게 기분이 좋은 건지 나쁜 건지 판단할 수가 없었다.

"일본 놈들이 해변 가까이까지 박격포를 몰래 끌고 온 것 같아. 우리를 공격할지도 모르겠어." 토글리오가 얼굴의 땀을 닦았다. "다른 녀석들도 여기에 호를 팠어야 하는데." 그가 말했다.

"저렇게 달아나다니 치사한 짓이야." 헤네시가 말했다. 그는 자기 목소리가 자연스럽게 들리는 데 놀랐다.

"글쎄," 토글리오가 말했다. "브라운은 나보다 경험이 많아. 분대장들을 믿어야 해." 그는 손가락으로 모래를 훑었다. "난 내 참호로 돌아갈 테니까 넌 여기서 꼼짝 말고 기다려. 일본군이 오면 우리가 여기서 막아야 해." 토글리오의 음성에는 뭔가 중대한 일을 예견하는 듯한 느낌이 있었다. 헤네시는 열심히 고개를 끄덕였다. 꼭 영화 같구나, 하고 그는 생각했다. 몇 가지 희미한 영상들이 머릿속에서 겹쳐졌다. 일어서서 돌격해 오는 적군을 물리치는 자신의 모습이 그려졌다. "이제 됐지?" 토글리오는 이렇게 말한 후 헤네시의 등을 두드렸다. 그러고는 다시 자세를 낮추어 자신의 개인호를 지나 리지스에게도 말을 하러 달려갔다. 헤네시는 토글리오가 모토메 작전의 가장 어려운 시기가 지난 후에 소대에 왔다고 한 레드의 말이 생각났다. 그런 그를 믿어도 되는 걸까 하는 생각이 들었다.

헤네시는 참호 속에 쪼그리고 앉아 정글 쪽을 지켜보았다. 입이 바짝바짝 타들어 가서 줄곧 입술에 침을 발랐다. 덤불숲에서 움직임이 느껴질 때마다 가슴이 조여 왔다. 해변은 아주 고요했다. 일 분이 지났다. 그는 지루해지기 시작했다. 기어를 넣으며 해변을 지나가는 트럭 소리가 들려왔다. 기회를 봐서 고개를 돌려 보니 해안에서 1.5킬로미터 정도 떨어진 해상에서 일단의 상륙정들이 또 오고 있었다. 증원 부대가 오는구나, 하고 생각한 그는 그것이 엉뚱한 생각이라는 것을 곧 깨달았다.

무엇을 손바닥으로 세게 때리는 것 같은 소리가 정글 쪽에서 들려오더니 두 번째, 세 번째, 네 번째 발사음이 이어졌다. 박격포구나, 하고 생각한 그는 자기가 빨리 알아챘다고 판단했다. 뒤이어 충돌을 피하기 위해 급정거하는 차의 타이어가 지면과 마찰할 때 나는 소리와 같이 찢어질 듯 날카로운 소리가 바로 머리 위에서 들려왔다. 그는 본능적으로 참호 바닥에 납작 엎드렸다. 그다음 순간 무슨 일이 벌어졌는지는 알 수가 없었다. 머릿속 구석구석까지 헤집어 놓을 정도의 엄청난 폭발음이 들리더니, 그가 엎드려 있는 땅이 진동했다. 그는 얼이 빠진 상태로 흙이 날아와 자신의 몸을 덮고 폭발로 인해 몸에 충격이 오는 것을 느꼈다. 또 한 번 포탄이 작렬했고, 그는 흙과 충격을 다시금 느꼈다. 포탄은 그 후에도 두 번 더 날아왔다. 그는 겁에 질리고 화가 나 흐느껴 울었다. 포탄이 또 한 방 떨어지자 그는 어린애처럼 악을 썼다. "그만해, 그만하란 말이야!" 포격이 끝난 후에도 그는 거의 일 분 동안 그곳에 엎드려 몸을 떨었다. 넓적다리가 축축하고 뜨끈했다. 처음에는 부상을 당했구나, 생각했다. 기분이 좋고 평안한 느낌이었다. 그는 머릿속으로 막연히 병원 침상을 그려 보았다. 하지만 손으로 뒤를 만져 보고는 자기가 똥을 쌌다는 사실을 깨달았다. 역겹기도 하고 우습기도 했다.

헤네시는 꼼짝하지 않았다. 움직이지만 않으면 여기서 바지가 더 더러워지지는 않으리라 생각했던 것이다. 레드와 윌슨이 똥구멍을 꽉 죄고 있어야 한다고 말하던 게 생각났다. 이제 그들의 말뜻을 알 수 있었다. 그는 킬킬거렸다. 그의 개인호 가장자리가 무너지기 시작했다. 다음 포격 때는 완전히 무너져 버리지 않을까 하는 걱정이 한순간 머리를 스쳤다. 구린내가 나기 시작하자 그는 속이 울렁거렸다. 바지를 갈아입어야 하나? 그는 자문했다. 여벌이라곤 배낭에 있는 한 벌이 전부인데, 그것을 한 달 내내 입어야 할지도 모르는 일이었다. 지금 입은 바지를 버리면, 나중에 변상을 해야 할지도 몰랐다.

아니야, 그건 아닐 거야. 그는 자신을 안심시켰다. 전쟁 중에 분실한 장비를 변상할 의무는 없었다. 그는 다시 킬킬거렸다. 이런 이야기를 아버지에게 하면 어떤 반응을 보일까. 그는 잠시 아버지의 얼굴을 그려 보았다. 한편으론 참호 밖을 살펴보기 위해 용기를 그러모았다. 적병을 보게 될까 봐 두렵기도 했지만, 그는 바지가 더 더러워지지 않을까 염려하며 조심스럽게 몸을 일으켰다.

토글리오와 리지스는 여전히 참호 밑에 몸을 숨기고 있었다. 헤네시는 자기 혼자만 남겨진 게 아닌가 하는 의심이 들기 시작했다. "토글리오, 토글리오 상병." 토글리오를 불러 보았다. 하지만 그것은 쉰 목소리의 속삭임으로밖에 나오지 않았다. 아무 대답이 없었다. 헤네시는 자기의 목소리를 과연 그들이 들었을까 하는 의문조차 갖지 않았다. 난 혼자야. 완전히 혼자야. 이렇게 생각하니 그렇듯 홀로 고립되어 있는 상태가 못 견디게 무서웠다. 다른 소대원들은 다 어디에 있을까 궁금했다. 그는 여지껏 한 번도 전투를 경험한 적이 없었다. 그런 그를 이렇게 혼자 남겨 둔 것은 부당한 일이었다. 헤네시는 자기를 버리고 간 동료들을 원망하기 시작했다. 정글은 뇌운으로 어두워지는 하늘처럼 어둡고 불길해 보였다. 불현듯 이곳에 더 이상 머무를 수 없다는 생각이 들었다. 그는 참호 밖으로 나와 소총을 꼭 쥐고 기어가기 시작했다.

"헤네시, 어디 가는 거야?" 토글리오가 외쳤다. 갑자기 참호 밖으로 그의 머리가 보였다.

헤네시는 흠칫 놀라더니 두서없이 지껄이기 시작했다. "다른 사람들을 부르러 가. 이건 중요한 일이야. 나 바지에 똥 쌌어." 그는 소리 내서 웃기 시작했다.

"돌아와!" 토글리오가 소리쳤다.

헤네시는 자신의 참호를 보았다. 저 안으로 다시 돌아가는 건 불가능했다. 해변은 무척이나 깨끗하고 훤히 트여 있었다. "아니, 난 가야 해." 그가 말했다. 그리고 뛰기 시작했다. 토글리오의 고함 소리가 다시 한 번 들려왔다. 그런 뒤 그의 귀에 들린 것은 오직 자신의 숨소리뿐이었다. 갑자기 그는 각반으로 죄어서 불룩해진 바짓가랑이 속에서 무언가 굴러다니고 있음을 의식했다. 그는 미친 듯이 바짓가랑이를 각반에서 빼서 밖으로 똥을 떨어뜨리고는, 다시 달리기 시작했다.

헤네시는 상륙 지점을 표시하는 기가 세워진 장소를 지나면서 정글 근처의 작은 구덩이 안에 엎드린 자세로 쓰러져 있는 해군 장교를 보았다. 갑자기 박격포 소리가 다시 들리더니 근처에서 발사되는 기관총 소리가 뒤를 이었다. 수류탄 두어 개가 종이 봉지가 터질 때처럼 크고 공허한 소리를 내면서 터졌다. 순간 그는 병사들 몇 명이 박격포를 가진 일본군을 공격하고 있구나, 생각했다. 그리고 다음 순간 그를 향해 날아오는 박격포의 경적과도 같은 끔찍한 소리를 들었다. 그가 빠른 속도로 한 바퀴 작은 원을 돌더니 땅바닥에 내동댕이쳐졌다. 파편 하나가 그의 뇌를 반으로 가르기 전에, 그는 어쩌면 폭발의 충격을 느꼈을지도 모른다.

레드는 소대가 토글리오와 합류하려고 돌아오는 길에 헤네시를 발견했다. 그들은 어느 예비 중대 병력이 해안을 따라 더 멀리 내려간 곳에 파 놓은 긴 지그재그형 참호 속에서 포격을 피했다. 일본군 박격포수들이 소탕되었다는 소식이 전해진 후, 브라운은 돌아가기로 결정했다. 레드는 누구와도 대화를 나누고 싶지 않아, 무의식중에 맨 앞에서 걸었다. 그가 해변의 구부러진 곳을 돌아 나오는데, 얼굴을 모래에 처박고 쓰러져 있는 헤네시의 모습이 보였다. 헤네시의 철모에는 움푹 파인 구멍이 하나 있었고, 머리에는 작고 둥글게 피가 맺혀 있었다. 손 하나가 손바닥을 위로 향한 채 무언가를 잡으려는 듯이 움켜쥐어져 있었다. 레드는 구역질이 났다. 그는 헤네시를 좋아했다. 하지만 그것은 그가 소대 내의 다른 여러 동료들에 대해 느끼는 것과 같은 종류의 애정으로, 이와 같은 최후를 맞을 수도 있다는 가능성을 포함한 감정이었다. 레드의 마음에 걸리는 것은 적기의 공습이 진행되는 동안 갑판 위에서 그와 함께 있던 헤네시가 구명대에 바람을 넣던 그날 밤의 기억이었다. 그 기억은 그날 밤 마치 누군가가, 혹은 무언가가 그들을 어깨 너머로 지켜보면서 비웃기라도 한 것처럼 한순간 그에게 두렵고도 당황스러운 감정을 일으켰다. 정해진 양식이 있어서는 안 될 일에 어떤 양식이 존재했던 것이다.

뒤에 있던 브라운이 레드에게 다가와서 난처한 표정으로 시체를 응시했다. "뒤에 남겨 두고 온 게 잘한 일이었을까?" 그가 물었다. 그는 자신의 책임 여부에 대해서는 생각하지 않으려고 애썼다.

"시체는 누가 처리하지?"

"영현 등록반이 하겠지."

"그럼, 내가 가서 그들을 찾아오지. 이 친구를 옮겨야 하잖아." 레드가 말했다.

브라운이 미간을 찌푸렸다. "우리는 흩어지면 안 돼." 그가 멈췄다가 화난 얼굴로 다시 말을 이었다. "제기랄, 레드, 너 오늘따라 왜 이리 약해 빠진 거야? 싸움을 걸었다가 뒤로 물러나고, 또 괜히 이런 일에 흥분해서……." 그는 헤네시를 쳐다보고는 말을 맺지 못했다.

레드는 이미 저만치 걸어가고 있었다. 적어도 오늘이 지나갈 때까지 해변의 이 지점은 피할 생각이었다. 그는 헤네시의 철모와, 철모의 뚫린 구멍에서 흐르던 피를 기억에서 몰아내려 애쓰며 침을 탁 뱉었다.

소대원들이 그의 뒤를 따랐다. 토글리오를 남겨 두었던 곳에 이르자, 병사들이 모래사장에 호를 파기 시작했다. 토글리오는 헤네시에게 돌아오라고 외쳤다는 말을 거듭 되풀이하면서 안절부절못하고 그곳에서 서성거렸다. 마르티네즈가 그를 진정시키려 애썼다 "알았어, 네가 어떻게 할 수 있는 일이 아니었잖아." 그는 몇 번이나 같은 말을 했다. 무른 모래에서 빠르고 쉽게 땅을 파면서, 그는 그날 처음으로 마음이 평온했다. 그의 공포심은 헤네시의 죽음과 함께 사그라졌다. 이제는 아무 일도 일어나지 않을 것 같았다.

크로프트가 돌아와 브라운에게서 소식을 전해 듣고도 아무런 말이 없었다. 브라운은 마음이 놓였고 헤네시의 죽음에 대해 자책할 필요는 없다고 결론을 내렸다. 그는 그에 대해 더 이상 생각하지 않기로 했다.

그러나 크로프트는 하루 종일 그 일만을 생각했다. 나중에 해변에서 보급품 하역 작업을 할 때도, 그는 몇 번이고 그 생각에 사로잡혔다. 그의 반응은 아내의 부정을 알게 되었을 때 느꼈던 감정과 비슷했다. 그 순간, 분노와 고통이 미처 작동하기 전의 순간, 그는 온몸이 마비된 채 심장만 미치게 고동치는 것 같은 흥분을 느끼면서, 자신의 인생이 얼마간 달라졌으며 어떤 일들은 앞으로 결코 똑같지 않으리라는 것을 깨달았다. 그는 그것을 지금 다시 깨닫고 있었다. 헤네시의 죽음은 크로프트에게 그가 직접 대면하기 두려운 어떤 전능한 힘의 양상을 눈앞에 펼쳐 보여 준 사건이었다. 이 사실은 하루 종일 그의 머릿속을 맴돌면서, 이상한 꿈들과 힘의 전조들로 그를 안달하게 했다.

# 2부
## 점토와 틀

# 1

일찍이 참모들로부터 개략적인 전황 보고를 받는 자리에서, 상륙 부대 사령관 에드워드 커밍스 소장은 아노포페이 섬의 모양이 오카리나처럼 생겼다고 말한 적이 있다. 그것은 꽤 정확한 비유였다. 섬의 몸체는 길이가 250킬로미터 정도에 폭이 그 3분의 1쯤 되는데, 대체로 유선형 모양에 그 중심축을 따라 높은 산맥이 척추처럼 자리하고 있었다. 그리고 아노포페이의 몸체에 거의 직각으로 악기의 마우스피스 격인 반도하나가 30킬로미터 길이로 튀어나와 있었다.

커밍스 장군의 기동 부대는 이 반도의 끝에 상륙해서, 작전이 시작된 지 며칠 안에 거의 8킬로미터 정도를 전진한 상태였다. 강습 병력의 1진이 상륙정에서 내려 물을 튀기며 해변으로 돌진했고, 정글 언저리에 참호를 파고 들어갔다. 후속 병력은 선발 병력의 진지를 지나 일본군이 만들어 놓은 길을 따라서 숲 속으로 이동했다. 일본군의 주력 부대가 해군의 함포 사격이 시작되었을 때 해변에서 철수했기 때문에, 처음 하루 이틀은 저항이 미미했다. 초기의 진격은 소규모 잠복 공격이나, 협곡을 따라서 혹은 정글의 통로를 가로질러 세워진 임시 방어 진지 때문에 잠시 지연되었을 뿐이었다. 부대는 각 중대가 전진하기에 앞서 많은 정찰병들을 보내 전방을 살피면서 한 번에 몇 백 미터씩 조심스럽게 전진했다. 적어도 며칠 동안은 전선이라고 할 만한 것이 형성되지 않았다. 병력이 작은 단위로 나뉘어 정글로 스며들었고, 훨씬 규모가 작은 일본군 병력과 작은 접전을 벌이고는 다시 전진했다. 전체적으로 보아 군대는 전진하고 있었지만, 개개의 부대가 정해진 시간에 특정한 방향으로 진격하는 것은 아니었다. 그들은 마치 풀숲에서 한 줌의 빵 부스러기와 씨름하며 이동하는 개미 집단과도 같았다.

사흘째 되는 날, 그들은 일본군 비행장 하나를 점령했다. 400미터 정도의 정글을 베어 내서 만든 활주로와 숲 속에 틀어박힌 조그마한 격납고 하나, 일본군이 이미 파괴해 버린 건물 몇 채만 남은 비행장을 탈취한 사소한 전과였으나, 태평양 코뮈니케[2]에 이 전과가 포함되었고 라디오 아나운서들도 뉴스가 끝날 무렵에 이 승리를 언급했다. 이 비행장은 주변 정글을 둥글게 포위한 이 개 소대에 의해 탈취되었다. 그들은 그곳을 방어하던 기관총 분대 하나를 격퇴한 뒤, 무전으로 본부에

---

2) 주로 외교 관계에서 일정한 자격을 갖춘 이가 공적으로 밝히는 견해.

보고했다. 커밍스 장군 휘하 군대의 야간 방어 진지가 처음으로 어떤 연결성을 갖게 되었다. 장군은 비행장 앞 수백 미터의 거리에 전선(戰線)을 구축했고, 그날 밤 일본군이 비행장에 포격을 가하는 소리에 귀를 기울였다. 이튿날 아침나절엔 그의 부대가 내륙 쪽으로 800미터 더 전진했고, 전선은 다시 수은 알갱이들이 여기저기 흩어져 천천히 움직이는 양상을 띠게 되었다.

어떤 식으로든 질서를 유지한다는 것은 전혀 불가능한 일 같았다. 이 개 중대가 아침에는 대열의 측면들 사이에 완벽한 연락을 유지하며 출발했다가 밤에는 서로 1.5킬로미터 떨어진 곳에서 야영하는 일이 생기기도 했다. 정글의 저항은 일본군보다 훨씬 더 완강했다. 군대는 될수록 정글을 피해 시냇가를 따라 전진하거나, 정글에 비해 덜 빽빽한 야생 야자나무 숲에 길을 내어 통과하거나, 이따금 나타나는 탁 트인 쿠나이 풀밭을 신이 나서 이동했다. 그러자 이에 대응해 일본군이 때를 가리지 않고 트인 곳들을 포격해 왔기 때문에, 부대는 결국 그런 곳들을 피했고 정글에서도 비교적 덜 빽빽한 곳을 찾아 조심스럽게 길을 더듬으며 전진했다.

작전이 시작된 첫 주, 장군의 가장 힘겨운 적은 단연코 정글이었다. 사단 기동 부대는 아노포페이의 밀림이 무시무시하다는 이야기를 이미 들은 바 있지만, 그런 경고를 미리 들었고 해서 상황이 쉬워지는 것은 아니었다. 수목이 가장 빽빽한 곳에서는 불과 100여 미터 전진하는 데 한 시간 정도가 소요되었다. 정글 중심부의 거목들은 높이가 거의 100미터에 가까웠고, 가장 낮은 곳에 위치한 가지들이 지상에서 70미터 정도의 높이에서 뻗어 나와 있었다. 그 밑으로 다른 나무들이 무성하게 자라 공간을 채우고 있었는데, 이들 관목들에 가려 거목들의 모습은 보이지도 않았다. 조금 남은 공간에는 한데 엉켜 서로의 목을 조르는 덩굴과 양치류, 야생 바나나 나무, 제대로 발육하지 못한 야자나무, 화초류와 풀들이 서로의 좁디좁은 틈을 비집고 자라나 위에서 새어 들어오는 햇빛이라고 하기에도 민망한 빛 쪽으로 무거운 잎을 들어 올리고 깊은 구덩이 속의 뱀처럼 공기와 먹이를 빨아들였다. 정글 깊숙한 곳은 언제나 뇌우가 몰아치기 직전의 여름 하늘처럼 어둠침침했고 바람 한 점 없었다. 모든 것이 거대한 창고의 어둡고 숨 막히는 천장 아래서 점점 더 뜨거워져 가는 엄청난 규모의 기름걸레 더미처럼 축축하고 빽빽하고 뜨거웠다. 열기가 모든 것을 핥았고, 그에 반응하여 잎들이 놀라운 크기로 자랐다. 열기와 습기로 가득 찬 이 밀림 깊숙한 곳에는 고요가 찾아오는 법이 없었다. 새가 울었고, 이따금 뱀을 포함해서 작은 짐승들이 바스락거리고 끽끽 소리를 냈다. 이러한 온갖 소음 밑에는 손에 잡힐 듯한 침묵이 깔려 있어서, 식물들이 성장에 열중하는 소리가 들릴 정도였다.

어떤 군대도 그 안에서 살거나 움직일 수 없었다. 병사들은 정글 숲을 우회해서 키 작은 야자나무 숲들을 지나 2차림 사이를 뚫고 지나갔다. 여기에서도 전방 50미터 내지 100미터 이상은 보이지 않았다. 그래서 초기 작전은 소단위 병력의 암중모색 형태로 이루어졌다. 반도는 이 지점에서 폭이 몇 킬로미터에 불과했고 장군은 2000명의 병력을 이곳에 가로로 배치했으나, 그럼에도 그들 사이는 거의 연결되지 않은 상태였다. 병사 180명 규모의 일 개 중대와 다른 중대 사이에는 일본군이 침투할 만한 틈이 얼마든지 있었다. 지형이 비교적 트여 있을 때에도, 각 중대는 불완전한 전선이나마 구축하려 들지 않는 경우가 종종 있었다. 일주일 동안 정글 속에서 암중모색을 하다 보니, 연결된 전선이라는 군사 개념은 그저 개념에 불과하다는 생각이 들었다. 전방 부대의 뒤쪽에도 도처에 일본군이 남아 있었고, 정글의 모든 길목마다, 장군이 점령한 반도 지역의 구석구석에서 매복군의 기습과 소규모 전투가 벌어져, 마침내 오카리나의 마우스피스에 돌기가 잔뜩 돋은 꼴이 되어 버렸다. 강렬하고 지속적인 혼란이 이어졌다.

장군은 이것을 예측했고, 그에 대해 방비도 해 둔 상태였다. 그는 휘하 병력 6000명 가운데 3분의 2를 후방에 배치하여 보급품 수송과 정글 수색 임무를 맡겼다. 그는 작전이 개시되기 전에 받은 첩보 보고를 통해 일본군의 병력이 최소 5000은 된다는 사실을 알고 있었다. 그리고 이들 가운데 그의 장병들이 지금껏 교전한 적군의 수는 몇 백에 불과했다. 일본군 사령관 도야쿠 장군은 장기 방어전을 펴기 위해 주력을 아끼고 있는 게 분명했다. 육군 본부는 커밍스에게 이따금 사진들을 보내 주었는데, 정찰기에서 촬영한 이 사진들은 커밍스의 짐작을 확인해 주듯 아노포페이의 주 산맥에서 해안에 이르는 전선을 따라 도야쿠가 구축해 놓은 강력한 방어선을 보여 주었다. 반도 기저부에 도달하면, 커밍스는 부대를 좌로 90도로 틀어

도야쿠가 구축한 방어선과 정면으로 맞닥뜨려야 할 터였다.

이런 이유로 커밍스는 부대가 느긋하게 진격하는 것에 대해 개의치 않았다. 일단 부대가 도야쿠 선에 도달하고 나면 보급이 제대로 이루어지는 것이 무엇보다 중요했다. 따라서 병사들과 보조를 맞춰 도로를 건설할 필요가 있었다. 상륙한 다음 날, 장군은 일본군과의 본격적인 전투가 내륙으로 수 킬로미터 들어간 곳에서 벌어질 거라고 판단했는데, 이것은 꽤 정확한 판단이었다. 그는 즉시 1000명의 병력을 도로 건설에 돌렸다. 이들은 일본군들이 비행장에서 해안까지 닦아 놓은 자동차 도로를 손질하는 일부터 시작했다. 사단 공병대는 이 도로를 넓히고 해변에서 날라 온 자갈을 그 위에 깔았다. 그러나 비행장을 벗어나면 도로가 그저 기초만 닦아 놓은 수준이었기 때문에, 일주일 후에는 도로 공사에 1000명이 추가 배정되었다.

도로 1.5킬로미터를 건설하는 데 사흘이 소요되었다. 그동안 전선의 부대는 계속해서 전진했다. 삼 주가 끝나 갈 무렵, 사단 기동 부대는 반도 기저부로 25킬로미터 전진했는데, 도로는 부대가 전진한 거리의 반밖에 건설되지 못한 상태였다. 그래서 나머지 거리는 병사들이 직접 보급품을 져서 날라야 했다. 이 작업에 다시 1000명이 배정되었다.

작전은 별다른 사건 없이 하루하루 진행되었고, 뉴스에도 더 이상 보도되지 않았다. 사단의 인명 피해는 경미했고 전선도 마침내 어느 정도 형태를 갖추게 되었다. 장군은 해변에 인접한 정글 속 모든 야영지에서 나온 병사들과 트럭이 쉼 없이 움직이는 광경을 지켜보며, 후방에 남은 일본군을 소탕하고 도로를 건설한 것, 그리고 계획에 맞춰 손쉽게 조금씩 전선을 앞으로 이동시킨 것으로 당장은 만족했다. 그는 일 주나 이 주 후, 아니면 늦어도 일 개월 후에 본격적인 전투가 시작되리라는 것을 알았다.

# 2

보충병들은 어느 하나 익숙한 것 없는 환경 속에서 심신이 고단했다. 몸은 항상 젖어 있는 것 같았고, 천막은 아무리 공들여 세워도 예외 없이 밤바람에 쓰러지고 말았다. 어떻게 해도 짧은 천막 핀을 모래 속에 고정하는 방법을 찾을 수가 없었다. 비가 내리기 시작하면 발을 담요 안쪽으로 끌어당기고 담요가 또다시 흠뻑 젖어 버리지 않기만을 바라는 것 외에 이렇다 할 대안이 없었다. 한밤중에는 보초 근무 때문에 일어나야 했고, 달빛 속을 비틀비틀 걸어서 축축이 젖은 모래 구덩이 속에 멍하니 앉아 있다가 무슨 소리가 들릴 때마다 깜짝깜짝 놀라곤 했다.

보충병들은 모두 300명이었는데, 다들 조금은 애처로워 보였다. 그들에겐 모든 것이 낯설었다. 전투 지역에서 작업을 하리라고는 예상하지 못했던 터라, 그들은 트럭과 상륙정이 끊임없이 움직이는 낮 시간의 부산함과 평시 밤 시간의 고요함 사이에서 어리둥절했다. 해가 지면 공기가 시원해졌고 바다의 일몰은 아름다웠다. 병사들은 어두워지기 전에 마지막 담배를 피우거나 편지를 쓰거나 물에 떠내려온 나무 조각으로 천막을 고정시키려 애를 썼다. 밤이 되면 전투의 소음도 가라앉았다. 저 멀리서 들려오는 소형 화기 소리와 아련하게 울리는 포성은 그들과 동떨어진 소음 같았다. 모든 것이 혼란스러운 시기였고, 대부분의 보충병들은 각자의 중대에 배치되었을 때 다행이라고 생각했다.

그러나 크로프트의 기분은 사뭇 달랐다. 그는 가망이 없다는 것을 알면서도 수색 소대에 필요한 보충병 여덟 명이 어떻게든 배정될 거라고 기대했다. 그런데 겨우 네 명만 배정되자 그는 넌더리가 났다. 소대가 아노포페이에 상륙한 이래 연속으로 좌절을 맛본 그에게는 이번 일이 그 정점인 셈이었다.

우선 전투에 참가할 기회가 한 번도 없었다는 것부터가 기분 나빴다. 장군은 사단 병력의 반을 모토메 수비를 위해 남겨둘 수밖에 없었다. 그 결과 그가 아노포페이에 데려온 인원은 사단 본부 소속 장교와 사병 중 극히 일부에 불과했다. 이들은 460연대 본부 중대의 병력과 합류했고, 합동 본부는 바다가 내려다보이는 낮은 사암 절벽 위의 야자나무 숲 속에 설치되었다.

이 합동 본부를 설치하는 임무가 수색 소대에 부과되었다. 소대는 이틀 동안만 해변에서 작업을 한 뒤 그 주의 나머지 오

일은 숲 속에 공터를 만들고 본부 경계에 철조망을 두르고 식당 천막이 들어설 땅을 평평하게 고르는 일로 보냈다. 그 이후, 그들의 임무는 틀에 박힌 양상을 띠게 되었다. 크로프트는 아침마다 소대를 인솔하고 해변 작업이나 도로 건설 현장에 나갔다. 수색 임무에 배치되는 일 없이 일주일이 지났고 또 일주일이 지나갔다.

크로프트는 조바심이 났다. 노역 따위는 그의 성미에 맞지 않았다. 소대의 모든 활동을 관리할 때와 마찬가지로 능률적으로 노역에 임하면서도, 매일 똑같은 일을 하려니 지루하고 짜증이 났다. 그는 이런 분노와 짜증을 배출할 구실을 찾고 있었고, 보충병들이 그것을 제공해 주었다. 보충병들이 배치되기 전, 크로프트는 매일 해변에서 그들을 주목했고 그들이 소형 천막을 접어서 필요한 인원대로 각 노역장으로 배치되어 가는 모습을 지켜보았다. 그는 마치 사업 개선 방안을 강구하는 기업가처럼 열일곱 명을 데리고 어떻게 수색 활동을 전개할 것인가를 계획했다.

소대에 겨우 네 명만이 배정된 것을 알았을 때, 크로프트는 격분했다. 수색 소대 병력은 열세 명으로 늘었지만, 문서상의 소대 병력은 스무 명이었으므로 위안이 되지 않았다. 일곱 명의 본부 분대 전원이 모토메에서 연대 정보부에 고정 배치되었으므로 사실상 수색 소대에 속한다고 볼 수도 없었다. 그들은 수색 임무에 나가는 일도 보초를 서는 일도 노역에 동원되는 일도 없었고, 크로프트가 아닌 다른 하사관들의 명령에 따라 움직였다. 그래서 크로프트는 이제 그들의 이름도 다 기억하지 못했다. 모토메에서는 때때로 소대의 소총수들이 그보다 두 배나 인원이 필요한 정찰 임무에 서너 명만을 데리고 나간 적도 있었다. 거기다 내내 그가 아무런 영향력도 행사하지 못하는 소대원이 일곱 명이나 더 있었다.

네 명 외에 한 명이 더 소대에 배정되었으나 이미 본부 분대에 돌려진 사실을 알았을 때, 그의 분노는 배가되었다. 저녁 식사가 끝나자 그는 중대 본부 막사로 가서 중대장 만텔리 대위와 언쟁을 벌였다.

"대위님, 본부 분대의 그 병사는 저희 소대로 돌려야 합니다."

밝은색 머리칼에 안경을 쓴 만텔리는 웃음소리가 높고 날카로운 인물이었다. 크로프트가 불쑥 뛰어들자, 그는 겁이 난다는 듯이 두 손으로 얼굴을 가리는 시늉을 했다. "진정하게, 크로프트." 그가 웃었다. "나는 빌어먹을 일본 놈이 아니야. 그렇게 뛰어들어 이 막사라도 때려 부술 작정인가?"

"대위님, 그렇지 않아도 너무 오래도록 병력이 부족했는데, 이제 더 이상은 못 참습니다. 일곱 명씩이나, 빌어먹을 일곱 명씩이나 연락병이랍시고 장교님들 시중이나 들며 본부에서 빈둥거리는 동안에, 저는 얼마 안 남은 병력을 죽어라 사지로 끌어내고 있단 말입니다."

만텔리가 킬킬거리며 웃었다. 갸름한 얼굴에 어울리지 않게 그는 시가를 피웠다. "크로프트, 가령 내가 자네한테 그 일곱 명을 다 내준다고 생각해 보게. 그러면 아침에 변을 볼 때 대체 누가 휴지를 건네준단 말인가?"

크로프트가 책상을 꽉 잡고 시선을 아래로 하여 그를 노려보았다. "이게 농담으로 얼버무릴 일입니까? 저는 제 권리를 알고 있고, 소대에는 다섯 번째 보충병이 필요합니다. 중대 정보부에 있어 봐야 연필 깎는 일밖에 더 합니까?"

만텔리가 또 한 번 킬킬거렸다. "연필이나 깎다니. 이런 제기랄! 크로프트, 자넨 날 우습게 보는군." 저녁 바람이 해변에서 불어와 피라미드형 천막의 천 조각을 펄럭였다. 그 시각 중대 본부 막사에는 두 사람밖에 없었다. "이보게." 만텔리가 말을 이었다. "자네 소대의 인원이 모자라는 건 안된 일이지만, 난들 어쩌겠나?"

"다섯 번째 보충병을 제게 주실 수 있지 않습니까? 그 보충병은 저희 소대에 배정되었고 저는 그 소대의 선임 하사입니다. 저한테는 그가 필요합니다."

만텔리가 천막 안의 흙바닥을 발로 문질렀다. "그러면 정보부는 어떻게 되겠나? 뉴턴 대령이 들어와서 일이 제대로 처리되어 있지 않은 것을 보고 한숨을 쉬면서 '여긴 일이 너무 느려.'라고 말하면, 빌어먹을 내 입장은 어떻게 되겠나? 크로프트, 정신 차려. 자네 소대는 중요하지 않아. 중요한 것은 사무업무를 맡을 병력을 충분히 확보해서 본부가 잘 돌아가게 하는 거야." 그는 시가를 입에서 조심스럽게 굴렸다. "지금 장군과 모든 참모들이 우리 숙영지에 와 있어. 침 한번 잘못 뱉어도 군법 회의에 걸릴 상황이라 자네 소대에서 인원을 또 빼 와야 할 판이야. 입 닥치고 가만히 있지 않으면 자네한테도 타자기 리본이나 소제하는 일을 맡길 테니 그런 줄 알아."

"상관없습니다, 대위님. 그 보충병을 주시지 않겠다면 페이

퍼 소령, 뉴턴 대령, 커밍스 장군을 만나겠습니다. 언제까지고 해변에서 이렇게 빈둥거릴 순 없습니다. 저희 소대에는 한 명이라도 인원이 더 필요합니다."

만텔리가 신음 소리를 냈다. "크로프트, 자네는 마음대로 하라면 보충병들을 세워 놓고 말이라도 고르듯 소대원들을 뽑아 갈 사람이군."

"물론입니다."

"이런 맙소사, 도대체가 한시도 편할 때가 없군." 만텔리가 몸을 뒤로 기대고 책상을 한두 번 발로 찼다. 천막의 열린 틈으로 야자나무 숲을 따라 펼쳐진 해변이 보였다. 멀리서 포성이 한 번 울렸다.

"그 보충병은 제게 주시는 겁니까?"

"그래…… 알았네…… 알았어." 만텔리는 눈을 가늘게 뜨고 보았다. 100미터도 떨어지지 않은 모래사장에서, 보충병들이 천막을 세우고 있었다. 저 멀리 항구에 닻을 내린 리버티선[3] 몇 척이 저녁 안개에 가려 시야에서 사라지고 있었다. "그래, 그 불쌍한 녀석을 자네한테 주지." 만텔리가 서류 몇 장을 넘기더니 손가락으로 명단을 짚어 내려가다가 손톱으로 그중에 하나를 가리켰다. "이름은 로스인데, 행정병이야. 자네라면 아주 훌륭한 소총수로 키워 낼 수 있겠지."

보충병들은 하루 이틀 더 해변에 남아 있었다. 크로프트가

---

3) 2차 세계 대전 중 미국이 대량 건조한 약 1만 톤급 규격의 수송선.

만텔리 대위와 담판을 지은 다음 날 저녁, 로스는 고독하게 보충병 야영지를 걷고 있었다. 그와 함께 천막을 쓰는 농촌 출신의 몸집 크고 성격 좋은 보충병은 아직도 다른 천막에 가서 친구들과 어울렸지만, 로스는 그들 사이에 끼고 싶지 않았다. 전날 밤 그를 따라 그들과 어울려 보았지만, 늘 그랬듯이 자기 혼자만 겉도는 느낌이었다. 그와 같은 천막에서 지내는 친구나 그 친구의 친구들은 고등학교를 갓 졸업한 듯 어린 나이였는데, 어리석은 농담에도 큰 소리로 웃고 서로 엎치락뒤치락하며 상소리도 거침없이 내뱉었다. 로스는 그들에게 할 이야기가 없었다. 언제나 그랬지만 진지하게 이야기를 나눌 수 있는 상대가 아쉬웠다. 보충병들 사이에는 자기가 잘 아는 사람이 아무도 없다는 걸 새삼 실감했다. 그와 함께 본국을 떠난 사람들과는 마지막 보충병 대기소에서 헤어졌다. 하긴 그때도 그들을 딱히 특별하게 여긴 건 아니었다. 모두가 덜떨어진 놈들이라고 로스는 생각했다. 죄다 여자 낚을 생각밖에 할 줄 모르는 놈들.

그는 침울한 표정으로 모래사장 위에 흩어진 작은 천막들을 응시했다. 하루 이틀 안에 새로운 소대에 보내지겠지만 딱히 기쁘지도 않았다. 소총수 노릇을 하게 되다니! 이런 더러운 일이 있나. 적어도 행정병으로 자대 배치를 받을 거라는 말은 하지 말았어야지. 로스는 어깨를 으쓱했다. 군대는 네가 총받이 노릇이나 하길 바라는 거야. 그러니 아이가 있고 건강도 안 좋은 나 같은 사람까지 소총수로 만드는 거지. 대학 출신인데다 행정 업무에 익숙한 나 같은 사람은 다른 일을 할 자격이 있지 않을까. 그러나 군대에서는 그런 소리를 해 봐야 입만 아팠다.

그는 병사 하나가 모래 속으로 말뚝을 박고 있는 천막 옆을 지나갔다. 로스는 걸음을 멈췄고, 그 병사의 얼굴을 알아보았다. 그와 함께 수색 소대에 배치된 골드스타인이었다. "어이, 바쁜가 보군." 로스가 말을 걸었다.

골드스타인이 고개를 들었다. 금발에, 푸른 눈이 상냥하고 진지해 보이는 스물일곱 살가량의 청년이었다. 근시인지 그는 눈이 살짝 튀어나올 것처럼 로스를 골똘히 쳐다보았다. 그러더니 고개를 앞으로 쑥 빼고 따뜻하게 미소를 지었다. 고개를 앞으로 내밀고 상대방을 골똘히 응시하는 이런 모습은 언뜻 보기에 그가 매우 진지할 것 같은 인상을 풍겼다. "천막을 제대로 세우는 중이야." 골드스타인이 입을 열었다. "오늘 내내 생각했지. 그러나 결국 뭐가 문제인지 알아냈어. 군대에서 천막 핀은 애초에 모래에 박으라고 만든 게 아니었어." 그가 열심히 미소를 지었다. "그래서 덤불에서 나뭇가지 몇 개를 잘라 와서 말뚝으로 만들어 보려고 하는 중이라네. 이젠 바람이 어떻게 불어도 끄떡없을 거야." 골드스타인은 늘 진지하게 말했지만, 누가 중간에 끼여들까 걱정이라도 하는 듯이 좀 서두르는 버릇이 있었다. 코에서 입가 쪽으로 잡힌 의외의 서글픈 주름이 아니었다면 소년처럼 보였을 얼굴이었다.

"그것 참 괜찮은 생각이군." 로스가 말했다. 그는 더 덧붙일 말이 생각나지 않아서 잠시 머뭇거리다가 모래 위에 앉았다. 골드스타인은 흥얼거리면서 하던 일을 계속했다. "우리가 수색 소대에 배치된 것에 대해 어떻게 생각해?" 그가 물었다.

로스는 어깨를 으쓱했다. "예상했던 대로야. 좋진 않지." 로스는 왜소한 몸집에 등이 이상하게 구부정하고 팔이 긴 남자였다. 몸의 모든 부분이 축 처져 보였다. 코는 마치 풀이 죽은 듯 길게 늘어졌고, 눈 아래엔 처진 살이 두두룩했으며, 어깨는 앞으로 구부정했다. 머리를 지나치게 짧게 자른 탓에 큰 귀가 더욱 두드러져 보였다. "맘에 들지 않아." 그가 약간 거만한 태도로 힘주어 말했다. 전체적으로 로스는 약하고 서글픈 원숭이처럼 보였다.

"난 오히려 우리가 운이 꽤 좋다고 생각하는데." 골드스타인이 부드럽게 말했다. "어쨌든 최악의 전투에는 참가하지 않아도 될 것 같으니 말야. 본부 중대는 꽤 괜찮다고 들었어. 다른 중대보다 머리 좋은 친구들도 많을 테고."

로스는 모래를 한 줌 집어 들었다가 다시 흘려 버렸다. "그렇게 스스로 위안해 봐야 소용도 없어." 그가 말했다. "내가 보기에 군대에선 바라는 대로 되는 일이 한 가지도 없어. 이번 경우가 그중 최악이고." 그의 목소리는 깊고 음산했다. 언제 끝날지 알 수 없는 그의 느릿느릿한 말투에, 골드스타인은 조바심이 났다.

"아냐, 아냐, 넌 너무 비관적이야." 골드스타인이 말했다. 그가 철모를 집어 들어 그것을 망치 삼아 말뚝을 박기 시작했다. "이렇게 말해 미안하지만, 지금으로선 알 수 없는 일이잖아." 그는 철모로 몇 번 말뚝을 내리치더니 구슬프게 휘파람을 불었다. "철이 형편없군. 말뚝 좀 박았다고 이렇게 찌그러지다니."

로스가 다소 경멸하듯 미소를 지었다. 골드스타인의 쾌활한 태도가 비위에 거슬렸다. "아, 말하기는 좋지." 그가 말했다. "하지만 군대에는 행운이라는 게 없어. 우리를 실어 온 배만 해도 그래. 무슨 정어리 새끼들마냥 빽빽하게 실어 왔잖아."

"그게 최선이었던 것 아닐까?" 골드스타인이 한마디 해 보았다.

"그게 최선이었다고? 아닐걸." 그는 마음속의 불만을 잘 편집해서 그 가운데 제일 인상적인 것 한 가지를 고르려는 듯이 일단 말을 중단했다. "장교들이 어떤 대접을 받고 있는지 못 봤어? 우리가 돼지 떼처럼 좁은 선실 안에 처박혀 있을 때, 장교들은 특등실에서 잠을 자더란 말이야. 그래야 우월감이 생기고 저희들이 선택받은 집단이라는 느낌이 들거든. 히틀러가 독일 놈들에게 우월 의식을 심어 주기 위해 사용한 방법하고 똑같지." 로스는 뭔가 심오한 문제에 접근한 것 같은 기분이 들었다.

골드스타인이 한 손을 들어 올렸다. "바로 그래서 우리는 그런 태도를 가져서는 안 되는 거야. 우리가 싸우는 게 바로 그거니까." 순간, 그는 자신의 이 말이 마음의 상처를 건드리기라도 한 듯 화난 표정으로 얼굴을 찌푸리더니 한마디 덧붙였다. "아, 모르겠어, 그들은 그냥 한 무리의 반유대주의자들이야."

"누구, 독일 놈들?"

골드스타인은 얼른 대답을 하지 못했다. "……그래."

"그런 식으로 생각할 수도 있지." 로스가 다소 거드름을 피우며 말했다. "하지만 문제는 그렇게 간단하지 않을 거야." 그는 말을 이었다.

골드스타인은 로스의 말을 듣고 있지 않았다. 그의 마음에 우울한 감정이 자리 잡았다. 조금 전까지만 해도 유쾌했던 기분이 갑자기 흔들렸다. 로스가 말하는 동안 골드스타인은 이따금 고개를 흔들거나 혀를 찼다. 이것은 로스가 하는 말과는 아무런 관련이 없었다. 골드스타인은 그날 오후에 있었던 일을 생각하고 있었다. 그는 병사 몇 명과 어느 트럭 운전병 사이에 오가는 이야기를 들었다. 트럭 운전사는 덩치가 크고 얼굴이 둥글고 불그레한 사내였는데, 보충병들에게 어느 중대는 좋고 어느 중대는 나쁘다는 이야기를 하고 있었다. 그가 기어를 넣고 출발하면서 보충병들에게 큰 소리로 일렀다. "모두들 F중대만은 피하도록 해. 위에서 거기에다 빌어먹을 유대인 놈들을 꽂아 놨거든." 와자하게 웃음소리가 터져 나왔고 누군가가 운전병을 향해 외쳤다. "거기 배치되면 난 그 즉시 군복을 벗을 거야." 이번에는 더 큰 웃음소리가 터져 나왔다. 그 일을 생각하니 골드스타인은 피가 거꾸로 솟는 기분이었다. 하지만 그보다 더 견딜 수 없는 것은, 분노가 치미는 와중에도 느끼는 무력감이었다. 그는 화를 내 봐야 소용이 없다는 것을 잘 알았다. 운전병에게 그렇게 외친 녀석한테 뭐라고 한마디 했어야 하는데 하는 생각이 들었지만, 그 녀석이 문제가 아니었다. 그 녀석은 그저 재치를 부려 본 것이었다. 문제는 그 운전병이었다. 운전병의 잔인하고 붉은 얼굴이 생각나자 그는 자기도 모르게 공포를 느꼈다. 무식한 새끼, 하고 그는 속으로 중얼거렸다. 기분이 지독하게 가라앉았다. 유대인을 박해하는 놈들은 모두 그런 얼굴을 하고 있었다.

그는 로스 옆에 앉아 우울하게 멀리 바다를 내다보았다. 로스가 말을 마치자 골드스타인은 고개를 끄덕였다. "왜 그놈들은 그 모양일까?" 그가 물었다.

"누굴 말하는 거야?"

"반유대주의자들 말이야. 왜 철이 안 들지? 신은 왜 그걸 용납하시지?"

로스가 빈정거렸다. "신을 믿다니 배가 부르군."

골드스타인이 주먹으로 자기 손바닥을 쳤다. "도대체가 이해가 안 돼. 어떻게 빤히 내려다보시면서 그런 일을 용납하실 수가 있지? 우리는 선택받은 민족이라며." 그가 콧방귀를 뀌었다. "선택받다니! 고난을 위해 선택받은 민족이란 건가!"

"나는 개인적으로 불가지론자야." 로스가 말했다.

골드스타인은 한동안 자기 손을 응시하다가 서글프게 웃었다. 그의 입가에 주름이 깊어지고 입술이 비꼬듯 살짝 올라갔다. "네가 어떤 부류의 유대인이냐고 묻는 놈도 없어질 때가 올걸." 그가 진지하게 말했다.

"넌 그런 일에 지나치게 신경을 쓰는 것 같아." 로스가 말했다. 그는 왜 그리 많은 유대인들이 이런저런 미신에 사로잡혀 있을까 하고 생각했다. 자신의 부모는 적어도 현대적인 사고를 하는 사람들이었다. 그러나 골드스타인은 마치 자기가 비명에 가리라 확신하며 늘 불만과 저주를 입에 달고 사는 늙은이 같았다. "유대인들은 자기 걱정이 너무 많아." 그는 자신의 슬프고 긴 코를 문질렀다. 골드스타인은 참 이상한 녀석이라고 그는 생각했다. 골드스타인은 얼간이처럼 보일 정도로 거의 모든 일에 열을 올리면서 막상 정치나 경제나 시사 문제에 관해 이야기가 시작되면 다른 모든 유대인들처럼 화제를 한 가지 주제로 끌고 가려 했다.

"우리 문제를 우리가 걱정 안 하면 누가 걱정해 주겠어?" 골드스타인이 씁쓸하게 말했다.

로스는 짜증이 났다. 자신도 유대인이라는 이유로, 사람들은 늘 그 역시 생각이 다르지 않을 거라 짐작했다. 그는 늘 그런 것 때문에 조금은 좌절감을 느꼈다. 유대인이기 때문에 손해를 본 적이 없는 것은 아니지만, 그렇다고 해서 모든 유대인들이 똑같은 사고방식을 갖고 있다고 생각하는 것은 부당한 일이었다. 그가 원해서 유대인으로 태어난 것도 아니지 않은가. "그 이야기는 그만하자." 그가 말했다.

그들은 앉아서 마지막 빛을 찬란하게 발하는 석양을 지켜보았다. 잠시 후 골드스타인이 시계를 들여다보고 수평선 아래로 거의 완전히 가라앉은 해를 다시 가는 눈으로 응시했다. "엊저녁보다 이 분이 늦어." 그가 로스에게 말했다. "나는 이런 식으로 여러 일들을 추적하는 게 좋아."

"뉴욕 기상대에서 일하던 친구가 하나 있었지." 로스가 말했다.

"그래?" 골드스타인이 물었다. "있잖아, 나는 늘 그런 일이 하고 싶었어. 그런데 그런 일을 하려면 교육을 잘 받아야 할 거야. 복잡한 계산식 같은 걸 많이 알아야 할 테니 말이야."

"그 친구는 대학에 다녔어." 로스가 골드스타인의 말을 인정했다. 그는 이런 대화가 더 좋았다. 논쟁거리가 될 게 별로 없었다. "그래, 그 친구는 대학에 다녔어." 그는 방금 한 말을 되풀이했다. "하지만 우리 가운데 운이 제일 좋았지. 나도 뉴욕 시립 대학 출신이지만 그걸로 덕 본 건 하나도 없거든."

"어떻게 그런 말을 할 수 있지?" 골드스타인이 물었다. "나는 수년 동안 엔지니어가 되고 싶었어. 원하는 건 뭐든지 설계할 수 있으니 얼마나 멋진 일이야." 그가 아쉽다는 듯이 한숨을 작게 쉬고는 미소를 지었다. "그래도 불만은 없어. 그런대로 운이 좋았으니까."

"넌 나보다 형편이 낫지." 로스가 말했다. "졸업장이 있으면 뭐 해. 취직이 안 되는걸." 그가 씁쓸한 표정으로 콧방귀를 뀌었다. "내가 이 년이나 일자리를 구하지 못한 거 알아? 그게 어떤 건지 넌 모를걸."

"굳이 나한테 말할 필요는 없어." 골드스타인이 말했다. "직장이야 늘 있었지만, 그 가운데 어떤 것들은 말하기 창피할 정도였으니까." 그는 자조적인 미소를 지었다. "불평을 해봐야 무슨 소용이겠어?" 그가 물었다. "따지고 보면 우리 형편은 꽤 나은 편이야." 그는 손바닥을 위로 한 채 손을 내밀었다. "우리는 결혼해서 아이도 있잖아. 너도 애가 있지 않아?"

"있지." 로스가 말했다. 그는 지갑을 꺼냈다. 골드스타인은 석양빛 속에서 두 살 정도 돼 보이는 잘생긴 사내아이의 얼굴을 눈여겨보았다. "정말 예쁜 아기군." 그가 말했다. "그리고 네 부인은 아주…… 아주 인상이 좋아." 로스의 아내는 얼굴에 포동포동 살이 붙은 평범한 여자였다.

"나도 그렇게 생각해." 로스가 말했다. 그 역시 골드스타인의 아내와 아이의 사진을 보고 의례적인 칭찬 몇 마디를 했다. 아들을 생각하니 로스는 마음이 따뜻해졌다. 일요일 아침에 아들이 자기를 깨우던 일이 떠올랐다. 아내가 아기를 그의 침대에 데려다 놓으면, 아기는 그의 배 위에 올라타서는 신나게 까르르 웃음소리를 내며 가슴 털을 약하게 잡아당기곤 했다. 그 일을 생각하면 가슴이 뻐근할 정도로 기쁨을 느꼈다. 그런데 그 기쁨 뒤에는 정작 아이와 함께 지낼 때 그 아이의 존재를 이토록 기쁘게 느껴 본 적이 없었다는 인식이 자리했다. 그는 잠을 방해받는 것에 대해 오히려 짜증을 내고 성가셔했던 것이다. 행복을 바로 옆에 두고도 그것을 모르고 지냈던 게 지금 와 생각하면 이상하기만 했다. 지금 그는 자기 자신에 대한 본질적인 이해에 다가선 듯한 느낌이 들었다. 마치 인생의 익숙하고 단조로운 공간에서 그때까진 보이지 않던 골짜기와 다리들을 처음 발견이라도 한 것처럼 새롭고 신비로운 기분이었다. "있잖아, 인생이란 게 참 재미있어." 그가 말했다.

골드스타인이 한숨을 쉬었다. "맞아." 그가 조용히 맞장구를 쳤다.

로스는 골드스타인을 향해 따스한 감정이 솟아나는 것을 느꼈다. 어쩐지 그가 무엇에든 공감할 줄 아는 사람이라는 느낌이 들었다. 지금 그가 생각한 것들은 오직 남자에게나 할 수 있는 말이었다. 여자들은 아이들이나 잘 키우고 또 그 밖의 자질구레한 일들이나 신경 쓰면 그만이었다. "여자들에게는 할 수 없는 말들이 많거든." 로스가 말했다.

"나는 그렇게 생각 안 해." 골드스타인이 적극적으로 말했다. "나는 무슨 일이든 아내와 의논하는 걸 좋아해. 우리는 그야말로 멋진 동반자지. 아내가 이해력이 정말 좋거든." 그는 다음 생각을 표현할 방법을 찾아내려는 듯이 잠시 말을 멈췄다. "글쎄, 나도 열여덟, 열아홉 때는 여자에 대한 생각이 달랐어. 그땐 뭐, 알겠지만, 잠자리 상대로 여잘 원했지. 창녀들을 찾아가곤 했어. 그러고 나면 나 자신이 역겨웠지만. 그런데 일주일쯤 지나면 또 가고 싶어지더란 말이지." 그는 잠시 바다를 응시하다가 지혜로운 미소를 지었다. "하지만 결혼을 하고 나서는 여자에 대해 많이 이해하게 되었어. 철이 없을 때와는 완전히 생각이 달라지더군. 잠자리는…… 글쎄, 그건 그렇게 중요하지 않아." 그는 진지하게 말했다. "여자들은 우리만큼 그 짓을 좋아하지 않아. 여자들에게는 그게 그렇게 중요하지 않거든."

로스는 골드스타인에게 그의 아내에 대해 몇 가지 물어보고 싶은 충동을 느꼈지만 망설였다. 골드스타인의 말을 들으니 그는 마음이 편안했다. 병사들이 여자들과 놀아난 일들을 떠벌이는 걸 들을 때마다 느꼈던 남모르는 아픔과 자기 의심이 다소나마 덜어진 듯한 느낌이었다. "그건 사실이야." 그가 기꺼이 동조했다. "여자들은 그 짓에 흥미가 없지." 그는 마치 어떤 비밀스러운 지식이라도 공유하듯이 골드스타인에게 짙은 친밀감을 느꼈다. 골드스타인에게는 어딘지 모르게 매우 착하고 친절한 데가 있었다. 그는 어느 누구에게도 잔인해질 수 없을 거라고 로스는 생각했다.

그러나 그보다도, 그는 골드스타인이 자기를 좋아한다고 확신했다. "여기 이렇게 앉아 있으니 참 좋다." 로스가 굵직하고 공허한 음성으로 말했다. 천막들은 달빛을 받아 은빛을 띠었고 물가의 해변은 반짝였다. 로스의 머리는 말로 표현하기 힘든 생각들로 가득 찼다. 골드스타인은 동족이고 친구였다. 로스는 한숨을 쉬었다. 유대인은 유대인끼리 말이 통하나 보다 하는 생각이 들었다.

그렇게 생각하니 어쩐지 우울했다. 왜 꼭 그래야만 하지? 그는 대학을 졸업했고, 이곳에 있는 사병들 대부분보다 훨씬 교육 수준이 높았다. 하지만 그게 무슨 소용이란 말인가? 유일하게 이야기를 나눌 수 있는 친구라곤 수염을 기른 늙은 유대인 같은 말이나 하는 놈인데 말이다.

두 사람은 몇 분 동안 말없이 그렇게 앉아 있었다. 달이 구름 뒤에 숨어 버려서 해변은 몹시 어둡고 조용했다. 다른 천막들에서 말소리와 웃음소리가 밤공기를 뚫고 나직하게 들려왔다. 로스는 곧 자기 천막으로 돌아가야 할 시간임을 깨달았다. 보초를 서기 위해 잠에서 깨워지는 일이 두려웠다. 그는 병사 한 사람이 그들 쪽으로 걸어오는 것을 지켜보았다.

"버디 와이먼 같은데." 골드스타인이 말했다. "좋은 녀석이야."

"우리와 함께 수색 소대로 갈 친구인가?" 로스가 물었다.

골드스타인이 고개를 끄덕였다. "맞아. 같은 소대에 배치된 걸 알고 가능하면 한 천막에서 지내기로 했지."

로스가 떨떠름한 표정으로 웃었다. 그도 알았어야 할 일이었다. 와이먼이 천막 안으로 들어오려고 허리를 굽히자 로스는 한쪽으로 비켜 앉아서 골드스타인이 그들을 서로에게 소개해 주길 기다렸다. "모두 집합했을 때 널 본 것 같아." 로스가 말했다.

"아, 그렇지. 나도 널 기억해." 와이먼이 상냥하게 말했다. 그는 머리 색이 옅고 얼굴이 갸름한 데다 키가 크고 호리호리한 젊은이였다. 그는 담요 위에 주저앉더니 하품을 했다. "이런, 이야기가 그렇게 길어질 줄 몰랐군." 그가 골드스타인에게 사과했다.

"괜찮아." 골드스타인이 말했다. "천막을 고정하는 방법을 생각해 냈어. 오늘 밤은 끄떡없을 거야." 와이먼이 천막을 살피다가 말뚝에 시선을 던졌다. "근사한데." 그가 말했다. "여기서 도와주지 못해서 미안해, 조."

"괜찮다니까." 골드스타인이 말했다.

로스는 이제 불청객이 된 기분이었다. 그는 일어서서 기지개를 켰다. "이제 가 봐야겠군." 그가 말했다. 그는 자신의 가는 팔을 손으로 문질렀다.

"좀 더 있다 가지, 왜." 골드스타인이 말했다.

"아냐. 보초 서기 전에 좀 자 두고 싶어." 로스가 그의 천막 쪽으로 걸음을 옮기기 시작했다. 어둠 속에서 발이 무거웠다. 그는 골드스타인의 친절도 그리 대단한 건 아니라는 생각을 했다. '겉으로 보이는 성격이 그런 거지, 깊이가 있는 건 아니야.'

로스는 한숨을 쉬었다. 발을 내디딜 때마다 발밑에서 모래가 부드럽게 서걱거렸다.

"물론이지, 자 들어 봐." 폴래크가 말했다. "어떤 위기가 닥치든 그 상황에서 승자가 되는 방법은 얼마든지 있어." 그가 길고 뾰족한 턱을 스티브 미네타 쪽으로 내밀고는 씩 웃었다. "잘 생각해 보면 빠져나갈 구멍은 꼭 있다니까."

미네타는 이제 겨우 스무 살이었지만, 이마가 뒤로 상당히 많이 벗어져 있었다. 그는 코밑에 가늘게 기른 수염을 늘 정성스레 다듬었다. 언젠가 윌리엄 파월[4]을 닮았다는 소리를 들은 적이 있는 그는 윌리엄 파월과 비슷하게 머리를 빗었다. "아니, 내 생각은 달라." 그가 말했다. "벗어날 수 없는 곤경도 있어."

"무슨 소릴 하는 거야?" 폴래크가 말했다. 그가 담요를 덮은 채 몸을 틀더니 미네타 쪽으로 돌아누웠다. "잘 들어. 언젠가 푸줏간에서 일할 때 말이야, 내가 어떤 할망구에게 닭을 꺼내 주면서 배 둘레의 지방 한 덩이를 슬쩍하려 했단 말이야." 그가 극적인 효과를 위해 말을 멈췄다. 그의 크고 음탕한 입에 떠오른 득의만면한 미소를 보고 미네타가 웃었다.

"그래서, 어떻게 됐는데?" 미네타가 물었다.

"아 글쎄, 그 할망구가 내가 하는 꼴을 아주 바짝 주시하고 있다가 내가 닭을 싸려니까 '지방 덩이 하나는 어디 갔지?' 하

---

4) William Powell. 1892년에 출생한 미국의 배우. 「셜록 홈즈」, 「위대한 개츠비」 등에 출연했다.

는 거야. 그래서 내가 할망구한테 말했지. '그건 상한 거라 필요 없으실 거예요. 닭 맛을 다 버릴걸요.' 그랬더니 고개를 절레절레 흔들고는 이러는 거야. '걱정 말아요, 젊은이. 난 그것도 가져갈 거요.' 그러니 할 수 있나? 내줄 수밖에."

"그래서 네가 생각해 낸 방법이 뭔데?" 미네타가 물었다.

"그래서 그걸 내주기 전에 간에 붙어 있는 담낭을 쓱 베어서 넣어 주었지. 그 닭고기 맛은 그야말로 똥 같았을 거야."

미네타는 어깨를 으쓱했다. 천막 안으로 스며드는 달빛으로 폴래크의 얼굴을 볼 수 있었다. 히죽거리는 폴래크를 보면서, 그는 입안 왼쪽 편의 이 세 개가 빠진 그의 얼굴이 우스꽝스럽다고 생각했다.

아마도 스물한 살쯤 되었을 테지만, 폴래크의 눈엔 벌써부터 약삭빠르고 음탕한 빛이 감돌았다. 웃을 때는 중년 남자처럼 피부가 주름지고 거칠어 보였다. 미네타는 그와 함께 있는 것이 별로 편치 않았다. 그는 자신이 폴래크보다 세상 물정을 잘 모른다는 것이 드러날까 봐 남몰래 두려워했다.

"아무 말이나 막 던지지 마." 미네타가 말했다. 이 녀석, 대체 나를 어떻게 보고 그따위 이야기를 지어내는 거지?

"아냐, 진짜 있었던 일이라니까." 폴래크가 기분이 상해서 말했다. 이 빠진 사이로 말이 새는 바람에, 그가 'ㅈ'이나 'ㅅ'을 발음하려 할 때마다 'ㅎ' 소리가 나왔다.

"그래, 힌짜 있었던 일이지." 미네타가 폴래크의 말투를 흉내 냈다.

"여기서 지내기는 어때?" 폴래크가 물었다.

"그럭저럭 괜찮아." 미네타가 말했다. "마치 만화책 속 인물처럼 말하는군." 그가 하품을 했다. "어쨌든 누구도 어쩔 수 없는 게 바로 군대지."

"나도 그렇게 나쁘지는 않아." 폴래크가 말했다.

"나빠도 제대할 때까진 별수 있나." 미네타가 말했다. 그는 손바닥으로 이마를 탁 치더니 일어나 앉았다. "빌어먹을 모기 새끼들." 그가 말했다. 그는 더러운 셔츠에 수건을 감아 만든 베개 밑을 뒤져서 작은 모기약 병을 꺼냈다. 그가 얼굴과 손에 모기약을 바르면서 불만스럽게 중얼거렸다. "사내 새끼가 이러고 살아야 하다니." 그가 팔꿈치로 몸을 괴고 담배를 피워 물었다. 밤에는 담배를 피우면 안 된다는 게 생각나 그는 잠시 갈등했다. "아, 젠장, 알 게 뭐야." 그가 큰 소리로 말했다. 그러나 무의식중에 그의 손은 담배를 가리고 있었다. 그는 폴래크 쪽으로 돌아누워 말했다. "돼지처럼 사는 건 정말 싫어." 그가 베개를 두드려 평평하게 만들었다. "더러운 옷을 입은 채 자기가 벗어 놓은 불결한 옷을 베고 자다니, 누가 이러고 살겠어."

폴래크가 어깨를 으쓱했다. 그는 7남매 중 끝에서 두 번째로 태어났고, 고아원으로 가기 전까지는 언제나 방 한가운데 놓인 석탄 난로 옆 바닥에 담요 한 장을 깔아 놓고 그 위에서 잤다. 한밤중에 불이 꺼지면 제일 먼저 한기를 느끼는 아이가 일어나서 난롯불을 다시 피웠다. "더러운 옷을 입는 것도 나쁘지만은 않아." 그가 미네타에게 말했다. "어쨌든 빈대는 막아 주거든." 그는 다섯 살 때부터 손수 자기 옷을 빨아 입었다.

"이게 무슨 빌어먹을 경우야?" 미네타가 말했다. "자기 몸에서 나는 악취를 맡든가, 빈대에게 뜯겨야 하다니." 그는 예전에 입고 다니던 옷들을 떠올렸다. 그는 동네 제일의 멋쟁이로 이름을 날렸고, 새로 유행하는 댄스 스텝을 누구보다 먼저 배웠다. 그런데 지금은 자기 체격보다 두 치수나 큰 셔츠를 걸치고 있는 것이다. "어이, 군복을 두고 하는 농담 들어 봤지?" 그가 물었다. "사이즈가 두 개밖에 없는데, 하나는 너무 큰 거고 다른 하나는 너무 작은 거래."

"나도 들었어." 폴래크가 말했다.

"아아." 미네타는 오후 나절이면 공들여 옷을 차려입고 몇 번이나 빗질을 하느라 한 시간씩 보내던 일을 떠올렸다. 딱히 갈 곳이 있었던 것도 아닌데 그렇게 시간을 보내는 게 즐거웠다. "군대에서 벗어나는 방법만 알려 주면 네가 아까 했던 말 다 믿으마."

"다 방법이 있지." 폴래크가 말했다.

"그래그래, 천당도 갈 수 있다고 하는데, 정작 가는 사람 본 적 있냐고?"

"다 방법이 있다니까." 폴래크가 어둠 속에서 고개를 주억이며 무슨 대단한 비밀이나 간직한 사람처럼 한 말을 되풀이했다. 미네타는 폴래크의 옆얼굴만 간신히 알아볼 수 있었다. 그의 매부리코며, 내려앉은 잇몸이 다 보일 정도로 처진 긴 턱이, 꼭 만화로 그려진 엉클 샘 같다고 생각했다.

"그래, 무슨 방법?" 미네타가 물었다.

"너는 그럴 배짱도 없을걸." 폴래크가 말했다.

"너도 못 빠져나가고 있잖아." 미네타가 따졌다.

폴래크의 목소리는 거칠고 장난스러웠다. "나야 군대에 있는 게 좋으니까." 그가 말했다.

미네타는 조금씩 짜증이 올라왔다. 폴래크와는 논쟁을 한다는 것 자체가 불가능했다. "아아, 엿이나 먹어." 그가 말했다.

"너나 먹어."

그들은 서로에게 등을 돌리고 누워 담요를 푹 덮었다. 바다에서부터 안개가 밀려왔다. 미네타는 몸을 약간 떨었다. 그는 자기들이 가기로 되어 있는 수색 소대를 생각했다. 그리고 자기가 과연 전투를 할 수 있을까, 다소 떨리고 두려운 마음으로 자문했다. 졸음이 밀려들기 시작했고, 그는 해외 참전 훈장을 달고 고향으로 돌아가는 자신의 모습을 꿈결에 떠올렸다. 하지만 그것도 오랜 시간이 지난 뒤에야 가능한 일이었다. 그렇게 생각하니 새삼 전투에 대한 두려움이 되살아났다. 몇 킬로미터 밖에서 포성이 들려왔다. 그는 어깨 위까지 담요를 바짝 끌어당겼다. "이봐, 폴래크." 그가 말했다.

"왜……에?" 폴래크는 막 잠이 들려던 참이었다.

미네타는 자기가 무슨 말을 하려 했는지 생각이 나지 않아 충동적으로 물었다. "오늘 밤 비가 올까?"

"억수로 쏟아질 거야."

"그래." 미네타는 눈을 감았다.


그날 밤, 크로프트는 마르티네즈와 함께 소대의 새로운 배치 문제를 의논했다. 그들은 천막 안의 담요 위에 쪼그리고 앉아 있었다. "만텔리라고, 웃기는 이탈리아 놈이 하나 있어." 크로프트가 말했다.

마르티네즈는 어깨를 으쓱했다. 이탈리아인은 스페인인이나 멕시코인과 비슷했다. 이런 종류의 대화는 마음에 들지 않았다. "보충병이 다섯이라." 그는 생각에 잠겨 중얼거렸다. "빌어먹을, 엄청난 소대 병력이군." 그가 어둠 속에서 미소를 짓고 크로프트의 등을 가볍게 쳤다. 마르티네즈가 애정을 드러내는 것은 드문 일이었다. 잠시 후 그가 중얼거렸다. "이제 수색 소대도 전투 좀 하겠군, 그렇지?"

크로프트가 고개를 저었다. "빌어먹을, 난들 아나?" 그는 헛기침을 했다. "이봐, 마르티네즈, 너한테 할 말이 있으니 잘 들어. 나는 우리 소대를 다시 이 개 분대로 나눌 생각이야. 생각해 봤는데 기존 병사들 대부분을 한 분대에 몰아넣고 다른 분대는 너하고 토글리오에게 맡기려고 해."

마르티네즈가 그의 섬세한 매부리코를 손가락으로 만졌다. "고참병들은 브라운이 맡는 건가?"

"그래."

"레드가 브라운의 상병이 되고?"

크로프트가 콧방귀를 뀌었다. "절대 레드를 뽑진 않아. 명령을 받을 줄 모르는 놈이 어떻게 남에게 명령을 내리겠어?" 그는 막대기를 하나 집어서 그걸로 자신의 각반을 쳤다. "아니, 난 윌슨을 생각했어." 그가 말했다. "그런데 윌슨은 지도를 읽을 줄 몰라서 말이야."

"갤러거는?"

"갤러거를 추천하고 싶지만, 곤란한 상황이 되면 흥분부터 하는 놈이라." 크로프트는 잠시 머뭇거렸다. "그래서 말인데, 결국 스탠리를 선택했어. 브라운이 내 귀에 딱지가 앉도록 스탠리 칭찬을 했거든. 내 생각에 브라운이랑 함께 일하기에는 스탠리가 적격인 것 같아."

마르티네즈가 어깨를 으쓱했다. "뭐, 네 소대잖아."

크로프트는 손에 쥐고 있던 막대기를 둘로 부러뜨렸다. "스탠리가 소대에서 제일 아첨을 잘하는 놈이라는 건 나도 알아. 하지만 적어도 그 일을 원했거든. 그 점만 해도 레드나 윌슨보다는 할 말이 있는 거지. 시켜 보고 제대로 못하면 다시 강등시키면 그만이야."

마르티네즈가 고개를 끄덕였다. "내 생각에도 스탠리밖에 없는 것 같군." 그가 크로프트를 쳐다보았다. "그러니까 나더러 그 빌어먹을…… 신병 분대를 맡으라는 거지?"

"바로 그거야." 크로프트가 마르티네즈의 어깨를 찰싹 때렸다. 그는 소대 내에서 크로프트가 유일하게 좋아하는 사람이었다. 그는 거의 아버지 같은 감정으로 마르티네즈에게 마음을 썼는데, 이것은 그의 성미와 전혀 어울리지 않는 면모였다. "이봐, 마르티네즈." 그가 거칠게 말했다. "넌 나를 포함한 소대의 다른 어떤 사람보다 고생을 많이 했어. 그래서 생각해 봤는데, 정찰 임무에는 주로 고참병 분대를 내보낼 생각이야. 그들은 뭘 해야 할지 아니까. 신병 분대는 당분간 쉬운 임무를 맡게 될 거야. 네가 그 신병들을 맡아 주었으면 해."

마르티네즈의 얼굴이 창백해졌다. 표정은 없었지만 한쪽

눈이 신경질적으로 몇 번 깜박였다. "브라운은, 담이 작아."
마르티네즈가 말했다.

"브라운 따위는 알 바 아냐. 고무보트에 탄 후로 위험한 일
은 다 피해 왔어. 이젠 그 녀석이 고생할 차례야. 넌 휴식이 필
요하다고."

마르티네즈가 자신의 혁대를 만지작거렸다. "마르티네즈
는 훌륭한 정찰병이야." 그가 당당하게 말했다. "브라운, 좋은
녀석이지. 하지만 담이…… 빌어먹게 작아. 내가 고참병 분대
를 맡는다, 괜찮지?"

"신병들을 맡는 게 편하지 않겠어?"

마르티네즈는 고개를 저었다. "신병들, 난 몰라. 제기랄, 그
건 좋지 않아. 맘에 안 들어." 그는 잔뜩 긴장한 채 자신의 감
정을 영어로 표현하려 애썼다. "명령 내리는 거…… 문제야.
내 말 안 들어."

크로프트가 고개를 끄덕였다. 그의 주장에도 일리가 있었
다. 하지만 그는 마르티네즈가 얼마나 겁에 질려 있는지를 알
고 있었다. 밤에 이따금 마르티네즈가 악몽에 시달리는 소리
를 들은 적도 있었다. 마르티네즈를 깨우려고 등에 손을 얹으
면, 마르티네즈는 깜짝 놀라 날아가려 하는 새처럼 후다닥 일
어나 앉곤 했다. "정말 그러고 싶어, 마르티네즈?" 크로프트
가 물었다.

"그래."

마르티네즈는 좋은 놈이라고 크로프트는 생각했다. 좋은
멕시코인도 있고 나쁜 멕시코인도 있지만, 좋은 멕시코인은

당해 낼 수가 없다. "좋은 놈은 자기 일을 철저히 해내지." 그가 혼자 중얼거렸다. 느닷없이 마르티네즈에 대해 따뜻한 감정이 샘솟았다. "넌 진짜 좋은 새끼야." 그가 마르티네즈에게 말했다.

마르티네즈가 담배에 불을 붙였다. "브라운도 겁이 나고, 마르티네즈도 겁이 나지만, 마르티네즈가 더 훌륭한 정찰병이야." 그가 부드럽게 말했다. 그의 왼쪽 눈에는 여전히 신경질적인 경련이 파들파들 일고 있었다. 마치 눈꺼풀이 투명해서, 그 뒤에서 갑작스럽게 엄습한 고통으로 고동치는 심장을 드러내 보이는 것 같았다.


### 타임머신


### 훌리오 마르티네즈
암말 말굽에 편자 박기


깔끔하게 물결치는 머리칼에, 작고 윤곽이 또렷한 얼굴을 가진, 호리호리한 체격의 멕시코 미남. 그의 몸은 사슴처럼 우아하게 균형이 잡혔다. 사슴과 마찬가지로, 그의 머리도 가만히 있는 일이 없었다. 촉촉한 갈색 눈은 달아날 생각이라도 하는 듯 늘 불안하게 경계의 빛을 띠었다.

어린 멕시코 소년들도 미국의 동화를 호흡하며 살고, 영웅,

비행사, 연인, 자본가가 되기를 원한다.

여덟 살의 훌리오 마르티네즈는 1926년 샌안토니오의 더럽고 냄새나는 거리를 걷다가 자갈에 발부리를 걸려 가며 눈을 들어 텍사스의 하늘을 훑는다. 전날 그는 비행기 한 대가 머리 위에서 호선(弧線)을 긋는 것을 보았다. 어린 마음에 그는 비행기를 다시 한 번 볼 수 있기를 바란다.

(나도 커서 비행기를 만들 거야.)

넓적다리 중간까지 오는 흰색 반바지. 열어젖힌 흰 셔츠 사이로 소년의 가느다란 갈색 팔이 드러난다. 짙은 고수머리. 깜찍한 멕시코 꼬마.

선생님은 나를 좋아해. 엄마도 나를 좋아해. 냄새가 나는 크고 뚱뚱한 엄마. 엄마의 팔은 크고 엄마의 젖가슴은 부드럽다. 밤에 두 개의 작은 방에 들려오는, 엄마와 아빠가 내는 삐걱삐걱 소리. 나는 베개에 얼굴을 파묻고 킬킬대지. (나도 커서 비행기를 만들 거야.)

포장이 안 된 멕시코인 구역에 늘어선 작은 목조 달개집들이 열기 속에서 축 처진다. 숨을 쉴 때마다 코로 먼지가 들어오고, 등유와 요리용 기름 냄새가 코에서 떠나지 않으며, 여름철엔 수레를 끄는 절름발이 말과 파이프를 빠는 맨발 노인들의 퀴퀴한 냄새가 늘 코를 자극한다.

엄마가 그를 잡아 흔들면서 스페인어로 말한다. 이 게으름뱅이야, 후추 한 개하고 강낭콩 1파운드를 사 오렴. 엄마가 쥐어 준 동전이 손바닥에 차갑게 눌린다.

엄마, 난 커서 비행기 몰 거야.

착하고 똑똑한 내 아들. (엄마의 입술이 남긴 축축하고 얼얼한 감촉, 살 냄새.) 자 이제 엄마가 시킨 거 사 오렴.

난 많은 일을 할 거야, 엄마.

엄마가 웃는다. 넌 돈도 벌고 땅도 갖게 될 거야. 하지만 지금은 빨리 심부름을 해야지.


어린 멕시코 소년들이 자라면, 아주 작은 덩굴 같은 수염이 턱을 덮는다. 말이 없고 수줍음을 많이 타면 여자 친구를 사귀기가 어렵다.

큰형 이시드로는 스무 살이고 멋쟁이다. 그의 구두는 갈색과 흰색이고, 그의 구레나룻은 길이가 5센티미터이다. 훌리오는 그의 말에 귀를 기울인다.

나는 예쁜 애들이랑 잔다. 다 자란 숙녀들이지. 옅은 금발 여자들이야. 앨리스 스튜어트, 페기 라일리, 메리 헤네시. 다 프로테스탄트 집안의 여자들이다.

나도 그 여자들이랑 잘 거야.

이시드로가 웃는다. 넌 손으로 용두질이나 쳐. 나중에 실력이 늘면 여자를 기타처럼 연주하게 될 거다.


훌리오는 열다섯 살 때 사랑을 나눈다. 흙을 다져서 만든 거리에 속바지를 입지 않은 계집애가 하나 있다. 이사벨 플로레스. 작고 더러운 계집애. 그녀는 아무에게나 몸을 준다.

훌리오, 넌 사랑스럽고, 사랑스럽고, 사랑스러워.

어두워지면 그 빈집 뒤 나무 아래서, 훌리오, 개들처럼, 알았지?

감미로운 욕지기가 난다. (프로테스탄트 집안의 계집애들은 나를 좋아해. 나는 돈을 많이 벌 거야.) 이사벨, 이담에 커서 옷 많이 사 줄게.

젖은 벨벳 같은 그녀의 몸이 부드럽게 이완된다. 그녀는 땅에 펴 놓은 자기 옷 위에 눕는다. 그녀의 조숙한 젖가슴이 여름의 열기 속에서 축 늘어진다. 옷? 어떤 색으로?


홀리오 마르티네즈는 이제 청년이다. 돈도 많다. 그는 어느 싸구려 식당에서 일한다. 손님들의 이런저런 시중을 든다. 고약한 바비큐 냄새가 코를 찌르고, 석쇠 위에 얹힌 핫도그 속에서 마늘이 녹는다. 조와 니모, 해리와 딕, 화이트 타워. 지글거리는 접시 위의 기름, 음식 찌꺼기, 고약한 냄새가 나는 지방, 모두 주걱으로 긁어내야 한다. 마르티네즈는 흰 재킷을 입고 있다.

텍사스 사람들은 성미가 급하다. 어이, 칠리 좀 빨리 내와

네, 금방 나갑니다.

창녀들이 재빨리 그를 훑어본다. 애, 양념 많이.

네, 아가씨.

전깃불로 빛나는 밤거리를 차들이 달리고, 콘크리트 바닥을 딛고 있는 그의 발이 아프다. (나는 돈을 아주 많이 벌 거야.)

그러나 돈을 많이 주는 일자리는 없다. 젊은 멕시코 남자가 샌안토니오에서 무엇을 할 수 있단 말인가? 싸구려 음식점에서 손님들의 시중을 들 수도 있고, 호텔의 급사가 될 수

도 있고, 철이 되면 면화 밭에서 일할 수도 있고, 구멍가게를 시작할 수도 있다. 그러나 의사나 변호사나 큰 무역상은 될 수 없다.

여자랑 잘 수는 있다.


로잘리타는 배가 크다. 그녀의 아버지 페드로 산체스만큼이나 배가 크다. 자네는 내 딸과 결혼해야 해, 하고 페드로가 말한다.

네. 하지만 로잘리타보다 예쁜 여자들도 있다.

어차피 자네도 결혼할 때가 됐잖아.

네. (로잘리타는 뚱뚱해질 거고, 아이들은 집 안 곳곳을 뛰어다니겠지. 삐걱삐걱, 삐걱삐걱, 베개에 얼굴을 파묻고 낄낄. 그는 길가의 도랑이나 파겠지.)

어쨌든 내 딸에게는 자네가 첫 남잘세.

네. (그게 내 아인 줄 어떻게 알아? 시크, 람세스, 골든 트로얀도 있는데. 심지어 주급으로 받은 20달러에서 2달러를 내놓을 때도 있지 않았는가?)

내가 자네 부친과 이야기를 해 보지.

네, 그러시죠.

고뇌로 잔뜩 가라앉은 밤이다. 로잘리타는 다정하지만 더 다정한 여자들도 있다. 그는 흙을 다져 만든 길을 따라 걷는다. 포장 공사가 시작되고 있다.

지쳤는가? 초조한가? 여자를 임신시켰는가? 군에 입대하게.

1937년, 마르티네즈는 이등병이다. 1939년에도 여전히 사병이다. 예의 바르고 착하고 수줍음 많은 멕시코 젊은이. 그의 장비는 언제나 티끌 하나 없이 깨끗하다. 기병 자격이 충분하다.

임무는 다음과 같다. 장교들의 정원에 난 잡초를 뽑고 그들의 파티에서 일꾼 노릇도 한다. 말을 타고 난 다음 말을 손질하고, 암말일 경우 꼬리의 속대를 닦아 준다. 마구간은 덥고 냄새가 지독하다. (너한테 옷을 많이 사 줄 거야.) 한 병사가 말의 머리를 후려친다. 이 멍청한 네발짐승은 이렇게 해야 말귀를 알아먹거든. 말은 고통으로 히히힝거리면서 발길질을 한다. 병사는 한 번 더 말을 후려친다. 이 빌어먹을 것, 네가 오늘 계속 날 떨어뜨리려고 했겠다. 이놈의 말은 검둥이 다루듯 해야 정신을 차린단 말이야.

마르티네즈가 그가 담당하는 마구간에서 나온다. 처음으로 그 병사의 눈에 띈다. 어이 홀리오, 아무에게도 말하지 마. 병사가 입단속을 한다.

본능적으로 몸이 떨린다. (어이, 너, 칠리 좀 빨리 내와.)

고개를 끄덕이고 씩 웃는다. 아무 말 안 할게. 마르티네즈가 말한다.


라일리 항구는 크고 초록빛이고 막사는 붉은 벽돌로 되어 있다. 장교들은 정원이 있는 아담한 사택에서 생활한다. 마르티네즈는 브래드퍼드 중위의 당번병이다.

홀리오, 오늘 내 장화 잘 닦아 놓게나.

네, 알겠습니다.

중위는 술을 한잔 마신다. 한잔 생각 있나, 마르티네즈?

네, 감사합니다.

오늘은 집 안을 특별히 잘 치워 주게.

네, 그러겠습니다.

중위가 윙크를 한다. 이상한 짓은 하지 말고.

네, 알겠습니다.

중위가 부인과 함께 집을 나선다. 훌리, 당신은 지금까지 우리 집에 있었던 당번병들 가운데 최고예요. 중위 부인이 말한다.

감사합니다, 사모님.

징병이 시작되면서 마르티네즈는 상병으로 진급한다. 처음으로 분대를 훈련시킬 때는, 겁을 먹은 나머지 구령도 제대로 외칠 수가 없었다. (빌어먹을, 내가 멕시코 놈의 명령을 듣나 봐라.) 분대 좌로, 좌로 돌아갓! 뒤로 돌아갓! 뒤로 돌아갓! (너희는 너희가 맡은 책임을 알아야 해. 세상에 훌륭한 분대장이 되는 것만큼 어려운 일은 없다. 단호하면서 초연할 줄 알아야 해. 단호하면서 초연할 것, 이게 핵심이다.) 우향우! 붉은 흙을 밟는 군화 소리. 뚝뚝 떨어지는 땀방울. 하나, 둘, 셋, 넷! 하나, 둘, 셋, 넷! (나는 백인 프로테스탄트 집안의 계집애들과 잘 거야. 단호하고 초연하게! 나는 훌륭한 분대장이 될 거다.)

분대, 제자리! 열중쉬어!

마르티네즈는 커밍스 장군 휘하 보병 사단의 핵심 요원이자 수색 소대의 상병으로 해외 파송된다.

그가 새롭게 알게 된 사실들이 있다. 오스트레일리아 여자들은 데리고 자기 어렵지 않다. 시드니 거리에서 그의 손을 붙잡는 금발의 주근깨 소녀. 후울리오, 당신은 미치도록 귀여워.

당신도 귀여워. 오스트레일리아 맥주의 맛. 그에게서 1달러를 긁어내려는 오스트레일리아 병사들.

양키, 1~2실링쯤 있나?

양키? 알았어. 그가 입속으로 중얼거린다.

그와 뒹구는 금발의 창녀들. 오오, 굉장해, 훌리, 당신 정말 끝내줘. 한 번만 더, 응?

나는 그렇게 한다. (나랑 지금 뒹구는 여자는 브래드퍼드 중위의 마누라다. 나는 페기 라일리, 앨리스 스튜어트와도 잔다. 나는 영웅이 될 거다.)


마르티네즈가 풀잎을 본다. 피-융, 피-융. 총알이 채찍처럼 날아와 날카로운 울음소리를 내며 밀림으로 사라진다. 그는 포복으로 미끄러지듯 나무 그루터기 뒤로 이동해 몸을 숨긴다. 피-융. 그의 손바닥 위에 있는 수류탄이 무겁고 둔하게 느껴진다. 그는 수류탄을 공중으로 높이 던진 뒤 머리를 감싸며 엎드린다. (엄마의 팔은 크고 젖가슴은 부드럽다.) 콰콰콰쾅!

그 새끼 맞혔어?

대체 어디 있지?

마르티네즈가 조금씩 앞으로 기어간다. 그 일본 병사가 턱을 하늘로 쳐들고 뒤로 자빠져 있다. 붉은 땅 위에 흰 창자가 쏟아져 나와 꽃을 수놓고 있다.

해치웠어.

넌 대단한 놈이야, 마르티네즈.

마르티네즈는 병장이 되었다. 어린 멕시코 소년들 역시 미국의 동화를 호흡하며 산다. 그들은 비행사나 부자나 장교는 될 수 없어도 영웅은 될 수 있다. 작은 돌에 발부리가 걸리면서 텍사스의 하늘을 쳐다볼 필요가 없는 것이다. 사내라면 누구나 영웅이 될 수 있다.

하지만 그렇다고 단호하고 초연한 백인 프로테스탄트가 될 수 있는 것은 아니다.

# 3

장교 식당에서는 바야흐로 말다툼이 벌어지려 하고 있었
다. 콘 중령이 십 분이 다 되어 가도록 노조에 대한 성토를 장
황하게 이어 가자, 헌 소위의 인내심도 점차 바닥이 났다. 그
곳은 화를 참고 있기에는 좋은 장소가 아니었다. 급하게 세워
진 식당 천막은 장교 마흔 명의 식사 장소로는 다소 좁은 감이
있었다. 분대용 천막 두 개를 연결해서 만든 식당이었지만 식
탁 여섯 개와 긴 의자 열두 개를 들여놓고, 한쪽 구석에 야전
취사 설비를 갖춰 놓기에는 공간이 턱없이 부족했다. 게다가
작전이 시작된 지 얼마 지나지 않은 터라, 음식도 사병 식당에
비해 별로 나을 게 없었다. 몇 번은 파이나 케이크가 나왔고,
반도 연해의 상선에서 토마토 한 상자를 구입했을 때는 샐러
드가 한 번 나오기도 했지만, 음식은 대체로 형편없었다. 급식
수당에서 식비를 지불하는 장교들로서는 다소 불만을 갖지

않을 수 없었다. 음식이 한 가지씩 나올 때마다 나직하게 투덜거리는 소리가 들렸다. 그러나 천막 한쪽 끝에 놓인 작은 식탁에서 장군이 함께 식사를 하고 있었기 때문에, 장교들은 불평하는 소리가 입 밖으로 크게 나오지 않도록 조심했다.

점심때는 불만이 더 커졌다. 식당 천막은 해변에서 수백 미터 떨어져 제대로 된 나무 그늘 하나 없는, 야영지에서 제일 기피되는 장소에 있었다. 햇볕이 내리쬐면 천막 안은 파리도 몸이 무거워 날 수 없을 만큼 열기가 가득 찼다. 장교들은 숨막히는 무더위와 고투를 벌이며 식사를 했다. 손과 얼굴에서 흐른 땀이 앞에 놓인 접시 위에 떨어졌다. 장교 식당이 사단 야영지 내의 작은 골짜기에 있었고 근처 바위 위로 개울이 흐르던 모토메 때와 비교하면 지금의 상황은 분통이 터질 정도였다. 그래서 대화가 오가는 일이 드물었고, 가끔은 다툼이 벌어지기도 했다. 그러나 적어도 계급 차가 큰 장교들 사이에서 시비가 붙는 일은 아직까지 없었다. 대위가 소령과 다투고, 소령이 중령과 다투는 일은 있었지만, 소위나 중위가 대령과 시비를 가리는 일은 없었다.

헌 소위도 그것을 알았다. 그는 아는 것이 아주 많았다. 그러나 아무리 멍청한 사람이라도 일개 소위가, 합동 본부에서 정말 한 명밖에 없는 소위 따위가 싸움을 걸고 돌아다닐 수 없다는 것쯤은 알 터였다. 더욱이 그는 자기가 반감을 사고 있다는 것을 알았다. 다른 장교들은 그가 모토메 작전이 끝날 무렵에야 부대에 합류했으면서도 장군의 보좌관에 임명된 것이 가당치 않은 요행이라고 생각했다.

무엇보다 헌은 다른 장교들과 잘 지내 보려고 굳이 노력하지 않았다. 그는 숱이 많은 검은 머리에 진중하고 표정 없는 얼굴을 한 거구의 남자였다. 침착한 갈색 눈이 짧고 뭉툭하고 약간 휘어진 코 위에서 차갑게 앞을 응시했다. 단단하고 다부진 턱 위에 돌출한 크고 얇은 입에는 감정이 거의 드러나지 않았고, 커다란 체구에 어울리지 않게 높고 날카로운 음성에는 경멸의 어조가 약하게 배어났다. 그 자신은 종종 부인했지만, 그가 좋아하는 사람은 지극히 극소수였고, 대부분의 사람들이 그와 몇 분 동안 이야기를 하고 나면 거북한 마음으로 그것을 감지했다. 어쨌든 그가 창피라도 당하는 꼴을 보면, 내심 고소해할 사람들이 적지 않았다. 그는 그런 사람이었다.

그로선 입을 다물고 있는 게 상식적인 행동일 것이다. 그러나 식사가 끝나기까지 십 분 동안 땀이 쉴 새 없이 음식 위로 떨어졌고, 셔츠는 갈수록 축축해졌다. 접시에 담긴 음식을 콘 중령의 얼굴에 짓이기고 싶은 충동을 억누르기가 점점 힘이 들었다. 이 천막에서 이 주일 동안 식사를 하면서, 그는 일곱 명의 다른 위관급 장교[5]들과 함께 지금 콘이 지껄이고 있는 식탁 인접한 자리에 앉았다. 그래서 지난 이 주일 동안 그는 콘이 의회의 우둔함(헌도 이 점에 대해서는 이견이 없었지만 그 이유는 달랐다.), 러시아군과 영국군의 후진성, 흑인의 배신과 타락, 뉴욕이 외국인들에게 장악되었다는 끔찍한 사실에 관해 끝도 없이 지껄이는 것을 들어 왔다. 콘의 입에서 첫 마디가

---

5) 소위, 중위, 대위의 계급을 가진 군인을 통틀어 이르는 말.

나오는 순간, 그 뒤로 어떤 내용이 전개될지 빤히 예측이 되었다. 헌은 절망적인 심정을 억누르느라 거의 미칠 지경이었다. 지금까지는 자기 음식을 노려보면서 "멍청한 자식!"이라고 중얼거리거나 있는 대로 혐오스러운 표정을 지으며 천막의 들보를 쳐다보는 것으로 스스로를 달랬다. 그러나 헌의 인내심에도 한계가 오고 있었다. 커다란 몸집을 식탁에 바짝 붙이고 앉아, 데일 듯 뜨거운 천막 천이 머리에서 불과 몇 센티미터 위에 있는 상황에서, 그는 옆 식탁에 앉은 영관급 장교[6] 여섯 명의 표정을 안 볼 수가 없었다. 그들의 표정은 변하는 법이 없었다. 그것이 그를 격분케 했다.

웨버 중령은 키가 작고 뚱뚱한 네덜란드인으로 항상 백치같이 사람 좋은 웃음을 띠었고, 음식을 떠서 입에 넣을 때가 아니면 그 웃음을 거두는 법이 없었다. 그는 사단 공병대의 지휘관이었는데, 유능한 장교라는 평판을 받았다. 그러나 헌은 그가 무슨 말이건 하는 걸 들어 본 적이 없었고, 끝없이 쌓인 통조림에서 그날그날 그들에게 나오는 음식인지 여물인지 모를 것을 맹렬한 식성으로 미친 듯이 먹어 대는 것을 제외하고는 무슨 일이든 하는 걸 본 적이 없었다.

웨버의 맞은편에는 장군의 부관인 비너 소령과 460연대의 연대장 뉴턴 대령이 앉아 있었다. 쌍둥이인 두 사람은 크고 호리호리한 몸매에 슬픈 인상을 풍겼다. 머리는 일찌감치 하얗게 셌고, 긴 얼굴에는 은테 안경을 썼다. 목사처럼 설교깨

---

6) 소령, 중령, 대령의 계급을 가진 군인을 통틀어 이르는 말.

나 할 것 같은 인상이었음에도, 그들 역시 입을 여는 일이 거의 없었다. 비너 소령은 어느 날 저녁 식사 때 종교적인 성향을 보여 준 적이 있었다. 성경 구절을 적절히 인용하면서 십분 동안이나 혼자서 말을 했던 것이다. 그것이 헌에게는 그를 다른 사람들과 구분시켜 주는 유일하게 인상적인 면이었다. 뉴턴 대령은 웨스트포인트 출신으로 매우 예의 바르고 지독하게 수줍음을 타는 인물이었다. 일생 동안 단 한 번도 여자와 자 본 일이 없다는 소문이 있었지만, 남태평양의 정글 속에서 그가 고자인지 아닌지를 헌이 직접 확인할 기회는 없었다. 그러나 대령은 표면적으로는 점잖고 예의 발라도 사실은 성격이 매우 까다로워서 항상 부하 장교들에게 부드러운 음성으로 잔소리를 했는데, 소문에 따르면 장군의 지시가 아니고는 자기 생각이 하나도 없는 위인이라고 했다.

이 세 사람은 딱히 해가 될 일이 없는 사람들이었다. 헌은 그들과 말을 해 본 적이 없었고, 그들도 헌을 괴롭힌 적이 없었다. 그러나 헌은 익숙하지만 보기 흉한 가구에 대해서 언젠가는 품게 되는 그런 악의로 그들을 증오했다. 그들에게 화가 나는 것은 그들이 콘 중령과 댈리슨 소령 그리고 호바트 소령과 같은 식탁에서 식사한다는 사실 때문이었다.

"맙소사." 콘의 말은 계속되고 있었다. "의회가 그놈들을 진즉 제대로 눌러 놨어야 해. 그놈들 문제라면 마치 그들이 예수님이라도 되는 양 조심스럽단 말이야. 그러면서 우리가 탱크 한 대만 더 달라고 해 봐. 어떻게 하나." 콘은 나이가 지긋하고 몸집이 작은 인물로, 얼굴에 주름이 많고 작은 두 눈이

제각각 따로 기능을 하는 것처럼 조금은 멍청하게 이마 아래에 붙어 있었다. 그의 머리는 목과 귀 윗부분에 잿빛 머리가 듬성듬성 남아 있는 것을 제외하고는 거의 다 벗어진 상태였다. 빨갛게 부어오른 커다란 코에는 정맥이 파랗게 두드러졌다. 그는 주당이었지만 남에게 술 마신 티를 내는 법이 없었다. 그가 술을 마셨음을 보여 주는 징조는 그의 음성이 거칠고 굵어져 권위 있게 변한다는 점 하나였다.

헌은 한숨을 쉬고는 회색 에나멜 주전자에서 컵에다 미지근한 물을 따랐다. 뺨을 타고 내려와 턱에 맺힌 땀방울이 목을 타고 흘러내릴까, 아니면 턱 끝에서 떨어질까 망설이는 듯했다. 옷소매로 땀을 닦으니 턱이 쓰라렸다. 그의 주변에서, 천막 안 여러 식탁에서 벌어지는 대화가 단속적으로 들려왔다.

"그 여자는 필요한 걸 다 갖추고 있단 말이야. 오, 그에 관해선 에드가 말해 줄 걸세."

"파라곤 레드의 E구역에 온통 함정을 파 놓는 건 어때?"

식사 시간이 끝나기는 하는 걸까? 헌은 다시 한 번 고개를 들었고, 그 순간 자신을 바라보던 장군과 눈이 마주쳤다.

"답답한 노릇이지." 댈리슨이 중얼거렸다.

"한 놈도 빠뜨리지 말고 다 목을 매달아야 한다니까." 이건 아마도 호바트의 입에서 나온 말일 것이다.

호바트와 댈리슨과 콘, 이 세 사람은 동일한 주제의 세 가지 변주인 셈이었다. 지원병으로 입대한 후 일등 상사로 시작해 지금은 영관급 장교로 승진한 사람들이었다. 모두 똑같은 놈들이라고 헌은 생각했다. 아가리 닥치라고 말하면 어떻게 반응할까 하고 생각하니 조금 우스웠다. 호바트는 비교적 다루기 쉬운 상태였다. 깜짝 놀라 잠시 할 말을 잊었다가 계급장으로 누르려 할 위인이었다. 댈리슨이라면 밖으로 나가 한판 붙자고 할지도 몰랐다. 하지만 콘은 어떻게 할까? 콘은 그야말로 골칫덩어리였다. 그는 옛날부터 허풍의 명수였다. 남이 한 일은 자기도 다 해 보았다고 우겼다. 정치 얘기로 시끄럽게 하지 않을 때는 누군가의 다정한 친구, 아버지 같은 친구 노릇을 하려 들 위인이었다.

헌은 콘 생각은 일단 제쳐 두고, 댈리슨에 대해 다시 한 번 생각해 보았다. 댈리슨이 보일 만한 반응은 미친 듯이 화를 내며 싸우자고 덤비는 것 한 가지였다. 달리 행동하기에는 그의 덩치가 너무 컸다. 헌보다도 컸다. 그의 붉은 얼굴, 황소 목, 흰 코는 즐거움이나 분노나 당혹감을 표현할 수 있었지만, 그것은 언제나 그 순간의 상황이 자신에게 요구하는 행동이 무엇인가를 판단하기 전까지의 일시적인 반응이었다. 그는 직업적인 축구 선수처럼 보였다. 댈리슨은 문제가 되지 않았다. 심지어 그는 좋은 사람일 수도 있었다.

호바트도 대응하기 쉬운 상대였다. 그는 약자를 위협하는 미국의 전형적인 인물상이었다. 유일하게 상비군 일등 상사로 복무한 적이 없는 인물이었으나, 은행원인가 연쇄점 지배인인가로 일해 보았으니 다른 두 명과 비교해도 크게 손색은 없었다. 그는 주 방위군에서도 위관급의 지위였다. 그러니 당연히 윗사람의 의견에 반대하거나 아랫사람의 말에 귀를 기울이는 일이 없었다. 그러면서도 그는 윗사람과 아랫사람 모두에게서 호감을 얻고 싶어 했다. 그는 위압적으로 몰아붙이기도 하고 감언으로 구워삶기도 하면서, 만나는 사람들 누구에게나 처음 십오 분 동안은 재향군인회와 '로터리 클럽과 상공회의소 특유의 거칠고 소탈한 말투로 좋은 사람이라는 인상을 심어 주었다. 그러나 나중에는 그런 성격을 가진 사람들이 천성적으로 지니는 불안정하고 맹목적인 오만함 때문에 상대를 불신했다. 그는 부루퉁하게 튀어나온 볼과 얇고 작은 입 때문에 어딘지 모르게 통통한 아이처럼 보였다.

헌은 자기가 받은 인상이 틀렸을지도 모른다고는 한 번도 생각해 본 적이 없었다. 그는 댈리슨과 콘과 호바트를 언제나 하나로 묶어서 생각했다. 그는 세 사람의 차이를 알았고, 사실 나머지 두 사람에 비해 그나마 댈리슨을 덜 싫어했으며, 세 사람이 생김새나 능력 면에서 차이가 있음을 인식했다. 하지만 경멸하는 대상이라는 점에서는 모두 다를 게 없었다. 그들에게는 세 가지 공통점이 있었다. 첫째, 세 사람 모두 얼굴색이 붉었는데, 중서부에서 크게 성공한 자본가인 헌의 부친도 언제나 혈색이 불그레했다. 둘째, 세 사람 모두 입술이 얄팍한데다 작고 앙다문 모양을 하고 있었는데, 그것은 헌이 개인적으로 무척 싫어하는 입 모양이었다. 셋째, 세 사람 모두 자기들이 한 말과 행동의 정당성을 단 한순간도 의심한 적이 없었고, 이것이 바로 헌의 반감을 유발하는 최악의 요인이었다. 헌이 보기에 그들이 가진 차이점은 이 세 가지 공통점 앞에선 아무런 의미가 없었다.

헌은 전에 몇몇 사람들로부터 그가 추상적으로는 사람들을 좋아하지만 구체적이고 특정한 인물은 결코 좋아하지 않는 사람이라는 말을 들었다. 물론 흔히들 하는 말이었고 지나치게 단순화된 의견이었지만, 그 말에 진실이 전혀 없다고는 할 수 없었다. 헌이 옆 식탁에 앉은 영관급 장교 여섯 명을 경멸하는 것은 그들이 유대인, 검둥이, 러시아인, 영국인, 아일랜드인 들을 그토록 싫어하면서도 저희끼리는 서로 좋아하고, 집에 있는 서로의 마누라들을 놓고 짓궂은 농담을 하고, 서로 체면 따위는 잊은 채 곤드레만드레 술을 마시고, 토요일 밤이면 저마다 수입 규모가 허락하는 선에서 매음굴에서 신나게 놀아났기 때문이었다. 그들은 그들의 존재 자체로 헌과 같은 세대의 가장 고결한 지성과 가장 뛰어난 재능을 일그러뜨리고 왜곡시켜 무언가 병든 것으로, 콘, 댈리슨, 호바트 같은 부류보다 더욱 편협한 어떤 것으로 만들어 버렸다. 그렇게 해서 그런 지성과 재능을 가진 인재들이 결국은 콘과 같은 부류와 영합하거나, 아니면 두려움에 차서 아직 남겨져 있는 작은 쥐구멍으로 몸을 숨기고 말았던 것이다.

헌은 이제 천막 안에 차곡차곡 쌓인 열기가 자신의 몸을 뜨거운 혀로 핥는 것 같은 느낌이 들었다. 두런두런 나누는 이야기 소리와 양철 식기 부딪치는 소리가 마치 줄로 그의 머릿속을 갈아 대는 듯 신경에 거슬렸다. 식당 당번병이 잰걸음으로 다니면서 식탁 한쪽에 통조림 복숭아를 한 그릇씩 올려놓았다.

"그 작자를 예로 들어 보면⋯⋯." 콘은 어느 유명한 노조 지도자 이야기를 하고 있었다. "자, 내가 확실히 아는 사실인데⋯⋯" 자기가 하는 말을 강조라도 하듯 그의 빨간 코가 고집스럽게 까닥거렸다. "그놈은 검둥이 계집을 정부로 두고 있다네."

댈리슨이 혀를 찼다. "아니, 어떻게!"

"믿을 만한 사람에게서 들은 이야기인데, 그놈이 그 검둥이 계집에게서 검둥이 새끼를 둘이나 낳았다지만, 그것까지 내가 보증할 순 없고. 지금 내가 할 수 있는 말은, 그동안 그놈이 검둥이들을 위한 법안을 통과시키려고 애써 온 게 괜히 그런 게 아니었다는 거지. 하지만 실제로 노동 운동을 조종한 건 그 검둥이 계집 아니겠어? 그년이 아랫도리를 들썩일 때마다 대통령을 포함해 나라 전체가 영향을 받은 셈이지."

여자의 음순으로 역사를 해석하다.

헌은 목구멍에서 튀어나오는 자신의 차갑고 날카로운 음성을 들었다. "중령님, 어떻게 그런 일을 그리 잘 아시죠?" 식탁 밑의 다리가 분노로 힘이 쭉 빠졌다.

콘이 깜짝 놀라 헌 쪽으로 고개를 돌리고는 자기 자리에서 2미터 떨어져 앉은 그의 얼굴을 노려보았다. 콘의 빨갛게 얽은 코 위에는 굵직한 땀방울이 가득 맺혀 있었다. 그는 그 질문이 호의적인지 적대적인지 판단하느라 잠시 뜸을 들였다. 그러나 어찌 되었든 군율이 조금 무시된 사실로 인해 심기가 불편한 건 분명했다. "어떻게 알다니, 그게 무슨 뜻인가, 헌?"

헌은 선을 넘지 않기 위해 당장은 대꾸를 하지 않았다. 갑자기 천막 안의 장교들 대부분이 그들을 주시하고 있다는 사실이 의식됐다. "중령님, 저는 중령님께서 그런 일을 그렇게까지 잘 아시리라고는 생각하지 않습니다."

"그렇게 생각하지 않는다 이 말이야, 그렇지? 그런데 나는 자네보다는 그 노조 지도자라는 놈에 대해 훨씬 많이 안다네."

호바트도 끼어들었다. "검둥이 계집이랑 몸을 섞고 돌아다니거나 같이 사는 게 괜찮다 이 말인가?" 그는 다른 사람들의 동의를 얻을 요량으로 한바탕 웃었다. "전혀 문제 될 게 없다 이 말이야?"

"저는 콘 중령님께서 그런 일을 어떻게 그리 잘 아시는지 모르겠습니다." 헌이 다시 말했다. 일이 그가 두려워했던 형국으로 전개되고 있었다. 말이 한두 마디 더 오가면 그는 꽁무니를 빼거나 징계 처분을 각오할 수밖에 없었다.

콘의 처음 물음에 대해서 헌은 이미 대답을 한 셈이었다. 그러나 콘은 일을 확대시키면 확대시켰지 그걸로 끝낼 사람이 아니었다. "헌, 자네는 그냥 입 닥치고 가만있어도 되네. 내가 모르는 소리를 지껄일 사람은 아니니 말이야."

그 말에 장단을 맞추듯 댈리슨도 끼어들었다. "헌, 자네가 빌어먹게 똑똑하다는 건 우리도 다 알아." 동의하는 웃음소리가 여기저기서 터져 나왔다. 헌은 과연 모두가 나를 싫어하는구나, 하고 생각했다. 새롭게 알게 된 사실도 아니었지만 속이 쓰린 건 어쩔 수 없었다. 옆자리의 중위는 헌의 팔꿈치로부터 자신의 팔꿈치를 안전하게 좀 떼어 놓고 딱딱하게 굳은 자세로 앉아 있었다.

이미 내친걸음이니 가는 데까지 가 보는 수밖에 없었다. 가슴이 분노로 격하게 뛰었지만 한편으론 두려움과 자신에게 벌어질 일에 대해 거의 체념에 가까운 초연한 감정이 자리했다. 어쩌면 군법 회의에 회부될지도 몰랐다.

마침내 그가 입을 열었다. 목소리가 떨리지 않고 정확하게 나오는 것이 스스로도 대견했다. "중령님, 저는 중령님께서 그렇게 자세히 알고 계시는 걸 보니 열쇠 구멍으로 들여다보기라도 하신 게 아닌가 하는 생각을 했습니다."

놀라움이 섞인 웃음소리가 몇 군데에서 터져 나왔다. 콘의 얼굴이 분노로 부풀어 올랐다. 코의 붉은 기운이 서서히 뺨과 이마로 번지고, 뒤엉킨 자줏빛 나무뿌리처럼 정맥이 파랗게 도드라졌다. 그는 떨어뜨린 공을 찾아 주우려고 미친 듯이 원을 그리며 달리는 야구 선수처럼, 할 말을 찾고 있는 게 분명했다. 그가 입을 여는 순간 무서운 일이 벌어질 터였다. 심지어 웨버까지도 먹는 동작을 멈췄다.

"여러분!"

천막 끝에서 장군이 목소리를 높였다. "더 이상의 소란은 용납지 않겠소."

장군의 한마디에 모두가 입을 다물었다. 순간 천막 안에 정적이 드리워지고, 식기 부딪치는 소리마저 잦아들었다. 이윽고 사람들이 어색하고 불편한 기분으로 다시 음식에 손을 대기 시작하고서야 저마다 감정을 표현하며 낮게 속삭이는 소리들이 들려오기 시작했다. 헌은 장군이 개입했을 때 안도의 한숨을 내쉰 자신이 혐오스러웠다.

아버지에게 기대는 것과 다를 게 뭔가.

지금에서야 깨달은 사실이지만 처음부터 그는 내심 장군이 자기를 보호해 주리라는 것을 알고 있었다. 해묵은 혼란스러운 감정이 다시금 그를 사로잡았다. 한편으로는 적의를 느끼면서도 그것과는 다른, 그리 순수하지 않은 감정.

콘, 댈리슨, 호바트는 분기탱천한 꼭두각시 삼총사처럼 눈에서 불을 뿜으며 그를 노려보았다. 그는 스푼을 집어 멀리 놓인 통조림 복숭아 과육을 떠서 입에 넣고 씹었다. 복숭아의 단맛은 쌉쌀함이 감도는 목구멍과 뜨거운 신물이 요동치는 배 속에서 제대로 섞여 들지 못했다. 잠시 후 그는 스푼을 탁 내려놓고 식탁을 물끄러미 내려다보았다. 콘과 댈리슨은 마치 버스나 기차에서 남들이 자기들의 말에 귀를 기울인다는 것을 아는 사람들처럼 남들을 의식하며 이야기를 나누었다. 헌의 귀에도 한두 마디가 들려왔는데, 그날 오후에 할 일에 관한 것이었다.

적어도 콘 역시 소화가 안 되기는 마찬가지였다.

장군이 조용히 일어나더니 천막에서 나갔다. 그제야 겨우 다른 사람들도 자리를 뜰 수 있었다. 콘과 헌의 시선이 한순간 얽혔지만 두 사람 모두 당혹스러운 기분으로 고개를 돌렸다. 잠시 후 헌이 의자에서 일어나 밖으로 나갔다. 그의 옷은 온통 땀에 젖어 있어서, 바깥 공기가 옷에 닿자 찬물을 시원하게 끼얹은 느낌이었다.

그는 담배를 피워 물고 야영지를 짜증스럽게 걸어 다니다가 철조망에 이르자 돌아서서 다시 야자나무 아래를 거닐었다. 그러면서 여기저기 모여 있는 암녹색 소형 천막들을 침울한 눈빛으로 바라보았다. 그렇게 한 바퀴를 돌고 난 후, 그는 해변으로 이어지는 낭떠러지를 기듯이 내려가 상륙 당일부터 버려진 채 놓여 있는 장비 몇 개를 무심히 발로 차면서 모래 위를 걸었다. 트럭 몇 대가 지나갔다. 삽을 어깨에 멘 작업반 병사들이 줄을 지어 모래 위를 무거운 걸음으로 걷고 있었다. 바다 위에서는 화물선 몇 척이 닻을 내리고, 한낮의 열기 속에서 물결에 나른하게 몸을 맡기고 있었다. 헌의 왼쪽 편으로 상륙정 한 척이 보급 창고 쪽으로 접근해 오고 있었다.

헌은 담배를 다 피우고 옆을 지나가는 장교에게 무뚝뚝하게 고개를 끄덕였다. 장교는 잠시 머뭇거리고 나서야 답례를 했다. 그는 이제 상황에 말려들었고, 그 결과를 모면할 길은 없었다. 콘은 원래 구제할 길 없는 얼간이였지만, 그는 콘보다 더 바보짓을 한 셈이었다. 사실 처음 있는 일은 아니었다. 그는 인내심이 한계에 달하면 으레 폭발을 하곤 했는데, 그 자체가 그의 약점을 반증했다. 그러면서도 그는 그와 다른 장교들이 처한 이 역설적 상황이 계속되는 것을 참을 수가 없었다. 본국에 있을 때는 사정이 달랐다. 식당도 따로 있었고 숙소도 따로 있어서, 뭔가 실수를 해도 그리 문제가 되지 않았다. 그러나 이곳에서는 자기들이 침대에서 잘 때 사병들은 바로 몇 미터 떨어진 곳의 맨땅 위에서 자고, 자기들이 비록 형편없는 식단일지언정 식탁 위에 차려진 음식을 먹을 때 사병들은 뙤약볕 아래 줄을 서서 받은 음식을 쪼그리고 앉아 먹었다. 그뿐이 아니었다. 15킬로미터 밖에서는 병사들이 하나 둘 목숨을 잃고 있었다. 이런 상황에서는 4500킬로미터 밖에서 병사들이 목숨을 잃을 때와는 다른 도덕적 중압감이 요구되었다. 야영지 안을 걸을 때마다 그는 그런 느낌을 떨칠 수가 없었다.

철조망에서 불과 몇 미터 떨어진 곳에서 시작되는 정글의 불쾌한 녹색, 하늘을 배경으로 한 야자나무들의 섬세한 무늬들, 사방에 보이는 병들고 누르께하고 시들한 모습들, 이 모든 것들이 그의 혐오감을 부추겼다. 그는 다시 벼랑 위로 올라가, 사방에 열 지어 흩어진 크고 작은 천막들과 수송부에 모여 있는 트럭과 지프 들, 그리고 아직도 식사를 배급받느라 줄 지어 늘어선 초라한 녹색 작업복 차림의 병사들을 바라보았다. 병사들은 그새 질기고 질긴 덤불과 뿌리 들을 잘라 내어 땅을 마련하고, 무서울 정도로 빽빽이 들어찬 밀림의 저항을 뚫고 쓸 만한 공간 몇 개를 만들어 놓았다. 그러나 전방 밀림 속 최전선의 병사들은 하루 이틀 이상은 한 곳에 머물 수가 없었고 또 몸을 노출시킨다는 것 자체가 위험한 일이었기 때문에 숲은 베어 낼 수 없었다. 그 병사들은 진흙 위에서 자면서 벌레와 곤충에 시달리는데 장교들은 종이 냅킨이 없느니 식단 개선이 안 되느니 하며 불평을 늘어놓고 있는 것이었다.

장교의 지위를 누리는 것 자체가 어찌 보면 죄스러운 일이었다. 그들 모두가 처음에는 그런 죄의식 비슷한 것을 느꼈다. 사관 학교를 나와 처음에는 모두가 장교에게 주어지는 특권들을 거북해했다. 그러나 그런 것은 잊는 게 편했고, 또 그런 의식에서 벗어나고 싶은 사람들에게 좋은 구실이 되는 교과서적인 이유들은 언제나 존재했다. 그런 죄의식을 여전히 머리에서 떨쳐 버리지 못하는 장교는 몇 사람 되지 않았다.

그것은 어쩌면 처음부터 특권을 갖고 태어난 것에 대한 죄의식인지도 모른다.

군대에는 그런 것이 있었다. 뭐라 정의할 수 없으리만큼 미묘하고, 또 예외가 너무 많아 그저 하나의 추세에 지나지 않는다고 말할 수 있었지만, 그래도 그런 것이 분명 존재했다. 그 자신만 해도 부자 아버지, 부유층 자제들이 다니는 대학, 좋은 직장, 곤경 없는 인생을 당연하게 생각했고, 그것을 성취했다. 그의 친구들 가운데 많은 사람들이 그랬다. 그러나 그가 대학에서 알게 된 사람들은 꼭 그렇지만은 않았다. 그들 가운데에는 징병 검사에서 탈락한 사람도 있고, 일반 사병도 있고, 육군 항공대의 소령도 있고, 워싱턴에서 기밀 임무를 수행하는 사람도 있고, 심지어 양심적 병역 기피자 수용소에 갇혀 있는 사람도 있었다. 그러나 부유층 자제들만 다니는 예비 학교에서 그가 알게 된 사람들은 지금 모두 육군이나 해군의 소위였다. 부유한 집안에서 태어나고 복종하는 데 익숙한…… 아니, 복종이라는 말은 맞지 않았다. 그것은 복종이 아니라, 그 자신이나 콘이나 호바트나 그의 부친, 심지어 장군도 갖고 있는 종류의 자신감이었다.

장군이라. 분한 감정이 되살아났다. 장군만 아니었다면 그는 지금 그가 마땅히 해야 할 일을 하고 있었을 터였다. 장교라는 지위는 전투에 참여하고 있을 때에나 어느 정도 명분이 섰다. 이곳에 남아 있는 한 그는 스스로를 불만스럽게 여기고, 다른 장교들을 평상시보다 훨씬 심하게 경멸할 터였다. 이곳 본부에서는 아무것도 없으면서 동시에 모든 것이, 일상적인 짜증을 넘어선 어떤 기묘한 만족이 있었다. 장군 밑에서 일을 하는 사람에겐 그 나름의 독특한 보상이 있었다.

다시 한 번 분한 감정이 일었다. 어쩌면 또 다른 감정, 두려움도 있었다. 헌은 장군 같은 사람은 처음 만났지만, 그가 대단한 인물임은 어느 정도 확신했다. 장군이 명석한 인물이어서만은 아니었다. 커밍스 장군만큼 머리가 비상한 사람은 이전에도 만나 본 적이 있다. 분명히 그의 지성 때문도 아니었다. 사실 장군의 지성은 놀랄 만큼 엉성하고 빈틈이 많았다. 장군에게는 생각한 바를 즉각적이고 효과적인 행동으로 확장시키는 독특한 능력이 있었다. 이것은 장군과 함께 일을 해도 몇 달이나 모르고 지나칠 수 있는 장군의 습성이었다.

장군은 모순이 많은 사람이었다. 헌은 장군이 본질적으로 육신의 편안함에는 일체 관심이 없는 사람이라고 믿었다. 그럼에도 장군은 장성의 격에 맞는 호사를 마다하지 않았다. 상륙 당일 해변에 배가 닿은 후 장군은 거의 하루 종일 전화기에 붙어서 일선 장교들의 상황을 보고받은 후 그야말로 지도 한 번 보지 않고, 아니, 결정을 내리기 위해 잠시 궁리하는 시간도 없이 즉석에서 전투 전략을 구상하며 다섯 시간, 여섯 시간, 여덟 시간 동안 초기 작전을 지휘했다. 놀라운 솜씨였다. 그가 보여 주는 집중력은 거의 비현실적일 정도였다.

상륙 첫날 오후 늦게 호바트가 장군에게 와서 물은 적이 있었다. "각하, 본부 야영지는 어디에 정하는 것이 좋겠습니까?"

커밍스가 통명스럽게 대꾸했다. "아무 데나 정하게, 아무 데나." 평소 장교들을 대할 때의 정중한 태도와는 충격적일 정도로 다른 말투였다. 그 순간 허울이 벗겨지면서 뼈와 함께 도사리고 있던 벌거벗은 짐승의 모습이 드러났다. 헌은 속으로는 다른 생각을 할지언정 어쨌든 탄복하지 않을 수 없었다. 그는 장군이 가시 침대 위에서 잤다 해도 놀라지 않았을 것이다.

그러나 이틀 후 작전의 첫 번째 위기 상황이 무사히 지나가자, 장군은 자기 천막의 위치를 두 번이나 옮기게 하고 좀 더 평평한 지점을 고르지 않았다고 호바트에게 가볍게 지청구를 주었다. 따지자면, 그의 이율배반적인 면은 사실상 끝이 없었다. 남태평양에서 그의 명성은 이미 확고했다. 사단에 배속되기 전부터 헌은 장군의 전술 능력을 칭찬하는 소리를 수없이 들었다. 그저 남의 뒷말이나 하는 게 최고의 기분 전환거리가 되는 후방에서, 그것은 대단한 찬사였다. 그러나 장군은 그것을 결코 믿지 않았다. 언젠가 한두 번 그들의 대화가 매우 친밀해졌을 때, 커밍스가 그에게 냉소적인 어조로 말한 적이 있다. "로버트, 내게는 적이 많아. 그것도 강력한 적 말이야." 그의 음성에는 듣기 역겨울 만큼 자기 연민이 배어 있었는데, 그것은 평소 인물과 사건을 명확하고 냉정하게 평가하는 그로서는 전혀 의외의 일면이 아닐 수 없었다. 그는 사단장들 가운데 가장 동정적이고 온화한 장교라는 식으로 소문이 나 있었고, 그의 인간적인 매력 또한 잘 알려져 있었지만, 헌은 그가 폭군이라는 사실을 꽤 일찌감치 알아챘다. 그의 음성이 부드러운 것은 사실이었다. 하지만 그가 폭군인 것도 부인할 수 없었다.

장군은 또한 지독한 속물이었다. 비록 장군과는 전혀 다른 부류이긴 해도 자신의 속물근성 또한 스스로 인정하는 헌은 장군의 그런 면에 동정적일 수 있었다. 헌은 모든 사람들에게 적용하기 위해 설사 500가지의 유형을 생각해 내야 한다 해도 언제나 사람들을 유형별로 분류하는 인물이었다. 장군의 속물근성은 보다 단순한 부류의 것이었다. 장군은 휘하 장교들의 약점과 결함을 샅샅이 알면서도 각자의 능력과 상관없이 대령이 소령보다 우월하다고 판단했다. 그가 헌을 친밀하게 대하는 것은 그래서 더 이해하기 어려웠다. 장군은 사단에 배속된 헌을 삼십 분간 면담한 후 보좌관으로 선발했고, 그 후 천천히 조금씩 그에게 속내를 털어놓기 시작했다. 그 사실 자체는 이해할 만한 일이기도 했다. 허영심이 많은 사람들이 흔히 그렇듯이, 장군도 군사 문제 이외의 것들에 대해 자신의 생각을 토로할 수 있는, 자기와 지적 수준이 같거나 비슷한 상대를 찾고 있었고, 그의 참모들 가운데 그의 생각을 이해할 수 있는 지성을 지닌 사람은 헌밖에 없었던 것이다. 그러나 오늘 반 시간 전에 장군은 자칫 위험한 상황으로 치달을 수 있는 순간에 그를 건져 냈다. 상륙한 후 이 주일 동안 헌은 거의 매일 밤 장군의 천막에서 장군과 이야기를 나누었는데, 좁디좁은 야영지 내에서 이런 종류의 일은 금방 알려지기 마련이었다. 장군도 당연히 그것을 알고 있었고, 그로 인해 생기는 불만이나 사기에 미치는 악영향 역시 알고 있었다. 그럼에도 장군은 자신의 이해관계와 편견에 반하여 헌을 곁에 잡아 두었을 뿐만 아니라 오히려 헌에게 자신의 성품이 가진 부인할 수 없는 매력을 펼쳐 보이려 애썼다.

헌은 장군이 아니었다면 사단이 아노포페이로 이동하기 훨씬 전에 자신이 전속을 요청했으리라는 것을 알았다. 사병과 장교 사이의 불쾌한 차이를 언제나 분명히 의식하고 있는 그는 자신의 지위가 하인과 다르지 않다는 것을 잘 알았다. 그리고 무엇보다도 그는 다른 장교들을 혐오했고, 그러한 감정을 숨기기가 어려웠다. 헌을 붙잡아 두는 것은 장군의 수수께끼 같은 행동 방식이었다. 스물여덟 해를 살면서 그가 저항할 수 없을 만큼 흥미를 느끼는 일은, 그의 관심을 끄는 남자나 여자의 거의 드러나 있다시피 한 기벽을 밝혀내는 일이었다. 언젠가 그는 이런 말을 한 적이 있다. "나는 그런 사람들에게서 허울뿐인 동기를 발견하면 그만 흥미를 잃고 말아. 그러면 유일하게 남는 흥미는 상대에게 어떻게 작별을 고할까 하는 것뿐이지." 그러자 상대방은 이렇게 말했다. "헌, 당신은 지나치게 몸을 사려. 당신은 속이 텅 빈 껍데기야. 빌어먹을 껍데기."

어쩌면 그 말이 맞을지도 몰랐다.

어쨌든 장군에게서 허울뿐인 동기를 찾아내는 것은 쉬운 일이 아니었다. 장군에겐 분명히 대부분의 사소하고 더러운 욕망이 있었고, 고급 주간지에서 비도덕적이라고 성토할 만한 것들에 대한 갈증이 있었으나, 그렇다고 장군의 가치가 깎이는 것은 아니었다. 장군에게는 어떤 재능이, 추가적인 요인이, 헌이 일찍이 접해 보지 못한 깊은 갈망이 있었다. 그러나 그보다도 헌은 객관성을 잃어 가고 있었다. 장군이 그에게 미치는 영향은 그가 장군에게 미치는 영향보다 컸다. 이런 생각이 들 때마다 헌은 자신이 싫었다. 누구도 침범할 수 없는 독립성을 잃는다는 것은 주변의 모든 사람들처럼 다시 욕구와 관습에 얽매이게 되는 것을 의미했다.

그렇다 해도 그는 자신과 장군 사이에서 펼쳐지는 그 과정을 뒤틀린 기분으로 주의 깊게 지켜보았다.

한 시간쯤 후 그는 장군의 천막에서 장군을 만났다. 커밍스는 마침 혼자서 항공 작전 보고서를 검토하는 중이었다. 헌은 무슨 일인지 즉시 이해했다. 작전이 시작된 지 이삼 일이 지나는 동안에도 일본군이 아노포페이에 대해 공습할 기미가 보이지 않자, 상부에서는 이번 작전을 위해 투입되어 150킬로미터 이상 떨어진 또 다른 섬에서 작전을 수행하는 전투기 중대를 다른 곳으로 이동시키기로 결정한 것이다. 지금까지는 전투기 중대가 크게 소용이 될 일이 없었지만, 장군은 그가 탈취한 비행장을 항공대가 이용할 수 있도록 확장하고 나면 도야쿠 방어선을 공격할 때 공중으로부터 지원을 받을 수 있으리라 기대하던 참이었다. 전투기 중대가 다른 작전 지구로 돌려지자 장군은 격분했다. 자신에겐 적이 많다는 말을 헌에게 한 것도 바로 그때였다.

그는 지금 불필요하게 쓰이고 있는 비행기가 한 대라도 있는지 알아보기 위해 항공 작전 구역의 보고서를 검토하고 있었다. 다른 사람 같았으면 그것은 어리석은 일이자 자기 연민에서 나온 시위 행위에 불과했겠지만, 장군의 경우에는 그렇지 않았다. 그는 보고서에 기록된 모든 사실을 흡수하고 취약점들을 엄밀히 조사하여, 적절한 기회가 오고 탈취한 비행장의 정비가 끝났을 때 지금 검토한 보고서를 근거로 일련의 설

득력 있는 논거들을 내놓을 터였다.

장군은 돌아보지도 않고 어깨 너머로 그에게 한마디 했다. "자네 오늘 아주 바보짓을 했어."

"그런 것 같습니다." 헌이 의자에 앉았다.

장군은 의자를 조금 움직여 놓고 생각에 잠긴 채 헌을 바라보았다. "내가 자넬 그 상황에서 빼내 줄 거라고 기대했을 테지?" 그렇게 말하면서 장군은 미소를 지었다. 그의 음성이 부자연스럽게, 약간은 작위적으로 들렸다. 장군은 상황에 따라 말투가 달라지곤 했다. 사병들과 이야기할 때는 욕설도 간간히 섞어 가면서 발음도 조금씩 뭉개곤 했다. 반면, 장교들과 함께 있을 때는 언제나 위엄과 거리를 유지하면서 군더더기 없이 딱딱한 문장으로 말하곤 했다. 헌은 그가 유일하게 꾸밈없이 직접적으로 대화하는 상대였다. 그가 그렇게 하지 않을 때는, 다시 말해 하급 장교에게 하는 식의 의식적인 말투가 끼어들 때는 기분이 몹시 상했다는 의미였다. 헌은 언젠가 거짓말을 할 때마다 말을 더듬는 남자를 본 적이 있었다. 장군의 경우엔 좀 더 미묘한 수준의 말투 변화가 있었을 뿐이지만, 어쨌든 그것이 장군의 마음 상태를 가늠할 수 있는 효과적인 실마리가 되기는 했다. 장군은 본부 사람들이 며칠이고 뒷공론을 하게 될 방식으로 헌을 도와줄 수밖에 없었던 일로 인해 매우 화가 난 게 분명했다.

"아무래도 그랬던 것 같습니다. 저도 나중에야 깨달은 사실이지만."

"로버트, 어째서 그렇게 머저리처럼 굴었는지 어디 한번 말해 보겠나?" 아직도 말투가 자연스럽지 않았다. 음성도 거의 여자 음성에 가까웠다. 처음 만났을 때 헌은 장군이 남에게 자기 속을 보여 주는 일이 좀처럼 없을 사람이라는 인상을 받았다. 그리고 그 후로도 그가 받은 첫인상을 수정할 일은 단 한 번도 없었다. 헌은 전에도 장군처럼 그렇게 여성적인 면을 지니면서도 극도로 잔인해질 수 있는 사람들을 만난 적이 있지만, 장군의 경우는 사람 됨이 보다 복잡하고 비교적 정형화되거나 노골적인 편이 아니어서 파악하기가 수월치 않았다. 평균보다 약간 큰 키, 적당한 살집, 햇볕에 그을린 대체로 잘생긴 얼굴에다 하얗게 새어 가는 머리 등, 장군은 언뜻 보기엔 다른 장성들과 별로 다른 점이 없었다. 하지만 분명 다른 점이 있었다. 웃을 때의 표정은 여느 미국 상원 의원이나 사업가의 혈색 좋고 자족적이고 엄격한 외모와 매우 가까웠지만, 강인하고 호인다운 분위기는 그다지 엿보이지 않았다. 그의 얼굴에는 미국의 하원 의원 역을 연기하는 배우들에게서 보이는 것과 같은 특정한 빈틈이 있었다. 어떤 특정한 표정이 있는 것 같으면서도 또 없었다. 헌은 장군의 미소 띤 얼굴이 사실은 무감각한 표정이 아닌가 하는 생각이 늘 들었다.

그의 성품을 드러내는 것은 바로 눈이었다. 그의 커다란 회색 눈은 불에 달구어진 유리처럼 위험하고 불길했다. 모토메에서 부대가 배에 오르기 전 사열이 있었을 때 헌은 장군의 뒤를 따라 대열 사이를 지났었다. 사병들은 커밍스가 앞에 오자 잔뜩 긴장한 채 장군의 존재를 의식한 목 쉰 소리로 말을 더듬으며 장군의 질문에 대답했다. 4분의 3 정도는 물론 장군 앞에서 말을 하는 데서 오는 긴장감 때문이었다. 커밍스는 온화한 표정을 짓고 사병들을 편하게 해 주려고 무진 애를 썼지만, 전혀 소용이 없었다. 옅은 회색 홍채를 가진 커다란 눈은 거의 텅 비어 보여, 아주 선명한 하얀색 타원형의 빈 공간 두 개가 있는 것 같았다. 헌은 장군을 품위와 지성을 갖춘 불도그에 비유한 어느 신문 기사를 떠올렸다. 그 기사는 다소 과장되게 이런 말을 덧붙여 놓았다. "그의 몸가짐에는 용맹스러운 동물의 힘, 끈기, 지구력이, 대학교수나 정치가의 지성, 매력, 침착성과 효과적으로 결합되어 있다." 다른 신문 기사보다 정확할 것도 없는 내용이었지만, 그것은 헌이 장군에 대해 갖고 있는 견해를 뒷받침해 주었다. 누군가는 커밍스를 장군, 정치가, 혹은 철학자로 보았고, 또 누군가는 그 기자처럼 그를 교수로 보았다. 이 모든 태도들 각각이 진짜와 가짜의 미묘한 혼합물이었다. 장군은 그때그때의 기분에 따라 본능적으로 그 가운데 하나의 태도를 취하지만, 그 단계를 넘어서면 그를 몰아 대는 특이한 충동이 그에게 어떤 인격의 의상을 건네는 것 같았다.

헌은 의자에 등을 기댔다. "머저리처럼 군 건 인정합니다. 하지만 그게 어떻다는 겁니까? 콘 같은 작자에게 한 번쯤 무안을 주는 것도 통쾌한 일 아니겠습니까?"

"전혀 무의미한 행동이야. 자넨 콘의 말을 듣고 있는 걸 무슨 모욕이나 되는 듯이 여겼나 보군."

"그랬습니다."

"철없는 짓이야. 자네의 인간적 권리라는 것도 전적으로 내 기분에 의존하고 있어. 한번 생각해 보게. 내가 없다면 자네는 일개 소위에 불과해. 내가 생각하는 소위란, 자기 자신의 영혼을 갖지 못하는 인간이야. 콘에게 무안을 준 건 자네가 아냐." 장군은 '무안을 준'이라는 말을 불쾌한 어투로 강조했다. "실질적으로 그 작자에게 무안을 준 건 바로 나야. 그러고 싶지 않았는데 그렇게 한 거야. 나하고 말할 때는 기립 자세를 취하게. 자네는 기본 규칙을 지키는 일부터 다시 시작하는 게 좋겠어. 누가 지나가다 자네가 내 앞에서 이렇게 앉아 있는 꼴을 보면, 이 사단을 자네와 내가 공동으로 지휘한다고 생각할 것 아닌가?"

헌은 속으로 어린애같이 부루퉁해져서는 기립했다. "알겠습니다." 그의 목소리에서 빈정거리는 말투가 새어 나왔다.

장군이 갑자기 그를 놀리듯이 히죽 웃었다.

"나는 콘이 지껄여 대는 추잡한 말들을 자네보다 훨씬 오랫동안 들어 왔어. 물론 지루하지. 다 쓸데없는 말들이거든. 나는 자네가 그렇듯 초보적인 수준으로 반응한 것에 좀 실망했다네." 그의 음성은 점점 심해져 가는 헌의 짜증스러운 감정을 미묘하게 건드렸다. "나는 음담패설을 예술의 경지로 승화시킨 사람들을 알아. 정치인들, 직업 정치꾼들은 어떤 목적을 위해서 그렇게 하지. 어쩌면 속으로는 진저리를 치면서도 말이야. 자네는 정의감에서 화를 냈을 수도 있어. 하지만 정의감을 불태우기엔 지나치게 하찮은 일 아닌가. 자네 자신을 자네가 정해 놓은 행동 방침의 도구로 삼아야 해. 그게 요령이야. 자네 맘에 들든 안 들든, 그게 바로 인간이 이룩해 놓은 최고의 효율성이라네."

어쩌면 그럴지도 몰랐다. 헌도 그렇게 믿기 시작했던 것이다. 그러나 그는 그렇게 말하는 대신 볼멘소리로 중얼거렸다. "저는 각하처럼 생각이 깊지 못합니다. 그저 남이 절 건드리는 게 싫을 뿐입니다."

커밍스는 무표정한 얼굴로 그를 바라보았다. "자네도 알다시피 그 문제는 다르게 접근할 수도 있어. 나는 콘과 생각이 다르지 않네. 그는 오히려 본질적으로는 바른말을 할 때가 많아. 이를테면 유대인들은 모두 시끄럽다고 하는 따위지." 커밍스가 어깨를 으쓱했다. "물론 다 그렇다곤 할 수 없을 거야. 하지만 그 민족이 기질상 대체로 저속한 건 인정할 수밖에 없는 일 아닌가."

"설사 그렇더라도, 이해를 해야 하지 않겠습니까?" 헌이 중얼거렸다. "그 사람들은 우리와 처지가 다르니까요."

"진보주의자들의 전형적인 헛소리야. 자네도 사실은 유대인을 싫어하면서 그래."

헌은 불편했다. 그 자신에게도 유대인을 싫어하는 구석이 분명 있었다. "전 그렇지 않습니다."

커밍스가 또 한 번 씩 웃었다. "'검둥이'에 대한 콘의 견해를 봐도 그렇지. 좀 도를 넘은 감이 없지 않지만, 콘의 생각은 자네가 생각하는 것만큼 그리 허무맹랑하지 않아. 만약 누가 검둥이랑 잔다면……."

"남부 사람이겠지요." 헌이 말했다.

"아니면 급진주의자거나. 방어 기제도 되고, 사기도 높아지니까." 커밍스가 이를 드러내며 웃었다. "뭐 이를테면, 자네도 어쩌면?"

"어쩌면요."

커밍스가 자신의 손톱을 응시했다. 혐오감 때문일까? 갑자기 그가 냉소적으로 웃었다. "이보게, 로버트, 자넨 자유주의자야."

"제기랄."

그는 마치 막 바위가 발가락을 깔아뭉개자 그 바위를 흔들어 얼마나 멀리 치워 버릴 수 있는지 당장 시험해 봐야 하는 상황에 몰린 사람처럼 정신없이 충동적으로 그렇게 한마디를 내뱉었다. 전에는 장군 앞에서 그렇게 버릇없이 군 적이 없었다. 더욱이 그것은 장군의 비위를 가장 거스르는 방자한 행위였다. 불경한 말이나 저속한 말은 언제나 장군의 심기를 긁는 것 같았다.

장군은 헌의 무례함으로 인해 자신의 위신이 얼마나 손상을 입었는지를 가늠해 보려는 듯 눈을 감았다. 그는 눈을 뜨고는 나직한 소리로 부드럽게 말했다. "차렷." 그는 엄한 눈초리로 잠시 헌을 주시하다 다시 입을 열었다. "경례를 해 보게." 헌이 경례를 붙이자, 장군은 희미하면서도 언짢은 웃음을 지었다. "자네에게 너무 심한 대우인가, 로버트? 됐어, 쉬어."

개새끼! 화가 나서 속으로는 이렇게 욕을 하면서도, 헌은 내키진 않지만 장군에게 탄복하지 않을 수 없었다. 장군은 그를 동등한 인간으로 대우했다⋯⋯. 거의 언제나 그랬다. 그렇게 그를 풀어 줄 대로 풀어 주다가, 적절한 순간에 줄을 휙 잡아당겨 마치 젖은 타월로 후려갈기는 것 같은 급작스러운 충격을 가하면서 장군과 소위 사이의 기본적인 관계를 확립했다. 그런 후에 들려오는 장군의 음성은 언제나 상한 연고처럼, 그의 상처를 달래 주기는커녕 오히려 더 쓰라리게 했다. "내가 좀 심했지, 로버트?"

"네."

"자넨 영화를 너무 많이 봤어. 총을 들고 무방비 상태에 있는 사람을 쏘면 야비한 인간, 비겁자가 된다 이거지? 자네도 알겠지만 그건 완전히 말도 안 되는 생각이야. 한 사람에게 총이 있고 다른 사람에게 총이 없는 건 우연히 만들어진 상황이 아니야. 그건 그 사람이 그때까지 이룩한 모든 것의 총화야. 그런 걸 충분히 인식하고 있으면 필요할 때 총을 지니고 있게 되겠지."

"전에도 그런 이야기를 들은 적이 있습니다." 헌이 천천히 발을 움직였다.

"또 한 번 차렷 자세를 해 볼 텐가?" 장군이 껄껄 웃었다. "로버트, 나는 자네의 그런 고집이 실망스럽다네. 자네에게 기대를 좀 갖고 있었는데 말이야."

"저는 막돼먹은 놈일 뿐입니다."

"바로 그거야. 자네는 막돼먹은 놈이라는 거. 자네는…… 그래, 자네는 나처럼 반동적이야. 내가 생각할 때는 그 점이 자네의 가장 큰 결점이야. 자넨 그 말을 두려워하지. 자넨 자네가 물려받은 모든 것과 인연을 끊고, 그 후로 자네가 배운 모든 것도 내버렸어. 그런데도 그 과정이 자네를 길들이지 못했지. 내가 자네에게서 받은 첫인상이 바로 그랬네. 길들지도 않고 병들지도 않은 거리의 젊은이. 그것도 일종의 성취라는 걸 자네는 아나?"

"거리의 젊은이들을 각하께서 아십니까?"

장군이 담배에 불을 붙였다. "난 모든 걸 아네. 남이 들으면 그 즉시 말도 안 되는 소리라며 믿지 않겠지만, 이번에는 사실이야." 그의 입에 사람 좋은 미소가 번졌다. "하지만 자네에게는 한 가지 문제가 남아 있어. '진보적'이라는 건 좋은 것이고 '반동적'이라는 건 나쁜 것을 의미한다는 생각이 언제부턴가 머릿속에 너무도 강력하게 고착되어서, 도저히 떨쳐 버릴 수 없게 된 거야. 그 두 단어가 자네가 세상을 바라보는 사고의 틀이지. 그래서 자넨 아무것도 모르는 거야."

헌이 발로 바닥을 문질렀다. "앉아도 되겠습니까?"

"앉게." 장군이 그를 보다가 전혀 억양 없는 음성으로 중얼거렸다. "로버트, 이제 화가 좀 풀렸겠지?"

"이제는 아무렇지도 않습니다." 그는 장군이 기립하도록 명령했을 때 자기가 매우 복잡한 감정에 사로잡혔다는 사실을 갑자기 뒤늦게 깨달았다. 장군의 머릿속에서 일어나고 일을 알기란 언제나 어려웠다. 대화를 나누는 내내, 헌은 자신이 하는 말의 효과를 가늠하고 전혀 자유롭지 않게 말을 하면서 수세에 몰려 있었다. 그런데 장군도 마찬가지였다는 생각이 불현듯 들었다.

"자네는 반동가로서 전도가 유망한 사람이야." 장군이 말했다. "문제는 우리에겐 이제껏 나와 같은 사상가가 없었다는 거지. 나는 특이한 존재야. 그래서 외로울 때가 있다네."

그들 사이에는 뭐라고 정의할 수 없는 어떤 긴장이 늘 존재했다고 헌은 생각했다. 두 사람의 말은 기름처럼 두터운 장애물을 억지로 뚫고서야 표면으로 떠오를 수 있었다.

"지금이 반동주의자들의 세기가 될 것임을 깨닫지 못한다면 자넨 바보야. 앞으로 천 년간은 어쩌면 반동주의자들이 세계를 지배할지도 몰라. 히틀러가 한 말 중에서 완전히 미친 소리가 아니었던 것은 바로 그것 하나지." 조금 열린 천막 자락 바깥으로 야영 시설이 빽빽하고 어지럽게 자리 잡고 있었고, 벌목을 해서 훤히 드러난 땅의 맨얼굴이 이른 오후의 햇빛을 받아 반짝였다. 사병들이 작업장에 나가 야영지는 거의 비어 있었다.

이 긴장은 장군이 조성한 것이었지만, 그 역시 거기에 말려들어 있었다. 장군은 헌을 붙잡아 두고 있었다. 대체 무슨 이유일까? 헌은 알 수가 없었다. 그리고 헌은 장군이 가진 힘에서 비롯된 특이한 자성(磁性)으로부터 벗어날 수가 없었다. 그는 장군처럼 생각하는 사람들을 만나 본 적이 있고, 장군보다 깊이 있는 사람도 한두 명 본 적이 있었다. 그러나 그런 사람들과 장군의 차이는, 그들이 아무 일도 하지 않거나 그들이 한 행위의 결과가 무위로 돌아갔다는 점, 그리고 그들은 미국의 삶이라는 숨 막히는 진공 속에서 분주하고 복잡한 압착 기계에 깔린 채 살아간다는 점이었다. 이 섬 위의 모든 것을 지배한다는 사실이 아니었다면, 그는 오히려 장군을 어리석게 보았을지도 모른다. 그가 가진 권한이 그가 하는 말에 근거를 제공했다. 장군 곁에 머무는 한, 헌은 생각이 잉태되는 순간부터 그 이튿날이나 다음 달에 그것이 구체적이고 즉각적인 결과로 이어지는 과정을 지켜볼 수 있었다. 그러한 종류의 지식은 가장 얻기 힘든 것이었고, 헌이 과거에 해 왔던 모든 행동의 가장 깊은 곳에 숨겨져 있었다. 그것은 그의 흥미를 자극했고 그를 매혹시켰다.

"로버트, 자네도 볼 수 있다시피 우리는 지금 새로운 중세를 살아가는 거야. 진정한 권력의 르네상스를 기다리면서 말일세. 지금 나는 다소 은둔적이라고 할 수 있는 역할을 하고 있지. 말하자면 나는 사실상 조그만 수도원 하나를 맡은 수도원장에 불과하다네."

그의 목소리는 끊임없이 이어졌고, 그 안에 담긴 역설과 조롱 또한 꾸준히 지속되면서 그 자체의 독특한 그물을 짰다. 그러는 동안에도 그의 내부에서는 긴장이 수축과 팽창을 반복했고, 그것이 무엇이든 그와 헌 사이에 놓여 있는 것, 그와 그를 막으려는 5000명의 일본군, 지형, 그리고 그가 빚어 낼 운명의 회로 사이에 놓인 무언가에서 가차 없는 배출구를 찾으려 했다.

이 사람은 괴물이다. 헌은 그렇게 생각했다.

## 코러스

배식을 기다리는 행렬

식당 천막은 해변이 내려다보이는 낮은 벼랑 위에 있다. 그 앞에는 낮은 벤치가 있고, 그 위에는 음식이 담긴 냄비 네댓 개가 놓여 있다. 병사들이 아무렇게나 열을 지어 뚜껑 연 식기를 내밀고는 그 앞을 지난다. 레드, 갤러거, 브라운, 윌슨이 배급을 받고는 발을 끌며 지나간다. 그러면서 크고 네모난 식기에 담긴 음식의 냄새를 맡아 본다. 그것은 쇠고기와 채소 스튜의 통조림을 살짝 데친 것이다. 몸집이 뚱뚱하고 얼굴이 붉고 머리가 조금 벗겨진 부(副)취사병은 항상 얼굴을 찌푸리고 있다. 그가 큰 스푼으로 스튜를 가득 떠서 사병들이 내미는 식반에 대충 담아 준다.

레드  그 꿀꿀이죽은 대체 뭐야?

취사병  부엉이 똥이야. 뭔 줄 알았냐?

레드  알았어, 난 또 못 먹는 건 줄 알았지. (웃음소리)

취사병  (다정하게) 빨리빨리들 움직여. 흠씬 두들겨 주기 전에.

레드  (자기 혁대 아래를 가리키면서) 이거나 한입 할래?

갤러거  또 그 빌어먹을 스튜야.

취사병  (배식을 하고 있는 다른 취사병들과 취사 근무병들에게 큰 소리로) 갤러거 일병께서 불만이 있으시단다.

취사 근무병  장교 식당으로 가시라고 해.

갤러거  좀 더 줘.

취사병   이건 병참부에서 과학적으로 잰 양이야. 움직여.

갤러거   개자식.

취사병   가서 네 거시기나 빨아. (갤러거가 줄을 따라서 움직인다.)

브라운   여어, 커밍스 장군, 여기선 당신이 제일 괜찮은 사람
　　　　이야.

취사병   고기 더 달라고? 어림없는 소리. 고기가 있어야 주지.

브라운   넌 여기서 제일 나쁜 놈이야.

취사병   (배식대 쪽을 돌아보며) 어이, 브라운 병장께서 사열을
　　　　하신단다.

브라운   경례할 것 없어. 하던 일 계속하도록. (브라운이 지나
　　　　간다.)

윌슨   나 원 참, 너희들 정말 이따위로밖에는 스튜 못 끓이나?

취사병   김이 나면 음식이 익는 중이고, 탄내가 나면 다 된 거
　　　　다, 이게 우리 모토야.

윌슨   (낄낄 웃으며) 내 그런 게 있을 줄 알았지.

취사병   내 거시기나 한입 먹든지.

윌슨   차례를 기다려. 네 앞에 다섯 사람이나 있으니까.

취사병   너라면 기다려 주지. 자, 자, 움직여, 움직이라고. 길 막
　　　　을 거야? (병사들, 줄지어 움직인다.)

# 4

　작전이 시작되고 한 달이 지나갈 무렵, 최전선 부대는 반도의 기부(基部)까지 진출했다. 그 너머로 섬이 양쪽으로 뻗어 있는데, 반도와 본도(本島)의 연결 지점으로부터 8킬로미터쯤 되는 곳에 와타마이 산맥이 바다와 평행을 이루어 뻗어 있었다. 도야쿠 방어선은 반도의 왼쪽에서, 산맥의 벼랑에서부터 바다에 이르기까지 거의 일직선으로 그어졌다. 장군이 참모들에게 한 표현을 옮기자면, 그는 "반도의 대로에서 왼쪽으로 선회하여 좁은 길로 들어서야만 했는데, 비유적으로 말해 그 좁은 길 오른쪽으로는 공장 벽이 우뚝 서 있고 왼쪽으로는 도랑(바다)이 자리를 잡고 있으며 앞에는 도야쿠 방어선이 가로막고 있는 셈"이었다.

　장군은 뛰어난 솜씨를 발휘하여 선회 작전을 마무리했다. 많은 어려움이 수반되는 작전이었다. 그는 겨우 안정된 전선을 90도의 호를 그리면서 왼쪽으로 선회시켜야 했다. 이로써 바다를 끼고 도는 왼쪽 측면의 중대들은 800미터 정도를 전진하면 되었으나, 오른쪽의 중대들은 정글 속에서 호를 그리며 10킬로미터를 선회해야 했고, 행군하는 내내 적에게 노출될 수밖에 없었다.

장군이 선택할 수 있는 방안은 두 가지였다. 그 가운데 안전한 방법은 산맥에 다다를 때까지 우측의 대대를 내륙으로 곧장 진격시키는 것이었다. 그렇게 함으로써 장군은 대각선으로 임시 전선을 구축하고, 이어 오른쪽 측면의 병력을 천천히 선회시킨 후 도야쿠 방어선을 마주하는 전선이 형성될 때까지 산맥을 옆에 끼고 전진하게 할 수 있었다. 그러나 그러려면 여러 날, 어쩌면 일주일이 소요될 것이고, 적의 완강한 저항이 있을지도 몰랐다. 또 한 가지 방안은 오른쪽 측면의 병력을 도야쿠 방어선과 인접한 산벼랑으로 곧장 진격시키는 것이었다. 이 경우 위험이 훨씬 커질 테지만 최전방 병력 전체를 하루 만에 선회시켜 놓을 수 있었다.

그러나 그것은 위험천만한 일이었다. 도야쿠는 분명 기동 타격 부대를 대기시켰다가 전진하는 장군의 부대를 우회해서 그 측면을 치고 들 게 빤했다. 병력을 왼쪽으로 선회시키는 그 하루 내내, 우측의 병력은 적의 기습에 노출될 수밖에 없을 터였다. 그는 그 위험 가능성을 선택하여 자기에게 유리하게 전환시켰다. 작전 당일 그는 일 개 대대를 도로에서 철수시켜 예비 병력으로 삼았다. 그는 오른쪽 측면의 중대장들에게 측면이나 후방의 일은 상관하지 말고 곧장 정글을 뚫고 진격하라고 명령했다. 그들의 임무는 그저 어떻게든 중간 지대를 10킬로미터 행군하여 그날 밤 안으로 도야쿠 선의 전초 지점으로부터 1.5킬로미터 떨어진 산벼랑에 방어 진지를 구축하는 것이었다.

장군의 추측대로 도야쿠는 일본군 일 개 중대를, 전진하는 미군의 측면으로 우회하여 침투시켰다. 그러나 장군은 미리 확보해 둔 예비 병력으로 일본군을 맞게 하여 거의 완전히 포위했다. 사단의 새로운 전선 배후의 정글 속에서는 며칠 동안 극도로 혼란스러운 전투가 벌어졌지만, 그것이 끝날 무렵에는 도야쿠가 사단의 후방으로 침투시켰던 중대 병력이 소수의 낙오병들을 제외하고는 모두 소탕되었다. 전선의 배후에는 더 많은 저격병들이 있었고, 보급품 수송대도 한두 번 기습을 받았지만 모두 대수롭지 않은 사건이었다. 장군은 그것에 관해서는 개의치 않았다. 선회 작전이 마무리된 후, 그는 새로운 전선을 수립하는 일에 몰두했다. 처음 이틀 동안 최전선의 사병들은 숲을 잘라 내어 길을 만들고, 철조망을 설치하고, 정글을 통과하는 사계(死界)[7]를 만들고, 측면과 후방을 잇는 전화 통신선을 가설했다. 일본군의 소규모 공격이 몇 차례 있었지만 장군은 크게 걱정하지 않았다. 부대의 이동이 있은 지 나흘이 지나고 닷새가 지났다. 장군은 하루하루 전선을 보강하고 최전선까지 이어지는 도로의 건설에 속도를 올렸다. 그

---

7) 총포의 사정거리 안에 있으나 장애물이나 총포의 구조 따위의 이유로 쏠 수 없는 범위.

도로가 최전선 부대를 따라잡으려면 이 주일은 걸릴 터였다. 그때까지 그가 할 수 있는 일은 방어 태세를 강화하는 일뿐이었다. 이 틈에 도야쿠가 대대적인 공격을 해 온다면 승리를 장담할 수 없는 노릇이었으나, 그로서는 피할 수 없는 도박이었다.

그러는 동안에 장군은 본부 야영지를 이동시켰다. 사단의 기동 부대는 그들이 상륙한 이래 40킬로미터에 가까운 거리를 진격했는데, 이제는 무선 통신도 어려웠고 전화선은 무리하게 연장되어 있었다. 그는 야영지를 반도에서 25킬로미터 더 들어간 곳에 있는 도로 바로 옆 야자나무 숲으로 전진시켰다. 그곳은 해변에 있던 첫 번째 야영지만큼 쾌적하지는 않았다. 연대의 본부 중대 병력이 나무들 사이의 잔가지들을 치우고 철조망을 설치하고 새로 변소를 파고 천막을 세우고 개인호를 만드느라 며칠 동안 바쁘게 작업을 해야 했다. 하지만 그 작업이 끝나고 나니 새 야영지도 그럭저럭 사람 살 만한 곳이 되었다. 새 야영지는 훨씬 더웠고, 사방을 에워싼 정글 탓에 바람이 좀처럼 비집고 들어오지를 못했지만, 타원형으로 둘러쳐진 철조망 외곽에 개울이 흐르고 있어서, 병사들은 멀리 나가지 않아도 몸을 씻을 수 있었다.

이어서 장군은 460연대의 지원 중대를 도로 맞은편에 주둔케 했다. 막심한 피해를 입고 후퇴할 필요가 생기지 않는 한 작전이 끝날 때까지 본부 야영지를 이동시키지 않아도 될 터였다. 그래서 그는 시간이 나는 대로 틈틈이 새 야영지를 정비하기 시작했다. 장교를 위한 야전 샤워장이 지어지고, 식당 천막이 세워졌으며, 사단의 참모 본부로 사용할 천막들이 다시 마련되었다. 야영지 구내에서는 아침마다 풀이 베어지고, 통행로에는 자갈이 깔리고, 수송부에는 원통형의 빈 기름통으로 배수구가 만들어졌다

커밍스는 야영지가 이렇게 정비되어 가는 것을 줄곧 흐뭇하게 지켜보았다. 처음 보는 광경이 아님에도, 야영지가 서서히 개선되어 가는 모습을 보면 언제나 흡족했다. 선회 작전이 마무리된 후 일주일이 지났을 무렵에는 마치 작은 마을 하나를 건설한 것 같은 기분이 들었다. 낮 동안은 야영지 경내 개선 작업을 하는 병사들과 수송부를 쉴 새 없이 드나드는 트럭들의 끊임없는 움직임으로 부산했다. 도로 건너편에서는 지원 중대의 정비소가 가동 중이어서, 졸음을 유발하는 정글의 오후가 되면 정비소의 기계 돌아가는 소리가 장군의 귀에도 들려왔다. 장군 본인의 야영 시설도 몇 차례 확장되었고, 이제 야영지의 규모는 길이가 약 200미터에 폭이 100미터 이상이 되었고, 이 타원형 땅의 경계를 철조망이 에워싸고 있었다. 그리고 그 지역 내에 사병들이 사용하는 2인용 소형 천막 100여 개, 피라미드형 천막 및 분대용 천막 열두 개, 일렬로 늘어선 장교용 천막 스무 개, 변소 세 개, 야외 취사장 두 개, 트럭과 지프 마흔여 대, 그리고 300명 가까이 되는 병력이 자리를 잡았다.

수색 소대는 이 모든 것의 아주 작은 일부분에 지나지 않았다. 보충병 다섯 명이 편입됨으로써 소대 병력은 열네 명이 되었고, 그들은 야영지 경계 구역에 10미터 간격으로 세워진 일곱 개의 2인용 천막을 차지했다. 밤이면 소대원 두 명이 깨어

철조망 너머로 정글을 겨냥하는 두 대의 기관총좌에서 보초를 섰다. 낮에는 한 사람만 남겨 두고 소대원 전원이 도로 건설 작업에 나갔으므로, 경계 지역은 사실상 버려지다시피 했다. 상륙 당일부터 오 주가 지났는데, 소대는 새로운 야영지 주변으로 늘 하던 정찰을 몇 차례 나갔을 뿐 전투에는 단 한 번도 참여하지 않았다. 우기가 다가와 날이 점점 더워지면서 도로 작업도 더욱 힘겨워졌다. 새 야영지에서 지낸 지 일주일이 지나자, 모토메 작전에 참여했던 일부 병사들을 포함하여 많은 소대원들이 다시 전투가 벌어졌으면, 하고 바라게 되었다.

저녁 식사 후 레드는 몸을 씻고, 윌슨과 갤러거가 함께 쓰는 천막으로 갔다. 어느 때보다 견디기 어려운 더위에 종일토록 시달린 터라, 짜증이 있는 대로 났다. 그날도 다른 날과 마찬가지로 도로 작업을 하며 하루를 보냈던 것이다.

갤러거와 윌슨은 천막 안에 드러누워 조용히 담배를 피웠다. "어이, 레드, 무슨 일이야?" 윌슨이 침묵을 깨고 느릿한 말투로 입을 열었다.

레드가 이마의 땀을 닦아 냈다. "그 와이먼이라는 녀석 말이야, 토글리오 같은 애송이하고 한 천막을 쓸 때도 충분히 짜증스러웠는데, 그 와이먼이라는 녀석은 정말이지……." 그가 콧방귀를 뀌었다. "좀 있으면 아예 젖도 안 뗀 녀석들까지 이곳으로 보내질지 모르겠어."

"맞아, 보충병들이 온 뒤로는 소대가 엉망이야." 윌슨도 투덜거렸다. 그가 한숨을 쉬고는 땀으로 축축해진 턱을 작업복의 소매로 훔쳤다. "날씨가 심상치 않아." 그가 조용히 말했다.

"빌어먹을 비가 또 오려나 보지." 갤러거가 지겹다는 듯이 말했다.

시커먼 구름이 동쪽 하늘을 두텁게 덮으며 밀려왔고, 북쪽과 남쪽에서는 소나기구름이 일었다. 습기를 머금어 무거워진 공기가 쥐죽은 듯 고요히 가라앉았다. 야자나무마저도 나무들이 잘려 나가 벌거숭이가 된 야영지의 땅 위에 께느른하게 잎을 늘어뜨리고 마치 임신으로 배가 부른 여자 같은 모양을 하고 있었다.

"우리가 놓은 통나무 길도 다 망가지겠군." 갤러거가 말했다. 레드가 통나무 길이 놓인 쪽을 내다보며 얼굴을 찌푸렸다. 해가 아직 서쪽 하늘에서 암적색 빛을 발하는데도 축 처진 천막들이 우울하고 음산해 보였다.

"젖지 않게 해야지." 레드가 말했다.

그는 잠시 자기 천막으로 돌아가서 전날 밤 비가 억수로 쏟아졌을 때 거의 넘칠 뻔한 천막 주변의 도랑을 더 깊이 팔까 하는 생각을 하다가 어깨를 으쓱했다. 이제 와이먼도 그런 일쯤 배울 때가 됐지. 그는 몸을 웅크리고 갤러거와 윌슨이 휴식을 취하고 있는 참호 속으로 뛰어들었다. 참호는 깊이 60센티미터에 폭과 길이가 더블베드 정도의 크기였다. 윌슨과 갤러거는 땅 위에 담요 두 장을 깔고 그 안에 나란히 누워 잤다. 두 사람의 머리 위로 대나무로 된 들보 막대를 두 개의 기둥 위에 고정시켜 놓고, 그 위에 두 사람의 판초를 이어서 걸치고는 그 가장자리를 호의 양쪽 가장자리 땅 위에 말뚝으로 박아 놓았다. 이 천막 안에서는 무릎을 꿇고 앉아도 들보에 머리를 부딪치는 일은 없겠지만, 여덟 살 난 아이도 일어서 있을 수는 없었다. 밖에서 보면 이 은신처는 땅 위로 60센티미터 이상 솟아 있지 않았다. 야영지 내에 있는 2인용 천막의 구조는 거의 모두가 이런 식이었다.

레드는 두 사람 사이에 누워 천막의 꼭대기 틈으로 보이는 둔각 삼각형의 하늘과 정글을 물끄러미 바라보았다. 호는 윌슨과 갤러거가 자신들의 몸에 맞게 파 놓은 것이어서, 레드의 긴 다리는 입구의 도랑 위에 걸쳐졌다. 천막의 열린 틈으로 비가 새어 들어오면, 빗물은 호의 다른 어느 부분보다도 낮은 도랑에 괴었다. 전날 내린 비로 도랑은 여전히 진창이었다.

"다음에 호를 팔 땐 제대로 파서 사람이 들어올 수 있게 해." 레드가 말하고는 껄껄 웃었다.

"맘에 안 들면 입 닥치고 나가든지." 갤러거가 투덜거렸다.

"보스턴에서는 손님 대접을 그렇게 하나?" 레드가 말했다.

"부랑자 새끼들한테 내줄 자리 따윈 없어." 갤러거가 걸쭉하게 농을 쳤다. 그의 얼굴 위에 난 자줏빛 부스럼들이 희미한 빛 속에서 곪아 부은 것처럼 보였다.

윌슨이 낄낄거렸다. "세상에서 빌어먹을 뉴욕 놈들보다 더 지독한 건 보스턴에서 온 놈들뿐이야."

"구두를 신은 사람들만 다니는 도시에 너 같은 놈들을 들여보내 주겠어?" 갤러거가 콧방귀를 뀌었다. 그가 담배를 피워 물고 배를 깔고 엎드렸다. "북쪽으로 오고 싶으면 글을 쓰고 읽을 줄은 알아야 해." 그가 말했다.

윌슨은 기분이 좀 상했다. "이봐." 그가 갤러거에게 말했다. "내가 글은 잘 읽을 줄 몰라도 마음만 먹으면 못하는 일이 없어." 그는 윌리 퍼킨스가 마을에서 처음으로 세탁기를 샀을 때의 일을 떠올렸다. 그 세탁기가 고장 났을 때, 그것을 일일이 분해해서 고쳐 놓은 사람이 바로 그였다. "기계라면 못 고치는 게 없단 말이야." 그가 말했다. 그는 안경을 벗어 손수건 귀퉁이로 거기 묻은 땀을 닦아 냈다. "우리 마을에 영국제 자전거를 가진 놈이 하나 있었거든. 미국제로는 성에 안 찬다는 거지. 아무튼 그 자전거에서 볼 베어링 몇 개가 빠졌는데 맞는 걸 구할 수가 있어야지. 그래서 내가 미국제 볼 베어링의 링을 가져다가 끼웠지." 그가 그의 굵은 손가락 하나로 갤러거를 가리키면서 한마디 덧붙였다. "내가 고친 뒤로는 새로 산 것처럼 잘 구르더라고."

"솜씨 좋네." 갤러거가 빈정거렸다. "보스턴에는 볼 베어링이 종류별로 다 있어."

"없어도 해내는 사람이 더 대단한 거지." 윌슨이 중얼거렸다.

레드가 킬킬거렸다. "여자 가랑이 없이 해내는 광경만큼 대단한 구경거리가 있을까?" 모두가 웃었다. "그거야 결코 없어서는 안 되지." 윌슨도 인정했다. 그는 생각에 잠겨 호의 흙벽을 쓰다듬었다. 갤러거가 입을 열었다. "보스턴에서 여자 맛을 보게 되면 어땠는지 알려 주지." 그렇게 말을 하자마자 그는 부끄러워졌다. 그는 마음속으로 군종 신부 호건에게 찾아가 고해할 때 자기가 지금 한 말을 잊지 않으리라 다짐했다. 그렇게 결심하고 나니 기분이 좀 나아졌다. 그는 고해하러 가서는 정작 자기가 했던 나쁜 일들을 잊어버리곤 했다. 때때로 호건 신부를 만나기 전에 자기가 품었던 나쁜 생각들을 기억해 내려고 애썼지만, 그 가운데 어느 것도 생각이 나지 않아 그저 고해소에 들어가 "신부님, 제가 불경을 저질렀습니다." 라고밖에 말할 수가 없었다.

메리는 나에 대해 너무 몰라, 라고 갤러거는 생각했다. 메리는 그가 욕설을 입에 담는다는 것조차 알지 못했다. 하지만 그 것은 그가 입대한 뒤에 생긴 버릇이었다. 전에 친구들과 어울려 다닐 때도 나쁜 말을 한 적은 있지만, 그것까지 문제 삼을 순 없었다. 그때는 어렸으니까 말이다. 여자가 있는 자리에서 저속한 말을 한 적은 한 번도 없었다.

갤러거는 옛 친구들을 떠올렸다. 자기가 참 괜찮은 녀석들과 어울렸었다고 생각하니 기분이 우쭐했다. 그들은 록스베리에서 매카시를 당선시키려고 홍보 책자를 돌린 적도 있었다. 나중에 매카시는 자기가 당선된 것은 충실한 동지들 덕분이었다고 연설했다. 또 친구들과 함께 도체스터로 쳐들어가서 유대 놈들의 버릇을 단단히 가르쳐 준 적도 있었다. 그들은 학교에서 집으로 돌아가는 열한 살 정도 되는 아이 하나를 붙잡아 둘러쌌고, 화이티 리돈이 아이에게 물었다. "넌 뭐야?" 아이는 벌벌 떨면서 말했다. "모르겠는데요." "넌 모키[8]야." 화이티가 그에게 말했다. "그게 바로 너야. 빌어먹을 유대인

---

8) 유대인을 공격하고 비하하여 부르는 표현. 여성의 질을 가리키기도 하고, 예수가 유대인에게 '조롱당한(mocked)' 것에서 나온 표현이라는 말도 있다.

새끼." 그가 아이의 셔츠를 움켜쥐고 물었다. "자, 넌 뭐지?"

"저는 모키예요." 아이가 말했다. 금방이라도 울 것 같은 표정이었다.

"좋았어." 화이티가 말했다. "철자를 대 봐. '모키(mockey)' 의 철자를 말해 보라고."

아이는 더듬거리며 말했다. "엠-오-시-시-아이."

모두들 웃음을 터뜨렸지, 하고 갤러거는 생각했다. 엠-오-시-시-아이라니. 그 멍청한 녀석은 너무 겁이 나서 바지에 똥을 지린 게 틀림없었다. 빌어먹을 유대 놈들. 갤러거는 화이티 리돈이 경찰이 되었을 때를 생각했다. 그에게 얼마나 좋은 기회였겠는가. 그도 운만 좀 있었더라면 그런 직업을 가질 수 있었을 것이다. 그러나 짬이 날 때마다 민주당 클럽을 위해 그토록 많은 일을 했건만, 그에게 돌아온 건 아무것도 없었다. 뭐가 잘못되었던 것일까? 그는 뭔가 큰일을 하고 싶었다. 적어도 시 의회 의원인 샤피로와 애비인지 재키인지 하는 그의 빌어먹을 조카들만 아니었어도 우체국에 취직할 수 있었을 것이다. 갤러거는 짙은 울분을 느꼈다. 언제나 무언가가 그를 좌절시켰다. 말로 표현할 수 없는 분노가 치밀어 올랐다. 그는 갑자기 외치다시피 이렇게 내뱉었다. 순전히 속이 후련해진다는 이유에서였다. "우리 소대에도 빌어먹을 유대 놈이 두어 명 와 있더군."[9]

---

9) 샤피로(Shapiro)는 유대인에게 흔한 성이다. 원래부터 있던 반유대주의적 성향에다 유대인 때문에 번듯한 직장을 갖지 못했다는 원한까지 겹쳐, 갤러거의 반유대주의는 더욱 심화된 듯하다.

"그래." 레드가 말했다. 갤러거가 또 한 소리 늘어놓으려나 보다 생각하니 벌써부터 지겨웠다. "그렇더군." 그가 한숨을 쉬었다. "그놈들도 우리처럼 개새끼들이야."

갤러거가 레드 쪽으로 돌아누웠다. "온 지 일주일밖에 안 됐는데 그놈들이 벌써 소대 분위기를 엉망으로 만들고 있어."

"나야 잘 모르겠지만," 하고 윌슨이 중얼거렸다. "로스라는 녀석은 별로인지 몰라도 골드스타인인지 골드버그인지 하는 녀석은 그리 나쁘지 않은 것 같던데. 오늘 작업을 같이 했는데, 둘이서 어떻게 하면 통나무 길을 제일 잘 만들 수 있는지 이야기를 나누었거든."

"나는 빌어먹을 유대 놈들은 한 놈도 못 믿어." 갤러거가 사납게 말했다.

레드가 하품을 한 뒤 무릎을 세우고 일어나 앉았다. "비가 오네." 그가 말했다.

빗방울 몇 개가 천막 위로 후두두 떨어졌다. 하늘빛이 희한했다. 표면은 스테인드글라스의 청회색을 띠고 있었지만, 마치 유리의 다른 편에서는 강렬한 빛이 반짝이는 듯 광택도 있었다. "엉망으로 퍼붓겠는걸." 이렇게 말하고 그가 다시 드러누웠다. "천막은 단단히 고정한 거야?"

"아마도." 윌슨이 말했다. 밖에서 병사 하나가 천막 옆을 달려 지나갔다. 그의 발소리를 듣자 레드는 우울한 감정이 일었다. 그것은 누군가 폭우가 쏟아지기 전 피할 곳을 찾을 때 나는, 귀에 익은 소리였다. 그는 또 한숨을 쉬었다. "한평생 비에 젖은 채로 살아온 것 같아."

"있잖아," 윌슨이 입을 열었다. "스탠리 말이야. 상병이 된다고 아주 들떠 있어. 보충병 한 놈에게 모토메 상륙 작전 이야기를 늘어놓는 걸 들었는데 말이야. '아주 치열했지.'라고 하더군." 윌슨이 낄낄거리며 웃었다. "스탠리의 생각을 들어서 기쁘더군. 안 그랬다면 모토메 때 일을 어떻게 말해야 할지 난 지금도 몰랐을 거야."

갤러거가 침을 탁 뱉었다. "스탠리 자식, 내 앞에선 그런 헛소리 못할걸."

"그래." 레드가 말했다. 갤러거와 윌슨은 아직도 자기가 스탠리와 무서워서 싸우지 않은 것으로 믿는 모양이었다. 그러든지 말든지. 스탠리가 상병이 된다는 말을 들었을 때, 그는 하도 같잖아서 웃음이 다 나왔다. 예상한 그대로였다. 스탠리는 분대장감일 수밖에 없었다. "남의 똥구멍이나 핥아서 출세하는 놈들이 더 많은 세상이니까." 그가 혼자서 중얼거렸다.

하지만 그렇게 간단한 문제는 아니었다. 불현듯 자기 역시 상병으로 뽑히길 바랐다는 생각이 들었다. 큰 소리로 웃음이 터지려는 걸 간신히 억눌렀다. 스스로에게 놀라는 일이 끊임없이 계속되기라도 할 것처럼 다소 씁쓸한 웃음이었다. 군대에서는 자기 의지와는 별개로 그렇게 된다는 생각이 들었다. 그것은 일종의 함정이었다. 처음에는 겁을 주고 다음에는 진급을 시켜 주는 곳이 군대라는 곳이었다. 상병을 시켜 준대도 그는 사양했을 것이다. 단지…… 그런 제안을 거절한다는 데서 얼마나 기쁨을 느꼈을 것인가.

가까운 곳에서 번개가 번쩍이고, 바로 몇 초 후에 머리 위에서 폭발하듯 천둥소리가 들려왔다. "와, 아슬아슬했어." 윌슨이 말했다.

폭풍우가 밀려오는 하늘은 이제 거의 검게 물들고 있었다. 레드는 다시 드러누웠다. 평생 동안 진급을 사양해 왔는데, 이젠……. 그는 천천히, 거의 슬픔에 가까운 감정으로 가슴 위를 손으로 몇 번 툭툭 쳤다. 그는 지금껏 혼자서 살아왔고, 전 재산을 모두 등에 지고 다닐 수 있을 만큼 가진 것도 단출했다. "가진 게 많을수록 편안히 지내기 위해 더 많은 게 필요하거든." 이것이 그의 오랜 좌우명이었지만, 이번만은 별로 위안이 되지 않았다. 그는 점점 지쳐 가고 있었다. 너무도 오랫동안 혼자였던 것이다.

"비가 시작되는군." 갤러거가 말했다.

바람이 천막으로 사납게 휘몰아쳤다. 천막의 고무천을 가볍게 두드리며 조용히 내리던 비가 힘차게 속도를 올리기 시작했다. 몇 초도 안 되어 작은 탄환 같은 빗방울이 미친 듯이 쏟아졌다. 천막이 비의 무게로 휘기 시작했다. 멀리서 천둥소리가 몇 번 들려오더니, 구름 하나가 머리 위에서 산산조각이 났다.

천막 안의 사람들은 움찔했다. 이번 폭풍우는 통상적인 수준에서 끝날 것 같지가 않았다.

윌슨이 손을 뻗어 천막의 들보를 떠받쳤다. "제기랄." 그가 중얼거렸다. "바람이 저 정도면 사람 머리도 잘리겠어." 철조망 밖의 나뭇잎들은 벌써 짐승 떼가 한바탕 짓밟고 지나간 것 같은 몰골이었다. 윌슨이 얼른 밖을 내다보더니 고개를 흔들었다. 시계(視界)가 불확실해서 야영지 일대는 보이지도 않았고, 그저 녹색의 빈 공간만 눈에 들어왔다. 그리고 그 공간으로 쉴 새 없이 흘러내리는 빗물이 바짝 엎드린 채 숨죽인 관목을 내리치고 있었다. 바람이 무시무시하게 불어 댔다. 월슨은 무릎을 꿇은 자세로 멍하니 바람의 맹렬한 위력을 느꼈다. 천막 안으로 얼른 고개를 들여놓았는데도, 그의 얼굴은 완전히 젖어 있었다. 천막 천의 째진 틈과 솔기 사이로 빠르게 떨어지는 빗방울과 해변으로 연이어 밀려드는 파도처럼 천막의 입구를 통해 들이치는 비를 막을 길이 없었다. 천막 둘레의 도랑은 이미 넘쳐서 빗물이 그들의 잠자리 위로 흘러들었다. 갤러거가 담요들을 그러모았다. 그리고 세 사람은 쪼그리고 앉아 펄럭이는 천막 천을 잡아 내렸다. 그들은 발을 적시지 않으려 안쓰러울 정도로 애를 썼지만 소용없는 일이었다. 밖에는 큰 구덩이를 이루며 괸 물이 거대한 아메바처럼 사방으로 몸을 불리고 촉수를 뻗으며 땅을 삼키고 있었다. "제기랄, 제기랄." 월슨이 투덜거렸다.

골드스타인과 리지스는 온몸이 흠뻑 젖었다. 비가 내리기 시작하자, 그들은 천막 밖으로 나가 천막을 고정하기 위해 말뚝이란 말뚝은 다 박았다. 골드스타인은 담요를 정글용 배낭의 고무주머니 속에 쑤셔 넣고 천막 안에 무릎을 꿇고 앉아서 바람에 날아가지 않도록 천막을 붙잡았다. "이거 지독한데." 그가 외쳤다.

리지스가 고개를 끄덕였다. 그의 못생기고 똥똥한 얼굴에는 빗방울이 잔뜩 맺혀 있었고, 모래 빛깔의 곧은 머리칼이 머리 주변에 나선 모양으로 착 달라붙어 있었다. "그냥 지나가길 기다리는 수밖에 없겠어." 그가 큰 소리로 대꾸했다. 그의 목소리가 거센 바람에 묻혀 버리는 바람에, 골드스타인의 귀에 닿은 건 "없겠어."라는 말뿐이었다. 그 길게 울부짖는 소리가 몸에 부딪쳐 오자, 골드스타인은 갑자기 소름이 끼쳤다. 이 세상에 존재하는 거라곤 자기들 주변에서 사납게 으르렁대는 회색 폭력밖에 없는 것 같았다. 들보가 갑작스럽게 위로 휙 치솟자, 골드스타인은 팔이 잔인하게 비틀리는 듯한 충격을 느꼈다. 녹색 작업복이 물에 흠뻑 젖어 검은색으로 보였다.

바다 밑바닥이 아마 이런 모습이겠지, 하고 그는 생각했다. 어디선가 땅속의 폭풍우에 관해 읽은 적이 있는데, 바로 이것이 그런 것과 비슷할 거라는 생각이 들었다. 외경의 감정이나 천막이 날아가지 않을까 하는 걱정과는 별개로, 골드스타인은 매료된 표정으로 흥미롭게 폭풍우를 지켜보았다. 처음 냉각되기 시작했을 때의 세계가 아마 이런 모습이었으려니 생각하면서 그는 마치 세계가 창조되는 장면을 목격이라도 하는 것처럼 강렬한 흥분을 느꼈다. 이런 순간에 천막 걱정을 한다는 것이 우습게 생각되었으나, 그것은 그도 어쩔 수 없는 일이었다. 그는 천막이 제자리에 서 있으리라고 확신했다. 말뚝을 1미터 깊이로 박은 데다 지질 또한 극도의 압력을 견디는 점토였다. 이런 폭풍우가 올 줄 미리 알았더라면, 어떤 것이라도 견딜 수 있는 천막을 세우고 그곳에서 아무런 걱정 없이 어느 한구석도 비에 젖지 않은 채 누워 있었을 것이다. 골드스타인은 리지스에게 화가 났다. 그는 이곳의 폭풍우가 어느 정도인지 미리 말해 주었어야 했다. 고참병이니 이런 일에 대비했어야 하는 것 아닌가. 골드스타인은 벌써부터 자신이 다음번에 세울 천막을 머릿속으로 계획해 보았다. 군화 속에 물이 가득 들어차 발이 시렸다. 그는 발을 데워 볼 요량으로 발가락을 꼼지락거렸다. 고무 걸레로 닦는 작업을 하고 있는 것 같다는 생각이 들었다. 고무 걸레를 발명한 사람은 아마도 나와 같은 경험을 한 적이 있을 것이다.

리지스는 두려움과 체념의 감정으로 태풍을 지켜보았다. 조물주의 거대한 스펀지가 부풀어 오르고 있구나, 하는 생각이 들었다. 정글의 나뭇잎들이 맹렬하게 요동쳤고 청회색 하늘이 정글을 너무도 다양하고 화려하게 채색해 놓아서 리지스는 그곳이 마치 에덴동산 같다고 생각했다. 그는 정글이 마치 자기 몸의 일부인 양 그것의 맥박이 뛰는 것을 느꼈다. 황갈색 진흙으로 변한 땅도 그의 눈엔 살아 움직이는 것처럼 보였다. 그는 환상적인 초록의 정글과, 마치 비 때문에 상처가 나서 열이 나고 맥이 뛰는 것 같은 땅을 번갈아 가며 보았다. 리지스는 그 압도적인 힘 앞에서 움찔했다.

하느님은 주시고 다시 빼앗아 가신다고 리지스는 엄숙한 마음으로 생각했다. 폭풍우는 그의 삶에서 기본이 되는 부분 중 하나였다. 그도 처음엔 폭풍우를 두려워했지만, 다음부터는 견뎠고, 마침내는 으레 찾아오는 것으로 기다리게 되었다. 불그레하게 주름진 아버지의 얼굴과 슬픔이 어린 고요한 눈이 떠올랐다. "있잖니, 오시." 아버지가 그에게 말했었다. "인간은 노동하고 수고하고 땅에서 양식을 얻기 위해 땀도 많이 흘린단다. 그런데 그렇게 일을 다 해 놓아도, 하느님께서는 당신이 옳다 판단하시면 폭풍우를 보내서 농사를 다 망쳐 놓으시지." 어쩌면 이것이 리지스의 성품에 내재된 가장 심오한 진실인지도 모른다. 돌이켜 보면 그와 그의 아버지는 늙은 나귀 한 마리만으로 척박한 땅과 병충해와 싸우며 땅을 일궜는데, 그들의 노력이 캄캄한 하룻밤 사이에 물거품이 되어 버리는 일도 종종 있었다.

골드스타인이 말뚝을 박을 때 그는 그 일을 도왔다. 이웃이 도움을 청하면 도와야 한다. 한 천막 안에서 같이 자는 이상 모르는 사람이라도 이웃이라는 게 리지스의 생각이었다. 그러나 마음속으로는 천막을 고정하려는 그러한 시도가 다 부질없다고 생각했다. 인간이 하느님의 뜻을 거스르려 해서는 안 된다고 믿었다. 폭풍우를 보내 그들의 천막을 날려 버리는 것이 하느님의 뜻이라면, 쟁기로 내리누르려 해도 천막은 날아가고 말 것이다. 미시시피에서는 지금 비가 내리지 않는다는 걸 알 리 없는 그는 이 폭풍우가 아버지의 농작물을 망쳐버리지 않기를 기도했다. 이제 막 씨를 뿌렸습니다, 주님. 제발 씻겨 내려가지 않도록 해 주세요. 그렇게 기도하면서도 리지스는 기대하지 않았다. 그가 기도를 한 건 그저 자신이 하느님을 공경한다는 것을 하느님께 보이기 위함이었다.

바람이 큰 낫이 되어 야영지 일대를 갈기갈기 찢고 야자수 잎들을 난도질하고 비를 몰아왔다. 그들의 눈앞에서 천막 하나가 고정 말뚝에서 떨어져 나와 위로 솟구치더니 겁먹은 새처럼 퍼덕거리며 바람에 휩쓸려 날아갔다 "전선 상황이 어떤지 궁금하네." 골드스타인이 소리쳤다. 그런 광경을 본 충격에, 정글 안으로 몇 킬로미터 들어간 곳에 이런 야영지들이 여기저기 흩어져 있다는 생각이 불현듯 떠올랐던 것이다. 리지스가 어깨를 으쓱했다. "버티고 있겠지, 뭐." 그도 외쳤다. 골드스타인은 전선은 어떤 상태일까 궁금했다. 수색 소대에 배속되어 일주일을 지내는 동안, 그가 본 것이라곤 그들이 작업하는 도로의 2~3킬로미터 구간뿐이었다. 이런 폭풍우가 지속되는 동안에 적이 공격해 오는 상황을 상상하자 절로 몸이 위축되는 것 같았다. 그는 지금 양손으로 붙잡고 있는 천막의 들보에 온 힘을 쏟아야 했다. 어쩌면 일본군들이 지금 이 구역을 공격하고 있을지도 모를 일이었다. 그는 기관총좌에서 방어 태세를 갖추고 있는 사람이 있기는 한지 궁금했다. "장군이 똑똑하다면 지금 이럴 때 공격을 시작할걸." 그가 말했다.

"아마도." 리지스가 조용히 대답했다. 바람이 잠시 소강상태에 접어들자 두 사람의 음성은 마치 교회 안에서 이야기하는 사람들의 그것처럼 한껏 가라앉았다. 골드스타인이 들보에서 손을 놓았다. 팔에서 긴장이 빠져나가는 게 느껴졌다. 피로의 산물들이 혈관을 타고 흐르고 있다고 생각했다. 어쩌면 폭풍우는 사실상 지나갔는지도 모른다. 호 속의 땅은 어찌할 수 없을 정도로 진흙탕이 되었다. 그날 밤에 잠을 어떻게 자야 할지 의문이었다. 그는 진저리를 쳤다. 비에 젖어 차가운 옷의 무게가 갑자기 느껴졌던 것이다.

바람이 다시 일기 시작하자, 천막을 사수하려는 그들의 긴장된 무언의 싸움도 다시 한 번 시작되었다. 골드스타인은 마치 자기보다 힘이 훨씬 센 사람이 밖에서 열려고 당기는 문을 안에서 잡고 있는 것 같은 느낌이 들었다. 거세게 불어닥치는 바람에 천막 두 개가 말뚝에서 더 뜯겨 나갔다. 그는 병사들이 피신처를 찾아 어딘가로 달려가는 광경을 지켜보았다. 와이먼과 토글리오가 욕설과 웃음소리를 번갈아 내뱉으며 골드스타인과 리지스의 호로 뛰어들었다. "우리 천막이 방금 날아갔어." 와이먼이 소리쳤다. 그의 마르고 앳된 얼굴이 히죽 웃느라 한껏 펴져 있었다. "이거 장난이 아니야!" 그가 큰 소리로 외쳤다. 그의 얼굴에는 이 태풍이 재앙인지 재미난 구경거리인지 분간이 안 된다는 듯 즐거움과 경탄 사이의 어딘지 모를 표정이 떠올라 있었다.

"소지품은 어떻게 됐어?" 골드스타인이 큰 소리로 물었다.

"없어졌어. 날아가 버렸지, 뭐. 나는 M-1을 물웅덩이에 두고 왔어."

골드스타인이 자기 소총을 확인했다. 소총은 호 위쪽 선반처럼 된 곳에 놓여 있었는데, 빗물과 진흙으로 한껏 더럽혀져 있었다. 폭풍우가 시작되기 전에 왜 미리 때 묻은 셔츠로 싸놓지 않았을까 생각하니 분통이 터졌다. 나는 아직 신병이잖아, 라고 그는 생각했다. 고참병이었다면 잊지 않고 미리 방비해 두었을 텐데.

토글리오의 두터운 코에서 물방울이 떨어졌다. 그는 크고 강한 턱을 한껏 움직여 소리쳤다. "이 천막은 버틸 것 같아?"

"모르겠어." 골드스타인이 큰 소리로 대답했다. "말뚝은 버틸 거야." 뒤꿈치에 엉덩이를 붙이고 엉거주춤하게 쪼그리고 있는데도, 호 속은 네 사람이 들어앉기엔 너무 비좁았다. 리지스는 그의 발이 진창에 빠지는 것을 보면서, 구두를 신지 않는 게 나았을 뻔했다고 생각했다. 딱히 대단한 값어치가 있는 것도 아닌데 이상하게도 구두만은 적시지 않으려고 안달하게 되었다. 빗줄기가 들보를 따라 천막 안으로 흘러들어 그의 굽힌 무릎 위로 똑똑 떨어졌다. 피부에 닿는 옷의 감촉이 너무 차가워서 빗방울이 오히려 따뜻하게 느껴질 정도였다. 그가 한숨을 쉬었다.

엄청난 돌풍이 천막 밑으로 파고들자, 천막이 풍선처럼 부풀면서 들보가 부러졌다. 그 바람에 판초가 찢겨 틈이 생겼다. 천막이 젖은 시트처럼 네 사람 위에 떨어졌다. 바람이 천막을 벗겨 내기 전까지 몇 초 동안 그들은 그 밑에서 우스꽝스럽게 허우적거렸다. 와이먼이 킬킬거리며 하릴없이 사방을 손으로 더듬었다. 그가 몸의 중심을 잃고 진흙 위에 엉덩방아를 찧고는 겹쳐진 천막 밑에서 무력하게 애를 썼다. "맙소사." 그가 소리 내어 웃었다. 마치 자루를 뒤집어쓴 것 같은 기분이었다. 그가 애쓰던 걸 포기하고 허탈하게 웃어 버렸다. 종이 봉지를 찢고 나갈 힘도 없구나, 하고 생각하니 모든 것이 더욱 우습게 생각됐다. "어디들 있어?" 그가 고함을 쳤다. 겹겹이 접힌 천막이 다시 한 번 돛처럼 한껏 바람을 품더니 완전히 떨어져 나가 몸을 비틀고 꼬면서 하늘로 날아갔다. 말뚝 한 개에 남겨져 있던 작은 판초 조각이 돌풍에 펄럭거렸다. 네 사람은 호 속에서 일어섰다가 바람의 위력 앞에 다시 쪼그리고 앉았다. 아득히 멀리 있는 듯 보이는 지평선 바로 위의 한 조각 트인 하늘에 해가 아직 고개를 내밀고 있었다. 이제 오싹할 정도로 차가워진 빗물에 온몸이 덜덜 떨렸다. 야영지 내의 천막은 거의 다 쓰러져 있었다. 이곳저곳에서 병사들이 바람의 위력에 휘청거리면서, 그리고 마치 영화에서 필름이 너무 빨리 돌아갈 때의 화면 속 인물처럼 기묘하게 경련을 일으키는 듯한 동작으로 진흙탕 속을 빠르게 지나갔다. "맙소사, 얼어 죽겠어." 토글리오가 고함쳤다.

"여기서 나가자." 와이먼이 말했다. 그는 온통 진흙을 덮어쓴 채 입술을 덜덜 떨었다. "빌어먹을 비." 그가 말했다.

그들은 호에서 비틀거리며 기어 나와 수송부 쪽으로 뛰기 시작했다. 트럭을 방패 삼아 바람을 피할 수 있을지도 몰랐다. 토글리오는 바닥짐을 잃은 배처럼 비틀거렸고 몸을 제대로 가누지 못해 바람에 밀리고 있었다. 골드스타인이 그를 보고 고함쳤다. "총을 놓고 왔어."

"총이 왜 필요한데?" 토글리오도 큰 소리로 외쳤다.

골드스타인은 걸음을 멈추고 돌아서려 했지만 그건 불가능했다. "그야 나도 알 수 없지." 이렇게 고함치는 자신의 목소리가 들렸다. 그들은 나란히 서서 뛰고 있었지만, 엄청나게 큰 방의 양 끝에서 서로에게 목청껏 소리를 지르는 느낌이었다. 한순간 골드스타인은 이 상황이 정말 즐겁기까지 했다.

그들은 야영지를 개선하느라 꼬박 일주일 동안 작업을 했다. 짬이 날 때마다 새로운 일거리가 생기곤 했다. 그런데 이제 천막도 날아갔고 옷과 편지지는 흠뻑 젖어 버렸고 소총은 아마도 녹이 슬었을 것이고 땅은 너무 축축해서 잘 수도 없었다. 폭풍우가 단번에 모든 것을 망쳐 놓은 것이다. 그는 오히려 모든 일이 철저한 실패로 돌아갔을 때 느끼게 되는 그런 종류의 유쾌함을 맛보는 중이었다.

그와 토글리오가 바람에 날리다시피 수송부로 들어갔다. 그들은 돌아서려다 서로 부딪쳐 진흙탕에 나뒹굴었다. 골드스타인은 일어서지 않고 그 자리에 그대로 눕고 싶었지만, 양손으로 땅을 짚고 일어나서 어느 트럭 밑으로 비틀거리며 갔다. 중대 병력 거의 전원이 트럭 위나 트럭 밑으로 몰려 있었다. 그가 숨은 트럭 옆에도 20명 가까이 모여 있었다. 그들은 덜덜 떨면서 서로의 체온으로 몸을 녹이기 위해 바짝 붙어 있었다. 얼음처럼 차가운 비를 맞고 있자니 이가 저절로 부딪쳤다. 하늘은 천둥이 칠 때마다 요란한 소리를 내며 진동하는 거대한 검은 그릇 같았다. 골드스타인의 눈에 보이는 것은 녹색으로 칠한 트럭과 주변에 몰려 있는 사병들의 푹 젖은 암녹색 군복뿐이었다. "제기랄." 누군가가 한마디 했다

토글리오는 담배를 피워 물려고 했으나, 방수 주머니에서 성냥을 꺼내기도 전에 담배가 젖어 입안에서 터져 버렸다. 그는 담배를 땅바닥에 내던지고 그것이 진창 속에서 흩어져 없어지는 광경을 지켜보았다. 온몸이 다 젖었는데도 비를 맞는 건 여전히 괴로웠다. 등 위에 떨어지는 빗방울 하나하나가 차가운 금속 탄이라도 되는 양 섬뜩하고 불쾌했다. 그가 옆에 있던 병사에게 큰 소리로 물었다. "자네 천막도 쓰러졌나?"

"그래."

그 말을 들으니 토글리오는 기분이 좀 나아졌다. 그는 면도를 하지 않아 거무스레해진 턱을 손으로 쓰다듬었다. 갑자기 이 모든 병사들이 친근하게 느껴졌고, 따뜻한 감정과 호감이 마구 분출하는 것 같았다. 모두 좋은 녀석들이야. 좋은 미국인들이지. 그는 혼자 생각했다. 이런 일을 겪고도 웃을 수 있는 사람은 미국인뿐이다. 그가 차가워진 손을 작업복 바지의 헐렁한 주머니 속에 넣었다.

몇 걸음 떨어진 곳에 서 있던 레드와 윌슨이 노래를 부르기 시작했다. 레드의 음성은 굵고 걸걸했다. 그들의 노래를 들으며 토글리오가 웃었다.

> 옛날에 나는 철도를 만들고 기차를 달리게 하여
> 시간과 경주를 시켰소…….

그들은 노래를 부르면서 발을 녹이기 위해 제자리에서 뛰었다.

> 옛날에 나는 철도를 만들었고 이제 다 되었으니
> 형씨, 내게 한 푼만 주겠소?

토글리오가 배를 잡고 웃었다. 레드는 웃긴 녀석이야, 라고 생각하며 그들과 함께 흥얼거렸다.

> 옛날에 나는 태양까지 닿는 탑을 세웠소.

벽돌과 못과 석회로 말이오.

옛날에 나는 탑을 세웠고 이제 다 되었으니

형씨, 내게 한 푼만 주겠소?

토글리오가 이 마지막 구절을 함께 불렀다. 레드가 그를 보고 고개를 끄덕였다. 세 사람은 온기를 찾아 서로서로 팔짱을 끼고 계속해서 목청껏 노래했다. 바람이 어느 정도 가라앉자, 노랫소리가 가끔 뚜렷하게 들리기도 했다. 그러나 그 소리는 마치 다른 방에서 누군가가 라디오의 볼륨을 높였다 낮췄다 하는 것처럼 아득하고 다소 비현실적으로 들렸다.

옛날에는 우리도 군복을 입으면

아주 끝내줬다오.

양키 두들리 덤을 노래했지요.

50만 개의 군화가 지옥을 힘겹게 통과했다오.

나는 어린 고수(鼓手)였지요.

내가 앨이라고 불렸던 거 기억나지 않소?

그때나 지금이나 앨이라네.

내가 당신 전우라는 거 기억나지 않소?

그러니 친구여, 내게 동전 한 푼만 주겠소?

마지막 소절과 더불어 그들은 소리 내어 웃기 시작했다. 토글리오가 고함을 쳤다. "이번엔 무슨 노래를 부를까? '고향 가는 길 좀 가르쳐 줘요' 어때?"

"난 못 부를 것 같아." 레드가 소리쳤다. "목이 바짝 말라 버렸어. 술이 좀 들어가야 할 것 같은데." 그가 입을 꽉 다물고 눈알을 굴렸다. 토글리오가 빗줄기 사이로 웃음을 토해 냈다. 레드는 정말 웃기는 녀석이야. 다 좋은 놈들이야.

"고향 가는 길을 가르쳐 줘요." 토글리오가 선창하자 다른 병사들 몇 명이 따라 부르기 시작했다.

나는 피곤해서 자고 싶어요.
한 시간 전쯤 한잔했거든요.
그래서 완전히 취해 버렸죠.

빗발이 꾸준히 거세지고 있었다. 노래를 부르는 동안 토글리오는 그립고 따뜻한 감정을 느꼈다. 옆 사람들과 바짝 몸을 붙이고 있는데도 추위 때문에 몸이 떨리는 건 어쩔 수가 없었다. 그는 어느 겨울 황혼녘에 온기와 불빛에 이끌려 낯선 마을로 차를 몰고 다가가는 자신의 모습을 상상했다.

육지건 바다건 물거품 위건
내가 어디를 떠돌든
당신은 언제나 나의 이 노래를 들을 수 있죠
내게 고향 가는 길을 가르쳐 줘요.

날이 거의 저물어 야자나무 아래 트럭 아래서는 사람들의 얼굴을 분간하기가 힘들었다. 토글리오는 슬프고 아련한 기분에 더욱 젖어 들었다. 언젠가 아내가 크리스마스트리를 손질하던 모습이 떠오르자, 눈물 한 방울이 그의 살찐 볼 위로 흘러내렸다. 그 일 분 동안, 그는 전쟁이나 폭우 혹은 모든 것들로부터 완전히 벗어나 있는 듯한 기분이 들었다. 잠시 후면 어디서 어떻게 자야 하는지를 고민해야 한다는 걸 알았지만, 지금의 이 짧은 시간만큼은 발가락을 꼼지락거리면서 노래가 불러일으키는 온갖 부드럽고 감각적인 추억들이 마음속을 아무런 제약 없이 흘러가도록 내버려 둔 채 결연하게 노래를 불렀다.

지프 한 대가 힘겹게 진창길을 굴러오더니, 그들로부터 10미터쯤 앞에서 멈춰 섰다. 커밍스 장군이 다른 장교 두 명과 함께 차에서 내리는 것을 본 토글리오는 노래를 멈추라고 레드의 옆구리를 쿡쿡 찔렀다. 장군은 모자를 쓰지 않고 군복도 완전히 젖은 채였지만, 얼굴에 미소를 띠고 있었다. 토글리오는 흥미와 약간의 존경심을 느끼며 그를 바라보았다. 야영지에서 장군을 본 적은 몇 번 있지만, 이렇게 가까이에서 본 것은 처음이었다. "자, 자, 제군들." 장군이 그들 쪽으로 다가오면서 외쳤다. "다들 어떤가……. 젖었나?" 토글리오도 다른 병사들도 모두 웃었다. 커밍스 장군도 씩 웃었다. "괜찮아." 그가 소리쳤다. "자네들은 설탕으로 만들어지지 않았으니 말일세." 바람이 좀 잦아들자 그는 평소와 비슷한 어조로 함께 온 소령과 소위에게 말했다. "나는 비가 곧 그칠 거라고 믿어. 방금 워싱턴이랑 통화했는데, 육군성에서 비는 멎게 되어 있다고 장담하더군." 두 장교가 한바탕 크게 웃음을 터뜨렸다.

토글리오도 자신이 어느새 미소를 짓고 있다는 걸 깨달았다. 장군은 멋진 남자다. 장교의 완벽한 본보기야.

"이보게, 제군들." 장군이 목소리를 높였다. "이 구역에 제대로 서 있는 천막이 하나도 없는 걸로 아네. 폭풍우가 걷히는 대로 해변에서 판초를 날라 올 테지만, 자네들 가운데는 오늘 젖은 채로 밤을 나야 할 사람들도 있을 걸세. 유감스러운 일이네만, 전에도 비에 젖어 본 적이 있지 않은가. 전선에 문제가 좀 생겨서, 자네들 가운데 일부는 훨씬 더 열악한 장소에서 밤을 보내야 할지도 모르네." 그는 잠시 말을 멈추고 빗속에 서 있다가 눈을 빛내며 한마디를 덧붙였다. "설마 폭풍우가 분다고 초소를 이탈한 사람은 없겠지? 이곳에 와선 안 될 사람이 이곳에 있다면, 내가 이 자릴 떠나는 즉시 초소로 돌아가는 게 좋을 거야." 사병들 사이에서 킬킬거리는 소리가 일었다. 비가 잦아드는 터라 중대원들 대부분이 장군이 말을 하고 있는 트럭 쪽으로 다가와 있었다. "명심하게, 제군들. 통신이 끊기기 전에 들어온 보고에 의하면, 오늘 밤에 일본 놈들 일부가 우리의 전선 내부로 침투해 들어올 공산이 크다. 그러니 경계를 철저히 해야 해. 우리가 전선으로부터 꽤 후방에 있는 건 사실이지만 그렇게 먼 거리는 아니야." 그가 병사들에게 미소를 지어 보이고는 지프에 올랐다. 장군의 뒤를 이어 두 장교가 지프에 오르자, 지프는 그곳을 떠났다.

레드가 침을 탁 뱉었다. "어째 편한 생활이 너무 오래간다 했지. 아마 오늘 밤엔 우릴 빗물이 아니라 포탄이 쏟아지는 곳으로 보내 버릴걸."

윌슨이 화난 표정으로 머리를 흔들다가 고개를 끄덕였다. "편할 땐 그게 좋은 줄 모르지. 전투에 나가고 싶어 하던 보충병 놈들, 생각이 달라질걸."

토글리오가 끼어들었다. "있잖아, 장군은 멋진 사람이야." 그가 말했다.

레드가 다시 침을 뱉었다. "세상에 좋은 장군이 어디 있어? 다 개새끼들이지."

"이것 봐, 레드." 토글리오가 반발했다. "병사들에게 그런 식으로 말을 하는 장군을 또 본 적 있어? 내 생각엔 괜찮은 사람이야."

"그건 인기 끌려고 하는 수작이야. 그는 그저 그런 사람이라고." 레드가 토글리오에게 말했다. "자기 걱정거리를 우리에게 말해서 뭘 어쩌자는 거야? 내 걱정거리만으로도 골치가 아파 죽겠구면."

토글리오는 한숨을 쉬고 입을 다물었다. 레드라는 녀석은 정말 모순투성이라고 결론을 내렸다. 비가 멎은 뒤라 그는 천막이 있는 곳으로 돌아가기로 했다. 그 생각을 하니 마음이 무거웠지만, 그는 폭풍우가 지나간 지금 이곳에서 빈둥거리고 있을 성격이 아니었다. "자, 자, 어떻게든 잠자리를 마련해 봐야지."

레드가 투덜거렸다. "그게 다 무슨 소용이야. 오늘 밤 모두 전선으로 불려 나갈 텐데." 밤이 되면서 공기는 다시 무더워지고 있었다.

장군은 걱정이 되었다. 지프가 수송부를 빠져나오자 장군이 운전병에게 말했다. "151포병 중대 본부로 가지." 그가 뒷좌석에 불편하게 끼어 앉은 댈리슨 소령과 헌 소위 쪽으로 고개를 돌렸다. "2대대까지 전화선이 놓이지 않았으면 오늘 밤 내로 좀 걸어야 할 걸세." 지프가 철조망이 비어 있는 곳을 통과해 오른쪽으로 방향을 바꾸어 최전선으로 이어지는 도로에 들어섰다. 장군은 우울한 눈으로 도로를 살폈다. 도로는 심각한 진창길이 되어 있었는데, 갈수록 더 나빠질 터였다. 길이 미끄러워서 지프는 도로의 한쪽에서 다른 쪽으로 왔다 갔다 하며 마구 미끄러졌다. 하지만 몇 시간이 지나면 도로가 점토처럼 단단하고 차지게 되어 바퀴라도 푹 빠지면 차량들이 꼼짝을 못할지 몰랐다. 그는 도로 양쪽의 정글을 멍한 눈으로 바라보았다. 지프가 일본군 시체 몇 구가 썩고 있는 도랑 옆을 지나갈 때 장군은 숨을 참았다. 아무리 자주 맡아도 아무렇지 않게 견딜 수 있는 냄새는 아니었다. 그는 이번 문제가 해결되는 대로 시체 처리반을 보내서 도로를 치우게 해야겠다고 다짐했다.

밤이 되면서 재앙이 닥칠 가능성도 높아졌다. 어둠을 뚫고 천천히 전진하는 지프 안에서, 장군은 허공에 떠 있는 듯한 느낌을 받았다. 단조로운 엔진 소리, 차에 탄 사람들의 침묵, 그리고 물기 먹어 무거워진 정글 속 나뭇잎들의 버스럭거리는 소리가 그에게서 빠르게 몰입하는 두뇌 기능만을 남기고 모든 것을 빼앗아 가는 듯했다. 그는 허공의 어느 한곳에 홀로 자리를 잡은 채, 당면 문제를 해결할 방안을 생각해 내야 했다. 폭풍우는 일본군의 공격에 뒤이어서 놀랄 만큼 빠른 속도로 들이닥쳤다. 비가 내리기 십 분 전에 그는 2대대 본부로부터 전선에서 치열한 총격전이 벌어졌다는 전언을 받았다. 그러고는 폭풍우에 전화선들이 절단되고, 본부 막사가 파괴되고, 무선 연락망이 마비되어 버린 것이다. 따라서 그는 전선에서 무슨 일이 벌어지고 있는지 알 수가 없었다. 지금쯤 허친스는 2대대를 후퇴시켰을지도 모른다. 돌풍이 초래한 광란에 힘입어 어쩌면 일본군이 전선 몇 군데를 뚫고 들어왔을지도 모른다. 명령을 전달할 방법이 전무한 상태에서 무슨 일이 벌어질지 예측하기란 불가능했다. 그는 포병 중대 본부와 전선 사이에 통신망이 열려 있기만을 간절히 바랐다.

그나마 다행인 것은 이틀 전에 열두 대의 탱크를 2대대로 이동시켜 둔 일이었다. 오늘 밤에 탱크가 도로에서 이동하는 건 불가능할뿐더러 사실 지금은 전진할 수도 없었다. 그러나 필요하다면 오늘 밤 탱크를 중심으로 방어 진지를 구축할 수 있었다. 어떤 혼란이 뒤따를지 가늠할 수 없었다. 전 전선이 내일이면 일련의 고립된 철조망 진지들로 변해 있을지도 모를 일이었다. 전화선이 있는 곳에 도달하기까지, 그가 할 수 있는 일은 아무것도 없었다. 지금으로선 상황이 어떤 방향으로든 전개될 수 있었다. 어쩌면 이틀 안에 그는 선회 작전이 시작되었을 때의 위치로 후퇴해 있을지도 몰랐다.

전화가 통하는 곳에 닿으면 그 즉시, 거의 즉각적으로 결단을 내리지 않으면 안 될 것이다. 그는 전선에 있는 장교들의 됨됨이를 재검토하고, 혹시 있다면 각 중대와 심지어 개개 소대들의 구별되는 특징들까지도 기억해 냈다. 그는 예리한 기억력으로 수많은 사건들과 전력 수치들을 머릿속에 좌르륵 펼쳐 놓았다. 그는 아노포페이의 어디에 어느 병사를 배치하고 어느 포를 설치해 놓았는지를 효과적으로 알고 있었는데, 이 모든 정보들이 머릿속에서 완전히 소화되지 않은 채로 떠다녔다. 그 순간 그는 극도로 단순한 인간이었다. 그의 모든 것이 한 가지 목적을 위해 기능하고 있었다. 뭔가 대응을 요구하는 순간이 오면 이 모든 정보들이 합쳐져 적절한 대응들로 구체화된다는 것을 그는 경험을 통해, 설명할 순 없지만 확실히 알고 있었다. 충분한 긴장 상태에 이르면, 어김없이 그의 직관력이 발휘되었고, 그 결과가 그에게 실망을 안겨 준 적은 없었다.

그리고 이 모든 것과 더불어 강렬하고 원시적인 분노가 일었다. 폭풍우가 그의 계획을 망쳐 놓았다는 사실에 그는 아이처럼 화가 났다. 이따금 발작과도 같은 짜증이 엄습해 집중력을 흐려 놓았다. "폭풍 얘기는 한마디도 없었어." 그는 가끔 혼자서 중얼거렸다. "아무짝에도 쓸모없는 기상대 같으니. 군에서는 다 알면서도 나한테는 일언반구도 없는 거야? 폭풍이 불어닥칠 거라는 보고는 한 번도 받은 적이 없어. 단 한 번도. 일에 서툴러서일까? 아니, 그런 건 전혀 아닐 거야. 그저 날 엿먹이려는 수작일 테지."

바로 그 순간 지프가 바퀴 자국 속에 빠져 버렸다. 커밍스가 운전병 쪽으로 돌아앉았다. 운전병을 쏘아 죽일 수도 있었지만, 대신 그는 조용히 말했다. "이보게, 우린 이럴 시간이 없어."지프의 엔진에 다시 시동이 걸리고 차가 전진하기 시작했다.

다른 무엇보다도 그의 야영지가 엉망이 되어 버린 게 가장 가슴 아팠다. 사단이 직면한 위험도 그가 신경 쓸 수밖에 없는 걱정거리였지만, 어쨌든 그것은 추상적인 문제였다. 그에게 직접적이고 개인적인 상처를 준 것은 난장판으로 변해 버린 야영지의 모습이었다. 차를 타고 떠나올 때의 야영지 정경을 떠올리니 비통하기까지 했다. 물줄기에 쓸려 나간 자갈길이며 뒤집혀서 흙 속에 처박혀 버린 침상이며 더럽혀지고 여기저기 찢겨 나가 너덜너덜해진 천막이며, 이 무슨 낭비란 말인가! 다시금 분노가 치밀었다.

"전조등을 켜는 게 좋겠네."그가 운전병에게 말했다."안 그러면 너무 오래 걸리겠어."근처에 저격병이라도 숨어 있다면, 그것은 촛불을 들고 산적들의 소굴을 지나는 것과 같은 행동이었다. 장군은 좌석에서 기분 좋게 스스로를 긴장시켰다. 위험에는 자기가 하는 일의 중요성을 인식하게 만드는 짜릿함이 있었다. "자네들은 각각 양쪽 길을 맡도록 하게."그가 댈리슨과 헌에게 말했다. 두 사람은 지프 양쪽 측면의 트인 곳으로 카빈총을 겨누고 정글을 샅샅이 살폈다. 차의 전조등이 켜지자 나뭇잎들이 은빛을 띠어 한층 더 신비롭게 보였다.

헌 소위는 그 작은 소총을 자신의 커다란 손으로 들고 정글을 겨냥한 채 탄창을 만져 본 뒤 그것을 뽑았다가 다시 제자리에 꽂았다. 그는 여러 가지 흥분과 낙담의 요소들로 인해 기분이 복잡했다. 지금껏 순조롭게, 계획대로 딱딱 맞게 목표를 향해 전진해 왔는데, 이제부터는 전선이 어떤 양상으로 전개될지 알 수가 없었다. 그런데 그러는 동안 그들이 탄 지프는 무언가 기능을 하기 위해 근육이나 내장 기관을 찾아다니는 신경처럼 방황하고 있는 것이다. 장군이 언젠가 그에게 이런 말을 한 적이 있다. "나는 혼란을 좋아해. 그것은 마치 결정(結晶)들이 침전되기 전에 비커 안에서 시약이 일으키는 거품 같거든. 나한텐 식욕을 돋우는 자극적인 요리 같은 거지."

그때 헌은 그걸 허튼소리라고 단정했었다. 장군은 혼란을 좋아하지 않았다. 아니, 비커 안에서 일어나는 혼란을 좋아할 사람이 아니라고 말하는 게 더 정확했다. 사실은 자기와는 그다지 상관없는 일이라 여기는 헌 같은 사람들만이 혼란을 좋아했다.

그렇다 해도 장군의 반응은 훌륭했다. 헌은 태풍이 잦아들었을 때 그들 모두에게 엄습했던 허탈감을 기억했다. 장군은 진흙투성이가 된 자신의 침상을 삼십 초 가까이 바라보다가, 손가락으로 흙을 한 줌 긁어내더니 그것을 손가락으로 뭉쳤다. 태풍으로 인해 모두가 의욕을 잃고 그저 꼬리를 감추고 피할 곳을 찾아 달아날 생각만 하고 있을 때, 장군은 병사들 앞에서 믿을 수 없을 정도로 세련된 훈시를 하는 것으로 반응했던 것이다. 그러나 장군으로서는 자신의 통제력을 회복해야 했으니 그것은 이해가 가는 일이었다.

지금의 장군도 이해할 수 있었다. 헌은 장군의 정중한 태도에서 느껴지는 분위기나 말투로 미루어 볼 때 지금 그의 머릿속이 온통 작전과 오늘 밤 벌어질 일에 대한 생각뿐이라는 것을 알 수 있었다. 그럴 때의 장군은 전혀 별개의 인물, 분명히 자신의 영향력을 발휘할 대상을 찾아내려는 욕망 외에는 아무것도 없는 말초 신경이 되었다.

헌은 감탄스러우면서도 우울했다. 장군이 발휘하는 것과 같은 집중력은 초인적인 것으로 헌의 이해 범위를 넘어서는 것이었다. 그는 카빈총을 다시 손으로 들어 올리면서 전방의 정글을 침울하게 응시했다. 도로의 다음 굽이에는 일본군의 기관총이 설치되어 있을 가능성이 있었고, 자동화기 한두 개를 지닌 일본군 저격병 몇이 기다리고 있을 확률은 훨씬 더 높았다. 지프가 굽이를 돌았을 때 한꺼번에 10여 발의 총탄이 날아오면, 어설픈 암중모색과 대수롭지 않은 불만들로 점철된 그의 시시한 역사도 끝이 날 것이다. 또한 그와 더불어 천재일지도 모를 한 남자와 댈리슨처럼 덩치만 큰 얼뜨기와 어쩌면 잠재적인 파시스트일지도 모를 겁 많은 젊은 운전병도 꽤나 심상하게 목숨을 잃을 것이다. 그저 그렇게. 도로의 한 굽이를 도는 것으로.

아니면 반대로 그 자신이 한 인간을 죽이게 될지도 몰랐다. 그것은 총을 재빨리 들어 올리고 방아쇠를 당겨서 욕망과 근심과 어쩌면 어느 정도의 선량함이 담긴 어떤 특정한 외피를 죽음으로 몰아넣는 문제일 터였다. 그것은 어쩌면 벌레 한 마리를 밟는 것만큼, 어쩌면 그보다 더 쉬운 일일지도 몰랐다. 그가 이렇듯 울적한 기분이 드는 것은 바로 그 때문이었다. 모든 것이 완전히 어긋나 있었다. 정확히 들어맞는 마디가 하나도 없었다. 수송부에서 사병들이 노래를 부르고 있었는데, 그 아이 같으면서도 용감한 태도에는 무언가 멋진 구석이 있었다. 그런데 지금 그들은 정글의 중립적이고 광활한 공간에 그어진 한 개의 선 위를 이동하는 점이 되어 이 도로 위에 있었다. 어딘가 다른 곳에서는 전투가 벌어지고 있을지도 몰랐다. 줄곧 들려오는 포성과 소형 화기들의 총성은 아무것도 아니거나, 전선을 따라 산발적으로 전투가 벌어지고 있거나, 또는 지금 소규모 전투에 화력이 집중되어 있음을 의미할지도 몰랐다. 어느 것도 짝이 맞지 않았다. 밤은 모든 것을 그들의 실제 모습인 각각의 고립된 단위들로 흩뜨려 놓았다.

그는 자신의 커다란 몸을 압박하는 댈리슨의 거대한 몸뚱이를 새삼 의식하고 몸이 약간 굳어졌다. 잠시 후 그는 셔츠 주머니에서 담배를 꺼낸 다음 성냥을 더듬어 찾았다.

"안 피우는 게 좋을걸." 댈리슨이 불만스럽게 말했다.

"지프의 전조등도 켜져 있습니다만."

"그렇군." 댈리슨이 다시 퉁명스럽게 말하더니 입을 다물었다. 댈리슨은 지프의 비좁은 뒷좌석에서 약간 고쳐 앉았다. 그렇게 많은 공간을 차지하면서 담배까지 피우는 헌이 못마땅했다. 댈리슨은 지금 신경이 곤두서 있었다. 일본군의 매복은 조금도 걱정되지 않았다. 공격을 당할 경우, 냉정하게 임무를 수행하면 그만이었다. 그가 걱정하는 건 그들이 151포병 중대에 도착하면 무엇을 해야 할 것인가 하는 점이었다. 그는 마치 제대로 준비도 못한 채 시험장에 들어가는 열등생처럼 불안했다. 작전과 훈련을 책임지는 작전 참모로서, 댈리슨은 장군보다 더 잘 알지는 못해도 장군만큼은 상황을 제대로 파악하고 있어야 했다. 그런데 지도도 보고서도 없으니 난감하기 그지없었다. 장군이 그의 의견에 기대어 결정을 내리려 할지도 모르는 일인데, 그랬다간 그야말로 큰일이 아닐 수 없었다. 그는 다시 한 번 앉은 자리에서 몸을 틀고, 우울하게 헌의 담배 연기 냄새를 맡다가 몸을 앞으로 굽히며 한마디 했다. 조용히 말한다는 것이 깜짝 놀랄 만큼 큰 소리로 나와 버렸다.

"우리가 도착했을 때 151중대에 아무 일도 없었으면 좋겠습니다." 댈리슨이 외쳤다.

"그래." 장군이 흙탕물을 튀기며 굴러가는 타이어 소리에 귀를 기울이며 말했다. 댈리슨의 큰 목소리가 비위에 거슬렸다. 그들은 전조등을 켠 채 십 분 동안 달렸다. 위험에 대한 의식은 많이 무뎌진 상태였다. 장군은 다시 걱정이 되었다. 전화선이 들어와 있지 않다면 이 진창길을 적어도 삼십 분은 더 달려야 하는데, 그렇게 한다 하더라도 통신이 이어지리라는 보장은 없었다. 일본군은 지금 이 순간에도 전선을 돌파하고 있을지 모를 일이었다.

통신이 반드시 가능해야 했다. 전선과 연락이 불가능하다면…… 연락이 불가능하다면, 그는 체스 게임 중에 눈가림을 당한 사람의 처지와 다를 바 없게 된다. 적의 다음 수를 짐작하고 그에 대응할 수는 있었다. 그러나 적의 그다음 수, 그리고 그다음 수는 예측하기 어려울 터였고, 그에 대한 그의 대응책은 치명적인 결과를 가져오진 않더라도 무위로 돌아가 버릴지 몰랐다. 지프가 천천히 한 굽이를 돌자 전조등 불빛에 도로의 한 옆에 설치된 기관총 포좌 뒤에 있던 병사의 깜짝 놀란 눈이 드러났다. 지프가 그 병사 앞에서 멎었다.

"전조등을 켜고 도로를 달리다니 제정신이야?" 병사가 고함을 질렀다. 그는 장군을 보고 눈을 깜박였다. "죄송합니다, 각하."

"괜찮네. 자네가 옳아. 내가 내린 명령을 내가 어긴 게 잘못이지." 장군이 미소를 짓자 병사도 씩 웃었다. 지프는 도로에서 벗어나 포병 중대 본부의 야영지로 통하는 길로 들어섰다. 짙은 어둠이 사위를 감싼 터라 장군은 잠시 그 자리에 멈춰 서서 자신의 위치를 가늠해 보았다. "등화관제가 된 천막이 저기 있군." 그가 천막 방향을 가리키며 말했다. 세 장교는 깔끔하게 벌목이 되지 않아 지면에 남은 뿌리와 잡목 덤불 등에 발부리가 걸리면서 어둠 속을 걸었다. 긴장감이 감도는 캄캄한 밤이라 다들 절로 말을 삼갔다. 등화관제가 된 천막까지 50미터를 걷는 동안 그들이 마주친 건 사병 한 사람이 전부였다.

장군이 천막의 덮개를 열어젖히고 어두운 안전 통로 내부를 불쾌한 기분으로 더듬었다. 천막은 바람에 쓰러져 진창에서 질질 끌리다가 다시 세워진 게 분명했다. 안쪽 벽이 끈적끈적했다. 장군이 안전 통로 끝에서 두 번째 덮개를 열어젖히고 안으로 들어갔다. 사병 한 명과 대위 한 명이 책상 앞에 앉아 있었다.

두 사람이 벌떡 일어섰다. "각하?" 대위가 말했다.

장군은 코를 킁킁거려 보았다. 공기가 지극히 습하고 탁했다. 그의 이마와 등에는 벌써 땀방울이 맺히고 있었다. "매클라우드 대령은 어디 있나?" 그가 물었다.

"모시고 오겠습니다, 각하."

"아니, 잠깐 기다리게." 장군이 말했다. "이곳에서 2대대로 전화 연결되나?"

"네, 됩니다."

장군은 안심했다. "2대대를 연결해 주게." 그가 담배 한 대를 피워 문 뒤 헌 소위를 보고 미소를 지었다. 대위가 야전 전화통에서 수화기를 집어 들고 손잡이를 세 번 돌렸다. "B중대를 통해야 합니다."

"알아." 장군이 짤막하게 말했다. 장군이 불쾌한 기분을 드러낸 것은 이때뿐이었다. 그는 사단의 작전에 관한 한 아무리 사소한 사안이라도 모르는 것이 없었다.

잠시 후 대위가 수화기를 장군에게 넘겨 주었다. "2대대 나왔습니다."

"샘슨을 대 주게." 장군이 말했다. 샘슨은 허친스 중령의 암호명이었다. "샘슨, 카멜이네." 그가 말했다. "지금 피벗 레드에서 통화하는 걸세. 상황은 어떤가? 파라곤 화이트와 파라곤 블루로 통신이 되나?"[10]

"샘슨입니다. 네. 회선이 열려 있습니다." 통화 감이 희미하고 먼 데다 잡음까지 들렸다. "단락(短絡)이군." 장군이 중얼거렸다.

"그렇지 않아도 연락을 드리려던 참이었습니다." 허친스가

---

10) 여기서 두 사람은 암호를 사용하여 통화를 하고 있다. 피벗, 파라곤, 퍼텐셜이나 화이트, 레드, 블루 등은 특정 부대의 위치와 소속을 가리키는 것으로 짐작된다.

말했다. "파라곤 화이트의 B와 C, 그리고 파라곤 레드의 E와 G에 대한 적의 공격을 저지했습니다." 그가 그 지점들의 좌표를 댔다. "제 생각으론 탐색 작전이었던 것 같습니다. 오늘 밤 다시 시도할 것 같습니다."

"그렇군." 장군이 말했다. 그는 머릿속으로 분주하게 그 가능성을 가늠해 보았다. 2대대의 병력을 보강할 필요가 있었다. 그가 예비 병력으로 따로 떼어 내서 도로 작업으로 돌린 459보병 연대의 1대대는 두 시간이면 그곳으로 이동시킬 수 있었지만, 적어도 일 개 중대와 일 개 독립 소대는 예비 병력으로 남겨 둘 필요가 있었다. 적의 공격은 그보다 빨리 시작될 수도 있었다. 장군은 심사숙고하다 마침내 결정을 내렸다. 1대대에서 이 개 중대만 전선으로 이동시키고, 나머지 이 개 중대는 혹시라도 후퇴할 경우를 대비해 엄호용으로 남겨 두고 본부 중대와 지원 중대로부터 동원 가능한 소대들을 모두 빼내어 활용하는 거다. 그가 시계를 보았다. 8시였다. "샘슨," 그가 다시 입을 열었다. "23시경에 퍼텐셜 화이트 A와 D가 행군로를 통해 그쪽에 닿을 걸세. 그들은 파라곤 화이트와 파라곤 레드와 접촉하여 기회가 되는 대로 쓰이게 될 거네. 그건 내가 상황을 보고 지휘하지." 이 순간 그의 머릿속에서 모든 것이 선명해졌다. 일본군이 밤사이에 전 전선에 걸쳐 공격을 감행할지도 몰랐지만, 측면을 공격해 올 것은 확실했다. 폭풍우 탓에 도야쿠의 군대가 집결 지점에 도달하는 것이 지체되었을 터이고, 탱크를 많이 끌고 왔을 가능성도 희박했다. 그것은 전선의 취약점을 찾아내기 위한 탐색 공격일 리가 없었다. 진흙 속에서는 군사들의 움직임이 느려질 수밖에 없으니, 도야쿠로서는 몇몇 지점들을 집중적으로 공격하여 돌파를 시도할 수밖에 없었다. 장군은 그 정도는 감당할 수 있다고 여겼다. "오늘 밤 몇 군데에서 대단히 강력한 국부 공격이 있을 걸세." 그가 전화에 대고 말했다. "전선의 모든 부대에 연락해서 진지를 사수하라고 하게. 총퇴각은 결코 없어야 해."

"네?" 전화기의 다른 끝에서 들리는 음성은 회의적이었다.

"일본군이 돌파에 성공하더라도 내버려 두게. 돌파된 지점 양쪽 중대들에게 제각각 자기 위치를 사수하라고 이르게. 전술적인 이유로 부대를 후퇴시키는 장교는 군법 회의에 회부할 테니 그리 알아. 침투에 성공한 일본군은 우리 예비 병력이 맡아서 처리할 걸세."

댈리슨은 어리둥절했다. 새롭게 세워진 방어선 몇 군데를 밤사이에 일본군이 강력하게 공격해 들어올 경우, 병력을 2~3킬로미터 후퇴시켜 놓고 아침까지 적의 공격을 지연시키는 것이 가장 안전한 대응책이라는 게 그가 내린 결론이었다. 지금으로서는 장군이 그에게 의견을 묻지 않은 것이 한없이 고마웠다. 그는 즉각적으로 장군의 판단이 옳고 자기 것은 틀렸다고 생각했다.

허친스가 다시 말했다. "저는 어떻게 해야 합니까? 병력을 더 보내 주시겠습니까?"

"파워하우스(포병대)가 23시 30분에 그곳에 도착할 걸세." 장군이 말했다. "그들을 파라곤 레드 G와 파라곤 레드 E 사이의 017.37 ─ 439.56과 018.25 ─ 446.06 지점에 배치하게."

장군은 머릿속에 저장되어 있는 작전 지도를 참고하여 곧바로 좌표들을 지시했다. "그 밖에도 파라곤 옐로 S에서 차출한 일 개 소대 규모의 증원 병력을 보낼 테니 보급품 수송과 파라곤 화이트와의 횡적 연락에 이용하고, 가능하면 후에 파라곤 화이트 B나 C의 소총 부대를 지원하게 하게. 그건 상황의 추이를 보아 가며 결정하도록 하지. 나는 오늘 밤 이곳에 임시 사령부를 세우겠네."

이제 그의 두뇌에서 모든 것이 술술 흘러나오고 있었다. 그는 신속하게 결단을 내렸고, 직감적으로 자신의 결정이 옳다고 믿었다. 장군은 지금 이 순간이 그 어느 때보다 행복했다. 그는 수화기를 내려놓고 잠시 두 사람 모두에게 차별 없는 애정을 느끼며 헌과 댈리슨을 바라보았다. "오늘 밤에는 해야 할 일이 많을 거야." 그가 중얼거렸다. 그는 경외감에 가까운 감정을 담아 자기를 바라보는 포병대의 대위와 사병을 슬쩍 훔쳐보았다. 그러곤 다소 들뜬 기분으로 댈리슨에게 고개를 돌렸다.

"허친스에게 소대 병력을 증원해 주기로 약속했네. 화기 소대를 보낼 생각인데, 다른 소대에서 일 개 분대를 차출해서 거기에다 얹어 줘야 할 거야."

"수색 소대는 어떻습니까?"

"좋아, 수색 소대에 명령을 내리지. 자, 행군 명령서를 작성해 주게. 서둘러!" 그가 담배를 한 대 피워 물고 헌에게 고개를 돌렸다. "침상을 몇 개 구해 오게, 소위." 지금 이 순간 헌은 그에게 아무런 문제도 되지 않았다.

그날 밤 이후 벌어진 전투에서 댈리슨이 기여한 일이라고는 수색 소대의 일 개 분대를 화기 소대로 돌리자고 제안한 게 전부였다.

# 5

미네타가 보초를 서야 한다며 깨웠을 때 로스는 아름다운 초원에서 나비를 잡는 꿈을 꾸던 중이었다. 성가신 듯 구시렁대며 다시 잠이 들려는 그를 미네타가 계속 흔들었다. "알았어, 알았어, 일어난다고." 그가 짜증스러운 목소리로 투덜거렸다. 그가 돌아누워 엎드리며 신음 소리를 내더니 손과 무릎으로 몸을 지탱하여 일으키고는 고개를 흔들었다. 오늘 밤엔 세 시간이나 보초를 서야 한다고 생각하니 두려웠다. 그가 침울하게 군화를 신기 시작했다.

미네타가 기관총좌에서 그를 기다리고 있었다. "제기랄, 오늘 밤은 어째 으스스하네." 그가 속삭였다. "시간이 영 가지를 않아."

"무슨 일 있었어?"

미네타가 암흑에 싸인 정글을 정면으로 응시했다. 기관총 앞쪽으로 10미터쯤 떨어진 철조망을 겨우 분간할 수 있을 정도였다. "일본군 몇 놈이 살금살금 움직이는 소릴 들은 것 같아." 그가 중얼거렸다. "그러니 귀를 바짝 세우고 있어."

로스는 두려움에 욕지기가 났다. "정말이야?"

"나도 모르겠어. 벌써 반 시간이나 포격이 계속되고 있어. 전투가 벌어진 모양이야." 그가 귀를 기울여 보았다. "잠깐!" 몇 킬로미터 밖에서 공허하고 날카로운 포성이 울렸다. "일본 놈들이 공격해 오고 있는 게 분명해. 제기랄, 우리 수색 소대가 바로 그 한가운데 끼게 될 거야."

"우리는 운이 좋은 것 같아." 로스가 말했다.

미네타의 음성은 매우 낮았다. "글쎄, 모르지. 두 배로 보초를 서는 것도 쉬운 일은 아냐. 두고 봐. 이런 날 밤에 세 시간이나 보초를 서자면 제정신을 유지하기가 쉽지 않아. 일본 놈들이 우리 방어선을 돌파해서 네 보초 근무가 끝나기 전에 바로 이곳을 공격하지 않을 거라 어떻게 장담해? 전선에서 여기까지는 겨우 15킬로미터 거리야. 어쩌면 그들이 이곳으로 정찰을 보낼지도 몰라."

"이거 심각한데." 로스가 말했다. 그는 폭풍우가 지나간 직후 골드스타인이 배낭을 꾸리면서 지었던 표정을 떠올렸다. 골드스타인은 지금쯤 전선에서 한창 전투 중일지도 모른다. 로스는 기분이 이상했다. 레드, 갤러거, 크로프트 하사, 와이먼, 토글리오, 마르티네즈, 리지스, 윌슨 등은 지금 모두 전선에서 전투의 한가운데 있으니 그들 중 누구라도 목숨을 잃을 수 있었다. 내일이면 그들 가운데 하나가 저세상 사람이 되어 있을지 몰랐다. 사람이 그런 식으로 목숨을 잃다니 끔찍했다. 그는 이런 생각을 미네타와 조금이라도 나누고 싶었다.

그러나 미네타는 하품을 했다. "내 차례가 끝나니 좋구나." 그가 가려다 말고 돌아섰다. "다음엔 누굴 깨워야 하는지 알지?"

"브라운 병장 아닌가?"

"맞아. 저쪽에서 스탠리와 한 담요에서 자고 있어." 미네타가 막연하게 그쪽 방향을 가리켰다.

로스가 중얼거렸다. "이 구역에는 우리 다섯 명뿐이야. 생각해 봐, 일 개 소대 전체가 맡아야 할 구역을 다섯 명이 지키다니, 이게 말이 돼?"

"내 말이." 미네타가 말했다. "우리는 아마 쉴 시간이 없을 거야. 1분대가 있는 곳은 그래도 사람 수나 많지." 그가 조용히 하품을 했다. "난 이제 갈게."

미네타가 가 버리자 로스는 지독한 외로움을 느꼈다. 그는 정글 쪽을 응시하다가 가능한 한 소리가 나지 않도록 조심하며 기관총 뒤의 호 속으로 들어갔다. 자기가 감당할 수 있는 일이 아니라고 생각했다. 그는 담이 세지 않았다. 이런 일은 미네타나 폴래크처럼 좀 더 젊은 녀석이나, 아니면 고참병들 중 누군가가 맡아야 했다

그는 탄약 상자 두 개를 깔고 앉았다. 상자의 손잡이들이 말라서 뼈만 남은 궁둥이에 배겨 왔다. 그는 계속 몸의 무게 중심을 옮기고 발의 위치를 바꿨다. 저녁때 내린 비로 호 속은 몹시 질척거렸고, 주변의 모든 것이 축축했다. 몇 시간 동안 젖

은 옷을 입고 있는 것으로도 모자라, 그 젖은 땅 위에다 담요를 깔아야 했다. 이게 사는 건지! 아침이면 감기에 걸려 있을 거라고 그는 확신했다. 폐렴만 아니어도 다행일 것 같았다.

사위가 고요했다. 정글은 불길한 침묵을 유지했다. 그 위압적인 정적에 그는 숨을 죽였다. 그리고 기다렸다. 그런데 갑자기 그 극도의 고립 상태가 깨지면서, 밤의 숲에서 들려오는 온갖 소리들이 의식되었다. 귀뚜라미와 개구리가 우는 소리, 도마뱀이 떨어진 나뭇가지를 밟고 지나가는 소리, 나무가 살랑거리는 소리. 그러다가는 다시 그 소리들이 한꺼번에 사라지는 것 같았다. 아니, 그의 귀가 정적만을 느꼈다. 몇 분 동안 소리와 정적이 번갈아 찾아왔다. 마치 부단히 안팎으로 뒤집히는 어떤 입방체의 도면처럼, 소리와 정적이 별개의 것이면서도 서로 연결되어 있는 것 같았다. 로스는 생각하기 시작했다. 멀리서 천둥과 번개가 맹렬하게 치고 있었지만 그는 폭우를 걱정하지는 않았다. 습기를 무겁게 머금은 밤공기 속에서, 그는 헝겊을 씌워 소리를 죽여 놓은 거대한 종소리처럼 들리는 포성에 오랫동안 귀를 기울였다. 그는 진저리를 치면서 팔짱을 꼈다. 신병 훈련소에서 어느 조교가 해 주었던 격렬한 전투 이야기며, 정글 속에서 일본 놈이 보초 뒤로 슬그머니 다가와 단도로 찔러 죽인다는 이야기가 생각났다. "보초는 무슨 일이 벌어지고 있는지 전혀 몰라." 그 하사가 말했었다. "아마 작은 소리를 들을지도 모르지만 그땐 이미 늦은 거지."

로스는 내장을 옥죄는 것 같은 무서움을 느끼며 고개를 돌려 뒤쪽을 살폈다. 그런 죽음을 생각하니 절로 몸서리가 쳐졌다. 그런 일이 벌어진다면 얼마나 끔찍할 것인가. 신경이 바짝 곤두서는 느낌이었다. 철조망 너머 작은 공터 저편의 정글을 제대로 보려고 애쓰면서, 그는 공포 영화에서 괴물이 주인공 뒤로 다가갈 때 어린애들이 느끼는 것과 같은 불안감과 공포심을 맛보았다. 숲 속에서 뭔가 부스럭거리는 소리가 났다. 그는 얼른 호 속으로 몸을 숨겼다가, 정글의 깊은 어둠 속에서 사람이든 혹은 적어도 무엇이라 알아볼 수 있는 것이든 식별해 낼 요량으로 조금씩 천천히 고개를 밖으로 내밀었다. 소리는 멎었다가 십 초쯤 지나서 다시 들려왔다. 손톱으로 무언가를 긁어 대는 것 같은 다급한 소리였다. 로스는 호 속에 마비된 듯 앉아 자신의 온몸에서 뛰는 맥박 외에는 아무것도 느끼지 못했다. 그의 귀가 거대한 확성기가 되어, 무언가가 미끄러지고 긁어 대고 잔가지가 부러지고 풀숲이 버스럭거리는 등 지금껏 그가 의식하지 못했던 소리의 전 음역을 탐지했다. 그는 기관총 위로 몸을 굽히다가, 미네타가 탄약을 완전히 장전해 놓았는지, 아니면 반만 장전해 놓고 말았는지를 자기가 모른다는 사실을 깨달았다. 그걸 확인하려면 노리쇠를 잡아당겼다가 놓아야 하는데, 그것이 야기할 소음이 두려웠다. 소총을 집어 들고 조용히 안전장치를 벗기려고 했으나, 안전장치는 철컥하고 꽤나 큰 소리를 내며 벗겨졌다. 로스는 그 소리에 움찔해서는 소리가 나는 특정 지점의 위치를 확인하려고 정글 속을 응시했다. 그러나 소리는 사방에서 나는 것 같았다. 어느 정도의 거리에서 나는 소리인지 왜 그런 소리가 나는 건지 도무지 알 수가 없었다. 무언가 바스락거리는 소리가 들리자, 그는 그 방향으로 소총을 서툴게 겨냥하고 기다렸다. 등에서 땀이 배어 나왔다. 한순간 미친 듯이 마구 총질을 해 대고 싶은 충동을 느꼈지만, 그것은 매우 위험한 짓이라는 걸 떠올렸다. 저쪽에서도 자기가 안 보일지 모른다고 생각했지만 그래도 안심이 되지는 않았다. 그가 총을 쏘지 않은 것은 브라운 병장이 늘 하던 말이 생각났기 때문이다. "겨냥할 대상을 제대로 보지도 못하고 총질을 하는 건 네가 있는 호의 위치를 적에게 노출하는 거야. 그러면 적은 네 쪽으로 수류탄을 던질 테지." 로스는 두려움에 몸을 떨었다. 화가 치밀어 오르기 시작했다. 조금 전부터 그는 일본 놈들이 그를 지켜보고 있다고 확신했다. 왜 공격해 오지 않는 거지? 그는 필사적인 심정으로 무언의 질문을 던졌다. 이제는 신경이 곤두설 대로 곤두서서 차라리 일본 놈들이 빨리 공격해 오길 바랄 정도였다.

그는 호의 바닥에 두텁게 형성된 진흙 속에 발을 힘주어 박고 서서, 여전히 정글에서 눈을 떼지 않은 채 한 손으로 군화에 묻은 흙을 좀 떼어서는 점토처럼 반죽하기 시작했다. 그는 자신의 이런 행동을 의식하지 못했다. 하도 긴장을 한 탓에 목덜미가 심하게 뻐근했다. 호는 심각하게 트여 있어 몸을 숨기기에 적당치 않았다. 겨우 기관총 한 자루에 의지하여 몸을 노출한 채 경비를 서야 하다니 씁쓸한 일이 아닐 수 없었다.

정글 맨 앞쪽에 열 지어 선 나무들 뒤에서 뭔가 요란하게 드잡이하는 소리가 났다. 로스는 소리를 내지 않으려고 이를 악물었다. 사람들이 몇 걸음 전진하고 멈췄다가 다시 몇 걸음 전진하며 서서히 다가오기라도 하는 것처럼, 소리들이 점점 가까워졌다. 그는 기관총 거치대 주변을 더듬어 수류탄 한 개를 찾았으나, 어디에다 던져야 할지 몰라 들고만 있었다. 수류탄이 엄청 무겁게 느껴졌다. 힘이 빠진 상태라 그것을 10미터 이상 던질 수나 있을지도 자신할 수 없었다. 훈련을 받을 때 수류탄의 유효 투척 거리는 35미터라는 말을 들은 적이 있다. 이제는 자기 손으로 던진 수류탄에 자기가 목숨을 잃을까 봐 걱정이 되었다. 그는 수류탄을 기관총 밑에 도로 갖다 놓고 그냥 그 자리에 앉았다.

시간이 어느 정도 흐르자 공포심도 자연스럽게 수그러들었다. 어쩌면 반 시간 동안 그는 정글에서 들려오는 소리들이 무언가로 구체화되기를 기다리고 있었는지도 모른다. 그런데 아무 일도 일어나지 않자 자신감이 돌아오기 시작했다. 만약 저기에 정말로 일본 놈들이 있다면 그가 있는 쪽으로 50미터를 접근하는 데 두 시간이나 투자할 리는 없다는 생각이 들었다. 자신이 더 이상 긴장감을 견딜 수 없는 것과 마찬가지로 그들 역시 그럴 거라고 짐작했기 때문이다. 정글에는 이리저리 재게 움직이는 짐승 몇 마리밖에 없으리라 그는 확신했다. 그는 축축한 호의 뒷벽에 자신의 셔츠를 펼쳐 놓고 그 위에 등을 기대고 앉아 긴장을 풀기 시작했다. 신경은 천천히 진정되다가, 정글에서 갑자기 무슨 소리가 들려올 때마다 다시 극도로 곤두섰고, 그러면서도 썰물 빠져나가듯이 점차 잔잔해졌다. 한 시간이 지나자 졸음이 오기 시작했다. 그는 아무것도 생각하지 않고 그저 깊이 드리워진 숲의 침묵에만 귀를 기울였다. 모기가 그의 귀와 목 언저리에서 앵앵거렸다. 그는 모기가 무는 순간 때려잡으려고 기다렸다. 그러다 보니 호 속에 벌레가 우글거릴지도 모른다는 생각이 들었다. 기분이 오싹해지면서 한동안은 개미가 그의 등줄기를 타고 기어 내려오는 것 같은 느낌이 들었다. 그러자 결혼 후 처음 얻었던 아파트에 바퀴벌레가 들끓던 일이 떠올랐다. 그는 그때 자기가 아내를 안심시키기 위해 했던 말을 기억했다. "걱정할 것 없어, 젤다. 내가 책에서 읽은 건데, 바퀴벌레가 그렇게 나쁜 해충은 아니라더군." 젤다는 침대에 빈대도 있을 거라고 생각했기 때문에, 바퀴벌레가 빈대를 잡아먹는다는 말로 그가 아무리 안심을 시키려고 해도, 침대에서 벌떡 일어나 앉아 겁에 질려 그를 붙잡으며 말하곤 했다. "허면, 정말 무언가가 날 물었다니까요."

"하지만 그럴 리가 없어."

"바퀴벌레 이야기는 꺼내지도 말아요." 그녀는 어두워진 침실 안에서 화난 음성으로 속삭이곤 했다. "빈대를 처리하려면 바퀴벌레도 침대에 기어 올라와야 한다는 말이잖아요, 안 그래요?"

옛일을 추억하다 보니 즐거움과 그리움이 뒤섞였다. 젤다와의 결혼 생활은 그가 바라던 대로만 이어지지는 않았다. 싸움도 잦았고, 젤다는 입이 사나웠다. 그는 그녀가 가방끈도 짧고 돈벌이도 시원치 않다며 그에게 악담을 퍼부어 대던 일을 떠올렸다. 전부 그녀의 잘못만은 아니었다. 그렇다고 그의 잘못도 아니었다. 누구의 잘못도 아니었다. 그저 어릴 때 바라던 것이 모두 이루어질 수는 없었을 뿐이다. 그는 두 손을 작업복 바지에 대고 천천히 꼼꼼한 동작으로 문질렀다. 젤다는 어떤 면에서는 좋은 아내였다. 아내의 얼굴만큼이나, 아내와 다퉜던 일도 이제는 기억하기 힘들었다. 지금 그는 아내를 생각하고 있었다. 아내는 그의 머릿속에서 다른 여자가, 수많은 여자가 되었다. 머릿속에 음탕한 환상이 일어나기 시작했다.

로스는 카우걸로 분장시킨 어느 모델의 음란한 사진을 찍는 자신을 상상했다. 그녀는 챙이 넓은 카우보이모자를 쓰고, 젖가슴에 2.5센티미터 너비의 가죽 술을 두르고, 엉덩이에 가죽 권총집과 탄대를 비스듬히 걸치고 있었다. 상상 속에서 그는 그녀에게 취해야 할 포즈를 지시하고 있었고, 그녀는 태평하고 매혹적인 분위기로 그의 지시에 복종하고 있었다. 사타구니가 뻐근해졌다. 그는 추억하고 몽상하며 그곳에 앉아 있었다.

얼마 후 다시 졸음이 오자, 그는 졸음을 쫓으려 애썼다. 2~3킬로미터 밖에서 포격이 꾸준히 계속되고 있었는데, 소리가 커졌다 아득하게 멀어졌다 다시 커졌다. 포성은 그에게 안전하다는 느낌을 안겨 주었다. 그는 더 이상 정글의 소리에 귀를 기울이지 않았다. 눈꺼풀이 자꾸 내려와서, 잠에 굴복하기 직전 그가 하품으로 졸음을 쫓아내는 동안 몇 초씩이나 눈이 감긴 채로 있었다. 몇 번이나 잠이 들 뻔했지만 정글에서 갑자기 나는 소리에 화들짝 놀라 깨곤 했다. 야광 시계로 시간을 확인했다. 실망스럽게도 아직 한 시간이나 더 보초를 서야 했다. 그는 등을 기대고, 몇 초 있다가 꼭 다시 뜨리라 생각하며 눈을 감았다. 그리고 이내 잠이 들어 버렸다.

그것이 그 후 두 시간 가까이 지나 잠에서 깰 때까지 그가 기억하는 전부였다. 다시 비가 내리기 시작했는지 가랑비가 그의 작업복을 흠뻑 적시고는 그의 군화 속까지 배어 있었다. 그는 처량하게 재채기를 한 번 하고 나서 자기가 얼마나 오랫동안 잠들어 있었는지를 깨닫고 몹시 당황했다. 일본 놈한테 당할 수도 있었다는 생각이 들자 온몸이 전기에 감전된 것처럼 정신이 바짝 들었다. 그는 호에서 나와 허둥지둥 브라운이 자고 있는 곳으로 갔다. 하마터면 그냥 지나칠 뻔한 그를 브라운이 낮은 소리로 불렀다. "왜 숲 속의 돼지처럼 요란을 떨고 다니는 거야?"

로스는 기가 죽었다. "찾을 수가 없어서." 그가 애처로운 목소리로 대꾸했다.

"무슨 빌어먹을 우는소리야." 브라운이 말했다. 그가 담요를 덮은 채 기지개를 한 번 켜고는 일어섰다. "시끄러워서 잠을 잘 수가 있어야지." 그가 말했다. "몇 시지?"

"3시 반이 지났어."

"3시에 깨워야 하는 거 아니었나?"

이것이 로스가 두려워하던 말이었다. "이것저것 생각이 많다 보니 시간 가는 줄을 몰랐어." 로스가 자신 없는 어조로 말했다.

"제기랄!" 브라운이 말했다. 그는 군화 끈을 다 맨 뒤, 더 이상 말을 보태지 않고 기관총좌 쪽으로 걸어갔다.

로스는 한동안 가만히 서 있었다. 소총 멜빵에 쏠려서 어깨가 쓰라렸다. 이윽고 그는 오늘 밤 미네타와 함께 취침할 장소로 찾아갔다. 미네타는 담요를 덮어쓰고 있었다. 로스는 그 옆에 조심스럽게 누워 담요를 자기 쪽으로 끌어당기려고 해 보았다. 집에 있을 때 그는 언제나 시트 가장자리를 매트 밑에 바짝 당겨 집어넣어야 한다고 고집했었다. 그런데 지금 담요 밖으로 발이 비어져 나와 있는 것을 보니 비참한 기분이 들었다. 모든 것이 젖은 것 같았다. 담요 밖으로 나온 다리 위로 비가 계속 내려 몹시 한기가 느껴졌다. 담요는 아직 폭 젖은 상태는 아니었지만, 발 고린내를 연상시키는 축축한 곰팡이 냄새를 풍기고 있었다. 그는 연신 몸을 뒤치며 땅바닥에서 좀 더 편안한 위치를 찾아보려고 했으나, 그럴 때마다 나무뿌리 같은 것이 등을 찌르는 느낌이 들었다. 얼굴까지 덮은 담요를 당겨 치울 때마다 가랑비가 얼굴을 희롱했다. 그는 땀을 흘리면서 동시에 떨고 있었다. 그는 자기가 앓아누울 거라 확신했다. 어째서 나는 브라운에게 반 시간이나 대신 보초를 서 주었으니 고맙게 여기라고 말하지 못했을까? 그는 문득 자신에게 물었다. 브라운이 묻는 말에 제대로 대답하지 못한 것이 억울하고 씁쓸했다. 아침에 그렇게 말해 줘야지, 하고 화가 나서 스스로에게 다짐했다. 사실 소대원들 가운데 그가 정말로 좋아하는 인간은 하나도 없었다. 전부 다 시시한 놈들이라고 생각했다. 그들 가운데 신병에게 조금이라도 친절을 베풀려는 인간은 하나도 없었다. 갑자기 외로움이 북받쳤다. 발이 시려 발가락을 꿈틀거려 보았으나, 발가락은 끝내 따뜻해지지 않을 게 분명했다. 그는 아내와 아들을 생각해 보려고 애썼다. 그들 곁으로 돌아가 사는 것보다 완벽한 삶은 없을 것 같았다. 아내는 자애로운 어머니의 눈빛을 하고, 아들은 눈에 기쁨과 존경을 가득 담아 그를 바라본다. 아들은 자라면서 심각한 문제들을 그와 의논하고 그의 의견을 존중할 거라고 상상했다. 가랑비가 귀를 간질이자 담요 끝을 다시 머리 위로 잡아당겼다. 그는 따뜻한 미네타의 몸 쪽으로 바짝 다가붙었다. 다시 한 번 어린 아들을 떠올리자 자부심으로 가슴이 뿌듯해졌다. 그 녀석은 내가 대단한 인물이라 여기겠지, 하고 로스는 생각했다. 그들은 아직 내가 어떤 사람인지 몰라. 두고 보라지. 조용히 부슬비가 내리는 우수에 찬 밤에, 그는 눈을 감고 길게 휘파람을 불듯 한숨을 내쉬었다.

빌어먹을 로스 새끼, 보초 근무 중에 잠이 들면 어쩌자는 거야? 브라운은 생각했다. 우릴 다 죽게 만들겠다는 건가. 아무도 그런 짓을 할 권리는 없어. 동료들을 저버리는 놈은 사람이라고 할 수도 없어.

암, 사람이라고 할 수도 없지. 브라운은 다시 한 번 되뇌었다. 나 역시 겁을 먹기도 하고 담이 쪼그라들기도 해. 하지만 적어도 난 분대장답게 행동하고 맡은 임무를 완수한단 말이야. 출세하기가 쉬운 줄 알아? 사람이란 자기 몫을 하고 책임을 질 줄 알아야 해. 거저 되는 일은 없다고. 처음부터 주시했지만, 로스는 좋은 놈이 아니야. 게으르고 요령 없고 무슨 일에도 흥미를 못 느끼더군. 결국 붙잡혀 끌려 나왔다고 불평이나 해 대는 이런 애아범들은 정말 재수 없다고. 제기랄, 벌써 이 년째 겨우겨우 견뎌 왔고 앞으로 또 얼마 동안을 그래야 할지 모르는 우리는 어쩌라고? 우리가 전쟁터에서 목숨을 내놓고 있는 동안에 그런 놈들은 제 마누라랑 뒹굴고, 또 어쩌면 우리 마누라들하고도 놀아나겠지.

브라운은 화를 내며 탄약 상자 위에서 몸의 중심을 옮기고는 그 뭉툭하고 펑퍼짐한 코를 생각에 잠겨 손으로 문지르면서 정글 쪽을 살폈다. 그래, 우리는 어쩌라는 거야, 하고 그는 생각했다. 그년들이 제 세상이라도 만난 듯 마음껏 놀아날 때 우리는 이런 더러운 구덩이 속에 들어앉아 비를 맞다가 빌어먹을 소리라도 날라치면 식은땀을 흘려야 하지 않는가 말이다.

그런 헤픈 년하고 결혼하다니 나도 참 어리석었지. 고등학생 시절부터 그년은 벌써 사내라면 누구에게나 제 몸을 비벼 댔어. 나도 이제 알 만큼 알지. 내 걸 만들려면 결혼밖에 방법이 없다고 해서 여자와 결혼하는 건 잘못이란 걸 말야. 그년은 오랫동안 날 가지고 놀았지. 그년이 진짜 처녀였는지는 지금도 모르겠어. 요즘 세상에 깨끗하고 정숙한 여자가 어디 있어? 남편이 집에 없다고 다른 남자들이랑 놀아나는 누이에게 한마디 했다가 오히려 제 일에 참견 말라는 핀잔을 들을 정도면, 남자들도 정신을 차릴 때가 된 것 아닌가. 눈이 닿지 않는 곳에 있을 때 남자가 믿을 수 있는 여자가 세상에 단 하나라도 있을까. 나만 해도 자식까지 있는 여자를 얼마나 많이 건드려 봤느냐 말이야. 그년들이 하는 꼴을 보면 구역질이 난다고.

브라운은 무릎에서 소총을 집어 기관총에 기대어 놓았다. 보초 근무 중에 잠이나 자는 빌어먹을 로스 같은 놈들과 함께 이곳에 나와 온갖 근심거리를 안고 하루하루를 보내면서, 제

몫 이상으로 일을 하는 사람이 없도록 공정하게 임무를 분담시키느라 애쓰고, 오늘이 내가 당하는 날이 아닐까 하여 늘 전전긍긍하는 것만으로도 충분히 엿 같은데, 그렇다면 여자들도 알아서 다리를 오므리는 게 예의 아닌가. 그렇지만 천만의 말씀이다. 그들 가운데 하나라도 몸뚱이를 알아서 잘 간수하는 년이 있으면 내 손에 장을 지지겠어. 우리야 여기 나와 있느라 어쩔 수 없어 스스로가 역겨워질 때까지 손장난이나 치지만, 그 짓 말고 할 수 있는 게 없잖아? 자괴감 때문에 손장난은 그만둬야 하고, 그러면 나는 좀 더 자신에게 떳떳해지겠지만, 빌어먹을 여자도 없고 생각할 일도 없는데 뭘 어쩌라는 거야? 모든 놈들이 다 하는 짓인걸. 암, 그렇고말고.

지금 그년은 뭘 하고 있을까? 어쩌면 지금 바로 이 순간에도 침대에서 어떤 놈하고 내가 죽으면 나올 보험금 1만 달러를 어떻게 쓸까 의논하고 있을지도 몰라. 좋아, 내가 그 연놈들 뒤통수를 제대로 쳐 줘야지. 이 빌어먹을 놈의 전쟁에서 살아남아, 돌아가서 그년을 쫓아내고 보란 듯이 성공하겠어. 전쟁이 끝나면 돈을 벌 방법은 얼마든지 있을 거야. 어려운 일과 책임지는 일을 두려워하지 않는 남자라면 말이야. 그리고 난 그런 것들이 두렵지 않거든. 모든 사람이 나를 보고 훌륭한 분대장이라고 하지. 나는 마르티네즈만큼 훌륭한 척후병은 못되고 크로프트만큼 냉혈한은 아니지만, 그래도 공정하고 맡은 일을 결코 가벼이 여기지 않는다고. 나는 언제나 농땡이만 부리고 일 대신 기발한 농담이나 생각해 내는 레드 같은 인간하고는 달라. 나는 훌륭한 분대장이 되려고 열심히 노력하고 있어. 군대에서 성공한 사람은 어딜 가도 성공하는 법이니까. 이왕 하는 일이면 제대로 해야 한다는 게 내 신념이거든.

포성이 몇 분 동안 이어졌다. 브라운은 긴장하여 그 소리에 귀를 기울였다. 소대원들이 이제 정말로 당하고 있겠구나, 하고 그는 생각했다. 일본 놈들이 공격하는 중이고, 그 한가운데 수색 소대가 있을 게 분명했다. 우리 소대는 지지리 운도 없어. 그건 더 이상 말할 필요가 없지. 오늘 밤에 다치는 사람이 없으면 좋겠는데. 그는 어둠 속을 응시했다. 뒤에 남게 되었으니 난 정말 운이 좋아. 마르티네즈 같은 처지가 되지 않아 정말 다행이야. 오늘 밤 전투는 정말 치열할 테지. 그 속에 끼고 싶지 않아. 나도 비슷한 위험을 겪었어. 기관총이 불을 뿜는데도 벌판을 뛰었고, 일본군의 고사포 세례를 받으며 헤엄을 쳤으니 내 몫은 충분히 한 셈이지. 내가 분대장이라는 게 자랑스러워. 하지만 로스처럼 불평이나 하면서 지내는 졸병 신세가 부러울 때도 없진 않아. 내 몸 걱정은 내가 해야지, 다른 누가 해 주겠어? 이렇게 오랫동안 전쟁을 버텨 왔는데, 이제 와서 총을 맞을 순 없잖아.

그는 입 위에 난 궤양을 손가락으로 더듬었다. 제발 오늘 밤엔 다치는 놈이 없어야 할 텐데, 하고 그는 생각했다.


시무룩하게 가라앉은 분위기에서 트럭 대열이 진흙 길을 힘겹게 전진했다. 수색 소대가 야영지를 떠난 지 이제 한 시간이 좀 지났을 뿐이지만, 훨씬 더 오래된 것 같은 기분이었다. 12인승 트럭에 스물다섯 명이 끼어 탄 터라, 반수 이상이 소총과 배낭과 사람의 팔다리로 뒤범벅이 된 바닥에 앉아 있었다. 어둠 속에서 모두가 땀을 흘리고 있었고 밤은 비할 데 없이 짙게 느껴졌다. 길 양쪽의 정글이 쉴 새 없이 더운 숨을 내뿜었다.

입을 열어 말을 하려는 사람은 아무도 없었다. 귀를 기울이면 앞 트럭이 진창길을 짓이기며 경사로를 올라가는 소리가 들렸다. 이따금 그들 뒤를 따라오는 트럭이 가까이 다가오면 병사들은 그 트럭의 가려진 전조등이 안개 속 두 개의 작은 촛불처럼 빛나는 것을 볼 수 있었다. 희부연 안개가 정글 위에 자리를 잡았다. 병사들은 어둠 속에서 유체 이탈을 한 기분이었다.

와이먼은 배낭을 깔고 앉아 있었다. 눈을 감고 덜컹거리는 트럭의 진동에 몸을 맡기고 있자니 지하철을 탄 기분이었다. 크로프트가 와서 전방으로 이동하니 배낭을 꾸리라고 말했을 때 느꼈던 긴장과 흥분은 이제 조금 가라앉은 상태였다. 와이먼은 잡다한 생각들과 추억의 수동적인 흐름과 지루함 사이를 오가는 기분에 젖어 들었다. 그는 어머니와 함께 버스를 타고 뉴욕에서 피츠버그로 갔을 때의 일을 떠올렸다. 아버지가 막 세상을 떠났을 때였다. 어머니는 친척들에게 돈을 꾸러 가는 길이었다. 그 여행은 아무런 소득 없이 끝났다. 야간 버스를 타고 돌아오면서 그와 어머니는 앞으로 어떻게 할 것인지 의논했고 그가 일자리를 얻기로 결론을 내렸다. 그는 조금은 기묘한 기분으로 그때의 일을 떠올렸다. 자기 인생에서 가장 중요한 밤일 거라고, 그때는 그렇게 생각했다. 그런데 지금 그는 또다시 길을 떠나고 있었다. 그때보다 훨씬 더 중대한 여행이었고, 앞으로 일어날 일도 전혀 예측할 수 없었다. 그는 잠시 자기가 꽤나 성숙해진 기분이 들었다. 불과 몇 년 전에 있었던 그날 밤의 일은 지금 생각하면 대수롭지 않았다. 전투가어떤 모습일지 상상해 보려고 했으나, 결론적으로 그것을 상상하기란 불가능했다. 그는 전투란 며칠간 쉼 없이 난폭한 행위가 계속되는 어떤 것이라고 늘 생각해 왔다. 그런데 그가 수색 소대에 온 지 일주일 이상이 지났지만 아무 일도 일어나지않았다. 모든 것이 평화롭고 느긋하기만 했다.

"오늘 밤 전투가 치열할 것 같아, 레드?" 그가 조용히 물었다.

"장군에게 물어보든지." 레드가 퉁명스럽게 말했다. 그는 와이먼을 좋아했다. 그러나 와이먼을 보면 헤네시가 생각나서 일부러 쌀쌀맞게 굴었다. 레드는 앞으로 다가올 밤이 아주지긋지긋했다. 전투라면 신물이 나게 겪고 온갖 종류의 공포에 시달리고 수많은 사람들이 목숨을 잃는 꼴을 보아 온 터라, 그는 자기 몸이 무사할 거라는 환상 따위는 더 이상 갖고 있지않았다. 언제든 자신 또한 목숨을 잃을 수 있었다. 그것은 이미 오래전에 받아들인 사실이었다. 다만 그 사실을 덮어 둔 채당장 눈앞의 일들만 생각하는 버릇을 들여 왔을 뿐이다. 그러나 결코 입 밖에 낸 적은 없지만 최근에 와서 그는 어떤 불안하고 불편한 사실을 깨달았고, 그 때문에 괴로웠다. 헤네시가죽기 전까지, 레드는 자기가 아는 사람들의 죽음을 모두 무언가 거창하고 파괴적이고 무의미한 것으로 받아들였었다. 전사한 사람들이란 그저 이 세상에 없는 사람들을 의미했다. 그는 그들을 병원으로 후송되어 다시는 돌아오지 않는 옛 전우들이나 다른 부대로 전출된 병사들과 혼동하게 되었다. 그가 알던 누군가가 전사했다거나 중상을 입었다는 소식을 들으면 관심을 갖고 심지어 걱정하기도 했지만, 그것은 친구가 결혼을 했다거나 돈을 좀 벌거나 잃었다는 소식을 들었을 때 느낄 법한 감정과 같은 것이었다. 그것은 그저 그가 알던 누군가에게 벌어지는 어떤 일에 불과했다. 레드는 그런 일들을 늘 그냥 그렇게 흘려보냈다. 그러나 헤네시의 죽음은 숨겨진 공포를 드러낸 사건이었다. 헤네시가 했던 말들을 생각하면 너무도 아이러니하고 너무도 빨라서, 그는 금방이라도 바닥 모를 두려움 속으로 떨어질 위기에 처한 기분이었다.

예전 같으면 그는 전투가 수반할 육체적 고단함과 정신적 고통을 혐오하고, 그것이 가져올 죽음의 가능성을 언짢을지 언정 인정하고 받아들이면서, 앞으로 있을 격렬한 전투를 미리 그려 봤을 것이다. 그러나 이제는 죽음이 다시 생생하게 의식되었고, 그래서 두려웠다.

"내가 뭐 좀 알려 줄까?" 그가 와이먼에게 물었다.

"뭔데?"

"네가 할 수 있는 일은 아무것도 없으니까 입 다물고 가만히 있어."

와이먼은 기분이 상해서 입을 다물었다. 레드는 이내 안됐다는 생각이 들어 주머니에서 형태가 뭉개지고 담배 가루가 묻은 열대용 초콜릿 바 하나를 꺼냈다. "이봐, 초콜릿 좀 먹을래?" 그가 물었다.

"그래, 고마워."

그들은 자신들이 밤에 둘러싸여 있음을 느꼈다. 이따금 트럭이 덜컹거릴 때마다 누군가가 투덜거리는 소리나 욕설을 내뱉는 소리가 들리는 것을 제외하고는, 모두들 침묵에 빠져 있었다. 모든 트럭이 저마다 낼 수 있는 온갖 소리들을 다 내고 있었다. 삐걱거리고 튀어 오르고 깊은 진창을 빠져나가느라 요란스레 신음했고, 타이어는 물에 젖어 삑삑 새된 소리를 냈다. 그러나 트럭 대열 전체로 놓고 보면, 뱃전에 부드럽지만 집요하게 부딪쳐 오는 파도 소리 같은 진동과 음조의 복잡한 혼성곡 비슷한 소리를 냈다. 그것은 우울한 소리였다. 그리고 어둠 속에서 병사들은 뒷사람의 무릎에 등을 기대고 소총을 되는대로 세워 놓거나 무릎 위에 걸쳐 놓은 채 바닥 위에 불편하게 앉아 있었다. 크로프트가 모두들 철모를 써야 한다고 고집했던 터라, 레드는 그 익숙지 않은 무게로 인해 땀을 흘렸다. "차라리 빌어먹을 샌드백을 이고 있는 게 낫지." 그가 와이먼에게 말했다.

용기를 얻은 와이먼이 물었다. "격렬할 거야, 그렇지?"

레드는 한숨을 쉬었지만 짜증은 내지 않았다. "괜찮을 거야. 똥구멍만 꽉 죄고 있으면 나머지 일들은 알아서 돌아가."

와이먼이 나직이 웃었다. 그는 레드가 마음에 들었다. 그리고 레드 옆에 꼭 붙어 있어야겠다고 생각했다. 트럭의 대열이 멈추자, 병사들이 저린 팔다리를 펴면서 앉은 위치를 바꾸고 신음 소리를 냈다. 그들은 가슴 위로 고개를 떨어뜨리고 참을성 있게 기다렸다. 그들의 축축한 옷은 습기를 머금어 무거운 밤공기에서 마를 기미가 보이지 않았다. 바람이 거의 느껴지지 않았다. 다들 피곤하고 졸렸다.

골드스타인이 조바심을 내기 시작했다. 트럭들이 움직임을 멈춘 지 오 분이 지난 후, 그는 크로프트 쪽으로 고개를 돌리고 물었다. "하사, 내가 나가서 무슨 일 때문에 지체되는지 알아봐도 될까?"

크로프트가 퉁명스럽게 말했다. "여기 그대로 있어, 골드스타인. 어느 누구도 일어나서 일부러 사라지거나 하면 안 돼."

골드스타인은 얼굴이 화끈 달아올랐다. "그럴 생각은 전혀 없어." 그가 말했다. "난 그저 일본 놈들이 근처에 있을지도 모르는데 이곳에 이렇게 앉아 있으면 위험하지 않을까 생각했던 것뿐이야. 트럭이 왜 멈췄는지 우리가 어떻게 알아?"

크로프트가 하품을 하더니 차갑고 억양 없는 음성으로 쏘아붙였다. "잘 들어, 그런 걱정 안 해도 앞으로 걱정할 일은 얼마든지 생길 거야. 그렇게 조바심 나거든 앉아서 용두질이나 쳐. 그런 빌어먹을 걱정은 지휘관인 내가 할 테니."

트럭 위의 병사 몇 명이 킬킬거렸다. 골드스타인은 기분이 상했다. 크로프트는 정말 마음에 들지 않는 놈이라고 생각했다. 그러고 보니 그가 수색 소대에 배치된 그날부터 크로프트는 그에게 계속 비아냥거리는 말로 일관했다.

트럭들이 다시 움직이기 시작했다가, 낮은 기어로 몇 백 미터를 덜컹거리며 이동하고는 다시 멈춰 섰다. 갤러거가 욕을 퍼부었다.

"왜 그래, 서두를 일 있어?" 윌슨이 나직이 물었다.

"이왕이면 목적지에 빨리 도착하는 게 낫잖아."

트럭 대열은 몇 분간 그 자리에 머물러 있다가 다시 움직이기 시작했다. 그들이 지나간 도로에서 포병대가 포격을 하고 있었고, 몇 킬로미터 더 전진한 곳에 있는 다른 포병대도 포격을 개시했다. 포탄들이 병사들의 머리 위에서, 어쩌면 1킬로미터 위에서 소곤거리며 날아다녔고, 병사들은 멍하니 귀를 기울였다. 멀리서 기관총 한 대가 불을 뿜기 시작했는데, 병사들에게 간헐적으로 들려오는 그 소리는 마치 융단을 두드리는 것처럼 깊고 공허했다. 마르티네즈는 누군가가 망치로 자신의 머리를 두드리는 것 같은 느낌이 들어 철모를 벗고 머리를 주물렀다. 일본군의 포가 찢어질 듯이 높고 날카로운 소리를 내며 응사했다. 지평선 가까이에서 조명탄이 솟아올라 병사들이 서로의 얼굴을 알아볼 수 있을 만큼 빛을 던졌다. 그들의 얼굴은 마치 연기 자욱한 어두운 방 안에서 서로를 바라보는 것처럼 처음에는 하얗게 보였다가 나중에는 푸르스름해졌다. "이제 가까워졌군." 누군가가 말했다. 조명탄이 꺼진 뒤에도 지평선을 맴도는 푸르스름한 연기가 보였다. 토글리오가 말했다. "뭐가 타고 있구나."

"교전이 엄청 크게 벌어졌나 봐." 와이먼이 레드에게 한마디 했다.

"아니, 그냥 서로 탐색전을 하고 있는 거야." 레드가 그에게 말했다. "오늘 밤에 정말 무슨 일이 벌어진다면, 지금과는 비교도 안 될 만큼 큰 소리가 날 거야." 기관총 소리가 다다다 울리더니 다시 잠잠해졌다. 박격포탄 몇 발이 쿵 소리와 함께 어딘가에 떨어졌고, 훨씬 더 먼 곳에서 다른 기관총이 불을 뿜었다. 이윽고 다시 잠잠해졌고, 트럭 대열은 검은 흙탕길 위로 계속 전진했다.

몇 분 후 트럭 대열이 다시 멎었다. 트럭 뒷자리에 있던 누군가가 담배에 불을 붙이려고 했다. "불 꺼!" 크로프트가 매섭게 소리쳤다.

다른 소대 소속인 그 병사가 크로프트에게 욕을 하며 대들었다. "네가 뭔데 그래? 기다리기 지루해서 그러는데."

"그 빌어먹을 것 당장 꺼." 크로프트가 다시 말했다. 그 병사는 잠시 잠자코 있다가 담뱃불을 껐다. 크로프트는 짜증이 치밀고 조바심이 났다. 두렵지는 않았지만 초조함 때문에 그는 지나치게 신경을 곤두세우고 있었다.

레드는 담배에 불을 붙여 볼까 생각했다. 그와 크로프트는 해변에서 부딪친 이래 거의 말을 섞지 않고 있었다. 레드는 크로프트를 한번 건드려 보고 싶기도 했다. 물론 그는 자기가 그러지 않으리라는 것을 잘 알았다. 그런데 자기가 그러지 않는 진짜 이유가 불빛을 보이는 것이 좋지 않다고 생각해서인지 아니면 크로프트가 두려워서인지 판단이 서지 않았다. 빌어먹을, 언젠가 때가 되면 저 새끼하고 한번 붙어 봐야지, 하고 레드는 생각했다. 그땐 제대로 본때를 보여 주겠어.

트럭 대열이 또다시 움직이기 시작했다. 몇 분 후 길 위에서 몇몇 사람의 음성이 낮게 들려왔다. 그들이 탄 트럭은 도로에서 벗어나 진창길 위를 힘겹게 이동했다. 아주 좁은 길이라 어느 나무의 큰 가지가 트럭 위를 쓸고 지나갔다. "조심해!" 누군가의 외침에 모두들 자세를 바짝 낮추었다. 레드는 셔츠 속에서 잎 몇 개를 꺼내다가 가시에 손가락을 찔렸다. 그는 바지 뒤춤에 손가락의 피를 닦고는, 트럭에 올라탈 때 아무렇게나 던져 놓았던 배낭을 찾기 시작했다. 다리가 뻣뻣하게 굳어 있었다. 그는 다리를 굽혀 보았다.

"내리라고 할 때까지 내리지 마." 크로프트가 말했다.

트럭들이 멈춰 섰다. 병사들은 어둠 속에서 그들 주변을 맴도는 몇몇 사람들의 말소리에 귀를 기울였다. 모든 것이 무섭도록 조용했다. 병사들은 그곳에 앉아 작은 소리로 두런거렸다. 장교 한 명이 트럭의 후부 개폐판을 탕탕 두드리고는 말했다. "자, 이제 내려서 한군데 모이도록." 병사들이 천천히 쭈뼛거리면서 트럭에서 뛰어내리기 시작했다. 땅바닥이 어떤 상태인지도 알지 못한 채, 어둠 속에서 1.5미터 아래로 뛰어야 했기 때문이다. "개폐판을 내려." 누군가가 말을 하기 무섭게 장교가 나무랐다. "자, 조용히 한다."

트럭에서 내린 병사들은 모두 그곳에 서서 기다렸다. 트럭들이 또 한 차례 병력을 실어 나르기 위해 벌써 후진하고 있었다. "여기 장교가 있나?" 장교가 물었다.

병사 몇 명이 킬킬 웃었다. "자, 조용히 해라." 장교가 말했다. "소대 하사관들 앞으로."

크로프트와 화기 소대의 하사 한 명이 한 발 앞으로 나갔다. "저희 소대원들 대부분이 다음 트럭에 타고 있습니다." 화기 소대의 하사관이 말했다. 장교는 그에게 그의 소대원들을 모으라고 명령했다. 크로프트는 잠시 장교와 낮은 목소리로 이야기를 나눈 뒤 소대원들을 불러 모았다. "우리는 대기해야해." 그가 말했다. "저기 나무 주변에 모여 있자." 사위가 어두운 와중에도 그 나무만은 간신히 식별이 됐다. 소대원들이 그 나무를 향해 천천히 발을 옮겼다. "여기가 어디지?" 리지스가 물었다.

"2대대 본부야." 크로프트가 말했다. "그렇게 오랫동안 도로 작업을 하고도 여기가 어딘지 몰라?"

"제기랄, 나야 일하느라 주변을 둘러볼 틈이 있어야지." 리지스가 말했다. 그는 신경질적으로 웃음을 터뜨렸다. 그러자 크로프트가 그에게 조용히 하라고 일렀다. 그들은 나무 주변에 앉아 조용히 기다렸다. 약 500미터 떨어진 작은 숲에서 포격이 시작되어 그 일대가 한순간 밝아졌다. "이렇게 가까운 곳에서 대포가 뭐 하는 거지?"

"포병 중대야." 누군가가 그에게 말했다.

윌슨이 한숨을 쉬었다. "하는 일이라곤 내내 젖은 땅바닥에 앉아 엉덩이를 적시는 일뿐이구나."

골드스타인이 점잖게 한마디 했다. "내 생각에는 일 처릴 제대로 못하고 있는 것 같아." 마치 토론을 바라는 것처럼 그의 목소리는 열의에 차 있었다.

"또 불평하는 건가, 골드스타인?" 크로프트가 물었다.

반유대주의자, 하고 골드스타인은 생각했다. "난 그냥 내 의견을 말한 것뿐이야." 그가 말했다.

"의견이라고!" 크로프트가 침을 탁 뱉었다. "할 일 없는 여편네들에게도 의견은 있지."

갤러거가 비웃듯이 낮게 웃었다. "어이, 골드스타인, 어디서 비누 상자라도 얻어 올 테니 연설 한바탕 할래?"

"너도 나만큼 군대를 싫어하잖아." 골드스타인이 부드럽게 말했다.

갤러거는 잠시 잠자코 있다가 다시 빈정대는 투로 말했다. "헛소리 말아. 대체 왜 그래? 집에서 엄마가 해 주는 생선 요리라도 생각나서 그러는 거야?" 그는 일단 말을 멈췄다가 자기가 한 말이 마음에 들었는지 한마디 덧붙였다. "그래 맞아. 골드스타인은 빌어먹을 생선 요리가 그리운 거야." 기관총이 다시 불을 뿜기 시작했다. 밤이라 소리가 무척 가깝게 들렸다.

"그런 식으로 말하는 거 기분 별로 안 좋아." 골드스타인이 말했다.

"그래서 어쩔 건데?" 갤러거가 말했다. 조금 떳떳지 못하다는 생각이 들었지만, 그는 그런 생각을 밀어내려는 듯 사납게 한마디 덧붙였다. "네가 가서 한바탕 깽판을 놓든지⋯⋯."

"꼭 그런 식으로 말해야겠어?" 골드스타인이 말했다. 그의 목소리가 떨렸다. 그는 혼란에 빠져 있었다. 싸움을 생각하는 것만으로도 구역질이 났지만 싸울 수밖에 없다는 것을 알았다. 고이[11]란 것들은 그저 주먹 쓰는 일밖에 모르지.

레드가 끼어들었다. 그는 기분이 거북했다. 누가 감정을 드러내는 것을 보면 늘 기분이 그랬다. "진정들 해." 그가 낮은 목소리로 내뱉듯이 말했다. "안 그래도 곧 지겹도록 싸울 텐

_____

11) 유대인들이 유대인 이외의 이교도를 지칭하는 말.

데 왜들 그래." 그가 빈정거리며 덧붙였다. "군대를 놓고 좋다 나쁘다 싸우는 거야? 내가 아는 한 워싱턴이 말을 타고 장군 노릇 한 이후로 군대는 늘 엉망진창이었다고."

토글리오가 그의 말을 가로막았다. "넌 사고방식이 잘못됐어, 레드. 조지 워싱턴에 대해 그런 식으로 말하는 건 예의가 아니지."

레드가 자기 무릎을 탁 쳤다. "넌 정말 모범생이구나, 토글리오. 넌 국기를 보면 좋아서 가슴이 뛰지?"

토글리오는 언젠가 읽었던 『나라 없는 사람』이라는 소설을 생각했다. 그는 레드가 그 소설에 나오는 인물 같다고 결론 내렸다. "농담을 해도 되는 일이 있고 안 되는 일이 있는 거야." 그가 엄숙하게 말했다.

"한 가지 알려 줄까?"

토글리오는 그의 입에서 또 허튼소리가 나오리라는 걸 알면서도 장단을 맞춰 주었다. "뭔데?"

"이놈의 군대에서 유일하게 나쁜 점은 지금까지 전쟁에서 단 한 번도 져 본 일이 없다는 거야."

토글리오가 아연해서 레드를 쳐다보았다. "그럼 우리가 이 전쟁에서 져야 한다는 거야?"

레드는 자기도 모르게 흥분하고 있었다. "내가 빌어먹을 일본 놈들에게 무슨 감정이 있겠어? 그놈들이 이 빌어먹을 정글을 사수한다 한들 내가 신경이나 쓸 것 같아? 커밍스의 별이 하나 늘고 말고 하는 게 나랑 무슨 상관이야?"

"커밍스 장군은 좋은 사람이야." 마르티네즈가 한마디 끼어들었다.

"세상에 좋은 장교는 없어." 레드가 단언했다. "그들은 그저 저들 스스로 귀족이라도 되는 줄 아는 무리에 불과해. 커밍스 장군이 나보다 나은 게 뭐야. 그 작자 똥에서는 뭐 아이스크림 냄새라도 나는 줄 알아?"

그들의 음성이 속삭이는 정도를 넘어서자, 크로프트가 한마디 했다. "소리 좀 죽여." 크로프트는 그들의 대화가 따분했다. 불평을 입에 달고 사는 놈들치고 쓸모 있는 놈은 없었다.

골드스타인은 여전히 굴욕감에 떨고 있었다. 그 굴욕감이 너무도 심해서 눈물이 고일 지경이었다. 갤러거의 말 때문에 머리끝까지 치받은 열을 어떤 식으로든 배출해야만 했다. 그런데 레드가 끼어드는 바람에 그것을 해소하지 못한 것이다. 그러나 너무도 분해서 입을 여는 순간 울음이 터질 게 분명했기 때문에, 그는 입을 다문 채 마음을 가라앉히려고 애쓰고 있었다.

병사 한 명이 그들을 향해 걸어왔다. "너희들 수색 소대인가?" 그가 물었다.

"그래." 크로프트가 말했다.

"좋아, 따라와."

그들은 배낭을 집어 들고 어둠 속을 걷기 시작했다. 바로 앞사람을 식별하기조차 힘들었다. 100여 미터를 이동한 후, 앞장서서 그들을 안내하던 병사가 걸음을 멈추더니 말했다. "여기서 기다려."

레드가 한바탕 욕설을 퍼붓고는 말했다. "다음번엔, 시간을 아예 딱딱 정해서 기다리게 해." 포병 중대가 다시 포격을 개시했다. 포성이 매우 크게 들렸다. 윌슨이 배낭을 내려놓고 중얼거렸다. "불쌍한 새끼들 몇이 일 분도 안 돼서 당하겠군." 그가 한숨을 쉬고 젖은 땅 위에 앉았다. "일 개 분대 전체를 밤새 이렇게 걷게 만드는 것 말고 더 좋은 방법은 없나? 추운 건지 더운 건지 알 수가 없군." 땅 위엔 물기 머금은 안개가 두텁게 깔려 있었다. 병사들은 젖은 옷 때문에 선득해 떨다가도 바람기 하나 없는 밤의 무게 아래서 땀을 흘렸다. 약 1.5킬로미터 밖에서 일본군이 쏜 포탄이 떨어졌다. 병사들은 조용히 그 소리에 귀를 기울였다.

일 개 소대가 수색 소대 옆을 지나갔다. 그들의 소총이 철모와 배낭 버클에 부딪혀 소리를 냈다. 멀지 않은 곳에서 조명탄이 발사되었다. 그 빛 속에서 병사들의 모습은 스포트라이트 앞을 지나가는 검은 종이 인형처럼 보였다. 소총은 어깨에 아무렇게나 걸쳐져 있었고, 등에 진 배낭은 그들의 모습을 보기 흉한 꼽추로 만들었다. 발소리 또한 혼란스럽게 뒤얽혀 있었다. 트럭의 대열이 만들어 내던 소리처럼, 그것은 파도의 속삭임을 연상시켰다. 조명탄이 잦아들었고 병사들의 행렬도 지나갔다. 그들이 어느 정도 멀어지고 난 뒤에도 그들의 소총이 내는 낮은 금속성의 소리는 여전히 남아 있었다. 조금 떨어진 곳에서 산병전이 시작되어 일본군의 소총 사격 소리가 들려왔다. 레드가 와이먼을 보고 말했다. "저 소리 좀 들어 봐. 틱-붐, 틱-붐. 절대 못 알아챌 수가 없지." 미군 소총 몇 대가 응사했다. 그 소리는 혁대로 책상을 후려치는 것처럼 더 크고 강하게 들렸다. 와이먼이 불안한 듯 몸을 움직거렸다. "일본 놈들이 여기서 얼마나 떨어져 있을까?" 그가 크로프트에게 물었다.

"내가 그걸 어떻게 알아? 어차피 곧 알게 돼."

"퍽이나 곧 알게 되겠다." 레드가 말했다. "밤새도록 여기 이러고 앉아 있을걸."

크로프트가 침을 탁 뱉었다. "넌 그러고 있는 게 싫지 않잖아, 안 그래, 발젠?"

"나야 싫지 않지. 내가 뭐 영웅도 아니고." 레드가 말했다.

병사 몇 명이 어둠 속에서 옆을 지나가고, 트럭 몇 대가 야영지에 들어와 멈춰 섰다. 와이먼은 땅바닥 위에 드러누웠다. 처음 참가한 전투에서 첫날을 이렇게 잠이나 청하며 보내야 한다는 게 조금은 원통했다. 그렇지 않아도 젖었던 셔츠에 물이 배어들자, 그는 진저리를 치면서 다시 일어나 앉았다. 공기가 심하게 무더웠다. 그는 담배 생각이 간절했다.

반 시간이 더 지나서야 이동 명령이 전해졌다. 크로프트가 일어나서 안내병을 따라갔고, 그 뒤를 나머지 병사들이 열을 지어 이동했다. 안내병은 그들을 작은 숲 속으로 데리고 갔다. 그곳에서는 일 개 소대의 병사들이 여섯 문(門)의 대전차포 주변에 모여 있었다. 포신이 아주 가늘고 길이가 2미터가량 되는 37밀리 구경의 작은 대전차포들이었다. 단단한 평지 위에서라면 한 사람이 어렵지 않게 끌 수 있는 포였다.

"대전차포를 끌고 1대대로 간다." 크로프트가 말했다. "우리는 두 문을 맡았어."

크로프트가 소대원들을 자기 주위로 불러 모았다. "앞으로 이 빌어먹을 길이 얼마나 질퍽거릴지는 모르지만, 짐작하기는 어렵지 않지." 그가 말을 시작했다. "우리는 행렬의 중간에 끼게 되니까, 한 조에 세 사람씩 삼 개 조로 나누어 교대로 일 개 조는 쉬도록 한다. 나는 윌슨, 갤러거를 맡고, 마르티네즈는 발젠과 리지스를 맡는다. 토글리오는 나머지 사람들, 골드스타인과 와이먼을 맡아. 지금 상황에선 그게 최선이야." 그가 냉소적인 말투로 덧붙였다.

그가 장교 한 사람에게 다가가 잠시 이야기를 나누더니, 돌아와 말했다. "토글리오의 조가 제일 먼저 휴식을 취한다." 그가 포 뒤로 가서 그것을 잡아당겨 보았다. "이런 제기랄, 이거 꽤나 무겁겠어." 윌슨과 갤러거가 그와 함께 포를 끌기 시작했다. 이미 몇 개 조로 나뉘어 각각의 포 옆에 서 있던 다른 소대도 움직이기 시작했다. 그들은 포를 끌고 야영지를 가로질러 기관총좌가 있는 철조망의 틈 사이를 빠져나갔다. "좋은 시간 보내게들." 기관총좌에 있던 병사가 말했다.

"엿이나 먹어." 갤러거가 대꾸했다. 포의 무게 때문에 벌써부터 팔이 늘어지는 것 같았다.

약 쉰 명의 행렬이 정글 속에 난 좁은 길을 따라 아주 천천히 이동했다. 30미터를 전진하고 나니 더 이상 앞사람이 보이지 않았다. 길 양쪽의 나뭇가지들이 머리 위에서 맞닿아, 그들은 마치 끝이 없는 터널 속을 더듬어 가는 느낌이었다. 진흙 속으로 발이 푹푹 빠지면서 몇 미터를 가고 나니 군화가 온통 두터운 진흙으로 덮여 있었다. 포를 붙잡은 병사들은 몇 걸음 전진했다가는 쉬고, 또 몇 걸음 전진했다가는 다시 쉬기를 반복했다. 10미터를 전진할 때마다 포 하나가 진창에 푹 빠지곤 했는데, 그럴 때마다 그 포를 맡은 병사 셋은 손가락 끝에서 힘이 다 빠져나가도록 포를 끌어야 했다. 그들이 진창과 씨름하며 포를 가까스로 끌어내면 포는 그 여세로 5미터 정도를 전진하고는 멈춰 버렸다. 그러면 병사들은 그것을 끌기도 하고 들어 올리기도 하면서 포를 몇 미터 더 이동시켰는데, 그때쯤엔 포가 다시 진창에 빠져 버리곤 했다. 행렬 전체가 분투하고 비틀거리면서 좁은 길을 한심한 속도로 전진했다. 사위가 어두운 탓에 서로에게 방해가 되는 일도 많았다. 뒤의 포가 앞의 포의 포구(砲口)를 타고 올라서는 경우도 있고 반대로 아주 멀리 뒤로 처지는 경우도 있어, 행렬은 결국 여러 토막으로 잘려서도 여전히 살아 있는 벌레처럼 개별적으로 떨어져 꿈틀거리는 형국을 이루었다. 제일 고생이 심한 것은 후미의 병사들이었다. 그들보다 앞서간 포와 병사들이 휘저어 놓아 길이 거의 늪처럼 되어 버린 탓에, 어떤 곳들을 지날 때는 최악의 진창을 벗어날 때까지 이 개 조가 힘을 합쳐 포 한 개를 땅 위로 들어 올려서 옮겨야 했다.

길은 폭이 고작 1~2미터에 불과했다. 병사들은 줄곧 큼직한 나무뿌리에 발부리가 걸렸고, 얼굴과 손은 나뭇가지에 긁히고 가시에 찔려 피가 흘렀다. 완벽한 어둠 속이라 길이 어느 쪽으로 구부러지는지도 알 수 없었다. 내리막길에서 포를 굴려 놓고 보면 경사가 끝나는 곳의 길에서 포가 완전히 벗어나 있기도 했다. 그럴 때마다 병사들은 덩굴에 찔리지 않도록 팔로 눈을 가린 채 숲 속을 더듬어서 포를 길 위에 다시 올려놓느라 안간힘을 써야 했다.

　일본군의 매복 가능성은 얼마든지 있었지만, 소리를 내지 않는 것은 불가능했다. 포는 삐걱거리며 소란스럽게 움직였고, 타이어가 진흙 속에 빠질 때마다 쩍쩍 소리가 났다. 병사들은 하릴없이 욕설을 내뱉었고, 장시간의 시합을 치른 레슬링 선수처럼 숨을 몰아쉬며 헐떡거렸다. 땀을 뻘뻘 흘리며 안간힘을 쓰는 병사들이 일제히 내뱉는 욕지거리와 가쁜 숨소리 속에서 말소리와 명령 소리가 공허하게 울리며 묻혀 버렸다. 한 시간이 지나자 병사들의 의식은 오직 끌고 가야 할 날씬한 포에만 집중되었다. 흘러내리는 땀이 옷을 적시고 눈을 가렸다. 병사들은 포를 거머쥐고 허둥거리고 욕지거리를 하며, 이제는 자기들이 무슨 일을 하고 있는지도 의식하지 못한 채 그 작은 포들을 한 번에 1∼2미터씩 전진시켰다.

　쉴 차례가 된 조는 포 옆을 휘청휘청 걸으면서 숨을 고르기도 하고 잠시나마 쉬려고 뒤로 처지기도 했다. 행렬은 십 분에 한 번 정도 멈춰 서서 낙오병들이 따라오기를 기다렸다. 그렇게 정지할 때면 병사들은 몸에 진흙이 묻건 말건 길 한가운데서 벌렁 드러누웠다. 다들 몇 시간은 달린 것 같은 느낌이었다. 가만히 있어도 숨이 차고 헛구역질이 났다. 병사들 가운데 일부는 장비를 집어던지기 시작했다. 철모를 옆으로 던지거나 길 위에 떨어뜨리는 병사들이 자꾸만 늘어 갔다. 정글이라는 천장 아래에서는 공기가 참을 수 없을 정도로 더웠다. 밤의 어둠도 낮 동안의 열기를 조금도 완화시켜 주지 못했다. 비유해서 설명하자면, 이 길을 걷는다는 것은 벨벳 옷이 가득 찬 긴 옷장 안을 끝없이 더듬거리며 나아가는 것과 같았다.

행렬이 정지했을 때 한번은 앞에서 인솔 장교가 크로프트를 찾아왔다. "크로프트 하사는 어디 있나?" 그가 고함을 질렀다. 그 말이 병사들의 입에서 입으로 전해져 크로프트에게 닿았다.

"여기 있습니다." 두 사람이 진창 속에서 뒤뚱거리며 서로에게 다가갔다.

"자네 소대원들은 어떤가?" 장교가 물었다.

"괜찮습니다."

두 사람은 길 옆에 앉았다. "이런 일을 시도한다는 게 잘못이야." 장교가 숨을 헐떡이며 말했다. "하지만 어떻게든 뚫고 나가야겠지."

말랐지만 강단이 있는 크로프트는 지금까지의 힘겨운 노동을 비교적 잘 견디어 냈으나, 그래도 음성이 불안정했기 때문에 말을 내뱉듯 짧게 잘라서 해야 했다. "얼마나 멉니까?" 그가 물었다.

"1.5킬로미터…… 아직 1.5킬로미터는 더 가야 하네. 아직 반도 못 왔을걸. 이런 일은 애초에 시도를 하지 말았어야 해."

"포가 절실하답니까?"

장교는 잠시 말을 멈췄다가 정상적으로 말을 하려고 애썼다. "그런 것 같아……. 전선 쪽엔…… 대전차포가 없거든. 우리 군은 두 시간 전에 적의 탱크 공격을 저지했어……. 3대대에서. 37밀리미터 구경 몇 문을 1대대로 이동시키라는 명령이 내려

왔네. 일본 놈들이 그곳을 공격하리라 예상하는 것 같아."

"포를 갖고 가야겠네요." 크로프트가 말했다. 그는 사병인 자기와 의논할 수밖에 없는 그 장교를 속으로 경멸했다. 자기 할 일은 자기가 해야 할 것 아닌가.

"그래야겠지." 장교가 일어서서 잠시 옆의 나무에 기대섰다. "포가 진창에 처박히면 알려 주게. 앞으로…… 개울 하나를 건너야 해. 문제가 생길지도 몰라."

장교가 조심조심 행렬의 앞쪽으로 걸어가기 시작했다. 크로프트는 몸을 돌려 자신이 끌던 포 쪽으로 돌아갔다. 이제 행렬은 200미터 이상 뻗어 있었다. 행렬이 움직이기 시작했고 힘겨운 노동이 계속되었다. 한두 번 조명탄의 창백하고 은은한 푸른빛이 그들 위로 투과되었지만, 빽빽한 나뭇잎들을 뚫고 들어오는 동안에 거의 스러져 버렸다. 그 빛이 지속된 짧은 순간 비친 병사들은 프리즈의 형태와 아름다움을 지닌 고전적인 동작으로 포에 달라붙어 근육을 최대한 긴장시키고 있었다. 그들의 옷은 빗물에 젖은 데다 검은 진흙으로 범벅이 되어 이중으로 검게 물들어 있었다. 빛이 비치는 순간 그들의 얼굴은 하얗게 일그러진 모습으로 두드러졌다. 포들 역시, 철사 같은 허리를 곧추세우고 선 날씬한 곤충처럼 인공적인 아름다움을 과시했다. 그러다 다시 어둠이 에워싸면 그들은 눈이 먼 상태로 포를 끌고 갔다. 그 모습은 마치 먹이를 본거지로 끌고 가는 개미 떼의 행렬과 같았다.

다들 모든 것이 짜증스럽게 느껴지는 피로 상태에 도달해 있었다. 진흙에 미끄러지면 일어날 생각조차 하지 않고 가쁜

숨을 몰아쉬며 그 자리에 그대로 누워 있는 병사도 있었다. 그럴 때면 그 주변의 병사들도 멈춰 서서 그 병사가 다시 합류할 때까지 멍하니 기다렸다. 숨이 남으면 욕지거리를 내뱉기도 했다.

"이 빌어먹을 진창!"

"일어나." 누군가가 고함을 쳤다.

"지랄 마. 이 빌어먹을 놈의 포."

"난 그냥 여기 누워 있을래. 난 괜찮아. 아무렇지도 않아. 괜찮으니까, 그냥 좀 누워 있게 해 줘."

"지랄 말고 일어나!"

그러고 나서 그들은 몇 미터를 또 끙끙대며 전진했다가 다시 멈췄다. 어둠 속에서는 거리도 시간도 아무런 의미가 없었다. 열기가 몸에서 다 빠져나가 버려, 병사들은 축축한 밤공기 속에서 진저리를 치고 몸을 떨었다. 모든 것이 흠뻑 젖어 불어 있었다. 그들에게선 냄새가 났지만 그것은 더 이상 동물의 냄새가 아니었다. 정글의 썩은 흙이 덕지덕지 묻은 그들의 옷에서는 썩은 나뭇잎 냄새인지 짐승의 배설물 냄새인지 구별할 수 없는 차갑고 습하고 썩은 냄새가 코를 찔렀다. 그들은 그저 앞으로 나아가야 한다는 생각밖에 할 수가 없었다. 그들이 시간을 의식하는 것은 발작처럼 구토가 치밀어 오를 때뿐이었다.

와이먼은 자기가 쓰러지지 않는 이유가 무엇일까 생각했다. 그는 쩍쩍 갈라지는 마른 숨을 길고 불안정하게 뱉어 냈다. 배낭의 어깨끈 때문에 살이 벗겨지고 발은 화끈거리고 목구멍과 가슴은 모직 펠트로 덮인 듯 답답해서 말도 할 수가 없었다. 그는 이제 옷에서 진동하는 강력한 악취도 의식하지 못했다. 그의 마음속 어딘가에는 자신의 육체가 이렇게까지 피곤을 견뎌 낼 수 있다는 사실에 대한 놀라움이 자리했다. 그는 평소 부득이한 경우가 아니면 일을 하지 않는 게으른 젊은이로, 고된 일을 하거나 근육을 긴장시키거나 숨을 가쁘게 몰아쉬거나 피로를 맛보는 일 따위는 언제나 피하고자 했다. 그에게는 영웅이 되겠다는 막연한 꿈이 있었다. 영웅이 되면 뭔가 엄청난 보상을 받아 생계의 부담을 덜고 어머니와 자신을 어렵지 않게 부양할 수 있으리라 생각했던 것이다. 그는 훈장을 잔뜩 달고 돌아가서 여자 친구가 감탄 어린 눈으로 자신을 쳐다보게 하고 싶었다. 그러나 그는 언제나 전쟁을 신나는 것으로, 비참한 상황이나 육체적인 고단함이 따르지 않는 것으로 상상했었다. 그는 수많은 적의 기관총을 마주 보며 들판을 가로질러 돌진하는 자신의 모습을 꿈꿨다. 그러나 그 꿈속에는 너무도 무거운 짐을 지고 너무도 먼 거리를 달리는 데서 오는 옆구리 통증 같은 것은 없었다.

자기가 생명 없는 거대한 쇳덩이에 얽매여 의지와 상관없이 팔을 덜덜 떨고 금방이라도 몸이 쓰러질 것 같은 지경에 이를 때까지 그것과 씨름을 하게 되리라고는 한 번도 생각하지 못했다. 더군다나 한밤중에 진창에 발이 빠지고 허우적대고 비틀거리며 길을 걸으리라고는 상상조차 하지 못했다. 그는 포를 밀다가, 포가 진창에 처박히면 골드스타인, 토글리오와 함께 그것을 들어 올렸다. 그것은 이제 완전히 기계적인 동작이 되어 있었다. 그는 진창에 빠진 포를 바퀴통을 잡고 끌어낼 때 가중되는 고통마저도 거의 느낄 수 없었다. 이미 쥐는 힘도 없어진 손은 그저 무력하게 잡아끌다가, 포가 아직 진창에 빠져 있는 채로 손이 미끄러져 포를 놓치는 경우도 있었다.

행렬의 전진 속도가 출발할 때보다도 더 느려져서 포를 100미터 이동시키는 데 십오 분 정도가 걸렸다. 이따금 의식을 잃고 쓰러지는 병사가 있으면, 의식을 되찾았을 때 혼자 돌아가도록 길가에 그대로 버려둔 채 전진했다.

마침내 "계속 전진해라. 이제 거의 다 왔다." 하는 전언이 행렬 앞쪽에서 뒤쪽으로 전해졌다. 이 말에 자극을 받은 병사들은 다시 희망을 품고 몇 분 동안 기운을 냈다. 그러나 굽이를 돌 때마다 그들이 발견하는 것은 끝없이 이어지는 진흙과 어둠뿐이었다. 그들은 완전히 절망감을 느끼기 시작했다. 때로 병사들은 일 분이 지나가도록 손끝 하나 움직이지 못한 채 가만히 있기도 했다. 다시 스스로를 다독이며 포에 힘을 주기가 갈수록 어려워졌다. 매번 동작을 멈출 때마다 그들은 손을 떼고 싶은 충동을 느꼈다.

1대대에 도달하기 위해 건너야 할 골짜기가 수백 미터 앞에 있었다. 가파른 골짜기에는 돌이 많은 작은 개울이 흘렀고, 그 개울의 맞은편에도 언덕이 바닥에서 5미터가량 가파르게 치솟아 있었다. 장교가 말한 개울이었다. 골짜기에 이르자 행렬은 완전히 정지했고, 그동안 낙오되었던 병사들도 따라붙었다. 각 조의 병사들은 앞 조의 병사들과 포가 개울을 건너는 동안 기다렸다. 캄캄한 밤중에 포를 끌고 개울을 건넌다는 것은, 말로 표현할 수 없을 만큼 힘든 작업이었고, 시간도 오래 걸렸다. 처음에는 언덕에서 미끄러져 내려올 때 포가 뒤집히지 않도록 지탱해야 했고, 다음에는 개울의 미끄러운 바윗돌을 디디면서 포를 들어 옮겨야 했고, 마지막에는 다시 개울 맞은편의 언덕으로 밀어 올리느라 포와 씨름해야 했다. 개울 양쪽의 언덕은 미끄러웠고, 발을 디뎌 지탱할 곳 하나 없었다. 간신히 밀어 올린 포가 다시 미끄러져 그때까지의 노력을 허사로 만들어 버리는 경우도 속출했다.

와이먼과 토글리오와 골드스타인의 차례가 올 때까지 반시간이 흘렀고, 그동안 그들은 어느 정도 휴식을 취할 수가 있었다. 숨도 돌린 터라 그들은 포를 언덕 가장자리로 밀어 올리면서 계속해서 큰 소리로 서로에게 이런저런 지시를 했다. 내리막길에서 포가 그들의 손에서 빠져나가려 하자, 그들은 포가 개울 바닥으로 곤두박질치는 것을 막기 위해 필사적으로 애를 썼다. 그러는 와중에 회복되었던 힘이 거의 다 빠져 버렸다. 포를 들어 올려 개울을 건넌 후엔 행진을 하던 때와 마찬가지로 기진맥진했다.

그들은 남은 기력을 조금이라도 그러모으느라 잠시 쉰 후 맞은편 언덕으로 포를 밀어 올리기 시작했다. 토글리오는 황소처럼 씨근거렸다. 그는 마치 몸 깊숙한 곳에서 억지로 쥐어짜 내는 듯이 다급하고 쉰 목소리로 명령했다. "좋아, 밀어…… 밀어." 세 사람은 다른 것엔 무감각해진 채 포를 굴리느라 안간힘을 썼다. 포는 느릿하고 위태롭게 움직이면서 도무지 그들 뜻대로 되지가 않았다. 후들거리는 다리에서 힘이 빠져나가기 시작했다. "잡아!" 토글리오가 고함을 질렀다. "놓치지 마!" 그들은 기슭의 젖은 흙 속으로 발을 단단히 박아 넣으려 애쓰면서 포를 뒤에서 떠받쳤다. "다시 밀어 봐!" 토글리오가 외쳤고, 세 사람은 포를 몇 미터 더 밀어 올렸다. 와이먼은 자기 몸 안의 고무줄이 위험할 정도로 당겨져 금방이라도 끊어질 것 같은 기분이 들었다. 그들은 다시 휴식을 취하고 나서 포를 몇 미터 더 밀어 올렸다. 천천히, 조금씩, 그들은 언덕 꼭대기로 접근해 갔다. 1미터 정도만 더 밀면 포를 언덕 위에 올릴 수 있을 터였다. 그런데 그때 와이먼의 체력이 완전히 바닥나고 말았다. 그는 후들거리는 팔다리에서 부스러기만 한 힘이라도 어떻게든 끌어내 보려 애썼다. 그러나 별안간 완전히 무너져 버렸고, 그저 멍청하게 포 뒤에 몸을 기대고 축 처진 몸의 무게로만 포를 떠받쳤다. 포가 미끄러지기 시작하자 그는 몸을 피했다. 토글리오와 골드스타인만 남아 양쪽 바퀴통 하나씩을 붙잡았다. 와이먼이 포에서 손을 놓았을 때 그들은 누군가가 위에서 포를 내리누르는 것 같은 느낌을 받았다. 골드스타인은 미끄러져 내리는 바퀴를 어떻게든 붙잡았으나, 바퀴는 그의 손가락을 하나씩하나씩 뿌리치며 결국 완전히 벗어나 버렸다. 포가 개울 바닥으로 곤두박질치며 굴러 내려가기 전까지 그에게 남은 것은 토글리오를 향해 목쉰 소리로 "조심해!" 하고 간신히 고함을 칠 수 있는 시간뿐이었다. 세 사람은 포가 굴러 내려간 자국을 따라 구르듯 쫓아 내려갔다. 포는 바닥의 바위에 부딪쳐 바퀴 하나가 완전히 찌그러져 있었다. 세 사람은 어미의 상처를 핥는 강아지들처럼 어둠 속에서 포를 더듬었다. 와이먼은 탈진한 나머지 엉엉 울기 시작했다.

이 사고는 엄청난 혼란을 야기했다. 바로 뒤에서 차례를 기다리던 크로프트가 고함을 쳤다. "뭘 꾸물대는 거야? 거기 무슨 일이야?"

"여기…… 문제가 생겼어." 토글리오가 큰 소리로 대답했다. "잠깐만!" 그와 골드스타인이 포를 간신히 옆으로 일으켰다. "바퀴가 망가졌어. 포를 움직일 수 없게 됐어." 토글리오가 고함쳤다.

크로프트가 욕설을 퍼부었다. "그걸 좀 한쪽으로 치워 봐."

아무리 애를 써도 포는 꿈쩍도 하지 않았다.

"도움이 필요해." 골드스타인이 소리쳤다.

크로프트가 다시 욕설을 퍼부었다. 그러고는 윌슨과 함께 미끄러지듯 언덕을 내려왔다. 얼마 후 그들은 포를 굴려 개울 바닥까지 옮겨 놓을 수 있었다. 크로프트가 아무 말도 하지 않고 자기가 맡은 포가 있는 곳으로 돌아가자, 토글리오 일행은 맞은편 기슭으로 기어 올라가서 1대대 야영지까지 비틀거리며 갔다. 먼저 도착한 병사들이 미동도 없이 땅 위에 누워 있었다. 토글리오가 진흙 위에 팔다리를 쭉 뻗고 드러누웠고, 와이먼과 골드스타인도 그 옆에 누웠다. 십 분 동안은 아무도 입을 열지 않았다. 이따금 주변 정글에서 포탄이 터지면 각자의 다리가 움찔했는데, 그것이 유일하게 그들이 깨어 있음을 보여 주는 징후였다. 주위에서는 병사들이 끊임없이 움직이고 있었다. 전투 소리는 보다 가깝고, 보다 광포하게 느껴졌다.

어둠 속에서 쉴 새 없이 사람들의 말소리가 들려왔다. "B중대로 오는 보급품 수송 부대는 어디 있나?" 하고 누군가가 외쳤는데, 거기에 대답하는 소리는 땅 위에 누운 사람들에게는 잘 들리지 않았다. 그들은 별로 신경 쓰지 않았다. 이따금 그들은 밤이 내는 소리들을 의식하곤 했다. 그들은 잠시 정글에서 지속적으로 들려오는 단조로운 소리에 집중하다가도 곧 멍하니 무념무상의 상태로 돌아갔다.

잠시 후 크로프트와 윌슨과 갤러거가 포를 끌고 도착했다. 크로프트가 큰 소리로 토글리오를 찾았다.

"왜 그래? 나 여기 있어." 토글리오가 말했다. 그는 꼼짝하기도 싫었다.

어둠 속에서 크로프트가 다가오더니 그의 옆에 앉았다. 크로프트는 한바탕 경주를 뛴 달리기 선수처럼 길고 느리게 헐떡이고 있었다. "소위를 만나러 갈 건데…… 포에 대해 보고해야 하니까. 어쩌다 사고가 난 거야?"

토글리오가 한쪽 팔꿈치로 몸을 받치고 일어났다. 그 일을 설명하려니 끔찍했다. 그 자신조차도 혼란스러운 상태였다. "모르겠어." 그가 말했다. "골드스타인이 '조심해!' 하고 외치는 소리를 들었고, 곧바로 누가 우리 손에서 포를 억지로 빼앗아 가는 것 같은 느낌이 들었어." 토글리오는 크로프트에게 변명해야 한다는 게 몹시 싫었다.

"그러니까 골드스타인이 외쳤다는 거지?" 크로프트가 물었다. "그는 어디 있나?"

"나 여기 있어, 하사." 골드스타인의 음성이 옆에서 들려왔다.

"왜 '조심해!'라고 외쳤지?"

"나도 모르겠어. 갑자기 더 이상 포를 잡고 있는 게 불가능하다는 생각이 들었어. 뭔가가 나한테서 포를 끌어당겼어."

"또 한 사람은 누구야?"

와이먼이 몸을 일으켰다. "나야." 자신 없는 음성이었다.

"네가 손을 놨냐?" 크로프트가 물었다.

크로프트에게 그것을 시인하려고 생각하니 와이먼은 두려움이 앞섰다. "아니, 그런 것 같진 않아. 골드스타인이 외치는 소리가 들린 뒤 포가 나를 덮치기 시작했어. 포가 굴러 내려오기에 나는 피했지." 정확히 어떤 일이 벌어졌는지는 이미 그의 기억에서 불확실해지고 있었다. 마음 한구석에서는 지금 내가 한 말이 진실이라고 스스로를 납득시키려 하고 있었다. 그러나 그와 더불어 그는 심한 수치심을 느꼈다. "어쩌면 내 실수였던 것도 같아." 하고 그는 얼결에 진실을 말했다. 그러나 너무도 지친 목소리라 그의 말은 곧이들리지 않았다. 크로프트는 그가 골드스타인을 감싸고 있다고 생각했다.

"그래." 크로프트가 말했다. 갑작스러운 분노가 그의 몸을 훑고 지나갔다. 그는 골드스타인을 보고 한마디 했다. "이 유대 놈아, 잘 들어."

"내 이름은 유대 놈이 아니야." 골드스타인이 화가 나서 말했다.

"네놈 이름 따위 알고 싶지 않아. 다음에 또 그런 빌어먹을 짓을 저질렀다가는 군법 회의에 회부할 테니 그리 알아."

"하지만 내가 손을 놓은 것 같지는 않아." 골드스타인의 자신 없는 말투로 항변했다. 이제는 그 역시 더 이상 확신하지 못했다. 포가 손에서 빠져나가기 시작하던 순간 느꼈던 감각들의 순서가 워낙 뒤죽박죽이어서, 자기에겐 잘못이 없다고 자신 있게 단언할 수가 없었다. 그는 와이먼이 미는 것을 중단했다고 생각했지만, 와이먼이 자기가 실수한 것 같다고 말하는 것을 듣는 순간 겁이 덜컥 났다. 그도 크로프트와 마찬가지로 와이먼이 자기를 감싸 주고 있다고 믿은 것이다. "모르겠어." 그가 말했다. "내가 손을 놓은 것 같지는 않아."

"손을 놓은 것 같지는 않다고." 크로프트가 그의 말을 가로챘다. "이것 봐, 골드스타인, 이 소대에 온 후로 넌 줄곧 이렇게 해야 더 낫다느니 하며 잔소리만 해 왔어. 그런데 정작 일을 해야 할 때가 되면 늘 꽁무니를 빼잖아. 네놈의 그따위 허튼소리는 더 이상 듣고 싶지 않아."

골드스타인은 또다시 무력한 분노를 느꼈다. 크로프트에 대한 적의보다 치받치는 흥분 때문에 숨이 막혀 말을 할 수가 없었다. 그것은 그 자신도 어찌할 수 없는 감정이었다. 무력감과 좌절감에 눈물이 맺혔다. 그는 고개를 돌리고 다시 드러누워 버렸다. 그의 분노는 이제 자신에게로 향했고, 그는 절망적인 굴욕감을 느끼고 있었다. 아, 난 모르겠어, 모르겠다고, 하고 그가 중얼거렸다.

토글리오는 안도와 연민이 뒤섞인 감정을 느꼈다. 포를 잃은 책임이 자기에게 없는 것은 다행스러운 일이지만, 다른 누군가가 욕을 먹는 모습을 보는 것도 그리 유쾌하진 않았다. 그에게는 포와 씨름하는 동안 세 사람이 공동의 노력을 발휘하며 느꼈던 유대감이 아직도 남아 있었다. 불쌍한 골드스타인, 좋은 녀석인데, 그저 운이 나빴던 거야, 하고 그는 혼자 중얼거렸다.

와이먼은 너무 지쳐서 명확하게 생각을 할 수 없었다. 자기 실수였다고 밝혔음에도 어쨌든 아무도 자기 탓을 하지 않는다는 것을 알고 그는 마음을 놓았다. 실제로 너무도 진이 빠져서 그 무엇도 조리 있게 생각할 수가 없었을 뿐만 아니라 사실상 어느 것도 기억할 수가 없었다. 이제 그는 포를 놓아 버린 사람이 골드스타인이라고 확신하며 대체적으로 안도감을 느꼈다. 그의 뇌리에 아직도 생생하게 남아 있는 것은 언덕 위로 포를 밀어 올리기 시작했을 때 가슴과 사타구니에 느꼈던 통증이었다. 그는 설사 골드스타인이 먼저 손을 놓지 않았다 해도 이 초 후에는 자기가 손을 놓았을 거라고 생각했다. 이런 이유로, 와이먼은 골드스타인에게 막연한 애정을 느꼈다.

크로프트가 일어섰다. "뭐, 그 포는 당분간 구제할 수 없겠지." 그는 말을 이었다. "아마 작전이 끝날 때까지 그 자리에 처박아 둘걸." 그는 골드스타인을 한 대 치고 싶을 만큼 화가 났지만, 더 이상 아무 말도 하지 않고 그들을 인솔했던 장교를 찾으러 갔다.

소대원들은 각자 자리를 잡고 잠을 청하기 시작했다. 이따금 가까운 정글에서 포탄이 터졌지만 그들은 별로 신경 쓰지 않았다. 전투는 변죽만 울릴 뿐 비를 쏟아 붓지 않는 비구름처럼 저녁 내내 위협적인 소리만 내고 있었다. 탄막이라도 펼쳐

지지 않는 한 이제 소대원들은 움직일 것 같지 않았다. 더구나 그들은 너무 지쳐 호를 팔 여력이 없었다.

레드는 다른 사람들보다 더 오래도록 잠을 이루지 못했다. 여러 해 전부터 습한 곳에 오래 있으면 신장이 말썽을 일으켰다. 지금도 신장이 욱신거려 등을 축축한 흙에 대고 자야 고통이 덜할까, 아니면 밤공기에 노출시키고 자는 편이 나을까를 결정하려 애쓰며 몇 번이고 젖은 땅 위에서 몸을 뒤척였다. 그는 오랫동안 잠을 이루지 못하고 생각에 잠겼다. 그의 기분은 피로감과 비애감 사이를 오가고 있었다. 네브래스카의 어느 작은 도시에서 직업도 없이 매인 채 그곳을 벗어나게 해 줄 화물차를 탈 기회만 기다리던 때가 생각났다. 그때는 남에게 음식을 구걸하지 않는 게 무엇보다 중요했다. 그는 그런 자존심이 아직도 자기에게 남아 있을까 생각해 보았다. "아, 나도 만만치 않던 시절이 있었지." 그는 혼잣말을 했다. "그래 봐야 대단한 소용이 있었던 건 아니지만." 등에 닿는 공기가 차갑게 느껴져 그는 돌아누웠다. 그러고 보니 평생 아무것도 깔지 않은 장소에서 잠을 자면서 온기를 그리워하며 지내온 것 같은 느낌이 들었다. 겨울이 다가오는데 주머니에 50센트뿐이라던 어느 늙은 부랑자의 말이 생각나면서, 쌀쌀한 10월의 해 질 녘이면 느끼곤 하던 침울한 기분에 빠져들었다. 허기가 느껴져서, 그는 잠시 후 일어나 앉아서 배낭을 뒤졌다. 휴대 식량 한 개를 찾아 건조 과일을 꺼내 씹고 수통의 물로 그것을 목 뒤로 넘겼다. 그의 담요는 저녁때 내린 비 때문에 아직도 젖어 있었지만, 그것을 몸에 두르니 조금이나마 온기가 느껴졌다. 다시 잠을 청해 보았으나 신장의 통증이 너무 심했다. 결국 그는 일어나 앉아, 탄대 속 구급상자에서 부상당했을 때 먹는 정제가 든 작은 봉지를 꺼냈다. 약봉지 속 정제를 입에 반쯤 털어 넣고 수통에 남은 물의 반을 마셨다. 정제를 다 먹어 버릴까 하는 생각도 잠시 했으나, 혹시 부상이라도 당할 경우 필요할 거라는 생각이 뒤이어 떠올랐다. 그런 생각에 다시 풀이 죽은 그는 우울한 얼굴로 어둠 속을 응시했다. 어둠이 눈에 익자 주위에서 자는 병사들의 형체가 분간되었다. 토글리오는 코를 골았고, 마르티네즈는 스페인어로 조용히 뭐라고 중얼거리더니 큰 소리로 외쳤다. "주님, 나 일본 놈 안 죽였어요. 안 죽였어요." 레드는 한숨을 쉬고 다시 누웠다. 어느 누가 편히 잠을 이루겠는가, 그는 생각했다.

오래된 분노 한 자락이 훑고 지나갔다. 될 대로 되라지. 그는 혼잣말을 내뱉고는 머리 위로 한숨짓듯 날아가는 포탄 소리에 불안하게 귀를 기울였다. 이번 포탄 소리는 겨울바람에 나뭇가지가 흔들리는 소리 같았다. 언젠가 저녁 무렵 도로를 따라 성큼성큼 걷던 일이 기억났다. 펜실베이니아 주 동부의 탄광촌에서 있었던 일이다. 그는 종일 탄광에서 일하느라 검댕과 탄가루로 얼굴이 새카매진 광부들이 고물 포드 차를 몰고 집으로 돌아가는 모습을 지켜보았다. 그것은 그가 몇 년 전에 떠나온 몬태나 주의 탄광 지대와 다르면서도 같은 모습이었다. 그는 고향 생각에 잠겨 걸었고, 그때 누군가가 그를 차에 태워 주고 어느 시골벽적한 술집에서 술까지 사 주었다. 지금 생각하니 그날 밤에는 나름의 멋이 있었다. 시꺼먼 화물 열차를 타고 낯선 고장을 떠날 때의 기분이 잠시 떠올랐다. 그 시절 길고 암울한 나날들을 조금이라도 밝혀 준 것은 그런 일들뿐이었다. 그는 그가 깨달았던 것의 일부나마 붙잡아 두려는 듯이 다시 한숨을 쉬었다. 원하는 것을 다 얻는 사람이 어디 있겠어? 그렇게 생각하니 감미로운 슬픔의 감정이 더욱 짙어졌다. 졸음이 밀려와 그는 팔로 얼굴을 가렸다. 모기 한 마리가 귓전에서 앵앵거리기 시작했다. 그는 그놈이 가 버리길 바라며 가만히 누워 있었다. 땅에 벌레가 우글거리는 것 같았다. 벌레라면 익숙하지, 그는 생각했다. 무슨 이유에서인지 그의 얼굴에 미소가 떠올랐다.

비가 내리고 있었다. 레드는 담요를 끌어 올려 얼굴을 덮었다. 그의 육체는 서서히 노곤한 잠 속으로 빠져들었다. 의식의 여러 부분이 저마다 간격을 두고 잠이 들었기 때문에 생각을 멈춘 지 한참이 지난 후에도, 그의 마음속 한 부분은 힘이 다 빠져 버린 팔다리에 경련이나 쥐가 나는 상태를 의식할 수 있었다. 포성은 이제 꾸준히 들려오고 있었다. 1킬로미터 밖에서는 기관총이 계속해서 불을 뿜었다. 막 잠이 들려는 순간, 크로프트가 돌아와서 땅에 담요를 펴는 것이 보였다. 비는 계속 내렸다. 얼마 후에는 포성도 들리지 않았다. 그러나 그가 완전히 잠이 든 후에도, 의식의 마지막 조각은 주변에서 벌어지는 일들을 인지했다. 비록 깨어났을 때는 기억하지 못했지만, 그는 일 개 소대 병력이 지나가는 소리를 들었고, 다른 병사들 몇 명이 대전차포를 야영지의 다른 구석으로 밀고 가기 시작했다는 것도 의식했다. 일본 놈들이 이곳 야영지까지 침투해 오려나 보다, 하고 그는 잠결에 중얼거렸다. 지금 그것을 막으려는 거겠지. 어쩌면 열이 나는 건지도 몰랐다.

꿈결에 누군가가 "수색 소대! 수색 소대는 어디 있나?" 하고 외치는 소리가 들려왔다. 꿈이 물러간 뒤에도 그는 거기 그대로 잠을 이고 누운 채, 크로프트가 벌떡 일어나서 "여깁니다!" 하고 외치는 소리를 들었다. 레드는 몇 분 내로 움직여야 한다는 것을 알면서도 담요 밑에서 더욱 몸을 웅크렸다. 온몸이 쑤셨다. 일어나면 몸이 뻣뻣하게 굳어 있을 게 뻔했다. "자, 모두 일어나!" 크로프트가 외쳤다. "자, 자, 모두 일어나. 이동한다."

레드가 얼굴에서 담요를 벗겼다. 아직도 비가 내리고 있어서, 담요 밖으로 내놓았던 손이 젖어 있었다. 담요를 배낭 안에 넣으면 배낭도 젖어 버릴 터였다. "카아악." 그가 불쾌한 기분으로 가래를 한두 번 뱉었다. 입맛이 역했다. 옆에서 갤러거가 일어나 앉더니 신음 소리를 냈다. "빌어먹을 놈의 군대. 꼭 잠도 못 자게 해야 하나? 오늘 밤은 할 만큼 하지 않았느냐고?"

"우리는 영웅이야." 레드가 말했다. 그런 뒤 일어나서 담요를 개기 시작했다. 담요는 한쪽은 축축이 젖고 다른 쪽은 진흙이 잔뜩 묻어 있었다. 바로 옆에 놓고 담요로 덮어 두었는데도 소총 역시 젖었다. 보송보송한 몸으로 지내던 때가 아득히 먼 옛날 같았다. "빌어먹을 정글." 그가 한마디 내뱉었다.

"빨리빨리 움직여." 크로프트가 말했다. 조명탄이 보기 흉하게 젖은 주변 나무숲을 비췄고 젖어서 검게 변한 병사들의 옷에 희미한 빛을 던졌다. 레드는 갤러거의 얼굴이 진흙투성이가 된 것을 보았다. 자기 얼굴에 손을 가져가니 손에 진흙이 잔뜩 묻어 나왔다. "고향 가는 길 좀 가르쳐 줘요." 그가 흥얼거렸다. "나는 피곤해서 자고 싶어요."

"그러게 말이야." 갤러거가 말했다. 그들은 함께 배낭을 꾸려 일어섰다. 조명탄이 이미 꺼진 뒤라 한동안 아무것도 분간할 수 없었다. "어디로 가는 거야?" 토글리오가 물었다.

"A중대로 가겠지. 그쪽으로 공격해 올 걸로 예상한다더군." 크로프트가 말했다.

"우리 소대는 정말이지 운도 없어." 윌슨이 한숨을 쉬고 말했다. "그래도 대전차포 끄는 일은 끝났으니 그나마 다행이야. 그 빌어먹을 것을 다시 끄느니 차라리 맨손으로 탱크와 싸우겠어."

분대는 일렬종대로 이동하기 시작했다. 1대대 야영지는 매우 작아서 삼십 초 안에 철조망이 트인 곳에 도달했다. 마르티네즈가 앞장서서 그들을 A중대 가는 길로 조심스럽게 인도했다. 졸음기는 어느새 사라지고, 그는 정신이 또렷했다. 너무 어두워서 사실상 아무것도 보이지 않았지만 모종의 감각이 굽이길마다 인도하기라도 하는 듯, 그는 무엇에 발부리가 걸리거나 길에서 벗어나는 일이 거의 없었다. 그는 다른 사람들보다 30미터 앞서 있었고 완전히 혼자였다. 만약 일본군 몇이 길 옆에서 매복을 하고 기다렸다면 가장 먼저 함정에 걸려들었을 것이다. 그렇지만 그는 두려움을 느끼지 않았다. 마르티네즈는 아무 일도 없을 때는 오히려 공포심을 키웠지만, 소대원들을 이끌어야 하는 순간이 되면 용기를 되찾았다. 지금 이 순간, 그의 마음은 수많은 소리와 생각들 사이에서 균형을 잡았다. 그의 귀는 길 옆 덤불에 사람이 숨어 있는 기척을 감지하기 위해 앞쪽 정글에서 나는 소리를 탐색했다. 또한 뒤따라오는 병사들이 비틀거리는 소리, 중얼거리는 소리도 역겨운 기분으로 포착했다. 그는 간헐적으로 들려오는 전투 소리를 머릿속에 기록하면서 그 소리들을 분류하고자 했다. 조금이라도 뚫린 공간을 지날 때면, 하늘에서 남십자성을 찾아 길이 어느 방향으로 구부러지는지를 측정하려 했다. 어디를 지나가든 그는 가능한 한 표지물이 될 만한 것을 눈여겨보고 앞서 보아 두었던 것들과 함께 머릿속에 기록했다. 얼마 후 그는 길 넘어 나무, 흙탕이 된 개울, 길 위에 바위, 길 건너엔 숲, 하고 반복해서 흥얼거렸다. 겨우 1대대에서 A중대로 가는 길이었으므로 사실 그럴 필요까지는 없었지만, 그가 맨 처음 정찰 임무에 나섰을 때부터 버릇처럼 하는 일이었다. 이젠 본능적으로 그렇게 했다.

마르티네즈의 마음 한구석에는, 자기가 다른 소대원들의 안전을 책임진다는 조용한 자긍심이 자리했다. 그런 자긍심 때문에 그는 의지와 육체가 거부하는 위험들을 뚫고 나아갈 수 있었다. 대전차포를 끌고 올 때도 여러 번 그만두고 싶었다. 크로프트와 달리, 그는 그 일을 하나의 경쟁으로 생각하지 않았다. 그러면 얼마든지, 그 일은 자기 힘으로는 도저히 감당이 안 되니 포기하겠다고 선언할 수도 있었다. 그러나 그의 마음 한구석에는 그가 두려워하고 꺼리는 일을 하도록 충동하는 무언가가 있었다. 병장으로서 그의 긍지는 모든 행동과 사고의 핵심에 자리했다. 마르티네즈만큼 어둠 속에서 눈이 밝은 놈은 없지, 하고 그는 생각했다. 앞으로 뻗은 팔에 나뭇가지 하나가 닿자, 그는 쉽게 무릎을 굽혀 그 밑으로 지나갔다. 발이 쓰라리고 등과 어깨가 아팠지만, 통증은 더 이상 신경 쓰지 않았다. 그는 자신의 분대를 이끌고 있었고, 그 자체로 충분했다.

뒤로 처진 나머지 분대원들은 각기 다른 감정을 경험하고 있었다. 윌슨과 토글리오는 졸음과 싸웠고, 레드는 정신 바짝 차리고 무언가를 곰곰이 생각했다. 그는 불길한 예감 같은 것을 느꼈다. 골드스타인은 비참하고 씁쓸했다. 아직 날도 밝지 않은 새벽어둠 속에서 좁은 길을 조심스럽게 걸어가는 데서 오는 긴장감 때문에 우울하고 슬펐다. 그는 슬퍼해 줄 친구 하나 곁에 두지 못한 채 죽어 가는 자신을 상상했다. 와이먼은 회복할 힘조차 없었다. 너무 지쳐 자기가 어디로 가는지, 무슨 일이 벌어지는지도 생각하지 못하고 그저 무감각한 상태로 발을 내디딜 뿐이었다. 리지스는 피곤했지만 참았다. 앞으로 몇 시간 안에 무슨 일이 벌어질지 관심도 없었고, 팔다리의 통증에 정신이 팔리지도 않았다. 그저 걸을 뿐이었다. 그의 의식은 물살 느린 시내처럼 천천히 표류했다.

그렇다면 크로프트는 어떤가. 크로프트는 긴장하고 있었고, 무언가를 하지 못해 조바심이 났다. 분대에게 포 운반 작업이 맡겨지는 바람에 그는 밤새 좌절감을 느꼈다. 밤새도록 들려오는 전투 소리가 그를 자극했다. 헤네시가 죽은 뒤 느꼈던 기분이 되살아나면서 마음이 들떴다. 그는 자신의 힘을 느꼈고, 피로를 몰랐고, 무슨 일이든 할 수 있을 것 같았다. 그의 근육은 다른 여느 병사들과 마찬가지로 지치고 긴장되어 있었지만, 그의 마음은 그런 육체의 상태를 전혀 고려하지 않았다. 그는 사람을 죽일 때마다 빠르게 뛰는 맥박에 목구멍이 조이는 느낌이 들곤 했다. 그는 지금 그런 느낌에 굶주려 있었다.

지도상에서 1대대와 A중대 사이의 거리는 1킬로미터도 되지 않았지만, 길이 워낙 구불구불한 터라 실제 거리는 1.5킬로미터 정도였다. 수색 소대원들은 서툴고 어설펐으며 자신 있게 발을 내딛지 못했다. 배낭은 늘어지고 소총은 어깨에서 줄곧 흘러내렸다. 길은 형편없었다. 짐승들이 뒹굴던 곳을 일부 넓힌 길이었는데, 아직도 좁은 곳이 많았다. 이 길을 지날 때면 양쪽 나뭇가지에 긁히기가 일쑤였다. 이 지점에서 정글은 비집고 들어갈 틈이 없을 정도로 빽빽했다. 길에서 벗어나 나무를 베면서 전진하려면, 30미터를 가는 데 한 시간은 걸렸을 것이다. 어두운 밤이라 아무것도 보이지 않고 젖은 나뭇잎 냄새에 숨이 막힐 지경이었다. 병사들은 앞사람에게 바짝 다가붙어서 한 줄로 걸어야 했다. 1미터만 떨어져도 서로가 보이지 않아, 저마다 앞사람의 셔츠 자락을 붙잡고 터벅터벅 걸었다. 마르티네즈는 그들의 발소리로 그들과 자기 사이의 거리를 가늠할 수 있었다. 그러나 다른 사람들은 마치 어둠 속에서 놀이를 하는 어린아이들처럼 비틀거렸고 서로 부딪혔다. 그들은 몸이 거의 두 겹으로 접혀질 정도로 허리를 구부리고 있었는데, 그것은 대단히 고통스러운 자세였다. 그들의 육체는 혹사당하고 있었다. 지난 몇 시간 동안 식사와 수면의 리듬이 깨졌다. 그들은 줄곧 방귀를 뀌어 댔고, 탁하고 답답한 공기 속에서 역겨운 냄새를 풍겼다. 특히 뒤쪽에 있는 병사들은 상황이 더 열악했다. 그들은 구역질을 하면서 욕을 퍼부었고, 몇 초 동안 숨을 참으려 하다가 피로와 메스꺼움에 몸을 부르르 떨었다. 맨 끝에 있던 갤러거는 몇 분에 한 번씩 기침을 하면서 욕설을 퍼부었다. "빌어먹을 방귀 좀 그만 뀌어." 그가 그렇게 고함을 지르면 앞의 병사들이 잠시 졸음에서 깨어나 소리 내어 웃었다.

"그러게 누가 뒤에 있으래." 윌슨이 중얼거렸다. 병사 몇이 킬킬거렸다.

그들 가운데 몇 명은 걸으면서 잠이 들기도 했다. 그들은 행군하는 내내 거의 눈을 감고 있었는데, 발이 들리는 순간 잠이 들었다가 발이 땅에 닿으면 다시 깨곤 했다. 와이먼은 몇 분째 전혀 감각이 없는 상태로 발만 내려딛고 있었다. 그의 몸은 점차 감각을 잃어 갔다. 그와 리지스는 연신 꾸벅꾸벅 졸았고, 이따금 완전히 잠이 든 상태로 10미터에서 15미터를 걷기도 했다. 그러다 결국 길에서 벗어나 멍청하게 덤불 속으로 들어가다가 쓰러질 뻔하기도 했다. 어둠 속에서는 그런 소리마저도 공포를 야기했다. 그럴 때면 병사들은 자기들이 전투의 현장에서 아주 가까이 있다는 사실을 불안하게 의식했다. 1킬로미터쯤 떨어진 곳에서 소총 소리가 울렸다.

"제기랄." 그들 가운데 누군가가 속삭이곤 했다. "좀 조용히 하지 못해?"

행군을 시작한 뒤 반 시간 이상이 지난 게 틀림없지만, 병사들이 시간의 흐름을 의식한 것은 처음 몇 분뿐이었다. 그들이 실제로 의식하는 것은 앞사람의 옷자락을 잡고 한껏 수그린 자세로 진흙 길을 미끄러지며 걷고 있다는 사실뿐이었다. 길은 마치 쳇바퀴 같았고 그들은 더 이상 자기들이 어디로 가는지 신경 쓰지 않았다. 따라서 드디어 목적지에 도착했을 때는 놀라는 반응이 대부분이었다. 마르티네즈가 뒤쪽으로 되돌아와서 조용히 하라고 일렀다. "쟤네들이 너희들 오는 소리를 십 분 전부터 듣고 있었어." 그가 속삭였다. 그러자 병사들이 조용해졌다.

A중대에는 철조망도 공터도 없었다. 길이 네 갈래로 갈라져 서로 다른 기관총좌로 이어졌다. 이 갈림길에서 병사 한 사람이 마중 나와, 네 갈래 길 중 하나로 그들을 안내하여, 나무가 우거진 한복판에 2인용 천막 몇 개가 세워져 있는 곳으로 데려갔다. "나는 2소대를 맡고 있어." 그 병사가 말했다. "우리는 강을 끼고 100미터쯤 내려간 곳에 있지. 자네 분대는 오늘 밤 이 호들 속에서 자고 바로 이곳에 보초를 세우면 돼. 기관총 두 정을 설치해 뒀어."

"상황은 어때?" 크로프트가 속삭였다.

"모르겠어. 새벽녘에 전 전선에 걸쳐 공격이 시작될 거라는 말은 들었어. 오늘 밤에 일 개 소대를 C중대로 돌려야 했기 때문에 일 개 소대도 안 되는 병력으로 이곳 진지 전체를 지키고 있었지." 그가 손으로 입을 문지르자 어둠 속에서 바스락거리는 소리가 났다. "따라와, 이곳의 배치 상황을 보여 줄 테니까." 그가 크로프트의 팔을 잡았다. 크로프트가 그의 손에서 팔을 슬쩍 뺐다. 그는 남이 자기 몸에 손대는 걸 싫어했다.

그들이 길을 따라 몇 걸음 이동했을 때, A중대의 하사가 개인호 앞에서 걸음을 멈췄다. 그 앞에는 덤불 사이로 총구를 살짝 내민 기관총 한 대가 설치되어 있었다. 크로프트가 나뭇잎 사이로 내다보니, 희미한 달빛을 받으며 양쪽에 좁은 강변을 낀 강이 하나 흘렀다. "강은 얼마나 깊지?" 크로프트가 물었다.

"음, 아마 1~2미터 정도? 저런 걸로 일본 놈들을 막을 순 없지."

"이 앞에도 진지가 있나?" 크로프트가 물었다.

"아무것도 없어. 그리고 일본 놈들은 우리가 어디 있는지 정확히 알지. 정찰대가 왔다 갔거든." 그 병사는 또 한 번 입을 닦고 일어섰다. "다른 기관총이 있는 곳을 보여 주지." 그들은 강가에서 3미터가량 떨어진 지점에서 정글 사이로 낸 길을 따라 걸었다. 나무들을 베어 내 만든 터라 여기저기 그루터기가 남아 있었다. 귀뚜라미 몇 마리가 요란스레 울었다. A중대의 병사가 약하게 몸을 떨었다. "여기 또 한 정이 있네." 그가 말했다. "여기가 측면이야." 그가 나뭇가지들 사이로 밖을 살피고는 강변으로 발을 내디뎠다. "저길 좀 봐." 그가 말했다. 크로프트가 그의 뒤를 따랐다. 그들의 오른편으로 약 50미터 떨어진 곳에서 와타마이 산맥의 절벽이 시작되었다. 크로프트는 위를 쳐다보았다. 300미터쯤 되는 절벽이 거의 수직으로 솟아 있었다. 어둠 속에서도 절벽이 그들을 굽어보는 것 같은 느낌이 들었다. 눈을 크게 뜨고 보니 절벽이 끝난 지점에 하늘이 조금 보이는 듯했으나 확실치는 않았다. 크로프트는 묘한 흥분을 느꼈다. "이렇게 가까운 줄은 몰랐는데." 그가 말했다.

"그래, 여기는 좋은 점도 있고 나쁜 점도 있어. 일본 놈들이 저 끝을 돌아서 오지는 못할 테니까 그 점은 염려 안 해도 되지. 하지만 우리는 측면을 맡고 있으니 여기를 거세게 공격해 오면 저지할 방법이 별로 없어." 그가 숲 속으로 다시 들어가더니 천천히 숨을 내쉬었다. "여기 나와서 지낸 이틀 밤을 생각하면 섬뜩해. 저 강 좀 봐. 달이 밝아서 그냥 반짝거리는 것뿐인데, 한참 보고 있으면 왠지 초조해진다니까."

크로프트는 정글 가장자리 밖에 남아서, 오른쪽으로 구부러지며 산맥과 평행하여 흐르는 강을 바라보았다. 강은 첫 번째 절벽이 시작되는 지점 바로 몇 미터 앞에서 일본군의 진지가 있는 쪽으로 휘어졌다. 그래서 그는 그쪽에 있는 모든 것들을 다 볼 수 있었다. 왼쪽으로는 풀이 무성한 높은 둑 사이의 푹 꺼져 들어간 곳에서, 밤에 보면 자동차 도로와 같은 모양으로 강이 수백 미터 곧게 뻗어 있었다. "자네들 위치는?" 그가 물었다.

A중대의 병사가 정글에서 조금 튀어나온 나무 한 그루를 가리켰다. "저 나무 바로 이쪽 편이야. 우리에게 연락을 취해야 할 일이 생기면 아까 그 갈림길까지 돌아와서 그곳에서 갈라지는 길 중 가장 오른쪽 길을 택해. 다가오면서 '버크아이'라고 소리치면 돼."

"알았어." 크로프트가 말했다. 크로프트와 몇 분 더 이야기를 나눈 후, A중대의 병사는 탄대의 고리를 채웠다. "제기랄, 두고 봐. 여기서 하룻밤을 보내자면 머리가 돌아 버릴 테니까. 아무것도 없이 그저 삭막한 정글뿐이잖아. 게다가 형편없는 기관총 한 자루 달랑 들고 정글 밖으로 몸을 노출시키고 있으니 말이야." 그가 소총을 어깨에 걸치고 길을 따라 내려갔다. 크로프트는 잠시 그를 지켜보다가 수색 소대가 있는 곳으로 돌아갔다. 그가 2인용 천막 세 개가 세워져 있는 곳 옆에서 기다리던 소대원들에게 기관총 두 대가 설치된 곳의 위치를 가르쳐 주었다. 그는 자기가 알게 된 사실을 그들에게 간단하게 설명한 다음 보초 설 사람을 뽑았다. "지금 시각은 오전 3시야." 그가 그들에게 말했다. "우리 중 네 명이 한쪽 초소에, 그리고 다섯 명이 다른 쪽 초소에서 보초를 선다. 두 시간 교대로 할 거야. 한 바퀴 순서가 돌아간 다음엔 다섯 명 초소의 한 사람이 네 명 초소로 간다." 그는 소대원들의 근무 조를 나누고 측면의 기관총좌에서 첫 번째 근무를 자기가 맡았다. 윌슨이 다른 쪽 기관총을 맡겠다고 나섰다. "내 차례가 끝나면 난 계속 잘 거야." 윌슨이 말했다. "한창 좋은 꿈을 꾸던 중에 일어나는 거 이젠 질려."

병사들이 힘없이 웃었다.

"아, 잘 들어." 크로프트가 덧붙였다. "일단 어떤 문제라도 생기면, 자던 사람들도 번개같이 일어나서 우릴 지원해야 해. 우리 천막에서 윌슨의 기관총좌까지는 고작 2미터 정도야. 내가 있는 곳도 거기서 그렇게 멀지 않아. 그러니 너희들 모두가 우리가 있는 곳까지 오는 데 세 시간씩 걸리지는 않을 테지."

두어 사람이 다시 미소를 지었다. "좋아, 이 정도로 해 두지." 그는 병사들을 떠나 자기가 맡은 기관총이 있는 곳으로 걸어 갔다.

그는 호의 가장자리에 앉아 덤불 사이로 강을 내다보았다. 사방이 정글이었다. 더 이상 할 일이 없어진 지금 그는 매우 피곤하고 조금은 우울했다. 이런 기분을 없애기 위해 그는 호 속에 있는 여러 가지 물건들을 손으로 더듬기 시작했다. 탄약 대 세 상자와 기관총 밑에 일렬로 가지런히 놓아 둔 수류탄 일곱 개가 만져졌다. 그의 발치에는 조명탄 한 상자와 조명탄 총 한 정이 있었다. 그는 조명탄 총을 집어 들고 조용히 개머리판 을 열어 장전을 하고 다시 닫았다. 그런 다음 그것을 옆에 내려놓았다.

포탄 몇 개가 윙 소리를 내면서 머리 위로 낮게 날아가더니 떨어지기 시작했다. 포탄이 강 건너편 가까이 낙하하는 것을 보고 크로프트는 조금 놀랐다. 불과 몇 백 미터 밖에서 포탄 터지는 소리가 엄청나게 크게 들렸다. 파편 몇 조각이 그의 머리 위에 있는 나뭇잎들을 때렸다. 그는 풀줄기를 하나 꺾어서 입에 넣고 생각에 잠겨 천천히 씹었다. 그는 A중대의 화기 소대가 포격을 한 거라고 추측했고, 소대원들을 후퇴시켜야 할 경우 갈림길에서 어떤 길을 택해야 그들에게 갈 수 있는지 판단하려 했다. 이제 그는 차분하고 편안했다. 그들의 진지가 위험해질 수도 있다는 생각은 그가 앞서 느꼈던 전투에 대한 기대감을 중화시켰다. 그는 냉정을 찾았고 침착해졌고 심한 피로감을 느꼈다.

박격포탄이 그의 왼쪽에 자리 잡은 소대 앞 50미터 정도 지점에 낙하했다. 크로프트는 조용히 침을 뱉었다. 단순히 교란을 목적으로 한 포격이라 하기엔 낙하 지점이 지나치게 가까웠다. 누군가가 강 건너편 정글에서 무슨 소리를 듣지 않았다면, 아군의 진지에서 그토록 가까운 지점에 박격포를 퍼붓게할 리 없었다. 그의 손이 다시 호 속을 더듬었고 야전 전화를찾아냈다. 크로프트가 수화기를 집어 들고 말없이 귀를 기울였다. 전화는 A중대의 소대들끼리만 연락 가능한 열린 회선같았다. 두 사람이 최대한 긴장하고 들어야 겨우 들릴 만큼 낮은 소리로 말을 주고받고 있었다.

"포격 거리를 50미터 늘렸다가 다시 지금처럼 줄여 주게."

"일본 놈들이 있는 게 분명한가?"

"놈들 말소리를 들었어. 확실해."

크로프트가 긴장한 채 강 건너편을 응시했다. 달이 떠서 양쪽 강변이 은빛으로 빛났다. 강 건너편의 정글은 뚫을 수 없는벽처럼 보였다.

박격포가 그의 뒤쪽에서 무자비하고 낮은 소리를 내며 발사되었다. 그는 포탄이 정글에 낙하하다가 연달아 포격이 이어지면서 그 낙하 지점이 조금씩 강 쪽으로 이동하는 것을 지켜보았다. 강 건너 일본군 진지에서 역시 박격포로 반격해 왔다. 왼쪽으로 400미터 정도 떨어진 곳에서 기관총 몇 정이 서로 대응 사격하는 소리가 들려왔다. 격렬하고 불규칙하게 울리는 소리였다. 크로프트가 수화기를 집어 들어 거기에 대고휘파람 소리를 냈다. "윌슨." 그가 속삭였다. "윌슨!" 대답이 없기에 그는 윌슨의 호까지 걸어가 볼지 말지를 고민했다. 그는 전화가 있는 것을 알아채지 못한 윌슨을 속으로 욕하다가, 이내 소대원들에게 상황을 설명하기 전에 전화를 발견하지 못한 자신을 책망했다. 그는 강 건너편을 바라보았다. 그러고도 선임 하사라니. 그는 자신이 못마땅했다.

그의 귀는 밤이 자아내는 모든 소리에 집중되었다. 그는 오랜 경험으로 무의미한 소리는 걸러 냈다. 굴 속에서 짐승이 바스락거리는 소리엔 신경 쓰지 않았고 귀뚜라미 우는 소리도 무시했다. 천에 감싸인 무언가가 나뭇가지에 부딪히며 미끄러져 가는 소리가 포착되었다. 그가 알기로 그런 소리는 정글에서 나무가 듬성한 곳을 사람들이 지나갈 때만 나는 소리였다. 그는 그나마 나뭇잎이 덜 빽빽한 곳을 알아보기 위해 강 건너편을 살폈다. 그의 기관총좌와 윌슨의 기관총좌 사이에는 사람들이 모일 수 있을 만큼 성긴 야자나무 숲이 있었다. 숲의 그 부분을 주시하면서, 그는 자기가 분명 인기척을 느꼈다고 확신했다. 그는 입을 꼭 다물고 기관총의 노리쇠로 손을 가져갔다. 그리고 총구를 천천히 야자나무 숲으로 돌렸다. 버스럭거리는 소리가 커졌다. 사람들이 강 저편의 덤불 사이를 기어 그의 총구가 겨냥하는 지점까지 다가오는 느낌이 들었다. 크로프트는 침을 한 번 삼켰다. 약한 전류가 팔다리의 혈관 속을 고동치며 흐르는 것 같았고, 머리는 얼음물에 처박혔을 때처럼 하얗게 비어 버린 것 같으면서도 놀라울 정도로 의식이 또렷했다. 그는 입술에 침을 바르고 위치를 살짝 바꿨다. 자기 근육이 수축되는 소리까지 들을 수 있을 것 같았다.

일본군의 박격포가 또 한 발 발사되었고, 그는 깜짝 놀랐다. 옆 소대 근처에 포탄이 떨어지면서 고통스럽고 귀에 거슬리는 소리가 났다. 달빛에 빛나는 강물을 계속 바라보다 보니 어느 순간 자신의 눈조차 믿을 수 없었다. 어두운 물결의 소용돌이 속에서 사람의 머리를 본 듯한 착각이 든 것이다. 크로프트는 잠시 자기 무릎을 내려다보다가 다시 강 건너로 눈길을 돌렸다. 그는 일본군이 있다고 짐작되는 지점에서 약간 왼쪽이나 오른쪽을 보았다. 어둠 속에서 대상을 똑바로 쳐다보았다간 그것을 볼 수 없다는 사실을 오랜 경험으로 알고 있었던 것이다. 그 숲에서 무언가가 움직이는 것 같은 느낌이 들었다. 또다시 등에서 땀이 배어 나와 굴러 내렸다. 그는 초조하게 몸을 뒤틀었다. 견디기 힘들 만큼 긴장되었다. 하지만 그 느낌이 꼭 불쾌하지만은 않았다.

그는 윌슨도 그 소리를 들었는지 궁금했다. 그런데 마치 그의 질문에 대답이라도 하듯이, 기관총의 노리쇠를 당겼다 놓는 소리가 찰칵하고 들려왔다. 한껏 긴장한 크로프트의 신경에는 그 소리가 강의 위아래를 다 울리는 것처럼 크게 들렸다. 윌슨은 자신의 위치를 적에게 노출시킨 셈이었다. 크로프트는 몹시 화가 났다. 숲 속의 바스락거리는 소리가 더욱 커졌다. 강 건너에서 사람들이 속삭이는 소리를 들을 수 있다고 크로프트는 확신했다. 그는 수류탄을 한 개 더듬어 찾아서 발치에 놓았다.

그때 그의 살을 뚫고 들어오는 것 같은 소리가 들려왔다. 누군가가 강 건너편에서 "양키! 양키!" 하고 불렀다. 크로프트는 굳어진 듯 앉아 있었다. 그 음성은 가늘고 높고 듣기 끔찍한 속삭임이었다. "일본 놈이군." 크로프트는 생각했다. 그 순간 몸이 움직여지지 않았다.

"양키!" 그 소리는 크로프트를 향하고 있었다. "양키, 우린 네놈들 가서 죽인다."

숨 막히게 무거운 매트리스처럼 밤이 강 위에 깔려 있었다. 크로프트는 숨을 쉬려고 애썼다.

"우린 네놈들 가서 죽인다, 양키."

크로프트는 누군가가 갑자기 손으로 그의 등을 찰싹 치고는 등뼈를 지나 두개골까지 더듬어 올라가 앞머리를 움켜쥐는 것 같은 느낌이 들었다. "네놈들 가서 죽인다." 그는 그렇게 속삭이는 자신의 목소리를 들었다. 악몽을 꾸면서 비명을 지르고 싶으나 도무지 소리가 나오지 않을 때처럼 그는 괴로운 좌절감을 느꼈다. "네놈들 가서 죽인다, 양키."

크로프트는 한순간 격렬하게 몸을 떨었다. 두 손이 기관총 위에서 얼어붙는 것 같았다. 그는 머릿속의 맹렬한 중압감을 더 이상 견딜 수 없었다.

"우린 네놈들 가서 죽인다, 양키." 강 건너편의 목소리가 새된 소리를 내질렀다.

"와서 마음대로 해 봐, 이 개새끼들아." 크로프트가 악을 썼다. 그는 굳게 닫힌 참나무 문을 몸으로 부딪쳐 열어젖히기라도 하려는 듯 온몸의 힘을 다 그러모아서 고함을 질렀다.

대략 십 초가량은 아무런 소리도 들리지 않았다. 그저 달빛이 강 위에 내려앉고 귀뚜라미들이 긴장과 흥분으로 시끄럽게 울어 댈 뿐이었다. 이윽고 예의 그 목소리가 다시 말했다.
"오, 우리 간다, 양키, 우리 간다."

크로프트가 기관총의 노리쇠를 잡아당겼다가 앞으로 다시
밀어 넣었다. 아직도 심장이 미친 듯이 뛰고 있었다. "수색 소
대…… 수색 소대, 전투 위치로." 그가 온 힘을 다해 목청껏 고함
을 질렀다.

강 건너편에서 기관총 한 정이 그를 향해 불을 뿜었다. 그는
얼른 호 속으로 몸을 숨겼다. 어둠 속에서 강 건너의 기관총이
무시무시한 소리와 함께 아세틸렌등처럼 독기 어린 흰빛을
토했다. 크로프트는 의지의 힘으로 버티고 있었다. 그가 방아
쇠를 당기자 기관총이 그의 손 아래에서 미친 듯이 널을 뛰었
다. 예광탄이 강 건너의 정글 속으로 마구 분출되었다.

그러나 그 소리가, 총의 진동이, 그를 진정시켰다. 그는 일
본군 기관총의 불길이 보이던 쪽을 겨냥해서 한바탕 총격을
가했다. 기관총의 손잡이가 사격의 반동으로 그의 주먹을 마
구 때리고 있었기 때문에, 그는 양손으로 그것을 붙잡고 있어
야 했다. 총구에서 뜨거운 금속성 냄새가 확 끼쳐 오자, 그는
자신이 하고 있는 일에 다시 현실감을 찾았다. 그는 호 속으로
머리를 숙이고 적의 응사를 기다리다가 총탄이 핑 하고 지나
가자 본능적으로 몸을 움츠렸다.

피이이이융!…… 피이이이융! 총알이 땅을 스치고 날아가면
서 그의 얼굴에 흙을 끼얹었다. 크로프트는 그것을 의식하지
못했다. 그는 전투 중의 인간이 경험하는 표면적인 마비 상태
에 빠져 있었다. 그는 총성이 들릴 때마다 움찔하고, 입을 벌

렸다 다물었다 하고, 눈을 크게 떴으나, 자신의 신체에 대해서는 망각하고 있었다.

그가 다시 기관총을 발사했다. 오랫동안 독하게 방아쇠를 당기다가 호 속으로 얼른 고개를 숙였다. 끔찍한 비명 소리가 밤공기를 갈랐다. 한순간 크로프트는 힘없이 씩 웃었다. 해치웠구나 싶었다. 그는 타는 듯 뜨거운 쇳덩이가 살을 찢고 뼈를 박살내는 광경을 머릿속에 그려 보았다. "아야아아아아." 비명 소리에 그는 다시 한 번 얼어붙었다. 그리고 순간적으로 현실에서 묘하게 단절되어, 소가 낙인찍힐 때 내는 울음소리와 냄새와 한숨 소리가 복잡하게 뒤섞이는 느낌을 경험했다. "수색소대, 일어나…… 일어나!" 그가 미친 듯이 악을 썼고, 소대원들이 진격해 오는 동안 그들을 엄호하기 위해 십 초 동안 사격을 계속했다. 사격을 멈췄을 때, 그는 병사들 몇 명이 뒤에서 기어 오는 기척을 느꼈다. "수색 소대인가?" 그가 속삭였다.

"그래." 갤러거가 그가 있는 호 속으로 뛰어들었다. "성모 마리아여!" 그가 중얼거렸다. 크로프트는 그가 옆에서 떨고 있다는 걸 느낄 수 있었다.

"진정해!" 그가 갤러거의 팔을 꽉 붙잡았다. "다른 사람들도 일어났나?"

"응."

크로프트는 다시 한 번 강 건너편을 보았다. 모든 것이 조용했다. 단속적이고 일관성 없이 분출하던 기관총의 불길이 회전 숫돌에서 튀어나와 사라지는 불꽃처럼 잊혔다. 이제 더 이상 혼자가 아니었으므로, 크로프트는 작전을 세울 수 있었다.

소대원들이 일어나 강변을 따라 두 정의 기관총 사이 숲 속에 흩어져 있다는 사실에 그는 지휘관으로서의 감각을 되살려 냈다. "일본 놈들이 곧 공격해 올 거야." 그가 갤러거의 귀에 대고 쉰 목소리로 속삭였다.

갤러거가 다시 몸을 떨었다. "으으, 이런 식으로 잠을 깨야 하다니." 그는 그렇게 말하려고 했지만, 목소리가 자꾸만 꺼져 들어갔다.

"이것 봐." 크로프트가 속삭였다. "병사들이 흩어져 있는 곳으로 기어가서 일본 놈들이 강을 건널 때까지는 발포하지 말라고 일러."

"안 돼. 난 못해." 갤러거가 속삭였다.

크로프트는 그를 한 대 패 주고 싶었다. "가!" 그가 속삭였다.

"난 못해."

강 건너편에서 일본군의 기관총이 그들을 향해 불을 뿜었다. 총탄이 그들 뒤쪽의 정글 속으로 날아들면서 나뭇잎들을 산산조각 냈다. 정글 속으로 수평 비행하는 예광탄들이 번갯불의 붉은 조각들 같았다. 강 건너편에서부터 소총 1000개가 그들을 향해 일제히 불을 뿜고 있는 것 같았다. 두 사람은 호 바닥에 납작 엎드렸다. 그들의 고막을 찢어 놓기라도 하려는 듯이 총성이 엄청나게 울려 댔다. 크로프트는 머리가 아팠다. 기관총을 쏘다 보니 귀가 반쯤 멀어 있었다. 피이이이융! 총탄이 튀면서 두 사람 위에 더 많은 흙을 끼얹었다. 크로프트는 이번에는 흙이 그의 등에 떨어지는 감촉을 느꼈다. 그는 언제 고개를 들고 다시 기관총을 발사해야 할지를 감지해 보려 애썼다. 일본군의 총격이 조금 느슨해졌다 싶었을 때, 그는 호 밖으로 조심스레 고개를 내밀었다. 피이이이융, 피이이이융! 그는 다시 호 속으로 고개를 숙였다. 일본군의 총탄이 숲을 뚫고 그들에게 날아오고 있었다.

비명을 지르는 것 같은 높고 날카로운 소리가 들려왔다. 두 사람은 두 팔로 머리를 감싸 쥐었다. 콰콰콰콰앙, 콰콰콰콰앙, 콰쾅, 콰쾅. 박격포탄이 그들 주변 일대에서 작렬했다. 무언가가 갤러거를 들어 올려 마구 흔든 뒤 내동댕이쳤다. "하느님!" 그가 절규했다. 흙덩이가 그의 목을 후려쳤다. 콰콰콰콰앙, 콰콰콰콰앙.

"제기랄, 맞았어." 누군가가 악을 썼다. "나 맞았어. 뭔가가 내게 명중했어."

콰콰콰콰앙.

갤러거는 포탄이 터질 때의 충격을 견딜 수가 없었다. "그만해, 항복." 그가 악을 썼다. "그만해!…… 항복하겠어! 항복한다고!" 그 순간 그는 이제 자기가 무엇 때문에 소리를 지르는지도 알지 못했다.

콰콰콰콰앙, 콰콰콰콰앙.

"나 맞았어! 맞았어!" 누군가가 절규했다. 일본군의 소총이 또다시 작렬했다. 크로프트는 두 손으로 땅을 짚고 호 바닥에 누웠다. 그의 모든 근육은 금방이라도 반응할 태세가 되어 있었다.

콰콰콰콰앙. 피이이이잉! 포탄의 파편들이 나뭇잎 사이로 흩어지면서 높고 날카로운 소리를 냈다.

크로프트는 조명탄 총을 집어 들었다. 총격은 여전히 계속되고 있었지만, 총성 사이로 그는 누군가 일본어로 외치는 소리를 들었다. 그는 조명탄 총을 하늘에 겨냥했다.

"몰려오는군." 크로프트가 말했다.

그는 조명탄을 발사하고 외쳤다. "저들을 막아!"

날카로운 외침 소리가 강 건너편의 정글에서 들려왔다. 그것은 발이 짓이겨지는 사람의 입에서 나올 법한 그런 비명 소리였다. "아아아아악, 아아아아악."

조명탄은 일본군이 돌격을 시작한 순간에 터졌다. 크로프트는 한쪽 측면에서 일본군의 기관총이 불을 뿜고 있는 것을 곁눈으로 감지하고는 자동적으로 총격을 가하기 시작했다. 그는 자기가 어디에다 총을 쏘고 있는지도 보지 않고 그저 총구를 좌우로 낮게 움직이면서 마구 총알을 퍼부었다. 다른 기관총들이 내는 소리는 들리지 않았지만, 총구가 배기관처럼 불을 내뿜는 것은 보였다.

일본군들이 좁은 강을 건너서 그를 향해 달려오는 모습이 순간적으로 정지 화면이 되어 그의 놀란 눈에 들어왔다. "아아아아악!" 하는 소리가 또 한 번 들려왔다. 조명탄의 불빛 속에서 일본군들은 순간적으로 번쩍이는 번갯불에 비친 사람들처럼 완전히 얼어붙어 있었다. 크로프트는 이제 아무것도 분명하게 볼 수가 없었다. 그 순간에는 어디까지가 손이고 어디부터가 기관총인지도 분간되지 않았다. 그는 엄청난 소음의 혼란 속에 빠져들어 거기에서 개개의 비명과 고함 소리를 한순간에 의식에 새겼다. 강을 건너 돌진해 오는 일본군이 몇 명인지도 헤아릴 수 없었다. 그가 아는 것이라곤 자신의 손가락이 방아쇠를 잡아당긴 채 그대로 굳어 있다는 사실뿐이었다. 그는 손가락을 뗄 수가 없었다. 그러는 동안 그는 위험을 전혀 의식하지 못했다. 그저 계속해서 총질을 할 뿐이었다.

선두에서 강을 건너 돌격하던 일본군 병사들이 쓰러지기 시작했다. 물속에서 그들의 걸음이 상당히 느려지자, 수색 소대의 집중 총격이 탁 트인 들판에 불어닥친 바람처럼 그들에게 쇄도한 것이다. 일본군들은 자기들 앞에서 총을 맞고 죽은 동료들의 시체에 발부리가 걸려 쓰러졌다. 크로프트는 한 일본군 병사가 자기 동료의 시체 뒤에서 허공으로부터 무언가를 잡으려는 듯이 손을 공중으로 뻗는 것으로 보고 그에게 총격을 가했다. 몇 초 후 그 병사의 팔이 아래로 떨어졌다.

오른쪽을 보니 강이 굽으면서 절벽과 평행하여 흐르는 곳에서 일본군 병사 세 명이 강을 건너려 하고 있었다. 크로프트는 그쪽으로 기관총을 돌려 총알을 퍼부었다. 그 가운데 한 명이 쓰러졌고, 다른 두 명은 잠시 행동을 결정하지 못하고 멈칫했다가 왔던 곳으로 다시 달아나기 시작했다. 그러나 그들까지 해치울 겨를은 없었다. 일본군 병사 몇 명이 이미 그가 있는 쪽 강안에 닿아 총에 탄환을 장전하고 있었기 때문이다. 그는 그들을 똑바로 겨냥해 총질을 했고, 그들은 그의 호 약 5미터 앞에서 고꾸라졌다.

크로프트는 공을 쫓는 운동선수처럼 날렵한 반응 신경으로 표적을 바꾸면서 연방 방아쇠를 당겼다. 일본군이 쓰러지는 모습을 보면, 그는 그 즉시 또 다른 무리를 공격했다. 일본군의 대열은 동요하는 여러 개의 작은 무리들로 흩어져 후퇴하기 시작했다.

조명탄의 빛이 사그라지자, 한순간 아무것도 보이지 않았다. 어둠 속에서 소리마저 잠잠해졌다. 크로프트는 거의 절박한 심정으로 조명탄 한 개를 더 더듬어 찾았다. "그거 어디 있어?" 그가 갤러거에게 속삭이듯 물었다.

"뭐?"

"빌어먹을." 조명탄 상자가 손에 잡히자, 크로프트는 조명탄 총을 다시 장전했다. 어둠 속에서 사물이 보이기 시작했다. 그는 망설였다. 그러나 무언가가 강 위에서 움직였고, 그는 조명탄을 발사했다. 그것이 터질 때, 강을 건너던 일본군 병사 몇 명이 얼어붙은 듯 서 있는 모습이 눈에 잡혔다. 크로프트는 총구를 그들 쪽으로 발사했다. 그중 한 명은 믿기지 않을 만큼 오랫동안 서 있는 상태를 유지했다. 그의 얼굴에는 아무런 표정도 없었다. 수 발의 총탄이 가슴에 박히는 순간에도 그는 그저 어리둥절하고 기막혀 하는 얼굴이었다.

이제 강 위에는 아무런 움직임도 없었다. 조명탄의 불빛에 비친 시체들은 곡식 자루처럼 생명 없이 축 늘어져 있었다. 한 병사가 물속에 얼굴을 처박은 채 떠내려가고 있었다. 기관총좌에서 가까운 곳에 또 다른 일본군 병사가 나자빠져 있었다. 몸에선 피가 넓게 번지고 있었고, 총탄에 찢긴 배는 부풀어 오른 닭의 내장처럼 입을 벌리고 있었다. 크로프트는 충동적으로 그 시체에 총탄을 퍼부었고, 그것이 꿈틀거리는 걸 보면서 자신도 모르게 몸을 부르르 떨며 쾌감을 느꼈다.

부상을 입은 병사 하나가 일본어로 신음하고 있었다. 몇 초에 한 번씩 비명을 질러 댔는데, 조명탄의 차가운 푸른빛 속에서 그 소리가 끔찍하게 들렸다. 크로프트가 수류탄을 한 개 집어 들었다. "개새끼, 너무 시끄럽잖아." 이 말과 함께 그가 핀을 뽑더니 수류탄을 맞은편 기슭으로 던졌다. 그것은 한 시체 위에 콩 부대처럼 떨어졌다. 크로프트가 갤러거를 끌어당겨 함께 호 속에 엎드렸다. 폭발은 창유리를 깰 정도의 돌풍처럼 위력적이면서도 공허했다. 잠시 후 폭발 소리는 잦아들었다.

크로프트는 신경을 바짝 세운 채 강 건너편에서 나는 소리에 귀를 기울였다. 사람들이 정글 속으로 은밀히 후퇴하는 소리가 들려왔다. "한바탕 갈겨 주자!" 그가 외쳤다.

수색 소대 병사들 모두가 다시 총격을 시작했다. 짧게 집중사격을 하는 동안 크로프트는 일 분가량 정글에 총탄을 무자비하게 퍼부었다. 그는 윌슨의 기관총이 규칙적으로 불을 뿜는 소리를 들을 수 있었다. "제대로 혼쭐을 내 준 것 같지?" 크로프트가 갤러거에게 말했다. 조명탄 불빛이 사그라지고 있었다. 크로프트가 일어서서 외쳤다. "맞은 사람이 누구야?"

"토글리오야."

"심한가?" 크로프트가 물었다.

"난 괜찮아." 토글리오가 속삭였다. "팔뚝에 총알이 하나 박혔어."

"아침까지 견딜 수 있겠어?"

잠시 침묵이 흐른 후, 토글리오가 힘없이 대답했다. "응, 괜찮을 거야."

크로프트가 호에서 나왔다. "내가 그리로 가지." 그가 알렸다. "총질은 하지 마." 그가 길을 따라 토글리오가 있는 곳까지 걸어갔다. 레드와 골드스타인이 무릎을 꿇은 자세로 그의 옆에 붙어 있었다. 크로프트가 그들에게 낮은 소리로 일렀다. "이 말을 모두에게 전해." 그가 말했다. "우리는 내일 아침까지 호 속에 머무른다. 오늘 밤에는 다시 공격해 올 것 같지 않지만, 알 수 없는 일이니까. 그리고 어느 누구도 잠이 들어서는 안 돼. 한 시간 후면 날이 샐 테니 불평할 건 없어."

"그렇지 않아도 안 잘 생각이었어." 골드스타인이 목소리를 낮춰서 말했다. "이런 식으로 잠을 깨다니." 갤러거도 그와 똑같은 말을 했었다.

"그래, 나도 그놈들이 오길 기다리며 엉덩이만 붙이고 앉아 있었던 건 아냐." 크로프트가 말했다. 그는 이른 새벽의 차가운 공기에 잠시 몸을 떨었다. 그리고 자신이 그날 난생처음 진짜 두려움을 느꼈다는 걸 깨닫고 수치심을 느꼈다. "일본 개새끼들." 그가 말했다. 피로 때문에 다리가 무거웠다. 그는 몸을 돌려 자기가 원래 있던 기관총좌로 향했다. 징글징글한 개새끼들, 하고 그는 혼잣말을 했다. 무서운 분노가 그의 피곤한 몸을 달궜다.

"언제든 내 손에 걸리기만 해 봐." 그가 속삭이듯 중얼거렸다. 강물이 시체들을 천천히 강 하류로 실어 나르고 있었다.

"적어도 말이야." 갤러거가 입을 열었다. "우리가 여기서 이틀 정도 머무른다 해도 저 빌어먹을 새끼들 냄새는 안 올라올 테니 다행이지 뭐야."

# 타임머신

## 샘 크로프트

### 사냥꾼

중키에 깡마른 체구였지만 꼿꼿한 자세 때문에 그는 실제보다 키가 커 보였다. 세모꼴의 갸름한 얼굴에는 표정이 드러나지 않았고, 작고 단단한 턱과 여위고 견고한 볼, 그리고 곧고 짧은 코에도 허술한 구석 하나 없었다. 얼음처럼 차가운 눈은 짙은 파란색이었다……. 그는 유능하고 강했지만 평상시에는 모든 것에 냉담했고, 마음속으로는 거의 모든 사람들을 낮춰 보며 멸시하는 태도를 취했다. 그는 약한 것들을 증오했고, 실질적으로 아무것도 사랑하지 않았다. 정신적으로 조악하고 미성숙한 시각을 갖고 있었지만, 그 자신은 그것을 거의 의식하지 못했다.

그래, 맞아. 그런데 크로프트는 왜 그 모양인 거지?

이유들이야 분명히 있지. 그가 그 모양인 건 사회가 타락해서이고, 악마가 그를 자기와 한패로 만들었기 때문이지. 그가 텍사스 태생인 것도, 그가 신을 버린 것도 그가 그 모양이 된 이유야.

크로프트가 그렇게 된 것은 유일하게 사랑했던 여자가 배신했거나, 처음부터 그렇게 태어났거나, 적응하는 데 문제가 있었기 때문이다.

크로프트의 아버지 제시 크로프트는 이렇게 말하곤 했다. "자, 자, 우리 샘은 아주 다루기 어려운 아일세. 아마도 그렇게 태어난 모양이야." 그러고 나서 약한 몸으로 병석에 누워 있는, 상냥하고 온화한 아내를 생각하며 이렇게 덧붙이기도 했다. "물론 샘도 제 어미의 젖을 먹었지. 그런데 내 생각엔 그놈이 먹을 때 젖이 시큼하게 변한 것 같아. 그래야만 그놈의 위장이 받아들이거든." 그렇게 말한 뒤 그는 낄낄 웃으면서 손으로 코를 풀고는 그 손을 입고 있던 연푸른 데님 바지 뒤춤에 닦았다. (그는 더러운 목조 헛간 앞에서 서부 텍사스의 메마른 붉은 땅을 딛고 서 있었다.) "아 글쎄, 언젠가 내가 샘을 데리고 사냥을 간 적이 있단 말이야. 총도 겨우 들 수 있을까 말까 하는 작은 꼬마 때였어…… 하지만 그놈은 처음부터 사격 솜씨가 제법 훌륭했지. 그리고 한 가지 말해 두자면 그놈은 누가 이래라저래라 하는 걸 아주 싫어했거든. 아, 그 빌어먹을 녀석이 아주 어릴 때부터 누가 제 일에 간섭하는 걸 못 참았단 말이야."

"무슨 일이든 남한테 지는 걸 못 견뎌 했어."

"그놈을 꺾을 방법이 없었지. 아무리 두들겨 패도 우는소리 한 번을 안 했어. 도리어 때려눕히겠다는 듯이, 아니, 오히려 머리에 총알이라도 한 방 박아 넣겠다는 듯이 나를 노려보면서 그냥 버티고 서 있더란 말이야."

크로프트는 아주 어려서부터 사냥을 했다. 겨울이면 쌀쌀한 텍사스 사막에서 낡아 빠진 포드 무개차를 타고 금강사 같은 먼지를 뒤집어쓰면서 바퀴 자국이 나 있는, 단단하게 다져진 길을 추위에 몸이 얼어 감각이 없는 상태로 30킬로미터나 달리곤 했다. 앞 좌석의 두 어른은 별로 말이 없었다. 운전을 하고 있지 않은 쪽은 연신 손으로 코를 풀었다. 그들이 숲에 도착했을 때, 해는 적갈색 산등성이 위로 올라오려고 안간힘을 쓰고 있었다.

"자, 애야, 저 길을 좀 봐라. 저게 바로 사슴이 다니는 길이란다. 사슴이 있는 곳을 추적해 낼 만큼 기민한 사람은 드물다. 가만히 앉아서 놈들이 나타나길 기다려야 해. 바람이 사슴이 있는 곳에서 네게로 불어오는 쪽에 자리를 잡아야 해. 그리고 아주 오랫동안 기다려야 한다."

소년은 덜덜 떨면서 숲 속에 앉아 있다. "내가 사슴이 나타날 때까지 가만히 앉아 기다릴 줄 알아? 내가 그놈들을 찾아낼 거야."

그가 얼굴에 바람을 맞으며 숲 속에서 사슴을 몰래 추적한다. 주위는 어둡고 나무들은 은갈색을 띠고 땅은 짙은 올리브색 우단 같다. 사슴은 어디 있을까? 그가 발에 걸리는 나뭇가지를 걷어찬다. 수사슴 한 마리가 나무들 사이로 타닥타닥 도망치는 것을 보고 몸이 굳어진다. 제기랄! 빠르네.

다음번엔 좀 더 조심스럽다. 사슴이 지나간 자국을 발견하고 짜릿한 긴장감을 느끼면서 그는 무릎을 구부린 자세로 사슴의 발자국을 사랑스럽게 더듬어 간다. 이 사슴은 내가 찾아내야지.

두 시간 동안 그렇게 숲 속을 기어간다. 발 딛는 곳을 주의 깊게 살피면서 발을 뒤꿈치부터 먼저 딛고 발끝이 땅에 닿기 무섭게 체중을 앞으로 옮겨 싣는다. 가시가 있는 마른 잔가지들이 옷에 걸리면, 그것들을 하나씩 조용히 떼어 낸다.

작은 빈터에 사슴이 있는 것을 본 순간 몸이 얼어붙는다. 바람이 부드럽게 얼굴에 불어온다. 그 짐승의 냄새가 나는 것 같다. 제기랄, 그는 혼자 속삭인다. 크기도 하네. 수사슴이 천천히 고개를 돌린다. 100미터 떨어진 곳에 있는 그놈의 시선이 그를 지나쳐 간다. 빌어먹을 놈이 나를 못 보는구나.

소년은 총을 들어 올린다. 손이 너무 떨려서 가늠쇠가 흔들린다. 총을 다시 내리고 자신에게 욕설을 퍼붓는다. 꼬부라진 할망구 같구나. 그는 총을 다시 들어 올려 안정되게 잡는다. 총구가 앞다리 근육에서 바로 몇 센티미터쯤 내려간 지점을 겨냥할 때까지 앞쪽 가늠쇠를 조준한다. 심장을 명중시켜야지.

타앙!

다른 누군가가 쏜 총성이다. 사슴이 고꾸라진다. 소년이 울먹이며 앞으로 뛰쳐나간다. 누가 쏘았어? 내 사슴이란 말이야. 쏜 놈을 죽여 버릴 거야.

제시 크로프트가 그를 보며 웃는다. 아까 그 자리에 앉아 있으라고 했잖아.

저놈은 내가 찾았어.

너한테 놀라서 나한테로 온 거란다. 1킬로미터 밖에서도 네 발자국 소리가 들리더라.

거짓말, 거짓말이야. 소년이 주먹을 휘두르며 아버지에게 덤벼든다.

제시 크로프트가 그의 뺨을 한 대 갈기자, 그가 주저앉는다. 이 늙은 개새끼. 소년을 악을 쓰며 또다시 아버지에게 덤벼든다.

제시가 껄껄 웃으면서 아들을 밀친다. 요 꼬마 살쾡이 같으니. 이 아비에게 덤비려면 십 년은 기다려야 할 거다.

그 사슴은 내 거야.

그건 이기는 사람이 차지하는 거다.

소년의 눈에서 눈물이 굳어 버린다. 손이 떨리지만 않았던들 내가 먼저 사슴을 쏘았을 텐데, 하고 그는 생각한다.

"정말이라니까." 제시 크로프트가 말했다. "샘은 무슨 일이건 남한테 지는 걸 못 참아. 열두 살 때였나, 하퍼에 바보 녀석이 하나 있었는데, 그 녀석이 툭하면 샘을 두들겨 팼단 말이야."(제시가 모자를 벗어 들고 하얗게 센 텁수룩한 뒷머리를 긁는다.) "그 녀석이 매일같이 샘을 두들겨 패는데도, 샘은 다음 날이면 또 찾아가서 싸움을 걸곤 했어. 그리고 결국엔 샘이 그 녀석을 곤죽이 되도록 팼지."

"그 뒤로 열일곱 살쯤 됐을 땐가, 샘이 8월 장에 내놓을 말을 길들이는 일을 맡았지. 근방에서 말을 제일 잘 타는 걸로 유명했거든. 그런데 한번은 심판들까지 있는 정식 시합에서 멀리 데니슨에서 여기까지 온 어떤 녀석에게 지고 만 거야. 얼마나 화가 났는지 이틀 동안은 누구와도 말을 하려 들지 않더군."

"녀석에겐 좋은 피가 흐른단 말이야." 제시 크로프트가 동네 사람들에게 단언했다. "우리 집안은 육십 년 전쯤에 이곳에 처음 발을 들여놓았어. 사실 크로프트 집안 사람들이 텍사스에 온 건 백 년도 더 되지. 샘은 그들 중 일부에게서 고약한 피를 물려받은 것 같아. 하긴 그랬으니 여기 이런 곳에 발을 들여놓았겠지만."

사슴 사냥과 싸움질과 마을 장에서 말 길들이는 일을 한 시간은 전부 합쳐 일 년에 열흘 정도밖에 안 된다. 물론 다른 것들, 이를테면 한없이 길게 펼쳐진 평원과 저 멀리 보이는 언덕들, 큰 주방에서 부모와 동생들과 목장의 감독들과 함께하는 끝없이 지루한 식사 같은 것들도 있다.

인부들의 합숙소에서 오가는 대화도 있다. 생각에 잠긴 낮은 말소리들.

그 조그만 계집애, 완전히 취하지 않았다면 날 기억할걸.

그런 후에 난 그 검둥이를 보면서, 야, 이 검둥이 새끼야, 하곤 그냥 도끼를 집어 들어 머리통을 후려갈겼지. 그런데 그 빌어먹을 개새끼가 피도 별로 안 흘리는 거야. 코끼리라도 그렇게 머리통을 맞으면 그대로 뻗었을 텐데 말이야.

창녀는 남자한테 별로 좋은 게 아냐. 난 적어도 대여섯 번은 해야 성이 차거든. 그런데 한 번 집어넣었는가 싶으면 벌써 가라고 하니까, 굳이 힘들여 찾아갈 가치가 없지.

내가 그 남쪽 말 떼의 선두마를 눈여겨보았지. 귀 뒤에 점이 있는 그 빨간 놈 말이야. 날씨가 더워지면 성질이 고약해질 거야.

이것이 새뮤얼 크로프트가 받은 교육이었다.

그리고 늘, 날이면 날마다, 햇빛이 어른거리는 긴 오후 시간 내내 가축이 일으키는 먼지를 뒤집어써야 한다. 지루하고 나른하지만 안장 위에서 자는 건 결코 편하지 않다. 그럴 때면 읍내 생각이 날 수밖에. (술집과 매춘굴과 포목점.)

샘, 근질근질하냐?

국부에서 느리게 뛰는 맥박. 타고 있는 말의 가죽에서 햇볕이 반사되어 그의 사타구니를 나른한 열기로 감싼다. 그래, 좀.

하퍼에 주 방위군 부대를 하나 만들려나 봐.

그래?

군복을 입으면 여자들이 여럿 몰려들걸. 총질도 많이 할 수 있고.

나도 너랑 같이 가 볼까. 그가 말 머리를 왼쪽으로 돌려 무리에서 떨어져 나간 한 마리를 쫓아간다.


크로프트가 사람을 처음 죽여 본 것은 주 방위군 군복을 입었을 때였다. 유전 지대의 릴리펏에서 파업이 일어나 파업을 방해하던 사람들 몇 명이 다쳤다.

회사 측은 주 방위군의 지원을 요청했다. (이 파업을 시작한 놈들은 북부의 뉴욕에서 온 개새끼들이오. 유전 현장에선 꽤 쓸 만한 놈들도 있지만, 머리에 빨갱이 물이 들어서 이대로 가다가는 검둥이 궁둥이에 입 맞추라는 소리까지 할 거요.) 주 방위군은 공장 정문을 일렬로 막아선 채 뙤약볕 속에서 땀을 흘렸다. 피켓을 든 노동자들이 고함을 지르며 그들에게 야유를 보냈다.

어이, 조교들, 보이스카우트들을 데려왔구나.

뚫고 들어가자. 저들 역시 회사에서 고용한 파업 방해꾼들이야.

우리를 그냥 받아 버릴 생각인가 봐, 하고 옆의 병사가 그에게 말한다.

크로프트는 입을 굳게 다물고 대열에 서 있다.

주 방위군 중위는 남성용 의류 가게 주인이다. 저들이 돌을 던지면 엎드리는 게 좋아. 사태가 걷잡을 수 없이 험악해지면 저들의 머리 위로 두어 방 쏴라.

돌멩이 하나가 허공을 가른다. 정문 앞에 모인 군중은 시무룩한 표정들이다. 이따금 그들 가운데 한 명이 병사들에게 욕지거리를 한다.

나한테 그딴 식으로만 말했단 봐라, 개새끼들, 하고 크로프트가 말한다.

돌 하나가 날아와 병사 하나를 맞춘다. 병사들은 땅에 엎드려 전진해 오는 군중의 머리 위로 총을 겨눈다.

이곳을 조각내 버리자.

열 명가량의 사내들이 문을 향해 걸음을 내딛기 시작한다. 돌 몇 개가 그들의 머리 위로 날아와 병사들 틈에 떨어진다.

좋다, 제군들, 중위가 새된 소리로 외친다. 머리 위로 발포해.

크로프트가 총구를 낮추고 제일 가까이 있는 사내의 가슴을 겨냥한다. 그는 묘한 유혹을 느낀다.

방아쇠를 조금만 당겨 봐야지.

타아앙! 크로프트가 낸 총성은 일제 사격 소리 속에 묻혀 버리고, 그 노동자는 쓰러진다.

크로프트는 공허한 흥분을 느낀다.

중위가 욕을 한다. 빌어먹을, 누가 쐈어?

이런 상황에서는 알아낼 방법이 없지 않습니까, 중위님. 크로프트가 말한다. 그는 파업을 하던 군중이 겁에 질려 물러가는 것을 지켜본다. 개새끼들, 그가 혼잣말로 중얼거린다. 가슴이 뛴다. 손에서 수분이 다 빠져나간 느낌이다.

"제이니란 여자 기억나나? 샘이랑 결혼한 아이 말이네. 그 아이에 대해 말할 수 있는 것 하나는 그야말로 발정 난 암고양이 같았다는 거야." 제시 크로프트가 말했다. (그가 가래침을 탁 뱉고 생각에 잠겨 그것을 천천히 구둣발로 문지른다.) "정말 보통내기가 아니었지. 그래도 둘이 갈라서기 전까지는 샘과 죽이 잘 맞았어. 샘이랑 결혼한 여자는 여럿이었지만, 그 애랑 비교할 만한 애는 없었지. 나이를 이렇게 먹었는데도 그 애만 보면 아랫도리가 근질근질해져서 한번 비벼 대고 싶은 생각이 들더라니까." (바지 위를 맹렬히 긁어 댄다.) "샘이 그 애하고 결혼한 게 잘못이었지. 결혼반지를 끼워 주지 않고도 따먹을 수 있는 여자라면, 아예 결혼해서 정착할 생각을 말아야 해. 남자를 밝히는 여자는 일단 그 짓이 몸에 익으면 한 남자로는 만족을 못 하거든." (상대방을 손가락으로 가리킨다.) "사람 사는 게 다 그렇지."

오, 더 세게, 이 개자식아, 더 세게, 도중에 멈췄다간 죽여 버릴 거야.

누가 네 남자야?

당신이 내 남자야, 더 세게, 더 세게, 더 세게 해 줘.

나처럼 잘하는 놈은 없을걸.

없지, 없고말고. 오, 당신은 정말 미치도록 잘해.

배와 배가 미끄러지듯 마찰한다.

나만큼 제대로 사랑해 주는 놈은 없을걸.

정말이야, 자기, 정말이야.

나는 이걸 끝내주게 잘하거든. (여자의 거기에…… 힘차게…… 박아 넣지! 힘차게…… 박아 넣는 거야!)

결혼 후 크로프트는 아버지에게서 목장에 있는 작은 집 한 채를 빌렸다. 일 년이 지나는 동안 크로프트와 제이니 사이에는 점차 말수가 줄어들었고, 수많은 사건들이 있었으며, 사건들 자체는 곧 잊혔지만 그 여파는 그대로 남았다. 두 사람의 결혼 생활은 그렇게 천천히 시들어 갔다. 밤이면 그들은 거실에 나란히 앉아 라디오에 귀를 기울였는데, 서로 말을 주고받는 일은 드물었다. 크로프트는 어리석지만 본능적인 방식으로 아내에게 다가갈 계기를 찾곤 했다.

이제 잘까?

아직 이르잖아, 샘.

그렇지.

그런 식의 말이 오가고 나면 그는 화가 치밀었다. 한때는 그들도 서로를 잡아먹을 듯이 탐했고, 둘이 있는 자리에 다른 사람이 끼어들면 짜증이 났다. 그런데 지금은 잠을 잘 때마저 상대방의 몸이 성가셨다. 상대방의 무거운 팔이나 다리가 자는

데 방해가 되었다. 그리고 그렇게 함께하는 밤이 그들에게, 이러한 새로운 변화에 영향을 미쳤다. 이렇듯 서로의 몸에 느껴지는 둔한 무게, 접시를 씻는 일과 그저 습관처럼 입술을 맞대는 키스가 그들의 부부 생활을 구성하는 요소가 되었다.

그건 친구 사이와 다름없었다.

그러나 크로프트는 친구가 필요한 게 아니었다. 고요한 밤, 텍사스의 평원에 서 있는 이 집의 초라한 거실에 있다 보면, 뭐라 정의 내릴 수 없는 분노가 조금씩 치밀어 올랐다. 그로선 어떻게 표현해야 좋을지 모르는 것들이 있었다. (이를테면 밤의 광막한 공간 같은 것.) 두 사람 사이의 격정은 이제 완전히 식은 상태였다. 읍내에 나가서 술을 진탕 퍼마시기라도 하면 간혹 그들의 육체에 지난날의 열정 같은 것이 잠시 타오르기도 했지만, 결국엔 혼란만 일으키고 돌이킬 수 없는 반발심만 연장했다.

결국엔 그가 혼자서 읍내에 나가 창녀와 자고, 또 술에 취했을 땐 때때로 말 못할 분노로 아내를 패는 지경에 이르렀다.

그러자 제이니는 또 제이니대로 다른 남자들, 목장 일꾼들과 놀아나고, 한번은 시동생과도 정을 통했다.

"바람기 있는 여자랑 결혼해서 좋을 건 하나도 없어." 제시 크로프트가 나중에 한 말이었다.

크로프트는 아내와 싸우다가 그 사실을 알게 되었다.

또 한 가지 할 말이 있어. 당신이 읍내에 나가서 창녀들이랑 뒹굴 때, 내가 집에서 얌전히 앉아만 있었을 거라고 생각하면 오산이야. 나도 할 이야기가 좀 있다고.

무슨 얘기냐니까?

궁금하지, 그렇지? 당신도 골치 좀 썩을 거야. 날 너무 못살게 굴지 않는 게 좋을걸.

무슨 얘기냐니까?

그녀가 소리 내어 웃는다. 말이 그렇다는 거야.

크로프트가 그녀의 뺨을 갈기고는 그녀의 양 손목을 잡고 마구 흔든다.

무슨 얘기냐고?

개새끼. (그녀의 눈에 독이 오른다.) 무슨 얘긴지 몰라서 물어?

그가 힘껏 주먹으로 때리자 그녀가 쓰러진다.

당신보다 잘하는 남자도 있어. 그녀가 악을 쓴다.

크로프트가 부르르 몸을 떨며 서 있다가 방을 뛰쳐나간다. (빌어먹을 창녀 같으니.) 아무것도 느낄 수가 없다가 분노와 수치심이 치받쳐 오르다가 다시 아무것도 느껴지지 않는다. 이 순간 그가 처음 그녀에게 느꼈던 욕정이 완전히 되살아난다. (나는 이걸 끝내주게 잘하거든.)

"자기 마누라에게 올라탄 놈이 누군지 알았다면 샘은 그놈을 작살냈을 거야." 제시 크로프트가 말했다. "녀석은 우리를 다 목 졸라 죽일 듯이 길길이 날뛰더니 읍내로 나가서 떡이 되도록 술을 퍼마셨지. 그리고 돌아와서는 그길로 군에 입대하더군."

그 후로 그는 남편 있는 여자들을 상대했다.

이렇게 당신하고 어울린다고 천한 여자라고 생각하겠죠?

그렇지 않아요. 누구나 인생을 즐기고 싶어 하잖아요.

그래요. (맥주를 마신다.) 그게 바로 내 인생 철학이에요. 인생을 즐겨야죠. 나를 천한 여자라고 생각하진 않겠죠, 군인 양반?

이런, 당신 같은 미인을 어떻게 천한 여자라고 생각하겠어요? (맥주 한 잔을 더 마신다.)

시간이 좀 흐른 뒤. 잭은 내게 잘해 주지 않아요. 당신은 날 이해하죠.

그럼요, 나는 당신을 이해해요. 두 사람은 침대에서 함께 뒹군다.

내 사고방식에는 문제가 없어요. 여자가 말한다.

물론이죠. (그리고…… 힘차게…… 박아 넣는 거야!)

너희는 모두 빌어먹을 창녀들이야. 그가 생각한다.

그의 조상들은 애쓰고 고생하고 노동했고, 소를 몰고, 여자들을 혹사시키면서 1000마일을 이동했다.

그의 마음은 번뇌로 어지러웠고 끝없는 증오로 불타올랐다.

(너희는 죄다 빌어먹을 창녀들이야.)

(너희는 죄다 개년들이야.)

(너희는 죄다 쫓아가 죽일 사냥감들이야.)

나는 내 속에 있지 않은 건 죄다 증오한다.

# 6

폭풍우가 몰아친 날 밤에 시작된 전투는 이튿날 오후까지 계속되었다. 수색 소대가 저지한 일본군의 공격은 강의 상하류에 걸쳐 여러 시간 동안 산발적으로 가해진 수많은 비슷한 공격들 가운데 하나에 불과했고, 그러다 결국은 숨 막힐 듯이 지루한 교착 상태에 빠졌다. 전선에 있는 중대들 가운데 한두 번쯤 그런 전투에 휘말리지 않은 중대는 거의 없었으며, 그때마다 전투는 같은 양상으로 되풀이되었다. 일본군은 서른 명, 쉰 명 혹은 100명 단위로 무리를 지어 강을 건너와 자동화기로 무장을 하고 참호 속에 들어앉은 일 개 분대 혹은 일 개 소대의 미군 병력을 공격하려 했다. 그날 밤 일본군은 먼저 강변에 포진한 커밍스의 왼쪽 측면을 공격했고, 새벽에는 수색 소대가 가장 오른쪽 측면을 담당한 산 절벽 근처의 이 개 중대와 교전했다. 두 번의 공격이 모두 실패로 끝난 뒤, 도야쿠는 이른 새벽에 미군 방어선의 중심부를 공격해서 일 개 중대에 막대한 피해를 입히고 다른 일 개 중대를 2대대 본부 근처까지 밀어붙이는 데 성공했다. 아직 151포병 중대 본부에 머물러 있던 장군은 긴급하게 결단을 내렸고, 전날 밤에 결정한 전략을 확인하고 전선의 중앙 병력이 그 위치를 고수해야 한다는 명령을 전했다.

도야쿠는 400명의 병력과 탱크 네다섯 대를 강 건너편으로 보낼 수는 있었지만, 커밍스 장군이 포격을 가해 오고 일본군이 뚫은 돌파구 양쪽에서 미군 중대들이 반격해 오는 상황에서 작전을 계속하기에는 손해가 막심했다. 가장 위험한 순간의 어려움도 커밍스에겐, 마치 소파에 구멍을 뚫고 그것을 통해 빠져나오려고 꿈틀거리며 안간힘을 쓰는 뚱보의 엉덩이를 잡아당겨 끌어내는 정도의 어려움에 지나지 않았다. 장군은 예비 병력으로 공격하고, 미군의 방어선 배후로 침투해 들어온 일본군을 정글 속 빈터에 몰아넣은 뒤 전 사단의 포병 화력을 집중했다. 그리고 일본군이 가장 깊이 침투해 들어온 지점에서 불과 400미터 떨어진 지점에서 대기하던 탱크의 지원을 받아 뚱보의 엉덩이에 구멍을 뚫는 데 성공했다. 그날의 전투는 상륙 작전이 시작된 이래 가장 규모가 컸고, 또 가장 성공적이었다. 그날 오후 늦게 일본군의 타격 부대가 분쇄되었다. 생존자들은 다시 정글 속으로 숨어 들어가, 그 후 일주일이 지나는 동안 한 명씩 제거되거나 가까스로 강을 건너 자기네 진지로 귀환했다. 장군이 자기 방어선을 뚫고 들어온 적의 병력을 궤멸시킨 것은 이때가 두 번째였다. 그는 헌에게 이에 관해 짧게 설명했다. "이런 종류의 작전을 일컬어 디너 테이블 전술이라고 하지. 나는 옆에 앉은 치한이 치마 속으로 손을 넣어 더듬어 올라오는 걸 가만히 내버려 두다가 결정적인 순간에 그 손목을 잘라 버리는 숙녀라 할 수 있지."

전투가 며칠 동안 지지부진 이어지면서 여기저기서 소규모 총격전이 벌어지고 정찰대끼리 충돌이 일어났다. 그러나 소규모 전투가 끊이지 않고 정찰 보고들이 서로 엇갈리고 모순되는 상황에서도, 장군은 헌도 인정할 수밖에 없는 오류 없는 직관을 발휘했다. 미군 방어선의 중심부에 대한 대대적인 공격이 결국 무위로 끝난 후 도야쿠의 입장에서는 전투가 이미 끝난 것이나 다름없다는 판단을 내렸다. 이튿날 장군은 방어선에 뚫린 구멍을 다시 메우고 예비 병력을 다시 도로 작업으로 돌렸다. 이삼 일이 지나서 수 차례의 수색 작전이 전개된 후, 아군은 아무런 저항도 받지 않고 1.5킬로미터 이상을 전진했다. 이로써 최전선의 병력과 화력이 도야쿠 방어선에서 불과 몇 천 미터 거리 이내에 포진하게 되었다. 그는 앞으로 이 주일이면 이 새 전선까지 도로가 놓이고, 다시 일주일이면 도야쿠 방어선이 뚫릴 것으로 계산했다. 전투가 있은 후 일주일 동안 장군은 이례적으로 살갑게 굴었는데, 틈이 날 때마다 헌에게 자신만의 독특한 군사 전략을 들려주는 것도 그 한 가지 예였다. "도야쿠는 이제 공격의 동력을 잃었다고 봐야 해." 그가 헌에게 말했다. "전반적으로 방어 중심의 전략을 펼 경우에는 반격할 때 병력의 5분의 1 정도를 잃는다는 계산이 나와. 그런 다음엔 참호를 파고 몸을 숨길 수밖에 없지. 그런데 도야쿠는 그 병력을 낭비해 버렸어. 일본군은 전투가 계속되는 동안 패배를 곱씹게 될 거야. 불안한 마음으로 하루하루를 하릴없이 보내다가 긴장이 쌓일 대로 쌓이면 터져 버리는 거지. 이건 아주 흥미로운 역설일세. 일본 놈들이 즐기는 바둑이라는 놀이가 있네. 머리를 미친 듯이 굴려 돌을 움직이는 게임이지. 방향을 바꾸며 측면을 우회하다 상대방을 포위하지. 그러다가 싸움을 시작하면 마치 상처 입은 맹수가 성가신 파리 떼에게 어설프게 앞발을 휘저으며 포효하듯 한다네. 전투는 그렇게 하는 게 아니야. 군대에서 그럴 필요가 없는 장소에 병력을 배치하거나 필요 이상의 긴 시간 동안 병사들을 빈둥거리게 하는 등의 불필요한 대응을 하는 지휘관은 도덕적으로 실격이야. 중복이 적을수록, 노력의 낭비가 적을수록 그만큼 적에게 더 압력을 가할 수 있지. 또 그만큼 아군의 승산이 커지는 거고."

장군의 그러한 논리는 전투가 있은 지 이틀 후에 본부 병력을 야영지 재건 작업에 돌리는 것으로 귀결되었다. 천막들이 다시 세워지고, 장교 막사 구역의 통로에 다시 자갈이 깔리고, 장군의 막사 바닥에는 널빤지가 깔렸다. 이번 야영지에서 장교 식당은 전보다 좋은 자리를 차지했는데, 폭풍우가 지나간 후 다시 지어진 장교 식당은 대나무로 만든 보조 들보로 더더욱 보강되어 천막의 벽이 똑바로 서게 되었다. 신선한 고기가 탁송되어, 본부 중대의 몫이 똑같이 배분되었다. 고기의 절반이 당시 야영지에 있던 180명 사병의 몫으로 배당되었고, 나머지 반이 장교 식당에서 식사하는 서른여덟 명의 장교

몫이 된 것이다. 장군의 전기냉장고가 도착하여, 야영지 내 모든 전력을 생산하는 가솔린 발전기의 전력을 공급받아 가동되었다.

헌은 욕지기가 났다. 수수께끼 같은 장군의 행태가 다시 한번 그를 당황하게 했다. 고기를 그런 식으로 분배한 것은 물자의 보급과 분배를 맡고 있는 군수 참모로서 호바트가 할 만한, 정말 말도 안 되는 부당한 처사였다. 그러나 그것은 호바트가 한 짓이 아니었다. 호바트가 만면에 웃음을 띠고 와서는 커밍스에게 신선한 고기가 들어왔다고 보고했을 때, 헌은 장군의 천막에 있었다. 장군은 어깨를 으쓱하더니 고기의 분배에 관해 오해의 여지가 없는 의견을 몇 마디 피력했다. 믿을 수가 없었다. 뛰어난 통찰력을 가진 장군이 사병들의 반응을 예측하지 못할 리 만무했다. 하지만 그는 그러한 처사가 야기할 사병들의 반발을 무시했다. 장군이 자기 배를 채우려 한 게 아니었던 것은 분명했다. 그 후 식사 때 장군이 고기를 별로 즐기지 않는 데다 거의 언제나 접시에 받은 그냥 남겨 두는 것을 헌은 지켜보았던 것이다. 그저 습관에서 나온 처사일 리도 없었다. 장군은 자신이 무슨 일을 하는지 잘 알았다. 장군은 고기를 그런 식으로 배분하는 것이 효과적이라고 판단했다. 호바트가 천막에서 물러간 후 장군은 그 표정 없는 커다란 눈으로 무심히 헌을 바라보다가 무슨 까닭인지 한쪽 눈을 찡긋했다. "자네를 위해서야, 로버트. 식사가 좋아지면 자네도 성질을 좀 죽이겠지."

"배려 감사합니다." 그러자 장군은 갑자기 웃음을 터뜨렸는데, 한바탕 마구 킬킬대는 것으로 시작해서 유쾌함에 숨이 넘어갈 것처럼 웃다가 의자에 몸을 똑바로 세워 앉더니 자신의 머리글자가 수놓아진 손수건에 가래침을 뱉는 것으로 마무리했다.

"장교들이 밤에 사용할 레크리에이션 천막을 세울 때가 됐군." 마침내 그가 입을 열었다. "자넨 지금 별로 바쁘지 않잖나, 로버트. 내 자네에게 그 일을 맡기지."

이상한 임무였다. 그러나 헌은 결국 그 이유를 알 수 있었다. 그는 본부 중대의 선임 하사에게 작업 인력을 차출하여 그들에게 땅에서 나무뿌리와 잡초를 제거하고 그 위에 자갈을 깐 다음 분대용 천막을 하나 세우게 하라고 지시했다. 천막이 세워지고 그 둘레에 도랑이 깊게 파였다. 등화관제 천막으로 만들기 위한 이중 출입구가 앞쪽에 마련되고, 밧줄로 땅에 고정시킨 곳은 밤에 빛이 새어 나가지 않도록, 버려진 천막에서 잘라 낸 천 조각으로 가려졌다. 병사들이 이 작업을 끝내자, 헌은 그들을 시켜 대나무를 잘라 책상 몇 개와 카드놀이용 테이블 두 개를 만들게 하며 반나절을 보냈다. 그는 이 작업을 하는 내내 언짢은 표정으로 병사들에게 일을 시켰는데, 그러는 동안 자신에 대한 그들의 반감을 충분히 느낄 수 있었고, 그들이 자기를 욕하는 소리도 들을 수 있었다. 장군은 그가 싫어하리라는 것을 알았기 때문에 이 일을 그에게 맡겼고, 또 그러한 이유로 헌은 이 일을 완벽하게 해내리라 마음먹었다. 그는 천막을 세우는 과정에서 허술한 점이 드러나면 대단히 까다롭게 굴었고, 한두 번은 작업반을 지휘하는 하사와 말다툼을 하기도 했다. 뭐, 다 상관없는 일이었다. 하지만 장군이 이런 식으로 만족을 느끼는 건 좀 얄팍하다 싶었다.

장군의 의도가 드러난 것은 어느 정도 시간이 지난 다음의 일이었다. 낮 동안에 발전기의 조작을 맡은 병사가 장교들의 레크리에이션 천막을 관리하는 일까지 맡고 있었다. 그는 아침이면 천막 자락을 걷어 올리고 밤에는 그것을 다시 내려서 고정해야 했다. 그리고 발전기는 소리가 너무 커서 밤에는 쓸 수 없었으므로, 그가 콜먼 등(燈)에 일일이 등유를 채워 불을 켜야만 했다.

레크리에이션 천막이 세워지고 나서 며칠이 지난 어느 날 저녁 헌이 가 보았을 때, 천막 안은 아직 어두웠다. 장교 몇 명이 어둠 속을 더듬으며 서로에게 투덜거리고 있었다. "이봐, 헌." 한 장교가 헌을 불렀다. "제때제때 불 좀 켜 주지그래?"

헌은 레크리에이션 천막의 당번병이 있는 2인용 천막으로 건너가서 호통을 쳤다. "뭐가 문제야, 래퍼티, 일이 너무 많아서 그래?"

"소위님, 죄송합니다. 깜빡 잊었습니다."

"알았으니까 빨리 움직이기나 해. 그렇게 서서 나만 쳐다보지 말고." 헌은 "이봐, 정신 똑바로 차려, 알았어?" 하고 소리치고 싶은 걸 간신히 참았다. 천막에서 나와 등유를 얻으러 수송부로 달려가는 래퍼티의 뒷모습을 그는 혐오스럽게 바라보았다. 바보 같은 녀석, 하고 그는 생각했다. 그러고는 곧 자신의 그런 생각에 사병에 대한 경멸감이 배어 있다는 것을 깨닫고 충격을 받았다. 그것은 거의 드러나지 않을 정도로 미미했지만, 아예 없다고는 할 수 없는 감정이었다. 그들은 천막을 세우는 작업을 하는 동안 줄곧 그를 애먹였고, 기회만 생기면 꾀를 부렸다. 심지어 그와 함께 일을 하기 전에도, 그를 알기 전에도 그들은 그랬었다. 그들은 즉각적이고 본능적인 불신 감으로 그를 대했는데, 그는 그 점이 몹시 못마땅했다.

그는 장군이 자기에게 어떤 교훈을 주려고 했는지를 불현 듯 깨달았다. 새로운 요소가 한 가지 첨가되어 있었다. 과거에 사병들과 함께 일할 때 그가 까다롭게 굴었던 것은 어떤 특정한 작업에 동정심이 작용할 여지는 없다고 생각했기 때문이었다. 사병들은 작업을 할 때 일을 시키는 사람에게 반감을 갖기 마련이었다. 그것은 별로 문제가 되지 않았다. 그는 그들에게 화가 나지 않았다.

그런데 지금은 화가 나기 시작했다. 장군이 말하고자 하는 바는 분명했다. 헌은 장교이고, 오랜 시간 장교로서 직무를 수행하다 보면 싫든 좋든 계급적인 편견을 지니게 된다는 것이었다. 장군은 그에게 그가 장교 계급에 속한다는 사실을 깨우쳐 주고 있었다. 그는 자기를 멍하니 응시하던 커밍스의 불길한 회색 눈과 설명할 수 없는 윙크를 떠올렸다. "자네를 위해서야, 로버트." 장군의 그 말이 이제 좀 더 명확해졌다. 헌은 장군 밑에서 일을 하게 되었을 때부터, 자기가 원하기만 하면 전쟁이 끝날 즈음에는 영관급 장교로 쉽게 진급할 수 있으리라는 것을 알고 있었다. 그리고 스스로는 의혹을 품고 있지만 그의 마음속에는 영관급 장교가 되려는 야심이 도사리고 있었다. 커밍스는 그것을 알아챘다. 커밍스는 사실 헌에게 마음만 있다면, 그리고 그가 다른 장교들에 대해서 느끼는 혐오감과 편견을 극복할 만큼 의지가 강하다면 그 야심을 성취할 수 있다고 효과적으로 일깨우고 있는 것이었다.

네 계급을 알고, 그 테두리 안에서 일하라. 그것은 마르크스주의를 뒤집은 교훈이었다.

헌은 마음이 심하게 어지러웠다. 그는 중서부의 부유한 상류 계급에서 태어났고, 비록 그들과 결별하고 그들과 위배되는 사고방식을 갖게 되었지만 태어나 십팔 년 동안 지니고 있던 감정적인 짐을 정말로 내팽개쳐 본 적은 단 한 번도 없었다. 그가 느끼는 죄책감과 불편부당함에 대한 분노는 진짜가 아니었다. 그는 끊임없이 자신의 상처를 건드려 그것을 유지했고, 자신도 그 사실을 알고 있었다. 그는 또한 이 순간 그가 장교 식당에서 콘과 다투게 된 여러 가지 중요한 이유들 가운데 콘이 무슨 말을 하든지 자기가 진짜로는 상관하지 않을지도 모른다는 두려움이 자리했었다는 것을 알고 있었다. 그의 반응은 많은 경우 그런 식으로 나타났다. 그리고 그의 개인적인 이해관계가 직접적으로 문제가 될 경우엔 부친의 사고방식으로 되돌아갈 수밖에 없었다. 따라서 좌익에서 그의 특수하게 고립된 위치를 고수하기 위한 다른 감정적 기반이 존재하지 않는 이상 어떤 방향으로도 돌아설 수 없었다. 사실 그는 오랫동안 그런 감정적인 기반이 존재한다고 생각해 왔다. 왜냐하면 뉴욕의 친지들이 그의 정치적 견해를 당연한 것으로 여기는 터라 그는 오랫동안 자신의 견해를 유지할 수 있었던 것이다. 그러나 군대에서 고립되고 자신의 허점을 탐색하는 장군의 비판적 시선에 부딪히면서 그는 버틸 수 있는 동력을 점차 잃어 가고 있었다.

그는 레크리에이션 천막으로 돌아가 안으로 들어갔다. 래퍼티가 이미 등유로 밝혀 놓은 천막 안으로 저녁 시간을 즐기려는 장교들이 벌써부터 몰려들고 있었다. 테이블 두 개에서 이미 카드놀이가 시작되었고, 장교 몇 명은 책상을 이용하여 게임을 시작하려 하고 있었다.

"이봐, 헌, 포커나 몇 판 같이 하겠나?" 본부 중대에서 헌의 몇 안 되는 친구 가운데 하나인 만텔리였다.

"좋아." 헌이 의자 하나를 끌어당겼다. 천막이 세워진 이래, 헌은 드러내 말하진 않았지만 장군에 대한 반발심 때문에 밤 시간을 이곳에 와서 보내고 있었다. 사실 천막 안은 몹시 더웠고 금세 담배 연기와 시거 연기로 가득 찼기 때문에 그는 이곳에 와 있는 시간이 따분하고 불편했다. 그러나 이것은 장군과 그 사이에 벌어지는 지속적인 대결의 일부였다. 장군은 그더러 이 천막을 세우라고 했고, 그는 그 말을 따랐다. 그리고 기왕 세웠으니 그걸 사용하는 게 당연한 수순 아닌가. 그러나 자신이 래퍼티에게 경멸감을 품고 있다는 걸 깨달은 오늘 밤엔, 장군을 마주하기가 두려웠다. 그는 누군가를 두려워해 본 적이 별로 없었다. 그러나 지금은 자기가 장군을 두려워하는 게 아닌가 하는 생각이 엄습했다. 자기 앞으로 카드가 오자, 그는 별 흥미도 없이 카드를 섞어 돌리고 기계적으로 승부를 걸었다. 그는 벌써 몸에서 땀이 배어 나오는 것을 느끼고, 상의를 벗어 의자의 등받이에 걸쳐 놓았다. 그것은 밤마다 되풀이되는 과정이었다. 11시경이면 사실상 모든 장교가 상의를 벗고 속옷 차림이 되는 바람에 천막 안에는 고약한 땀 냄새와 담배 연기가 코를 찔렀다.

"오늘 밤은 내 패가 꽤 괜찮겠는데." 만텔리가 작은 입에 문 시가를 굴리면서 씩 웃었다.

자욱한 담배 연기를 뚫고 천막 여기저기서 나직한 말소리가 끊임없이 울렸다. 저 멀리 정글 어디선가 포성이 한 번 울렸는데, 그 소리가 지치고 성난 신경처럼 헌의 머릿속에서 쿵 하고 울렸다. 사단의 야간 포격이로군. 헌이 혼잣말로 중얼거렸다.

그가 제한된 패로 그럭저럭 본전치레를 하고 있는데, 게임이 중단되었다. 장군이 처음으로 천막 안에 발을 들여놓은 것이다. "차렷!" 누군가가 큰 소리로 외쳤다.

"그냥들 앉아 있게." 장군이 낮게 중얼거렸다. 그가 천막 안을 살펴보았다. 천막 안에서 풍기는 냄새에 그의 콧구멍이 조금 벌름거렸다. "헌." 장군이 불렀다.

"네?"

"지금 자네가 좀 필요한데." 무뚝뚝하고 냉담한 음성으로 한마디 하면서 그가 손을 약간 흔들었다. 헌이 상의 단추를 채우는 동안 그는 천막 밖으로 나갔다.

"빨리 아빠한테 가 봐." 만텔리가 씩 웃었다.

헌은 화가 났다. 평소 같으면 장군이 자기를 찾아온 사실에 기분이 좋았을 것이다. 그러나 장군의 말투는 그에게 굴욕감을 주었다. 한순간 천막 안에 버티고 있을까 하는 생각이 들었다. "돈은 나중에 찾으러 올게." 그가 만텔리에게 말했다.

"오늘 밤은 안 되겠지, 응?" 테이블에 앉은 다른 장교 하나가 빈정거렸다.

"주인의 명령이라." 헌이 말했다.

그는 상의 단추를 다 채우고 발로 의자를 제자리에 밀어 놓은 후 천막 안을 가로질렀다. 한구석에서 장교 몇 명이 배급으로 나온 위스키 한 병을 비우고 있었다.

그들의 노랫소리를 들으며 헌은 등화관제가 된 이중 출입구의 접힌 천 자락을 더듬었다. 밝은 내부에서 어둡고 시원한 밤공기 속으로 나가니 순간적으로 앞이 전혀 보이지 않아서 그는 먼저 나가 자신을 기다리던 장군과 부딪칠 뻔했다.

"죄송합니다. 먼저 가신 줄 알았습니다." 헌이 중얼거렸다.

"괜찮아." 장군은 자신의 천막 쪽으로 천천히 걸음을 옮겼다. 헌은 자기가 장군을 앞서 나가지 않도록 보폭에 신경을 썼다. 내가 "주인의 명령이라." 하고 말하는 걸 장군이 들었을까? 제기랄, 들었거나 말거나.

"무슨 일이십니까, 장군님?"

"천막에 가서 이야기하지."

"알겠습니다." 그들 사이에 잠시 적의가 감돌았다. 두 사람은 자갈길을 밟으며 말없이 걸었다. 어둠 속에서 한두 명의 병사들이 그들 옆을 지나갔을 뿐, 밤이 되면서 야영지는 거의 모든 활동이 정지된 상태였다. 헌은 대체로 타원형을 이루는 야영지 주변의 호 속에 앉아 경비를 서는 사병들의 존재를 거의 피부로 느낄 수 있었다. "오늘 밤은 조용합니다." 그가 낮게 중얼거렸다.

"그렇군."

장군의 천막 출입구에서 또 한 번의 충돌이 일어났다. 헌은 천막의 덮개 앞에서 장군이 먼저 들어가도록 걸음을 멈췄는데, 커밍스는 헌의 등에 손을 얹고 그에게 들어가라는 신호를 보냈다. 두 사람이 동시에 움직이는 바람에 헌은 옆을 스치듯 장군에게 부딪쳐 버렸고, 장군이 자신의 거대한 몸에 밀려 한두 걸음 물러서는 것을 느낄 수 있었다. "죄송합니다." 잠시 동안 아무 대답이 없었다. 헌은 순간적으로 화가 치밀어서 천막 자락을 헤치고 먼저 안으로 들어갔다. 뒤따라 들어온 커밍스의 얼굴은 극도로 창백했고 그의 아랫입술에는 두 개의 이빨 자국이 나 있었다. 자기와 부딪친 충격이 생각보다 컸거나 아니면 입술을 깨물 만큼 동요한 탓이라고 헌은 생각했다. 하지만 왜지? 평소 같으면 커밍스는 이런 상황을 오히려 유쾌한 농담으로 넘겼을 것이다.

여전히 반항적인 태도로, 헌은 장군의 허락도 없이 자리에 앉았다. 장군은 뭐라고 한마디 할 눈치였으나, 그대로 잠자코 있었다. 그는 자기 책상 쪽을 향해 놓인 또 하나의 의자에 앉아 헌을 마주하도록 방향을 약간 바꾸어 놓고는 거의 일 분 동안 무표정하게 헌을 바라보았다. 장군의 얼굴에는 헌이 지금까지 한 번도 본 적 없는 완전히 새로운 표정이 떠올라 있었다. 크고 섬뜩한 백색 동공을 가진 부리부리한 회색 눈은 생기를 잃은 듯 보였다. 헌은 그 눈동자의 표면에 손을 갖다 대도 눈이 깜박이지 않을 것 같다고 생각했다. 입가에 희미하게 남은 짓눌린 자국과 얼굴의 볼록한 부분들에 수축된 근육에서 기묘한 고통이 읽혔다.

약간의 충격과 함께, 헌은 대체 어떤 다급한 사정이 있기에 장군이 몸소 자신을 찾아 나선 것일까 궁금했다. 장군으로서는 분명 굴욕스러운 일이었을 텐데. 더욱이 지금은 그에 관해 어떠한 구실거리도 보이지 않았다. 장군의 깨끗한 책상 위에는 사안을 가늠할 만한 서류 한 장 없었다. 헌은 큰 제도판 위에 압정으로 고정된 아노포페이의 지도를 바라보았다. 아노포페이는 장군이 자기 나름의 멜로디를 연주할 수 있는 오카리나였다.

헌은 장군의 천막 안이 삭막하다는 사실을 새삼 깨달았다. 모토메에서나 배의 선실에서나 혹은 이곳에서나, 장군은 한 장소에 정착해서 사는 사람 같지 않았다. 천막 안은 너무도 간소했다. 침상에는 사람이 누워 잔 흔적이 없었고, 책상 위에는 아무것도 놓여 있지 않았으며, 현재 비어 있는 세 번째 의자는 두 개의 사물함 가운데 큰 쪽에 직각으로 놓여 있었다. 아무것도 깔려 있지 않은 천막 바닥은 진흙에 더럽혀진 흔적 하나 없이 깨끗했다. 콜먼 등이 뿜어내는 빛이 천막 안의 모든 장방형 물체 위에 길고 비스듬하게 빛과 그늘을 던지고 있어, 전체적으로 추상화를 보는 것 같은 느낌이었다.

커밍스는 전혀 모르는 사람을 보듯 여전히 그 알 수 없는 눈빛으로 헌을 응시했다. 두 사람의 맥박처럼 멀리서 포성이 몇 번 울렸다. "로버트, 나는 정말 궁금하다네." 장군이 마침내 입을 열었다.

"네?"

"자네도 알다시피, 나는 자네에게 대해 정말 아무것도 아는 게 없어." 아무런 감정도 담기지 않은 목소리였다.

"왜 그러십니까, 제가 각하의 위스키라도 훔쳤습니까?"

"어쩌면 그렇다고도 볼 수 있겠지……. 비유적으로 말일세." 도대체 무슨 말을 하는 걸까? 장군은 의자 등받이에 등을 기댔다. 다음에 나온 질문은 다소 지나치게 뜬금없었다. "레크리에이션 천막은 잘되어 가나?"

"네."

"군에서는 아직 등화관제 천막에서 환기하는 방법을 연구해 내지 못했지."

"네, 냄새가 아주 많이 납니다." 그러고 보니 장군은 말벗이 없어 외로웠던 모양이었다. 도련님이 가엾기도 하지. "하지만 저는 불만 없습니다. 포커에서 100달러를 땄으니까요."

"이틀 밤에 말인가?"

"아니요, 사흘입니다."

장군은 희미하게 미소를 지었다. "그렇군, 사흘 밤이군."

"모르는 척하시는 겁니까?"

장군은 담배에 불을 붙이더니 손을 천천히 흔들어 성냥불을 껐다. "로버트, 내 마음속에는 몇 가지 다른 관심거리들이 있다네."

"그렇지 않다고 말씀드린 적 없습니다." 장군이 의식적으로 눈을 부릅뜨고 그를 노려보았다. "그렇게 건방지게 굴다가는 언젠가 총살형을 당할지도 몰라." 화를 간신히 참는 목소리였다. 헌은 장군의 손가락이 떨리는 것을 보고 자못 놀랐다. 어떤 생각에 대한 의혹이 그의 머릿속에 거의 형성될 듯하다가 마치 바늘귀를 빗나가서 흔들리다가 힘없이 처져 버리는 한 오라기의 실처럼 어디론가 사라지고 말았다.

"죄송합니다."

그런데 이것도 적절한 말은 아닌 것 같았다. 장군의 입술에서 다시 핏기가 가셨다. 커밍스가 접이의자에 등을 기대고 담배 연기를 깊숙이 한번 빨아들이더니 갑자기 헌에게 아버지처럼 자애로운 미소를 지어 보였다. 믿을 수 없을 만큼 억지스러운 미소였다. "고기 분배 건 때문에 아직도 나한테 화가 나 있는 거지, 안 그런가?"

화가 나 있다. 장군은 전에도 그런 말을 한 적이 있었다. 이 상황에선 어울리지 않는 표현이었다. 이제는 내가 운전석에 앉아 있는 셈일까? 장군이 자기에게 접근하고 있다는 느낌이 조금은 섬뜩하고 조금은 거북했다. 그는 본능적으로 마음을 닫아 버렸다. 금방이라도 자기가 주고 싶지 않은 것을 장군이 달랄까 봐 뭔가 내키지 않는 기분이었다. 장군은 그들의 관계를 통제하려 한 적이 없었다. 두 사람의 관계는 때로 장군과 부관, 영관급 장교와 당번병 사이에 흔히 있을 수 있는 암묵적이고 편안한 우정으로 나타나기도 했다. 그리고 토론이나 이따금 나누는 한담으로 두 사람 사이가 훨씬 더 가까워지는 때도 있었다. 두 사람 사이에는 적대감도 존재했다. 헌은 이 모든 것의 맥을 관통하는 것이 무엇인지 알 수 없었다.

"화가 나긴 한 것 같습니다." 헌이 마침내 입을 열었다. "자기 몫의 고기를 빼앗긴 사병들이 각하를 좋게 보겠습니까?"

"그들은 호바트나 만텔리나 취사 담당 하사를 원망할 거야. 어쨌든 문제는 그게 아니야. 자네가 진정으로 사병들을 걱정하는 게 아니라는 건 자네 자신도 알잖아."

빌어먹을, 그렇게 쉽게 속을 내주진 않을 테다. "설사 그렇다 해도, 장군께서 그걸 확실히 아실 순 없을 겁니다."

"아니, 알 수 있네. 나한테도 남들만큼 품위 있는 충동이 있거든."

"아, 네에."

"로버트, 자넨 생각을 할 줄 몰라. 진보주의자들의 무능함은 어떤 사고방식을 고수할지 결정하지 못해 우왕좌왕하는데서 나온다 이거야."

나온다 이거야! 장군의 세련되고 다듬어진 말씨에 중서부 토박이의 촌스러운 말투가 섞여 있는 것 같아서 헌은 은근히 기분이 좋았다. "남을 욕하는 건 언제나 쉬운 일이지요." 헌이 낮게 중얼거렸다.

"자, 생각을 좀 해 봐. 자네가 무슨 문제건 끝까지 궁구해 본다면, 자네가 가진 생각 중 어느 것 하나 허망하지 않은 게 없다는 걸 알 걸세. 자네는 이 전쟁에서 이기는 게 중요하다고 생각하겠지?"

"중요하다고 생각합니다만, 그게 고기 건과 어떤 관계가 있는지는 여전히 모르겠습니다."

"자, 그렇다면 내 말을 끝까지 들어 보게. 내 말을 진지하게 받아들여야 할 거야. 나도 나름 연구를 좀 했거든. 내가 자네

나이 때, 자네보다 좀 더 나이가 들었을 때였나, 나는 한 나라가 전쟁에서 이기는 요인이 무엇인가 하는 문제에 몰두했었다네."

"전쟁의 목적이 좋든 나쁘든 국민과 정부가 한 마음이 되는 것이 그 요인 아니겠습니까?"

장군은 고개를 저었다. "그게 진보주의 사학자들의 입장일세. 그것이 얼마나 사소한 요인인지 알면 자네도 놀랄걸." 등불이 탁탁 튀기는 소리를 내자 장군이 손을 뻗어 밸브를 조정했다. 그때 그의 얼굴이 턱 밑으로부터 불빛을 받아 한순간 극적으로 빛났다. "중요한 요인은 두 가지뿐이라네. 인구수가 많고 물자가 풍부한 나라일수록 잘 싸우지. 또 하나, 병사 개개인의 과거 생활 수준이 낮을수록, 그 군대의 병사들은 유능한 병사가 된다네."

"그걸로 설명이 다 된다는 겁니까?"

"내가 한동안 이용했던 중요한 요인이 또 한 가지 있지. 자국의 땅을 지키기 위해 싸울 때 좀 더 잘 싸울 수 있다는 거야."

"그건 아까 제가 드린 말씀과 결국 같은 말 아닙니까?"

"자넨 그것이 얼마나 복잡한 문제인지 모르는 것 같군. 자국 땅에서 싸우는 병사는 탈영도 그만큼 더 쉽게 하지 않겠나? 다행히 아노포페이에서는 그 문제로 골머리 썩을 일은 없지. 다른 두 요인이 이것보다 더 중요한 건 사실이지만, 이 문제를 한번 생각해 보게. 자국에 대한 애정은 아주 좋은 거지. 전쟁 초에는 사기를 높이는 요인도 되고. 그러나 전투 의욕은 전쟁을 오래 끌수록 그 가치가 줄어들기 때문에 믿을 것이 못 돼. 전쟁이 한 이 년간 지속되고 나면, 우수한 군대를 만드는 것은 우세한 자원과 낮은 생활 수준이라는 두 가지 요인뿐일세. 자네는 왜 남부 출신 병사들로 구성된 연대 한 개가 동부 출신 병사들로 구성된 연대 두 개의 몫을 한다고 생각하나?"

"저는 남부 사람들이 동부 사람들의 두 배 몫을 한다고는 생각하지 않습니다."

"하지만 그게 사실이라네." 장군은 양쪽 손가락 끝을 신중하게 맞대고 헌을 쳐다보았다. "나는 이론 장사를 하는 게 아니야. 내가 직접 관찰한 결과를 말하는 걸세. 그리고 그 결과들을 놓고 본다면 장성으로서 내 입장은 아주 난처해져. 우리의 생활 수준은 세계에서 제일 높아. 그러니 당연하게도 우리 병사들 개개의 전투 능력은 열강 중에서 제일 떨어지지. 적어도 자연적인 상태에서는 그렇다는 말일세. 우리 병사들은 비교적 부유하고, 어려움도 모르고, 또 대부분 미국인으로서 민주주의의 독특한 유산을 공유하고 있지. 개인으로서 자기들에게 부여된 권리는 과장해서 생각하면서도, 남의 권리는 전혀 생각할 줄 모르지. 시골뜨기들과는 정반대야. 그런데 훌륭한 병사가 되는 건 바로 그런 시골뜨기들이거든."

"그래서 그들을 다루기 쉽게 길들여야 한다고 생각하시는군요." 헌이 말했다.

"바로 그거야. 길을 들여야지. 장교가 특권을 누리는 걸 보는 만큼 사병은 길이 들지."

"저는 그렇게 보지 않습니다. 사병들은 그만큼 더 우리를 증오할 겁니다."

"그럴 테지. 하지만 동시에 우리를 더 두려워하게 될 걸세. 어떤 자를 내게 맡긴다 해도, 시간만 충분하다면 난 그자가 두려워하도록 만들 수 있네. 자네가 군의 부조리라고 부르는 일이 벌어질 때마다, 당하는 사병은 자신의 열등한 지위를 더욱 확실하게 인식하게 되지." 장군은 이마 위로 내려온 머리칼을 뒤로 쓸어 넘겼다. "영국에 있는 미군 수용소를 한 군데 아는데, 만약 우리가 유럽에 쳐들어간다면 그곳에 수용된 죄수들은 아주 무서운 존재가 될 걸세. 그들은 잔인한 수단들을 사용할 거고, 결국은 말썽을 일으키기도 하겠지만, 우리에게는 꽤 쓸모가 있을 거야. 우리 구역에 있는 어느 보충대에서 지휘관이었던 대령을 살해하려는 시도가 실제로 있었다네. 자넨 이해할 능력이 없겠지만, 이건 내가 말할 수 있네, 로버트, 군을 제대로 움직이려면 군대 내의 모든 구성원들을 공포의 사다리 위에 배치할 필요가 있어. 수용소에 있는 죄수들이나 탈영병들이나 보충대의 대기병들은 그 사다리의 가장 밑바닥을 차지하는 자들이니, 그만큼 더욱 강력한 규율로 다뤄야 하지. 상관을 두려워하고 부하를 멸시할 때, 군이 가장 잘 돌아가게 되어 있다네."

"그 사다리에서 저의 위치는 어디쯤 됩니까?" 헌이 물었다.

"자넨 아직 그 사다리에 올라서지 않았어. 교황의 특별 사면 같은 것들이 있는 법이지." 장군이 그를 보며 씩 웃더니 담배를 또 한 개비 피워 물었다. 한바탕 웃음소리가 레크리에이션 천막을 뚫고 야영지를 가로질러 들려왔다.

헌이 몸을 앞으로 기울였다. "지금 이 순간에 보초 근무를 서는 병사들이 저 웃음소리를 듣는다고 생각해 보십시오. 언젠가는 기관총을 우리에게로 돌리고 싶어질 때가 오지 않겠습니까?"

"글쎄, 언젠가는. 병사들이 그런 생각을 품기 시작한다면 군이 패망 직전에 있다고 봐야겠지. 그때까지는 그저 쌓이기만 하는 증오심이 그들의 전투력을 향상시키지. 증오심을 우리에게 향할 수 없으니까 밖으로 터뜨리는 걸세."

"하지만 장군께선 위험한 도박을 하신 겁니다." 헌이 말했다. "만약 전쟁에서 지면 각하께서 혁명을 일으킨 거나 마찬가지니까요. 각하 자신을 위해서는 차라리 병사들에게 잘해 줌으로써 패전 후에 혁명이 일어나지 않도록 하는 편이 나을 거라고 생각합니다."

커밍스가 소리 내어 웃었다. "진보주의 주보(週報)에나 나옴 직한 말이군. 로버트, 자넨 바보로군. 우리는 이 전쟁에서 지지 않아. 설사 우리가 패전한다 해도 히틀러가 혁명을 용인할 거라 생각하진 않겠지?"

"그렇다면 각하 같은 사람들은 어떤 식으로든 전쟁에서 질 수 없다는 말씀이십니까?"

"각하 같은 사람들, 각하 같은 사람들이라." 장군이 헌의 말투를 흉내 냈다. "마르크스주의자 같은 말투로군. 자본가들의 거대한 음모 운운하는. 안 그런가? 자넨 어떻게 마르크스주의를 그렇게 잘 아나?"

"그럭저럭 관심이 있었으니까요."

"글쎄, 난 자네가 정말로 관심이 있었으리라고는 생각하지 않아." 장군은 생각에 잠긴 채 손가락으로 담뱃불을 눌러 껐다. "이 전쟁을 거대한 혁명이라고 생각한다면 자네는 역사를 잘못 읽은 거야. 이 전쟁은 권력의 집중일세."

헌은 어깨를 으쓱했다. "저는 그리 변변한 역사학도가 못 됩니다. 저는 사색가입니다. 저는 그저 장군께서 병사들의 미움을 사는 것이 바람직하지 않다고 생각할 뿐입니다."

"다시 말하네만, 사병들이 우리를 두려워할 때는 그건 문제가 안 돼. 로버트, 생각을 좀 해 봐. 이 세상은 증오로 가득하지만, 혁명이 일어난 경우는 놀라우리만큼 적지 않은가?" 그는 손톱으로 턱을 부드럽게 긁었다. 수염이 긁히는 소리에 마음을 빼앗기기라도 한 듯 약간은 관능적인 동작이었다. "러시아 혁명조차도 공간 조직의 발전이라고 볼 수 있거든. 이 세기의 기계 기술은 통합을 필요로 하지. 그리고 그와 더불어 두려움이 있어야 해. 인류의 대다수는 기계의 노예가 되어야 하는데, 그걸 본능적으로 즐기는 사람은 없거든."

헌은 또 한 번 어깨를 으쓱했다. 이 토론도 여느 때와 같은 양상을 띠고 있었다. 그가 활용하고자 하는 규범들은 비록 막연하고 초보적이긴 해도 가치가 없는 게 아니었다. 그러나 장군처럼 생각하는 사람들에게 헌의 생각은, 커밍스가 그에게 여러 차례 말했듯이, 그릇된 감상일 뿐이었다. 그는 한 번 더 반박해 보았다. "그렇게만 볼 순 없지요." 그가 조용히 말했다. "어떤 위대한 윤리 사상들은 부단히 발생하고 재형성된다는 사실을 어떻게 그렇게 무시해 버리실 수 있는지 모르겠습니다."

장군이 희미하게 미소를 지었다. "로버트, 도덕적 규범이 특정한 개인의 필요와 아무런 상관이 없듯이 정치도 역사와는 아무런 관계가 없어."

경구(警句)의 연속. 헌은 모종의 반발심을 느꼈다. "각하, 각하께서 이 전쟁을 끝내고 다음번의 더 큰 통합을 이뤄 내실 때쯤, 1940년대의 미국인들은 다음 전쟁이 자기들을 끝장내리라는 것을 알았던 1930년대 유럽인들의 불안감과 똑같은 불안감을 갖게 될 겁니다."

"어쩌면 그럴지도 모르지. 불안이야말로 20세기를 살아가는 인간의 타고난 역할이니까."

"아아아." 헌은 담배를 피워 물었다. 놀랍게도 담배를 집은 손가락이 떨리고 있었다. 적어도 이 순간만은 장군의 속셈이 빤히 들여다보였다. 커밍스는 고의적으로 이 논쟁을 시작하여, 무슨 이유에서인지 몰라도 두 사람이 천막을 들어설 때 잃었던 그 침착성, 그 특유의 우월한 태도를 되찾고 있었다.

"로버트, 자넨 너무 고집이 세서 물러설 줄을 몰라." 장군이 일어나더니 사물함이 놓인 곳으로 갔다. "실은, 토론을 하자고 자넬 이리로 오란 건 아니야. 체스나 한 판 둘까 해서 부른 걸세."

"좋습니다." 뜻밖의 제안에 헌은 약간 거북함을 느꼈다. "저는 각하의 상대가 되지 못할 것 같습니다만."

"그거야 두고 봐야지." 장군이 두 사람 사이에 작은 접이식 테이블을 펴 놓고 판 위에 말을 배열하기 시작했다. 헌이 장군에게 체스에 대해 한두 번 말을 꺼낸 적이 있었고, 장군도 언제 한번 둬 보자며 막연하게 말을 한 적이 있었지만, 헌은 그것을 그저 지나가는 말로 들었다. "정말 체스를 두실 생각이 십니까?" 그가 물었다.

"물론이지."

"누가 들어와서 보면 말이 날 텐데요."

장군이 씩 웃었다. "아무도 모르게 하지, 뭐." 체스 말의 배열을 끝낸 그는 붉은색 폰과 흰색 폰을 양 손아귀에 한 개씩 숨기고 헌에게 고르라며 두 주먹을 내밀었다. "나는 이 체스 세트를 꽤 좋아한다네." 장군이 상냥하게 말했다. "손으로 직접 상아를 깎아 만든 거야. 자네가 생각하는 만큼 비싼 건 아니지만 장인의 솜씨로 만들어진 것만은 분명하지."

헌은 말없이 붉은색 폰을 골랐다. 말 두 개를 도로 제자리에 갖다 놓고, 장군은 첫 수를 두었다. 헌은 평범한 수로 그에 대응했다. 큰 손으로 턱을 괸 편안한 자세로 판을 살펴보면서도, 그의 마음은 전혀 편치가 않았다. 흥분과 우울한 기분을 동시에 느끼고 있었던 것이다. 장군과 나눈 대화가 그의 마음을 어지럽히고 있었다. 장군과 함께 체스를 두고 있다는 사실도 곤혹스러웠다. 그 사실이 두 사람 사이의 모든 것을 보다 적나라하게 노출시키고 있었다. 거기에는 막연하지만 점잖지 못한 무언가가 있었다. 헌은 이기면 큰일이라는 생각으로 게임을 시작했다.

그는 처음 몇 수를 마구잡이로 두었다. 사실은 아무 생각 없이, 이따금 둔하게 울려 오는 포성과 콜먼 등의 불길이 지속적으로 흔들리는 소리에 귀를 기울였다. 한두 번은 야영지 밖에서 바람에 나뭇잎 서걱거리는 소리가 난 것 같기도 했다. 그 소리가 그의 기분을 가라앉혔다. 어느새 그는 한 가지 일에 열중하는 장군의 얼굴을 응시하고 있었다. 장군은 해변에 상륙하던 날과 지프를 타고 달리던 밤에 보인 것과 비슷한 표정을 띠고 있었는데, 이번에도 그 힘과 목표 의식은 감탄스러울 정도였다.

정신을 차리고 보니 이제 겨우 여섯 수를 두었을 뿐인데 헌은 벌써 곤경에 빠져 있었다. 포진이 다 끝나기도 전에 제대로 생각도 하지 않고 서툴게 나이트를 두 번 움직인 게 게임의 원칙을 깨뜨렸던 것이다. 그의 처지는 아직 위험할 정도는 아니었고, 나이트도 겨우 4열에 나가 있었으므로 퇴로를 쉽게 뚫을 수 있었다. 그러나 장군은 이상한 방식으로 공격을 시작했다. 그제야 헌은 게임에 집중하여 제대로 판을 살피기 시작했다. 이제 장군은 포진을 끝내고 그로부터 얻게 될 약간의 우세한 판세를 충분히 활용하여 이길 수도 있는 상황이었다. 그러나 그렇게 하면 승부는 오래 끌 것이고, 게임을 마무리하기가 어려워질 수밖에 없었다. 장군은 그 방법을 택하는 대신 폰으로 공격을 개시했다. 실패할 경우 그것은 대단히 당혹스러운 전략이었다. 커밍스의 진이 후진 배치되면서 킹의 폰들이 노출될 것이기 때문이다.

헌은 대응할 수를 고심했고, 체스라는 게임이 야기하는 어지러울 정도의 흥분감에 빠르게 몰입했다. 그는 마음 한편으로 게임의 전체적인 상황을 포착하면서 동시에 자신이 취할 각각의 수에 대해 장군이 취할 만한 수많은 대응 방법을 살피고, 또 그에 상응하여 자신이 어떻게 더욱 복잡한 대응수를 둘 것인지를 연구했다. 그러다 그는 그런 접근법을 포기하고 다른 말을 움직일 경우에 일어날 변수들을 판별해 내려 애썼다.

그러나 그것도 가망 없는 일이었다. 장군이 소름 끼칠 만큼 무서운 솜씨로 폰을 전진시킬 때마다, 헌은 희롱당하고 위협받고 숨통이 조이는 것 같은 느낌을 받았다. 헌은 대학 시절 체스 팀에 몸담았고, 한동안은 체스라는 게임에 깊이 빠져 지내기도 했다. 그는 장군이 엄청난 체스 실력을 지녔다는 것을 알아볼 만큼 훌륭한 체스 선수였고, 체스를 두는 스타일을 보고 그 사람의 성격을 어느 정도 파악할 수 있을 만큼의 안목도 지니고 있었다. 장군의 구상은 놀라울 만큼 뛰어났고, 게임 초반에 점한 약간의 우세로부터 가능한 모든 이점을 뽑아 내는 데 있어서도 냉정하고 효율적이었다. 헌은 나이트 한 개와 폰 한 개를 폰 두 개와 바꾸고 나서 스물다섯 수 만에 패배를 인정하고, 지쳐서 의자 등받이에 기대앉았다. 게임이 어느새 그를 사로잡아 흥미를 자극했다. 그는 한 번 더 하고 싶은 음울한 욕망을 느꼈다.

"제법이군." 장군이 말했다.

"어지간히 합니다." 헌이 중얼거렸다. 게임이 끝나고 나니 천막 밖 정글의 소리가 다시 귀에 들어왔다.

장군은 체스 말을 녹색 플러시 천이 깔린 상자에 한 개씩 집어넣으면서 손가락 끝으로 그 감촉을 즐기는 듯했다. "로버트, 나는 체스를 정말 좋아한다네. 내가 열정을 쏟는 게 하나 있다면 그건 바로 체스야."

장군은 그에게 무얼 바랐던 것일까? 헌은 자기가 장군에게 무언가를 졸리고 있다는 것을 갑자기 깨달았다. 장군이 벌인 논쟁과 이 체스 게임이 장군의 단정하고 냉담한 얼굴 뒤에 감춰진 어떤 가차 없는 필요에서 연유하는 것처럼 느껴졌다. 헌은 설명할 수 없는 기분에 사로잡혔다. 짓눌리는 것 같은 느낌이 조금 더 강해진 채로 되살아났다. 천막 안의 공기까지도 웬일인지 더 무거워진 느낌이었다.

"체스는," 하고 장군이 입을 열었다. "무궁무진하지. 사실 체스야말로 생명의 집중이라네."

헌의 기분은 점점 더 가라앉았다. "저는 그렇게 생각하지 않습니다." 그가 말했다. 자신의 또렷하고 날카로운 목소리와 억양이 마음에 들지 않았다. "한때 체스에 흥미를 느꼈던 제가 나중에 따분하다고 느끼게 된 것도, 실은 인생에는 체스와 비슷한 점이 전혀 없다는 사실 때문입니다."

"자네는 전쟁이 본질적으로 무엇이라고 생각하나?"

토론이 다시 시작되었다. 헌은 장군의 의도에 휘둘리는 것이 지겨워, 이번에는 토론을 피하고 싶었다. 한순간 장군에게 주먹을 날려, 장군의 백발이 순식간에 엉클어지고 입에서 피가 흐르는 모습을 보고 싶은 충동이 일었다. 그것은 강력하고 순간적인 충동이었고, 그것이 물러나자 다시 시달리고 있다는 느낌만 남았다. "저는 잘 모르겠습니다. 하지만 전쟁이 체스가 아닌 건 분명합니다. 해군의 경우는 체스에 비유할 수도 있겠죠. 아무것도 없는 넓게 트인 평면 위에서 여러 다른 화력 단위들을 동원해서 작전을 전개하고, 힘과 공간과 시간이 모든 것을 결정하니까요. 하지만 육지의 전투는 순전히 축구 시합과 같습니다. 한쪽이 먼저 공을 차면 시합이 시작되는데, 계산대로 게임이 진행되지는 않거든요."

"전쟁이 체스보다 복잡하지. 그러나 결국은 다를 게 없네."

헌은 갑자기 화가 치밀어서 자신의 넓적다리를 찰싹 때렸다. "정말이지, 각하께서도 아직 모르시는 일이 많습니다. 가령 일 개 분대나 일 개 중대의 병사들을 생각해 보십시오. 그들이 무슨 생각을 하고 있는지 어떻게 압니까? 그들을 작전에 내보낼 때 장군께선 대체 그 책임을 어떻게 감당하려 하시는지 궁금해질 때가 있습니다. 그런 책임을 져야 하는 상황에서 어떻게 멀쩡하실 수 있는 겁니까?"

"로버트, 자네는 언제나 거기서 핵심을 벗어난다니까. 군대에서 개인의 인격이라는 관념은 장애물에 불과해. 물론 어떤 부대든 각 병사들의 개인차라는 건 있지. 하지만 그런 개인차라는 것은 결국에는 서로 상쇄되고 나중에는 가치 평가만 남게 돼. 어느 중대는 이러저러한 임무를 수행하는 능력이 좋다 나쁘다, 능률적이다 비능률적이다, 하는 식으로 말일세. 나는 좀 더 개략적인 기법, 공통분모 기법을 사용하지."

"각하는 너무 높은 곳에 계시기 때문에 아무것도 보지 못하십니다. 도덕적인 계산법은 어느 것에 관해서도 지나치게 복잡하게 얽혀 있기 때문에 깔끔하게 결정을 내릴 수가 없습니다."

"그럼에도 결정을 내려야 하지. 그 결정들이 제대로 된 결과를 내든 안 내든."

전방 어느 곳에서는 어떤 병사가 개인호 속에서 공포에 떨며 온몸이 굳어 있을지도 모르는 중에 이런 대화를 나눈다는 것이 뭔가 떳떳하지 못한 느낌이었다. 그 병사의 공포심에 어떤 식으로든 전염이라도 된 듯 헌의 음성이 다소 날카로워졌다. "그러면 이런 문제는 어떻게 해결하시겠습니까? 이곳의 병사들은 미국을 떠난 지 일 년하고도 육 개월이 됩니다. 아주 많은 병사들을 죽게 하는 대신 나머지를 더욱 빨리 고향으로 돌아가게 하는 편이 더 나은지, 아니면 그들 모두를 이곳에 잡아 두어 망가지게 하고 본국에 있는 마누라들이 바람을 피우게 하는 편이 더 나은지, 이런 일은 어떻게 계산을 하십니까?"

"그런 일에 대해서는 신경을 쓰지 않는다는 것이 내 대답일세." 장군이 또다시 손톱으로 턱수염을 긁었다. 그가 잠시 망설이다가 다시 입을 열었다. "왜 그러나, 헌? 자네가 결혼한 줄은 몰랐네."

"안 했습니다."

"두고 온 애인한테서 헤어지자는 편지라도 받은 건가?"

"아니요, 떠날 때 이미 다 정리하고 왔습니다."

"그렇다면 여자들이 '바람피우는' 것에 대해 뭘 그리 걱정하는 건가? 여자들은 천성적으로 그런 짓을 하게 되어 있어."

헌은 갑자기 흥미가 당겨서 씩 웃었다. 그는 자신의 대담함에 스스로도 놀라면서 장군에게 물었다. "왜 그러십니까? 개인적인 경험에서 하시는 말씀입니까?" 말이 입에서 떠나자마자 장군이 결혼을 했다는 사실이 생각났다. 분명히 그냥 지나친 사소한 정보였을 것이다. 장군이 부인 이야기를 직접한 적은 한 번도 없었기 때문이다. 아마도 장교 중 누군가에게서 들은 것 같았다. 그러나 헌은 방금 자신이 한 말을 후회했다.

"어쩌면 개인적인 경험에서 하는 말인지도 모르지. 어쩌면 말일세." 장군이 말했다. 그의 음성이 돌연 달라졌다. "로버트, 자네가 그렇게 제멋대로 말을 할 수 있는 건 내가 용인하기 때문이라는 점을 명심하게. 방금 건 너무 나갔어."

"죄송합니다."

"입 다물어."

헌은 잠자코 서먹해진 장군의 얼굴을 지켜보았다. 눈을 바짝 찡그리고 있어서 마치 얼굴 앞에서 30센티미터 정도 떨어진 무언가를 받치고 있는 듯한 인상을 풍겼다. 아랫입술의 입아귀 바로 아래에 하얀 자국 두 개가 생겨나 있었다.

"로버트, 사실 내 마누라는 잡년이야."

"아."

"나한테 온갖 망신을 줬지."

헌은 아연했다가 이어 역겨움을 느꼈다. 커밍스의 음성에는 다시금 자기 연민이 실려 있었다. 아무에게나 그런 말을 하고 돌아다니지는 않는 법이다. 적어도 그런 음성으로는. 그런데 보아하니 장군은 그럴 수 있는 사람인 것 같았다. 장군은. "안됐습니다, 각하." 한참 만에야 헌은 그렇게 말했다.

콜먼 등이 꺼져 가면서 그 명멸하는 불빛이 천막 안에 길고 불안한 그림자를 비스듬히 던졌다. "정말 안됐다고 생각하나,

로버트? 정말로 그래? 자네도 마음이 움직일 때가 있나?" 그 한순간 장군의 목소리가 벌거벗은 속마음을 드러냈다. 그러나 그는 팔을 뻗어 등불을 다시 조정했다. "자넨 인간미가 없어." 장군이 말했다.

"어쩌면요."

"자넨 남에게 베풀 줄을 몰라, 안 그런가?"

장군이 하고자 했던 말이 그것이었을까? 헌은 그 순간 애원에 가까운 빛을 띤 장군의 눈을 들여다보았다. 직감적으로 자기가 한동안 움직이지 않으면 장군이 천천히 손을 뻗어 자신의 무릎을 만질 거라는 생각이 들었다.

아니, 말도 안 되는 생각이었다.

그러나 헌은 갑작스럽고 황망하게 일어나서 천막의 다른 쪽 끝으로 몇 걸음 걸어갔다. 그리고 그곳에서 장군의 침상을 내려다보며 잠시 가만히 서 있었다.

그의 침상. 아니, 커밍스가 엉뚱한 해석을 하기 전에 빨리 이곳에서 벗어나야 했다. 그는 휙 돌아서서 그동안 화석이 되어버린 커다란 새처럼 아무런 움직임도 없이 기다리며…… 정의할 수 없는 무언가를 기다리며 앉아 있던 장군을 쳐다보았다.

"무슨 말씀을 하시려는 건지 모르겠습니다, 각하." 다행히 그의 음성은 또렷했다.

"몰라도 상관없네." 장군은 자기 손을 보았다. "로버트, 오줌이 마렵거든 밖으로 나가게. 거기서 왔다 갔다 하지 말고."

"알겠습니다, 각하."

"우리의 논쟁은 아직 안 끝났네."

이런 이야기라면 차라리 나았다. "글쎄요, 저더러 뭘 인정하라시는 겁니까? 각하가 신이라는 걸 인정하란 말씀이신가요?"

"만약 신이 있다면 말일세, 로버트, 아마 나와 똑같았을 걸세."

"공통분모 기법을 이용한다는 거죠."

"바로 그거야."

이쯤 되면 그들은 끝없이 대화를 이어 갈 수 있었다. 그런데도 두 사람은 당장은 말이 없었다. 이 순간 두 사람 사이에는 서로가 상대방을 싫어하는구나, 하는 거북스러운 인식이 자리했다.

대화가 머뭇머뭇 되살아나고, 사소한 논쟁을 통과하여 다시 이번 작전으로 화제가 옮아 갔다. 적당히 때를 보다가 헌은 장군 앞에서 물러나와 자기 천막으로 돌아갔다. 그러나 어둠 속에서 야자나무 잎들이 바스락거리는 소리에 귀를 기울이자니 잠을 이루기가 어려웠다. 천막 밖 그의 주변으로는 정글이 수 킬로미터씩 뻗어 있고, 낯선 별들이 떠 있는 남국의 하늘이 무한히 펼쳐졌다.

이날 밤 무슨 일인가가 일어나긴 했지만, 그것은 이미 터무니없이 부풀려지고 과장된 듯 보였다. 자기가 들은 말을 전부 다 믿을 수는 없었다. 그 장면은 이제 원래의 상태로 도로 축소되어 꿈에 의해 왜곡된 어떤 것이 되었다. 그렇지만 그는 어느새 침상 위에서 소리 죽여 웃고 있었다.

그 조악한 동기라니.

무슨 일이건 충분히 오래 파헤치다 보면 결국은 불순한 것으로 드러나기 마련이다. 그러나 그렇게 웃는 동안에도, 헌은 자신의 모습을 머릿속으로 그려 보았다. 침상에 누워 거대한 몸을 약간 뒤틀며 웃고 있는 자신의 모습, 자신의 헝클어진 검은 머리, 이렇게 기묘하고 발작적으로 웃는 와중에 일그러진 자신의 얼굴이 보였다.

언젠가 그가 한동안 관계를 가졌던 여자가 아침에 거울을 갖다 주면서 이렇게 말한 적이 있다. "당신 모습 좀 봐요. 침대에 누워 있을 땐 꼭 원숭이 같아요."

웃음이 이제는 정도가 심해져 다소 불쾌하고 괴로운 지경에 이르렀고, 팔다리에서는 열까지 느껴졌다. 제기랄, 이 무슨 웃기는 상황이야.

그러나 아침이 되자 헌은 전날 밤에 무슨 일인가가 있었다는 걸 더 이상 자신할 수가 없었다.


## 코러스

여자

2분대가 새로운 변소를 파고 있다. 이른 오후라 야자나무들 사이를 뚫고 들어오는 햇빛이 그루터기 많은 울퉁불퉁한 지면에 부딪쳐 눈부시게 굴절되고 있다. 미네타와 폴래크가 구덩이 안에서 느린 동작으로 일을 하고 있다. 그들은 상의를 벗고 있는데, 혁대 아래로 바지에 땀이 넓게 번져 있다. 십 초에서 십오 초마다 한 번씩 삽으로 퍼

올리는 흙이 변소 옆에 쌓인 흙더미 위에 후두두 소리를 내며 가볍게 떨어진다.


미네타  (한숨을 쉬며) 그 이탈리아 놈, 토글리오 말이야. 운도 좋지. (삽 위에 발을 걸친다.) 우리가 여기 후방에 남아 있었던 게 운이 좋았다고 생각해? 전방에서 부상을 당하면 집에 돌아갈 수 있잖아. (그가 콧방귀를 뀐다.) 뭐, 하긴, 녀석은 영원히 팔을 못 쓰게 됐지만.

폴래크  여자랑 자는데 팔이 무슨 필요야?

브라운  (구덩이 밖의 그루터기에 걸터앉아 있다.) 어이, 내가 뭐 하나 말해 주지. 토글리오도 제 마누라가 바지를 입은 놈이라면 아무하고나 놀아나고 있었다는 걸 이제 곧 알게 될 거야. 세상에 믿을 여잔 하나도 없거든.

스탠리  (브라운 옆에 큰대자로 늘어져 있다.) 오, 난 모르겠어, 난 내 아낼 믿어. 여자도 여자 나름이니까.

브라운  (씁쓸하게) 여자는 다 똑같아.

미네타  글쎄, 난 내 애인을 믿어.

폴래크  나라면 그런 헤픈 것들은 하나도 안 믿겠어.

브라운  (뭉툭한 코를 격렬하게 후비면서) 내 생각이 바로 그거야. (삽질을 멈춘 미네타에게) 애인을 믿는다고, 응?

미네타  물론이지. 제가 가진 좋은 물건을 알아볼 줄 아는 여자니까.

브라운  네 물건이 남의 물건보다 좋은지 어떻게 알아?

미네타  물건이야 남에게 뒤진 적이 없지.

브라운 뭐 하나 말해 주지. 너는 어린애야. 넌 어떤 걸 두고 좋은 물건이라고 하는지도 몰라……. 말해 봐, 미네타, 너 구두 벗고 여자랑 자 본 적 있어? (스탠리와 폴래크가 한바탕 웃음을 터뜨린다.)

미네타 어, 음.

브라운 이봐, 미네타. 너 자신에게 두어 가지만 물어봐. 너한테 남들보다 특별한 점이 있다고 생각해?

미네타 그걸 내 입으로 어떻게 말해?

브라운 그럼 내가 말해 주지. 그런 건 없어. 넌 그냥 평범한 놈이야. 우리 중 어느 누구에게도 빌어먹을 특별한 점 같은 건 없어. 그건 폴래크나 너나 스탠리나 나나 모두 마찬가지야. 우리는 그냥 별 볼 일 없는 군인들이라고. (브라운은 신이 났다.) 뭐, 좋아, 우리가 집에 있는 동안 매일 밤 고깃덩어리를 집어넣어 줄 때는 여자들도 아주 입안의 혀처럼 굴지. 당신 없인 못 살아, 하면서. 하지만 우리가 집을 떠나기 무섭게 그년들은 딴생각을 하기 시작하지.

미네타 로지는 내 생각을 할걸.

브라운 물론 네 생각을 하겠지. 밤마다 꾸준히 할 수 있었을 때가 얼마나 좋았던가 하는 생각을 할 거야. 잘 들어, 네 애인이 젊은 데다 내 마누라처럼 예쁘다면, 좋은 시간 그냥 낭비해 버리진 않을걸. 주변에 놈팡이들은 널리고 널렸어. 징병 검사에서 떨어진 놈들도 있고 USO[12] 의용군들도 있지.

---

12) United Service Organizations. 미군위문협회.

얼마 안 가 꾐에 넘어가 데이트를 하겠지. 그러다 춤도 추고 어느 놈팡이와 몸을 비벼 대기 시작할 거고…….

미네타   로지는 편지에서 춤추러 다니지 않는다고 했어. (폴래크와 브라운이 웃는다.)

폴래크   저 녀석은 그 헤픈 년들을 믿나 보군.

미네타   나도 여러 번 로지를 시험해 봤지만 거짓말이 들통 난 적은 한 번도 없었어.

브라운   그거야 그 여자가 너보다 똑똑하니까 그렇지. (스탠리가 어색하게 웃는다.) 여자라고 너나 나와 다를 게 하나도 없어. 특히 경험 있는 년들은 더하지. 남자들만큼 여자들도 그걸 좋아한다고. 더욱이 여자들은 남자들보다 기회가 훨씬 많단 말이야.

폴래크   (꾸민 목소리로) 왜 나는 여자들에게 인기가 없는지 몰라……. 정말 쉬운 놈인데 말이야. (모두가 웃는다.)

브라운   네 애인이 지금 뭘 하고 있을 것 같아? 내가 말해 주지. 미국은 지금 아침 6시쯤이거든. 네 애인은 지금 너 못지않게 잘해 주는 어떤 놈팡이하고 같은 침대에서 자고 일어나, 너한테 한 것과 똑같은 말을 그놈에게 해 주고 있을 거야. 미네타, 세상에 믿을 여자는 없어. 죄다 뒷구멍으로 딴짓을 한단 말이야.

폴래크   죄다 빌어먹을 년들이지.

미네타   (힘없이) 그래도 난 걱정 안 해.

스탠리   내 경우는 달라. 아이가 있으니까.

브라운   아이가 있는 년들이 더해. 너무 따분해서 정말로 기분 전환이 필요하거든. 세상에 믿을 년은 하나도 없어.

스탠리　(시계를 보며) 우리가 팔 차례군. (그가 구덩이 속으로 뛰어내려 삽을 집는다.) 제기랄, 자네들은 핀둥핀둥 꾀만 부리는군. 맡은 몫은 해야 할 것 아냐? (그가 잠시 맹렬하게 삽질을 하다가 손을 멈춘다. 땀을 많이 흘리고 있다.)

폴래크　(씩 웃으며) 나는 그런 년들에게 뒤통수를 맞지 않을까 걱정할 필요가 없으니 팔자가 좋지.

미네타　아, 지랄하네. 잘난 척은.

# 7

일본군이 강을 건너는 데 실패한 그날 밤 이후, 1분대는 그 자리에 사흘 동안 머물렀다. 나흘째 되던 날, 1대대는 800미터 전진했고, 수색 소대는 A중대와 함께 위로 이동했다. 분대의 새 전초 기지는 쿠나이 풀이 울창한 작은 골짜기가 내려다보이는 한 고지 꼭대기에 있었다. 그들은 그 주가 끝날 때까지 새 산병호(散兵壕)를 파고 철조망을 치고 늘 해 오던 대로 수색 활동을 펼쳤다. 전선의 상황은 고요했다. 소대에는 아무 일도 없었고, 수백 미터 떨어진 이웃 고지에 진을 친 A중대의 소대 병사들을 제외한 다른 병사들이 눈에 띄는 일도 드물었다. 와타마이 산맥의 벼랑들이 여전히 그들의 오른쪽, 꽤 가까운 곳에 우뚝 서 있었다. 늦은 오후에 그 절벽들은 마치 금방이라도 부서져 내릴 것 같은 파도처럼 그들을 굽어보고 있었다.

수색 소대원들은 고지 위에 앉아, 내리쬐는 햇볕 아래서 시간을 보냈다. 배급 식량을 먹고 잠을 자고 편지를 쓰고 호 속에서 보초를 서는 일 외에는 특별히 하는 일이 없었다. 아침 시간은 즐겁고 신선했지만, 오후에는 침울하고 졸리기만 했다. 밤에는 잠이 잘 오지 않았다. 바람에 흔들리는 아래 골짜기의 풀들이 고지로 접근해 오는 일본군 병사들처럼 보였기 때문이다. 매일 밤 한두 번씩 보초병이 분대 전원을 깨웠고, 그러면 병사들은 저마다 호에 들어가 희미한 은색 달빛이 내리비추는 아래쪽 풀밭을 거의 한 시간 동안 살펴보았다.

이따금 멀리서, 가을날에 잔가지들을 모아 피우는 모닥불처럼 딱딱거리는 소총 소리가 들려왔다. 그리고 종종 포탄 한두 개가 한숨을 쉬거나 낮게 으르렁대며 머리 위로 나른하게 호를 그리며 날아가 그들의 진지 너머 정글 속으로 추락하곤 했다. 밤에 울려 오는 기관총 소리는 공허하고 깊었으며, 원시의 북소리처럼 무언가 나쁜 일을 예고하는 구슬픈 음조를 띠었다. 거의 언제나 그들은 어떤 소음을, 수류탄이나 박격포 소리, 혹은 기관단총의 끈덕지게 이어지는 날카로운 타격 소리를 들을 수 있었다. 그러나 그 소리들은 너무도 멀고 아득하여, 이내 무시해 버리게 되었다. 그 주는 그렇듯 불안하게 유예된 긴장 속에서 지나갔다. 그들은 오직 그들 오른쪽에 벽처럼 우뚝 버티고 서서 침묵으로 위압하는 와타마이 산맥에 대한 두려움을 차마 드러내지 못하는 것에서 자신들이 긴장하고 있음을 느낄 뿐이었다.

매일 배급 당번 셋이 A중대의 소대가 숙영하는 인접한 고지로 가서 10인용 휴대 식량 한 상자와 20리터들이 수통 두 개에 음료수를 받아 가지고 돌아왔다. 병사들은 아무런 사건 사고 없이 되풀이되는 이 일을 싫어하지 않았다. 아침의 단조로운 일과에서 벗어나 자기네 분대원이 아닌 사람과 이야기할 수 있는 기회였기 때문이다.

그 주의 마지막 날에는 레드와 갤러거가 크로프트의 인솔을 받으며 일렬로 고지에서 내려가 아래쪽 골짜기에 2미터 높이로 서 있는 쿠나이 풀을 헤치고 어느 대나무 숲으로 나왔고, 거기에서부터 A중대로 이어지는 오솔길을 따라 걸었다. 그들은 빈 수통을 채워 지게에 혁대로 묶고, 잠시 A중대 병사 몇 명과 잡담을 하다가 귀로에 올랐다. 오솔길이 시작되는 곳에 이르자 크로프트가 걸음을 멈추고 레드와 갤러거에게 앞으로 오라는 손짓을 했다.

"이것 봐," 하고 크로프트가 속삭였다. "고지에서 내려올 때 너희가 너무 소리를 냈어. 가까운 곳이라고 해서, 또 등에 짐 좀 졌다고 해서 빌어먹을 돼지 새끼들처럼 시끄럽게 버둥거려도 되는 건 아니야."

"알았어." 갤러거가 시무룩하게 대답했다.

"자, 가자." 레드가 중얼거렸다. 그와 크로프트는 거의 일주일 내내 서로 말을 섞지 않았다.

세 사람은 10미터 간격을 두고 한 줄로 천천히 오솔길을 걸었다. 레드는 자기가 어느새 주위를 경계하며 걷고 있다는 사실을 깨달았다. 자기가 크로프트의 지시에 영향을 받고 있다는 생각이 들자 조금 화가 났다. 한동안 그는 자기가 주변을 경계하는 것이 크로프트가 화를 낼까 봐 두려워서일까, 아니면 습관에서 비롯된 것일까를 고민하며 걸었다. 그가 아직 어느 쪽이라고 판단을 내리지 못하고 있을 때, 크로프트가 갑자기 걸음을 멈추더니 길옆 덤불 사이로 살그머니 몸을 숨겼다. 크로프트가 고개를 돌려 갤러거와 그를 보고는 조용히 느린 동작으로 팔을 앞쪽으로 흔들었다. 레드는 그의 얼굴을 바라보았다. 크로프트의 입과 눈에는 아무런 표정도 없었지만, 그의 온몸에는 긴급함을 암시하는 차분한 긴장감이 감돌았다. 레드가 자세를 낮추어서 그의 옆으로 다가갔다. 세 사람이 모이자, 크로프트가 입에 손가락을 갖다 대고 길옆 나뭇잎들 틈새를 가리켰다. 약 25미터 밖에 조그맣게 땅이 움푹 들어간 곳이 있었다. 그것은 사실 사방이 정글에 둘러싸인 작은 빈터에 불과했다. 하지만 그 한가운데 일본군 셋이 바닥에 배낭을 베고 누워 있었고, 그들 옆에 또 다른 병사 하나가 소총을 무릎 위에 가로놓고 손으로 턱을 괸 채 앉아 있었다. 크로프트가 긴박감 속에서 잠시 그들을 지켜보다가, 뒤이어 갤러거와 레드를 매섭게 쏘아보았다. 그의 턱이 잔뜩 죄어지면서 귀밑 연골부에 난 작은 부스럼이 한두 번 떨렸다. 그는 아주 조심스럽게 등짐을 벗어 소리 없이 땅 위에 내려놓았다.

"소리를 내지 않고 저 숲을 지나는 건 불가능해." 그가 거의 들리지 않는 목소리로 속삭였다. "내가 수류탄을 던지면 함께 돌진한다, 알겠나?"

두 사람이 등짐을 벗으면서 말없이 고개를 끄덕였다. 레드는 자기들과 그 파인 땅 사이에 있는 몇 미터 길이의 숲을 살펴보았다. 수류탄으로 일본 놈들을 죽이는 데 실패한다면, 숲을 지나 돌격할 때 세 사람의 모습이 노출될 수밖에 없었다. 사실 그는 그런 정도의 생각도 거의 하지 않았다. 그저 이 모든 상황이 더없이 혐오스럽기만 했다. 믿을 수 없는 일이었다. 전투가 눈앞에 닥칠 때마다, 그는 언제나 그와 비슷한 반응을 보였다. 그럴 때면 언제나 움직이거나 총을 쏘거나 목숨을 내놓을 수 없을 거라고 느끼면서도, 그는 앞으로 뛰쳐나갔다. 레드는 그럴 때면 여지없이 수반되곤 하던 분노를 지금도 느끼고 있었다. 그것은 다가오는 순간을 피하고 싶어 하는 자신의 욕망에 대한 분노였다. 나라고 남보다 못할 게 뭔가. 그는 무감각한 상태에서 스스로를 다독였다. 그는 하얗게 질린 갤러거의 얼굴을 쳐다보았다. 자기도 똑같이 겁에 질렸으면서 갤러거에 대해 경멸감을 느낀다는 사실에 레드는 놀랐다. 크로프트는 콧구멍을 한껏 벌린 채로 차갑고 까만 눈동자를 번득였다. 레드는 이런 상황을 즐길 수 있는 크로프트가 지독하게 싫었다.

크로프트가 허리띠에서 수류탄을 한 개 빼더니 안전핀을 뽑았다. 레드는 또 한 번 나뭇잎들 사이로 전방을 주시하며 일본군 병사들의 등을 응시했다. 그는 일어나 앉아 있는 병사의 얼굴을 볼 수 있었는데, 그 때문에 그 상황이 더욱 비현실적으로 느껴졌다. 무언가가 자신의 목을 조르는 것 같은 느낌이었다. 그 일본군 병사는 넓은 이마와 두터운 턱, 온화하고 호감 가는 얼굴을 가진 사내였다. 암소 같은 인상에다, 손이 억세고 단단해 보였다. 이 상황과는 전혀 어울리지 않은 감정이었지만, 레드는 한순간 묘하게 초연한 즐거움을 맛보았다. 저 일본 군과 달리 자신의 존재는 저쪽 편에 노출되지 않았다는 사실을 인식한 데서 오는 감정이었다. 그런데도 그 감정에는 두려움과 이 모든 것이 현실이 아니라는 확신이 섞여 있었다. 앞으로 몇 초 후면 저 선량하게 생긴 넓적한 얼굴의 병사가 죽는다는 사실이 도저히 믿기지가 않았다.

크로프트가 손가락을 펴자 수류탄의 안전핀이 빠지면서 몇십 센티미터 밖으로 튕겨져 나갔다. 펑 소리와 함께 수류탄의 퓨즈가 피시식 타들어 가는 소리가 침묵을 깼다. 그 소리는 일본군 병사들의 귀에도 들어갔고, 그들은 돌연 소리를 지르며 튕기듯이 일어나 작은 구덩이 속에서 어찌할 바를 모르고 우왕좌왕했다. 레드는 한 병사의 얼굴에 공포의 표정이 어리는 모습을 지켜보았고, 수류탄의 퓨즈가 타들어 가는 소리가 자기 귀 안에서 윙윙대는 소리와 심장의 고동 소리와 함께 뒤섞이는 것을 들었다. 크로프트가 구덩이 속으로 수류탄을 던지는 것을 보고 그는 땅에 엎드렸다. 레드는 자기의 소형 기관총을 움켜쥔 채, 풀잎 한 포기를 골똘히 바라보았다. 수류탄이 폭발하기 직전, 아침에 총을 소제해 둘걸, 하는 생각이 스쳤다. 무서운 비명 소리가 들려왔고, 얼굴이 넓적한 병사가 다시 한 번 머릿속에 떠올랐다. 어느새 그는 일어나 나뭇가지들을 헤치며 맹렬하게 돌진하고 있었다.

세 사람은 구덩이 가장자리에 멈춰 서서 아래를 내려다보았다. 일본군 병사 네 명 모두가 발에 짓밟혀 뭉개진 쿠나이 풀 위에 쓰러져 꼼짝도 하지 않았다. 크로프트가 그들을 내려다보면서 가볍게 침을 뱉었다. "내려가서 좀 살펴봐." 그가 레드에게 지시했다.

레드가 비탈을 미끄러져 내려가 시체들이 널브러져 있는 구덩이 안으로 들어갔다. 한눈에 보아도 둘은 죽은 게 확실했다. 한 사람은 방금 전까지 얼굴이었던 곤죽이 된 핏덩이 위에 두 손을 갈퀴 모양으로 얹은 채 바닥에 등을 대고 누워 있었고, 또 한 사람은 가슴에 커다랗게 구멍이 뚫린 채 옆으로 쓰러져 있었다. 나머지 두 명은 엎어져 있었는데, 상처는 보이지 않았다.

"숨통을 끊어 버려." 크로프트가 위에서 그에게 큰 소리로 일렀다.

"죽었잖아."

"숨통을 끊어 버리라니까."

레드는 벌컥 화가 났다. 저 새끼는 내가 아니라 다른 사람이 여기 있었다면 제 손으로 처리했을 거야, 하고 생각했다. 그는 움직이지 않는 몸뚱이들 중 하나를 내려다보고 서서 소형 기관총의 가늠쇠로 뒷머리 부분을 겨냥했다. 그는 숨을 조금 들이마시고 나서 방아쇠를 당겼다. 손에 쥔 총의 진동 외에는 아무것도 느껴지지 않았다. 총을 쏘고 난 후, 그는 그것이 소총을 무릎 위에 가로놓고 앉아 있던 병사임을 알아보았다. 그는 한순간 강렬한 불안감의 언저리를 배회했지만, 이내 그 감정을 억누르고 마지막 병사 쪽으로 걸음을 옮겼다.

그 병사를 내려다보자니, 여러 가지 미묘한 감정이 밀려왔다. 만약 누군가가 물었다면, 그는 "아무 느낌이 없었다."라고 대답했겠지만, 뒷목이 마비된 듯 저렸고 심장이 빠르게 고동쳤다. 자기가 하려는 일에 짙은 염증을 느끼면서도, 그 몸뚱이를 응시하며 그 목에 가늠쇠를 겨냥할 때는 어떤 감미로운 기대감에 젖어 들기도 했다. 그는 방아쇠에 건 손가락에 조금씩 힘을 주면서, 자기가 쏜 탄알들이 여러 개의 둥글고 작은 구멍들을 낼 때 그 충격으로 시체가 춤을 추듯 꿈틀거릴 순간을 기대하며 긴장했다. 그리고 그 모든 감각을 머릿속에 그리며 방아쇠를 당겼다……. 그런데 아무 일도 일어나지 않았다. 총이 고장을 일으킨 것이다. 그가 노리쇠를 당겨 보려는 찰나 발치의 시체가 갑자기 돌아누웠다. 그 일본군이 살아 있다는 걸 레드가 깨닫기까지는 거의 일 초가 걸렸다. 두 사람은 얼굴에 경련을 일으키며 혼이 나간 표정으로 서로를 응시했다. 그러다 갑자기 일본군 병사가 벌떡 일어났다. 그 찰나의 순간에 레드가 총의 개머리판으로 그를 때려눕힐 수도 있었을 것이다. 그러나 총이 고장 난 데서 느낀 낭패감과 그 병사가 살아 있다는 것을 인식한 순간에 느낀 충격 때문에 그는 몸이 완전히 마비된 상태였다. 레드는 일본군 병사가 일어나서 자기 쪽으로 한 걸음 내딛는 것을 지켜보고만 있었다. 그리고 그때 갑자기 근육이 말을 듣기 시작했고, 그가 손에 든 총을 그 일본군 병사에게 던졌다. 총이 빗나가고, 두 사람은 3미터도 안 되는 거리를 사이에 두고 서로를 계속 응시했다.

레드는 그 일본군 병사의 얼굴을 결코 잊을 수 없을 것이다. 그의 얼굴은 수척했고, 눈과 볼과 콧구멍 주위의 피부가 팽팽히 당겨져 있어서 무언가에 굶주린 듯 살피는 표정이었다. 레드는 한 남자의 얼굴을 그토록 열심히 쳐다본 적이 없었다. 그 병사의 피부에 난 흠집 하나하나까지 다 찾아낼 수 있을 때까지 시선을 집중했다. 그는 그 병사의 이마에 난 여드름과 코 밑에 생긴 작은 종기와 눈 아래 움푹 팬 곳에 맺힌 땀방울을 보았다. 두 사람이 서로를 그렇게 쳐다본 건 일 초도 안 되는 순간이었다. 그때 일본군 병사가 총검을 뽑아 들었고, 레드는 돌아서서 도망쳤다. 그는 상대방이 자기 쪽으로 돌진해 오는 것을 보았고, 멍청하게도 공포 영화를 떠올렸다. 그는 안간힘을 다해 어깨 너머로 날카롭게 외쳤다. "이놈을 해치워! 이놈을 해치워, 크로프트!"

그러고 나서 레드는 뭔가에 발부리가 걸려 넘어졌고, 반은 정신이 나간 채 꼼짝 않고 땅 위에 누워 있었다. 그는 등을 뚫고 들어오는 칼이 야기할 고통에 대해 마음의 준비를 하려고 애를 쓰면서 숨을 죽였다. 그는 자신의 심장이 뛰는 소리를 한 번, 그리고 한 번 더 들었다. 정신이 돌아오자, 그는 몸의 균형을 잡았다. 그의 심장이 다시 뛰었고, 다시 그리고 또다시 뛰었다. 불현듯 아무 일도 일어나지 않으리라는 느낌이 들었다.

크로프트의 차갑고 또렷한 음성이 그의 청신경을 건드렸다. "제기랄, 레드, 언제까지 바닥에 누워 있을 거야?"

레드는 돌아누웠다가 일어났다. 힘겹게 신음 소리는 억눌렀으나, 그렇게 용쓰는 바람에 몸이 후들거렸다. "빌어먹을." 그가 한마디 내뱉었다.

"네 남자 친구에 대해 어떻게 생각해?" 크로프트가 조용히 물었다.

그 일본군 병사는 몇 미터 떨어진 곳에 두 손을 쳐들고 서 있었다. 그가 떨어뜨린 총검이 그의 발치에 있었다. 크로프트가 그쪽으로 다가가 총검을 걷어찼다.

레드는 그 일본군 병사를 보았다. 한순간 두 사람의 눈이 마주쳤다. 두 사람은 마치 부끄러운 짓을 하다가 들킨 사람들처럼 고개를 돌렸다. 갑자기 레드는 자기가 기운이 다 빠져 버렸다는 것을 깨달았다.

하지만 그럼에도 그는 크로프트에게 약점을 인정할 수가 없었다. "왜 그렇게 오래 걸린 거야?" 그가 물었다.

"최대한 빨리 내려온 거야." 크로프트가 대답했다.

갤러거가 불쑥 입을 열었다. 그의 얼굴은 창백했고 입술은 떨리고 있었다. "저 새끼를 쏘려고 했는데 네가 시야를 가렸어."

크로프트가 조용히 웃더니 한마디 했다. "너보다는 우리가 더 무서웠던 모양이야, 레드. 우리를 보더니 널 쫓는 걸 포기하더라고."

레드는 자신의 몸이 떨리고 있음을 다시금 느꼈다. 내키진 않았지만 크로프트에게 탄복할 수밖에 없었다. 이어 그에게 신세를 졌다는 사실이 몹시 화가 났다. 잠시 그는 크로프트에게 고맙다는 말을 할까 하는 생각도 했지만, 말이 좀처럼 입밖으로 나오지 않았다.

"이제 돌아가는 게 좋겠어." 레드가 말했다.

크로프트의 표정이 변하는 것 같았다. 그의 눈에 흥분의 빛이 번득였다. "레드, 넌 먼저 출발하는 게 어때?" 그가 말했다.

"나와 갤러거는 조금 있다가 따라갈게."

레드는 마음에 없는 말을 했다. "저 일본 놈을 내가 데리고 갈까?" 사실 그러고 싶은 마음은 전혀 없었다. 그는 아직도 그 일본군 병사를 쳐다볼 수가 없었다.

"아니." 크로프트가 말했다. "저놈은 갤러거와 내가 맡을게."

레드는 이 순간 크로프트에게 어딘가 이상한 점이 있다는 것을 알아차렸다. "내가 데려가도 되는데." 그가 말했다.

"아니, 우리가 맡아."

레드는 녹색 풀이 자란 구덩이 속에 힘없이 늘어져 있는 시체들 쪽으로 시선을 한 번 보냈다. 얼굴이 날아가 버린 시체 위에 벌써 파리 몇 마리가 윙윙거리고 있었다. 조금 전에 그에게 벌어진 모든 일들이 다시금 비현실적으로 느껴졌다. 그는 자기를 쫓던 병사를 쳐다보았다. 그의 얼굴은 이미 의미 없고 하찮아 보였다. 마음 한구석에서 어째서 자신이 그와 눈을 못 마주쳤을까 하는 생각이 들었다. 빌어먹을, 난 이제 지쳤어, 하고 그는 생각했다. 기관총을 집어 드는데 다리가 조금 후들거렸다. 너무 피곤해서 더 이상 아무 말도 하고 싶지 않았다. "좋아, 고지에서 봐." 그가 중얼거렸다.

왜 그런지 이유는 분명하지 않았지만, 그는 자기가 이곳을 떠나서는 안 된다는 걸 알았다. 오솔길을 걸어 내려가면서, 그 일본군이 그의 마음에 불러일으킨 야릇한 수치심과 죄책감을 다시 한 번 느꼈다. 크로프트 저놈은 개새끼야, 하고 그는 생각했다. 몸이 납처럼 무거웠고 열도 나는 것 같았다.

레드가 떠난 후, 크로프트는 땅바닥에 앉아 담배를 한 대

물었다. 그러고는 아무 말 없이 골똘히 담배만 피웠다. 갤러거가 그의 옆에 앉아 포로를 쳐다보았다. "저놈을 처치해 버리고 돌아가자." 그가 불쑥 제안했다.

"좀 기다려 봐." 크로프트가 나직하게 말했다.

"이 불쌍한 놈을 괴롭혀 봐야 무슨 소용이 있겠어?" 갤러거가 물었다.

"녀석은 불평 안 해." 크로프트가 말했다.

그러나 그때 마치 두 사람의 말을 알아듣기라도 한 듯, 포로가 별안간 무릎을 꿇더니 높고 날카로운 음성으로 울기 시작했다. 몇 초에 한 번씩 그는 두 사람 쪽으로 애원하듯 두 손을 뻗었다가, 자기 말을 이해시키지 못하는 것이 답답해 죽겠다는 듯 땅을 쳤다. 그의 입에서 쏟아져 나오는 말 가운데서, 갤러거는 "구드-서(good sir), 구드-서(good sir)"처럼 들리는 말을 분간해 낼 수 있었다.

이 싸움이 예기치 않게 시작되어 불시에 끝나는 바람에, 갤러거는 다소 신경이 예민하고 흥분된 상태였다. 그가 포로에게 느꼈던 순간적인 동정심은 이제 지극히 짜증으로 바뀌어 있었다. "빌어먹을 '구드-서' 소리 좀 집어치워." 그가 일본군 병사에게 악을 썼다.

병사는 잠시 조용하더니 다시 애원하기 시작했다. 그의 목소리에 담긴 다급한 절박감이 갤러거의 신경을 긁었다. "뭐야, 꼭 빌어먹을 유대 놈처럼 손을 흔드는 꼴이라니." 그가 고함을 쳤다.

"목소리 낮춰." 크로프트가 한마디 했다.

병사가 두 사람에게 다가오자, 갤러거는 그의 애원하는 검은 눈을 불편한 마음으로 쳐다보았다. 그의 옷에서 생선 비린내가 코를 찔렀다. "정말 지독한 냄새군." 갤러거가 말했다.

크로프트는 일본군에게서 시선을 떼지 않았다. 귀밑에 난 부스럼 부위에서 연신 맥이 뛰는 것으로 보아 그의 마음속에서 어떤 감정이 작용하고 있는 게 분명했다. 그러나 실상 크로프트는 아무 생각도 하고 있지 않았다. 그저 하던 일을 마무리하지 못한 것 같은 느낌 때문에 신경이 쓰일 뿐이었다. 총알이 발사되지 않은 레드의 총에서 지금이라도 당장 총성이 울릴 것 같았다. 총알들이 박힐 때 시체가 경련을 일으키듯 꿈틀거리는 모습을 레드 본인보다도 더 기대했던 그는 지금 무언가 충족되지 않은 느낌에 깊이 사로잡혀 있었다.

그는 자신이 피우던 담배를 보다가 그것을 충동적으로 그 일본군 병사에게 건네주었다. "뭐 하자는 거야?" 갤러거가 물었다.

"담배 좀 피우게 해 줘."

포로는 열심히, 그러면서도 미군들의 눈치를 보면서 담배를 빨았다. 그는 크로프트와 갤러거에게 연방 불안한 시선을 보냈다. 그의 뺨이 땀으로 번들거렸다.

"이봐, 너." 크로프트가 말했다. "앉아."

일본군 병사는 무슨 말인지 모르겠다는 듯이 그를 쳐다보았다. 크로프트가 손짓으로 앉으라고 지시하자 포로가 나무에 등을 기대고 쭈그리고 앉았다. "먹을 것 좀 있어?" 크로프트가 갤러거에게 물었다.

"배급받은 초콜릿이 한 개 있어."

"이리 줘 봐." 크로프트가 말했다. 그는 갤러거에게서 초콜 릿을 받아, 그것을 포로에게 건넸다. 포로가 멍한 눈으로 그를 쳐다보았다. 크로프트가 먹는 시늉을 해 보이자 포로가 그 뜻 을 알아차리고 겉봉을 뜯어낸 뒤 초콜릿을 허겁지겁 먹어 치 웠다. "빌어먹을, 엄청 배가 고팠군." 크로프트가 말했다.

"빌어먹을, 대체 뭐 하자는 거야?" 갤러거가 물었다. 그는 거의 눈물이 날 정도로 화가 났다. 꼬박 하루 이상을 아껴 온 초콜릿이 그렇게 사라져 버리는 것도 가슴 아팠지만, 그보다 는 포로에 대한 짜증과 마지못한 동정심 사이에서 갈등하고 있었다. "저 멍청한 새끼 정말 뼈만 남았군." 그는 비를 맞으 며 떨고 있는 똥개를 보았을 때에나 느낄 법한 연민을 느끼고 있었다. 그러나 곧이어 초콜릿의 마지막 조각까지 일본군의 입속으로 들어가는 것을 보고는 화가 난 음성으로 중얼거렸 다. "이런 돼지 같은 놈을 봤나."

크로프트는 일본군이 도강(渡江)을 시도했던 날 밤을 생각 했다. 전율이 자기 몸을 훑고 지나가는 것을 느끼며, 오랫동안 포로를 쳐다보았다. 그는 자기도 모르게 이를 악물 만큼 포로 에 대해 어떤 강렬한 감정을 느꼈다. 그러나 그것이 어떤 감정 인지는 자신도 알 수 없었다. 그는 수통을 빼서 물을 한 모금 마셨다. 자기가 물을 꿀꺽 삼키는 모습을 포로가 지켜보는 것 이 눈에 들어왔다. 그는 충동적으로 수통을 포로에게 건넸다. "자, 마셔." 그가 말했다. 크로프트는 포로가 정신없이 물을 들이켜는 모습을 물끄러미 바라보았다.

"왜 갑자기 착한 척이야?" 갤러거가 말했다. "대체 무슨 생각인 거야?"

크로프트는 대답하지 않았다. 그는 물을 마시고 난 포로를 뚫어지게 응시했다. 일본군 병사의 얼굴에는 기쁨의 눈물이 몇 방울 맺혀 있었다. 그가 갑자기 미소를 짓더니 자기 가슴 위 주머니를 가리켰다. 크로프트가 그 주머니에서 지갑을 하나 꺼내 열어 보았다. 그 속에는 민간인 복장을 한 그 일본군 병사가 아내와, 동그란 인형 같은 얼굴을 한 어린아이 둘과 함께 찍은 사진이 한 장 있었다. 일본군 병사는 먼저 자신을 가리켰고, 이어 아이들이 얼마나 자랐는가를 나타내느라고 손을 두 번 땅에서부터 아이들의 키만큼 위로 들어 올렸다.

사진을 본 갤러거는 가슴이 아팠다. 한순간 그는 아내와, 태어날 아이가 어떤 얼굴을 하고 있을까 생각했다. 아내가 지금 이 순간 산고를 치르고 있을지도 모른다고 생각하니 가슴이 철렁했다. 그는 스스로도 알 수 없는 이유로 불쑥 그 일본군 병사에게 말을 건넸다. "나도 며칠 후면 아이가 하나 생겨."

포로가 공손하게 미소를 지었다. 갤러거는 화가 나서 자신을 가리키고, 이어 두 손을 약 20센티미터 간격으로 벌렸다. "나 말이다, 나." 그가 말했다.

"아아아." 포로가 말했다. "치이사이!(작군요!)"

"그래, 치이지이다." 갤러거가 말했다.

포로가 천천히 고개를 흔들더니 또 한 번 미소를 지었다.

크로프트가 그에게로 다가가 담배를 한 대 더 주었다. 일본군 병사가 고개를 깊숙이 숙이고 나서 성냥을 받았다. "아리가토, 아리가토, 도모 아리가토.(대단히 감사합니다.)" 그가 말했다.

크로프트는 머릿속이 격렬한 흥분으로 요동치는 것을 느꼈다. 포로의 눈에 다시 눈물이 맺혔고, 크로프트는 아무런 감정 없이 그 눈물을 보았다. 그는 작은 구덩이에 시선을 주었다. 파리 한 마리가 시체 한 구의 입 위를 기어가고 있었다.

포로는 연기를 한 번 깊이 빨아들이고 나서 이제 나무둥치에 기대어 앉았다. 눈을 감은 그의 얼굴에 처음으로 꿈꾸는 것 같은 표정이 떠올랐다. 긴장감이 크로프트의 목구멍 속으로 파고들면서, 입이 바짝 마르고 입맛이 쓰고 무언가 강렬한 욕구가 치밀어 올랐다. 이때까지 그의 머릿속은 텅 비어 있었다. 그런데 그가 느닷없이 총을 집어 포로의 머리를 겨냥했다. 갤러거가 뭐라 말리려는 순간 일본군 병사가 눈을 떴다.

포로가 미처 표정을 바꿀 겨를도 없이 총탄이 그의 두개골을 박살냈다. 그가 앞으로 푹 고꾸라지더니 이어 옆으로 구르듯 쓰러졌다. 그의 얼굴엔 여전히 미소가 떠올라 있었지만, 이제는 그 모습이 어리석어 보였다.

갤러거는 뭔가 말을 하려 입을 열었으나 말이 나오지가 않았다. 끔찍한 공포감이 엄습했고, 한순간 아내의 얼굴이 다시 떠올랐다. 오오 하느님, 메리를 구해 주소서. 메리를 구해 주소서. 의미는 생각지도 않은 채, 그는 그렇게 같은 말을 되뇌었다.

크로프트는 거의 일 분 동안 그 일본군 병사를 지켜보았다. 그의 맥박이 제 속도를 되찾고 있었다. 목구멍과 입안에서 긴장감이 가라앉는 게 느껴졌다. 레드를 먼저 보낸 그 순간부터 마음 한구석, 저 깊숙한 곳에서는 자기가 포로를 죽이게 되리라는 것을 이미 알고 있었다는 사실을 갑자기 깨달았다. 기분이 몹시 공허했다. 죽은 자의 얼굴에 떠오른 미소가 우스웠다. 작은 시냇물처럼 그의 입에서 웃음이 흘러나왔다. "젠장." 그가 내뱉듯이 말했다. 그는 강을 건너던 일본군들을 다시 한 번 떠올렸고, 발로 시체를 쿡쿡 찔렀다. "젠장." 그가 말했다. "이 일본 놈은 정말이지 행복하게 돼졌군." 웃음소리가 그의 내부에서 더욱 세차게 용솟음쳤다.

그날 아침 늦게 수색 소대는 후방으로 돌아오라는 명령을 받았다. 그들은 천막을 접고 판초를 배낭에 집어넣었고, 레드와 갤러거와 크로프트가 날라 온 물을 수통에 채우고 교대 병력이 도착하기를 기다리면서 휴대 식량을 먹었다. 정오쯤 A중대에서 일 개 분대가 그들의 진지에 도착하자, 수색 소대는 고지에서 내려와 1대대로 돌아가는 오솔길에 들어섰다. 그들은 정글 속의 좁은 진흙 길을 오래 걸어야 했다. 반 시간쯤 후 그들은 진흙 길을 걷는 단조롭고 지루한 동작을 묵묵히 반복하고 있었다. 소대원들 가운데는 기분이 들뜬 사람들도 있었다. 마르티네즈와 와이먼은 무거운 짐을 벗은 기분이었고, 윌슨은 위스키 생각을 하고 있었다. 크로프트는 말없이 생각에 잠겨 있었고, 갤러거와 레드는 불안하고 예민해져서 무슨 소리가 날 때마다 깜짝 놀라곤 했다. 레드는 자기도 모르게 연신 뒤를 돌아보았다.

한 시간 만에 1대대에 도착한 그들은 잠시 휴식을 취한 뒤

샛길을 통해 2대대로 갔다. 그들이 그곳에 도착한 때는 이른 오후였다. 크로프트는 분대를 그날 밤 대대 구역에서 야영시키라는 명령을 받았다. 병사들은 배낭을 벗어 놓고 판초를 꺼내 다시 2인용 천막을 세웠다. 그들 앞쪽에 기관총좌가 하나 있었기 때문에 호를 더 파지는 않았다. 그들은 앉아 쉬면서 잡담을 했다. 그러자 지난 주일의 긴장이 조금씩 되돌아왔다.

"젠장." 윌슨이 말했다. "그런 외진 곳에 배치하다니. 내 말하지만, 그런 곳으로 신혼여행을 가고 싶진 않아."

윌슨은 안절부절못했다. 그는 목구멍이 근질근질하고 팔다리가 뻣뻣하고 피곤했다. "어이." 그가 무언가 중요한 할 말이 있는 듯이 입을 열었다. "술 한잔 거하게 마실 수도 있을 것 같은데." 그가 다리를 쭉 펴고 늘어지게 하품을 했다. "이곳에 제법 사람이 마실 만한 술을 만드는 취사 담당 하사가 있다는 소문을 들었거든." 아무도 대꾸를 안 하자 그가 일어섰다. "내가 가서 우리가 마실 술을 조달할 수 있는지 알아볼 생각이야."

레드가 짜증스러운 얼굴로 그를 쳐다보았다. "대체 무슨 돈으로? 고지에서 다 털린 거 아니었어?" 그들은 고지에서 매일 포커 판을 벌였었다.

윌슨은 기분이 상했다. "이봐, 레드." 그가 속마음을 털어놓았다. "다 털린 적은 한 번도 없어. 내가 뭐 포커꾼이라고 할 순 없지만, 포커 판에서 내 돈을 털어 갈 놈도 그리 많진 않아." 사실 그는 가진 돈을 모두 잃었지만 어떤 막연한 자존심 때문에 그 사실을 인정할 수가 없었다. 이 순간 윌슨은 돈도 없이 위스키가 있는 곳을 찾아내어 어떻게 할 것인가는 생각하지 않았다. 그는 오직 위스키를 찾아내는 일에만 관심을 두었다. 술이 있다는 걸 확인만 하면 그걸 마실 방법은 얼마든지 찾아낼 수 있으리라 생각했다.

윌슨이 일어나 어디론가 가 버렸다. 그러고는 약 일 분 후에 히죽 웃으며 돌아왔다. 그가 크로프트와 마르티네즈 옆에 앉더니 손에 쥔 잔가지로 땅을 푹푹 쑤셔 대기 시작했다. "들어 봐." 그가 말했다. "저쪽 숲 속에 증류기를 하나 감춰 둔 취사 담당 하사관이 있어. 그자를 만나서 값을 흥정했지."

"얼만데?" 크로프트가 물었다.

"글쎄, 그게 말이야." 윌슨이 말했다. "좀 비싸……. 그런데 물건은 좋아. 통조림 복숭아하고 살구하고 건포도에 설탕과 이스트를 잔뜩 섞어서 만들었대. 맛을 보게 해 줘서 마셔 봤더니 아주 끝내줘."

"얼마냐고?" 크로프트가 재차 물었다.

"그러니까, 수통 세 개 꽉 채워 25파운드 달라더군. 난 그놈의 파운드로는 계산이 안 되지만, 아마 50달러는 많이 안 넘을 거야."

크로프트가 침을 뱉었다. "50달러 좋아하네. 80달러나 되는 돈이야. 수통 세 개에 그 가격은 너무 비싸."

윌슨이 고개를 끄덕였다. "그건 그래. 하지만 당장 내일 포탄에 우리 머리통이 날아간다고 생각해 봐." 그가 일단 말을 중단했다가 한마디 덧붙였다. "이러면 어떨까? 레드와 갤러거도 끌어들이는 거지. 그러면 모두 다섯 명이 되니까, 한 사람당 5파운드만 부담하면 되잖아. 5 곱하기 5는 25. 안 그래?"

크로프트는 잠시 생각을 해 보았다. "네가 레드와 갤러거를 끌어들이면 마르티네즈와 나도 끼지."

윌슨이 갤러거에게로 가서 자초지종을 이야기했고, 오스트레일리아 파운드 다섯 개를 주머니에 넣었다. 이어 그는 레드와 이야기를 나누고 술값을 언급했다. 레드는 펄쩍 뛰었다. "고작 수통 세 개에 두당 5파운드? 윌슨, 25파운드면 다섯 통은 얻을 수 있어."

"레드, 그럴 수 없다는 거 알잖아."

레드가 욕을 했다. "윌슨, 빌어먹을 네 5파운드나 내놔 봐."

윌슨이 갤러거에게서 받은 돈을 꺼냈다. "여기 있잖아, 레드."

"설마 다른 사람 돈은 아니겠지?"

윌슨이 한숨을 쉬었다. "정말이지, 레드, 어떻게 친구를 그렇게 의심할 수 있냐?" 그 순간 그는 완전히 진심이었다.

"좋아, 5파운드 여기 있어." 레드가 마뜩지 않은 목소리로 말했다. 그는 아직도 윌슨이 거짓말을 한다고 생각했지만, 그건 아무래도 상관이 없었다. 그는 어차피 술이 필요했고, 그러면서도 스스로 술을 찾아 나설 기력은 없었던 것이다. 일행보다 앞서 오솔길을 혼자 걸으면서 크로프트가 쏜 총소리를 들었을 때 그를 사로잡았던 공포가 되살아나면서 그는 한동안 몸이 굳어졌다. "어차피 우리가 하는 일이라곤 서로를 엿 먹이는 일뿐인데, 아무려면 어때?" 그는 일본군 포로의 죽음을 머릿속에서 떨쳐 버릴 수가 없었다. 어찌 되었든 그건 잘못된 일이었다. 그 일본군은 처음에 죽음을 면했으니 사로잡힌 포로로 간주했어야 했다. 그러나 그것만이 아니었다. 그는 그곳을 떠나지 말았어야 했다. 고지에서 지낸 일주일, 강가에서의 하룻밤, 그리고 살육. 그는 무겁게 한숨을 쉬었다. 즐길 수 있는 기회가 점점 드물어지니, 윌슨에게도 즐거움을 누리게 해주자는 생각이 들었다.

윌슨은 크로프트와 마르티네즈에게서 나머지 돈을 걷고 빈 수통 네 개를 구해서 취사 담당 하사를 만나러 갔다. 그는 약속했던 20파운드를 지불하고 수통 네 개에 술을 채워 가지고 돌아왔다. 그는 그 가운데 한 개를 자기 천막 안의 담요 밑에 숨겨 놓고, 다른 사람들이 있는 곳으로 와서 수통 세 개를 풀어 놓았다. "빨리 마셔 버리는 게 좋을 거야." 그가 말했다. "알코올 때문에 쇠가 부식될지도 모르니까."

갤러거가 한 모금 마셨다. "빌어먹을, 이거 대체 뭐로 만든 거야?" 그가 물었다.

"아아, 좋은 거니까 걱정 마." 윌슨이 장담했다. 그는 길게 한 모금 들이마시고 나서 기분 좋게 숨을 내쉬었다. 술이 후끈하게 목구멍과 가슴을 지나서 위 속에 자리를 잡았다. 따뜻한 쾌감이 팔다리를 휘어 감으면서 몸이 기분 좋게 나른해졌다. "아, 기분 좋다." 그가 말했다. 몸속에 술이 들어간 데다 따로 더 마실 게 있다는 생각에, 윌슨은 기분 좋게 취기가 올랐다. 그리고 자신의 개똥철학을 늘어놓고 싶은 생각이 들었다. "있잖아," 그가 입을 열었다. "위스키는 인생에서 결코 없어서는 안 되는 거란 말이야. 빌어먹을 전쟁이 그래서 글러먹은 거야. 전쟁터에서는 남을 조금도 해치지 않고 저 혼자 즐거운 시간을 갖는다는 게 불가능하거든."

크로프트가 알아들을 수 없게 뭐라고 투덜대며 손으로 수통 주둥이를 닦고는 술을 한 모금 마셨다. 레드는 흙을 조금 집어서 체로 걸러 내듯 손가락 사이로 흘렸다. 달면서도 독한 술이 목구멍을 자극하며 들어왔고, 그 자극은 이내 전신에 퍼졌다. 레드는 뭉툭한 붉은 콧잔등을 긁고는 화가 나서 침을 탁 뱉었다. "아무도 네가 뭘 하고 싶은지 묻지 않을걸." 그가 윌슨에게 말했다. "그저 전투에 나가 죽으라고 할 뿐이지." 움푹 팬 땅의 초록색 풀 위를 뒹굴던 시체들, 찢긴 육체의 적나라한 모습이 한순간 눈앞에 다시 떠올랐다. "다 소용없는 짓이야." 그가 말했다. "사람 목숨이 빌어먹을 암소 목숨보다 나을 것도 없으니까."

갤러거는 크로프트의 총에 맞은 일본군 포로의 팔다리가 한순간 경련을 일으키던 장면을 떠올렸다. "빌어먹을 닭 모가지 비트는 거랑 다를 게 없지, 뭐." 그가 시무룩하게 중얼거렸다.

마르티네즈가 얼굴을 들었다. 그의 얼굴은 초췌하고 눈 밑엔 거무스름한 그늘이 있었다. "그만 좀 떠들어." 그가 말했다. "너 혼자만 그런 걸 본 줄 알아?" 평소 조용하고 상냥하던 마르티네즈가 화가 난 듯 날카롭게 쏘아붙이자 갤러거는 놀라 입을 댜물었다.

"수통을 돌리자." 윌슨이 제안했다. 그는 수통을 위로 기울여 마지막 한 방울까지 비웠다. "한 통 더 따야겠군." 그가 한숨을 쉬었다.

"다 같이 돈을 낸 거니까 각자 똑같은 양을 마셔야겠지." 크로프트가 한마디 했다. 윌슨이 낄낄 웃었다.

그들은 둥글게 둘러앉아 때때로 수통을 돌리면서 느리고 무심한 목소리로 이야기를 나눴는데, 두 번째 수통을 비우기도 전에 모두 혀가 꼬부라지기 시작했다. 해가 서쪽으로 지면서, 그날 오후 처음으로 나무들과 천막의 암녹색 판초들이 그림자를 던지기 시작했다. 골드스타인과 리지스와 와이먼이 30미터 정도 떨어진 곳에 앉아 나직한 소리로 이야기를 나누고 있었다. 이따금 트럭이 자갈길을 굴러 야영지로 진입하는 소리와 병사들이 작업 중에 큰 소리로 말하는 소리 따위가 야자나무 숲을 통과해 들려왔다. 1킬로미터 남짓 떨어진 곳에서 십오 분에 한 번씩 포병대가 포격을 했다. 그들은 마음 한구석에서 포탄들이 낙하하며 일으킬 폭발음을 기다렸다. 보이는 것이라곤 앞쪽의 철조망과 야자나무 숲 너머 정글의 빽빽한 관목림뿐이었다.

　　"내일이면 본부 중대로 돌아가는군⋯⋯. 그런 의미에서 한잔하지." 윌슨이 말했다.

　　"작전이 끝날 때까지 빌어먹을 길이나 파고 있으면 좋겠어." 갤러거가 말했다.

　　크로프트는 꿈을 꾸듯 혁대를 만지작거렸다. 포로를 죽이고 나서 그가 경험했던 인식과 흥분은 이곳으로 행군해 오는 동안 주변의 모든 것에 대한 공허하고 침울한 무관심으로 희미해져 있었다. 그 침울한 감정이 가신 건 아니지만 술을 마시는 동안 그에겐 어떤 변화가 일어나고 있었다. 머리가 멍하고 흐려졌다. 그는 한 번에 몇 분씩 조용히 앉아서 자신의 신체 안에서 일어나는 이상한 동요와 혼란에 정신을 집중했다. 그의 마음은 말뚝 둘레에서 잔물결을 일으키는 물속 그림자처럼 취한 듯 흔들렸다. 제이니는 주정뱅이에다 갈보였지, 하고 생각하자 가슴에 희미한 아픔의 응어리가 자리 잡았다. 그걸 힘차게 박아 넣는 거야, 하고 그는 혼자 중얼거렸다. 그의 마음이 언덕 위에서 말 위에 걸터앉아 햇빛에 잠긴 골짜기 아래를 내려다볼 때의 나른하고 감각적인 기억들을 어지러이 더듬었다. 알코올의 기운이 다리로 퍼지면서 햇빛에 안장이 달아올랐을 때 느꼈던 온갖 기분 좋은 감각들이 한순간에 되살아났다. 열에 달아오른 가죽 냄새와 땀에 젖은 말 냄새가 주변에서 풍겨 오는 듯했다. 그 열기가 일본군 시체들이 누워 있는 초록 구덩이에 비쳐들던 눈부신 햇빛을 기억에 되살려 냈다. 미처 놀란 표정을 짓기도 전에 죽어 버린 포로의 얼굴을 생각하자 웃음이 실개천처럼 몸속을 흐르기 시작해서 환자의 입에서 힘없이 흘러나오는 침처럼 그의 굳게 다물린 얇은 입술 사이로 똑똑 떨어졌다. "제기랄." 그가 중얼거렸다.

윌슨은 유별나게 기분이 좋았다. 위스키 덕분에 그는 장밋빛 행복감에 흠뻑 젖어 있었다. 음탕하고 관능적인 이미지들이 어렴풋하게 그의 마음을 어루만졌다. 아랫도리에 피가 몰리면서 부풀어 올랐다. 열에 들뜬 여자의 퀴퀴한 땀 냄새가 생각나자 코가 흥분으로 경련을 일으켰다. "지금 여자하고 한번 할 수만 있다면 난 뭐든지 내놓을 수 있어. 우리 마을의 메인 호텔에서 급사 노릇을 할 땐데 말이야, 우리 마을에 찾아오던 어느 악단에서 가수로 일하던 여자가 있었거든. 뭐 마실 걸 주문할 때면 꼭 나를 시켜서 가져오게 했지. 그런데 그땐 내가 어려서 아직 눈치가 젬병이었단 말이야. 그러다가 하루는 그 년의 방에 올라가 보니까, 홀딱 벗은 알몸으로 나를 기다리고 있는 거 아니겠어. 그래서 내가 일은 다 제쳐 두고 세 시간 동안이나 그 여자 방에 있었다는 거 아냐. 그때 그 여자가 내게 안 해 준 짓이 별로 없었지." 그는 한숨을 쉬고는 술을 길게 한 모금 들이켰다. "두 달 내내 오후만 되면 그 여자하고 사랑을 나눴지. 그 여자 말이 나만큼 잘하는 남자는 없다고 하더군." 그가 담배를 피워 물었다. 안경알 뒤에서 그의 두 눈이 반짝거렸다. "나는 좋은 놈이야. 아무한테나 물어봐. 이 세상에 내가 고치지 못할 빌어먹을 것은 없고, 못 다루는 기계도 없어. 그런데 여자에 관한 한 나는 개새끼야. 나 같은 남자는 처음이라고 말한 여자가 한둘이 아니거든." 그가 넓은 이마 위로 손을 들어 올려, 뒤로 넘겨 빗은 금발을 손가락으로 빗질했다. "하지만 그래 봤자 여자가 없으면 말짱 헛거지 뭐야." 그가 술을 또 한 모금 마셨다. "캔자스에 나를 기다리는 여자가 있는데, 내가 결혼한 걸 몰라. 포트 라일리에 있을 때 같이 놀던 여자야. 나한테 노상 편지질이지. 그건 레드도 알아. 나한테 편지를 읽어 주니까 말이야. 그 여잔 내가 돌아오기만을 목이 빠져라 기다린다는 거야. 나는 마누라에게 아이들이 어떻고 하면서 왜 돈을 더 보내지 않느냐고 편지로 바가지를 계속 긁으면, 빌어먹을 영영 돌아가지 않을 거라고 써 보내고 있지. 제-기랄, 그렇지 않아도 캔자스에 있는 여자가 더 마음에 들어. 날 위해 음식을 만들어 주는데 솜씨가 내 입맛에 맞거든."

갤러거가 콧방귀를 뀌었다. "너 같은 빌어먹을 허풍쟁이 녀석은 오입질을 하거나 처먹는 것밖엔 모르지."

"그것보다 더 좋은 게 대체 뭔데?" 윌슨이 부드럽게 말했다.

"출세하는 것도 있지." 갤러거가 말했다. "똥 빠지게 일할 때는 뭔가 대가를 바랄 거 아냐." 그의 얼굴엔 표정이 없었다. "나는 곧 애가 생겨. 어쩌면 내가 술을 마시는 지금 이 순간 제 엄마 배 속에서 나오고 있을지도 몰라. 하지만 나는 지금 껏 운이 좋았던 적이 없어. 빌어먹게도 그게 진실이야." 그가 화가 나서 작게 신음 소리를 내고는 몸을 팽팽하게 앞으로 쭉 내밀었다. "있잖아, 한동안 나는 밖에서 혼자 걷다가…… 뭔 가…… 뭔가 계시를 받곤 했어. 그래서 난 내가 큰 인물이 될 거라고 생각했지." 그가 씁쓸한 표정으로 말을 중단했다. "그 렇지만 언제나 무언가가 날 엿 먹이더란 말이야." 그가 적당 한 말을 찾는 듯 화난 얼굴로 말을 멈추고는 우울하게 다른 곳 으로 시선을 돌렸다.

레드는 굉장히 취해 매우 심각한 기분이 되어 있었다. "내 말 좀 들어 봐……. 결국 너희가 얻을 건 아무것도 없어. 다들 좋은 놈들이지만, 결국 너희가 얻을 것이라곤…… 더럽고 힘 든 일뿐이란 말이야. 더럽고 힘든 일, 그게 너희가 손에 쥘 수 있는 몫이지."

크로프트가 큰 소리로 웃음을 터뜨렸다. "넌 좋은 놈이야, 갤러거." 그가 갤러거의 등을 철썩 때리면서 무뚝뚝하게 외쳤 다. 그는 모든 것이 우스워서 견딜 수가 없었다. "윌슨, 넌 그 저, 넌 그저 여자를 지독하게 밝히는 놈일 뿐이야. 빌어먹을 색골이지……." 그의 목소리는 탁했고, 다른 사람들은 술에 취한 와중에도 그를 불안한 눈으로 쳐다보았다. "너는 태어날 때도 물건을 빳빳이 세우고 나왔을 거야."

윌슨이 킬킬거리기 시작했다. "내 생각도 그래."

그들은 모두 격렬하게 웃었다. 크로프트가 머릿속에서 이는 요란한 소용돌이를 잠재우려는 듯이 고개를 흔들었다. "너희에게 한 가지 말해 주지." 그가 말했다. "너희는 다 좋은 녀석들이야. 겁쟁이고 비겁하지만 좋은 놈들이야. 한 가지도 잘못된 게 없는 놈들이라고." 그가 입 모양을 비틀며 딱딱한 미소를 짓는 것 같더니 다시 소리 내어 웃었다. 그가 술을 길게 한 모금 들이켰다. "여기 이 마르티네즈는 세상에 둘도 없이 좋은 친구지. 멕시코인인 게 뭐가 문제야. 이놈만 한 녀석이 없는걸. 레드처럼 멍청하고 심술궂은 놈도, 그래서 내가 언젠가 그놈을 쏴 죽이겠지만, 심지어 그 레드도 병신 같은 방식 나름대로 의도는 괜찮아."

레드는 마치 드릴로 이에 구멍을 뚫을 때처럼 한순간 격심한 공포를 느끼며 바짝 긴장했다. "지랄 말고 꺼져, 크로프트." 그가 말했다.

크로프트는 재미있어 죽겠다는 듯이 웃어 댔다. "거봐, 내가 뭐랬어." 그가 레드를 가리키며 말했다.

레드는 시무룩해져서 입을 다물었다. "네놈들은 다 좋은 새끼들이야." 그가 허공에 막연하게 팔을 저으면서 말했다.

크로프트가 별안간 킬킬대며 웃었다. 병사들이 그의 입에서 그런 소리가 나오는 걸 듣는 건 처음이었다. "갤러거의 말대로, 그 멍청한 새끼가 방금 목을 비틀린 닭처럼 땅 위에서 퍼덕이더란 말이야."

윌슨도 함께 키득거렸다. 그는 크로프트가 왜 웃는지 알 수 없었지만, 그건 아무래도 좋았다. 주변의 모든 것이 산만하고 모호하고 유쾌했다. 그는 그저 함께 술을 마신 사람들 모두에게 따뜻한 정을 느낄 뿐이었다. 나른하게 소용돌이치는 머릿속에서 그들은 그와 함께 뭔가 우월하고 사랑스러운 무리로 존재했다. "이 윌슨은 결코 너희를 실망시키지 않아." 그가 키득거렸다.

레드는 콧방귀를 뀌고 감각이 마비된 코끝을 문질렀다. 뭐라고 딱 규정하기에는 지나치게 많고 미묘한 것들이 뒤엉켜 있는 게 미치도록 짜증스러웠다. "윌슨, 너는 동료로선 좋지만 나쁜 놈이야." 그가 말했다. "잘 들어. 우린 하나같이 다 나쁜 놈들이라고."

"레드는 취했어." 마르티네즈가 말했다.

"물론이지." 레드가 고함을 쳤다. 그는 술을 마시고 기분이 좋았던 적이 거의 없었다. 술을 마시면 더럽고 우중충한 술집들과, 작은 술잔 바닥을 체념 어린 눈으로 들여다보며 말없이 술을 마시는 남자들이 동시에 떠올랐다. 유리잔 바닥의 불투명한 원들이 잠시 눈앞에 떠올랐다. 눈을 감으니 그 원들이 뇌 속으로 흘러 들어오는 것 같았다. 취해서 몸이 흔들리는 게 느껴졌다. 그는 눈을 뜨고 똑바로 앉으려고 필사적으로 애를 썼다. "다들 나가 뒈져 버려." 그가 말했다.

아무도 레드에게 관심을 두지 않았다. 두리번거리던 윌슨의 눈에, 옆 천막에서 혼자 앉아 편지를 쓰고 있는 골드스타인의 모습이 들어왔다. 분대 내의 누군가를 따돌리고 자기들끼리 술을 마신다는 게 돌연 수치스럽게 생각되었다. 윌슨은 골드스타인이 연필로 부지런히 끼적이는 모습을 잠시 지켜보았다. 글자를 쓸 때 그의 입술도 소리 없이 함께 움직였다. 문득 골드스타인은 좋은 놈이라는 생각이 들었다. 하지만 그가 자기들과 함께 술을 마시지 않는다는 게 막연하게 짜증스러웠다. 골드스타인 저 녀석은 좋은 놈이지만 꽉 막힌 데가 있어, 하고 그는 생각했다. 윌슨이 보기에 골드스타인은 뭔가 인생에 대한 기본적인 이해가 결여되어 있는 것 같았다.

"어이, 골드스타인." 그가 고함을 질렀다. "이리 건너와."

골드스타인이 고개를 들더니 수줍은 미소를 지었다. "고마워. 하지만 지금은 아내에게 편지를 쓰는 중이라." 그의 음성은 유순했지만, 욕을 먹으리라는 걸 아는 듯 지레 겁을 내는 어투였다.

"그깟 놈의 편지야 나중에 쓰면 되잖아?" 윌슨이 말했다.

골드스타인은 한숨을 쉬고 일어나서 그들이 있는 곳으로 왔다. "무슨 일인데?" 그가 물었다.

윌슨은 웃음이 나왔다. 엉뚱한 질문이라고 생각됐기 때문이다. "이런 젠장, 술 한잔하라는 거지. 내가 무엇 때문에 널 불렀겠어?"

골드스타인은 망설였다. 그는 정글에 설치된 증류기로 만든 술이 몸에 해롭다는 소문을 들은 적이 있었다. "무슨 술인데?" 그는 적당히 넘어갈 심산으로 그렇게 말했다. "진짜 위스키야, 아니면 정글 술이야?"

윌슨은 기분이 상했다. "이봐, 그냥 좋은 술이야. 기껏 한잔 권했더니 그런 걸 물어보는 놈이 어디 있어?" 갤러거가 콧방귀를 뀌었다. "마시고 싶으면 마시고 싫으면 그만둬, 이 유대 놈아." 그가 말했다.

골드스타인은 얼굴이 화끈 달아올랐다. 남들의 비웃음을 살까 봐 한잔 받아 마실 생각이었던 그도 이쯤 되니 고개를 저었다. "아니, 사양하겠어." 그가 말했다. 이 술을 먹고 죽기라도 하면 어떡해, 하고 그는 속으로 생각했다. 그런 식으로 나탈리를 과부로 만들어 고생시킬 수는 없었다. 처자식이 있는 사람은 모험을 해서는 안 된다. 그는 다시 한 번 고개를 저었다. "정말 생각이 없어서 그래." 그는 부드러우면서도 다급한 목소리로 말하고 나서는, 걱정스러운 마음으로 그들의 대꾸를 기다렸다.

모두가 경멸감을 드러냈다. 크로프트는 침을 뱉고 고개를 돌렸다. 갤러거는 '거봐, 유대 놈들이 그렇지.' 하는 표정을 지었다. "저놈들은 워낙 술을 안 마시거든." 그가 중얼거렸다.

골드스타인은 돌아가서 계속 편지나 쓰는 게 낫다는 걸 알면서도 궁색한 변명을 늘어놓았다. "나도 술을 마시긴 해." 그가 말했다. "가끔 식사 전이나 파티에서 친구들과 한잔하는 걸 좋아하지……." 그가 말꼬리를 흐렸다. 사실 마음 한구석으로는 윌슨이 자기를 부른 순간부터 곤란한 상황이 오리라는 걸 어떤 쓸쓸한 예감과 함께 이미 알고 있었다. 그러나 그것은 그가 따를 수 없는 어떤 임의의 동떨어진 경고의 구실밖에 하지 못했다.

윌슨이 성난 얼굴을 했다. "골드스타인, 네놈은 겁쟁이야, 그게 바로 네 본모습이라고." 자기가 우월하고 행복하다 생각했기에 그는 자기가 베푼 호의에 고마워할 줄 모르는 얼간이들이 모두 성가시고 짜증스럽게 생각됐다.

"아아, 가서 편지나 써." 레드가 고함을 질렀다. 그렇지 않아도 기분이 좋지 않던 차에, 골드스타인의 비굴하고 당황한 표정이 그의 신경을 더욱 긁었다. 그는 감정을 숨길 줄 모르는 골드스타인이 경멸스러웠다. 더욱이, 그는 윌슨이 골드스타인에게 술을 권한 순간부터 일이 이렇게 되리라는 것을 정확히 알았고, 뜻밖에도 그것을 즐기고 있었다. 마음속 깊은 곳에 골드스타인에 대한 동정심이 아주 없는 건 아니었지만, 그는 그것을 억눌렀다. "저 자신도 제대로 지키지 못하는 놈은 하등의 가치가 없어." 그가 입속으로 중얼거렸다.

골드스타인은 휙 돌아서더니 가 버렸다. 술을 마시던 사람들은 한층 더 가까워졌다. 그들 사이에는 이제 어떤 유대가 뚜렷하게 형성되어 있었다. 그들은 세 번째 수통의 뚜껑을 열었다.

"저 녀석에게 굳이 인심을 쓰려고 한 게 잘못이었어." 윌슨이 말했다.

마르티네즈가 고개를 끄덕였다. "돈을 낸 사람이 술을 마시는 거야. 공짜는 없어."

골드스타인은 다시 편지에 집중하려 해 보았다. 그러나 써지지가 않았다. 그는 다른 소대원들이 한 말과, 자신의 대꾸를 곱씹어 보면서 왜 그때 이렇게 말하지 않았던가 연신 후회를 했다. 왜 이렇게 나를 괴롭히는 걸까? 순간 그는 울고 싶어졌다. 편지를 집어 들고 다시 한 번 읽어 보았으나 내용에 집중할 수가 없었다. 전쟁이 끝나면 그는 용접 가게를 차릴 계획이었고, 본국을 떠난 뒤로는 줄곧 편지로 아내와 그 문제를 상의해 왔었다. 윌슨이 부르기 직전, 골드스타인은 편지를 쓰던 중이 아니었다. 연필을 손에 쥔 채, 그는 독립해서 가게를 내고 지역 유지가 된 자신의 모습을 기쁘고 흥분된 마음으로 머릿속에 그려 보고 있었다. 가게 일은 백일몽이 아니었다. 가게를 낼 곳도 이미 골라 놓았고, 전쟁이 일 년이나 이 년쯤 계속될 경우 자기와 아내가 저축할 수 있는 돈이 얼마나 될까를 꼼꼼히 계산해 놓고 있었다. 그는 전쟁이 곧 끝나리라 낙관했고, 또 자기가 상병이나 병장으로 진급할 경우에 저축할 수 있는 금액까지도 계산해 놓은 상태였다.

그것은 본국을 떠난 이후 그가 누리는 유일한 기쁨이었다. 밤이면 그는 천막에 누워 앞날을 설계하거나 아들을 생각하거나 아내는 이 순간 어디 있을까를 상상했다. 아내가 친척들을 방문하고 있을 거라는 생각이 들 때면, 그들 간에 오가는 대화를 상상해 보고 집안사람들의 우스갯소리를 기억해 내며 혼자 소리를 죽여 웃느라 어깨를 들썩이곤 했다.

그러나 지금은 그런 생각에 집중할 수가 없었다. 아내의 경쾌하고 명랑한 음성을 머릿속에 되살려 보려고 할 때마다 아직도 왼쪽에서 술을 마시는 소대원들의 음탕한 웃음소리가 귀에 들어왔기 때문이다. 눈에 눈물이 고이자 그는 화가 나서 고개를 흔들었다. 왜 저들은 이토록 나를 미워할까? 이렇게 자문해 보았다. 그는 좋은 병사가 되기 위해 열심히 노력했다. 체력만큼은 누구에게도 뒤지지 않아서 행군에서 낙오한 적도 없었으며, 대부분의 병사들보다 더 많이 일했다. 보초를 서면서 아무리 그러고 싶은 마음이 들어도 단 한 번도 총을 발사한 적이 없었다. 하지만 그런 걸 알아주는 사람은 아무도 없었다. 크로프트는 아예 그의 진가를 인정하려 들지 않았다.

저놈들은 그저 반유대주의자 무리일 뿐이야, 하고 그는 생각했다. 이교도 놈들이 할 줄 아는 거라곤 헤픈 여자들과 놀아나고 돼지처럼 술에 취하는 일밖에 없지. 사실 마음 깊숙한 곳에서는, 자신이 여자들과 별로 어울리지 못하고, 술자리에서 떠들썩하게 놀면서 친구들과 쉽게 사귀지 못했던 것에 대한 진한 아쉬움이 있었다. 그는 그들과 친구가 되고 싶었지만, 그들이 그와 어울리길 싫어하고 미워하는 데에야 방법이 없었다. 골드스타인은 화가 나고 짜증스러워서 주먹으로 손바닥을 쳤다. 하느님, 어째서 반유대주의자들을 살려 두시는 겁니까? 그는 예배당에 다니지는 않았지만, 신의 존재를 믿었다. 그가 따질 수 있고 책망할 수 있는 그만의 신을. 왜 그런 일을 그냥 놔두시는 겁니까? 그는 통렬하게 따지고 들었다. 신이라면 그런 일 따위는 정말 간단하게 해치울 수 있을 것 같았다. 골드스타인은 선량하지만 다소 생각 없고 게으른 어버이에게 하듯, 자신이 믿는 신에게 짜증을 냈다.

골드스타인은 다시 편지를 쓰기 시작했다. "여보, 모든 것이 너무도 역겨워 다 포기해 버리고 싶을 때가 있소. 이런 말을 하는 건 끔찍한 일이지만, 나는 함께 있는 병사들이 정말 싫소. 모두가 막돼먹은 인간들이오. 정말이지, 여보, 그 훌륭한 이상들을 기억하기란 쉽지 않구려. 심지어 유럽의 유대인들을 생각해도, 왜 우리가 싸우는 건지 알 수 없을 때가 있소……." 그는 자기가 쓴 글을 다시 읽어 보고, 그 위에 연필로 줄을 박박 그어 버렸다. 그러나 오싹하고 두려운 마음에 얼마간 그곳에 그대로 앉아 있었다.

그는 변하고 있었다. 그 사실을 문득 깨달았다. 자신감은 사라졌고 스스로에 대한 확신도 없었다. 함께 생활하고 일하는 모든 사람들이 역겹고 싫기만 했다. 과거에는 자기가 아는 사람들을 언제나 좋아했는데 말이다. 골드스타인은 한동안 두 손으로 머리를 움켜쥐고 있다가 다시 힘을 내 편지를 쓰기 시작했다. "좋은 생각이 있소. 폐품 처리장 일에 손을 대 보면 어떨까 하는 생각이오. 그곳에는 볼품은 없어도 용접만 좀 하면 충분히 쓸 만한 물건이 얼마든지 있으니 말이오……."

월슨은 점차 조바심이 났다. 한자리에 벌써 몇 시간째 앉아 있던 터라 만족스럽던 기분도 조금씩 사라져 갔다. 술을 마실 때마다 늘 그런 식이었다. 처음 몇 시간은 행복하고 너그러워졌고, 마시면 마실수록 술을 마시지 않는 사람들에 대해 우월감을 느꼈다. 그러나 시간이 더 지나면 뭔가 외부의 다른 흥밋거리가 필요해지고 따분해지면서 술도 좀 깼다. 그는 안절부절못하고 다소 평정을 잃은 채 돌연 술을 마시던 술집이나 집에서 나와 막연하게 모험을 찾아 마구 쏘다니곤 했다. 그러다 이튿날 낯선 여자의 침대 위나 도랑 안이나 자기 집 거실의 소파 위에서 깨어나는 경우가 허다했다. 대부분은 자기에게 무슨 일이 벌어졌는지 기억이 나지 않았다.

그는 세 번째 수통에 남은 마지막 몇 방울까지 다 비우고 나서 요란하게 한숨을 쉬었다. 그의 음성은 매우 탁했다. "이제 뭘 해야 하지?" 그가 물었다.

크로프트가 비틀거리며 일어서더니 또 한바탕 소리 내어 웃었다. 그는 오후 내내 혼자서 킬킬거렸다. "난 자야겠어." 그가 선언했다.

윌슨이 고개를 젓고는 앞으로 몸을 굽혀서 크로프트의 다리를 붙잡았다. "하사님…… 넌 빌어먹게 까다로운 놈이니까 하사님이라고 부르지. 하사님, 해가 지려면 아직 한 시간, 아니 두 시간은 더 있어야 하는데 자다니 무슨 소립니까?"

갤러거가 입술을 한쪽으로 비틀며 웃었다. "빌어먹을 크로프트가 지금 눈에 뵈는 게 없는 거 안 보여?"

크로프트가 몸을 굽혀 갤러거의 멱살을 잡았다. "아무리 내가 취했기로서니 그따위 말버릇을 넘어가 줄 줄 알아? 어림도 없어." 그가 갑자기 갤러거를 떼밀었다. "지금 네가 한 말을 기억해 두겠어……." 그가 말꼬리를 흐렸다. "기억해 둘 테니, 내일 두고 보자고." 그가 말을 멈추고 다시 한바탕 웃더니 자기 천막 쪽으로 비틀거리며 가 버렸다.

윌슨이 빈 수통을 이리저리 굴렸다. 그러고는 트림을 한 번 했다. "뭘 한다지?" 그가 재차 물었다.

"빌어먹을 술이 뭐 이리 금세 떨어져." 마르티네즈가 말했다. 돈을 너무 많이 썼다는 생각에 마음이 울적했다.

월슨이 몸을 앞으로 기울였다. "있잖아, 내게 좋은 생각이 있는데 말이야. 일본 놈들에겐 이동 유곽이 있는데, 그게 전선까지 온대."

"그 말을 어디서 들었는데?" 갤러거가 물었다.

"어디서건, 내가 그 말을 들은 건 사실이야. 저기, 오늘 밤 그곳으로 가서 줄 뒤에 섰다가 노란 년의 맛을 한번 보는 게 어때?"

레드가 침을 뱉었다. "왜 그래? 노란 년들은 거기가 옆으로 찢어져 있는지 알아보고 싶어서 그러냐?"

"그건 중국 여자 이야기지." 월슨이 말했다.

갤러거가 도발하듯이 불쑥 몸을 앞으로 내밀고 말했다. "월슨, 넌 검둥이를 좋아하는 놈이구나."

월슨이 웃었다. "지랄하네." 그가 느린 말투로 대꾸했다. 그가 계획했던 일은 그의 머릿속에서 이미 잊히고 없었다.

레드는 구덩이 속의 시체들을 또 떠올렸다. 시체들의 죽어 있는 모습을 떠올릴 때마다 그는 이상한 끌림을 느꼈다. 그의 마음속 소용돌이를 뚫고 공포가 밀려들었고, 그는 다시 한 번 슬쩍 살피듯 뒤를 돌아보았다. "기념품을 찾으러 가자." 그가 악을 쓰듯 말했다.

"어디로?"

"이 근처에 일본 놈들 시체 몇 구는 있을 거 아냐." 레드가 말했다. 그는 뒤를 돌아보고 싶은 충동을 억눌렀다.

월슨이 킬킬거렸다. "있지, 있어." 뭔가가 떠오른 듯 그가 불쑥 말했다. "취사 담당 하사관이 증류기를 설치해 놓은 곳에서

200~300미터만 가면 전투가 벌어졌던 장소가 나와. 우리가 바로 그 옆을 지나왔던 게 기억나. 바로 옆을 지나왔다고."

마르티네즈가 입을 열었다. "우리가 강가에 간 날 밤 일본 놈들이 공격해 왔었지. 그날 밤 일본 놈들이 거의 이곳까지 내려왔어."

"맞아." 윌슨이 말했다. "탱크까지 몰고 왔다고 하던데."

"가서 찾아보자." 레드가 중얼거렸다. "우리도 기념품 한두 가지는 챙길 자격이 되잖아."

윌슨이 일어났다. "내 유일한 술버릇이라면 무작정 쏘다니는 거지." 그가 기지개를 켰다. "자, 모두들 가 보자."

다른 사람들이 말없이 그를 쳐다보았다. 그들은 술에 잔뜩 취해 멍한 상태에서 목적도 두서도 없이 지껄이고 있었다. 무슨 말을 하는지 생각도 하지 않고 되는대로 떠들던 그들은 윌슨의 행동력에 당황한 표정이었다. "가자니까." 그가 같은 말을 반복하며 다른 사람들을 재촉했다.

그들은 술에 취해 수동적이었고 딱히 윌슨이 아니라도 누구의 지시든 따를 태세였으므로 윌슨의 말에 순순히 따랐다. 윌슨이 소총을 집어 드는 것을 보고 그들도 각자 어깨에 소총을 멨다.

"어디로 가는 건데?" 갤러거가 물었다.

"그냥 따라오기나 해." 윌슨이 말했다. 그는 취한 사람답게 괴성을 질렀다.

그들은 한 줄로 들쭉날쭉 늘어서서 그의 뒤를 따라갔다. 윌슨이 그들을 이끌고 야영지를 지나갔다. 윌슨은 다시 신이 났다. "고향 가는 길을 알려 줘요." 그가 노래를 불렀다.

몇몇 병사들이 그들을 쳐다보았다. 윌슨이 발을 멈췄다. "어이." 그가 말했다. "몇몇 빌어먹을 장교 새끼들이 우릴 볼지도 모르니까, 군인답게 행동하자."

"우로 봐!" 레드가 호령을 했다. 그는 갑자기 기분이 좋아졌다.

그들은 과도하게 조심을 하며 움직이기 시작했다. 어쩌다 갤러거가 발을 헛디디자, 모두가 그를 나무랐다. "제기랄, 갤러거!" 윌슨이 낮은 소리로 그를 책망했다. 그는 조금 비틀거리면서도 경쾌하게 걷고 있었다. 그가 휘파람을 불기 시작했다. 그들은 철조망이 트인 곳에 이르렀고, 가슴까지 오는 쿠나이 풀밭을 지났다. 갤러거는 연신 넘어지면서 욕설을 내뱉었고, 윌슨은 그때마다 돌아서서 손가락을 입술 위에 갖다 댔다.

100미터를 가고 나니 다시금 정글이 그들을 에워쌌다. 그들은 정글과 나란히 있는 풀숲을 헤치고 오솔길이 있는 곳으로 나왔다. 멀리서 포병대가 포격을 하고 있었다. 마르티네즈가 몸을 부르르 떨었다. 걷느라 땀이 마구 흘러내렸고, 기분이 몹시 우울했다. "빌어먹을 싸움터가 어디야?" 그가 물었다.

"이 길 끝나는 곳이야." 윌슨이 말했다. 숨겨 둔 네 번째 술통이 생각나 그는 또 킬킬거렸다. "조금만 더 가면 돼." 그가 모두에게 말했다. 그들은 비틀거리고 넘어지면서 길을 따라 150미터를 걸어갔다. 그러자 좁은 도로 하나가 나왔다. "일본 놈들이 닦은 길이야." 윌슨이 말했다.

"빌어먹을 일본 놈들은 어디 있는데?" 갤러거가 물었다.

"아, 여기서 멀리 떨어진 곳이야." 윌슨이 그를 안심시켰다. "우리가 여기서 그놈들을 격퇴했거든."

갤러거가 코를 킁킁거렸다. "벌써 그놈들 냄새가 나는 것 같아." 그가 말했다.

"그래. 이 근처에 많이 있다더군." 윌슨이 말했다.

길은 야자나무 숲을 통과해 쿠나이 풀이 무성한 들판으로 이어졌다. 그들은 걸어가면서 점점 양쪽 들판으로부터 이제는 익숙해진 썩은 내가 풍겨 오는 것을 의식했다. 그것은 정확히 말해 기분 좋은 냄새가 아니라 쓰레기와 늪지의 구린내가 가미된 똥거름 냄새 같은 악취였다. 냄새의 농도와 질은 일정치 않았다. 때로는 부패한 감자의 역겨운 냄새가 코를 찔렀고, 때로는 스컹크 굴에서나 맡을 법한 냄새가 났다.

"젠장." 레드가 욕설을 내뱉었다. 그는 짓이겨진 채 길 위에서 뒹구는 일본군의 시체 하나를 피해서 걸었다.

풀밭이 끝나는 곳에 있는 야자나무 숲의 나무들은 잎이 다 떨어져 있었고, 줄기는 가뭄에 시든 것처럼 검은색이나 갈색을 띠고 있었다. 나무들 대부분이 가지가 잘려 나가 썰물 때 갯벌에 남은 말뚝들처럼 외롭고 헐벗은 모습이었다.

어느 쪽을 보아도 불에 탄 탱크의 검은 윤곽이 눈에 들어왔다. 그 윤곽들이 나무들의 잔해와 둥근 모양으로 까맣게 탄 풀밭 자국에 섞여 들어, 마치 유명한 인물들의 얼굴을 나뭇잎 사이에 숨겨 놓은 아이들의 그림 놀이에서처럼 위장되어 있는 듯 보였다. 들판은 온통 부서진 물체들 천지였고, 사방 여기저기에 일본군 시체들이 널려 있었다. 일본군이 몇 시간 동안 참호를 파고 버텼던 작은 능선 위의 한곳에는 포탄이 만들어 놓은 구멍들이 입을 크게 벌리고 있었다.

일행은 400미터가량 펼쳐진 들판을 헤매고 다녔다. 풀밭에 몸이 비틀린 시체 몇 구가 보였다. 그들 모두가 편안함과는 거리가 먼, 심하게 뒤틀린 자세로 굳어 있었다. 일행은 시체들 옆을 돌아 계속 길을 걸었다. 몇 미터 떨어진 곳에, 부서진 일본군 장갑차와 미군 탱크가 금방이라도 쓰러질 낡은 집처럼 서로에게 맞붙어 기댄 채 한쪽으로 기울어져 있었다. 함께 불에 탄 듯 장갑차와 탱크는 시커멓게 불구가 되어 있었다. 일본군의 시체들이 그 자리에 방치되어 있었는데, 장갑차 운전병은 좌석에서 밖으로 거의 떨어질 것 같은 모습이었다. 귀에서 턱에 이르는 부분이 날아간 그 시체의 머리는 차량의 발판 위에 마치 콩 자루처럼 통통 부풀어 오른 채 처박혀 있었다. 그 한쪽 다리는 앞창의 산산조각 난 유리 사이로 쑥 뻗어 나와 있었고, 허벅지에서 잘려 나간 다른 쪽 다리는 머리와 직각으로 놓여 있었다. 그 다리는 그와 별개의 존재처럼 보였다.

조금 떨어진 곳에 다른 일본군 시체 한 구가 등을 대고 누워 있었다. 구멍이 크게 뚫린 그의 배에서 한데 엉킨 말미잘 꽃잎처럼 창자가 두껍고 하얀 덩어리를 이루며 튀어나와 있었다. 배의 살은 매우 붉었고, 두 손은 죽음의 고통 속에서 상처 주변을 감싸고 있었다. 그는 마치 다른 사람들의 관심을 자신의 상처로 이끌고 있는 것 같았다. 이목구비가 작고 뭉툭한 얼굴은 개성은 없지만 호감을 주는 인상이었다. 그는 죽음을 통해 안식을 얻은 듯 보였다. 두 다리와 엉덩이가 부풀대로 부풀어서 바지가 나폴레옹 시대의 멋쟁이들이 입는 몸에 꼭 끼는 바지처럼 팽팽했다. 어쩐지 속이 터져 나온 인형 같기도 했다.

그와 비스듬한 각도로 가슴에 끔찍한 상처를 입은 또 한 구의 시체가 누워 있었다. 장갑차에서 빠져나오다가 넓적다리와 몸통에 불이 붙은 듯 두 다리를 벌리고 무릎을 들어 올린 자세로 등을 대고 누워 있었다. 불에 탄 군복 천이 썩어 없어져 성기가 노출되어 있었다. 성기 역시 불에 타서 아주 작게 밑동만 남은 상태였고, 타 버린 음모의 재가 강철 솜뭉치처럼 오그라들어 아직 제자리에 붙어 있었다.

윌슨이 장갑차의 잔해를 쑤셔 보다가 한숨을 쉬었다. "기념품이 될 만한 것들은 모조리 뜯어 가 버렸군." 그가 말했다.

갤러거는 술에 취해 몸을 제대로 가누지 못하는 상태였다. "누가 그랬다는 거야? 빌어먹을 누가 그랬다는 거야, 엉? 윌슨, 넌 우라질 놈의 거짓말쟁이야. 네놈이 기념품들을 다 훔쳐 갔지?"

윌슨은 그를 상대하지 않았다. "빌어먹을 일주일 내내 목숨을 건 우리에게 기념품 한 가지도 남겨진 게 없다니, 세상에 이런 엿 같은 일이 있나." 그가 씁쓸한 얼굴로 말꼬리를 흐렸다. "정말 엿 같은 일이야." 그가 혼잣말로 되뇌었다.

마르티네즈가 구둣발로 불에 탄 시체의 성기를 건드렸다. 마치 뭉친 담뱃재를 손가락으로 찔렀을 때처럼 성기가 부스스 소리를 내며 부서졌다. 그는 가벼운 쾌감을 느꼈지만 그 쾌감은 이내 우울한 기분에 잠식되고 말았다. 술이 가져다준 실망스럽고 우울한 기분이 걷는 동안 더욱 심해졌다. 시체를 목격했다고 해서 두려움이나 공포를 느낀 건 아니었다. 그가 죽음에 대해 느끼는 공포는 물리적인 죽음이 신체에 필연적으로 야기하는 악취나 잔인한 형태 변화와는 하등의 상관도 없었다. 자기가 왜 우울한지를 말로 표현할 순 없었지만, 그는 그것을 굳이 무언가와 결부시켜야 했다. 그는 술을 마시느라고 써 버린 돈이 몹시 아까웠고, 이미 반 시간 전부터 얼마나 지나야 봉급으로 그 돈을 벌충할 수 있을지를 계산해 보고 있었다.

레드가 장갑차에 몸을 기댔다. 어지러움을 느끼며 그는 한쪽 팔을 금속 디딤판 위로 뻗었다. 손에 무른 과일 한 개가 잡히자 얼른 놓아 버렸다. 붉은색으로 배처럼 생긴 과일이었으나 한 번도 본 적이 없는 것이었다. "이건 대체 어디서 온 거지?" 그가 탁한 음성으로 물었다.

"일본 놈들 양식이야." 윌슨이 말했다.

"어디서 났을까?"

"나도 모르지." 윌슨이 어깨를 으쓱하고 과일을 옆으로 걸어찼다.

레드는 취한 와중에도 문득 두려운 기분이 들었다. 그는 한순간 헤네시를 생각했다. "이봐, 윌슨, 빌어먹을 기념품은 어디 있는 거야?" 그가 씁쓸한 기분으로 물었다.

"잔소리 말고 따라오기나 해." 윌슨이 대꾸했다.

그들은 장갑차와 탱크 옆을 어슬렁거리며 지난 뒤, 길에서 조금 벗어나 일본군이 참호를 파고 몸을 숨겼던 산등성이 위를 살펴보았다. 한때 그곳에는 이 낮은 언덕 표면을 온통 곰보로 만들어 놓을 만큼 많은 참호와 대피호가 조성되어 있었지만, 포격으로 대부분이 무너진 상태였다. 호의 흙벽들은 마치 아이들이 해변에 파 놓고 방치한 모래 구덩이를 사람들이 모르고 밟고 지나간 후의 모습처럼 반쯤 함몰되어 있었다. 언덕 여기저기에 도합 20~30구 정도의 일본군 시체가 둘씩, 셋씩, 넷씩 무리를 지어 흩어져 있었다. 시체들 사이에는 작은 잡석들이 무수히 널려 있었고, 언덕에서는 쓰레기를 태울 때와 같은 독한 냄새가 올라왔다. 썩어 가는 휴대 식량과 반쯤 빈 장비 상자들과 그 안에서 쏟아져 나온 내용물이 도처에 깔려 있었다. 포탄이 할퀴고 지나간 땅 위에는 엉망이 된 배낭과 녹슨 소총과 군화와 수통과 썩어 가는 살점들이 널려 있었다. 잡다한 물건들이 무수히 흩어져 언덕 위의 온 땅을 뒤덮는 바람에, 비어 있는 지면은 5제곱미터도 되지 않았다. 일본군 병사들은 죽은 지 일주일이 지난 터라 거대한 다리와 배, 터질 듯한 엉덩이를 가진 비대한 사람들 수준으로 부어 있었다. 그들은 녹색과 자색으로 변했고, 상처와 발 위에는 구더기가 들끓었다.

구더기는 길이가 1센티미터 정도였는데, 색깔이 물고기의 배와 같다는 점 외에는 민달팽이를 닮아 있었다. 구더기는 마치 벌이 양봉가의 얼굴에 무리 지어 몰리듯, 시체들을 덮고 있었다. 구더기들이 느리게 꼬물거리며 시체들의 크고 작은 상처들을 모조리 덮고 있는 터라, 부상 부위를 확인하기란 불가능했다. 갤러거는 구더기 떼가 한 시체의 벌린 입 속으로 열을 지어 들어가는 모습을 취해서 몽롱한 눈으로 지켜보았다. 어떤 식으로든 구더기 떼가 무슨 소리를 낼 것으로 기대했던 그는 구더기 떼의 소리 없는 향연이 비위에 거슬렸다. 악취가 코를 찔렀고 파리 떼가 시체들을 탐했다.

"빌어먹을 파리 새끼들." 그가 중얼거렸다. 그는 시체 하나를 비켜서 돌아가 땅 위에 놓여 있던 작은 종이 상자를 집어 들었다. 종이는 눅눅해서 그의 손에서 찢어져 버렸다. 그는 상자에서 거무스레한 액체가 담긴 작은 유리병 몇 개를 꺼내 잠시 침울한 얼굴로 그것들을 바라보았다. "이것들은 뭐지?" 그가 물었다. 아무도 대답을 하지 않자, 그는 잠시 후 그것들을 땅바닥에 내동댕이쳤다. "빌어먹을 기념품은 대체 어디 있다는 거야?"

윌슨은 녹슨 소총에서 노리쇠를 뽑으려 애를 쓰고 있었다. "며칠 내로 사무라이 칼을 한 자루 구할 테니 두고 봐." 그가 장담했다. 그는 그 일본군 소총의 개머리판으로 시체 하나를 쿡쿡 찌르다가 얼굴을 찌푸렸다. "제기랄, 우리도 결국은 다 썩은 고기란 말이야." 시체의 가슴에서 튀어나온 늑골 몇 개가 늦은 오후의 햇빛을 받아 은빛으로 빛났다. 노출된 살은 역겨운 녹갈색으로 변색되어 있었다. "양고기의 어깨 부위 같네." 윌슨이 말했다. 그는 또 한 번 한숨을 쉬고 언덕을 내려가기 시작했다. 언덕의 후사면(後斜面)에 천연 동굴이 몇 개 있었는데, 그중 한 동굴 안에 여섯 구의 시체가 여러 개의 상자 위에 포개져 있었다. "어이, 여기 좀 와 봐." 윌슨이 고함을 질렀다. "뭘 좀 찾은 것 같아." 그는 기분이 우쭐했다. 다른 놈들이 취해서 비웃어 대는 통에 기분이 상하던 차였다. "이 윌슨이 뭘 찾아 주겠다고 말하면 그런 줄 알란 말이야."

트럭 한 대가 전방 야영지를 향해 도로 위를 덜컹거리며 달려갔다. 윌슨이 어린애처럼 손을 흔들었다. 그러고는 궁둥이를 깔고 앉아 동굴 안을 들여다보았다. 다른 사람들도 그의 옆으로 와서 동굴 안을 살폈다. "저 안에 사물함도 많아."

"그냥 나무 상자잖아." 레드가 말했다.

"내 말이 바로 그 말이야." 윌슨이 그에게 말했다. "저것들을 비워 내고 가져가서 사물함으로 쓰면 되잖아."

레드가 짜증스러운 말투로 쏘아붙였다. "나무 상자 따위야 본부 중대에도 얼마든지 있어."

"천만에." 윌슨이 그에게 말했다. "우리가 가진 것들은 죄다 낡고 엉터리야. 여기 있는 것들이 제대로 된 상자지."

레드가 다시 동굴 안을 살폈다. "내가 상자를 끌고 그 먼 길을 돌아가면 미친놈이다."

마르티네즈는 일행이 있는 곳에서 몇 미터 떨어진 곳으로 걸음을 옮겼다. 어느 시체의 벌린 입속에 금니가 가득 들어 있는 것을 보아 두었던 것이다. 그 입속에 매혹되어 그는 연방 고개를 돌려 그것을 보았다. 그는 시체 옆에 서서 금니를 내려다보았다. 순금으로 된 이가 적어도 예닐곱 개는 되는 것 같았다. 뒤를 돌아 일행에게 빠르게 시선을 던져 보니, 다들 굴속으로 들어가고 있었다.

그는 돌연 그 금니들이 몹시 탐났다. 다른 사람들이 동굴 속을 휘젓고 다니며 탁한 음성으로 서로에게 욕지거리를 하는 소리가 들려왔다. 그는 저도 모르게 시체의 벌린 입속을 다시 내려다보았다. 죽은 놈한테 금니가 다 무슨 소용이야, 하고 그는 생각했다. 잔뜩 긴장한 채 금니 값은 얼마나 나갈지 어림해 보았다. 아마 30달러쯤 되겠지, 하고 그는 생각했다.

그는 돌아섰다가 다시 돌아왔다. 전쟁터는 매우 조용했다. 한순간 그의 귀에는 언덕 위에서 파리들이 집요하게 앵앵거리는 소리 외에는 아무 소리도 들리지 않았다. 골짜기 아래서는 모든 것이 악취를 풍겼고, 팔다리가 떨어져 나간 시체들과 부서진 차체의 잔해가 도처에 널려 있었다. 모든 것이 붉거나 검게 녹이 슨 가운데 간혹 녹색 풀이 고개를 들고 있는 그곳은 폐품 처리장 같았다. 마르티네즈는 고개를 흔들었다. 모든 것이 냄새를 풍겼다. 그의 발치에 버려진 소총 한 자루가 있었다. 그는 무심코 그것을 집어 들고서 개머리판으로 시체의 입을 내리쳤다. 물에 젖은 썩은 통나무를 도끼로 내리쳤을 때와 같은 소리가 났다. 그는 총을 들어 올렸다가 또 한 번 내리쳤다. 이가 떨어져 나갔다. 몇 개는 땅위로 굴렀고, 또 몇 개는 박살이 난 시체의 턱 위에 흩어졌다. 마르티네즈는 정신없이 금니만을 네댓 개 집어 주머니에 넣었다. 땀이 미친 듯이 흘러내렸다. 심장이 고동칠 때마다 불안감이 전신을 휘도는 것 같았다. 숨을 몇 번 깊숙이 들이쉬자 불안감이 조금씩 가라앉았다. 그는 죄책감과 행복감이 뒤섞인 기분으로, 어릴 때 어머니 지갑에서 동전 몇 개를 훔쳤을 때의 일을 떠올렸다. "제기랄." 그가 중얼거렸다. 그는 언제쯤 금니를 팔 수 있을까 하고 막연히 생각해 보았다. 그는 박살이 난 시체의 벌어진 입이 마음에 걸려 발로 시체를 엎어 놓았다. 가려져 있던 구더기 떼가 드러났고, 그는 진저리를 쳤다. 무슨 이유에서인지, 그는 몹시 겁이 나서 몸을 돌려 동굴 속에 있는 사람들에게로 갔다.

동굴은 작았고 공기는 축축하고 답답했다. 사람들은 땀을 뻘뻘 흘리고 있었지만 공기는 차갑게 느껴졌다. 시체들은 상자들 위에 밀가루 포대처럼 쌓여 있었다. 그들이 시체 하나를 움직이려 들 때마다 구더기가 피라미 떼처럼 흩어졌다. 동굴 안에는 검게 탄 물건들, 녹슨 쇳조각들, 포탄의 파편들, 부서진 박격포탄 상자들, 쓰레기통에서나 볼 법한 종류의 거무스레한 잿더미들이 아무렇게나 흩어져 있었고, 심지어 흙과 재가 무덤처럼 쌓인 곳에서는 시체의 일부, 검게 탄 정강이뼈가 불거져 나와 있었다. 그곳에서 나는 냄새는 에테르처럼 강렬하여 정신을 혼미하게 했다.

"상자를 가져가기는 틀렸다." 레드가 말했다. 그는 구역질이 났고, 손가락 끝으로 시체를 옮기려고 용을 쓴 탓에 등이 극도로 쑤시기 시작한 터였다.

"이 짓 그만두자." 갤러거가 말했다. 동굴 어귀에 내리쬐는 햇볕이 따가울 정도로 강렬해 보였다.

"이봐, 지금 그만두는 법이 어디 있어?" 윌슨이 사정을 했다. 그는 무슨 일이 있어도 상자 한 개를 갖고 돌아갈 생각이었다.

마르티네즈의 눈으로 땀이 흘러들었다. 그는 짜증과 조바심이 났다. "지금 돌아가는 게 어때?" 그가 제안했다.

윌슨이 시체 하나를 옆으로 밀쳐놓더니 고함을 지르며 뒤로 물러섰다. 뱀 한 마리가 상자 위에 똬리를 튼 채 머리를 좌우로 천천히 움직이고 있었다. 사람들은 모두 뒤로 물러나 겁에 질려 웅성거리며 동굴의 맞은편 벽에 바짝 붙었다. 레드가 소총의 안전장치를 누르고 천천히 뱀의 대가리를 겨냥했다. 그의 손이 떨렸다. 그는 완전히 정신을 빼앗긴 채 뱀의 감정 없는 눈을 주시했다. "빗맞히면 안 돼." 윌슨이 속삭였다.

총성은 대포 소리처럼 엄청난 소리와 함께 벽에서 벽으로 메아리쳤다. 뱀의 대가리가 곤죽이 되어 사라지고 그 몸통은 얼마간 심하게 경련했다. 사람들은 귀가 먹먹해진 채 두려움 에 압도되어 뱀에서 눈을 떼지 못했다. "여기서 나가자." 갤러 거가 고함을 질렀다.

그들은 갑자기 미친 듯이 불안해져 허둥지둥 밖으로 나갔 다. 모두가 갑작스러운 공포감에 제정신이 아니었다. 동굴 밖 에서 윌슨은 얼굴의 땀을 닦고 길게 심호흡했다. "상자는 포 기해야 할 것 같아." 그가 가벼운 말투로 말했다. 사실 그는 너 무 피곤해서 잠시 불안감도 잊을 정도였다. "이제 돌아가는 게 좋겠어." 그가 말했다.

일행은 언덕을 내려와 야영지로 돌아가는 길에 들어섰다. 그들은 불에 타 버린 채 길 옆에 버려진 탱크 옆을 지나갔다. 무한궤도가 부서진 채 녹슬어 있는 탱크는 도마뱀의 해골처 럼 보였다. "그 빌어먹을 뱀도 곧 저렇게 되겠지." 마르티네즈 가 말했다.

레드는 입속으로 불만스럽게 중얼거렸다. 그는 거의 맨몸 을 드러낸 채 등을 대고 누워 있는 시체 하나를 보았다. 할 말 이 많아 보이는 시체였다. 몸에 상처가 전혀 보이지 않았고, 언제나 무의미할 수밖에 없는 질문을 마지막으로 한 번만 더 물으려는 듯이 두 손으로 땅을 움켜쥐고 있었던 것이다. 벌거 벗은 양 어깨가 고통으로 움츠러들어서, 레드는 시체의 입가에 마땅히 떠올랐을 고통의 표정을 쉽게 상상할 수 있었다. 그러나 그 시체는 머리도 없이 거기 그렇게 누워 있었다. 그 남자의 얼굴을 볼 수 없다는 사실을 깨닫자 마음이 조금 아팠다. 목이 끝나는 곳에는 피범벅이 된 살덩이 일부만 남아 있었다. 시체는 침묵이라는 외피에 싸여 누워 있는 듯했다.

레드는 불현듯 자신이 술도 깨고 몹시 지쳤다는 것을 깨달았다. 다른 사람들은 이미 그보다 몇 미터 앞질러 가고 있었지만, 그는 스스로도 표현할 수 없는 어떤 감정에 이끌려 시체에서 눈을 뗄 수가 없었다. 마음 깊숙한 곳에서 레드는 이 시체도 한때는 무언가를 원하던 인간이었고, 늘 자신이 죽는다는 것을 믿기 힘들어했으리라는 생각을 했다. 이 남자에게도 유년 시절, 소년 시절, 청년 시절이 있었을 것이고, 꿈과 추억이 있었을 것이다. 레드는 마치 시체를 처음 보는 것처럼 놀라움과 충격을 느끼며 인간이 너무나 나약한 존재라는 사실을 새삼 실감했다.

동굴에서 나던 악취가 여전히 그의 콧구멍 안에 남아 있었다. 그 시체는 언젠가 그가 어느 잔디밭 한가운데 똬리를 틀고 있던 인분을 모르고 밟았을 때 느꼈던 것과 같은 무섭고 끔찍한 기분을 불러일으켰다. 지금 이 시체의 몸통과 팔다리가 그러하듯 그때의 그 똥에도 묘한 자족성이 있었다. 얼마 후엔 이 시체의 악취도 땅에 스며들어 사라지리라는 것을 알면서도, 지금은 그 악취로 인해 끔찍했다. 그 냄새는 그의 마음을 고통스러우리만큼 섬뜩하게 했다. 동굴의 냄새가 아직도 코에 생생한 터에, 그것이 시체의 악취와 결합하여 그를 공포로 몰아넣었다. 처음의 그 짙은 썩은 냄새는 괴로울 정도로 코를 찌르는 악취로 이어졌는데, 그것은 소름이 끼칠 정도로 구역질이 나는 냄새였다. 말하자면 관 뚜껑을 열면 날 법한 그런 냄새였다. 그 냄새는 오랫동안 그를 괴롭히면서 떠나지 않았다. 그동안 그는 시체를 보면서도 보지 않았고, 아무런 생각도 하지 않았다. 삶과 죽음에 대한 물리적인 지식, 그리고 자신의 목숨 또한 덧없다는 생각이 그의 마음을 휘저었다.

그는 이내 그러한 상념에서 벗어나, 길 양쪽의 어지러운 전투 흔적들을 살피면서 다시 걸음을 옮기기 시작했다. 악취가 여전히 그를 짓눌렀다. 개미 떼가 서로 죽이는 방식과 다를 바 없다는 생각이 들었다. 그는 일행을 따라잡았고, 울적한 마음으로 그들과 함께 야자수 숲을 지나고 오솔길을 걸었다. 모두들 취기가 가시는지 아무 말이 없었다. 레드는 머리가 아팠다. 나무뿌리에 발부리가 걸리자 그는 욕설을 내뱉고는 그들 사이에 오간 말과는 아무 상관도 없는 말을 중얼거렸다. "죽어서 저런 고약한 냄새를 풍기는데도 인간이 더 특별하다고 할 수는 없지."

2대대에서는, 와이먼이 막 벌레 한 마리에 부상을 입힌 참이었다. 은빛과 금빛이 나는 털이 긴 모충이었는데, 와이먼이 그것의 몸통을 잔가지로 찌른 것이다. 벌레는 그 자리에서 맴돌다가 뒤로 벌렁 나자빠졌다. 몸을 원래대로 뒤집으려고 필사적으로 버둥거리는 벌레의 등 가까이에 와이먼이 담뱃불을 가져갔다. 벌레는 괴로운 듯 몸부림을 치다가 다시 기진해 버렸고, 등을 L자로 구부리고 하릴없이 다리를 허공에 휘둘렀다. 마치 숨을 쉬려고 안간힘을 쓰는 것 같았다.

리지스가 뭉툭한 얼굴을 잔뜩 찌푸리고는 못마땅한 표정으로 지켜보았다. "벌레를 그런 식으로 다루면 안 되지." 그가 말했다.

벌레가 경련을 일으키는 모습에 정신이 팔려 있던 와이먼은 리지스의 간섭이 짜증스러웠다. 일말의 수치심이 느껴졌다. "무슨 뜻이야, 리지스? 대체 벌레가 뭐가 그렇게 중요해?"

"이런." 리지스가 한숨을 쉬었다. "그건 너한테 아무런 해도 끼치지 않아. 그저 저 할 일을 할 뿐이지."

와이먼이 골드스타인 쪽으로 고개를 돌렸다. "목사님께서 벌레 한 마리 때문에 흥분하셨어." 그가 빈정거리듯 웃고 나서 한마디 덧붙였다. "하느님의 피조물을 죽였다는 거지, 응?"

골드스타인이 어깨를 으쓱했다. "사람마다 각자 자기만의 견해가 있는 거니까." 그가 부드럽게 말했다.

리지스가 고집스럽게 고개를 숙였다. "그게 성경 말씀을 믿는 사람을 비웃어도 된다는 말은 아니지."

"너도 고기를 먹잖아, 안 그래?" 와이먼이 따지고 들었다. 평소 분대원들 대부분에게 열등감을 느꼈던 터라, 자기가 더 나은 논거를 갖고 있다는 사실에 그는 기분이 좋았다. "고기는 먹어도 되지만 벌레는 죽이면 안 된다는 말은 대체 어디에 나온 거야?"

"고기와는 달라. 벌레는 먹을 수 없잖아."

와이먼은 벌레 위에 흙을 조금 퍼붓고 그것이 빠져나가려고 몸부림을 치는 모습을 지켜보았다. "내가 보기에 너는 일본군 한두 놈 죽이는 건 신경도 안 쓸걸."

"그놈들은 이교도야." 리지스가 말했다.

"잠깐만." 골드스타인이 끼어들었다. "그 말은 틀린 것 같아. 몇 달 전에 기사 하나를 읽었는데, 일본에 기독교도가 10만 명이 넘는다더군."

리지스가 고개를 저었다. "글쎄, 기독교도라면 난 죽이고 싶지 않아." 그가 말했다.

"하지만 죽여야 하잖아." 와이먼이 말했다. "네가 틀렸다는 걸 인정하는 게 어때?"

"주님께서 내가 기독교인을 쏘지 않도록 인도해 주실 거야." 리지스가 고집스럽게 말했다.

"이러언, 젠장."

"난 그렇게 믿어." 리지스가 말했다. 사실 그는 꽤 마음이 어지러웠다. 벌레가 꿈틀거리는 모습은 일본군이 도강을 시도한 다음 날 아침에 그의 눈에 비친 일본군 시체들을 연상시켰다. 그들은 아버지의 목장에서 죽은 가축들과 똑같은 모습을 하고 있었다. 그는 그것이 일본군이 이교도이기 때문이라고 생각했다. 그런데 골드스타인의 말을 들은 지금은 혼란스러웠다. 그가 생각하기에 10만은 엄청난 숫자였다. 그는 그것이 일본인들 가운데 적어도 절반 정도는 되는 숫자라고 추정했다. 자신이 강에서 보았던 죽은 자들 가운데 일부는 분명 기독교인이었을 거라고 생각했다. 그는 그 문제를 잠시 곰곰이 생각해 보았고, 곧 이해할 수 있었다. 그것은 그에게 아주 간단한 문제였다.

"넌 인간에게 영혼이 있다고 믿어?" 그가 와이먼에게 물었다.

"모르겠는데. 영혼이란 게 대체 뭔데?"

리지스가 킬킬 웃었다. "제기랄, 너도 그렇게 똑똑하지는 않구나. 사람이 죽으면 그 육신을 떠나서 하늘로 올라가는 게 영혼이야. 그래서 강물 속에 누워 있는 시체를 보면 그렇게 초라해 보이는 거야. 그가 이전과 같지 않기 때문이지. 중요한 무언가가, 그의 영혼이라는 것이 그로부터 떠나 버린 거지."

"그런 걸 누가 알겠어?" 와이먼이 말했다. 그는 철학자가 된 기분이었다.

벌레는 그가 마지막으로 한 줌 더 얹어 놓은 흙에 깔려서 죽어 가고 있었다.


윌슨은 그날 밤 보초를 서면서 마지막 수통에 담겨 있던 위스키를 혼자서 다 마셔 버렸다. 그는 다시 조금 취했고, 불안증이 되살아났다. 그는 호의 가장자리에 걸터앉아 몇 분에 한 번씩 앉은 위치를 바꾸며 짜증스러운 기분으로 철조망 밖을 살폈다. 고개가 자꾸 좌우로 맥없이 떨어졌고 눈을 뜨고 있기가 힘들었다. 철조망 너머 약 15미터 정도 떨어진 곳에 관목 숲이 하나 있었는데, 그것이 자꾸 신경에 거슬렸다. 숲의 그림자가 정글 속까지 뻗어 있어, 그 때문에 시야가 미치는 곳의 일부를 볼 수 없었다. 그쪽을 눈여겨보면 볼수록 점점 더 짜증이 났다. 빌어먹을 숲 같으니, 바로 저곳에 일본 놈들이 숨어 있을 거야, 하고 그는 생각했다. 그는 고개를 흔들었다. 어떤 빌어먹을 일본 놈도 몰래 나를 덮치진 못할걸.

그는 호에서 나와 몇 발짝 걸었다. 다리가 후들거리는 게 마음에 들지 않았다. 그는 다시 호 속에 앉아서 숲을 노려보았다. "누가 그런 데서 자라라고 했어?" 그가 숲에게 따졌다. 눈을 감으니 몹시 어지러웠고, 입안은 스펀지를 씹는 느낌이었다. 저따위 빌어먹을 숲이 있으니 보초를 서면서 잠을 잘 수가 없단 말이야, 하고 그는 생각했다. 그는 한숨을 쉬고는 기관총의 노리쇠를 당겼다가 다시 밀어 넣었다. 그는 기관총으로 숲 아래쪽을 겨냥했다. "그런 곳에서 자라지 말란 말이야." 그렇게 중얼거리고는 방아쇠를 당겼다. 한참 방아쇠를 당기는 동안 기관총의 손잡이가 격렬하게 흔들렸다. 그가 총질을 멈춘 후에도 숲은 여전히 그 자리에 서 있었다. 화가 난 그는 다시 기관총의 방아쇠를 당겼다.

그가 있는 곳으로부터 약 10미터 정도 후방에서 자던 수색소대원들은 기관총 소리에 간담이 서늘해졌다. 마치 전신에 전기 충격을 가하듯 총성은 난폭하게 그들을 깨웠다. 다들 처음엔 얼굴을 땅에 처박았다가 이어 무릎을 가슴에 바짝 끌어당겼다. 총격을 가하는 사람이 윌슨이라는 사실을 그들이 알리 없었다. 그들은 일본군이 다시 공격해 온 것으로 알았고, 그래서 그 끔찍한 몇 초 동안 비몽사몽의 상태로 별별 생각을 다 떠올리며 두려움에 떨었다.

골드스타인은 자기가 보초 근무 중에 잠이 들어 버렸다고 생각했다. 그는 몇 번이나 절박하게 속삭였다. "나 안 잤어. 일본 놈들을 속이느라고 눈을 감고 있었을 뿐이야. 난 준비가 되어 있었어, 정말이야, 난 준비가 되어 있었다고."

마르티네즈는 우는소리를 했다. "이빨은 돌려줄게. 맹세해. 돌려준다고."

와이먼은 대전차포를 잡은 손을 놓아 버리는 꿈을 꾸며 중얼거렸다. "그거 정말 내 잘못이 아냐. 골드스타인이 놓아 버린 거야." 그는 죄책감을 느꼈고, 다음 순간 잠에서 깼으며, 아무것도 기억하지 못했다. 레드는 땅에 배를 깔고 엎드렸고, 그를 향해 총을 쏘는 자가 바로 그 총검을 손에 든 병사라고 생각했다. "덤벼, 이 개새끼야, 덤벼." 그는 연신 중얼거렸다.

갤러거는 생각했다. 그들이 나를 노리고 온 거야.

크로프트는 일본군들이 강을 건너 돌격해 오는 동안 자신은 손발이 묶인 채 기관총 옆에 앉아 있는 것을 깨닫고 한순간 공포로 전신이 마비되었다. 두 번째 총성이 울리자 그는 속박에서 벗어나 "덤벼 봐!" 하고 악을 썼다. 그의 얼굴에 땀이 맺혔다. 그는 윌슨의 기관총이 있는 곳으로 기어갔다. "수색 소대, 전투 위치로!" 그가 호령을 했다. 이곳이 강변인지 아닌지 여전히 확신이 서지 않았다.

윌슨이 다시 방아쇠를 당겼고, 크로프트는 총격을 가하는 사람이 일본군이 아니라 윌슨이라는 사실을 알았다. 그리고 다음 순간 자기들이 강에서 멀리 떨어진 2대대 야영지에 있다는 사실 또한 깨달았다. 그가 호 속으로 뛰어내려 윌슨의 팔을 휙 잡아당겼다. "뭘 보고 사격을 하는 거야?" 그제야 크로프트는 완전히 잠이 깼다.

"해치웠어." 윌슨이 말했다. "저 개새끼를 박살냈어."

"뭘 말이야?" 크로프트가 속삭였다.

"숲 말이야." 윌슨이 숲을 가리켰다. "저기. 저것 때문에 저쪽 편을 볼 수가 있어야지. 여간 화가 나는 게 아니었거든."

다른 소대원들이 조심스럽게 그들 쪽으로 기어 왔다. "일본 놈들 기척은 못 들었나?" 크로프트가 물었다.

"아니, 전혀." 윌슨이 말했다. "일본 놈을 봤다면 기관총으로 안 쐈지. 소총을 썼을 거야. 일본 놈 하나 나타났다고 이쪽 위치를 알릴 수는 없잖아, 안 그래?"

크로프트는 울컥 치미는 분노를 애써 억눌렀다. 그는 윌슨의 양어깨를 잡고 자기보다 훨씬 덩치가 큰 그를 마구 흔들었다. "내가 맹세하는데," 그가 낮고 탁한 목소리로 말했다. "다시 한 번 그따위 수작을 하면 내 손으로 널 쏴 죽일 테니 그리 알아. 내 손으로……." 그는 말을 맺지 못했다. 폭력을 쓴 후라 몸이 덜덜 떨렸다. "돌아가." 그가 기어 오는 소대원들에게 일렀다. "잘못된 경보다."

"누가 쏜 거야?" 누군가가 속삭였다.

"돌아가!" 크로프트가 명령했다.

그가 다시 윌슨 쪽으로 돌아섰다. "네놈이 지금까지 부렸던 수작들 내가 모를 줄 알아? 이제 나한테 찍혔으니 그런 줄 알아." 그가 호에서 나와 잠자리로 돌아갔다. 손이 여전히 떨리는 게 그대로 느껴졌다.

윌슨은 어리둥절했다. 그날 오후 내내 그토록 기분이 좋았던 크로프트가 왜 갑자기 그렇게 화를 내는지 이해할 수가 없었다. 도대체 무엇 때문에 그 야단인 거야? 의아한 일이었다. 그는 혼자 킬킬대다가 크로프트가 자기를 잡고 마구 흔들던 일이 생각났다. 그 생각을 하니 화가 났다. 아무리 오래 알던 사이라지만, 그런 식으로 다룰 필요까진 없잖아, 하는 생각이 들었다. 또 그따위 짓을 하면 한 방 먹여 주겠어. 그는 우울한 마음으로 그 생각을 떨쳐 버리고, 철조망 저편으로 시선을 보냈다. 숲의 나무들이 뿌리째 잘려 나가 시야가 훤했다. 진작 저렇게 해 놓았어야 하는데, 하는 생각이 들었다. 크로프트가 자기에게 화낸 일 때문에 기분이 몹시 나빴다. 기관총 좀 몇 번 쏘았다고 그러는 법이 어디 있어? 그런데 문득, 야영지의 다른 사람들이 지금쯤 다 깨서 귀에 온 신경을 집중하고 있을 거라는 생각이 들었다. 제기랄, 윌슨은 한숨을 쉬었다. 술만 취했다 하면 꼭 말썽이지……. 그는 혼자서 킬킬거리기 시작했다.

이튿날 아침 분대는 중대 본부의 야영지로 귀환했다. 이레 낮과 여드레 밤 만의 일이었다.

# 타임머신

## 레드 발젠
떠돌이 음유 시인

어디를 봐도 그의 몸은 뼈뿐이었다. 키는 180센티미터가 넘는데 체중은 70킬로그램이 안 되었다. 옆모습 윤곽으로 보자면, 얼굴은 전체적으로 커다란 코와 축 처진 긴 턱으로만 이루어진 듯했다. 그 때문에 얼굴은 늘 술에 취하고 화가 나 있는 듯 보였다. 늘 남을 몹시 업신여기는 표정을 하고 있지만, 고통이 담긴 파랗고 지친 눈은 그런 표정 뒤에서 주름과 주근깨에 에워싸인 채 고요했다.

지평선은 언제나 바짝 다가서 있다. 마을을 에워싼 구릉 너머로 올라가는 일도, 오래되어 목재가 낡고 휘어 버린 광부들의 목조 가옥을 지나 더 멀리 가는 일도, 탄광의 수직 갱도 꼭대기 위쪽으로 솟구치는 일도 없다. 골짜기에는 몬태나 구릉의 연갈색 흙이 덮여 있다. 우선 모든 것이 회사 소유라는 것을 알아 둘 필요가 있다. 회사는 오래전에 골짜기 안으로 궤도를 끌어들이고, 갱도를 뚫고, 광부들의 목조 주택을 짓고, 직영 상점을 개설하고, 심지어 교회도 세웠다. 그때부터 마을은 하나의 오목한 홈통이었다. 마을 사람들의 임금은 갱에서 흘러나와 회사의 깔때기에서 걸러진다. 회사에서 운영하는 주점에서 술을 마시고 양식과 옷가지들을 사고 집세를 내고 나면 남는 것이 하나도 없다. 그리하여 지평선은, 마을 사람들의 시야는, 갱내로 들어가는 승강기에서 끝난다.

레드는 그 사실을 일찌감치 알게 된다. 갱내 폭발 사고로 아버지를 잃은 후 그가 알아야 할 게 또 뭐였겠는가? 세상에는 변하지 않는 것들이 있는데, 회사가 세운 마을에서는 아버지가 죽을 경우 장남이 가족을 부양한다는 것도 그 가운데 하나다. 레드의 나이 열세 살 때인 1925년에는 레드보다 어린 다른 광부의 아들들도 갱내에서 일을 한다. 광부들은 대수롭지 않은 듯이 어깨를 으쓱인다. 이제 집안에 남은 남자들 가운데 가장 연장자인데, 당연한 일 아닌가.

열네 살 무렵의 레드는 드릴을 쓸 줄 안다. 아이치고는 수입이 많지만 갱도의 밑바닥, 터널의 맨 끝에서는 제대로 서 있을 공간조차 없다. 어린애도 마지막 카트를 채우고 남은 석탄 폐물에 발부리가 걸리면서 몸을 구부린 채 일을 해야 한다. 갱안은 당연히 덥고 습하며 헬멧의 전등 불빛은 어두운 갱도에서 멀리 미치지 못한다. 드릴은 엄청나게 무거워서, 날이 진동하며 바위를 파고들 때 소년은 있는 힘을 다해 밑동을 가슴으로 누르고 양쪽 손잡이를 꼭 잡고 있어야 한다.

구멍이 뚫리면 다이너마이트를 설치하고 광부들은 갱도가 구부러지는 곳까지 물러나서 화약을 터뜨린다. 그렇게 무너져 내린 석탄은 삽으로 퍼서 작은 무개 화차에 담는다. 무개 화차가 가득 차면 광부들은 궤도에 덮인 흙을 치우면서 그것을 밀고 간다. 이어 그들은 다른 무개 화차를 밀고 와서 삽으로 석탄을 퍼 올리는 일을 계속한다. 레드는 하루 열 시간, 일주일에 엿새씩 일을 한다. 겨울엔 일요일마다 하늘을 볼 수 있다.

석탄 가루 속에서 보내는 사춘기.

늦은 봄 무렵이면 그는 마을의 거리 끝에 있는 작은 공원에 앉아 여자 친구와 시간을 보낸다. 그들 뒤로 마을이 끝나고 노을빛 속에서 색깔이 짙어 가는 헐벗은 갈색 구릉들이 서쪽으로 굽이져 있다. 골짜기가 어두워지고 나서도 그들은 오랫동안 서쪽 능선 너머로 지는 햇빛의 마지막 자락을 볼 수 있다.

경치가 참 아름다워. 소녀가 속삭인다.

경치 따위 알게 뭐야. 나는 여길 뜰 거야. 레드는 열여덟 살이다.

저 언덕 너머엔 뭐가 있을까? 나는 늘 그게 궁금했어. 소녀가 조용히 말한다.

그는 드문드문 난 공원의 풀을 구둣발로 뭉갠다. 나는 아버지를 닮아 방랑벽이 있어. 아버지는 생각이 많은 사람이었지. 책도 많았고. 그런데 그 책들을 엄마가 다 내다 팔았어. 여자라는 게 다 그렇지만.

레드, 어떻게 여길 떠날 수 있어? 네가 벌지 않으면 네 엄만 어떻게 해?

있잖아, 때가 오면 난 그냥 짐을 챙겨서 떠나 버릴 거야. 사내란 자기를 얽어매는 사람이 아무도 없는 곳으로 가야 해. (그가 어둠 속을 응시한다. 거기에는 이미 짙은 초조감과 분노와, 그리고 다른 한 가지, 마을을 에워싼 구릉 너머로 지는 태양의 잔광이 있다.) 아그네스, 넌 좋은 애야. (그녀의 곁을 떠날 생각을 하니,

약간의 상실감과 감미로운 자기 연민이 느껴진다.) 하지만 난 탄광에서 죽도록 일하며 늙어 갈 생각은 없어.

레드, 넌 많은 일을 할 거야.

물론이지. (그는 달콤한 밤공기를 들이마시고 흙냄새를 맡는다. 자기가 가진 힘을 인식하고, 자기를 에워싼 산을 비웃는다.) 있잖아, 난 말이야, 하느님을 안 믿어.

설마 그럴 리가, 레드! (담요에 덮인 아버지의 시체는 짓눌려서 거의 납작해져 있었다.) 정말이야. 나는 하느님을 안 믿어.

나도 안 믿을 때가 있긴 해. 아그네스가 말했다.

그래, 너한테는 말을 할 수 있어. 넌 이해하니까.

그래도 떠나고 싶으면서.

그야, 뭐. (그는 다른 것도 안다. 그녀의 몸은 싱싱하고 탄력이 있다. 그는 가루분을 바른 어린애의 살결 같은 그녀의 젖가슴 냄새를 안다. 그러나 이 마을에서는 모든 여자들이 금세 마른 장작처럼 변해 버린다.) 조 맥키라는 놈 좀 봐. 우리 누나 앨리스를 임신시켜 놓고 떠나 버렸잖아. 하지만 난 그놈 탓은 안 해. 너도 그걸 알아야 해, 아그네스.

넌 잔인해.

그래, 맞아. 열여덟 살짜리에게 잔인하다는 말은 칭찬이다.


물론 갱이 폐쇄되는 건 언제든 예상할 수 있다.

일주일 정도는 좋다. 토끼 사냥도 하고 야구 시합도 한두 번은 할 수 있다. 하지만 그런 것도 점차 시들해진다. 그래서 집에 있는 시간이 많아진다. 집이래야 부엌을 제외하고는 침실

들뿐이다. 어린 동생들은 언제나 소란스럽고, 앨리스는 침울한 얼굴로 자기가 낳은 사생아에게 젖을 먹인다. 차라리 일을 할 때가 편했다. 그러나 지금은 노상 가족들과 얼굴을 맞대고 있어야 한다.

여길 떠나겠어요. 그가 마침내 말한다.

뭐라고? 안 된다, 맙소사, 안 돼. 어머니가 말한다. 꼭 네 아버지 같구나. (작고 뚱뚱한 어머니는 스웨덴 말투를 끝내 못 버린다.)

더 이상 못 참겠어. 이러다 평생 이렇게 썩어 갈 거야. 탄광이 다시 열리면 에릭이 일을 하면 되잖아요. 이제 일을 할 수 있는 나이니까.

가지 마라.

나한테 이래라저래라 하지 말아요! 그가 고함을 지른다. 이렇게 겨우 밥벌이나 하면서 살라는 거예요?

곧 에릭도 탄광에서 일하겠지. 넌 장가를 들고. 참한 스웨덴 아가씨한테 말이야.

그가 컵을 접시에 쾅 내려놓는다. 그깟 결혼 따위 필요 없어요. 난 매여 살지 않을 거야. (아그네스. 그것도 꼭 나쁜 생각은 아니지만, 그는 맹렬하게 거부한다.) 난 여기서 벗어날 거야. 드릴 뒤에서 빌어먹을 갱도가 머리 위로 무너져 내리지 않을까 걱정하면서 평생을 허비할 생각은 없다고요.

누나가 부엌으로 들어온다. 겨우 열여덟 살밖에 안 된 주제에 어디로 간다는 거니?

참견하지 마. 그가 악을 쓴다.

왜 참견을 못해? 이건 엄마보다 내가 더 참견할 일이야. 남자라고 여자들을 궁지에 몰아넣고 내뺄면 된다는 거니? 아니, 그럴 순 없어! 누나가 악을 쓴다.

왜 그래? 남자가 동이 날까 봐 그래?

나라고 어디든 가 버리고 싶은 마음이 없는 줄 알아? 나라고 결혼하자는 사내도 없는 이곳에서 죽치고 있는 게 죽도록 지겹지 않은 줄 알아?

그건 누나 문제야. 날 막을 생각은 하지 마, 제기랄.

너도 날 버린 그 비열한 놈하고 똑같구나. 문제가 생기면 맞서 해결하기보다 내뺄 궁리부터 하는 남자야말로 세상에서 제일 쓸모없는 인간이지.

(그가 부르르 몸을 떤다.) 내가 조 매키의 입장이었어도 달아났을 거야. 그게 그 작자가 한 일 중 가장 똑똑한 일이었어.

제 누나한테 몹쓸 짓 한 놈을 편들다니.

단맛을 다 봤는데, 그 작자가 뭘 더 바라겠어? (누나가 그의 따귀를 때린다. 화도 나고 죄의식도 들어 그의 눈에 눈물이 맺힌다. 그가 눈물을 삼키며 그녀를 노려본다.)

어머니가 한숨을 쉰다. 그렇다면 가거라. 가족끼리 짐승처럼 싸워서야 되겠니? 가거라.

탄광 일은 어떻게 하고? (왠지 마음이 약해지는 것 같다.)

에릭이 있잖니. 어머니가 또 한 번 한숨을 쉰다. 언젠가 네가 오늘 밤 한 짓을 뉘우칠 날이 있겠지.

사내라면 빠져나가야 한다. 이곳에 있는 건 구멍 안에 갇혀 있는 거나 마찬가지야. (그러나 그런 생각도 이번만은 위안이 되지 않는다.)

1931년의 방랑은 부랑자 수용소에서 완전히 끝난다.

그러나 그곳에 오기까지의 여정은 다양했다.

몬태나에서 화물 열차를 타고 네브래스카를 거쳐 아이오와로.

농가를 돌아다니며 일을 해 주고 음식을 얻어 먹기.

곡창 지대에서의 추수와 노동.

거름 쌓기.

공원을 전전하며 자다가 부랑 죄로 잡히기.


수용소에서 풀려나자 그는 마을로 다시 돌아가 자신이 번 1달러로 한 끼를 푸짐히 먹고 담배 한 갑을 사고 그날 밤 화물 열차를 타고 마을을 떠난다. 달빛이 옥수수 밭을 은빛으로 물들인다. 그는 무개차 안에서 몸을 움츠리고 하늘을 쳐다본다. 한 시간 후 떠돌이 한 명이 그가 탄 무개차에 오른다. 그는 위스키 한 병을 갖고 있다. 그들은 위스키 병을 다 비우고 레드의 담배도 다 태운다. 무개차에 누워 바라보는 밤하늘이 열차가 흔들릴 때마다 함께 흔들린다. 기분이 그리 나쁘지 않다.

이런, 그러고 보니 오늘이 토요일이군. 옆의 부랑자가 말한다.

그렇군.

탄광촌에서는 토요일 밤마다 교회 지하실에서 댄스파티가 열린다. 둥근 테이블들에 체크무늬보가 씌워지고, 광부와 장성한 아들들, 아내와 딸들, 노부모, 그리고 어린아이들, 이렇게 온 가족이 테이블 하나씩을 차지하고 빙 둘러앉는다. 심지어 엄마의 젖을 문 채 침을 흘리며 조는 아기들도 있다.

시골에서 볼 수 있는 정경이다.

역겹지만 않다면 말이다. 광부들은 술병을 들고 와서 시무룩하게 취해 버린다. 일주일이 끝날 즈음이면 힘겨운 노동으로 인해 지쳐 버리는 것이다. 자정 무렵이면 그들은 아내와 다툰다. 바이올린과 기타와 피아노로 이루어진 회사 밴드가 스퀘어 댄스나 폴카 곡을 처량하게 연주하는 동안, 아버지는 어머니에게 욕지거리를 하곤 했다. 레드는 어린 시절 내내 그런 광경을 보고 자랐다.

탄광촌 출신의 젊은이에게, 토요일 밤 무개차 위에서 술에 취한다는 것은 여전히 즐거운 일이다. 지평선이 은빛 옥수수밭 너머로 150만 킬로미터는 뻗어 있다.

교외 철길 근처의 늪지대에 있는 부랑자 수용소에는, 판잣집 몇 채가 잡초 속에 흩어져 있다. 지붕은 녹슨 양철 판으로 되어 있는데, 그 안에서 자라는 잡초가 마루의 두꺼운 판자 사이를 뚫고 나와 있다. 사람들은 대부분 집 밖의 땅 위에서 자고, 철도가 통과하는 평평한 습지를 느릿느릿 흐르는 탁한 개울물에서 세수를 한다. 햇볕 속에서 시간은 맥없이 흘러간다. 쓰레기 더미의 잿빛과 오렌지 빛 쓰레기를 배경으로 파리 떼가 황록색을 띤다. 수용소에는 여자도 몇 명 있는데, 레드와 다른 남자들 몇 명이 그 여자들과 밤을 보낸다. 낮에는 마을을 배회하고 쓰레기통을 뒤지고 구걸을 한다. 그러나 대개는 그늘에 앉아 열차들이 지나가는 것도 보고 잡담도 하면서 시간을 보낸다.

조이한테서 들었는데, 곧 우리를 여기서 쫓아낼 거래.

개새끼들.

있잖아, 앞으로 혁명이 일어날 거야. 우리가 할 일은 워싱턴으로 진격하는 거야.

후버[13]한테 쫓겨날걸. 이봐, 대체 뭐 하자는 거야? 자신을 속이기라도 하겠다는 거야?

우리가 행진하는 모습이 그려져. "나는 행진이 좋아. 둥둥 울리는 북소리도."

내 말 좀 들어 봐. 내가 처음부터 지켜봤는데 말이야, 문제는 빌어먹을 유대 놈들이야. 빌어먹을 국제 유대 놈들이란 말이야.[14]

이봐, 모르는 소리 마. 우리에게 필요한 건 혁명적인 행동이야. 우리는 착취당하고 있어. 그러니 프롤레타리아의 독재가 실현될 날을 기다려야 해.

뭐야, 당신 공산주의자야? 이봐, 난 내 가게를 소유했던 사람이야. 우리 마을에서 유지였고 은행에 예금도 있었어. 막 사업을 확장하려는데 음모에 휘말렸지.

---

13) Herbert Hoover. 미국의 31대 대통령(1929~1933년 재임).

14) 1920년 자동차 왕 헨리 포드가 소유한 신문사는 "시온 의정서(Protocols of the Elders of Zion)"라는 이름의 러시아 문서를 다시 인쇄해 실었다. 곧 이 문서가 가짜라는 게 밝혀졌지만, 이 내용은 "국제 유대인: 세계에서 가장 중요한 문제(The International Jew: The World's Foremost Problem)"라는 새로운 제목을 달고 책으로 출판됐다. 아돌프 히틀러도 이 책을 읽고 영향을 받았으며 자신을 위해 여러 아이디어를 도용했다고 한다.

이게 다 거물들 때문이야. 그놈들은 우리가 무서운 거라고. "네놈이 죽는 날, 나는 축배를 들련다. 이 악당, 바로 너." 그 노래들의 가사가 아무 의미도 없다고 생각하는 건 아니겠지? 누구나 기억하는 부분은 이 구절뿐이지만.

레드는 앉아서 졸고 있다. (허튼소리들만 하고 있군. 말이야 누가 못해? 중요한 건 끊임없이 움직이는 거야. 입은 다물고 말이야.)

당신은 날 공산주의자로 생각하지만, 잘 들어, 나는 인간의 본성을 연구하고 있어. 독학으로 공부했지. 미국적인 야망, 그게 바로 그런 노래들이 말하려는 거야. 민중의 아편이자 사람을 기만하는 선전 문구란 말이야. 있잖아…… 이동과 변화에 대한 열망이 문제라는 거지. 우리를 속여 고향에 잡아 두고 착취하겠다는 거야.

제기랄.

우리를 내쫓을 테지.

그러지 않아도 나는 떠날 참이었어. 레드가 말한다. 방랑벽.

어쨌든 사람이 그냥 앉아서 죽으라는 법은 없는 모양이다. 언제나 때맞춰 먹을 것이 생기고, 신고 있는 구두가 해지면 또 한 켤레 살 수 있게 된다. 어떤 식으로든 잔일거리가 생기거나 계속 움직일 수 있도록 먹을 음식이 생기거나, 가 볼 만한 새 마을이 나타난다. 그리고 한두 달에 한 번꼴은 배가 많이 고프지 않은 상태에서 새벽 화물 열차에 올라 어둠이 걷히고 새로운 풍경이 얼굴을 드러내는 것을 즐겁게 바라보기도 한다.

짚을 한 줌 강물에 던져 넣으면 물살이 센 곳에서도 지푸라기 몇 개는 물 위에 뜬다. 그런 것처럼 사람에게도 언제나 밑바닥에서 끌어 올려 줄 무언가가 있는 법이다. 계속 방랑 생활을 이어 가다 보면, 여름이 끝나고 밤에는 싸늘해진다. (겨울이 다가오는데 호주머니에는 달랑 50센트뿐이다.) 그러나 어디든 남쪽으로 가는 철길은 있고, 하룻밤 신세를 질 수 있는 유치장도 있기 마련이다.

그런 고비를 넘기고 나면, 얼마 후에는 구호 수당이 나오고 운이 좋으면 일거리도 한두 가지 생긴다. 접시닦이, 즉석요리 조리사, 간판장이, 농장 머슴, 칠장이, 배관공, 그리고 주유소 일 같은 것 말이다.

1935년에 그는 거의 일 년이 다 되도록 어느 식당에서 일한다. 그 식당에서 접시닦이로 일했던 사람들 중 최고다. (주방 말단에게는 12시부터 3시까지가 제일 바쁜 시간이다. 식기 승강기로 접시들이 달가닥거리며 내려오면, 접시 담당이 음식과 기름 찌꺼기를 손으로 닦아 내고 유리잔 위의 립스틱 자국을 손가락으로 문질러 없애고 난 다음 식기 씻는 기계 안에 넣는다. 식기 씻는 기계 안에서는 김이 요동을 치고 빽빽 소리를 내며 반대쪽으로 내뿜어진다. 마무리 담당이 집게로 접시들을 꺼내서 손가락 끝으로 받쳐 차곡차곡 포개 놓는다. 잭, 접시를 맨손으로 덥석 쥐면 안 돼.)

일이 끝나면 레드는 가구가 딸린 방으로 가서 침대 위에 드러눕는다. (일주일에 2달러 50센트짜리 방이다. 계단 위에 깔린 카펫은 세월이 흐르는 동안 낡고 부풀어서 밟으면 먼지가 잔뜩 쌓인 잔디처럼 폭신하다.) 완전히 녹초가 된 게 아니라면 잠시 후 일어나서 길모퉁이 주점으로 간다. (회색 아스팔트 위엔 곳곳에 균열이 있고, 건물 사이의 좁은 통로 위로 쓰레기통의 쓰레기가 넘쳐 떨어져 있고, 점점이 박힌 네온사인 불빛에는 글자 두 개가 빠져 있다.)

늘 자신만의 철학을 지닌 남자가 하나 있다. 이봐, 레드, 나도 한때는 결혼한 걸 후회한 적이 있어. 화가 나서 말이야. 무엇 때문에 일을 하고 있는가 하는 생각이 들곤 했지. 하지만 그런 건 결국 극복하게 돼. 저 칸막이 안에서 서로 부비고 있는 젊은 애들 좀 봐. 지금은 떨어지면 못 살 것 같지. 내 마누라하고 나도 저런 때가 있었어. 난 이제 화를 내지 않아. 이젠 세상일이라는 게 어떤지 알거든. 저 애들도 결국은 자네나 나나 다른 모든 사람들과 같은 처지가 될 테지.

(맥주는 김이 빠져 동전 맛이 난다.) 레드가 말한다. 나는 여자를 별로 밝히지 않아. 여자란 툭하면 사내를 잡아 두려고 하니까. 그런 꼴이라면 볼 만큼 봤어.

아, 그렇게까지 나쁘진 않아. 결혼이나 여자나 다 좋은 점도 있거든. 물론 결혼 생활이 처음 기대했던 것같이 되지 않는 건 사실이지. 가정을 가진 남자에게는 걱정거리가 생기는 법이니 말이야. 이봐, 레드, 나도 자네와 같은 처지였으면 하고 바랄 때가 있긴 해.

그래, 나라면 그냥 싸구려 창녀로 만족하겠어.

사창굴의 여자들은 홀터[15]와 화려한 무늬가 인쇄된 얇은 팬티 한 장을 걸치고 있다. 그건 어떤 여배우 때문에 그해 유행하게 된 스타일이다. 여자들은 익살극의 여주인공처럼 재떨

---

15) 목과 허리 뒤에서 끈을 매는, 잔등과 팔이 노출된 여성용 의상.

이와 이 빠진 현대식 가구가 있는 거실에 몰려든다.

좋아, 펄, 가자.

저절로 실룩실룩 움직이는 여자의 엉덩이에서 눈을 떼지 않은 채 그는 스펀지 같은 회색 카펫이 깔린 층계를 올라간다.

레드, 오랜만인 것 같아.

이 주밖에 안 됐는데 뭐.

그래, 자기 지난번엔 로버타하고 잤지. 여자가 원망하듯 말한다.

작은 침실에는 다른 남자들의 구두 발자국이 난 담요가 침대 발치에 접혀 있다. 펄이 노래를 흥얼거린다. (베티의 붉은 입술은 하버드 대학생을 위한 거라지요.) 여자는 그가 준 달러를 베개 밑에 넣는다. 살살 해, 레드, 오늘 하루 힘들었거든.

고통스러운 경련이 등을 따라 흐르고, 아랫도리의 긴장이 풀리지 않는다.

공짜로 한 번 안 해 줄래?

오, 안 돼, 자기, 우리가 공짜로 주는 걸 에디가 알면 어떻게 되는지 알잖아.

그는 여자의 팔의 감촉을 한쪽 어깨에 느끼면서 재빨리 옷을 입는다. 레드, 미안해, 있잖아, 다음에 오면 몰래 프랑스식으로 해 줄게, 알았지?

이 순간 여자의 입은 부드럽고 젖가슴은 부풀어 있다. 그는 잠시 여자의 젖꼭지를 만진다. 가짜 욕정, 젖꼭지가 그의 손가락 사이에서 단단해진다. 펄, 너는 좋은 여자야.

최고지.

아무것도 씌우지 않은 백열전구가 그의 눈을 아프게 쏘아본다. 그는 여자의 분 냄새, 겨드랑의 달콤한 땀내를 들이마신다.

펄, 어떻게 이런 일을 하게 된 거지?

언제 맥주나 한잔 마시면서 얘기할게.

밖의 공기는 시큼한 사과가 꽁꽁 언 것처럼 차다. 그는 감미롭고 폭넓은 우수에 깊게 잠긴다. 그러나 방에 돌아와서는 잠을 이룰 수가 없다.

이 마을에 너무 오래 있었군. (노을빛 속에서 짙어져 가는 헐벗은 갈색의 구릉들. 밤이 구릉을 따라 서쪽으로 굴러간다.) 청춘의 아름다움은 어디로 가 버렸나?

일어나서 창밖을 내다본다. 제기랄, 늙어 버린 기분이야. 스물세 살에 늙은이가 되다니. 얼마 후 그는 잠이 든다.

아침이 되자 땀이 흘러들어 눈이 따갑다. 접시 세척기에서 김이 마구 솟는다. 세척기에 넣기 전에 유리잔에서 립스틱 자국을 문질러 닦아 낸다.

아무래도 다시 움직여야 할 것 같군. 안정적으로 봉급을 받아 생활하는 것도 재미가 없네. 그러나 이번에는 예전만큼 기대가 되지 않는다.


공원 벤치는 성인 남자가 편안하게 자기에는 정말이지 너무 작다. 발이 한쪽 가장자리 밖으로 대롱대롱 내밀어지면 길쭉한 널판의 각진 끝이 오금에 파고든다. 발을 들어 올리면 넓적다리에 쥐가 올라 잠이 깬다. 마른 사람은 옆으로 누워 잘 수도 없다. 널판에 엉덩이뼈가 배기고 어깨가 뻣뻣해지니 말이다. 그러니 무릎을 세우고 두 손을 머리 밑에 깔고 반듯하게 누울 수밖에 없다. 일어날 때쯤이면 손가락에 오랫동안 감각이 없다.

레드는 머리에 쿵 울리는 충격을 느끼고 잠에서 깬다. 벌떡 일어나 앉으니 경찰관이 야경 봉으로 재차 자기의 구두 바닥을 때리려 하는 모습이 눈에 들어온다.

알았어요, 갑니다, 간다니까요.

이봐, 이런 데서 자면 안 된다는 걸 알아야지.

오전 4시, 날이 새기 전 어슴푸레한 빛 속에서, 우유 트럭들이 고요한 거리를 천천히 달린다. 레드는 꼴망태 속의 먹이를 먹는 말을 지켜보다가 철길 쪽으로 간다. 검은 철길이 얽힌 조차장 맞은편 밤새 열려 있는 간이식당에서, 그는 커피 한 잔과 도넛 한 개로 아침이 될 때까지 버틴다. 그는 더러운 바닥을, 그리고 커피 케이크와 둥근 셀룰로이드 케이크 덮개가 있는 하얀 대리석 카운터를 오래도록 응시한다. 한번은 고개를 카운터에 처박고 잠이 들어 버린다.

아아, 이런 생활을 너무 오래 했어. 한곳에 오래 머물러 사는 것도 재미없지만, 떠돌아다니는 것도 마냥 좋진 않아. 뭐든 정작 바라고 나서면 시들해지거든.

처음에는 비교적 잘나가는 것처럼 보이고 다음에는 불길해 보이지만 결국은 그 어느 쪽도 아니다. 그는 보스턴에서 뉴욕까지 밤새 화물을 수송하는 운송 회사의 트럭 운전사로 취직하여 이 년 동안 그 일을 한다. 1번 도로가 그의 머릿속에 새겨진다. 보스턴에서 프로비던스, 그로톤, 뉴런던, 뉴헤이븐, 스탬퍼드, 브롱크스를 거쳐 시장까지 갔다가 다음 날 밤 그 길을 다시 돌아온다. 그는 10번 대로 근처의 웨스트 48번가에 방을 하나 얻어 두었다. 마음만 먹으면 돈도 저축할 수 있다.

그러나 그는 트럭이 싫다. 그것은 트인 곳에 있다뿐이지 탄광과 다르지 않다. 덜컹거리며 트럭을 운전하다 보면 등이 수없이 진동한다. 그래서 신장이 나빠지고 속이 거북해져서 아침에는 도저히 식사를 할 수가 없다. 어쩌면 공원 벤치에서 자고 한데서 비를 맞은 적이 너무 많은 탓도 있겠지만, 어찌 되었든 장거리 트럭 운전은 좋지 않다. 마지막 150킬로미터를 남겨 놓은 지점에 이르면, 그는 언제나 이를 악물고 운전을 한다. 그는 9번 대로와 10번 대로의 술집들을 전전하며 술을 마시고, 때로는 42번가의 싸구려 영화관들을 다니면서 여가를 보낸다.

어느 날 밤 그는 한 주점에서 거의 정신을 잃다시피 한 취객에게 10달러에 2등 선원증을 사고 운송 회사를 그만둔다. 그러나 일주일 동안 사우스 거리를 쏘다니다가 그것도 싫증이 나서 술독에 빠져 버린다. 일주일 만에 돈이 떨어지자, 그는 2등 선원증을 5달러에 팔아 그 돈으로 위스키를 사서 오후 내내 마신다.

그날 밤 그가 어느 골목에서 잠을 깨어 보니, 한쪽 볼에 피가 엉겨 붙어 있다. 얼굴을 찡그리니 말라붙은 피가 갈라지는 것이 느껴진다. 경찰 한 명이 그를 체포해서 벨뷰로 보낸다. 그는 그곳에서 이틀 동안 구류를 살고 나와 이 주가량 구걸로 먹고산다.

그러나 모든 건 행복한 결말로 끝난다. 그는 마침내 이스트 60번가의 고급 식당에 접시닦이로 취직하여 그곳에서 일하는 웨이트리스와 친해지고, 결국엔 웨스트 27번가에 있는 그녀의 가구 딸린 방에 들어가 함께 살게 된다. 그녀에겐 레드를 좋아하는 여덟 살짜리 아이가 하나 있다. 그들은 이 년가량 사이좋게 지낸다.

레드는 바워리 거리에 있는 어느 간이 숙박소의 야간 관리인으로 일자리를 옮긴다. 일은 접시닦이보다 쉬운데 급료는 5달러가 더 많아서 주당 23달러이다. 그는 전쟁이 일어나기 전까지 이 년간 이 일자리를 유지하면서, 비가 많고 악취를 풍기는 바워리의 여름 더위와 벽에서 물이 배어 나와 갈색의 벽토가 회색으로 얼룩지는 축축하고 쌀쌀한 겨울을 어영부영 보낸다. 긴 밤들이 지나간다. 그는 아무것도 생각하지 않는다. 그저 정기적으로 덜컹거리며 지나가는 3번가의 전철 소리를 멍하니 들으며, 아침이 되어 로이스가 있는 집으로 돌아갈 수 있기만을 기다린다.

그는 하룻밤에 몇 차례씩, 40~50명의 사람들이 철제 침대 위에서 불편하게 잠을 청하는 큰 방을 돌아보며, 지속적으로 이어지는 낮은 기침 소리에 귀를 기울이고, 포르말린 지혈제의 독한 냄새와 늙은 주정뱅이들의 몸에서 나는 퀴퀴하고 시큼한 냄새를 맡는다. 복도와 욕실에서는 소독약 냄새가 진동한다. 그리고 소변기 위에는 거의 언제나 물 내리는 손잡이 부근을 망연히 붙잡고 마신 술을 토해 내는 주정뱅이가 있다. 그는 문을 닫고, 노인 몇 사람이 낡은 원탁에 둘러앉아 피너클[16]을 하고 있는 카드놀이 방으로 들어간다. 기름때가 검게 낀 방바닥에 담배꽁초가 널려 있다. 레드는 그들의 대화에 귀를 기울인다. 그들은 입속으로 무슨 말인가를 웅얼거리다가 말을 다 맺지 않는다.

매기 케네디는 몸매가 아주 좋았지. 그 여자가 내게 말하기를, 가만있자, 뭐라고 했더라?

내가 토미 멀둔에게 난 잡혀갈 이유가 없다고 따졌지. 그랬더니 놔주더군. 정말이야. 내가 리치오의 턱을 박살낸 이후로 모두가 날 무서워했거든. 리치오는 관할서 경위였어. 가만 있자, 그게 언제더라. 정월 초하룻날 내가 그자의 턱에 주먹을 한 방 날려서 부숴 놓았거든. 그게 팔 년 전인 1924년이었을 거야. 아니, 잠깐만 1933년이었어, 그쪽이 더 가까워.

고정 레퍼토리다. 어이 주정뱅이들, 조용히 좀 하지, 빌어먹을. 옆방에는 돈을 낸 손님들이 있단 말이야. 다들 쫓겨나고 싶어?

노인들은 잠시 잠잠하다가 그 가운데 한 사람이 낮게 투덜거린다. 이봐, 젊은이, 잘난 체하지 마. 입 닥치지 않으면 가만 안 둬.

밖으로 나가서 한번 덤벼 보든지.

그러자 노인 하나가 레드에게 다가와 귓속말을 한다. 저 사람 건드리지 마. 자넬 층계 아래로 내던질 거야. 지난번 관리

---

16) 카드놀이의 일종.

인은 목뼈가 부러졌다니까.

그래요? 레드가 씩 웃는다. 이거 미안하게 됐소, 아저씨들. 앞으로 조심하죠.

암, 조심하게. 그런다면야 자네와 나 사이에 무슨 문제가 있겠나?

길 건너편 주점에서 자동 전축의 판 긁는 소리가 들려온다.

야근 책상으로 돌아와, 레드는 라디오를 낮게 틀어 놓는다. (갈색 잎들이 후두두 떨어지네.) 누군가가 비명을 지르면서 잠을 깬다. 레드는 홀로 나가서 어깨를 두드려 그를 진정시키고 침대로 다시 데리고 간다.

날이 밝으면 부랑자들은 황급히 옷을 입는다. 7시쯤엔 큰 방이 다 빈다. 그들은 모자를 눈까지 눌러쓰고 낡은 재킷의 깃을 세운 채 싸늘한 새벽 거리로 서둘러 나선다. 창피해서인지, 서로 얼굴은 쳐다보지 않는다. 그리고 그들 대부분이 무료 급식 시설에서 주는 커피를 얻어 마시려고 커낼 거리에서 갈라지는 골목 안에 자동 인형들처럼 줄을 선다. 레드는 한동안 거리를 걷다가 웨스트 27번가로 가는 버스에 오른다. 길고 긴 밤을 보내고 나면 언제나 기분이 우울하다.

그는 성큼성큼 걸으면서 자기 발을 내려다본다. 신통한 일이 하나도 없단 말이야.

그러나 집으로 돌아가면 로이스가 전기 풍로 위에서 그의 아침 식사를 요리하고 어린 재키가 달려와 새 교과서를 보여 준다. 피곤한 중에도 레드는 행복하다.

그래, 멋지구나, 애야. 그가 아이의 어깨를 토닥이면서 말한다.

재키가 학교로 가고 나면 로이스는 그와 함께 아침 식사를
한다. 레드가 간이 숙박소에서 일한 뒤로 두 사람이 함께할 수
있는 시간은 아침뿐이다. 11시가 되면 로이스는 식당으로 일
하러 간다.

계란이 제대로 익었나요, 여보? 그녀가 묻는다.

응, 아주 좋아.

밖에서는 새로운 아침이 시작되고, 트럭 몇 대가 10번 대로
위를 무겁게 굴러간다. 차들이 지나다니는 소리가 이른 아침
임을 알린다. 좋아, 맛있어. 그가 큰 소리로 말한다.

맘에 들어요, 레드?

물론이지.

그녀가 유리잔을 만지작거린다. 있잖아요, 레드, 어제 마이
크와의 이혼 문제를 상의하려고 변호사를 만났어요.

그래?

100달러, 어쩌면 그보다 조금만 더 내면 된대요. 하지만 꼭
그래야 할까? 이혼해도 별수 없다면 안 하느니만 못하지 않겠
어요?

글쎄, 난 모르겠군. 그가 그녀에게 말한다.

레드, 당신더러 결혼해 달라는 건 아니에요. 당신도 알잖아
요, 나 당신 귀찮게 안 하는 거. 하지만 나도 장래는 생각해야
하니까.

모든 것이 그에게 달려 있다. 다시 선택을 해야 할 시간이
온 것이다. 그러나 선택을 한다는 것은 이제 다 끝났음을 인정

한다는 의미이다. 모르겠어, 로이스, 빌어먹을 일이지만 정말 모르겠어. 난 당신을 많이 좋아해. 당신은 좋은 여자야. 누가 뭐래도 그건 사실이야. 하지만 생각을 해 봐야겠어. 난 한곳에 눌러앉을 사람이 못 돼. 자꾸만 어디론가 떠날 생각을 하거든. 워낙 큰 나라이기도 하고.

어쨌든 잘 생각해 봐요. 그리고 결정하면 나한테 알려 줘요.


그러나 그가 결정을 내리기 전에 전쟁이 시작된다. 그날 밤 숙박소의 주정뱅이들은 하나같이 다 흥분한다.

지난 전쟁 때 난 하사였거든. 가서 재입대 신청을 할 거야.

그래, 자네에게 소령 계급장을 달아 줄지도 모르겠네.

이봐, 레드, 군대에는 내가 필요해. 우리 모두가 필요하게 될 거야.

누군가 술병을 돌린다. 레드는 충동적으로 한 사람에게 10달러짜리 한 장을 쥐어 주며 위스키를 사러 보낸다.

10달러면 로이스가 요긴하게 쓸 수 있는 돈이다. 그 순간 그의 마음은 정해진다. 로이스와 결혼하면 전쟁에 나가지 않을 수도 있다. 그러나 그는 아직 늙지 않았고, 그 정도로 지치지도 않았다. 전쟁에 나가면 계속 움직일 수밖에 없다.

길이 구불구불 멀기도 하구나. 부랑자 한 사람이 노래를 한다.

깨끗이 치워 버려야 할 것이 많아. 듣자 하니까 검둥이들이 워싱턴에 유입되고 있다는데, 이건 사실이야. 신문에서 읽었는데, 백인들에게 이래라저래라 하는 검둥이까지 있다더군.

그런 문제는 전쟁이 해결해 줄 거야.

다 허튼소리야. 레드가 끼어든다. 전쟁이 나면 있는 놈들이 좀 더 벌어들일 뿐이야. 그러나 그는 신이 났다. 잘 있어, 로이스, 난 매여 살 놈이 못 돼.

재키도 잘 있으렴. 기분이 좀 비참하기도 하다. 그러나 한곳에 멈춰 서서 더 이상 움직이지 못하는 건 죽은 것과 다를 바 없다.

한잔해.

그게 누구 술인데 나한테 한잔하라는 거야? 레드가 호통을 친다. (일동 웃음.)

해외로 떠나기 전 마지막 외출 때, 레드는 샌프란시스코 거리를 쏘다녔다. 그는 텔레그래프 힐 꼭대기에 올라갔다가 그곳을 휩쓸고 지나가는 가을바람에 진저리를 쳤다. 유조선 한 척이 골든게이트 쪽으로 가고 있었다. 그는 그것을 바라보다가 오클랜드 저편 동쪽으로 최대한 멀리 시선을 던졌다. (시카고를 뒤로하고 일리노이와 아이오와를 거쳐 네브래스카 안으로 절반쯤 들어오기까지, 대지는 1500킬로미터에 걸쳐 평탄하고 단조로웠다. 열차에서 오후 한나절 동안 잡지를 읽고 나서 창밖을 내다보면, 풍경은 이전에 보았던 것과 조금도 다르지 않았다. 산기슭의 작은 구릉들은 평야에서 완만한 기복을 이루며 150킬로미터쯤을 뻗어 나간 후 독립된 구릉이 되었고, 거의 1500킬로미터는 더 지나고 나서야 산으로서 모습을 드러냈다. 그리고 그 도중에 몬태나로 모여 들어가는 가파른 갈색 구릉들이 있었다.) 고향집에 편지나 한 통 띄울까? 아니면 로이스한테나 몇 자 적어 보낼까?

아냐, 뒤를 돌아봐선 안 돼.

털외투를 입은 젊은 여성들을 거느린 해군 소위 두 사람이 텔레그래프 힐 꼭대기의 포장된 길 다른 편 끝에서 웃으면서 서로를 끌어안고 있다. 나는 내려가는 게 좋겠군.

그는 차이나타운을 지나 어느 싸구려 소극장 안으로 들어 갔다. 화요일 오후라 극장 안은 한산했다. 여자들은 무거운 발을 질질 끌며 나른한 동작으로 춤을 추었고, 코미디언들은 더듬거리며 대사를 쳤다. 마지막 스트립쇼와 군무가 끝나자, 불이 켜지고 행상인들이 초콜릿 바와 사진들이 잔뜩 실린 잡지들을 팔기 시작했다. 레드는 자리에 앉아서 얼마간 꾸벅꾸벅 졸았다. 정말이지 형편없는 극장이었다.

따로 할 일도 없어 그는 영화가 상영되는 내내 곧 자신이 타고 떠나게 될 배를 생각했다. 앞에 무엇이 기다리고 있든 가는 데까지 계속 가는 거다. 어릴 때는 누가 무슨 말을 해도 들으려 하지 않고, 나이가 좀 들어서는 무엇 하나 새로울 것이 없었다. 그저 뒤돌아보지 않고 나아갈 뿐이다.

영화가 끝나고 쇼가 다시 시작되자, 그는 잠시 음악을 듣다가 밖으로 나왔다. 늦은 오후의 따가운 햇살 속으로, 밴드의 연주 소리가 여전히 들려왔다.

더러운 일본 놈들을 혼내 주자.

집어치워.

# 8

해군 대위 도브는 맨다리에 모래를 다 덮고 나서 신음했다. "이런, 정말 잔인하군." 그가 큰 소리로 말했다.

"뭐가 말입니까?" 헌이 물었다.

도브가 모래 사이로 발가락을 꼼지락거렸다. "여기 이런 곳에 와 있는 것 말일세. 맙소사, 이렇게 더운 날에 말이야. 일 년 전에 난 워싱턴에 있었어. 파티라면 지겹도록 다녔지. 아, 정말 빌어먹을 날씨 아닌가."

"나는 한 일 년 반 전에 워싱턴에 있었지." 콘이 위스키에 취한 음성으로 말했다.

두 사람은 이야기를 나누기 시작했다. 헌은 조용히 한숨을 쉰 뒤, 모래 위에 천천히 몸을 뻗어 머리를 바닥에 대면서 가슴을 햇볕에 노출시켰다. 태양의 열은 손에 잡힐 듯이 강렬했다. 햇빛이 그의 눈꺼풀을 투과해 들어와 망막을 자극해서 눈을 멀게 하고 성난 붉은 동그라미들을 그리는 게 느껴졌다. 오 븐 뚜껑이 열릴 때 열기가 뿜어 나오듯, 정글로부터는 이따금 습한 유황질의 바람이 흘러나왔다.

헌은 다시 일어나 앉아, 털이 많은 무릎을 껴안고 해변을 둘러보았다. 함께 온 장교들 가운데 일부는 수영을 하고 있었 고, 다른 몇 사람은 해변 쪽으로 기울어진 주변의 야자나무 그 늘에 담요를 펴 놓고 브리지 놀이를 하고 있었다. 100미터가 량 떨어진 작은 모래톱 위에서 이따금 탕 하고 날카롭게 카 빈총 울리는 소리가 났다. 댈리슨 소령이 자갈을 공중으로 던 져 올리고는 그것을 향해 사격을 하고 있었다. 이른 아침엔 거 의 투명한 푸른색이던 바닷물이 짙은 보라색으로 변해, 비 오 는 밤의 포장도로에서 빛이 반사되듯 햇빛에 반짝였다. 오른 쪽으로 800미터쯤 떨어진 곳에서는, 바다에 정박 중인 화물선 한 척에서 보급품을 옮겨 실은 상륙정 하나가 느린 속도로 해 안으로 다가오고 있었다.

해변에서 보내는 일요일. 조금은 믿기지 않는 일이었다. 줄 무늬 비치파라솔 몇 개를 갖다 놓고 여자와 어린아이들을 적 당히 섞어 놓는다면, 이곳도 그의 가족이 어느 해 여름인가에 해수욕을 했던 그 상류층 전용 해변과 별반 차이가 없을 것 같 았다. 상륙정 대신 요트 한 척을 갖다 놓고, 댈리슨이 자갈에 총질을 하는 대신 바닷물에 낚싯대라도 드리우고 있었다면 정말이지 평범한 해수욕장처럼 보였을 것이다.

도무지 믿을 수 없는 일이었다. 어쩌면 민망한 마음에서인 지, 그들은 전방의 병사들이 일요일인 이날 아침 도야쿠 선을 정찰하는 기지로부터 40킬로미터 떨어진 반도의 맨 끝에 와서 해변의 파티를 즐기고 있었다. 가서 잘들 놀다 오시오. 이것이 장군의 말이었다. 물론 도로변에서 보초를 서거나 해변에서 야영을 하며 이날 아침 장교들이 해수욕을 즐기는 곳에서 가까운 정글 주변을 정찰하는 보급 부대원들은 이런 이유로 장교들을 미워할 것이고, 따라서 커밍스의 말처럼 그들을 더 무서워할 것이다.

따라오지 말았어야 했다고 헌은 생각했다. 그러나 장교들이 거의 다 자리를 비운 이날 아침에 본부 야영지에서 머문다는 것은 위험한 일이었다. 장군은 그와 이야기를 나누기 원할 텐데, 지금으로선 어떻게든 장군을 피해야 했다. 그것도 그렇지만, 해변이 쾌적하다는 것은 헌 자신도 인정하지 않을 수 없었다. 따뜻한 햇볕을 받으면서 몸을 이완시키고 긴장을 풀어 보는 것도 실로 오랜만의 일이었다.

"불안이야말로 20세기를 살아가는 인간의 타고난 역할일세." 장군은 이렇게 말한 바 있었다.

20세기를 살아가는 인간은 또한 일광욕을 즐기는 자이기도 했다. 정말 굉장하지 않은가. 헌은 덩어리진 모래를 손가락으로 부수었다.

"내 말 좀 들어 봐요." 도브가 말했다. "워드맨 파크 호텔의 피슐러 방에서 파티를 연 적이 있어요. 피슐러 해군 소령 말이오. 코넬 대학 재학 시절 내 형의 오랜 친구였소. 아주 멋진 친구로 거물을 많이 알았지요. 그래서 워드맨 파크 호텔에서 살게 된 거고. 그 친구가 파티를 열었는데, 파티가 한창일 무렵

돌아다니면서 사람들 머리에 술을 조금씩 붓는 게 아니겠소. 비듬에 좋다나. 아, 정말 굉장한 파티였지요." 도브는 그때 일을 떠올리며 킬킬거렸다.

"그래요?" 콘이 말했다. "그렇죠?"

헌은 도브를 빤히 바라보았다. 미 해군 예비역 대위 도브. 코넬 출신. 델타 카파 엡실론 클럽[17]의 회원. 개망나니. 키 189센티미터, 몸무게 73킬로그램 정도의 체격에, 회색이 감도는 곧은 금발을 짧게 잘라 말끔하고 유쾌하면서도 얼빠진 얼굴을 하고 있어, 차라리 하버드 대학의 어느 스포츠 팀 선수처럼 보이기도 했다.

콘이 그 둥글고 붉은 코를 만지작거리더니 쉰 목소리로 자신 있게 말했다. "맞아요. 나도 워싱턴에서 여러 번 좋은 시간을 보냈지. 콜드웰 준장하고 시몬스 소장은, 그 사람들을 아시는지 모르겠소만, 나하고는 오랜 친구 사이요. 그리고 해군의 태너치 소장도 있었지. 그 사람과도 친해졌소. 아주 좋은 친구요. 훌륭한 군인이고." 콘은 몸속에 축구공을 집어넣고 바람을 넣은 듯 수영 팬츠 밑으로 툭 튀어나온 아랫배를 내려다보았다. "우리끼리 참 분방하게 놀았지. 콜드웰 그 친구는 여자문제에 있어선 어찌나 고약한지, 아슬아슬한 일도 더러 있었다오."

"오, 그런 일이라면 우리도 많았죠." 도브도 적극적으로 치고 들어왔다. "아는 여자가 워낙 많은지라 워싱턴으로는

---

17) 예일 대학의 남학생 사교 클럽.

제인을 데려갈 수가 없었지요. 제인과 함께 있는 자리에서 그런 여자들과 마주치면 난처하지 않겠어요? 제인은 멋진 여자고 아내로서 나무랄 데가 없지만, 워낙 독실한 신자라 그런 일을 좋게 받아들일 리 없었지요. 몹시 언짢아할 게 빤했어요."

도브 대위. 그는 헌과 거의 같은 시기에 통역관으로 사단에 배치되었는데, 사단에 와서 사람들에게 일일이 자기 계급은 육군의 대위와 같지만 해군 대위는 책임으로 따지면 육군 소령이나 중령보다 중요하다는 소리를 했다. 경이로울 정도로 천진난만한 행동이었다. 그는 모토메의 장교 식당에서 이런 말을 했고, 그 말을 들은 장교들은 그를 밥맛없어했다. 콘은 일주일 동안 그와 말도 섞지 않았다. 그러나 그것은 어느 시구절에서처럼 참사랑을 가로막는 일시적인 장애물일 뿐이었다. 어찌 됐든 이제 두 사람은 서로 죽이 잘 맞는 사이가 됐다. 헌은 도브가 처음 사단에 왔을 때 자기에게 했던 말을 기억했다. "헌, 자네도 나처럼 교양이 있는 사람이니까 하는 말이지만, 육군 장교들에게는 좀 세련되지 않은 면이 있네. 해군 장교들은 이보단 신중하게 처신하거든." 그러고 보니, 도브로서는 나름 상당히 노력을 기울인 모양이었다. 이제 콘을 품 안에 받아들였으니 말이다.

물론 별 의미 없는 한담이나 소문을 주고받는다는 전제 조건이 있었고, 한 꺼풀 벗기면 다들 노는 걸 좋아하고 여자를 밝히는 인물들인지라, 결국은 서로 가까워질 수밖에 없는 사이였다. 심지어 콘과 헌 자신도 화해를 했다. 그들은 물론 서로를 싫어했다. 하지만 두 사람 모두 편의상 그 사실을 덮어 두었다. 충돌이 있은 지 일주일 후, 헌은 작전 2과 천막에서 콘과 마주쳤다. 그때 콘이 헛기침을 하고 나서 한마디 말을 건네 왔다. "오늘은 좀 시원해질 것 같군."

"그럴 것 같군요." 헌이 말했다.

"오늘은 할 일이 많은데 좀 시원해졌으면 좋겠군." 콘이 말했다. 그리고 그 후로 두 사람은 서로 마주칠 때마다 목례하는 걸 잊지 않았다. 오늘은 해변에서 헌이 도브와 이야기를 하고 있는 곳으로 콘이 온 것이었다.

"그랬지요. 파티를 수도 없이 다녔지. 당신이 말한 그 위스키로 비듬을 없앤다던 사람, 이름이 뭐였더라, 피슐러라 했지요. 그 사람 피슐러 제독과는 무슨 친척 관계라도 되는 거요?"

"아마 아닐 겁니다."

"피슐러 제독은 나하곤 막역한 사이요. 어쨌든 언젠가 콜드웰이 여자를 하나 불러왔는데 맙소사, 그 여자가 위스키를 양쪽 구멍으로 마시는 거 아니겠소."

"저런, 그러다 타 죽으면 어쩌려고." 도브가 놀라서 외쳤다.

"그 여자한텐 문제가 안 됐소. 그게 그 여자 장기였으니까. 콜드웰은 배를 잡고 웃더군. 워낙 놀기 좋아하는 친구라."

도브는 정말로 충격을 받은 것 같았다. "그런 건 한 번도 본적이 없어요. 맙소사, 정말 역겨운 일 아닙니까? 이렇게 훤히 트인 곳에서, 더구나 지금쯤 군목이 설교를 하고 있을 텐데 말이오."

"하긴 주일에 할 이야기는 아니군." 콘도 동의했다. "하지만 아무러면 어떻소. 남자들이 다 그렇지." 그는 담배에 불을 붙이고 성냥을 모래에 꽂았다. 델리슨의 카빈총 소리가 또 한 번 울렸고, 바다에서는 수심이 얕은 곳에서 물싸움을 하는 장교들의 고함 소리가 들려왔다. "내가 파티라는 걸 좀 연구해 봤는데, 파티가 즐거우려면 두 가지 요소만 있으면 된다오. 넉넉한 술과 까다롭지 않은 계집이 몇 있으면 되는 거요. 할 준비가 되어 있고, 할 의도가 있으면서, 잘하기도 하는 계집들 말이오."

헌은 눈을 가늘게 뜨고 모래사장을 보았다. 파티라는 건 아마도 네 종류로 분류할 수 있을 것이다. 우선 상원 의원들과 중요한 하원 의원들, 사업가들, 군 장성들, 외국 귀빈들이 참석하고 신문의 사교난에 보도되는 파티가 있다. 그의 아버지도 그런 파티에 한 번 간 적이 있는데, 전혀 즐기지 못했을 것은 불을 보듯 빤했다. 그런 파티는 산업 자본주의 문화의 정수라 할 수 있었으며, 그곳에서 이루어지는 사교적 격식, 권력의 흥정, 지극히 세련된 잡담 등은 즐거움과 거리가 멀었다. 참석자들은 당연히 서로를 미워했다. 영업을 하러 온 사람들은 그것이 불가능하다는 것을 알아차렸고, 속물근성에서 뇌물을 바치러 온 사람들은 권력은 있으나 사교적인 대화에는 소질이 없는 사람들을 경멸했다.

또 영관급 장교와 붙임성 있는 하급 장성들, 미국재향군인회 워싱턴 지부, 인디애나 주에 좋은 공장들을 갖고 있는 성공한 중소기업인들, 그리고 콜걸들이 모이는 호텔 파티가 있다. 이런 파티는 참석자들이 취하기 전까지는 따분하기 그지없지만, 일단 취하고 나면 모두가 더없이 즐거운 시간을 보냈고, 다들 가뿐해진 아랫도리와 침대차에서 주위들은 새로운 이야깃거리들을 들고 워싱턴이나 인디애나의 일자리로 돌아갔다. 간혹 말이 통하는 하원 의원이라도 하나 잡으면, 취한 김에 하는 두어 번의 거센 포옹과 세상엔 좋은 사람들뿐이라는 감상적인 인식과 더불어, "그만해요, 자기, 그만해요." 하는 콜걸의 외침을 귓전에 들으며 거래를 성공적으로 끝내곤 했다. 그의 아버지 역시 그런 파티에 갔으리라는 건 충분히 짐작할 수 있었다.

모두들 말은 하지 않고 술만 꾸준히 들이켜는 무미건조한 파티도 있다. 그의 친구들 부류인 미국의 대학 출신들만 모이는 파티로서, 참석자들은 모두 분명하고 논리적인 목소리를 내고, 행동거지가 바르고 친절하고 재치 있으며, 초라하고 따분하고 명쾌한 지성을 가진 건전한 사람들이었다. 지금은 모두 정부에서 일하거나 기밀 업무에 종사했다. 그들은 OSS[18] 임무를 수행하던 중 행방불명이 된 로저에 대해 이야기하거나, 제 삼자로서 본인들이 할 수 있는 게 없다는 무력한 입장을 견지하되 그러면서도 천성적으로 우월한 태도로 때로는 낙관하고 때로는 비관하며 정치를 분석했다. 그들 모두에게는 뛰어난 재치와 예리하지만 언제나 지엽적인 정보가 있었고, 이성적이고 메마른 마음과 그들의 몸으로는 결코 이해할 수 없을 욕정과 악에 대한 동경 어린 상념과 더불어, 취하지

---

18) Office of Strategic Services. 전략정보국. CIA의 전신.

않고 무미건조하게 현실을 보는 데서 오는 절망이 있었다. 회색의 선명한 날개로 말뚝 위를 배회하는 윌리엄 블레이크[19]의 천사들.

그리고 도브 같은 사람들이 즐기는 파티가 있다. 물론 샌프란시스코, 시카고, 로스앤젤레스, 뉴욕 같은 곳에서도 흔히 열리는 파티였다. 미국재향군인회 워싱턴 지부, 보조 단체. 다만 그걸로 그치지 않는다는 걸 알아야 한다. 적절한 관점에서 바라본다면, 이런 파티들은 한편으로는 사람들을 화려한 파티 장소로 데려다준 모든 열차의 여운으로, 그리고 다른 한편으로는 파티가 끝난 뒤 그들을 다시 싣고 갈 열차가 기다리는 크고 텅 빈 정거장들에 대한 앞선 상상으로 수놓아져, 이따금 마법 같으면서도 서글펐다. 그리고 그런 파티에 모이는 사람들은 언제나 젊었다. 항공대의 파일럿들과 해군 소위들, 털외투를 입은 예쁜 소녀들이 있었고, 관공서에서 비서로 일하는 여자 한두 명도 빠지는 법이 없었다. 어떤 이유에서인지 하층 계급의 여성은 토끼처럼 그 행위를 한다는 믿음 때문에 쉽게 침대로 데려갈 수 있을 것 같은, 그런 직장 여성들이었다. 그런데 그들은 모두가 감상적이고 대놓고 입 밖에 꺼내지는 않는 영국적인 태도로 자기들이 곧 죽을 몸이라 생각한다는 것을 표현했다. 물론 그들의 그런 태도는 가짜였다. 그것은 그들

---

19) William Blake(1757~1827). 영국의 시인, 화가, 판화가, 신비주의자. 서유럽 문화 전통에서 매우 독창적, 독자적인 작품 「순수의 노래」(1789), 「경험의 노래」(1794)를 필두로 삽화를 그려 넣은 일련의 서정시와 서사시를 남겼다.

이 읽지도 않은 책과 보아서는 안 되는 영화에서 얻은 태도였고, 어머니들이 그들에게 보이는 눈물과 실제로 그들 가운데 해외로 가서 죽은 사람이 많다는 충격적이고 믿을 수 없는 사실에 의해 조장된 태도였다. 말하자면 처음부터 가식적인 성격을 띤 태도였다. 그들은 자기들의 임박한 죽음이라는 낭만을, 비행기를 조종하고 착륙시키고 비행장 주변의 육군 막사에서 따분한 나날을 보내는 평범하고 기계적인 생활과 결코 결부시킬 수 없었다. 그럼에도 그들은 곧 목숨을 잃게 되리라는 예상이 부적의 구실을 한다는 것을 알았고, 때문에 그것을 마법처럼 지니고 다니다가 끝내는 정말로 그 효능을 믿게 되었다. 그래서 그들은 서로의 머리칼에 위스키를 붓거나, 매트리스에 불을 지르거나, 점잖은 사업가의 머리에서 모자를 낚아채는 따위의 마법 같은 재주를 부렸다. 파티 중에는 아마 이런 파티가 제일 재미있을 것 같았으나, 헌은 그런 걸 즐기기엔 나이가 너무 많았다.

"……그 여자는 말이오, 배 위까지 털이 났었소." 콘은 이야기 한 토막을 마무리하고 있었다.

도브가 껄껄 웃었다. "제인은 내가 무슨 짓을 하고 다니는지 전혀 몰랐어요."

헌의 귀에는 두 사람이 주고받는 이야기가 더없이 역겹게 들렸다. 내가 점점 점잖 빼는 사람이 되어 가고 있나 보다, 하는 생각이 들었다. 그는 욕지기가 났다. 하지만 그러기엔 이유가 충분치 않았다. 천천히 팔다리를 펴고 몸을 서서히 땅위에 눕히자, 배의 근육이 당겨지는 게 느껴졌다. 콘과 도브를 양팔에 하나씩 끼고 의식적으로 두 사람의 머리를 한데 갖다 부딪치게 하고 싶은 충동도 한순간 느꼈다. 그가 힘 있고 억센 남자인 건 사실이었다. 그러나 장교 식당에서의 일이며, 장군에게 주먹을 날리고 싶었던 일이며, 또 방금 느꼈던 충동 등, 최근에는 그런 일이 너무 잦았다. 덩치가 큰 것도 문제였다. 그는 고개를 들어 배에 끼기 시작한 지방질을 손가락으로 집어 보면서 자신의 큰 체구를 살펴보았다. 가슴을 덮은 털 아래로는 어느새 하얗게 살이 올라 있었다. 오 년 후, 아무리 길어도 십 년 후에는 돈을 주고 여자를 사야 할지도 몰랐다. 체구가 큰 사람의 몸이 망가지기 시작하면 그 속도가 더 빠른 법이니.

헌은 어깨를 으쓱했다. 그렇다면 콘같이 되어 버리면 그만 아닌가. 여자를 사고 그걸 남에게 떠벌리는 거다. 그쪽이 그에게 없는 것, 혹은 그가 줄 생각이 없는 것을 바라는 여자를 떼어 버리는 일보다 훨씬 수월할 것 같았다.

"그 여자가 그걸 보더니 이러는 거야. '소령님,' 당시 난 소령이었거든, '다음엔 뭐가 나올까요? 흰색, 은색, 금색이 다 나오겠네요. 어쩌면 미국 국기도 새겨 넣을 수 있겠어요.'" 콘이 한바탕 웃고는 모래 위에 가래침을 뱉었다.

이제 좀 그만하면 안 되나? 헌은 몸을 돌려 배를 깔고 누워, 햇볕에 온몸이 뜨거워지는 것을 느꼈다. 곧 여자가 필요해질 테지만, 원주민 여자들이 있는 이웃 섬까지 300킬로미터 정도 배를 타고 가기 전까지는 다른 도리가 없었다.

"저기 말입니다." 헌이 갑자기 콘과 도브에게 말을 건넸다.

"유곽을 이곳까지 끌어올 방법이 없다면, 여자 이야기는 당분간 안 하시는 게 어떻습니까?"

"슬슬 힘들어지는 모양이군." 콘이 웃는 얼굴로 말했다.

"이건 잔인합니다." 헌은 도브의 말투를 흉내 냈다. 그는 담뱃갑에서 모래를 털어 내고 담배를 피워 물었다.

도브가 그를 쳐다보더니 다른 수작을 부렸다. "이보게, 이전에도 생각한 일인데, 헌, 자네 부친의 성함이 혹 윌리엄 아니신가?"

"맞습니다."

"한 이십오 년 전에 델타 카파 엡실론 클럽 회원인 윌리엄 헌이라는 사람을 알았는데, 혹시 자네 부친이 아닌가 싶어서."

헌은 고개를 저었다. "아닐 겁니다. 저의 아버님은 글을 읽고 쓸 줄도 모르시는걸요. 수표에 서명하는 게 고작이랍니다."

그들은 웃었다. "잠깐." 콘이 말했다. "빌 헌, 빌 헌이라. 내가 아는 사람이야. 중서부에 공장 몇 개를 갖고 있지 않은가? 인디애나, 일리노이, 미네소타에 말이야."

"맞습니다."

"분명해." 콘이 말했다. "빌 헌. 그러고 보니 자네와 얼굴이 비슷한 것 같군. 1937년에 내가 군에서 제대해서 회사를 두어 개 차린다고 주식을 공모할 때 만났지. 우리는 사이가 좋았어."

가능한 일이었다. 그의 아버지는 그의 검고 곧은 머리칼을 뒤로 휙 넘기고 땀이 밴 두툼한 손으로 콘의 등을 두드릴 법한 사람이었다. 아버지의 우렁찬 음성이 귀에 쟁쟁했다. "이보시오. 가진 패 다 까 놓고 솔직하게 사업 이야기를 해 보든지, 아니면 당신이 사기꾼이라는 걸 실토하든지 하시오." 그렇게 말하고는 눈을 반짝이며 매력을 발산했으리라. "그런 다음엔 우리 함께 제대로 취해 봅시다. 처음부터 그럴 작정 아니었소?" 하지만 아니다. 콘의 말은 틀렸다. 콘은 그런 일에 어울리지 않았다.

"한 달 전쯤 신문에서 자네 부친 사진을 봤지. 대략 열 종류의 신문을 정기적으로 받아 보거든. 몸이 좀 나셨더군."

"그저 이전 상태를 유지하는 정도일 겁니다." 아버지는 삼 년째 병환 중이라, 그 정도 체구치고는 보통 사람에 가까울 정도로 체중이 줄어 있었다. 콘은 그의 아버지를 알지 못했다. 모르는 게 당연했다. 콘이 1937년에 상사 계급장을 달았을 리도 만무했다. 하사일 때, 회사를 차린다고 군에서 제대하는 사람은 없다. 헌은 불현듯 콘이 워싱턴에서 콜드웰 장군이나 시몬스 장군과 함께 엽색 행각을 벌였을 리도 없겠다는 생각이 들었다. 어쩌면 그들과 함께 술 한잔 정도는 기울였을 수 있고, 보다 가능성이 있게는, 전쟁이 발발하기 전 그들 밑에서 하사관으로 복무했을 수 있다. 어찌 되었든 이 모든 것이 딱하고 조금은 역겹기도 했다. 거물 콘. 지금 이 순간에도, 움푹 꺼진 물기 머금은 눈, 툭 튀어나온 아랫배, 반점이 많은 뭉툭한 코, 이런 것들이 헌을 진지하게 응시하고 있었다. 물론 그는 빌 헌을 알았다. 고문을 한다 해도 콘은 빌 헌을 안다는 주장을 굽히지 않을 것이고, 빌 헌을 안다고 믿으며 죽어 갈 것이다.

"부친을 만나거든 내 이야기를 전해 드리게. 아니면 나를 만났다고 편지에 쓰든지."

군에 있던 이십 년 동안, 콘의 머릿속에서는 대체 무슨 일이 일어난 걸까? 특히 장교로서 그럭저럭 지낼 수 있다는 걸 알게 된 지난 오 년 동안에는?

탕! 댈리슨의 카빈총이 총성을 한 번 울렸다.

"그러죠. 한 번 찾아가시지요. 반가워하실 겁니다."

"그것도 가능하지. 나도 한 번 다시 만났으면 하는 생각이 있거든. 자네 부친처럼 사교적인 분은 흔치 않지."

"그럼요." 헌은 아버지께선 아마 당신한테 잡상인들의 출입을 막는 수위 자리를 하나 주실 겁니다, 하고 말하고 싶은 충동을 유쾌한 마음으로 억눌렀다.

대신 그는 일어섰다. "물에 좀 들어갔다 오겠습니다." 그는 그렇게 말하고 해변을 달려가 몸을 수평으로 하여 바닷물에 뛰어들었다. 달아오른 몸에 닿는 차가운 물의 상쾌한 감촉에 유쾌함, 혐오감, 그리고 피로감이 씻겨 나가는 기분이었다. 그는 물 위로 고개를 내밀면서 기분 좋게 물을 좀 뿜어내고 헤엄을 치기 시작했다. 해변에서는 장교들이 여전히 브리지 놀이나 잡담을 하면서 햇볕을 쬐고 있었다. 그 가운데 두 사람은 서로 공을 던지고 받으며 놀고 있었다. 바다에서 보니 정글은 아름다워 보이기까지 했다.

지평선 쪽에서 포성이 희미하게 울렸다. 헌은 다시 물 밑으로 들어갔다가 서서히 물 위로 고개를 내밀었다. 언젠가 장군이 자신의 경구를 스스로 음미하며 한 말이 있었다. "부패는 군의 분열을 막는 시멘트야." 콘을 염두에 둔 말이었을까? 커밍스는 그런 뜻으로 그 말을 한 게 아니었다. 하지만 콘이 부패의 산물임은 분명했다.

하긴 그 자신도 마찬가지였다. 미덕을 알면서도 그것을 회피하는 행위가 바로 부패 아니고 무엇이겠는가? 모든 게 깔끔하게 떨어진다. 그런데 커밍스 장군은 어느 범주에 넣어야 할까? 그것은 더 큰 문제, 일괄해서 취급할 수 없는 문제였다. 어떻든 그는 장군과 거리를 둘 생각이었다. 커밍스도 자기를 간섭 않고 내버려 두고 있으니 자기도 그렇게 할 생각이었다. 그는 얕은 물속에서 일어나 머리를 흔들어 귓속의 물을 털어 냈다. 수영을 하니 기분이 여간 좋은 게 아니었다. 깨끗해진 느낌이었다. 그는 물속에서 몸을 180도로 돌린 후 일정하게 물을 가르며 해안과 평행하게 헤엄을 치기 시작했다. 콘은 지금도 여전히 쉴 새 없이 지껄여 대며 자신을 주인공으로 하는 거짓말을 공들여 지어내고 있을 것이다.

"와카라, '우마레루'가 무슨 뜻이지?" 도브가 물었다.

와카라 소위가 가는 다리를 쭉 펴고 생각하는 표정으로 발가락을 꼼지락거렸다. "아마 '태어나다'라는 뜻일 겁니다."

도브가 눈을 가늘게 뜨고 해변을 살피다가 헌이 헤엄치는 모습을 잠시 지켜보았다. "아, 그렇지, '우마레루,' 태어나다. '우마시마스,' '우마쇼.' 이게 기본 동사형이겠군, 안 그런가? 이제 생각나네." 그가 콘에게 고개를 돌리고 말했다. "와카라 없이는 아무것도 안 돼요. 그놈의 말을 알아먹으려면 일본인이 있어야 하죠." 그가 와카라의 어깨를 탁 치고 한마디 덧붙였다. "어이, 톰,[20] 내 말이 맞지?"

와카라가 천천히 고개를 끄덕였다. 다소 멍한 눈빛을 지닌 그는 조용하고 예민해 보이는 얼굴에 가늘고 깔끔하게 콧수염을 기른 작고 마른 사내였다. "자넨 좋은 친구야, 와카라." 도브가 말했다. 와카라는 다리에서 시선을 떼지 않았다. 일주일 정도 전에, 그는 도브가 어느 장교에게 하는 말을 들은 적이 있었다. "우리 군에서 통역을 맡은 일본 놈들은 과대평가되어 있어요. 우리 분과의 일은 내가 다 하고 있는 셈이니 말이오. 물론 내가 책임자이긴 하지만, 와카라는 전혀 도움이 되지 않소. 그 친구가 번역한 건 늘 고쳐야 하거든."

지금 도브는 갖고 온 수건으로 앙상한 가슴을 문지르고 있었다. "햇볕 아래서 땀을 흘리니 기분이 그만이군." 그가 중얼거렸다. 그러고는 다시 와카라에게 고개를 돌렸다. "당연히 알 만한 단어인데 갑자기 생각이 안 나더라고. 그 일본군 소령 시체에서 건진 일기에 적혀 있었지. 아주 흥미로운 문서야. 자네도 들여다봤나?"

"아직요."

"뭐, 아무튼 훌륭해. 군사 정보는 없었지만. 그런데 그 친구는 머리가 좀 돈 것 같아. 와카라, 일본 놈들은 참 이상한 족속이야."

"얼간이들이죠." 와카라가 짧게 대꾸했다.

콘이 두 사람의 대화 속으로 요란하게 끼어들었다. "와카

---

20) 와카라의 이름.

라, 그 점은 나도 동감일세. 1933년에 일본에 갔는데, 거기 사람들은 참으로 무식하더군. 뭐 하나 가르칠 수가 있어야지."

"이런, 중령님이 일본에 간 적이 있는 줄은 몰랐군요." 도브가 말했다. "일본 말은 좀 아십니까?"

"아예 배울 생각조차 안 했소. 일본인들이 비위에 맞지 않아 사귀고 싶은 생각이 안 들었지. 우리가 전쟁을 하게 되리라는 걸 이미 알았거든."

"설마요." 도브가 손바닥으로 조그마한 모래 더미를 쌓아 올렸다. "그것 참 귀중한 경험이었겠는데요. 와카라, 자네도 일본에 있을 때 일본 놈들이 전쟁을 일으키리라는 걸 알았나?"

"아니요, 너무 어릴 때라. 전 그저 어린애였는걸요." 와카라가 담배에 불을 붙였다. "전혀 생각도 못한 일입니다."

"그거야 자네 동족이니까 그랬겠지." 콘이 그에게 말했다.

탕! 댈리슨의 카빈총이 총성을 울렸다.

"아마 그렇겠죠." 와카라가 말했다. 그가 조심스럽게 담배 연기를 내뿜었다. 해안선이 굽은 곳에서 사병 한 명이 동초[21] 근무를 하고 있었다. 와카라는 그 사병의 눈에 띄지 않기를 바라며 무릎 위로 고개를 숙였다. 이곳으로 나오는 게 아니었다. 미군 병사들이 어느 일본 놈이 자기네 보호를 받고 있다는 걸 알아서 좋을 일은 없었다.

콘은 뭔가 생각하는 표정으로 튀어나온 아랫배를 툭툭 쳤

---

21) 일정한 구역을 왔다 갔다 하면서 망을 보는 일.

다. "빌어먹게 덥군. 수영이나 해야겠어."

"저도 그래야겠습니다." 도브가 말했다. 그가 일어서서 팔에서 모래를 문질러 떨어내고는 눈에 띄게 망설이는 듯하더니, 물었다. "같이 가겠나, 와카라?"

"아니요, 괜찮습니다. 아직 들어갈 준비가 안 되어서요." 그는 두 사람이 걸어가는 모습을 지켜보았다. 도브는 묘한 사람, 아니, 차라리 전형적인 인물이라고 와카라는 생각했다. 도브는 해변을 걷고 있던 그를 보자마자, 공연히 오라고 하더니 '우레마루'에 관해 그런 얼빠진 질문을 하고는, 그와 더 이상 무엇을 해야 할지 몰랐던 것이다. 와카라는 괴물 취급 받는 것에 다소 진저리가 난 상태였다.

다시 혼자가 되자 그는 마음이 좀 편해져서 모래 위에서 몸을 쭉 폈다. 30~40미터 들어간 곳부터는 나무가 울창해서 꿰뚫어 볼 수도 없는 정글을 그는 오래도록 물끄러미 바라보았다. 그 결과 어떤 효과를 얻을 수 있었다. 암녹색을 배경으로 깔면 캔버스 위에 정글을 만들어 낼 수 있을 것 같았다. 그러나 테크닉이 문제였다. 이 년이나 그림을 그리지 않았으니 제대로 해낼 리가 없었다. 와카라는 한숨을 쉬었다. 어쩌면 가족과 함께 강제 수용소에 눌러앉는 편이 나았는지도 몰랐다. 그랬더라면 지금쯤 최소한 그림은 그리고 있었을 테니 말이다.

등 위에 내리꽂히는 따가운 햇살과 눈이 부시도록 반짝이는 모래사장에도, 와카라는 기분이 몹시 우울했다. 도브가 이시마라의 일기에 대해 뭐라고 했더라? "아주 흥미로운 문서"라고 했지. 도브는 정말로 일기에 감동을 받은 것일까? 와카라는 어깨를 으쓱했다. 그는 일본인을 이해할 수 없었지만 도브 같은 미국인도 이해할 수 없었다. 그는 어느 쪽에도 속하지 않는 중간 지대에 자리했다. 그래도 버클리 대학 시절엔 그의 그림이 어느 정도 주목을 받아서 많은 미국인 학생들이 그를 다정하게 대하기도 했다. 4학년 때의 일이었다. 물론 전쟁이 나면서 그런 시간들은 모두 물거품이 되고 말았다.

일본 육군 보병대 소령, S. 이시마라. 그는 그렇게 서명함으로써 개인으로서 자신의 존재를 다시금 포기하고 있었다.

"자네도 들여다봤나?" 도브는 그렇게 물었었다.

와카라는 모래를 응시하며 씩 웃었다. 와카라 자신의 번역본이 윗주머니에 들어 있었다. 이시마라. 어떤 사람인지는 몰라도 가여운 자다. 미군 병사들은 뭐든 기념품이 될 만한 것을 노리고 시체를 뒤졌고, 어느 하사관이 그 일기를 가져왔다. 아니, 이시마라의 머릿속에 오갔던 생각들을 이해하기엔 와카라는 이미 너무도 미국인이 되어 있었다. 미국인이라면 과연 적진으로 공격하기 한 시간 전에 일기를 쓸까? 불쌍한 놈 같으니. 이시마라도 필경은 일본인들이 다 그렇듯 멍청하기 짝이 없는 인간이었다. 와카라는 자신의 번역본을 펼치고 잠깐 다시 읽어 보았다.


오늘 저녁 지는 해는 붉었다. 오늘 죽은 우리 병사들의 피처럼 붉었다. 내일이면 내 피도 거기에 섞이리라.

이 밤에 나는 잠을 이룰 수가 없다. 어느새 울고 있는 자신을 발견한다.

나는 어린 시절을 아프게 추억한다. 동네 아이들, 학교 때 친구들, 우리가 함께했던 놀이들을 떠올린다. 조시 지방에서 조부모님과 함께 보냈던 그해를 생각한다.

나는 태어났으니 죽겠지. 태어나고, 살고, 그리고 죽을 운명이다. 이 밤에 나는 그런 생각을 한다.

고백하건대, 나는 천황 폐하를 신처럼 떠받들지 않는다.

나는 죽을 몸이다. 나는 태어났고, 그리고 이미 죽었다.

나는 자문한다. 왜? 나는 태어났고, 나는 죽어야 한다. 왜? 대체 왜? 거기에 무슨 의미가 있을까?


와카라는 다시 한 번 어깨를 으쓱였다. 사상가에다 시인이라. 하긴 일본에는 이시마라 같은 인간이 많았다. 그러나 그들은 전혀 시인답지 않은 죽음을 맞았다. 집단적이고 발작적인 도취, 공동의 광기 속에서 죽어 갔던 것이다. 나제, 나제데스까? 이시마라는 그렇게 크게, 떨리는 글씨로 적어 놓았다. 왜, 대체 왜입니까? 그러고 나서 그는 일본군의 총공격이 있던 그날 밤 강 한가운데서 목숨을 잃었다. 그는 틀림없이 비명을 지르며 광적으로 흥분한 이름 없는 한 집단의 구성 인자로서 쓰러져 갔을 것이다. 누가 그것을 완전히 이해할 수 있겠는가? 와카라는 의아했다.

열두 살 소년 시절 그가 가 본 일본은 무척이나 경이롭고 아름다운 나라였다. 모든 것이 아담하기만 한 일본은 열두 살 어린아이를 위해 만들어진 나라 같았다. 와카라는 이시마라가 조부모와 한 해를 보냈다는 조시라는 지역을 알았다. 어쩌면 와카라는 이시마라의 조부모와 한 번쯤 말을 주고받았을 지도 모른다. 조시의 반도에서는 3킬로미터 안에서 모든 것을 다 볼 수 있었다. 그곳에는 태평양을 마주하고 100여 미터나 솟아오른 절벽, 에메랄드처럼 완벽하고 잘 다듬어진 아주 작은 숲, 잿빛 목재와 돌로 지어진 작은 어촌, 논, 슬픔에 잠긴 듯한 완만한 구릉, 생선 내장과 인분 냄새가 밴 좁고 답답한 거리, 사람들이 북적이는 부두 등이 있었다. 그냥 버려지는 건 아무것도 없었다. 토지 전체가 천 년에 걸쳐 잘 손질이 되어 있었다.

와카라는 담배를 모래에 비벼 끄고 가는 콧수염을 쓰다듬었다. 모든 것이 그랬다. 어디를 가든, 일본은 언제나 전시용으로 구성된 소형 풍경 파노라마처럼 한정되고 비현실적인 아름다움을 지니고 있었다. 천 년을, 아니 어쩌면 그 이상의 시간을, 일본인들은 값진 보석을 지키는 초라한 관리인처럼 살아왔다. 그들은 땅을 갈고 땅을 위해 삶을 바쳤으며, 그들 자신을 위해서는 아무것도 남기지 않았다. 열두 살의 어린 나이에도, 그는 일본 여자들의 얼굴이 미국 여자들의 얼굴과 다르다는 것을 알았다. 지금 돌이켜 생각해 보니, 일본 여자들에게는 자기들이 바랄 수 없는 기쁨에 관해 생각하는 욕망마저도 포기해 버린 사람들처럼, 그런 이상하게 초연한 동경 같은 것이 있었다.

아름다운 외관 뒤에 있는 것은 삭막함뿐이었고, 일본인들의 인생은 노역과 체념으로 점철되어 있었다. 그들은 추상적인 예술을 공들여 만들어 내고, 추상적으로 생각하고 추상적으로 말하며 철저한 침묵을 지키는 극도로 단순화된 의식을 고안하고, 세계 어느 나라 사람들보다 윗사람에 대한 외경심을 간직하고 사는 추상적인 사람들이었다.

그리고 일주일 전에, 그 생각 많은 사람들의 일 개 대대가 무섭게 악을 쓰면서 죽음의 돌격을 감행했던 것이다. 오, 그렇지. 일본에 가 본 적이 있는 미국인들이 일본인들을 유독 증오하는 이유를 와카라도 이해할 것 같았다. 전쟁 전에는 무언가 우수에 차고 매력적인 그들이었다. 그래서 미국인들은 그들에게 애완동물을 볼 때와 같은 감정을 느꼈다. 그런데 지금 그 애완동물에게 물린 격이 되어 분노하는 것이다. 그들의 대화, 정중한 둔사(遁辭), 겸연쩍은 웃음, 그 모든 것들이 돌연 다른 의미를 지니게 되었고, 전쟁이 시작되자 악의를 가득 담은 것으로 변했다. 일본인들은 내내 그들을 해칠 음모를 꾸며 왔던 셈이다. 그것은 도저히 용납할 수 없는 일이었다. 전쟁에서 목숨을 잃을 100만 명에서 200만 명의 일본 농민들 가운데 자기들이 도륙당하는 이유에 대해 어떤 견해를 가진 사람들의 수는 아마 손가락으로 꼽을 정도였을 것이다. 그런 사람들은 오히려 미군 내에 훨씬 많았을지도 모른다.

탕! 댈리슨의 카빈총이 또 한 번 총성을 울렸다.

하기야 그로서는 할 수 있는 일이 없었다. 미국은 결국 진격할 것이고, 이후 이삼십 년이 지나면 일본은 아마도 다시 예전과 똑같은 모습으로 돌아갈 것이고, 사람들은 그 예술적이고 추상적인 틀 속에서 살아가면서 또 한 번 광기 어린 희생 제의를 준비할지도 모른다. 200만 명이나 300만 명의 죽음. 그것이 동양인에 의해 맬서스의 법칙[22]이 확대된 형태였다. 와카라 자신도 그것을 느낄 수 있었고, 미국인들보다 더 잘 이해할 수 있었다.

이시마라는 바보였다. 그는 인구 밀도 같은 건 염두에 둔 적이 없었다. 그는 조상에게서 물려받은 두려움으로 지는 해를 바라보면서, 근시안적인 시선으로 그런 문제를 바라본 것이다. 붉은 해와 자신의 붉은 피, 이시마라가 알았던 건 바로 그것이었다. 그것이 일본인들에게 허용된 손쉬운 위안거리였다. 그들은 자기들을 움직이는 힘에 관해서는 아무것도 모르면서, 마음속 깊은 곳에서는, 일기라는 온전히 개인적인 공간 깊숙이에서는 생각에 잠긴 철학자들이었다. 와카라는 모래 위에 침을 뱉고는, 남의 시선을 의식하듯 황급히 손으로 덮고 바다 쪽으로 고개를 돌렸다.

모두가 바보들이었다.

그리고 이쪽에도 저쪽에도 속하지 않는 현명한 사람인 그는 외로운 인간이었다.

밀물이 시작되면서 댈리슨 소령이 카빈총을 쏘는 모래톱에 물이 차오르기 시작했다. 잔물결이 발목 주위에서 찰랑거리자 그는 한두 걸음 뒤로 물러나서 몸을 굽혀 자갈을 한 개

---

22) 토머스 맬서스(Thomas Malthus, 1766~1834)는 『인구론』(1798)에서 "인구는 기하급수적으로 증가하지만, 식량은 산술급수적으로 증가한다."고 말하고 "인구 증가가 빈곤, 악덕 등 사회악의 원인이 되므로 식량에 맞도록 인구를 억제해야 한다."고 주장했다.

더 집었다. 자갈을 던지고 쏘는 일을 벌써 거의 한 시간이 가까이 계속한 터라, 피로감이 느껴지기 시작했다. 그의 큰 가슴과 배가 햇볕에 붉게 익었고, 체모는 땀에 젖어 번들거렸다. 유일하게 걸친 면 반바지의 허리띠가 완전히 젖어 있었다. 그는 입속으로 무언가를 투덜거리며 손에 쥔 자갈들을 보다가, 그중 한 개를 골라 집게손가락과 엄지손가락으로 집어 들었다. 이어 그는 들소처럼 머리가 모래와 거의 평행이 되도록 몸을 앞으로 굽히고, 총구가 발가락 바로 앞쪽을 직각으로 겨냥하도록 카빈총을 잡았다. 머리가 거의 무릎에 닿도록 몸을 더 굽혔다가 갑자기 상반신을 획 일으켜 세우면서 왼손으로 자갈을 하늘에 던져 올리고 오른손으로 카빈총을 들어 올렸다. 푸른 하늘에 떠오른 작은 점 같은 자갈이 뒷가늠자에 잡히는 순간 그가 방아쇠를 당겼고, 자갈은 산산조각이 났다.

"좋았어." 댈리슨이 만족해서 소리치고는, 굵은 팔뚝으로 눈의 땀을 닦으면서 입가에 말라붙은 소금을 빨았다. 그는 벌써 네 번이나 자갈을 명중시켰다.

그가 자갈 한 개를 또 골라 같은 동작을 되풀이하면서 하늘에 던졌지만 이번에는 맞히지 못했다. "그래도 뭐, 평균 다섯 번에 세 번은 맞혔으니까." 그가 혼자 중얼거렸다. 그만하면 괜찮은 성적이었다. 아직 솜씨가 살아 있었다. 그는 고향 앨런타운의 사격 클럽에 편지로 이 사실을 알려야겠다고 생각했다.

스키트 사격[23]은 꽤 괜찮은 스포츠였다. 그는 돌아가면 그

---

23) 찰흙으로 만든 새의 모형을 공중으로 던져 올려 이를 명중시키는 경기.

걸 한번 해 봐야겠다고 생각했다. 카빈총으로 자갈 다섯 개 가운데 세 개를 맞힐 수 있다면, 눈이라도 가리지 않는 한 엽총으로 찰흙 과녁을 맞히지 못할 리 없었다. 총소리 때문에 귀가 조금, 하지만 기분 좋게 먹먹했다.

그가 100미터쯤 떨어진 물속에서 노는 콘과 도브에게 손을 흔들어 보였다. 잔물결이 또 한 번 그의 발목을 휘감았다. 사격 클럽에 편지를 쓰느니 사진을 보내는 편이 낫겠다는 생각이 들었다.

댈리슨이 돌아서서 장교들이 브리지 놀이를 하고 있는 해변 쪽을 살펴보았다. "어이, 리치, 자네 어디 있나?" 그가 고함쳤다.

갸름한 얼굴에 은테 안경을 쓴 키가 크고 호리호리한 장교가 모래 위에서 일어나 앉았다. "여깁니다, 소령님. 무슨 일이십니까?"

"자네 카메라 갖고 왔나?" 리치는 다소 찜찜한 표정으로 고개를 끄덕였다. "이리 좀 갖고 오겠나?" 댈리슨이 고함을 질렀다. 리치 대위는 작전부에서 그를 보좌하고 있었다.

리치가 건너오자 댈리슨이 그를 향해 씩 웃었다. 리치는 붙임성 좋고 일도 잘하고 기분도 잘 맞춰 주는 괜찮은 친구였다. "이보게, 리치, 내가 자갈 쏘는 장면을 한 장 찍어 주게."

"그건 좀 어려울 것 같습니다, 소령님. 이건 그냥 초라한 박스 카메라라서 말입니다. 셔터 스피드가 25분의 1초까지밖에 안 나옵니다."

댈리슨이 미간을 찌푸렸다. "뭐, 그 정도면 충분할 것 같은데."

"솔직히 말씀드리죠." 리치가 남부 억양이 실린 부드러운 음성으로 말했다. "찍어 드리고 싶지만 필름이 석 장밖에 안 남았습니다. 필름을 구하기가 좀 어려워서요."

"필름 값은 내가 내지." 댈리슨이 제안했다.

"아니, 그런 뜻이 아닙니다. 하지만, 저……."

댈리슨이 리치의 말을 가로막았다. "이봐, 리치, 그저 사진 한 장 찍어 달라는 거야. 어차피 저기 있는 친구들 찍으면 남은 필름 다 없어질 텐데 뭘 그러나?"

"알겠습니다, 소령님."

댈리슨이 활짝 웃었다. "좋아, 자, 이보게, 리치, 자넨 저기 모래톱으로 조금 나가서 우선 내 모습을 잘 잡아야 하네. 어디서 찍은 사진이라는 걸 내 친구들이 알아야 하니까 정글도 배경으로 넣어 주고. 아, 그리고 물론 공중에서 자갈이 박살 나는 순간도 포착했으면 하네."

리치가 곤란한 얼굴을 했다. "소령님, 그걸 다 잡을 수는 없습니다. 그렇게 하려면 각도가 90도는 돼야 하는데, 이 카메라 렌즈의 각도는 겨우 35도입니다."

"이보게, 그런 상세한 얘기까지 나한테 할 필요는 없네. 그깟 사진 한 장 찍는 데 뭐가 그리 까다로워?"

"소령님을 전면에 두고 소령님을 뒤에서 포착할 수는 있을 겁니다. 하지만 카메라 각도를 위로 기울여 자갈을 잡는다 해도 자갈이 너무 작아서 잡히지 않을 테니 필름만 버리게 됩니다."

"리치, 뭘 그리 복잡하게 그래? 나도 사진은 찍어 본 사람이야. 빌어먹을 셔터만 누르면 되는 거 아냐? 이제 군소리는 그만하게."

비참한 기분을 얼굴에 그대로 드러낸 채, 리치는 댈리슨의 뒤로 가서 쪼그리고 앉아 적절한 각도를 잡느라고 이리저리로 자리를 옮겼다. "소령님, 연습 삼아 자갈을 한번 던져 보시겠습니까?" 댈리슨은 자갈을 한 개 공중으로 던졌다. "연습은 이쯤 해 두지." 그가 못마땅한 어투로 말했다.

"좋습니다. 이제 준비됐습니다."

댈리슨은 몸을 굽혔다 펴면서 자갈이 포물선의 정점에 왔을 때 카빈을 발사했다. 총알이 빗나가자 그는 리치 쪽으로 돌아섰다. "한번 더 해 보세."

"그러죠." 리치가 마지못해 말했다.

이번에는 댈리슨이 자갈을 명중시켰으나 리치가 뒤늦게 반응하는 바람에 자갈의 파편들이 흩어진 뒤에야 셔터를 눌렀다. "이런 빌어먹을!" 댈리슨이 역정을 냈다.

"전 최선을 다하는 중입니다, 소령님."

"다음번엔 제대로 한 번 맞혀 보자고." 댈리슨이 손에 쥔 자갈들을 버리고 더 큰 것을 찾았다.

"이번이 마지막 필름입니다, 소령님."

"이번에야 성공하겠지." 댈리슨이 눈으로 들어간 땀을 또한 번 닦아 내고 몸을 굽혀 자기 무릎을 응시했다. 심장이 아까보다 조금 빨리 뛰었다. "총소리가 나는 즉시 셔터를 누르게." 그가 외쳤다.

"알겠습니다."

자갈이 올라가고 댈리슨의 총구가 그 뒤를 쫓았다. 자갈이 가늠쇠에 포착되지 않아 한순간 그는 가슴이 철렁했다. 그러나 아래로 떨어지기 시작한 자갈이 앞 가늠쇠에 포착되자 그는 본능적으로 총구를 그쪽에 맞추고 방아쇠를 당겼다. 개머리판의 반동을 느끼면서 그는 성공을 확신했다.

"이번에는 찍혔습니다, 소령님."

자갈 파편들이 떨어진 물 위에서 아직도 파문이 일고 있었다. "좋았어." 댈리슨이 기분 좋게 외쳤다. "리치, 고맙네."

"뭘요."

"필름 값은 내가 내지."

"그거야……."

"아냐, 내가 내겠어." 댈리슨이 말했다. 그가 카빈총에서 탄창을 뽑고 약실 속에 남아 있던 한 방을 허공에 쏘았다. "필름 석장에 25센트면 되겠지. 잘 나오면 좋겠는데." 그가 리치의 등을 토닥거렸다. "자, 이제 수영이나 같이 하세. 우린 그럴 자격이 있잖아."

수영이라면 얼마든지 환영이었다.

# 9

수색 소대는 전방에서 돌아온 후 다시 도로 건설 작업에 투입되었다. 전방의 중대들은 몇 차례에 걸쳐 진지를 전진시켰는데, 그들이 도야쿠 방어선 가까이 진출했다는 소문이 후방의 병사들에게도 들려왔다. 사실 후방의 병사들은 작전이 어떤 식으로 진척되고 있는지 거의 아는 바가 없었고, 별다른 사건 없이 하루하루가 되풀이되고 있는 터라 며칠 전에 벌어졌던 일들을 더 이상 분간해 낼 수가 없었다. 그들은 밤이 되면 보초를 섰고, 해 뜨기 삼십 분 전에 기상해서 아침을 먹고 각자 식기를 씻은 다음 면도를 하고 트럭에 올라타 정글을 지나 도로 건설 현장으로 이동했다. 그들은 정오에 돌아와서 점심을 먹고 다시 작업 현장으로 돌아갔다. 오후 늦게까지 일을 하고 돌아와 저녁을 먹고 야영지 바로 옆을 흐르는 개울에서 몸을 씻고 땅거미가 지면 곧 잠자리에 들었다. 그들은 밤마다 한 시간 반씩 보초 근무를 섰는데, 이제는 그것이 완전히 몸에 익었다. 그들은 중간에 깨지 않고 여덟 시간을 내리 잔다는 것이 어떤 것인가를 잊고 있었다. 우기가 시작된 다음부터는 늘 젖어서 지냈다. 얼마 후에는 그것도 더 이상 불편하게 느끼지 않았다. 옷이 젖어 있는 게 오히려 당연한 일로 여겨졌고 젖지 않은 군복을 입는 기분이 어땠는지를 기억하기가 힘들었다.

그들이 전방에서 돌아온 지 일주일쯤 지나서 우편물이 섬에 도착했다. 병사들이 몇 주 만에 처음으로 받는 편지들이었다. 하룻밤 동안 그들의 단조로운 일상에 변화가 생겼다. 흔치 않은 일이었지만 그날 밤에는 병사들에게 맥주가 배급되었다. 병사들은 배급받은 맥주 세 캔을 허겁지겁 비우고 나서 별말 없이 여기저기 모여 앉았다. 충분히 취하기에 맥주 세 캔은 부족한 양이었다. 그저 우울하고 생각만 많아질 뿐이었다. 온갖 추억의 문이 열리면서 그들은 슬픔과 무엇이라 이름 지을 수 없는 그리움에 빠졌다.

우편물이 온 날 밤, 레드는 윌슨, 갤러거와 맥주를 마시면서 어두워질 때까지 자기 천막으로 돌아가지 않았다. 그는 편지를 한 통도 받지 못했다. 일 년 이상 어느 누구에게도 편지를 해 본 적이 없는 그로서는 당연한 일이었지만, 그럼에도 마음 한구석에 실망감이 드는 건 어쩔 수가 없었다. 그는 로이스에게 편지를 보낸 적이 없고, 따라서 그녀로부터 소식을 들은 적도 없었다. 그녀는 그의 주소조차 몰랐다. 그러나 어쩌다 한 번씩, 보통 우편물이 배포되는 밤이면, 순간적으로 말도 안 되

는 기대를 하곤 했다. 로이스와는 이미 끝난 사이였지만 그래
도……

다른 병사들과 함께 있는 동안 그의 우울감은 더욱 심해졌
다. 갤러거는 아내의 질문에 답을 하기 위해 아내에게서 온 열
다섯 통의 편지를 훑어보면서 편지를 썼고, 윌슨은 자기 마누
라에 대해 불평을 늘어놓았다. "절대 잊지 못할 만큼 그렇게
잘해 줬는데 말이야, 이제 와서는 봉급 좀 떼어서 보내 주지
않는다고 늘 앙앙대는군."

"넌 언젠가 감옥에서 죽을 거야." 레드가 그를 타박했다.

자기 천막으로 돌아왔을 때, 그의 기분은 매우 가라앉아 있
었다. 입구에서 빈 맥주 캔을 걷어차고 호 속으로 기어 들어갔
다. 그는 어둠 속에서 말려 있던 담요를 바로 펴면서 투덜거렸
다. "빌어먹을 군대라는 게 그렇지. 겨우 맥주 세 캔이라니. 사
람 놀리는 것도 아니고." 그가 와이먼에게 말했다.

와이먼이 침구에서 돌아눕더니 부드럽게 말했다. "난 한 캔
밖에 안 마셨어. 남은 두 캔은 네가 마셔, 레드."

"아, 고마워." 레드는 망설였다. 같은 천막에서 잠을 자는
동안 두 사람 사이에는 어떤 암묵적인 우정이 싹터 왔지만, 최
근 들어 와이먼이 그에게 드러내 놓고 친절을 베푸는 일이 잦
았다. 너희와 우정이 싹트려고 하면 죽어 버린단 말이야, 하고
레드는 생각했다. 와이먼은 갈수록 헤네시를 연상시켰다. "너
도 맥주 잘 마시잖아. 당분간은 배급이 없을걸." 그가 말했다.

"아냐, 난 맥주를 별로 좋아하지 않아."

레드는 캔 하나를 따서 와이먼에게 건넸다. "그럼 한 캔씩

마시자." 혼자서 두 캔을 다 마시면 몽롱한 술기운 덕에 쉽게 잠을 이룰지도 몰랐다. 전방으로 행군한 날 밤 이래, 레드는 지속적인 신장 통증 때문에 밤에 잠을 이룰 수가 없었다. 그렇게 불면증에 시달리다 보니, 일본군 병사의 총검이 등에 꽂히기를 기다리던 순간이 자꾸만 머릿속에서 재연되곤 했다. 아무리 그래도 맥주 두 캔은 지나치게 큰 선심이었다. 이 정도면 와이먼에게 빚을 지는 셈이었다. 어쨌든 남의 신세는 안 지는 편이 나았다.

두 사람은 한동안 말없이 맥주를 마셨다. "편지 많이 오지?" 레드가 물었다.

"어머니한테서 한 묶음 왔어." 와이먼이 담배를 피워 물더니 고개를 돌렸다.

"이름이 뭐였더라, 그 여자 친구한테서는?"

"모르겠어. 편지가 통 안 와."

어둠 속에서 레드는 얼굴을 찌푸렸다. 분위기를 보고 눈치를 챘어야 했다. 맥주를 양보하질 않나, 혼자 천막 안에 틀어박혀 생각에 잠겨 있질 않나. 와이먼에게 무슨 문제가 있다는 것쯤은 눈치채고 알아서 대화를 피했어야 했다. "뭐, 곧 오겠지." 레드가 불쑥 말했다.

와이먼이 담요를 만지작거렸다. "레드, 도무지 이해할 수가 없어. 해외로 나온 후로는 그 여자한테서 편지가 한 통도 안왔어. 미국에 있을 땐 매일 받던 편진데 말이야."

레드가 맥주를 입안에 한 모금 머금었다가 삼켰다. "아, 그건 군의 우편망이 엉망이라서 그래." 그가 말했다.

"나도 전에는 그렇게 생각했어. 하지만 이젠 그렇게 생각 안 해. 보충대에 있을 때는 편지가 오리라고 기대도 안 했지만, 이곳에 온 후로 우린 우편물을 두 번 받았어. 그때마다 어머니한테서는 편지가 여러 통 왔지만 여자 친구한테서는 한 통도 없었거든."

레드가 코를 만지작거리며 한숨을 쉬었다.

"솔직히 말할게, 레드. 사실 지금은 여자 친구한테서 편지가 올까 봐 두려워. 헤어지자는 내용일 것 같아서."

"이봐, 세상에 여자는 많아. 어차피 알게 될 일이라면 빨리 아는 게 널 위해서도 좋아."

와이먼의 목소리에서 그가 느끼는 혼란과 아픔이 전해졌다. "레드, 그 여자는 그런 여자가 아니야. 정말로 좋은 여자야. 뭐라고 꼬집어 말할 수는 없지만, 좀 다른 데가 있는 여자라고."

레드는 입속으로 혼자 투덜거렸다. 와이먼의 기분이 그를 거북하게 만들고 있었다. 그는 자기가 와이먼의 푸념을 들어줄 수밖에 없음을 알고 있었다. 그는 맥주를 조금 마시고는 쓴 웃음을 지었다. 이 빌어먹을 맥주 값을 하는 셈이구나, 하는 생각이 들었다. 그러나 상심해서 저녁 내내 혼자 있던 와이먼의 모습이 불현듯 떠오르자 마음이 누그러졌다. "그저 이렇게 혼자 앉아 생각에 골몰하는 건 괴로운 일이야." 그가 말했다. 그가 애써 끄집어내는 동정심도 온전한 것은 아니었다. 대개의 경우 그는 남의 불행에 관심이 없었다. 모두가 자기 몫의 불행을 겪기 마련이고, 지금은 와이먼의 차례일 뿐이라고 생각했다.

"그 여자를 어떻게 만났지?" 그가 물었다.

"아, 내가 왜 래리 네스빗이라는 친구 이야기를 했던 거 기억나? 그 친구 여동생이었어."

"그렇군." 레드도 어렴풋이 기억이 났다.

"그 친구 집에 갈 때마다 그녀를 봤지. 워낙 어려서 전혀 관심이 없었어. 그러다가 입대하기 두어 달쯤 전에 갔는데, 친구가 집에 없었어. 그리고 여동생이 눈에 들어왔지. 어느새 꽤 성숙해졌더군. 그래서 그녀더러 산책이나 같이 하자고 청했지. 우리는 공원에 앉아 이야기를 나눴어. 그리고……." 와이먼이 말을 멈췄다. "나는 그녀에게 많은 이야기를 했어. 글쎄, 나도 몰라. 우리는 그냥 거기 공원 벤치에 앉아 있었어. 내가 스포츠 기자가 되고 싶다고 했더니 자기는 의상 디자이너가 되고 싶다고 하더군. 그 말에 내가 웃었는데, 웃다 보니 그 말이 농담이 아니라는 생각이 들었어. 우리는 오랫동안 앞으로 뭘 하고 싶은지에 대해 이야기했지." 그가 맥주를 몇 모금 삼켰다.

"많은 사람들이 우리 앞을 지나갔어." 와이먼이 말했다. "우리는 게임을 시작했지. 지나가는 사람들의 나이와 직업을 맞히는 게임 말이야. 그녀는 그 사람들이 행복한지 아닌지를 짐작해 보려 했어. 그러고 나서는 우리 친구들을 일일이 분석하기 시작했지. 우린 정말 많은 이야기를 나눴어."

레드가 씩 웃었다. "그러다가 넌 그 여자한테 '날 어떻게 생각해?'라고 물었겠지."

와이먼이 놀란 얼굴로 그를 보았다. "그걸 어떻게 알았어?"

"아, 그냥 짐작해 본 거야." 레드는 고향 마을 큰길 끝에 있던 공원을 기억에 되살리고 있었다. 잠시 그는 아그네스의 얼굴을 눈앞에 그려 보았다. "난 하느님을 믿지 않아."라고 말하던 자신의 음성이 들리는 것 같았다. 어쩐지 그리운 기분이 들어, 그는 혼자 미소를 지었다. 그날 밤에는 두 번 다시 느끼지 못할 어떤 독특한 아름다움이 있었다. "여름이었지?" 그가 와이먼에게 물었다.

"그래, 초여름이었어."

레드는 다시 미소를 지었다. 젊어서는 누구나 경험하는 일인데 다들 특별한 것으로 생각한단 말이야, 하고 생각했다. 와이먼은 아마 수줍음 많은 젊은이였을 것이다. 레드는 공원에서 아무에게도 할 수 없었던 이야기들을 한 소녀에게 하고 있는 와이먼의 모습을 상상해 보았다. 소녀도 물론 와이먼과 비슷한 심정이었으리라. "네가 무슨 말을 하는지 알아." 레드가 말했다.

"그녀는 날 사랑한다고 했어." 레드가 웃음을 터뜨릴 거라 예상하는 듯 와이먼이 레드에게 도전하듯이 말했다. "그날 밤이후로 우리는 꾸준히 만났어."

"어머니의 반응은 어땠는데?"

"어머니는 별로 마음에 안 들어 하셨지만 그 점은 걱정하지 않았어. 어머니 마음은 내가 돌릴 수 있으니까."

"그런 일도 만만치 않을 때가 있어." 레드가 말했다. "어떤 어려움이 닥칠지 넌 몰라."

와이먼이 고개를 저었다. "레드, 있잖아, 바보 같은 소리로 들리겠지만, 클레어를 만나고부터는 나도 특별한 사람이 될 수 있다는 자신감이 생겼어. 데이트를 마치고 나면 한동안 혼자서 돌아다니곤 했는데, 왠지는 모르지만 언젠가는 나도 큰 인물이 될 거라는 느낌이 그냥 드는 거야. 확신 같은 거." 그는 자기가 한 말에 취해서 잠시 침묵했다.

레드는 대답을 주저하며 할 말을 골랐다. "글쎄, 많은 사람들이 그런 식으로 느끼니까."

"아냐, 레드, 우리 경우는 달랐어. 정말 특별했다고."

레드는 또 한 번 대답을 망설였다. "글쎄, 많은 사람들이 그렇게 느끼지만, 결국 무슨 일이 생겨 헤어지거나 애정이 식어 버리더라고."

"레드, 우린 끝난 게 아닐 거야. 클레어는 날 사랑했단 말이야." 그는 자기가 방금 한 말에 대해 생각해 보고, 얼굴이 굳어졌다. 그가 몸에 담요를 두르고 나서 다시 입을 열었다. "레드, 클레어가 지금껏 날 속였을 리는 없어. 그런 여자가 아니야. 하찮은 여자가 아니란 말이야." 그가 잠시 조용해지더니 불쑥 한마디를 던졌다. "설마 그녀가 내게 거짓말을 한 건 아니겠지, 그렇지?"

"그런 건 아닐 거야." 레드가 말했다. 그는 마음이 아팠다. "그녀가 거짓말을 하진 않았겠지만, 사람은 변하는 거니까."

"클레어는 달라." 와이먼이 말했다. "우리는 남들과 달랐어." 그의 음성에는 자신의 감정을 말로 표현할 수 없는 데서 오는 답답함이 배어 있었다.

레드는 와이먼이 그 소녀와 결혼할 경우 부양해야 할 그의 어머니를 생각해 보았다. 그리고 그런 생활에 따르는 모든 것들이 빠르게 그의 머릿속을 스쳐 갔다. 말다툼, 돈 걱정, 조금씩 마모되어 사라지는 청춘, 그리고 결국은 공원에서 그들 앞을 지나갔던 사람들과 똑같은 모습이 될 두 사람. 레드가 보기엔 모든 게 빤했다. 와이먼은 이 소녀가 아닌 다른 어느 소녀를 만나게 되겠지만, 그건 상관이 없었다. 어차피 두 소녀 모두 삼십 년 후에는 같은 모습일 것이고, 와이먼은 결코 기대만큼 출세하지 못할 테니 말이다. 와이먼의 앞날이 눈에 보이는 듯해서, 그는 마음이 몹시 안 좋았다. 그는 와이먼에게 그래 봐야 소용없다는 사실보다 좀 더 위안이 되는 말을 해 주고 싶었다. 그러나 결국 아무 말도 생각해 내지 못하고 담요 밑에서 편안히 자리를 잡았다. 등에 계속 통증이 느껴졌다. "잠이나 자면서 기분 좀 돌리도록 해." 그가 말했다.

"그래 알았어." 와이먼이 중얼거렸다.

재발하는 신열처럼, 레드는 연령과 비애와 분별력에서 오는 익숙한 고뇌를 다시 느꼈다.


크로프트와 마르티네즈도 편지를 받지 못했다. 그들에게는 편지가 온 적이 없었다.

리지스는 아버지로부터 편지를 한 통 받았다. 싸구려 괘지 위에 힘주어 쓴 편지라 연필 자국이 깊게 파여 있었다. 리지스는 골드스타인에게 편지를 건네며 읽어 달라고 부탁했다.

편지 내용은 이러했다. "사랑하는 아들아, 우리 모두 널 보고 시퍼 한단다. 수확이 끈나서, 우린 살아갈 수 잇을 만큼 돈을 버럿다. 다 주님 덕분이지. 심은 키가 15센티미터나 자랏는데, 네 동생들이 잘 돌보아 주고 잇다. 너의 엄마는 잘 잇다. 헨리 노인이 3에이커나 되는 땅을 뺏겨서 안타깝지만, 회사가 하는 일인데 별수 잇겟니? 네가 보내 주는 돈은 고맙게 잘 쓰고 잇다. 다들 네가 착한 아들이라고 칭찬한단다. 너의 아버지로부터."

"훌륭한 편지야." 골드스타인이 읽기를 끝내자 리지스가 말했다. "아버지는 편지를 잘 쓰셔."

"아주 좋은 편지야." 골드스타인이 말했다. 그는 아내가 보내온 몇 통의 편지들 가운데 한 통의 마지막 구절을 다시 한 번 읽어 보았다. "대니가 어제 당신에 대해 물었어요. 그동안 아빠는 군대에 있다고 줄곧 말해 줬거든요. 그 애는 당신을 한 번도 잊어 본 적이 없어요. 얼마나 귀여운지 몰라요. 오, 조이, 당신이 옆에서 그 애가 자라는 걸 지켜볼 수 있다면, 그보다 좋은 일이 또 있을까요? 어제는 그 애가 '아빠 빵야빵야 하는 데서 언제 와?'라고 묻더군요. 웃어야 할지 울어야 할지 모르겠더라고요. 매니 스트라우스가 대니 사진을 몇 장 찍어 주겠다고 약속했어요……."

골드스타인은 맥주를 한 모금 마셨다. 미치도록 가족이 그리웠다.


이튿날 아침, 윌슨은 갤러거더러 아내에게서 온 편지들 중 한 통을 한 번 더 읽어 달라고 부탁했다. 그는 갤러거가 편지를 읽어 주는 동안 몇 번이나 화가 나서 웃었다.

"이젠 더 이상 못 참아요. 내가 당신에게 조은 아내였다는 거 당신도 알자나요. 당신이 돈 달라고 할 때 내가 안 준 적 있어요? 이제 나도 당신에게 매달 120달러를 보내 달라고 요구할 권리가 잇어요. 군 사무소에 가서 웨스 홉킨스를 만나 의논햇더니 당신이 그 정도의 돈은 보내야 한다고 하더군요. 군대에서 하는 일이니 당신도 어쩔 수 업는 일이래요. 당신이 보내지 안으면 내가 군대에 편지를 쓸 거예요. 웨스가 방법도 다 가르쳐 주고 주소도 알려 줏어요. 당신가치 이해심 업는 남자의 착한 아내 노릇 하는 것도 이제 아주 질렷어요……."

"자, 이제 너도 그년이 어떤 년인지 알겠지?" 월슨이 말했다. 그는 화가 나서 답장을 어떻게 써 보내야 할지 고민했다. "오늘 밤 편지 한 장만 써 줘. 그년한테 그따위 수작 부리면 재미없다고 말해 줄 거야." 그가 직접 문장 몇 개를 만들어 보았다. "말해 두지만, 마누라답게 얌전히 굴어야 할 거야. 그런 난리법석이나 잔소리 따윈 그만둬. 안 그러면 빌어먹을 당신한테는 영영 돌아가지 않을 거니까." 그는 '빌어먹을'이라는 말은 빼기로 했다. 월슨은 편지에 욕을 쓰는 것에 대해 막연한 편견을 갖고 있었다. "당신도 알다시피 나한테 오겠다는 여자는 얼마든지 있어. 난 남자에게서 마지막 한 푼까지도 우려내야 직성이 풀리는 여자는 참을 수가 없거든. 군대에서도 돈이 필요하니 내가 갖는 건 당연한 거야. 그러니 돈 이야기는 더 이상 듣고 싶지 않아." 월슨은 씁쓸한 기분으로 자기가 화를 내는 건 정당하다고 생각했다. 그는 문장을 만드는 일에 기분 좋게 도취되어, 머릿속으로 그녀에게 할 이런저런 말을 떠올려 보았다. 신랄한 말이 생각날 때마다 짜릿한 흥분이 느껴졌다.

그는 천막 입구의 호 가장자리에 걸터앉아 실눈을 하고 해를 쳐다보았다. "또 한 여자는 괜찮아." 그가 갤러거에게 말했다. "지난번 그 여자한테서 온 편지를 레드가 읽어 줬는데, 내가 캔자스로 돌아와 자기랑 결혼해서 함께 남쪽으로 가게 될 날만을 기다린다는군. 그게 여자지. 나를 위해 요리를 하고 옷을 깁고 토요일 사열 때면 셔츠에 풀을 먹여 다려 줬지. 또 잠자리에선 얼마나 잘해 줬다고."

갤러거가 혐오감과 질투심이 뒤섞인 감정으로 침을 탁 뱉었다. "넌 정말 개새끼야. 네가 그렇게 그 여잘 좋아한다면, 네가 이미 결혼한 몸이라는 걸 말해서 여자에게도 기회를 줘야하는 거 아냐?"

윌슨은 마치 이런 얼간이를 보았나 하는 표정으로 갤러거를 쳐다보았다. "이런, 젠장. 내가 왜 그 여자한테 그걸 말해? 제대하고 나서 내 마음이 어떻게 변할 줄 알고? 캔자스로 가서 그 여자랑 살림을 차릴 수도 있지만, 사람 일이 어떻게 될지 알 게 뭐야. 내가 만약 사실대로 말했는데, 막상 제대하고 나서 그 여잘 찾아갔을 때 없으면 내 꼴이 뭐가 되겠어?" 그가고개를 젓더니 킬킬거렸다. "여자한테는 될 수 있는 한 말을 적게 하는 게 좋아."

갤러거가 벌컥 화를 냈다. "빌어먹을 사기꾼들 같으니. 너희는 다 짐승들이야."

"쳇!"

갤러거는 속이 부글부글 끓었다. 윌슨 같은 녀석들은 인생을 자기 편할 대로 아무렇게나 살면서 남에게 피해를 입히고 있었다. 그건 공평하지 않았다. 그는 화도 나고 부럽기도 해서 정글 쪽으로 고개를 돌렸다.

얼마 후 마음을 가라앉힌 그는 자기에게 온 편지들을 다시 훑어보기 시작했다. 전날 밤에는 아내에게서 온 편지들을 읽을 시간밖에 없었다. 모두 오래된 편지들이었다. 가장 최근의 편지가 한 달 전의 것일 정도였다. 그는 어쩌면 지금쯤 자기가 아버지가 되어 있을지도 모른다는 말을 되뇌며 깜짝깜짝 놀라곤 했다. 그녀가 해산 예정일로 언급한 날짜가 며칠 전에 지났지만, 그는 도무지 그 사실을 믿을 수가 없었다. 그녀가 편지에 쓴 일들이 그가 편지를 읽는 그날에 벌어지는 일들처럼 느껴졌다. 편지에서 아내가 다음 날 친구 집을 방문할 거라는 구절을 읽으면, 편지를 읽은 다음 날엔 지금쯤 메리가 친구와 시간을 보내고 있겠구나, 라고 생각하곤 했다. 이성은 그렇지 않다고 늘 그에게 일렀으나, 그래도 여전히 그는 자기가 그녀의 편지들을 읽는 바로 그 순간에 아내가 그 편지의 내용대로 생활하고 있다고 느꼈다.

이제 그는 나머지 우편물들을 읽고 있었다. 어머니에게서 온 편지를 대충 읽고 나서 위티 라이든에게서 온 편지 중 재미있는 구절들을 윌슨에게 읽어 주었다. 이어 그는 길고 두툼한 봉투를 열고 신문을 꺼냈다. 8페이지짜리 타블로이드판으로 인쇄가 엉망인 신문이었다. "나도 이 신문의 일을 했었지." 그가 윌슨에게 말했다.

"네가 기자였는 줄은 몰랐네."

"아니, 이건 정치적인 거야. 당 본부에서 예비 선거 전에 내는 신문이지." 그가 날짜를 확인해 보니 6월에 나온 것이었다. "아주 오래된 거군." 그가 말했다. 발행인난의 이름들을 확인하는 순간 괴로울 정도로 부러운 마음이 들었다. 군에 입대하지 않은 친구들 가운데 한 사람이 광고 책임자가 되어 있었다. 갤러거는 그것이 무엇을 의미하는지 잘 알았다. 입대하기 전마지막 예비 선거 때, 그는 자기 구역에서 집집마다 방문을 하며 신문을 위한 기부금을 걷었다. 기부금을 가장 많이 걷은 사람이 광고 책임자로 불렸고, 보통 그 사람은 구역 안의 교육위원회에서 일자리를 얻었다. 갤러거는 겨우 몇 백 달러 차이로 그 기회를 놓쳤지만, 다음 해에는 틀림없이 가장 많은 기부금을 걷을 거라는 말을 들었다.

"군에 들어온 것부터 벌써 재수 없는 일이었지." 그가 쓸쓸하게 말했다. 그는 신문을 읽기 시작했다. 머리기사가 그의 시선을 끌었다.

9구역의 독선가 앤드루스
그를 몰아내자!

지난번 주 의회 선거에 출마했을 때처럼 앤드루스는 이번에도 큰소리를 치고 있다. 기억하는가? 그때 그는 앤드루스와 공산주의의 대결이라는 슬로건을 들고 나왔었다. 그런데 그가 공산당에 맞서 무엇을 했는가? 우리가 알기론 아무것도 한 게 없다. 그의 선거 운동원 가운데 한 명은 CIO[24]의 부위원장이었고, 또 다른 운동원은 코글린 신부에게 반기를 들고 가톨릭교도인 프랑코를 배척하려 한 뉴욕 반(反)나치 연맹의 이사였다.

그러니 지미 앤드루스여, 현재는 옛날 같지 않음을 명심하고, 대중이나 재향 군인을 우롱하지 말며, 입 밖에 낸 말은 반드시 지키라. 재향 군인을 원호(援護)하고 우롱하지 말라. 우리 모두는 그대 지미 앤드루스의 속셈을 간파하고 있다. 9구역의 유권자들은 독선가를 원치 않는다. 그러므로 주변에 어떤 사람들이 있는지 잘 경계하라. 당은 그대 같은 인물을 필요로 하지 않는다. 우리는 그대의 낡은 수법을 잘 알고 있다.

독선가들은 물러가라.
공산당은 물러가라.
앤드루스를 몰아내자.

갤러거는 신문을 읽으면서 은근히 부아가 났다. 우선 경계해야 할 놈들이 바로 이런 빌어먹을 공산주의자들이란 말이야. 그가 트럭 운전수로 일하고 있을 때, AFL[25]이 운송 노동자들을 노조에 가입시키려고 했던 일이 기억났다. 그는 그 사실을 지역구 본부에 알렸는데, 그러자 그 노조 조직원은 다시 나타나지 않았다. 거기에는 뭔가 이상한 점이 있었다. 당 내에

---

24) Congress of the Industrial Organization. 산별조합회의.
25) American Federation of Labor. 미국노동총연맹.

좌익 노조와 관계하고, 빅 조 더미나 지미 앤드루스 같은 자들과 어울리는 사람들이 있다는 걸 그도 눈치채고 있었다. 그런데 당은 독선가들을 처리할 의지가 없다고 갤러거는 생각했다. 바로 그런 놈들이 항상 그의 앞길을 막고 있으니 그가 출세를 못한 것도 놀랄 일이 아니었다. 위티 라이든을 생각하니 부러워서 속이 쓰렸다. 자기가 이런 곳에서 썩고 있는 동안 남들은 모두가 그보다 앞서 나가고 있었다. 세상엔 믿을 놈이 하나도 없었다. 자기한테 이득이 되면 서로가 서로를 잡아먹는 세상이었다.

그가 신문을 접어 주머니에 쑤셔 넣었다. 크로프트가 부르는 소리에 병사들은 천막에서 나와 자기들을 도로 건설 현장으로 싣고 갈 트럭 쪽으로 걸음을 옮겼다. 동이 튼 지 한 시간밖에 안 된지라 아침 공기가 신선했다. 아직은 더위가 느껴지지 않았다. 갤러거는 일터로 나갈 때 여름의 이른 아침에 대해 막연히 생각했다. 밤사이 식은 포장도로가 아직은 시원하고 신선했다. 트럭에 오를 때 그는 신문에 대해선 잊어버리고 노래를 흥얼거렸다.

야전 책상 두 개가 갖춰진 피라미드형 천막을 사용하는 우편국에서는, 우편 담당관이 주소가 잘못된 편지들을 정리하고 있었다. 그 가운데는 헤네시 앞으로 온 편지 스무 통이 가늘게 꼰 실로 한데 묶여 있었다. 이 편지 다발은 책상 한구석에 여러 시간째 놓여 있었다. 마침내 그의 시선이 그 편지 다발에 닿았다. 연대 병사들의 이름을 모두 기억하는 걸 자랑으로 여기는 우편 담당관은 헤네시라는 이름을 기억할 수 없어 짜증이 났다.

"헤네시는 본부 중대에서 다른 곳으로 전속됐나?" 그가 조수에게 물었다.

"모르겠는데요. 귀에 익은 이름인데." 조수가 잠시 생각하더니 입을 열었다. "가만있자, 기억이 납니다. 우리가 상륙한 날 죽은 친굽니다." 조수는 담당관이 잊은 걸 기억해 내어 기분이 좋았다.

"그래, 그렇군." 담당관이 얼른 말했다. "해변에서 바로 당했지. 브라운과 이 일을 이야기했었어." 그는 실로 묶은 편지 다발을 보면서 한숨을 쉬고는, 그 위에 "수취인 전사"라고 새겨진 도장을 찍었다. 그가 그 편지들을 발밑에 놓인 부대에 넣으려는데, 발신인 주소가 눈에 들어왔다. 봉투를 살펴보니 발신인 주소가 모두 동일했다. "어이, 이것 좀 봐." 그가 조수에게 말했다.

봉투의 발신인 주소는 "인디애나 주, 타쿠체트, 리버데일가 12번지. 아빠와 엄마"였다. 조수는 주소를 소리 내어 읽고 나서, 잠시 머리가 하얗게 새어 가는 혈색 좋은 노부부, 청량음료와 구강 청결제와 치약 광고에서 흔히 볼 수 있는 엄마와 아빠의 모습을 떠올렸다. "이런, 안됐군요." 그가 말했다.

"정말 안됐어."

"여러 가지 생각이 드네요." 조수가 말했다.

점심을 먹고 천막 안에 앉아 있는 갤러거를 크로프트가 불렀다. "무슨 일이야?" 갤러거가 물었다.

"군종 신부가 너 좀 오란다." 크로프트가 물었다.

"무슨 일로?"

"난들 아나?" 크로프트가 어깨를 으쓱했다. "일단 가서 만나 보는 게 어때? 돌아올 때쯤이면 우리는 떠나고 없을 테니 네가 오후에 경계 보초를 서."

갤러거는 야영지를 가로질러 군종 신부의 천막 앞에서 걸음을 멈췄다. 가슴이 빠르게 뛰었다. 그는 마음속의 기대감을 억누르려 애썼다. 아노포페이에 상륙하기 전, 그는 군종 신부에게 조수가 또 한 사람 필요하지 않은지 물었고, 신부는 그 문제를 생각해 보겠다고 약속한 바 있었다. 신부의 조수가 된다는 것은 전투에 참가하지 않아도 된다는 의미였다. 그는 그런 가능성을 여러 번 꿈꿨었다.

"안녕하십니까, 리어리 신부님." 그가 말했다. "저를 찾으신다고 들었습니다." 그의 음성은 정중하지만 어색했다. 혹시라도 상스러운 말이 튀어나올까 봐 신경을 쓰느라 땀이 났다.

"앉게, 갤러거." 리어리 신부는 옅은 색 머리칼에 키가 크고 호리호리한 중년의 남자로, 그의 목소리는 사람을 편안하게 해 주었다.

"무슨 일이시죠, 신부님?"

"괜찮으니 우선 담배나 한 대 피우게." 리어리 신부가 담배에 불을 붙여 주었다.

"자넨 집에서 편지가 많이 오겠지, 갤러거?"

"아내가 거의 매일같이 편지를 씁니다. 지금 해산할 때가 되었지요."

"그렇군." 리어리 신부는 잠시 말이 없었다. 그는 손가락으로 입술을 만지작거리다가 불쑥 의자에 앉았다. 그는 갤러거의 무릎에 한 손을 올려놓았다. "사실은 아주 좋지 않은 소식이 있네."

갤러거는 갑자기 오싹한 느낌에 휩싸였다. "무슨 소식입니까, 신부님?"

"있잖나, 갤러거, 세상에는 우리가 이해하기 힘든 일이 아주 많아. 하지만 당장은 이해가 안 되더라도, 우리는 그저 그것이 옳은 일임을, 거기에는 그만한 이유가 있음을, 하느님은 이해하시고 보시고 가장 좋은 일을 하심을 믿어야 하네."

갤러거는 불안감을 느끼다가 덜컥 겁에 질렸다. 별의별 생각들이 다 머릿속을 스쳐 갔다. 그가 불쑥 물었다. "제 아내가 절 버리고 떠난 건 아니겠죠?" 그 말을 하고 나니 곧 부끄러운 생각이 들었다.

"아닐세, 집안에 죽은 사람이 있네."

"어머닙니까?"

리어리 신부가 고개를 저었다. "부모님은 아닐세."

갤러거는 아이가 사산된 거라고 생각했다. 순간적으로 마음이 놓였다. 그건 그래도 견딜 만해, 하는 생각이 머릿속을 스쳤다. 다시금 그는 리어리 신부가 조수 일을 맡기려고 그를 부른 게 아닐까 하고 생각했다.

"안됐지만, 자네 부인이 세상을 떴네."

신부의 말이 갤러거를 무감각하게 스치고 지나갔다. 그는 아무런 반응도, 아무런 생각도 없이 거기 그렇게 앉아 있었다. 벌레 한 마리가 천막의 접힌 자락들 사이로 날아 들어와 앵앵거렸고, 그는 그것을 지켜보았다. "뭐, 라고요?" 그가 물었다.

"갤러거, 자네 부인이 해산을 하다 목숨을 잃었네." 리어리 신부가 시선을 피했다. "다행히 아이는 살았어."

"메리는 몸집이 크지가 않았어요." 갤러거가 말했다. '죽었다'라는 말의 의미가 점차 분명해졌다. 지금의 그에게 죽음은 한 가지 의미밖에 없었다. 구덩이 안에서 죽은 일본군 병사처럼 몸을 비틀고 경련을 일으키는 메리의 모습이 눈앞에 떠올랐다. 몸이 걷잡을 수 없이 떨리기 시작했다. "죽었어." 그가 말했다. 그 말에는 아무런 의미도 없었다. 그는 무감각한 상태로 앉아 있었다. 그의 생각이 마음속 깊숙이 어느 안전한 구석으로 숨어 들어가, 신부의 말들은 마비된 뇌의 표면에 추상적으로 부딪혀 올 뿐이었다. 잠시 별 관심도 없는 누군가에 대한 이야기를 듣고 있는 듯한 착각이 들었다. 이상하게도, 그는 정신을 바짝 차려서 신부에게 좋은 인상을 남기자는 생각만 속으로 되뇌고 있었다. "오오." 마침내 그가 입을 열었다.

"나도 아직 자세한 보고를 받지 못했네만, 소식이 더 들어오는 대로 자네에게 알려 주겠네. 집에서 멀리 떠나 있느라 사랑하는 사람의 마지막 모습을 보지 못한다는 건 정말 괴로운 일이지."

"네, 괴로운 일입니다, 신부님." 갤러거는 반사적으로 그렇게 대답했다. 동이 터 올 때처럼, 서서히 주위의 사물들이 분간되고, 방금 들은 소식이 의미를 형성하기 시작했다. 그의 머리는 그에게 뭔가 나쁜 일이 일어났다고 말하고 있는데, 그는 메리가 그 소식 때문에 걱정하면 안 되는데, 하는 생각을 했다. 메리는 걱정하지 않으리라는 생각이 갑자기 들자, 그 모순 앞에서 그는 뒷걸음질 쳤다. 그는 신부가 앉아 있는 의자의 목질(木質)을 멍하니 바라보았다. 그는 교회에 와 있는 것 같은 기분이 들어, 기계적으로 자기 손을 보며 엄숙한 표정을 지으려고 애썼다.

"삶은 계속되는 걸세. 자네 아이가 목숨을 건진 것도 의미가 없는 일은 아닐 거야. 원한다면 아이를 누가 돌보게 될 지 알아봐 주겠네. 어쩌면 휴가도 주선할 수 있을 거야."

갤러거는 기운이 났다. 아내를 보게 되는구나. 그러나 메리는 이미 이 세상에 없지 않은가. 이번에는 그의 마음도 그리 멀리 뒷걸음질 치지 않았다. 그는 거기에 앉아 아침에 트럭에 오를 때 햇빛이 얼마나 기분 좋았던가를 생각했다. 그는 자기가 그 순간으로 되돌아가고 싶어 한다는 것을 막연히 알아차렸다.

"용기를 가져야 하네."

"네, 신부님." 갤러거가 자리에서 일어났다. 발바닥으로는 아무런 감각도 느낄 수 없었고, 입을 문질러 보니 부어올라 있어 손가락이 닿는 부분에 이물감이 느껴졌다. 의사는 틀림없이 빌어먹을 유대 놈이었을 거야, 하고 그는 생각했다. 그런 다음 그 생각은 곧 잊었다. 그러나 그것은 그가 정당한 입장이라는 기분 좋은 만족감을 남겼다. "감사합니다, 신부님." 그가 말했다.

"천막으로 가서 좀 눕게." 리어리 신부가 말했다.

"알겠습니다, 신부님." 갤러거는 야영지를 가로질러 걸었다. 병사들이 작업하러 나간 터라 야영지는 거의 비어 있었다. 덕분에 그는 아늑한 고독감에 잠길 수 있었다. 천막에 이른 그는 호 속으로 뛰어내려 담요 위에 누웠다. 극도의 피로감 외에는 아무 느낌도 없었다. 머리가 아파 오자, 그는 구급약 주머니에서 아타브린[26]을 한 알 꺼내 먹을까 막연히 고민했다. 말라리아에 걸렸을지도 모른다는 생각이 들었다. 신혼 때 음식이 담긴 접시를 그의 앞에 갖다 놓던 메리의 얼굴이 떠올랐다. 메리의 손목은 아주 가늘었다. 그녀의 팔뚝에 난 금빛 털이 아직도 눈에 선했다.

"의사란 놈이 틀림없이 빌어먹을 유대 놈이었을 거야." 그가 소리를 내서 말했다. 그는 자기 음성에 놀라 돌아누웠다. 그 생각을 하니 화가 치밀었다. 그는 한두 번 또 중얼거렸다. "유대 놈이 메리를 죽였어." 그러고 나니 긴장이 풀렸다. 즐거운 자기 연민의 감정이 몇 분간 체내를 흘렀다. 상의가 축축했다. 그는 몇 초에 한 번씩 이를 갈았다. 턱에 기분 좋은 긴장이 가해졌다.

갑자기 축축하고 끈끈하고 기분이 나빠지면서, 그는 아내가 죽은 사실을 실감하기 시작했다. 가슴에 지독한 고통과 그리움이 사무쳐 올라와, 결국 울음을 터뜨리고 말았다. 일이 분이 지나서야 자신의 울음소리가 귀에 들렸다. 그 소리가 이질

---

26) 말라리아 예방약의 상표명.

적으로 느껴져 겁이 난 그가 울음을 그쳤다. 마치 모든 감정이 절연재(絶緣材)에 싸여, 잠시 떨어져 나가더라도 고통이 다시 그것을 그에게 덧씌우는 것 같았다.

그는 구덩이 속에 죽어 있던 일본군 시체들을 떠올렸다. 그 시체들이 차례로 메리의 모습으로 변했다. 몸이 다시 떨리기 시작했다. 혐오감과 역겨움과 두려움이 격렬하게 휩쓸었다. 그는 담요를 움켜쥐고 자기가 무슨 말을 하는지도 모른 채 중얼거렸다. "고해 성사에 너무 오래 안 갔구나." 입은 옷에서 나는 악취가 코를 찔렀다. 냄새가 지독하군, 좀 씻어야겠는걸. 그렇게 생각하자 냄새가 자꾸만 마음에 걸려 개울에 내려가 옷을 벗어야겠다는 생각이 들었다. 천막에서 나오긴 했지만 100미터쯤 떨어진 개울까지 걷기에도 힘이 부쳤다. 그는 결국 레드의 천막 앞에서 걸음을 멈추고 20리터들이 물통의 물을 철모에 채웠다. 철모를 땅에 내려놓자, 철모가 기울어지면서 물이 그의 발 위에 쏟아졌다. 그는 상의를 벗고 철모에 물을 다시 채워 목덜미에 부었다. 갑작스레 닥친 차가운 기운에 그는 몸을 떨었다. 그는 상의를 다시 입고, 천막으로 비틀거리며 돌아갔다. 그리고 반 시간 동안 아무 생각 없이 가만히 누워 있었다. 찌는 듯한 태양의 열기에 판초의 고무천이 달아올랐다. 졸음이 오기 시작했고, 그는 마침내 잠이 들었다. 자는 동안 그의 몸은 이따금씩 경련을 일으켰다.

# 타임머신

## 갤러거
### 전도된 혁명가

그는 키는 작아도 꼬챙이를 여러 개 묶어 놓은 듯 강단 있는 몸매의 사내였는데, 그래서인지 어딘가 비꼬이고 심술궂어 보이는 인상이었다. 몸매에 걸맞게 작고 보기 흉한 얼굴은 심한 여드름 흉터로 인해 피부가 울퉁불퉁 얽은 데다 여기저기 자홍색으로 얼룩져 있었다. 그런 얼굴색 탓인지, 아니면 뭐가 맘에 안 든다는 듯 한쪽으로 휘어진 아일랜드인 특유의 길쭉한 코 모양 탓인지, 언제나 화가 난 것처럼 보였다. 하지만 그는 이제 겨우 스물네 살이었다.

남부 보스턴과 도체스터와 록스버리에는 회색의 목조 가옥들이 몇 킬로미터씩 단조롭고 쓸쓸하고 황량하게 늘어서 있다. 전차들이 조약돌과 마른 목재들이 깔린 황무지를 덜컹거리며 다닌다. 벽돌은 오래되어 손가락으로 세게 문지르면 가루가 되어 버린다. 색깔이란 색깔은 모두 회색으로 변해 버리고, 사람들의 얼굴도 마침내 잿빛을 띠게 된다. 유대인이든 이탈리아인이든 아일랜드인이든 하나같이 얼굴에 회반죽을 바른 듯 각자의 인종적인 특색을 잃어버리고 회색빛을 띤 동일한 인종처럼 되어 버렸다. 언어 또한 마찬가지이다. 사람들은 모두가 우울하고 거칠고 무미건조한 어조로 말한다. "나한테 차가 있으면, 관리를 잘할 거야. 관리를 잘할 거란 말이야. 그걸 그저 아무 데나 처박아 두지는 않을 거라고."

보스턴은 시민들이 세우고 부르주아가 지배하는 도시이다. 신문을 읽어 보면, 보스턴에서는 모든 것이 반들반들한 표면 위를 흘러가듯 매끄럽고 훌륭하다. 신문들은 모두 한목소리로 그렇게 말한다. 정당들도 다 같아서 정치에서도 문제가 될 만한 일들이 없다. 토요일 새벽 2시에 보스턴 동부의 매버릭 광장으로 가는 지하철을 타고 졸다가 토하는 부랑자까지 포함하여, 모두가 중산층에 속한다. 그들도 한때는 회반죽 안으로 들어가지 않겠다고 발버둥을 쳤을 테지만, 이제는 모두 잊히고 말았다.

그러나 《헤럴드》, 《포스트》, 《트래블러》, 《데일리 레코드》, 《보스턴 아메리칸》의 반들반들한 표피를 한 꺼풀 벗기면, 그 밑에는 활력과 생기를 죽이는 어떤 규칙성과 불만스럽고 악의에 찬 기질이 흐른다. 그것은 다른 어느 도시의 취객들보다 더 철저하게 지하철을 더럽히는 주정꾼들로부터 분출하여, 욕정이 언제나 천박하게 발현되고 쓰레기 더미에서 남색 행위가 자행되는 스콜레이 광장을 휩쓴다. 심지어 그것은 불만 가득한 얼굴로 요란하게 으르렁거리며 미친 듯이 날뛰는 차량을 타고 이동하며, 어린아이들이 매를 맞는 뒷골목과, "빌어먹을 유대 놈들"이라는 욕설과 십자가와 나치의 표식으로 오염된 유대교 회당과 묘지까지 미친다. "그런 소리를 들으니 마음이 무겁군." 주지사인 샐튼스톨 토빈 컬리가 말한다.

아이들은 손가락 관절에 붕대를 감고 돌과 몽둥이로 무장한 채 패싸움을 벌인다. 겨울에는 눈 뭉치 속에 돌을 집어넣는다. 물론 크게 문제가 되는 일은 없다. 그저 건강한 경쟁심에서 시작된 일일 뿐이니 말이다.

이봐, 갤러거, 왼손잡이 핀켈스타인의 패거리가 싸움을 걸어왔어.

개새끼들, 가서 해치우자. (패거리에게는 두려움이 용납되지 않기에, 그는 두려움을 마음 깊숙이 묻어 놓았다.) 나도 그 새끼들을 노리던 중이야.

가서 패키하고 앨하고 핑거스를 불러와. 유대 놈들을 그냥 다 쓸어버리자.

몇 시에 시작하지?

몇 시든 무슨 상관이야? 겁나냐?

겁나긴 누가? 가서 배트 갖고 올게.

(도중에 그들은 유대교 회당을 지난다. "겁나냐?" 그가 거기에 침을 뱉는다.) 이봐, 위티, 이건 재수가 좋으라고 한 거야.

어이 갤러거, 하고 아이들이 부른다…….

너희 아버지 취했을 땐 조심해.

집에서는 어머니가 무슨 소리가 날 때마다 깜짝깜짝 놀라며 몸을 움츠리며 발소리를 죽인다. 아버지가 거실과 식당을 겸한 방의 둥근 식탁에 앉아 노란 레이스 식탁보를 움켜쥐고는 자신의 커다란 손 안에서 구겼다가 다시 식탁 위에 편다.

제기랄, 사람이란 반드시……. 개새끼. 어이, 페그!

무슨 일이에요, 윌?

아버지가 코와 턱을 만지작거린다. 왜 쥐새끼처럼 살금살금 돌아다니는 거야? 여자면 여자답게 걸어, 빌어먹을.

왜 불렀는데요, 윌?

그 말 하려고 부른 거야, 이제 가 봐.

아버지가 윌 갤러거처럼 거구의 불한당이라면, 술에 취했을 땐 조용히 있는 게 상책이다. 그리고 그 커다란 손에 한 대 맞지 않도록 조심해야 한다.

아버지는 둥근 식탁 앞에 버티고 앉아 이따금 주먹으로 내리친다. 그의 시선이 벽 쪽으로 향한다. (푸르른 수목이 우거진 골짜기의 양몰이 소녀들이 담긴 그림들이 이제는 갈색으로 변색되어 있다. 달력에서 뜯어낸 그림들이다.) 빌어먹을 집구석 같으니!

그가 식탁을 내리치자 장식 선반 위에 놓인 세 개의 연결된 패널에 그려진 그림이 부르르 떨린다.

윌, 술 그만 마셔요.

닥쳐! 그 멍청한 입 닥치란 말이야. 그가 무거운 동작으로 일어나더니 비틀거리며 벽 쪽으로 간다. 그러고는 양몰이 소녀 그림을 바닥에 내동댕이친다. 그 바람에 액자의 유리가 산산조각 난다. 이어 그는 허름한 회갈색 소파 위에 널브러져, 낡아서 털이 빠져 반들반들해진 잿빛 융단을 본다. 뼈 빠지게 일해 봐야 무슨 소용이야?

그의 아내가 슬그머니 식탁 위의 술병을 치우려고 한다. 거기 그냥 둬!

윌, 다른 일자리를 얻을 수도 있지 않겠어요?

그래…… 그래. 이게 필요해요, 저게 필요해요, 내내 그 우는소리지. 식료품 가게나 푸줏간에서 일하면 되지 않느냐 이

거지? 내가 트럭을 끌고 다니다가 뒈지든 말든 가만히 내버려 둬. 다른 일자리? 난 이제 옴짝달싹 못해. 함정에 빠졌다고. 그 술병 내려놔!

그가 일어나 비틀거리며 가더니 아내를 때린다. 바닥에 쓰러진 아내는 그곳에 누운 채 꼼짝도 않고 그저 무기력하게 흐느끼기만 한다. (여윈 몸에, 이제는 볼품없어진 여자다.)

그만 좀 울어, 빌어먹을! 그가 멍한 눈으로 아내를 보더니, 또 한 번 코를 문지르고는 비틀거리며 문 쪽으로 간다. 저리 비켜라, 로이. 문에서 발부리에 걸려 넘어질 뻔한 그는 한숨을 한 번 쉬고는 넘어질 듯 넘어질 듯 비트적거리며 밤거리의 어둠 속으로 사라진다.

갤러거는 어머니를 본다. 공허한 마음에 울고 싶다. 일어나요, 엄마. 그는 어머니를 일으켜 세운다. 어머니는 큰 소리로 울기 시작한다. 그는 아무 감정 없이 어머니를 부축한다.

아버지가 취했을 땐 입 다물고 있었어야죠. 그는 생각한다.

잠시 후 그는 자기 방으로 올라가 도서관에서 빌려 온 책을 읽는다. 아서왕과 원탁의 기사. 소년답게, 그는 여자들을 생각한다. 연보랏빛 드레스를 입은 여자들이 좋겠다고 그는 생각한다.

나는 아버지 같은 사람은 안 될 거야. (그는 칼을 뽑아 들고 아내를 보호하리라 다짐한다.)

찬란한 청춘의 한때.

고등학교 선생들은 열의 없어 보이는 이 시무룩하고 우울한 학생을 전혀 기억하지 못한다. 그는 졸업을 일 년 앞둔 해에 고등학교를 그만두고, 대공황의 끝 무렵에 엘리베이터 보이로 취직한다. 그해 아버지가 일자리를 잃어 어머니가 낮에 나가 브루클린과 뉴턴에서 스투코 벽, 스페인 타일, 식민지 시대 양식의 주택 청소하는 일을 한다. 밤이면 어머니는 저녁 식사가 끝나는 대로 잠자리에 들고, 아버지는 길모퉁이 술집으로 가서 싸움 걸 상대나 술을 사 줄 사람이 나타나길 기다린다.

로이는 자기 지역구에 있는 민주당 클럽에 드나들기 시작한다. 건물 뒤편의 작은 방들에서는 포커 게임과 주사위 게임, 협잡 모의가 벌어진다. 입구 쪽 큰 방에서는 아이들이 시가 연기와 서지 양복을 입은 사람들과 수행원들 사이로 들어와 섞인다.

여자들이 시중을 들고 있다.

신입 당원을 채용하는 문제가 논의된다. 당에서 두각을 나타내는 스티브 맥나마라가 말한다.

분명히 말하지만, 자네들, 잘 좀 살펴보라고. 열심히 고생하고 노력해 봐야 무슨 보람이 있는가? 자네들에게 뭔가 성취를 가져다줄 수 있는 건 정치, 오로지 정치밖에 없어. 한 이 년간 뛰면서 자네들의 실력을 입증해 봐. 그러면 당이 자네들을 돌봐 줄 테니 성공은 보장되는 거야. 나도 자네들 같은 풋내기 때, 내가 제대로 된 일꾼이라는 걸 입증했어. 그래서 지금의 내가 있는 거고. 자네들도 알다시피 여기는 나쁜 지역구가 아니야. 표를 끌어들이기가 그리 어렵지 않다고.

그래, 갤러거도 수긍한다. 맞아.

있잖아, 로이, 자네를 눈여겨봤는데 자넨 괜찮은 사람이야.

장래성이 있단 말이야. 사람들에게 자네가 성실한 일꾼이라는 걸 보여 줘. 그걸 입증하기만 하면 돼. 앞으로 한 달 후면 예비 선거거든. 발품 팔아야 할 일이 많아. 팸플릿도 나눠 줘야 하고, 청중 속에 두어 사람 정도 심어서 우리 당 후보가 연설할 때 환호성을 지르게 하는 따위의 일 말이야. 때가 오면 알려 주지.

네, 알겠습니다.

좋아, 물론 이 일로 돈도 좀 벌 수 있다는 걸 알아 두게. 이곳 사람들과 진득하게 일을 같이 하다 보면 일자리도 많이 생기고 돈도 많이 벌 수 있게 돼. 자네도 언젠간 거물이 될 거야. 처음 봤을 때부터 난 그걸 알아봤어. 내가 사람을 좀 볼 줄 알거든. 자넨 정치 일을 할 사람이야. 자네에겐 정치가가 갖춰야 할 매력이라는 게 있거든.

밤마다 와서 일하겠습니다.

좋았어. 자네 지금 몇 살이더라? 곧 열여덟 살이 되나? 아마 스무 살쯤이면 수입이 지금의 열 배는 될걸⋯⋯.

집으로 가는 길에, 전에 한두 번 말을 주고받은 적이 있는 소녀를 만나자, 그는 발길을 멈추고 그녀와 노닥거린다.

지금 일에 싫증이 나서 더 좋은 일자리를 얻으려고 해. 그가 불쑥 말한다.

어떤 일자린데?

아주 큰 일이야. (갑자기 그가 수줍어한다.) 좀 크고 대단한 거.

무슨 소리를 하는 거야, 로이? 농담 그만해. (소녀가 키득거린다.)

아냐. (그는 할 말이 생각나지 않는다.) 아냐, 이제부터 시작이야. 난 꼭 성공할 거야.

넌 참 재미있는 애야.

그래. (그는 소녀를 보고, 일부러 태연한 척 담배에 불을 붙여 물고는, 소녀를 의식하며 거드름을 피운다.) 그래. (그는 소녀를 또 한번 쳐다본다. 갑자기 당황스러운 생각이 든다.) 또 만나자.

스무 살, 그는 새로운 일을 하고 있다. 창고에서 일한다. (로이, 자네는 많은 일을 했어. 스티브 맥나마라는 그렇게 말했다. 그건 모두가 알고 또 고마워하지. 자네는 어디서든 성공할 거야. 그는 겨우 이렇게 대꾸했다. 그래요, 그러나 위티는 채용되었지만 난 아니네요. 나도 위티만큼 일했는데……. 자, 자, 이것 보게, 로이, 남이 듣는 앞에서는 그런 말 하지 말게. 원, 세상에, 자네를 뒤에서 불평이나 늘어놓는 사람으로 생각할 것 아닌가. 지금까지 자네가 쌓아 올린 명성을 그런 식으로 날려 버리고 싶진 않겠지.)

어느 날 밤, 그는 한 소녀를 만나기 위해 케임브리지로 가지만 바람을 맞는다. 결국 그는 혼자서 거리를 걷다가 찰스 강변을 배회한다. 빌어먹을 년, 네년들 속셈을 내가 모를까 봐? 믿을 만한 녀석에게만 몸을 주고 나한텐 기회도 안 주지. 나는 재수도 억세게 없는 놈이야. 나한테는 도통 행운이라는 게 오질 않아. 클럽에서 뼈 빠지게 일하지만, 그게 다 무슨 소용이야?

그는 벤치에 앉아 느리게 흐르는 강물을 본다. 하버드 대학 건물의 불빛이 강물에 반사된다. 똥 빠지게 일하고, 일하고, 일하고, 일해 봐야 누가 신경이나 쓰는 줄 알아? 아무 소용도 없는 일이야. 나한테 돈푼이나 있었다면 그년도 날 기다렸겠지. 다리도 기꺼이 벌려 줬을걸. 장담컨대 그년은 분명 어떤 돈 있는 유대 놈하고 눈이 맞을 거야. 모르긴 몰라도 세상에 있는 돈이란 돈은 그놈들이 모조리 쓸어 가거든. 역겨운 놈들.

하버드 대학생 두 명이 지나가자, 그는 순간적으로 당황하여 몸이 굳는다. 이런 젠장, 내가 여기 앉아 있어도 되나? 앉지 말걸 그랬어.

나는 가만히 숨을 죽였지. 마르코바[27]는 놀랍도록 유연했어. 일찍이 본 적 없는 유연함이었지. 그것은, 오, 단순하면서도 미묘하고, 소름 끼치도록 놀라웠어. 정말이지 대단했다네.

계집애 같은 놈들, 여자 같은 말투로 대체 무슨 소리를 지껄이는 거야? 그는 고개를 돌려 하버드 대학 건물들의 불빛을 본다. 누군가가 저 병신 같은 놈들을 싹 쓸어버려야 해. 그는 메모리얼 드라이브 위를 빠르게 지나가는 자동차들을 지켜본다. 속도를 올려, 마구 밟으라고, 밟아, 밟아, 달릴 수 있을 만큼 빠르게 달리다가 빌어먹을 목이나 부러지란 말이야. 저 빌어먹을 빨갱이 소굴 하버드는 누군가가 폭탄으로 날려 버려야 해. 저 빌어먹을 계집애 같은 놈들이 한가하게 앉아 계집애들처럼 굴며 편안하고 호화롭게 살아가는 꼴을 보려고 뼈 빠지게 일한단 말이야? 어떻게 저놈들은 그렇게 살 수 있는 거지? 정말이지 불공평한 세상이야. 저 병신 같은 녀석들을 모조리 다 죽여 버리고 싶어. 저런 계집애 같은 놈들은 남자가

---

27) Dame Alicia Markova(1910~2004). 영국의 발레리나.

나서서 처리해야 해. 누군가 폭탄을 터뜨려야 한단 말이야.

벤치에 앉아 한 시간 이상을 보내고 나서야 마음이 가라앉는다. 강물은 빛을 반사하는 금속판처럼 점점이 반짝이고 흔들리면서 께느른하게 흐른다. 그의 맞은편으로 경영 대학원 기숙사가 강물에 비친다. 멀리서 달리는 자동차들의 모습이 살아 있는 작은 생물처럼 보인다. 발밑의 대지가 봄날 밤의 달콤하고 부드러운 공기를 호흡하며 싹을 틔우는 것만 같다. 따스하고 아늑한 벨벳과도 같은 밤하늘에 별들이 점점이 박혀 있다.

제기랄, 아름답군. 잠시 스쳐 가는 동경의 감정이다. 이미 사라져 버려 분명하게 표현할 수 없는 그런 감정들. 그런 감정이 들면 생각이 많아진다. 그는 한숨을 쉰다. 정말 아름답군. 이런 풍경을 함께 감사할 여자 생각이 안 날 수 없다. 나는 중요한 사람이 될 거야.

그래. 멍청한 무신론자도 이런 밤에는 신이 존재한다는 걸 알게 되지. 제기랄, 아름답군, 정말 아름다워. 이런 풍경을 바라보자면 모든 게 잘될 거라는 생각이 들어.

그는 그렇게 밤에 흠뻑 젖은 채 그곳에 앉아 있다. 난 다른 놈들과 달라. 나에겐 특별한 데가 있어. 그는 다시금 한숨을 쉰다. 이런, 그런데…… 그런데…… 그는 손으로 물속의 고기를 더듬어 찾듯 생각을 더듬어 본다. 그런데…….

로이, 자넨 좋은 일꾼이야. 그건 내가 굳이 말할 필요도 없지. 조만간 자네한테 특별한 일거리를 하나 줄 생각이야. 구지부가 자넬 어떻게 생각하는지 보여 주기 위해, 자네를 우선 어떤 작은 단체에 보내기로 했으니 당분간 그곳 일을 하도록 하게. 정확히 말해 우리와 연결이 되어 있는 단체는 아닌데 (맥나마라는 손짓으로 그리 대단치 않은 단체임을 암시한다.) 이름을 밝힐 순 없지만 거물 두어 명이 국제적 음모에 대항하는 그 단체의 투쟁 방식을 좋아하거든. 돈 많은 유대 놈들이 이 나라에 공산주의를 끌어들이기 위해 꾸민 그런 음모 말일세.

밤에만 일을 하는데도 그는 주 10달러의 봉급을 받는다. 사무실은 2층에 있는 다락방으로, 책상 한 개가 놓인 방에는 팸플릿과 잡지 묶음들이 가득 들어차 있다. 책상 뒤쪽에는 십자가와 맞물린 C와 U가 새겨진 큰 깃발이 있다.

갤러거, 이 단체의 이름은 기독교인연합이야. 기독교인······연합, 알겠나? 우리는 그 빌어먹을 음모를 분쇄해야 해. 이 나라는 피를 좀 흘릴 필요가 있어. 자네, 피가 무섭나? 책상 앞에 앉은 덩치 큰 사내가 묻는다. 그의 엷은 갈색 눈이 흐린 유리창 같다. 우리는 사람들을 동원해서 준비를 해야 해. 국제 유대인 세력이 우리를 전쟁으로 끌고 가려 하고 있으니 우리가 먼저 그놈들을 해치워야 해, 알겠나? 자네도 알다시피 일자리란 일자리는 모조리 그놈들 차지야. 가만히 있다간 우리에겐 영영 기회가 안 와. 그놈들이 높은 자릴 차지하고 있지만, 우리에게도 친구들이 있단 말이야.

그는 길모퉁이에서 잡지를 판다. (외국인들의 엄청난 음모에 관해 읽으십시오. 킬리언 신부의 잡지에서 진실을 배우십시오!) 그는 비밀 집회에 나가고 일주일에 한 시간씩 어느 스포츠 클럽에서 구식 스프링필드 총으로 훈련을 받는다.

일을 언제 시작하는지 알고 싶습니다. 뭔가 활동에 참여하고 싶어요.

서둘지 말게, 갤러거. 이건 시간이 걸리는 일이야. 준비가 다 끝나야 공개적으로 나설 수 있어. 우리는 이 나라를 바로잡을 걸세. 자네는 우리와 시작부터 같이했으니 우리 사람이야.

그렇죠. (때때로 밤에도 잠을 이루지 못할 때가 있다. 지독히도 관능적인 꿈들, 가슴에 느껴지는 날카로운 고통.) 만약 우리가⋯⋯ 만약 우리가 빨리 뭔가 일을 벌이지 않으면 나는 가슴이 터져 버릴 거야.


그러나⋯⋯.


마침내 여자 친구가 생겨서 더 이상 호르몬을 낭비할 필요가 없다.

있잖아, 넌 정말 좋은 여자야. 너하고 이야기하면 기분이 아주 좋아져. 갤러거가 메리에게 말한다.

정말 멋진 밤이에요, 로이. (메리가 해변 너머로 시선을 던져, 구름 낀 하늘의 성좌들처럼 깜박이는 보스턴 항구의 불빛을 찾는다. 그녀가 모래를 한 줌 집어, 신고 있는 구두 위에 흘린다. 모닥불의 빛을 받아 그녀의 머리칼이 금빛을 띤다. 주근깨가 있는 애수 띤 그녀의 갸름한 얼굴을 보고 있으면 기분이 좋아지고 사랑이 샘솟는다.)

핫도그 하나 구워 올까?

그냥 이야기나 해요, 로이.

그들 주위에서, 그들과 함께 온 쌍쌍의 남녀들이 모닥불 있는 곳을 떠나 해변의 구석진 곳에서 킬킬거린다. 한 소녀가 겁 먹은 척 비명을 지른다. 그 소리에 그의 몸이 긴장한다. 거북 함을 느끼면서, 그는 사랑을 나누느라 질척하게 몸이 부딪히 는 소리가 들린다고 생각한다.

그래, 정말 멋진 밤이야. 그가 같은 말을 되풀이한다. 그는 그녀와 사랑을 나눌 수 있을까 생각하다가 갑자기 부끄러워 진다. (메리는 그런 여자가 아니야. 순결하고 신앙심이 깊은 여자 야.) 그는 자신의 욕망에 가책을 느낀다.

너한테 하고 싶은 말이 많아.

다 해 봐요, 로이.

저기, 있잖아, 우리가 사귄 지도 벌써 두 달쯤 되는데, 저기, 넌 날 어떻게 생각해? 그는 자기가 그런 투박한 표현을 했다 는 것에, 마음 한구석에서 육체적인 접촉을 바란다는 것에 얼 굴이 붉어진다. (해변 위의 킬킬대는 웃음소리가 더욱 커진다.) 그 러니까 내 말은, 너 나 좋아해?

로이, 난 당신이 정말 멋지다고 생각해요. 당신은 신사예요. 다른 남자들처럼 여자를 어떻게 해 보려고 괜히 치근덕거리 지도 않고.

아, 그럼. 그는 실망한다. 막연히 굴욕을 당한 것 같은 기분 이 든다. 하지만 한편으론 자부심도 느낀다. 나야 그것 말고도 생각할 게 많으니까.

알아요, 로이, 당신은 언제나 뭔가를 생각하고 있는 것 같 아. 무슨 생각을 하는지는 모르지만, 나도 알고 싶어요. 당신 은 다른 남자들하고 달라요.

어떻게?

음, 당신은 수줍음을 타지, 아니, 수줍음을 탄다기보다 착한 것 같아.

내가 친구들한테 하는 말을 못 들어 봐서 그런 소릴 하는 거야. (그들이 웃는다.)

당신은 남자들과 있을 때도 똑같을 것 같아요. 그런다고 달라지지 않을걸요. (그녀는 무심코 그의 무릎 위에 손을 얹었다가 당황하며 얼른 치워 버린다.) 당신이 교회에 좀 더 자주 나갔으면 좋겠어요.

난 꽤 규칙적으로 나가는 편인데.

그건 그래. 하지만 당신에겐 뭔가 고민거리가 있어요. 무엇이 당신을 괴롭히는지 궁금해요. 당신은 정말 알 수 없는 남자야.

그렇게 생각해? 그는 기분이 좋다.

로이, 당신은 언제나 무언가에 화가 나 있는 것 같아요. 난 그게 걱정이야. 우리 아버지가 당신 얘길 하시는 걸 들었는데, 당신, 기독교인연합에 들어갔다면서요? 난 정치에 대해선 아무것도 모르지만, 그 사람들 가운데 재키 에번스라는 사람은 알아요. 나쁜 사람이죠.

아냐, 괜찮은 친구야. 그저 클럽에 문제가 좀 있어서 그런 거지. 나도 테스트를 받았지만 별거 아니었어.

당신에게 문제가 생기는 건 싫어요.

왜?

(메리가 수동적이고 조용한 눈빛으로 그를 본다. 이번에는 그의

팔에 손을 얹는다.) 당신도 왜 그런지 알잖아요, 로이.

그는 목이 메면서 애정과 욕망으로 가슴이 뻐근해진다. 아까 그 소녀의 킬킬거리는 소리가 다시 들리자, 그는 몸을 부르르 떤다. 시티 포인트에 나와 보니 참 좋네, 그가 말한다. (무엇 때문인지는 모르지만 밤에만 찾아오는 짙은 갈망이 가득한 꿈.) 있잖아, 메리, 너와 계속 사귄다면 나도 이젠 패거리들하고 자주 어울리지 않을 거야. 너와 함께 있는 게 더 좋거든. (그의 음성엔 모든 걸 다 버리겠다는 단호한 의지가 담겨 있다.)

정말?

그가 해변에 밀려드는 파도 소리에 귀를 기울인다. 사랑해, 메리. 그가 불쑥 고백을 한다. 몸이 굳으면서 싸늘해진다. 마음을 스치는 불안감이 미묘하게 신경 쓰인다.

나도 그런 것 같아요, 로이.

그래. 잠시 후 그는 그녀에게 키스한다. 처음엔 부드럽게 나중엔 주린 듯이. 그러나 마음 한구석으로는 주춤하면서 열이 식어 버림을 느낀다. 오, 사랑하고말고. 그는 그런 의구심을 불식시키려는 듯 쉰 목소리로 말하고는 시선을 돌린다.

시티 포인트는 정말 아름다워요, 하고 그녀가 말한다.

밤에는 해변에 버려진 쓰레기도, 해초와 유목(流木)도, 흉측한 작은 바다 동물처럼 해변에 버려진 채 물거품 위에서 나른하게 뒹구는 콘돔도 보이지 않는다.

그래, 정말 멋지지. 그가 느릿하게 말한다.


어이, 로이, 신혼 재미는 좋아? 안정적인 삶을 사는 기분은 어때?

뭐, 좋아. (잿빛 포석이 깔린 거리와 더러운 목조 가옥들 위로 삭막하게 동이 튼다. 갤러거는 서늘한 9월의 새벽 공기에 몸을 부르르 떤다.) 제기랄, 왜 이렇게 추워. 빌어먹을 투표나 빨리 시작됐으면 좋겠군.

오늘 나와 줘서 고마워, 로이. 우린 널 괜찮은 놈이라 생각하지만, 요즘에는 통 보기가 힘들어서 말이야.

아, 뭐, 내가 기독교인연합을 그만뒀거든, 하고 그는 중얼거린다. 그래서 날 반가워하지 않을 거라고 생각했어.

지부 사람들에게 직접 말하지 그랬어. 우리 사이에 하는 말이지만, 클럽에서는 당분간 그쪽과 거리를 두기로 했어. 상부에서 압력을 받기 시작한 거겠지. 그것도 분명 주 밖에서 오는 압력이라더군. 클럽에는 항상 붙어 있는 게 좋아. 그러면 잘못될 일이 없거든. 네가 기독교인연합 쪽에 가 있지 않았더라면 오늘 선거의 책임자는 너였을 거야. 어찌 됐든 로이, 네가 기분 나빠하지 않았으면 좋겠어.

뭐, 됐어. (그는 은근히 화가 난다. 원점으로 돌아간 셈이니까.) 내가 장담하는데 기독교인연합을 엎어 버린 건 당 내의 돈 많은 유대 놈들일걸.

그럴지도 몰지.

아내는 내가 거길 그만두길 바랐어.

부인은 잘 있나?

잘 있어. (그는 지금 자고 있을 아내를 생각한다. 아내는 남자처럼 우렁차게 코를 곤다.)

결혼해 보니 어때? 하는 일이 뭔가?

뭐, 그럭저럭. 지금은 트럭을 몰고 있어……. 아버지처럼 말이야. (메리는 레이스로 된 식탁보를 한 장 샀다.)

있잖아, 빨갱이들이 맥길리스를 밀고 있어. 맥길리스는 검둥이 같은 아일랜드인이야. 그런 게 있다면 말이지. 자기 종교를 배신하다니, 그게 말이 되냐고. 아무튼 간부들은 이번 예비 선거에서 그놈 걱정은 안 해. 하지만 이 지역에는 노조 놈들이 꽤 있거든. 그래서 우리가 여기서 좋은 성적을 내서 그놈들의 힘이 커지지 못하게 해야 한다는 게 맥의 말이야.

이중 투표를 해야 하나? 갤러거가 묻는다.

물론이지. 하지만 나한테도 생각이 하나 있어. (그가 종이 봉지에서 케첩 몇 병을 꺼내 보도 위에 붓는다.)

뭐 하는 거야?

오, 이거 괜찮은데. 정말 제대로 먹히겠어. 아주 좋아, 됐어. 이제 여기 서서 해니의 팸플릿을 나눠 주며 선전을 하는 거야. 실패할 리가 없어.

그래, 아주 좋은데. (나는 왜 그런 생각을 못했을까?) 네가 생각해 낸 거야?

물론이지. 맥에게 말했더니 아주 좋아하더라고. 맥이 놀란 경사를 불렀어. 이 투표구를 담당하는 두 경찰관의 상관이야. 그러니 우릴 귀찮게 하는 일은 없을 거야.

갤러거는 케첩이 뿌려진 곳 옆에 서 있다가 투표하러 나온 사람들이 줄을 서자 연설을 시작한다. 자, 무슨 일이 벌어졌는지 똑똑히 보십시오. 이건 핍니다. 선량한 미국인들이 빨갱이들에게 반대표를 던질 때 벌어지는 일이 바로 이런 겁니다. 폭력을 휘두르는 외국인들의 배후에는 맥길리스가 있습니다. 이건 맥길리스의 짓입니다. 이 피는 사람의 핍입니다.

사람들이 좀 뜸해진 사이에 그가 케첩을 살펴본다. 색이 지나치게 붉은 것 같다. 그가 그 위에 흙을 조금 끼얹는다. (아무리 열심히 일을 해도 점수란 점수는 약삭빠른 놈이 묘안을 들고 나와 다 따 간단 말이야. 빌어먹을 빨갱이 새끼들, 그놈들 때문에 내 신세가 요 모양 요 꼴이지.)

여러분 이리 와서 좀 보십시오. 유권자 몇 사람이 다가오자 그가 고함을 지른다.


어디 가는 거예요, 로이? 메리가 묻는다. 푸념과 원망이 섞인 말투다. 그가 문에서 돌아서서 고개를 흔든다. 그냥 밖에 나가는 거야. 메리는 삶은 감자를 둘로 잘라 큰 쪽을 입에 넣는다. 그녀의 입술에 묻은 감자 부스러기가 눈에 들어오자 그는 화가 난다. 허구한 날 감자밖에 먹을 줄 몰라? 그가 묻는다.

로이, 집에 고기도 있어요.

그래, 나도 알아. 마음속에서 질문들이 아우성친다. 그녀에게, 왜 한 번도 같이 저녁식사를 하지 않고, 언제나 내가 먼저 먹기를 기다리는지 묻고 싶다. 어디로 가는지 누가 나한테 일일이 묻는 걸 좋아하지 않는다는 것도 말해 주고 싶다.

기독교인연합 모임에 나가는 건 아니겠죠? 그녀가 묻는다.

당신이 무슨 상관이야? (속옷만 입고 있지 말고 옷 좀 제대로 갖춰 입을 순 없어?)

로이, 그런 데 나가서 좋을 것 하나 없어요. 나는 그 사람들이 싫어요. 클럽에 나가면 당신이 다친다고요. 전쟁이 시작된 마당에 그 사람들에게 무슨 할 일이 있겠어요?

기독교인연합에 무슨 문제가 있다고 그래? 귀찮게 좀 하지 마, 빌어먹을.

로이, 상스러운 말 하지 말아요.

그가 문을 쾅 닫고 밤거리로 나간다. 눈이 조금씩 내린다. 길모퉁이에서 그의 구두가 진창이 된 눈을 밟아 질퍽거린다. 그가 한두 번 재채기를 한다. 사내가 밖에 나와서 좀…… 좀 기분 전환이라는 걸 할 수도 있지 말이야. 조직에서 어떤 이상을 위해 싸우려고 하면 여자가 꼭 훼방을 놓고 싶어 하거든. 난 반드시 출세하고 말 거야.

히터 때문에 회의장의 공기는 후끈하고 금속성의 느낌이 난다. 젖은 옷에서 시큼한 냄새가 난다. 그가 담배꽁초 한 개를 구둣발로 짓뭉갠다.

연사가 말한다. 여러분, 드디어 전쟁이 시작됐습니다. 우리는 나라를 지키기 위해 싸워야 합니다. 그러나 우리 자신의 적도 잊어서는 안 됩니다. 연사가 십자가 기를 펴 놓은 연단을 두드린다. 외국 세력이 우리 나라를 차지하려고 음모를 꾸미고 있습니다. 우리는 그들을 제거해야 합니다. 캠프 의자에 앉은 100명의 남자들에게서 함성이 터져 나온다. 우리는 단결해야 합니다. 그러지 않으면 우리의 여성들이 능욕을 당할 것이고, 빨갱이 유대인 파시스트 러시아의 붉은 망치가 여러분의 집 문을 부술 겁니다.

맞는 말이야, 하고 갤러거의 옆에 있던 사내가 말한다.

암, 맞는 말이고말고. 갤러거는 몸 안에 기분 좋은 분노가 형성되는 것을 느낀다.

놈들은 여러분에게서 일자리를 빼앗고, 여러분의 아내와 여러분의 딸과, 심지어 여러분의 어머니까지 몰래 넘보려 할 것입니다. 놈들은 가리는 게 없습니다. 놈들은 여러분이 빨갱이 유대인이 아니라는 이유로, 여러분이 주님의 이름을 거역하고 무슨 짓이든 가리지 않고 하는, 아무짝에도 쓸모없는 빌어먹을 더러운 공산주의자 앞에 고개를 숙이지 않는다는 이유로 여러분을 해치려 합니다.

놈들을 죽여 버립시다! 갤러거가 악을 쓴다. 흥분해서 몸까지 덜덜 떤다.

그렇습니다, 여러분. 우리는 놈들을 쓸어버릴 겁니다. 전쟁이 끝나고 나면 우리는 제대로 된 조직을 갖출 겁니다. 여기 우리의 애국자 동지들에게서 온 전문(電文)이 있습니다. 그분들 모두가 우리의 편입니다. 여러분 모두가 시작점에 서 있습니다. 여러분 가운데서 군에 입대하는 사람들은 무기를 사용하는 법을 익혀야 합니다. 그래야만 후일…… 후일…… 무슨 말을 하는 건지 여러분이 잘 알 겁니다. 우리는 진 것이 아닙니다. 우리는 날로 커지고 있습니다.

회합이 끝난 뒤, 갤러거는 정처 없이 걷다가 어느 술집으로 들어간다. 긴장감 때문에 목이 타고 가슴이 조이는 것 같다. 술이 들어가니 흥분이 잦아들면서 침울하고 비통한 기분이 된다.

놈들은 마지막 순간에 꼭 뒤통수를 치거든. 그가 옆자리의 사내에게 말을 건다. 회합 장소에서 함께 나온 사내다.

음모야.

언제나 그렇지. 그놈의 빌어먹을 음모. 하지만 날 어쩌진 못할걸. 결국은 내가 이겨 먹을 테니 두고 봐.

집으로 가는 길에 그는 고인 물에서 미끄러져 바지 한쪽을 엉덩이까지 적신다. 빌어먹을! 그가 보도에 대고 악을 쓴다. 음모야, 언제나 빌어먹을 음모라고. 그렇다고 너희가 날 어쩌진 못할걸.

그가 비틀거리며 집으로 들어가 외투를 벗어던진다. 코가 찌릿찌릿하다. 요란하게 재채기를 하고 욕설을 내뱉는다.

메리가 의자에서 잠이 깨어 그를 쳐다본다. 다 젖었네요.

할 말이 그것밖에 없어? 나는…… 나는…… 빌어먹을, 네가 뭘 알겠어?

로이, 집에 돌아올 때마다 늘 이런 식이군요.

남자 하는 일에 사사건건 잔소리나 하고……. 넌 내가 벌어오는 돈밖에 관심이 없지. 좋아, 달라는 대로 다 주면 될 거 아나.

로이, 나한테 그렇게 말하지 말아요. 그녀의 입술이 떨린다.

또오 눈물 바람일 테지, 울어 봐, 울어 보라고오. 네가 뭘 할지 빤해.

난 가서 잘래요.

이리 와.

로이, 당신을 원망하진 않겠어요. 당신이 대체 왜 그러는지도 난 몰라요. 하지만 당신 행동은 정말 이해가 안 돼요. 내가 어떻게 하길 바라는 거예요?

날 가만히 내버려 두란 말이야.

오, 로이, 옷이 다 젖었잖아요. 바지 좀 벗어요. 술 마시면 늘 기분이 나빠지면서 왜 그렇게 술을 마셔요? 난 당신을 위해 늘 기도해 왔어요. 정말이에요.

날 좀 내버려 두라니까. 그는 얼마간 혼자 앉아서 레이스로 된 식탁 위의 작은 장식용 깔개를 응시한다. 아, 몰라, 정말 모르겠어.

남자가 이렇게 살아 뭘 하겠다는 거야?

내일도 일을 해야지.

(그는 칼을 뽑아 들고 엷은 보랏빛 옷을 입은 자기의 여자를 지킬 것이다.)

그는 의자에 앉은 채 잠이 들었다가, 밤사이 감기에 걸리고 만다.

# 10

갤러거의 멍한 상태는 계속되었다. 메리가 죽었다는 소식을 들은 후, 그는 며칠 동안 도랑에서 쉼 없이 삽질하고 통나무로 길을 놓아야 할 때마다 나무를 베고 또 베는 등 도로 건설 현장에서 미친 듯이 일했다. 그는 한 시간마다 주어지는 휴식 시간에도 좀처럼 손에서 일을 놓지 않았고, 밤에는 홀로 저녁을 먹고 담요 속으로 기어 들어가 기진한 채 몸을 있는 대로 웅크리고 새우잠을 잤다. 윌슨은 한밤중에 갤러거가 몸을 덜덜 떠는 기척을 느끼면 자기 담요를 덮어 주고 혀를 차면서 그가 겪고 있는 불행을 안타까워했다. 갤러거는 슬픔을 겉으로 드러내지는 않았지만, 몸이 점점 여위어 갔으며, 장시간 술자리에 있었거나 이틀 내리 포커를 한 사람처럼 눈꺼풀이 부어 있었다.

소대원들은 그에 대해 안쓰러운 마음을 가지려 했지만, 이

번 사건은 도로에서 보내는 그들의 단조로운 일과에 변화를 가져왔다. 잠깐 동안은 그들도 그가 가까이 있을 땐 겉으로 표현하지 않아도 동정심을 가졌고, 그가 옆에 있다는 사실에 거북함을 느끼고 말소리를 낮췄다. 그러나 시간이 지나자 거북함만 남아 그가 주변에 오는 것을 달가워하지 않게 되었다. 그가 옆에 있으면 말을 편하게 할 수도 없었고, 마음이 몹시 불편했기 때문이다. 레드는 조금 부끄러운 생각이 들어 어느 날 밤 보초 근무를 할 때 그 일을 곰곰이 생각해 보았다. 그러나 결론은 자기도 해 줄 수 있는 일이 아무것도 없다는 것이었다. 괴롭겠지만, 내가 어떻게 해 줄 수 있는 일이 아니잖아. 그는 밤의 어둠을 응시하면서 어깨를 으쓱했다. 제기랄, 알 게 뭐야. 갤러거의 불행이지 내 불행은 아니니까, 뭐.

우편물이 거의 매일같이 오기 시작했는데, 섬뜩한 일이 한 가지 일어났다. 갤러거의 아내에게서 편지가 계속 날아왔던 것이다. 첫 번째 편지가 온 것은 리어리 신부가 갤러거에게 아내의 죽음에 대해 알리고 나서 며칠이 지났을 때였다. 그것은 거의 한 달 전에 발송된 편지였다. 그날 밤 중대 사무실에서 소대에 오는 우편물을 수거한 윌슨은 그 편지를 갤러거에게 전하는 문제를 두고 망설였다. "갤러거가 이걸 받으면 기분이 아주 이상할 거야." 그가 크로프트에게 말했다.

크로프트가 어깨를 으쓱했다. "그야 할 수 없지. 오히려 원할지도 몰라." 크로프트는 갤러거가 편지를 받으면 어떤 반응을 보일지 궁금했다.

윌슨이 갤러거에게 편지를 주면서 심상한 목소리로 말했

다. "이봐, 편지야." 그러고는 당혹스러움에 일부러 다른 곳을 쳐다보았다.

편지를 본 갤러거이 얼굴이 창백해졌다. "나한테 온 편지가 아냐." 그가 중얼거렸다. "뭔가 착오가 생긴 거야."

"네 편지 맞아." 윌슨이 한 팔을 어깨 위에 올리자, 갤러거가 몸을 흔들어 윌슨의 팔을 떨어냈다. "갖다 버릴까?" 윌슨이 물었다. "아냐, 이리 줘." 그가 퉁명스럽게 말했다. 그는 몇 미터 걸어가서 편지 봉투를 뜯었다. 글자가 분간이 되질 않아 편지를 읽을 수가 없었다. 그의 몸이 떨리기 시작했다. 성모 마리아님, 요셉님, 예수님. 그가 입속으로 외워 보았다. 몇 줄이 눈에 들어오기 시작했고, 그 의미가 그의 마음속에 스며들었다. "내내 당신 걱정을 하고 있어요, 로이. 당신은 매사에 화만 내니까요. 나는 당신이 무사하기만을 매일 밤 기도해요. 아기를 생각하면 당신을 더욱 사랑하게 돼요. 하지만 아이가 이렇게 빨리 태어난다는 사실이 믿기지 않을 때도 있어요. 의사 선생님 말로는 이제 삼 주밖에 안 남았대요." 갤러거는 편지를 접고는 앞도 보지 않고 마구 걸어 다녔다. 그의 턱에 난 자줏빛 부스럼이 희미하게 경련을 일으켰다. "오오, 구세주 예수님." 그가 큰 소리로 외쳤다. 그의 몸이 다시 떨리기 시작했다.

갤러거는 메리의 죽음을 받아들일 수 없었다. 밤에 보초 근무를 서다가도 문득 자기가 집으로 돌아갈 때를 생각하고, 메리가 어떤 모습으로 자기를 맞을까 상상해 보곤 했다. 그 안에 자리 잡은 절망에 무뎌져, 그는 기계적으로 메리는 죽었어, 메리는 죽었어, 하고 되뇌었지만, 그럼에도 메리의 죽음을 완전히 믿을 수는 없었다. 그 스스로 자신을 마비시켜 놓았던 것이다.

메리의 편지가 며칠에 한 번씩 꾸준히 오자, 그는 이제 아내가 살아 있다고 믿기 시작했다. 누군가 아내에 관해 묻는다면 죽었다고 대답했을 테지만, 그럼에도 아내를 생각하는 방식은 이전과 다름이 없었다. 해산날이 열흘 앞으로 다가왔다는 사연을 읽으면, 그는 편지를 받은 날부터 열흘 후를 짚어 보았다. 만약 메리가 전날 친정 어머니한테 다녀왔다고 하면, 그는 그때라면 어제 우리가 식사를 하고 있을 즈음이었겠구나, 하고 생각했다. 여러 달째 편지를 통해서만 그녀의 생활을 알아 온 터라, 이제 와 습관을 깨뜨리기에는 그 뿌리가 너무도 깊었다. 그는 행복감을 느끼기 시작했다. 그리고 예전처럼 아내의 편지를 기다리고, 밤에 잠이 들기 전 아내의 편지 내용을 생각했다.

그러나 며칠 후, 그는 무서운 진실을 깨달았다. 해산날이 어김없이 다가오고 있으니, 결국엔 마지막 편지가 올 것이고, 그러면 메리는 이 세상 사람이 아니게 될 것이었다. 그리고 그녀의 소식은 그걸로 끊어질 수밖에 없었다. 그녀로부터 다시 편지가 오는 일도 없을 터였다. 갤러거는 두려움과 부인(否認) 사이에서 방황했다. 아내가 살아 있다고 온전히, 그리고 단순히 믿을 때는 군종 신부와 면담한 일이 꿈속의 일처럼 느껴졌다. 그러나 며칠씩 편지가 오지 않으면 아내의 존재는 멀어지고 다시는 아내를 만날 수 없다는 사실이 현실로 다가오기도 했다. 그러나 대개의 경우, 메리의 편지들은 그에게 어떤 미신적인 생각을 불러일으켰다. 그는 메리가 아직은 죽지 않았지만 자기가 그것을 막을 방법을 마련해 내지 못하면 결국 죽고 말 거라고 생각하기 시작했다. 신부가 몇 번이나 그에게 휴가를 원하느냐고 물었지만 그는 그것을 생각할 경황이 없었다. 휴가를 생각한다는 것은 믿고 싶지 않은 사실을 인정하는 것과 다를 바 없었기 때문이다.

미친 듯이 일만 했던 처음 며칠과는 대조적으로, 그는 작업 현장에서 벗어나 길을 따라 먼 곳까지 혼자 걸어 다니기 시작했다. 일본군이 잠복해 있을지도 모른다는 경고를 여러 차례 받았으나, 그런 걸 염려할 정신이 없었다. 한번은 작업장에서 야영지까지 10킬로미터를 걸어갔다 돌아온 일도 있었다. 소대원들은 그가 미쳐 가고 있다고 생각했다. 밤이면 그들은 가끔씩 그의 문제를 논의하기도 했다. 그럴 때면 크로프트는 "저 녀석 아무래도 한번 폭발할 것 같은데."라고 말했다. 그들로서는 할 수 있는 일이 없었다. 갤러거에게 무슨 말을 해야 할지에 대해서도 답이 나오지 않았다. 레드가 갤러거에게 더 이상 편지를 주지 말자는 의견을 냈지만, 다른 소대원들은 그의 일에 참견하기를 꺼렸다. 피할 수 없이 다가오는 파국을 그들은 두려운 마음으로 홀린 듯이 지켜볼 수밖에 없었다. 갤러거가 옆에 와도 이제는 당황하는 사람이 없었다. 그들은 살 날이 얼마 남지 않은 환자를 지켜보듯, 갤러거를 우울한 기분으로 관찰했다.

이 이야기를 들은 우편 담당관이 신부를 만나러 갔고, 신부가 갤러거를 불러 이야기를 나눴다. 그러나 리어리 신부가 편지는 이제 그만 받아 보는 게 좋지 않겠느냐고 말하자, 갤러거가 신부에게 호소하듯 중얼거렸다. "편지를 치워 버리면 아내는 죽습니다." 신부는 갤러거의 말을 이해하지 못했지만, 그의 감정이 대단히 격한 상태라는 건 알 수 있었다. 신부는 마음이 불안해져서 갤러거를 병원에 입원시키는 게 좋지 않을까 하고 내심 갈등했지만, 정신 병동에 대한 두려움과 편견 때문에 그 생각은 곧 접었다. 신부가 갤러거에게 휴가를 주도록 남몰래 사령 본부에 넣었던 청원도 거절되었다. 본부에서 적십자사를 통해 알아본 결과 아이는 메리의 친정 부모가 키우고 있었다. 결국 신부로서도 갤러거를 예의 주시하는 것 외엔 달리 할 수 있는 일이 없었다.

갤러거는 다른 사람들에게 말한 적 없는 일들에 골몰한 채 배회했다. 소대원들은 이따금 그가 저 혼자만 아는 일들을 떠올리며 미소 짓는 모습을 보곤 했다. 그의 눈은 더욱 충혈이 되고 눈꺼풀은 살갗이 벗겨진 것처럼 성이 나 있었다. 그는 악몽을 꾸기 시작했고, 어느 날 밤엔 그의 신음 소리 때문에 윌슨이 잠을 깨기도 했다. "하느님, 제발, 저 사람을 죽게 두지 마십시오. 제가 착한 사람이 되겠습니다. 착한 사람이 되겠다고 맹세합니다." 윌슨이 몸서리를 치고는 손으로 갤러거의 입을 막았다. "이봐, 넌 지금 악몽을 꾸는 거야." 그가 속삭였다.

"알았어." 갤러거는 조용해졌다. 윌슨은 다음 날 이 일에 관해 크로프트에게 뭔가 말해야겠다고 생각했으나, 아침이 되자 갤러거는 진지하고 조용해졌으며 도로 건설 현장에 나가서도 일을 열심히 했다. 윌슨은 아무에게도 그 일을 말하지 않았다.

하루 이틀 후에 소대는 해안에서 이루어지는 하역 작업에 차출되었다. 전날 밤 아내의 마지막 편지를 받은 갤러거는 그걸 읽을 용기를 짜내려 애쓰고 있었다. 그는 침울했고 정신이 딴 데 가 있는 사람 같았다. 트럭 위에서는 남들의 대화에 전혀 관심을 보이지 않았고, 해변에 도착해서는 얼마 안 있어 혼자서 어디론가 가 버렸다. 그들은 상륙정에서 휴대 식량 상자들을 부리고 있었는데, 어깨를 내리누르는 상자의 생명 없는 무게가 그에게 막연한 불쾌감을 준 것이다. 그는 나르던 짐을 내려놓더니 "빌어먹을!" 하고 중얼거리고는 다른 곳으로 걸어가 버렸다.

크로프트가 그의 뒤에 대고 소리쳤다. "어딜 가는 거야?"

"나도 몰라. 곧 돌아올게." 그는 돌아보지도 않고 대꾸하더니 더 이상 어떤 질문도 듣기 싫다는 듯이 모래 위를 뛰어가기 시작했다. 100미터를 뛰고 나니 별안간 피로가 느껴져서, 그는 뛰던 속도를 늦추고 걷기 시작했다. 해변의 굽이진 곳에 다다르자, 그는 병사들을 무심한 눈으로 돌아보았다. 상륙정 몇 척이 엔진을 켜 놓은 채 해변에 다가붙어 있었다. 병사들이 보급품 더미와 상륙정들 사이에 두 줄로 늘어서 있었다. 바다 위에는 안개가 퍼져 있어, 해안에서 조금 떨어진 곳에 닻을 내린 화물선 몇 척은 제대로 보이지도 않았다. 굽이진 곳을 돌아가니 해안선 가까이에 세워진 분대용 천막 몇 개가 눈에 들어왔다. 천막 자락이 말려 올라가, 침상에 누워 잡담을 하는 사병 몇 명을 볼 수 있었다. 멍하니 표지를 보니 '5279병참 트럭 중대'라고 쓰여 있었다. 그는 한숨을 쉬고 계속 걸음을 옮겼다. 호강은 온통 병참부 놈들 차지군, 하고 중얼거렸으나 딱히 화가 나는 건 아니었다.

그는 헤네시가 죽은 지점을 지났다. 죽은 헤네시를 생각하니 측은한 마음이 들어 걸음을 멈추고 모래를 한 줌 집어 손가락 사이로 흘렸다. '아직 세상에 대해 아무것도 모르는 어린 녀석이었는데.' 그는 생각했다. 물에서 좀 더 먼 곳으로 옮겨놓기 위해 헤네시를 들어 올렸을 때 녀석의 철모가 벗겨져 떨어졌던 일이 불현듯 떠올랐다. 둔탁하고 귀에 거슬리는 소리를 내며 떨어진 녀석의 철모는 마찰음과 함께 모래 위를 한 번 굴렀었다. 녀석의 죽음을 말해 주는 것은 고작 그것이 전부였다. 상의 주머니 속의 편지가 생각나자, 몸이 떨리기 시작했다. 봉투의 날짜를 보았기 때문에, 그는 그것이 자기가 받을 수 있는 마지막 편지임을 알았다. 어쩌면 메리가 한 통을 더 썼을지도 모른다고 생각하면서 그는 모래를 걷어찼다. 그리고 주저앉아서, 마치 굴속에서 막 먹이를 먹으려는 짐승처럼 경계하는 눈초리로 사방을 두리번거리고 나서야 편지의 겉봉을 뜯었다. 그 소리가 그의 신경을 자극했다. 그는 지금 자신의 동작 하나하나가 의미하는 종결성을 의식하고 있었다. 헤네시를 가엾게 여기는 자신의 마음이 문득 우습게 느껴졌다. "내 처지에 무슨 빌어먹을 남 걱정이야." 그가 중얼거렸다. 손에 든 편지지가 애처로울 정도로 가냘프게 느껴졌다.

편지를 다 읽고 나서, 그는 마지막 구절을 다시 한 번 읽었다. "로이, 여보, 이 편지를 쓰고 나면 한 이틀 동안은 편지를 쓸 수 없을 거예요. 조금 전에 진통이 시작돼서 제이미가 뉴컴 선생님을 부르러 갔거든요. 의사 선생님한테서 난산이라는 말을 들었기 때문에 겁이 많이 나요. 하지만 다 괜찮을 테니 너무 걱정 말아요. 당신이 곁에 있으면 얼마나 좋을까요. 당신 이야말로 부디 몸 조심해요. 혼자가 되는 건 두려운 일이니까요. 당신을 많이 사랑해요, 여보."

그는 편지를 접어서 주머니에 도로 집어넣었다. 가슴이 둔하게 아려 왔다. 이마가 타는 듯이 뜨거웠다. 그는 몇 분 동안 아무 생각도 하지 않다가, 비통한 마음으로 침을 뱉었다. 아아, 빌어먹을 여자들 같으니. 그저 사랑, 사랑밖에 모르지. 사랑해요, 여보, 어쩌고. 그저 남자를 붙잡아 둘 생각뿐이야. 그는 또 한 번 몸을 부르르 떨었다. 그는 여러 달 만에 처음으로 느낀 결혼 생활의 좌절감과 불쾌감을 기억에 떠올렸다. 여자들은 그저 남자를 붙잡아 놓을 생각만 하고, 일단 남자를 잡고 나면 시들어 버리거든. 제기랄. 그는 아침이면 메리의 안색이 파리하던 일, 잠잘 때는 왼쪽 턱이 부어오르던 일을 생각했다. 그들의 가정에서 벌어진 여러 가지 사건들, 삶의 불유쾌한 단면들이 냄비 안에서 막 끓기 시작한 진한 스튜처럼 그의 머릿속에 거품을 일으키며 부글부글 끓어올랐다. 메리는 집 안에서는 꼭 끼는 헤어네트를 쓰고, 늘 끝이 너덜너덜한 낡은 슬립 차림으로 퍼질러져 있었다. 그 가운데 가장 불쾌했던 일은 그 스스로도 터놓고 인정해 본 적 없는 것으로, 화장실 벽이 얇아서 메리가 용변 보는 소리가 다 들렸다는 사실이다. 메리는 결혼한 후 삼 년 동안 완전히 시들어 버렸다. 자기 몸을 제대로 건사하지 않아서 그렇지, 하고 그는 씁쓸한 마음으로 생각했다. 이 순간 그는 아내와의 추억을 미워했고, 지난 몇 주 동안 아내가 그에게 안겨 준 고통을 미워했다. 밤낮 사랑 타령을 하면서 제 꼬락서니가 어떤지는 조금도 생각을 안 한단 말이야. 그는 또 한 번 침을 뱉었다. 도대체…… 도대체 '예의'라는 게 없다니까. 그건 사실 '정숙함'이라는 의미로 한 말이었다. 갤러거는 비대하고 매우 단정치 못한 메리의 어머니를 생각했다. 그러자 여러 가지 일들에 대해 말로 표현할 수 없는 분노가 치밀어 올랐다. 장모의 덩치가 크다는 사실, 돈이 없어서 초라하고 비좁은 아파트에서 살 수밖에 없었던 일, 단한 번도 운이 따라 준 적이 없었던 것들에 대한 분노였다. 아내가 죽음으로써 그에게 너무도 많은 고통이 찾아왔기 때문이었다. 도대체가 운이 한 가지라도 따라 줘야 말이지. 혜네시가 생각나자 그의 입이 굳게 닫혔다. 포탄이 머리통을 날렸지…… 뭘 위해서, 대체 뭘 위해서? 그는 담뱃불을 붙이고 성냥을 던졌다. 그리고 모래 위에 떨어지는 성냥을 눈으로 쫓았다. 빌어먹을 유대 놈들, 그놈들을 위해 전쟁을 하다니. 그는 골드스타인을 생각했다. 병신 같은 새끼들. 끌고 가던 포를 놓치질 않나, 기껏 술을 대접하겠다고 했더니 거절하질 않나. 그가 비틀거리며 일어나 다시 걷기 시작했다. 고통과 증오심이 머릿속을 탕탕 내리치는 것 같았다.

거대한 해초가 파도에 밀려 해변에 올라와 있었다. 그는 물가로 다가가 그것을 보았다. 그 암갈색 해초는 150미터 정도는 되어 보일 정도로 매우 길었다. 그것의 거무스레하고 탄력 있는 껍질이 뱀처럼 번들거리는 것을 보자, 그는 덜컥 겁이 났다. 동굴 속의 시체들이 머리에 떠올랐다. "우리는 주정뱅이 개새끼들이야." 그가 혼자 중얼거렸다. 그는 가책을 느꼈다. 아니, 뭔가 나쁜 짓을 했다는 느낌이 들어 자기 마음에 일부러 가책을 불러일으켰다고 하는 편이 정확했다. 해초는 그의 마음에 자리한 두려움을 자극했다. 그는 다른 곳으로 걸음을 옮겼다.

몇 백 미터를 걸어간 끝에, 갤러거는 바다가 내려다보이는 어느 모래 언덕 위에 올라가 앉았다. 폭풍우가 곧 몰려올 기미여서인지, 갑자기 한기가 느껴졌다. 길이가 50킬로미터는 좋이 될 것 같은 가자미 모양의 검은 구름이 하늘을 온통 뒤덮다시피 했다. 돌연 일어난 바람이 모래를 휘몰아쳐 해변 위로 수평의 모래 막을 날렸다. 갤러거는 그곳에 앉아 비를 기다렸으나 오지 않았다. 그는 감미로운 우수에 젖어 눈앞에 펼쳐진 삭막하고 우울한 풍경, 멀리서부터 해변으로 밀려와 부딪치는 파도의 흰 거품을 감상했다. 그는 딱히 자신의 행동을 의식하지 않은 채, 모래 위에 여자의 모습을 그리기 시작했다. 젖가슴이 크고 허리가 잘록하고 둔부가 풍만한 여자였다. 새삼 진지하게 그 그림을 보자니 메리가 작은 젖가슴을 몹시 부끄러워하던 일이 떠올랐다. 메리는 언젠가 이런 말을 한 적이 있었다. "가슴이 좀 컸으면 좋겠어요."

"왜?"

"당신이 큰 가슴을 좋아하니까."

그는 마음에도 없는 말을 했다. "아냐, 그 정도가 딱 좋아."

다정한 감정이 소용돌이치듯 그를 휘감았다. 메리는 몸집이 아주 작은 여자였다. 그는 그녀가 때때로 어린 소녀처럼 보이던 일, 그녀의 심각한 표정이 내심 우스웠던 일을 생각했다. 낮게 웃음이 나왔다. 그러자 갑자기, 마음의 대비를 할 겨를도 없이 영영 죽어 버려서 다시는 그녀를 볼 수 없다는 사실이 현실로 밀어닥쳤다. 그 인식은 수문을 열었을 때 물이 마구 쏟아져 나오듯 아무런 저항도 받지 않고 그를 휩쓸었다. 그는 자신의 흐느낌 소리를 들었다. 그리고 나중에는 자기가 숨 막힌 듯 꺽꺽거리며 괴롭게 울고 있다는 것도 의식하지 못했다. 그저 한없는 슬픔이 그를 이완시켜 자신의 비통함과 불만과 두려움의 응어리가 풀리는 것을 느꼈고, 그렇게 탈진할 때까지 모래 위에 엎드려 울고 또 울었다. 메리의 부드럽고 다정한 면모가 다시 기억났다. 열띤 사랑의 행위를 할 때 서로에게 부딪쳐 오던 두 사람의 땀에 젖은 뜨거운 육체의 리듬이 떠올랐고, 아침에 일터로 나가는 그에게 도시락을 건넬 때 그녀가 보여 주던 미소의 의미가 막연히 깨달아졌고, 해외로 떠나오기 전 휴가 마지막 날 밤에 서로에게 느꼈던 서글픈 애착의 감정이 기억났다. 두 사람이 달빛 좋은 날 보스턴 항으로 바람을 쐬러 나가서, 뱃고물에 앉아 손을 마주 잡고 다정하게 서로에게 열중한 채 부서지는 파도를 말없이 지켜보던 일도 가슴 아프게 기억났다. 메리는 좋은 여자였어. 그가 혼잣말을 했다. 그는 막연히 메리만큼 자기를 잘 이해해 준 사람은 없었다고 생각했다. 메리가 자기를 이해하면서도 사랑했다는 것을 깨닫고 내심 안도감을 느꼈다. 그런 생각은 메리를 잃은 슬픔이 만들어 낸 상처를 다시 들쑤셨고, 그는 자신이 어디에 있는지도 의식하지 못하고 가슴을 에는 처절한 슬픔 외에는 아무것도 느끼지 못한 채 오래도록 모래 위에 엎어져서 비통하게 울었다. 마지막으로 받은 편지가 생각날 때마다, 그는 다시금 발작처럼 몰아치는 슬픔에 몸부림을 쳤다. 아마도 한 시간이 다 되어 가도록 그렇게 울었을 것이다.

마침내 기진한 그는 개운하고 너그러운 기분이 되었다. 처음으로 그는 자기에게 아이가 있다는 사실을 기억해 내고는, 그 아이가 어떻게 생겼으며 또 아들인지 딸인지가 궁금해졌다. 한순간 미묘한 기쁨이 일었다. 만약 아들이면 일찍부터 단련을 시켜야겠다고 마음먹었다. 프로 야구 선수로 길러야지. 벌이가 좋으니까. 그런 생각들이 썰물처럼 빠져나가면서 그의 마음은 편안하고 허탈한 상태가 되었다. 그는 뒤편에 펼쳐진 빽빽한 정글을 우울하게 돌아보고는, 얼마나 걸어야 돌아갈 수 있을까 하고 생각했다. 해변에는 여전히 바람이 몰아치고 있었다. 그의 감정이 증기처럼 모호해져 변덕을 부렸다. 그는 다시 슬퍼져서 겨울 해변 위로 부는 바람처럼 춥고 외로운 것들만 생각했다.


갤러거가 그런 불행을 당하다니 정말 안타까운 일이야, 하고 로스는 생각했다. 하역 작업을 하던 소대원들이 휴대 식량을 먹느라고 한 시간 동안 휴식을 취했고, 로스는 식사 후 해변을 따라 천천히 거닐었다. 그는 지금 어디론가 가 버렸다가 다시 돌아온 갤러거의 모습을 떠올렸다. 눈가가 붉은 것을 보니 운 것 같았다. 그래도 잘 견뎌 내는 편이야, 라고 생각하며 로스는 한숨을 쉬었다. 하긴 교육을 받지 못한 무식한 친구이니 어쩌면 감정 자체가 단순할지도 몰랐다. 로스는 고개를 절레절레 흔들고 계속 모래 위로 무거운 걸음을 옮겼다. 생각에 잠겨 턱을 가슴이 파묻다시피 했기 때문에, 꼽추처럼 보기 흉한 그의 등 모양이 두드러져 보였다.

아침에 하늘을 덮었던 커다란 비구름이 바람에 날려 가고, 태양이 작업모 위로 뜨겁게 내리쬐었다. 그는 걸음을 멈추고 이마의 땀을 닦았다. 열대 기후는 변덕이 심해, 독기가 있어서 건강에 해로워, 하고 그는 생각했다. 상륙정에서 보급품 더미로 짐을 나르느라 팔다리가 아팠다. 한숨이 나왔다. 이런 일을 하기엔 난 너무 나이가 많아. 윌슨이나 리지스나 심지어 골드스타인까지는 괜찮을지 몰라도 나한테는 무리야. 쓸쓸한 미소가 입가에 떠올랐다. 내가 골드스타인을 잘못 봤지 뭐야. 그는 생각했다. 키에 비해 몸이 아주 다부지잖아. 힘이 센 녀석이야. 하지만 그 녀석도 변했지. 대체 무슨 일이 있는지는 모르지만 노상 시무룩해서는 신경이 곤두서 있단 말이야. 1분대가 전방에서 돌아온 뒤로 분명 무슨 일이 있었던 거야. 아마도 전투 때문이겠지. 전투라는 걸 직접 경험하고 나면 사람이 변하는 법이거든. 하지만 처음 만났을 땐 참 명랑한 친구였는데 말이야. 그야말로 낙천가로 보였거든. 그래서 저 녀석은 누구하고라도 잘 어울리겠다 싶었지. 그러고 보니 첫인상이라는 건 믿을 게 못 돼. 브라운 같은 작자는 자기의 판단을 너무도 확신해서 첫인상을 그대로 밀고 간단 말이야. 그래서 나에 대해 편견을 갖고 있는 거야. 하룻밤 보초 근무를 예정 시간보다 좀 오래 섰다고 말이야. 만약 내가 근무 시간을 좀 줄이려고 했다면, 그가 날 어떻게 생각해도 탓할 수 없지. 하지만 이런 식으로라면 나에게 앙심을 품었다고밖에는 해석할 수 없지 않을까.

로스는 코를 문지르고 한숨을 쉬었다. 그들과 친구가 될 수도 있겠지만, 도대체가 공통점이라는 게 있어야지. 그들은 나를 이해하지 못하고, 나도 그들을 이해하지 못하니까. 남들과 어울리려면 모종의 자신감이 있어야 하는데, 나한텐 그런 게 없거든. 대학을 나왔을 때 경제 공황이 오지 않았더라면……. 하지만 그런 말로 자신을 속여 봐야 무슨 소용이겠어. 도무지 적극성이라고는 없어서 어차피 출세는 못했을 거야. 언제까지나 자신을 속일 수는 없는 법이지. 여기 군대에서도 그걸 알 수 있어. 저들이 아는 건 내가 자기들만큼 육체노동을 하지 못한다는 것뿐이야. 그래서 날 업신여기는 거지. 저자들은 내 머릿속에서 어떤 생각들이 오가는지 모르고 신경도 쓰지 않아. 세련된 사상이나 지성 따위가 저들에게 무슨 의미가 있겠어? 저들이 받아 주기만 한다면 난 얼마든지 좋은 친구가 될 수 있어. 하지만 그들이 내 말에 귀를 기울이려 할까? 로스는 답답한 마음에 혀를 찼다. 나는 언제나 이런 식이었지. 하지만 내 자질에 맞는 자리를 얻는다면, 나도 성공할 수 있어.

그는 해초가 파도에 밀려온 곳을 지나다가 호기심이 생겨 그것을 자세히 살펴보러 갔다. 굉장히 큰 다시마로구나. 내 전공 분야이니 뭔가 알 수 있을 것도 같은데 이제는 다 잊어버렸으니. 그렇게 생각하자 기분이 씁쓸했다. 기억을 할 수 없다면 교육이 다 무슨 소용이야? 그는 다시마를 내려다보다가 그것의 꼭지 부분을 손으로 집어 들었다. 뱀처럼 생겼구나. 정말 단순한 생물이야. 뿌리 부위에는 바위에 달라붙을 수 있도록 닻 같은 것이 있고 꼭대기에는 입이 있는데, 이 두 부분이 연결되어 있지. 이 이상 단순할 수는 없어. 원시 생물, 갈조류. 그래 그거였어. 애를 써 보면 생각이 날 것도 같아. 매크로시스티스 뭐라고 했었지, 아마. 그렇게 불렸던 것 같은데. 보통은 악마의 구두끈이라고 하지만, 아니, 그건 다른 거였나? 매크로시스티스 피리페라.[28] 맞아, 강의 시간에 배웠지. 앞으로 식물학 지식으로 뭘 해 보는 게 좋을지도 모르겠어. 배운 지 십이 년밖에 안 지났으니, 기억을 되살리면 그걸 이용해서 괜찮은 일자리를 얻을 수 있을지도 몰라. 식물학은 재미있는 분야거든.

그가 다시마의 꼭지를 손에서 놓았다. 이건 특이한 식물이야. 좀 더 기억이 나면 좋으련만. 플랑크톤, 녹조류, 갈조류, 홍조류 등 모든 해양 식물들은 연구할 만한 가치가 있지. 그러고 보니 나도 꽤 많이 기억하고 있구나. 도라에게 편지로 내 식물학 노트들을 좀 찾아보라고 부탁해야겠어. 어쩌면 다시 공부를 시작해야 할지도 모르니까.

그는 해변에 있는 해초나 유목(流木) 들을 살피면서 온 길을 되돌아갔다. 죄다 죽은 것들이다, 하고 생각했다. 모든 살

---

28) macrocystis pyrifera. 다시마목 다시마과에 속하는 대형 갈조류.

아 있는 것들은 결국은 죽게 되지. 나도 벌써 그걸 느낄 수 있어. 내가 늙어 가고 있다는 걸. 서른넷이니까, 벌써 인생의 반을 산 셈인데, 그동안 이렇다 하게 내놓을 만한 일이라곤 한 게 없어. 그런 뜻을 가진 히브리 말이 있는데, 골드스타인은 알겠지. 하지만 히브리 말을 배우지 않은 걸 후회하진 않아. 현대인은 나처럼 사는 편이 좋아.

아, 어깨가 쑤시는군. 하루 정도는 쉬게 해 줘도 되는 것 아닐까? 멀리 소대원들이 보이자, 로스는 마음이 불안해졌다. 다시 일을 하고 있군. 다들 비꼬며 한마디씩 할 텐데 뭐라고 하지? 해초를 살펴봤다고 할 순 없잖아. 아무도 이해하지 못할 텐데. 왜 좀 더 일찍 돌아올 생각을 못했을까?

피곤을 느끼는 가운데 한껏 위축된 마음으로, 로스가 뛰기 시작했다.


"넌 뭐야…… 시칠리아 사람이야?" 폴래크가 미네타에게 물었다. 그들은 모래 위에서 함께 무거운 걸음을 옮기는 중이었다. 미네타가 거친 숨소리와 함께 그들이 새로 쌓기 시작한 휴대 식량 더미 위에 상자를 내려놓았다. "아니, 베네치아 쪽이야." 그가 말했다. "우리 할아버지는 거물이었어. 베니스 근처의 귀족이었지." 두 사람은 상륙정 쪽으로 다시 가기 위해 돌아섰다. "그걸 네가 어떻게 알아?" 미네타가 폴래크에게 말했다.

"글쎄 왜겠어?" 폴래크가 말했다. "나는 이탈리아계 이민자들 사이에서 살았거든. 그들에 대해서는 너보다 내가 많이 알아."

"아니, 그럴 리가 없는데." 미네타가 말했다. "있잖아, 지금 껏 아무에게도 이런 말 한 적 없는데 말이야, 너도 알잖아, 여 기 놈들이 어떤지. 저놈들은 내가 헛소리를 지껄인다고 할 거 야. 하지만 너한테는 사실을 말해 줄게. 넌 날 믿을 테니까. 사 실 이탈리아에서 우리 집안은 상류 계급이었어. 귀족이었다 고. 우리 아버지는 평생 단 하루도 일을 한 적이 없는 사람이 야. 그저 사냥이나 하러 다니는 게 전부였지. 우리 집안 소유 의 진짜 영지가 있었거든."

"그래?"

"넌 내가 거짓말을 한다고 생각하겠지. 자, 내 얼굴을 잘 봐 봐. 보다시피 나는 머리칼이 옅은 갈색이고 피부도 흰 편이라 이탈리아 사람같이 보이지는 않아. 우리 집안사람들은 나를 제외하고 다 금발이야. 나만 좀 튀는 거고. 그걸로 귀족들을 구분해 낼 수 있어. 모두 피부색이 희거든. 우리 고향 마을의 이름도 우리 조상인 미네타 공작의 이름에서 따왔다고."

폴래크가 주저앉았다. "이렇게 똥 빠지게 일할 필요 뭐 있 어? 쉬엄쉬엄 하자고."

미네타는 열심히 설명을 이어 나갔다. "있잖아, 내 말이 믿 기지 않으면 언제 뉴욕에 오거든 날 찾아와. 우리 집안의 훈장 들을 보여 줄게. 아버지는 툭하면 그걸 꺼내 갖고 와서 우리에 게 보여 주곤 했거든. 아이고, 등이야. 훈장이 상자에 가득해."

이때 크로프트가 옆을 지나가다 그들을 돌아보며 말했다. "어이 너희들, 그만 빈둥거리고 일해."

폴래크가 한숨을 쉬고 일어났다. "이런 일 열심히 해 봐야 무슨 영화가 있나. 우리가 좀 쉰다고 크로프트에게 손해라도 가나?"

"진급을 의식하고 저러는 거지." 미네타가 말했다.

"다들 그 모양이야." 폴래크가 대꾸했다. 그는 '그' 모양이라고 말할 때, '귀' 모양이라고 발음했다.

미네타가 고개를 끄덕였다. "전쟁이 끝난 다음 저런 놈들을 만나면 내 그냥……."

"뭘 어쩌게? 크로프트한테 술이라도 한잔 사게?"

"내가 저 녀석을 무서워하는 줄 알아?" 미네타가 말했다. "잘 들어, 내가 이래 봬도 골든 글러브스에서 권투를 했던 사람이야. 저런 놈들 따위 무서워할 일이 없다고." 폴래크가 씩 웃는 것이 그의 비위에 거슬렸다.

"글쎄, 로스 정도나 상대할 수 있을까." 폴래크가 말했다.

"아, 지랄 마. 너하고는 말이 안 통해."

"나야 무식하니까."

그들은 상륙정 안의 짐 더미에서 상자 두 개를 들고는 보급품 더미로 걸음을 옮기기 시작했다. "제기랄, 더 이상은 못 참겠어." 미네타가 벌컥 화를 냈다. "이러다가는 내가 가진 야망이란 야망은 다 잃어버리겠어."

"아, 그러셔?"

"넌 날 우습게만 알지?" 미네타가 물었다. "민간인 시절의 내 모습을 못 봐서 그래. 나는 옷도 멋지게 입을 줄 알고 인생도 즐길 줄 아는 사람이었어. 어떤 일에서든 늘 앞서 갔단 말이야. 스탠리처럼 남의 비위나 살살 맞추면서 진급에 목을 맸다면 지금쯤 분대장이 되어 있을 거야. 하지만 그럴 만한 가치가 있을까? 사람에겐 자존심이라는 게 있어야 하잖아."

"뭣 때문에 그렇게 화를 내는 거야?" 폴래크가 물었다. "난 말이야, 일주일에 150달러를 벌던 사람이야. 차도 있었어. 나는 레프티 리조의 측근이었어. 힘 있는 측근이었지. 세상의 여자란 여자는, 모델이건 배우건 반반한 것들 중 내가 눕히지 못한 년들이 없었지. 그런데도 일은 일주일에 스무 시간밖에 안 했거든. 아니지, 스물다섯 시간이었다. 일주일에 엿새씩 저녁 5시부터 9시까지 사람들의 돈을 수금하는 일을 했어. 그랬던 내가 우는소리 하는 거 들어 봤어? 모든 건 다 그때그때의 운에 달린 거야. 지금은 그저 납작 엎드려 느긋하게 시간을 보내는 게 최선이라고." 폴래크가 말했다.

폴래크는 스물한 살 정도 되었을 거라고 미네타는 생각했다. 그런데도 그렇게 많은 돈을 벌었다니, 그가 거짓말을 하는 게 아닌가 하는 의심이 들었다. 폴래크는 언제나 자기가 무슨 생각을 하는지 제대로 넘겨짚는 데 반해, 자기는 폴래크가 무슨 생각을 하는지 도무지 알 수가 없다는 생각이 들 때마다 미네타는 마음이 불편했다. 어떤 대답을 해야 할지 몰라 그는 폴래크에게 시비를 걸었다. "그저 납작 엎드려 있으란 말이지, 응? 그래, 넌 군대에 들어오고 싶어서 들어온 거야?"

"내가 입대를 피하지 못했다고 누가 그래?"

미네타가 콧방귀를 뀌었다. "당연한 일 아냐? 머리가 있는 놈이라면 달리 어쩔 수 없는 경우가 아닌 바에야 군대에 들어

올 리가 없잖아." 그는 들고 온 상자를 다른 상자들 위에 내려 놓고, 상륙정 쪽으로 다시 걸음을 옮기기 시작했다. "군대에 갇혀 있으면 빼도 박도 못하는 거야. 무슨 일이 생겨도 할 수 있는 게 아무것도 없어. 갤러거만 봐도 그래, 마누라가 죽었는데도 저 불쌍한 녀석은 여기 갇혀서 옴짝달싹도 못하잖아."

폴래크가 씩 웃었다. "갤러거가 왜 기분이 나쁜지 알고 싶어?"

"나도 알아."

"아니, 넌 몰라. 나한테 사촌이 하나 있는데, 교통사고로 마누라가 죽었지 뭐야. 내 사촌이 울고불고 하는 꼴을 너도 봤어야 해. 대체 무엇 때문인지 알아? 여자 때문일까? 그래서 내가 좀 달래 보려 사촌에게 말해 줬지. '이봐, 무엇 때문에 그렇게 눈물을 펑펑 쏟는 거야? 세상에 널린 게 여자야 육 개월 후면 다른 여자하고 살림을 차리고 죽은 마누라는 얼굴도 기억하지 못할 거라고.' 그랬더니 사촌이 날 보고 울부짖는 거야. '엉엉엉' 하면서 말이야. 그래서 내가 또 한 번 달래 보려 했지. 그랬더니 뭐랬는지 알아?" 폴래크가 잠시 뜸을 들였다.

"뭐랬는데?"

"그가 그러더군. '육 개월을 어떻게 기다려? 오늘 밤은 어떡하고?'"

미네타는 자기도 모르게 웃어 버렸다.

폴래크가 어깨를 으쓱하고 상자를 한 개 집어 들었다. "믿거나 말거나, 난 그저 그런 일이 있었다고 얘기해 주는 거야." 그가 걸음을 옮기기 시작했다. "이봐, 지금 몇 신지 아나?"

"2시야."

폴래크가 한숨을 쉬었다. "이 짓을 두 시간이나 더 해야 하는군." 그가 모래 위를 터벅터벅 걸었다. "잠깐, 책을 한 권 쓴 여자 이야길 해 줄게."

소대는 3시에 오후의 마지막 휴식을 취했다. 브라운 옆에서 모래 위에 퍼질러 누워 있던 스탠리가 브라운에게 담배를 한 대 권했다. "사양 말고 피워도 돼. 어차피 담배는 내가 대 주는 셈이잖아."

브라운이 신음 소리를 내고는 기지개를 켰다. "나도 나이를 먹나 봐. 하긴 이런 열대의 더위 속에서는 아무도 제 구실을 할 수가 없지."

"그냥 꾀가 나서 빈둥거린다고 솔직히 시인하지?" 상병으로 진급한 후 브라운을 대하는 스탠리의 태도에는 미묘한 변화가 있었다. 이제는 브라운의 말에 무턱대고 맞장구를 치지도 않았고, 브라운에게 슬슬 농을 치는 일도 빈번했다. "그러다 일주일만 더 지나면 로스 꼴 나겠어." 그가 말했다.

"집어치워."

"괜찮아, 병장. 다 알고 하는 소리니까." 스탠리는 자신에게 일어난 변화를 의식하지 못했다. 소대에 배치된 후 수개월 동안 그는 항상 바짝 긴장해 있었고, 무슨 말이건 그 목적을 생각하거나 의식하지 않고는 먼저 입 밖에 내는 법이 없었다. 병사들도 신중하게 가려서 어울렸고, 브라운이 좋아하는 것과 싫어하는 것을 기준으로 하여 그에 맞게 처신했다. 주의 깊게 분석해 보지도 않고, 브라운이 처음부터 별로 호감을 갖지 않는 병사들에 대해서는 자신도 미묘하게 브라운과 같은 태도를 취했다. 그리고 브라운이 좋게 말하는 병사들에 대해서는 자신도 호감을 갖는 것이 유리하다는 판단을 내렸다. 그렇다고 그가 의식적인 계획하에 그런 식으로 행동한 것은 아니었다. 그는 자기에게 상병으로 진급하고 싶은 욕심이 있다는 것을 알았지만, 그것을 스스로 인정한 적은 없었다. 그는 다만 브라운과의 관계에서 그의 마음이 일으키는 암시와 갈망에 따랐을 뿐이었다.

브라운은 그런 스탠리의 셈속을 알고 있었고, 남몰래 그를 비웃기도 했지만, 결국은 그를 천거하여 상병으로 진급시켰다. 딱히 자각한 것은 아니지만, 그는 스탠리가 보이는 존경심과 경의, 그리고 자기가 하는 모든 말에 대해 온전히 열중하는 태도 등에 마음이 훈훈해져 어느새 스탠리에게 많이 의지하게 되었다. 브라운은 언제나 스탠리가 자신에게 알랑거린다고 생각했고, 그 속셈도 빤히 알고 있었지만, 그럼에도 크로프트가 상병 진급을 두고 그에게 의논을 해 오자 스탠리 말고는 아무도 떠올리지 않았다. 다른 병사들에게는 모두 상병으로 추천하지 않을 이유들이 있었다. 브라운은 그들이 상병 후보로 고려하던 다른 병사들을 자신이 어떤 이유로 경멸하게 되었는지는 잊었지만, 그런 감정을 자극한 것은 스탠리였다. 놀랍게도, 그는 자기도 모르는 사이에 크로프트 앞에서 스탠리를 칭찬하고 있었다.

상병으로 진급한 후, 명령을 내리는 일에 익숙해지면서 스탠리의 변화는 뚜렷해졌다. 음성에 권위가 들어갔고, 자신의 기분을 거스르는 사병들을 괴롭히기 시작했으며, 브라운에게 허물없는 태도를 보였다. 이번에도 구체적으로 생각해 본 적은 없지만, 그는 브라운이 더 이상 자기를 도울 수 없다는 것을 알았다. 병장들 가운데 한 명이 부상을 당하거나 전사하지 않는 한 그는 상병 계급에 머무를 수밖에 없었다. 처음에는 그도 브라운의 비위를 맞추고 맞장구를 쳐 주고 했지만, 점차 그의 위선적인 면을 의식하게 되면서 어쩔 수 없이 거북함을 느끼기 시작했다. 이제 그는 브라운이 명백히 잘못된 말을 하거나 행동을 할 때 그것을 의식하게 되었다. 그는 자신의 의견을 분명하게 개진하기 시작했고, 그러다 보니 어느새 큰소리를 치는 정도가 되었다.

지금 스탠리는 느긋하게 담배 연기를 내뿜고는 같은 말을 되풀이했다. "그래, 너는 딱 로스 꼴이 되어 가고 있어." 브라운은 아무 대꾸도 하지 않았다. 스탠리가 침을 탁 뱉었다. "로스란 놈에 대해 할 말이 있는데." 그가 말을 꺼냈다. 말투 역시 브라운의 그것처럼 단언하는 투로 변해 있었다. "악의가 있는 건 아닌데, 배짱이 전혀 없어. 모험 같은 건 아예 하려고 들질 않아서 결국은 늘 실패로 끝내고 말 그런 놈이야."

"헛소리하지 마." 브라운이 그에게 말했다. "총알이 날아오는데 모험을 할 놈이 몇이나 되겠어?"

"아니, 난 그런 뜻으로 한 말이 아냐." 스탠리가 말했다. "녀석을 보면 민간인 시절에 어떻게 살았는지 알 수 있잖아. 너나 나처럼 출세는 하고 싶어 하면서도 뭔가 물고 늘어질 배짱은 없지. 녀석은 지나치게 소심하거든. 크게 성공하려면 영리해야 하는데 말이야."

"그래서 넌 뭘 했는데?" 브라운이 물었다.

"나는 모험을 했지. 그걸로 성공도 했고."

브라운이 웃었다. "남편이 집에 없는 사이에 그 마누라를 따먹는 데 성공했다 이거지?"

스탠리가 또 한 번 침을 탁 뱉었다. 그것은 크로프트에게서 배운 버릇이었다. "내 얘길 좀 들어 봐. 내가 루시와 결혼한 직후의 일이었는데, 다른 주로 이사를 가는 어떤 친구에게서 가구를 엄청 싼값에 살 기회가 있었거든. 그런데 문제는 그 친구가 현금을 달라는 거야. 나한텐 그만한 돈이 없었고, 아버지도 그때는 돈이 없었어. 새로 사면 1000달러는 좋이 들었을, 거실 가구 전체를 고작 300달러에 살 수 있는 기회였는데 말이야. 알잖아, 그런 걸 갖춰 놓으면 사람들을 초대해도 폼이 나거든. 그래서 내가 어떻게 했을 것 같아? 아쉽지만 어쩔 수 없지, 하며 손 놓고 포기해 버린 줄 알아? 아니, 절대 아니지. 난 내가 일하던 자동차 정비소에서 그 돈을 빼돌렸어."

"돈을 빼돌리다니, 무슨 말이야?"

"기회만 잘 노리면 그리 어렵지도 않아. 나는 그곳에서 부기계원이었는데, 수리비로 들어오는 돈이 하루에 1000달러 정도였거든. 큰 정비소였어. 나는 그냥 금전 등록기에서 돈을 꺼내고는, 수리비 총액이 300달러가 되는 자동차 석 대분의 작업 완료 전표를 다음 날까지 쥐고 있었어. 차들은 그날 오후에 나갔지만, 장부에 올리지 않은 거야. 그래야 그날 수리가 끝나고 수리비가 지불되었다는 영수증들을 확인했을 때 금액 차이가 나지 않으니까. 그러고는 그다음 날이 되면 장부에 전날의 수리 금액을 기입하고 또 다른 석 대분을 그다음 날로 넘긴 거지."

"언제까지 그런 식으로 넘어갔는데?" 브라운이 물었다.

"이 주일 동안을 그랬는데, 어땠을 것 같아? 수리비가 두어 대분밖에 안 들어오는 날도 한 이틀 정도 있었어. 그럴 땐 정말 진땀이 났지. 300달러를 빼내고 나면 남는 돈이 얼마 되지 않았으니 말이야. 물론 전날 기입하지 않은 영수증들을 이월했지만, 차의 숫자가 너무 적어서 누군가가 그날 장부를 들여다보았다면 이상하게 생각했을 거야."

"그래서 어떻게 해결했는데?" 브라운이 물었다.

"끝내주게 잘 해결했지. 가구를 사들인 후에, 나는 그걸 담보로 300달러를 대출받았어. 한 이틀 안에 대출받은 300달러를 정비소의 금전 등록기에 도로 갖다 넣고는, 대출금은 월부로 쪼개서 갚아 나갔지. 어쨌든 결과적으로 가구는 거저나 다름없는 가격으로 산 셈이야. 이 일로 사람들에게 좋은 인상을 남기지 못했을 수도 있겠지. 하지만 그런 일을 벌이지 않았다면, 절대 그런 가구를 손에 넣지 못했을 거야."

"대단하군." 브라운도 인정했다. 그는 감명을 받았다. 그것은 그가 몰랐던 스탠리의 일면이었다.

"사실 아주 죽을 맛이긴 했어." 스탠리가 말했다. 그는 그이 주일 동안 걱정하느라 밤에 잠을 이루지 못했던 일을 생각했다. 밤이면 이런저런 두려움이 엄습해 와 여간 괴로운 게 아니었다. 어두운 새벽 무렵엔 그가 조작해 놓은 숫자들이 헷갈려 감당이 안 되기도 했다. 그는 머릿속으로 자기가 장부에 바꿔 기입해 놓은 금액들을 검토하고 또 검토했다. 그러다 보면 뭔가 실수가 보이는 것 같고, 결국 다음 날이면 들통이 날 거라는 확신이 들곤 했다. 정신을 집중하려 애를 썼지만, 어느 순간 자기가 머릿속으로 똑같은 덧셈을 되풀이하고 있는 것을 발견했다. "8에 35를 더하면…… 더하면…… 3에다 1을 올리고……." 그는 속이 불편해서 음식을 제대로 먹을 수도 없었다. 절망과 불안에 완전히 압도되어 침대 위에서 식은땀을 흘리며 누워 있을 때도 있었다. 자기가 하는 짓을 남들이 다 아는 게 아닐까 하는 의구심마저 들었다.

이런 상황은 아내와의 잠자리에도 영향을 미쳤다. 그는 막 열여덟 살이 되었을 때 결혼을 했는데, 바로 그 일이 있기 몇 주 전의 일이었다. 경험이 부족한 터라, 스스로를 통제할 능력이 없었다. 예민하고 미숙했던 그는 지나치게 빨리 사정을 해 버리곤 했다. 그가 그토록 일찍 결혼을 한 것은 사랑에 빠졌기 때문이기도 하지만 시건방진 자신감 때문이기도 했다. 사람들은 늘 그더러 나이보다 성숙해 보인다고 했고, 그는 자신의 운을 믿고 까짓 한번 해 보자는 심정으로 짐을 짊어지는 모험을 한 것이었다. 그가 가구를 산 것도 같은 이유였지만 그로 인한 걱정, 가정을 짊어져야 한다는 부담은 사실 감당하기 어려운 것이었다. 그리고 한 가지가 잘 안 되자 다른 것에서도 불안이 생겼다.

돈을 도로 채워 놓은 후, 아내와의 잠자리는 다소 나아졌지만 거기에 필요한 자신감은 언제나 결여되어 있었다. 그는 무의식중에 긴 시간 아내와 정열적으로 애무하며 보냈던 결혼 전의 시절을 그리워했다. 그러나 스탠리는 그런 내색을 좀처럼 하지 않았다. 그는 가구를 사들인 경위를 아내에게 절대 이야기하지 않았고, 아내와의 잠자리에서는 뜨거운 열정을 가장했는데, 그러다 보니 나중에는 그 스스로도 그것을 믿게 되었다. 그는 자동차 정비소에서 회계사 사무실로 자리를 옮겨 사무원으로 일하는 동시에 야간 학교에서 회계학을 공부했다. 다른 돈벌이 수단도 배웠고, 아이도 계획적으로 만들었다. 새로운 돈 걱정이 생기자, 꼼짝 않고 누운 채 어둠 속에서 천장을 쳐다보며 땀을 흘리는 밤도 많아졌다. 그러나 아침에는 언제나 자신감이 생기고 모험을 해 볼 만하다고 생각했다.

"그것 때문에 아주 죽을 맛이었지." 그가 브라운에게 다시 한 번 말했다. 그때 일은 결코 기분 좋은 기억이 아니었지만, 그의 마음 깊은 곳에 긍지를 심어 준 것은 사실이었다. "출세를 하려면 상황 판단을 잘해야 해." 그가 말했다.

"그래, 누구를 빨아 줘야 자기한테 유리한지도 알아야 하지." 브라운이 그의 아픈 곳을 찔렀다.

"그것도 그 일부지." 스탠리가 차갑게 대꾸했다. 브라운은 여전히 여차하면 건드릴 수 있는 그의 약점을 쥐고 있는 셈이었다.

스탠리는 브라운에게 대꾸할 만한 좀 더 나은 말을 찾으며 해변에 퍼질러 누워 있는 병사들 쪽으로 시선을 돌렸다. 해변 끝에서 살금살금 걸음을 옮기며 정글 쪽을 살피는 크로프트의 모습이 눈에 들어왔다. 그가 크로프트를 지켜보았다.

"크로프트가 뭐 하는 거야?" 그가 물었다.

"아마 뭔가를 본 모양이지." 브라운이 말했다. 그가 천천히 일어섰다. 그들 주변의 소대원들 모두가 마치 새로운 소리와 냄새가 나는 쪽으로 고개를 돌리는 가축들처럼 움직이기 시작했다.

"아, 크로프트야 언제나 무언가를 찾고 있지." 스탠리가 불만스럽게 말했다.

"아니, 무슨 일이 생긴 거야." 브라운이 중얼거렸다.

바로 그때 크로프트가 정글 안쪽을 향해 총을 쏘아 대더니 곧 땅바닥에 엎드렸다. 총성이 갑작스럽게 크게 울리자 소대원들은 몸을 움찔했고, 모래 위에 납작 엎드렸다. 일본군 군인 한 명이 응사해 오자 소대원들은 맹목적으로 정글을 향해 총을 쏘아 대기 시작했다. 스탠리는 어느새 땀을 흠뻑 쏟고 있었고, 그 바람에 자기 총의 가늠쇠에 초점을 맞출 수가 없었다. 그는 감각이 무뎌진 상태로 바닥에 엎드렸고, 총알이 스쳐 지나갈 때마다 자기도 모르게 몸을 움찔했다. 총알이 스치는 소리는 벌이 붕하고 지나갈 때의 소리와 같았다. 그 소리를 듣자 곧 그것에 관한 농담이 생각나서 그는 낮게 웃기 시작했다. 그의 뒤에서 누군가의 비명 소리가 들리더니 총성이 멎었다. 소대원들 사이에 한동안 불안한 침묵이 이어졌다. 스탠리는 모래 위에서 희미하게 연기가 이는 것을 지켜보았다.

마침내 크로프트가 조심스럽게 일어나서 정글 속으로 뛰어들어갔다. 정글 가장자리에서 그는 가장 가까이 있던 병사들에게 오리고 손짓을 했다. 스탠리는 밑의 모래를 응시하면서 자기가 크로프트의 눈에 띄지 않기만을 바랐다. 그렇게 총성 없이 몇 분이 지난 후, 크로프트와 윌슨과 마르티네즈가 숲에서부터 모습을 드러내더니 해변 쪽으로 걸어왔다.

"두 놈을 해치웠어." 크로프트가 말했다. "그놈들뿐이었을 거야. 더 있었으면 달아날 때 배낭을 두고 갔겠지." 그가 모래 위에 침을 탁 뱉었다. "누가 맞은 거야?" 그가 물었다.

"미네타야." 골드스타인이 말했다. 그는 몸을 굽혀 미네타의 한쪽 다리에 구급 지혈대를 누르고 있었다.

"좀 보자." 크로프트가 말했다. 그는 미네타의 바지를 찢고 상처를 들여다보았다. "그냥 스친 거네." 그가 말했다.

미네타가 신음 소리를 냈다. "자기가 당하면 그렇게 말하지 못할걸."

크로프트가 씩 웃었다. "죽지는 않을 테니 걱정하지 마." 그가 돌아서서 그의 주변으로 모여든 소대원들을 보았다. "이런 빌어먹을. 여기 있지 말고 흩어져. 다른 일본 놈들이 이 주변에 있을지도 모르니까." 병사들은 긴장이 확 풀리면서 떠들썩하게 지껄여 댔다. 크로프트가 시계를 보았다. "트럭이 올 때까지 사십 분 정도밖에 안 남았어. 해변에 흩어져서 정신 바짝 차리고 있어. 하역 작업은 더 이상 하지 않는다."

그가 고개를 돌려 옆에 서 있던 상륙정 운전병에게 물었다. "오늘 밤 보급품 더미 옆에서 경비를 설 건가?"

"그래."

"일본 놈들이 주변에 숨어 있을지도 모르니, 오늘 밤은 철야 경비를 서야겠군." 크로프트가 담배를 피워 물고 미네타가 있는 곳으로 갔다. "트럭이 올 때까지 이 자리에 가만히 있어야 해. 지혈대로 꼭 누르고 있어. 아무 일 없을 거야."

스탠리와 브라운이 배를 깔고 엎드려 이야기를 주고받으며 정글 쪽을 보았다. 스탠리는 몸에 힘이 하나도 없었다. 자신이 느낀 공포감을 무시해 보려 애썼으나, 일본군이 바로 옆에 있었는데도 안전하다며 마음 푹 놓고 있었던 일이 자꾸만 생각났다. 어느 때건 안전하다고 장담할 수는 없어, 하고 그는 혼자 중얼거렸다. 그는 격심한 공포감을 겨우겨우 억누르는 중이었다. 온몸의 신경이 갈기갈기 찢기는 기분이었다. 입에서 언제라도 엉뚱한 소리가 나올 것 같아서 그는 브라운에게 고개를 돌리고 처음 머리에 떠오른 말을 내뱉었다. "갤러거는 어떤 느낌이었을까?"

"무슨 소리야?"

"있잖아, 일본 놈들이 죽은 거. 녀석은 마누라 생각을 하고 있었을 텐데."

"아, 그거." 브라운이 말했다. "그거랑 이걸 연결시킬 생각이나 들었겠어?"

스탠리는 윌슨과 조용히 이야기를 나누는 갤러거를 쳐다보았다. "이제 정신을 좀 차리는 것 같아." 스탠리가 말했다.

브라운은 어깨를 으쓱했다. "참 안됐어. 하지만 어쩌면 운이 좋은 건지도 몰라."

"설마 그럴 리가."

"여자로부터 벗어나는 게 얼마나 다행스러운 일인지 본인은 모른단 말이야. 나는 갤러거의 마누라는 모르지만, 갤러거는 그렇게 큰 녀석이 아니야. 아마도 자기 마누라를 만족시키지 못했을지도 몰라. 제기랄, 여자란 기억에 남을 만한 뭔가를 안겨 줘도 뒤에서 딴짓을 하는 법이거든. 그러니 갤러거 마누라가 몰래 재미를 좀 봤다 해도 놀랄 일은 아니지. 더구나 배 속에 아기가 생긴 걸 알고 난 처음 몇 달은 누구랑 놀아나도 걱정할 필요가 없으니 말이야."

"넌 그런 생각밖에 할 줄 모르지." 스탠리가 중얼거렸다. 순간 그는 브라운이 싫었다. 여자에 대한 브라운의 경멸 어린 말이 그가 대개는 억제할 수 있었던 질투심과 불안감을 자극했던 것이다. 그는 한순간 아내가 다른 남자와 놀아나고 있다고 반쯤 확신했다. 곧 그런 생각을 떨쳐 냈지만, 거기 앉아 있는 내내 마음이 불편하고 불안했다.

"내 생각을 말해 주지." 브라운이 말했다. "방금 일어난 일만 해도 그래. 다들 여기저기 앉아서 잡담들을 하고 있는데, 느닷없이 일이 시작된 거잖아. 앞으로 나한테 어떤 일이 벌어질지는 절대 알 수 없어. 미네타라고 지금 겁이 안 나겠어? 녀석은 이제야 무슨 일이 벌어졌는지 실감할걸. 내 말하지만, 귀국해서 미국 땅을 밟기 전까지는 내가 언제 어느 때 당할지 모른다는 생각을 떨치지 못할 거야. 오래 있다 보면 내 차례가 돌아오는 법이니까."

스탠리는 뭐라고 이름 붙일 수 없는 불안감이 내부에서 치솟는 것을 느꼈다. 그는 그것이 일부는 죽음을 두려워하는 데서, 태어나 처음 진정으로 죽음을 두려워하는 데서 비롯된 불안감이라는 것을 어렴풋이 인식했다. 그러나 그것은 또한 조금 전 소규모 총격전이 시작되기 전에 그가 생각했던 모든 일에서 솟아난 불안감이기도 했다. 그의 질투심과 서툴렀던 잠자리 실력도 불안감을 부추겼고, 잠을 못 이루고 초조해하며 집에서 보낸 밤들 역시 불안감의 원천이었다. 무슨 이유에서인지, 갤러거를, 그리고 그의 아내가 그렇게 갑작스럽게 죽은 일을 생각하는 것이 갑자기 고통스럽게 느껴졌다. 아무리 앞을 잘 보며 모든 것을 조심해도, 결국 뒤통수를 맞는단 말이야, 하고 그는 생각했다. 이건 덫이다. 스탠리는 몸이 아플 정도로 진한 초조감을 느꼈다. 사방을 두리번거리며 멀리서 들려오는 포성에 귀를 기울였다. 불안이 고조되면서 잠시 고통스럽기까지 했다. 그는 땀을 흘렸고, 거의 울고 싶은 심정이었다. 한낮의 열기, 모래에 눈부시게 반사되는 햇빛, 총격전으로 인한 신경질적인 피로감 들이 함께 작용하여 그의 힘을 다 빼앗고 있었다. 그는 기운이 없고 겁이 나고 아무것도 이해할 수 없었다. 별다른 사고 없이 완수했던 몇 차례의 수색 임무 외에, 그는 전투를 경험한 적이 없었다. 그런데도 지금 그는 앞으로 전투가 더 있을지도 모른다는 생각에 짙은 혐오감과 두려움을 맛보고 있었다. 본인이 그토록 겁에 질려 있는 주제에 어떻게 전투에서 남들을 인솔할 수 있을까, 하는 의구심이 들었다. 그러면서도 그는 스스로를 억지로 다그쳐서라도 진급을 해야 한다는 것을 알았다. 그 순간의 그에게는 뭔가 잘못된, 뭔가 근본적으로 혼란스러운 것이 있었다. 그가 브라운에게 중얼거렸다. "이놈의 빌어먹을 더위 때문에 자꾸 맥이 빠지네." 그는 그곳에 앉아서 흥건하게 땀을 흘렸다. 막연하게 짓눌러 오는 공포감에 자꾸만 신경이 쓰였다.

"너는 세상을 다 안다고 생각하지만, 그건 천만의 말씀이야." 브라운이 말했다. "자동차 정비소에서의 일은 그저 운이 좋았을 뿐이야. 일본 놈들이 여기 와 있는 걸 우리가 알았다고 생각해? 잘 들어, 스탠리, 네가 자동차 정비소에서 일했을 때도 마찬가지야. 무슨 일이 중간에 불쑥 튀어나오지 않는다고 어떻게 장담할 수 있었겠어? 예전에 내가 했던 장사도 마찬가지지. 찾아보면 성공할 수 있는 요령도 있고 큰돈을 잡을 수 있는 길도 있지만, 결코 확신할 수는 없는 법이거든."

"그래." 스탠리가 말했다. 그는 브라운의 말을 건성으로 듣고 있었다. 스탠리는 자신을 근심과 갈망으로 몰아넣고, 언제나 이익만을 좇도록 만드는 것들에 대해 막연한 반발심을 느꼈다. 무엇이 자신을 그렇게 만들었는지는 알지 못했다. 그러나 말로 표현하진 않아도 그는 자기가 앞으로 살아가는 동안 땀 흘리고 불안해하고 온갖 심적인 고통에 시달리느라 수많은 불면의 밤을 보내게 되리라는 생각을 골똘히 하고 있었다.

# 11

작전은 잘 풀리지 않았다. 일본군의 도강 공격을 성공적으
로 저지시킨 데 이어 일주일 동안 순조롭게 진격을 계속한 후,
커밍스는 전선을 정비하고 도로망을 완성하기 위해 며칠간
군대를 정지시켰다. 이것은 도야쿠 방어선을 돌파하기에 앞
서 일시적인 진격 중단으로 계획된 것이었으나, 그로 인한 지
체는 치명적인 결과를 낳았다. 작전을 재개했을 때, 커밍스의
전술은 이전과 마찬가지로 잘 짜여 있었고, 참모들의 전술 수
행도 완벽했고, 정찰 활동도 주도면밀하게 계획되었으나 성
과가 나타나지 않았다. 전선이 공고히 다져질 수 있는 기회가
처음으로 주어진 셈이었는데도 전선은 피곤에 지친 짐승처럼
잠이 들었고 그러다 아예 깊은 동면에 빠져 버린 것이다. 누구
도 흔들어 떨어낼 수 없는 무기력감이 전방의 장병들 사이에
깊이 자리 잡았다.

휴식 기간이 끝난 후 이 주일 동안, 일련의 격렬한 수색 작전과 강력한 국지적 공격에 이어, 커밍스의 군대는 몇몇 지구에서 총 400미터를 전진했고 일본군의 전초 진지 세 곳을 점령했다. 각 중대는 전투 초계에 나가 산발적인 전투를 벌이고는 다시 야영지로 후퇴했다. 몇 차례 중요한 지점을 점령하기도 했으나, 적이 본격적으로 반격을 시작해 올라치면 그곳을 포기해 버리고 말았다. 일선의 가장 우수한 장교들이 희생되었는데, 그것은 병사들의 전의 부족을 보여 주는 분명한 징후였다. 커밍스는 그런 전투의 유형을 잘 알았다. 어떤 강력한 적의 진지에 대한 공격이 시작되면 병사들이 뒤로 처지고, 서로 손발을 맞추지 못해, 결국은 소수의 우수한 장교들과 하사관들이 지원 병력이 증발한 상태에서 우세한 적과 싸우는 형국인 것이다.

커밍스가 여러 차례 전선으로 나가 보니, 병사들은 아예 자리를 잡고 눌러앉은 모습이었다. 야영지 시설은 향상되어, 개인호에 배수구가 마련되고 천장이 씌워져 있었다. 몇몇 중대에서는 진흙 위에 판자로 길을 만들어 놓기도 했다. 이동할 것을 예상했다면, 병사들이 이런 시설을 마련하지는 않았을 터였다. 그런 시설들은 안정과 영속을 의미했고, 그들의 태도에 매우 위험한 변화를 초래했다. 일단 이동을 멈추고 한 장소에 익숙해질 정도로 오래 머물던 병사들을 다시 싸우게 만들기란 절대적으로 어려운 일이다. 이제 그들은 제 집에 들어앉은 개가 된 셈이라, 명령을 내리면 불만스럽게 으르렁거릴 거라고 커밍스는 판단했다.

전선에 아무런 근본적 변화가 없는 채로 시간이 더 흐른다면, 병사들은 그만큼 더 무기력해질 게 자명했다. 그러나 커밍스는 지금 당장은 어쩔 수 없다는 것을 알고 있었다. 치밀하게 작전을 구상한 후, 무수히 사정한 끝에 겨우 얻은 육군 항공대 폭격기의 지원에다 탱크와 예비 병력까지 투입했는데, 하루가 지나도록 공격은 성과를 거두지 못했다. 적의 미미한 저항에도 전진을 중단해 왔던 터라, 하나의 소규모 전투 지구에서 400미터 정도를 전진한 데 불과했다. 공격 작전이 끝나 피해 상황이 집계되고 사소하게 변경된 전선을 다시 확립하고 보니, 도야쿠 방어선은 무너지지도, 위축되지도 않은 채 전과 다름없이 그 앞에 버티고 있었다. 커밍스에게는 굴욕이 아닐 수 없었다.

사실 이것은 두려운 상황이었다. 군단과 군은 작전이 더디게 진행되는 것에 대해 점차 인내심을 잃어 가고 있었다. 그 압력은 곧 차가 밀려 교통이 정체될 때처럼 워싱턴까지 죽 밀려갈 것이 분명했다. 커밍스는 국방성 모처에서 어떤 말이 오가고 있을지 어렵지 않게 짐작할 수 있었다. "이 아노포페이인가 하는 곳은 어떻게 된 건가? 왜 진격을 못하고 지지부진하는 거지? 사단장이 누구야? 커밍스, 커밍스라. 그 작자를 다른 사람으로 갈아치우게."

그는 병력을 일주일간 쉬게 하는 것은 위험하다는 것을 알았지만, 도로를 완성하려면 불가피한 도박이 아닐 수 없었다. 그 부작용이 지금 고스란히 그에게 부담으로 돌아오고 있었다. 그로 인한 충격은 장군의 자신감에 크게 생채기를 냈다.

사태는 대개의 경우 믿을 수 없는 방향으로 치달았다. 그래서 그는 제멋대로 방향을 잡아 달리고 정지하는 차를 운전할 때처럼 놀라움과 두려움에 사로잡혔다. 군대에서 흔히 전해 내려오는 악몽 같은 이야기들은 그도 들은 적이 있지만, 그런 일이 자기에게 일어나리라고는 상상해 본 적도 없었다. 믿을 수 없는 일이었다. 오 주간 사단은 마치 자기 몸의 연장선인 듯 잘 움직여 주었다. 그런데 지금은 아무런 가시적인 이유도 없이, 아니면 적어도 그로서는 파악하기 힘든 어떤 모호한 이유로, 사단 병사들에 대한 섬세한 통제력이 상실된 것이다. 지금 병사들은 물에 젖어 힘없이 늘어진 행주처럼, 그가 아무리 주물러도 어떠한 형태도 형성하지 못하는 무기력한 무리가 되어 있었다. 밤이면 그는 침대에 누워 감당하기 어려운 좌절감을 느끼며 잠을 이루지 못했다. 무력한 분노에 속이 까맣게 타들어 갈 때도 있었다. 어느 날 밤에는 혼수상태에서 깨어나는 간질병 환자처럼 양손을 끝없이 쥐었다 폈다 하고 천막 들보의 희미한 윤곽을 응시하면서 몇 시간 동안 침대에 누워 있기도 했다. 능력도 펼치지 못한 채 그의 내부에 주저앉혀진, 말로는 표현할 수 없는 힘이, 그 강렬한 열망이, 자기를 가두는 그의 온몸을 의미 없는 분노로 미친 듯이 두들겨 대면서 그의 사지로 치닫는 것 같았다. 모든 것을 다 통제하고 싶어 하는 그가, 겨우 6000의 병력조차 뜻대로 지휘하지 못하는 것이었다. 심지어 단 한 명의 병사만으로도 그를 좌절시키는 것이 가능했다.

그는 한동안 맹렬하게 애를 쓰고 공격을 개시하고 병사들을 끊임없이 수색 임무에 내보냈으나, 마음속 깊은 구석에서는 인정하기 어려운 두려움을 키우고 있었다. 그가 며칠에 걸쳐 댈리슨 소령과 작전 참모들에게 만들게 한 새로운 공격 작전이 벌써 여러 차례 보류되었다. 하루 이틀 내로 리버티선 몇 척이 다량의 보급품을 싣고 도착할 예정이라느니, 공격하는 데 심각한 장애가 되는 몇몇 지점들을 우선 점령하는 것이 유리할 것 같다느니, 하는 그럴듯한 표면상의 이유는 언제나 있었다. 그러나 사실 그는 두려웠다. 이번 작전이 실패로 끝나면 그 결과는 치명적일 게 분명했다. 1차 공격 때 출혈이 너무 심했던 터라 이번 작전이 실패로 돌아간다면 그다음 대대적인 공격에 착수하기까지는 몇 주, 아니 어쩌면 몇 달이 걸릴 터였다. 그리고 그때쯤엔 이미 사단장이 다른 인물로 교체된 뒤일 것이었다.

그의 마음은 위험할 정도로 권태로웠고, 그의 몸은 얼마 전부터 시작된 심한 설사 때문에 고생을 하고 있었다. 그는 이 병을 일소하려고 장교 식당에 위생 기준을 더욱 엄격하게 적용하여 실행했지만, 설사는 계속되었다. 이제는 아주 사소한 일에도 짜증이 나는 것을 감출 수가 없었고, 이것이 주변의 모든 것에 영향을 미쳤다. 비 오고 무더운 날이 계속되자, 본부의 장교들은 툭하면 서로 다투기 일쑤였고, 끈질긴 더위와 비를 저주했다. 정글이라는 숨 막힐 듯한 공간에서 모든 것이 정체된 것처럼 보였다. 그런 정글을 보며, 사람들은 거기에서 무언가가 움직이리라는 예상 따위는 결코 하지 않게 되었다. 사단은 눈에 띄지 않게, 그러면서도 불가피하게 와해되고 있었지만, 커밍스에게는 그것을 막을 힘이 없었다.

그런 상황으로 인해 가장 직접적으로 피해를 입은 사람은 헌이었다. 그가 부관이 되고 처음 몇 주일 동안 장군이 그에게 허용했던 거북하면서도 흥미로운 친밀감이 사라지자, 그의 임무는 하루아침에 성가시고 굴욕적인 일과로 격하되었다. 두 사람의 관계에는 어떤 변화가 다가와 조용히 자리를 잡았는데, 그 결과 헌은 공식적으로, 그리고 누가 보기에도 명백히 하급자의 신분으로 전락했다. 장군은 이제 그에게 속내를 보이지도 설교를 하지도 않았다. 지금껏 두 사람 사이에서 암묵적인 농담거리로 취급되던 부관으로서의 임무는 빡빡하고 지긋지긋한 것으로 변해 버렸다. 작전이 지지부진한 날들이 계속되면서, 장군은 본부의 규율을 더욱 엄격하게 적용했는데, 헌은 그로부터 가장 직접적인 영향을 받는 당사자였다. 매일 아침 커밍스는 자신의 천막을 검사했고, 거의 매번 헌이 당번병을 제대로 감독하지 못했다고 나무랐다. 언제나 헌을 곁눈으로 보면서 조용하고 은근히 하는 질책이었지만, 듣기에 거북하고 끝내는 성가시고 괴로운 질책이었다.

그 밖에도 어처구니없을 정도로 무의미한 다른 잡무들이 있었는데, 오래 계속하다 보면 분통이 터질 만한 일들이었다. 체스를 둔 뒤에 마지막으로 오랜 대화를 나눈 후 이 주일쯤 지난 어느 날, 장군이 멍한 눈으로 한동안 헌을 보다가 문득 입을 열었다. "헌, 아침마다 천막 안에 싱싱한 꽃을 좀 가져다 놓았으면 좋겠군."

"싱싱한 꽃이라고요?"

그러자 장군이 그를 조롱하듯 씩 웃었다. "그래, 정글에 꽃 정도는 충분히 있을 것 같은데. 아침마다 몇 송이씩 꺾어 오라고 클렐런에게 이르게. 그리 어려운 일은 아니지 않은가?"

어려운 일은 아니었지만, 그 때문에 클렐런과 헌 사이의 긴장은 더욱 가중되었고, 헌은 그것이 몹시 싫었다. 그는 자기도 모르는 사이에 아침마다 클렐런이 장군의 천막을 정돈하는 방식에 더욱 신경을 쓰게 되었고, 그것은 두 사람 사이의 굴욕적인 대결이 되어 버렸다. 헌은 장군이 자기를 취약하게 만들고 있다는 사실을 깨닫고 스스로 놀랐다. 그가 장군의 천막이 올바로 정돈되도록 신경을 쓰기 시작했던 것이다. 그는 아침마다 혐오스러운 기분으로 장군의 천막에 가서 비유적으로 말해 거만하게 어깨를 젖히고는 클렐런과의 대결을 이어 갔다.

먼저 시작한 쪽은 클렐런이었다. 그는 타협하지 않는 거만한 태도와 스스로에 대한 확신을 지닌 키가 크고 호리호리한 남부 사람이었는데, 처음부터 헌이 하는 말에 대해 반발심을 보였다. 헌은 처음에는 그를 무시했고, 자기가 맡은 일에 대해 소유욕에 가까운 관심을 보이는 그의 태도를 조금 우습게 여기기도 했지만, 지금은 그와의 반목에 자기도 일정 부분 책임이 있다는 것을 알았다.

어느 날 아침에는 두 사람이 거의 말싸움을 하는 지경에 이르렀다. 클렐런이 일을 마무리하고 있을 무렵 헌이 천막에 들어가서 정돈 상태를 점검했다. 그동안 클렐런은 두 손을 옆으로 늘어뜨린 채 장군의 침상 옆에 서 있었다. 발치에는 여벌 담요가 네모반듯하게 접혀 있고 머리맡에는 양쪽 끄트머리를 밑으로 잘 접어 넣은 베개가 놓인 잘 정돈된 침대를 헌이 쿡쿡 찔렀다. "침대를 잘 정돈했군, 클렐런." 그가 말했다.

"그렇게 생각하십니까, 소위님?" 클렐런은 그 자리에서 움직이지 않았다.

헌은 돌아서서 천막 자락을 검사했다. 천막 자락들은 깔끔하고 고르게 잘 매여 있었는데, 그가 줄 하나를 잡아당겨 보아도 매듭이 풀리지 않았다. 이어 그는 밖으로 나가 말뚝들을 검사했다. 말뚝들이 모두 정연하게 비스듬히 같은 각도로 박혀 있었다. 전날 밤 비가 많이 왔기 때문에 클렐런이 말뚝들을 바로 세워 놓았다는 것을 알 수 있었다. 그는 천막 안으로 돌아와 쓸고 닦은 마룻바닥을 살펴보았다. 클렐런이 언짢은 표정으로 헌의 구둣발을 보았다. "바닥에 자국이 남습니다, 소위님." 그가 말했다.

헌이 자기의 구둣발이 남긴 흙 자국을 보았다. "미안하네, 클렐런." 그가 말했다.

"손이 많이 가는 일입니다, 소위님."

헌이 벌컥 화를 냈다. "자네가 하는 일은 그리 많지 않네, 클렐런."

"우리 중 누구도 일이 많다고는 할 수 없지요." 클렐런이 말꼬리를 길게 늘이며 대꾸했다.

빌어먹을! 하기야 그런 대답도 할 수 있었다. 헌은 다시 돌아서서 지도판을 살펴보았다. 지도판 위에는 덮개가 주름 한 자락 없이 매끈하게 내려져 있었고, 그 아랫부분에는 새로 깎은 빨간 연필, 파란 연필 들이 각각의 함에 잘 정리되어 있었다. 그는 돌아와서 장군의 사물함을 열고 옷이 차곡차곡 깔끔하게 놓여 있는지를 살피고 나서 장군의 책상 앞에 앉아 서랍을 열고 그 안을 살폈다. 선반 밑바닥을 손가락으로 훑어서 먼지가 있는지도 검사했다. 헌은 마뜩지 않은 듯 입속으로 투덜거리며 일어나서 천막 주위의 배수구를 살폈다. 클렐런이 전날 밤 비 때문에 생긴 진흙 덩이를 이미 제거한 뒤라, 배수구 안에는 깨끗한 새 흙이 드러나 있었다. 헌이 천막 안으로 들어섰다.

"클렐런." 그가 불렀다.

"네?"

"오늘은 다 잘되어 있는 것 같은데, 문제는 꽃이야. 가는 게 좋겠어."

"소위님, 솔직히 말씀드리죠." 클렐런이 딱 잘라 말했다. "장군께서는 꽃을 별로 원하지 않으시는 것 같습니다."

헌이 고개를 저었다. "저건 치우고 새로 꺾어다 놓게."

클렐런은 움직이지 않았다. "어제 장군께서 제게 그러시더군요. '클렐런, 저 빌어먹을 꽃을 갖다 놓은 건 대체 누구 생각인가?' 그래서 제가 잘은 모르지만 소위님 생각인 것 같다고 말씀드렸습니다."

"장군께서 그렇게 말씀하셨다고?" 헌은 웃긴다고 생각했고, 다음 순간 맹렬히 화가 났다. 개새끼! 그가 담배에 불을 붙이고 천천히 연기를 내뿜었다. "클렐런, 꽃을 갈아 놓게. 잔소리를 듣는 건 나니까 말이야."

"소위님, 저는 하루에도 열 번은 장군과 마주칩니다. 제가 하는 일에 잘못이 있다고 여기셨다면 제게 무슨 말씀이 있으셨을 겁니다."

"자넨 그냥 내가 시키는 대로 하면 돼."

클렐런이 입을 꽉 다물며 얼굴을 조금 붉혔다. 그는 분명 화가 나 있었다. "소위님, 장군도 사람입니다. 소위님이나 저와 다를 것 없죠. 장군을 두려워할 이유는 없습니다."

더 들을 필요도 없었다. 여기 죽치고 서서 클렐런과 입씨름이나 한다는 건 말도 안 되는 일이었다. 헌이 출입구 쪽으로 걸음을 옮겼다. "클렐런, 꽃이나 갖다 놔." 그는 차갑게 쐐기를 박고 천막 밖으로 나갔다.

역겹고 굴욕적인 일이었다. 헌은 아침 식사를 하러 장교 식당으로 걸음을 옮기면서 나무들이 베어져 속살이 드러난 야영지 바닥을 우울하게 응시했다. 매일 아침 빈속으로 처리해야 하는 그 불쾌한 일과가 일 년이 계속될지 이 년이 계속될지 모르는 일이었다. 클렐런은 물론 그것을 반길 것이다. 상관에게 말대꾸를 하고도 아무 일 없이 넘어갈 때마다 그만큼 그의 자존감은 올라갈 것이고, 질책을 받을 때마다 하급자의 증오심을 기분 좋게 키울 수 있을 것이다. 그러고 보면 사병 신세도 꼭 나쁜 것만은 아니었다. 헌은 자갈 한 개를 걷어찼다.

저기 불쌍한 장교들을 보라! 헌은 혼자 씩 웃고는 역시 장교 식당으로 가는 만텔리에게 손을 흔들었다.

만텔리가 다가와 헌의 등을 탁 쳤다. "오늘은 영감을 피하는 게 좋겠어."

"무슨 일인데요?"

"어젯밤 군단으로부터 경고가 날아왔어. 커밍스더러 꾸물대지 말고 시동 좀 걸라는 거야. 빌어먹을! 이러다가는 나더러 본부 중대를 이끌고 돌격하라는 소리가 나올 판이야." 만텔리가 시가를 꺼내더니 그것을 창처럼 앞으로 뻗었다.

"대위님이야 식당 밥이나 공격하는 게 고작일 텐데요."

"내 말이. 자야푸라에서도, 본국에서도, 국방성에서도, 나는 책상에서 펜대나 굴렸어. 평발에다 안경을 쓰고 기침도 하고…… 콜록콜록."

헌이 장난스럽게 그를 떠밀었다. "장군에게 그런 이야길 해 보지그래요?"

"그래야지. USO[29]로 보내 달라고." 그들은 함께 식당 안으로 들어갔다.

아침 식사 후 헌은 장군의 천막으로 보고하러 갔다. 커밍스는 책상 앞에서 항공대 공병의 보고서를 검토 중이었다. "비행장을 두 달 후에나 내줄 수 있다는군. 우리 걸 뒤로 돌려 버렸어."

"큰일이군요."

"그 말은 곧 비행장 없이 이 작전을 성공으로 이끌라는 거지." 장군은 앞에 누가 와 있는지도 의식하지 못하는 듯 무심코 푸념을 했다. "지금 이 순간 믿을 만한 공중 지원 없이 작전을 수행하는 건 이 사단뿐이야." 장군이 조심스럽게 입을 닦

---

29) United Service Organization. 미국위문협회.

더니 헌을 쳐다보았다. "오늘 아침은 천막이 아주 잘 정돈된 것 같더군."

"감사합니다." 헌은 장군의 칭찬 한마디에 기분이 좋아지는 자신에게 화가 났다.

커밍스가 서랍에서 안경을 꺼내더니 느린 동작으로 알을 닦고 나서 썼다. 장군이 사람들 앞에서 안경을 쓰는 것은 자주 있는 일이 아니었다. 안경을 쓴 장군은 어쩐지 나이가 더 들어 보였다. 잠시 후 장군이 안경을 벗어 손에 들었다.

"하급 장교들이 다 술 배급을 받나?"

"네, 아마 그럴 겁니다."

"음." 커밍스는 두 손을 맞잡았다.

도대체 무슨 소리를 하려는 건가. 헌은 의아했다. "그건 왜 물으시는 겁니까?" 마침내 그가 물어보았다.

그러나 장군은 그 질문에 대해서는 아무런 대답도 하지 않았다. "나는 오늘 아침 2대대로 가네. 리치맨에게 일러 십 분 내에 지프를 준비시켜 주겠나?"

"저도 동행합니까?"

"음, 아냐. 자네는 호튼을 만나게. 해변으로 가서 장교 식당에서 쓸 추가 보급품을 좀 받아 가지고 와야겠어."

"알겠습니다." 헌은 조금 어리둥절한 기분으로 수송부에 가서 장군의 전속 운전병인 리치맨에게 장군의 명령을 전한 뒤, 호튼 소령을 만나 바다에 정박 중인 리버티선에서 구입할 보급품 목록을 받았다.

헌은 본부 중대 일등 상사에게서 사병 세 명을 차출받고, 탄약 수송차 한 대를 징발해서 해변으로 갔다. 아침인데 벌써부터 무더웠고, 구름에 가려진 햇빛이 정글에서 굴절되어 습기 머금은 공기를 달궜다. 탄약 수송차가 길 위를 달리는 동안 포성이 이따금씩 여름밤의 무더위처럼 무겁고 우울하게 그들의 귀를 휘감았다. 반도의 끄트머리에 도착했을 즈음 헌은 땀을 흘리고 있었다.

잠시 기다린 후 상륙정 한 척을 징발할 수 있었다. 헌과 일행은 그것을 타고 화물선들이 정박해 있는 곳으로 나아갔다. 유속이 완만하고 물결이 잔잔한 바다 위로 2~3킬로미터 떨어진 아노포페이는 안개에 가려져 있다시피 했다. 노란 얼룩으로 보이는 태양이 천공을 가려 덮은 채 움직임을 멈춘 구름 사이로 불구멍을 뚫어 놓았다. 물 위에 있는데도 더위가 극심했다.

상륙정은 모터를 끄고 화물선의 뱃전으로 다가갔다. 상륙정이 뱃전에 부딪치는 순간, 헌은 그물 사다리를 잡고 갑판 위로 올라갔다. 그의 위쪽으로 난간 위에서 다수의 선원들이 그를 지켜보았는데, 그들의 얼굴에 떠오른 못마땅한 듯, 약간은 깔보는 듯한 멍한 표정이 그의 비위를 건드렸다. 그는 사다리의 가로장 사이로 선수의 하역용 기중기 쪽으로 후진하는 상륙정을 내려다보았다. 고작 사다리를 기어올랐을 뿐인데 헌은 또 땀을 흘리고 있었다.

"이 배의 비품 책임자가 누구요?" 그가 난간에 서 있던 선원 한 사람에게 물었다.

선원이 그를 보더니 대답은 하지 않고 엄지손가락으로 선창 한쪽을 가리켰다. 헌이 그의 옆을 지나 무거운 선창 문을 열고 사다리를 내려가기 시작했다. 그 안의 열기는 숨이 막힐 정도였다. 배의 선창이 얼마나 견디기 어려운 곳이었는지를 잊고 있던 그에게 그것은 예상치 못한 충격이었다.

물론 악취도 났다. 그는 마치 말의 창자 속을 기어 다니는 벌레가 된 기분이었다. "빌어먹을." 혐오감에 저절로 입에서 욕이 나왔다. 언제나처럼 배에서는 상한 음식 냄새가 났다. 하수구 찌꺼기에서 나는 역겨운 냄새에 기름 냄새가 섞인 것 같은 냄새였다. 그는 무심코 칸막이벽을 손가락으로 문지르다가 얼른 손가락을 치웠다. 손가락에 뭔가 축축한 것이 묻어났다. 배의 모든 칸막이벽들에는 물기와 기름기가 얇은 막처럼 서려 있었다.

그는 좁고 불빛이 희미한 복도를 조심스럽게 걸었다. 금속판으로 된 바닥 여기저기에 작은 방수포를 아무렇게나 씌워놓은 장비 더미가 있었다. 한번은 기름으로 미끌미끌한 바닥에서 미끄러져 넘어질 뻔하기도 했다. "빌어먹을, 이렇게 더러울 수가 있나." 그의 입에서 또 욕설이 나왔다. 분노가 치밀고 극도로 화가 났다. 그런데 딱히 까닭이 없는 것 같았다. 그는 걸음을 멈추고 옷소매로 거칠게 이마를 닦았다. 도대체 내가 왜 이러지?

"하급 장교들이 다 술 배급을 받나?" 장군이 그렇게 물은 순간 그의 내부에서 갑작스레 무언가가 솟구쳤고, 그때부터 신경이 제자리를 잃고 방황하기 시작했다. 장군은 무슨 의도로 그런 질문을 한 걸까?

잠시 후, 그는 다시 복도를 걷기 시작했다. 배의 창고 사무실은 통로에서 조금 벗어난 곳에 있는 중간 크기의 선실에 마련되어 있었다. 사무실은 휴대 식량 상자들과 부서진 상자들에서 나온 나뭇조각들, 쓰레기통에서 넘쳐난 종이들로 어질러져 있었고, 커다란 낡은 책상 한 개가 한쪽 구석에 밀쳐져 있었다.

"당신이 케리건이오?" 헌이 책상 앞에 앉아 있는 고급 선원에게 물었다.

"그렇소, 뭘 도와드릴까, 젊은이?" 케리건은 여위고 다소 세파에 찌든 얼굴에 이가 몇 개 빠져 있었다.

헌은 다시 화가 치밀어 올라 한동안 그를 노려보았다. "'젊은이'이니 뭐니 그런 헛소리는 집어치워요." 스스로도 놀랄 만큼 격렬한 분노였다.

"분부대로 하지요, 소위."

헌은 애써 마음을 다스렸다. "바지선을 한 척 갖고 왔소. 여기 우리가 원하는 보급품 청구서가 있소. 피차간에 시간 낭비하지 말고 빨리 용무를 끝냅시다."

케리건이 청구서를 훑어보았다. "이건 장교 식당에서 쓸 물품들이겠죠, 소위?" 그가 소리를 내어 품목을 하나씩 읽었다. "위스키 다섯 상자, 샐러드 오일 한 통, 마요네즈 한 통." 케리건이 흥겨운 아일랜드 억양으로 '묘네즈'라고 발음했다. "뼈를 발라 요리한 닭고기 통조림 두 상자, 조미료 한 상자, 우스터셔 소스 열두 병, 칠리 열두 병, 케첩 한 상자……." 그가 고개를 들었다. "몇 가지 안 되는구먼. 취향이 참 소박한 것 같소. 아마 내일이면 겨자 두어 단지 실어 가겠다고 바지선을 보낼 테지. 안 그렇소?" 그가 한숨을 쉬었다. "자, 한번 까다롭게 골라 볼까." 그는 대부분의 품목에 연필로 줄을 그어 버렸다. "위스키는 줄 수 있지만, 나머지는 안 되겠소. 우리는 슈퍼마켓을 운영하는 게 아니라서 말이오."

"보아서 알겠지만 그 청구서는 호튼 소령이 장군 대신 서명한 거요."

케리건이 담배를 한 대 피워 물었다. "장군이 이 배의 선장이라면 나도 장군의 뜻을 받들어 모셔야겠죠." 그가 유쾌한 표정으로 헌을 보았다. "호튼 밑에 있는 대원가 뭔가 하는 사람이 어제 사단 본부의 보급품을 가져갔소. 우리가 특별히 장교 식당에 물건을 대고 있는 건 아니오. 당신들은 물건을 일괄적으로 받아 가지고 가서 해안에서 나눠 가지면 되는 거요."

헌은 화가 치미는 걸 억눌렀다. "그냥 달라는 게 아니지 않소. 장교 식당에서 돈을 갖고 왔단 말이오."

"하지만 내가 꼭 그 물건들을 내줘야 할 의무는 없지 않소? 절대 내줄 생각도 없고. 돼지고기 통조림을 원한다면 내 공짜로 내드리지. 하지만 이 물건들은 다음번 해군선이 나타날 때까지 기다리는 게 좋을 거요. 나는 묘네즈나 팔고 있을 생각은 없으니까." 그가 청구서에 무언가를 끼적였다. "이걸 갖고 2번 선창에 가면 위스키를 받을 수 있을 거요. 그것도 안 내놓을 수 있다면 안 내놓았겠지만."

"어떻든, 고맙소, 케리건."

"천만에."

헌은 눈을 번득이며 통로를 걸었다. 큰 파도에 배가 옆으로 기우뚱하자 그는 격벽에 부딪치지 않기 위해서 손으로 그 금속판을 철썩 짚었다. 손이 아팠다. 그는 걸음을 멈추고 또 한 번 이마와 입가의 땀을 닦았다.

그는 무슨 수를 써서라도 보급품을 갖고 돌아갈 생각이었다. 득의만면하던 케리건을 생각하니 다시 화가 치밀었으나, 그는 억지로 웃음을 띠었다. 이런 식으로는 일이 안 되지. 케리건은 어쨌든 자기만의 방식을 가진 재미있는 친구였다. 보급품을 얻을 수 있는 방법은 분명 또 있을 것이고, 그는 물건들을 반드시 손에 넣을 생각이었다. 장군한테 가서 구차하게 변명을 늘어놓을 생각은 추호도 없었다.

그는 2번 선창에 와서 사다리를 타고 냉장실로 내려갔다. 그러고는 당직 선원에게 청구서를 내밀었다.

"위스키 다섯 상자만 말입니까?"

헌이 자기 턱을 쓰다듬었다. 턱의 갈라진 곳 근처에 종기가 났었는데, 그곳이 욱신거렸다. "나머지도 주는 게 어떻소?" 그가 불쑥 말했다.

"그건 안 되죠. 케리건이 다 지워 버렸는데요."

"10파운드를 주겠소."

선원은 근심이 많아 보이는 얼굴에 몸집이 작은 사내였다. "무사히 넘어가지 못할 텐데요. 짐을 싣다가 케리건에게 들키면 어쩌려고."

"그는 사무실에서 일하고 있으니 나오지 않을 거요."

"모험을 할 순 없어요, 소위님. 어차피 재고품 목록에 다 나올 텐데요.”

헌은 머리를 긁었다. 등에 땀띠가 생겼다는 걸 느낄 수 있었다. “냉장실 안으로 들어갑시다. 땀을 좀 식혀야겠소.” 그들은 커다란 문 하나를 열고 냉장실 안으로 들어가서, 갈고리에 매달린 칠면조와 햄, 코카콜라 상자들에 둘러싸인 채 이야기를 나눴다. 갈고리에 걸린 칠면조 고기들 가운데 하나가 일부 노출되어 있었다. 헌이 그 하얀 고깃점을 뜯어 먹으면서 말했다. “재고 목록에 그런 게 드러날 리 없다는 건 당신도 잘 알잖소?” 헌은 적당히 말을 꾸며냈다. “나도 이런 일을 해 봐서 알아요. 음식이 없어져도 아무도 모르지.”

“글쎄요, 소위님.”

“케리건 본인도 가끔 내려와서 음식을 집어 갔을 거 아뇨?”

“하지만 당신한테 내주는 건 위험한 일이라서.”

“12파운드면 어떻겠소?”

선원은 잠시 고민했다. “15파운드라면?”

그는 이제 거의 넘어온 셈이었다. “12파운드가 내가 낼 수 있는 최선이오.” 헌이 퉁명스럽게 말했다. “흥정은 하지 맙시다.”

“알겠습니다. 모험을 한번 해 보죠.”

“암, 그래야지.” 헌은 고기 한 점을 더 뜯어 맛있게 먹었다. “상자를 따로 내놓으면 병사들을 시켜서 내가도록 하겠소.”

“좋습니다, 소위님. 빨리 해치우죠.”

헌이 갑판으로 나가 뱃전으로 몸을 내밀고 상륙정에서 대기하던 병사들에게 올라오라고 고함쳤다. 그들이 그물 사다리를 타고 올라오자, 헌은 그들을 선창으로 데리고 내려갔다.

세 번의 왕복 끝에 위스키, 닭고기 통조림, 조미료 등 모든 물품이 갑판 위로 옮겨졌다. 잠시 후엔 짐들이 크레인 그물로 상륙정에 내려졌다. 헌은 선원에게 12파운드를 지불했다. "자, 출발하자." 그가 고함을 쳤다. 일이 다 끝난 지금은 케리건이 갑판에 나타나 그들의 거래를 알아채지 않을까 하는 게 걱정이었다. 그들은 바지선으로 내려갔다. 헌이 보급품 위에 방수포를 씌웠다.

그들이 막 화물선에서 떠나려는데, 난간에서 그들을 내려다보는 케리건의 모습이 눈에 띄었다. "소위, 미안하지만 지금 가져가려는 물건들을 좀 봐야겠소." 케리건이 외쳤다.

헌이 씩 웃었다. "시동을 걸어." 그가 타수에게 외쳤다. 그러고 나서 무표정하게 케리건을 올려다보았다. "너무 늦었소." 그가 외쳤다. 그러나 모터가 시동이 걸릴 듯 탈탈거리다가 이내 꺼져 버렸다. 그걸 보고 케리건이 난간을 넘어오기 시작했다.

"시동 걸어!" 헌이 악을 썼다. 그가 무서운 눈으로 타수를 노려보았다. "빨리!"

모터가 또 한 번 툴툴거리다 꺼지는 듯하더니 잠시 후 안정적으로 시동이 걸렸다. 케리건은 그물 사다리 중간쯤까지 내려와 있었다. "좋아, 출발!" 헌이 외쳤다.

그물 사다리 중간에서 오도 가도 못한 채 멍청하게 매달려 있는 케리건을 뒤로한 채 바지선이 천천히 화물선에서 떨어져 나왔다. 이 모양을 위에서 내려다보던 선원 몇 명이 갑판 쪽으로 도로 기어오르기 시작한 케리건을 보고 큰 소리로 웃었다. "잘 있게, 케리건!" 헌이 외쳤다. 그는 기분이 좋았다. "이거야 원, 그럴 때 모터가 말을 안 듣다니, 큰일 날 뻔했어." 그가 조타수에게 말했다. 상륙정은 안정적으로 파도를 타며 해변으로 질주했다. "죄송합니다, 소위님."

"괜찮아." 그는 기분이 편안했다. 음식물을 실으면서 줄곧 긴장하던 때와 비교하면 정말이지 굉장히 편안했다. 문득 자신의 옷을 보니 놀랍게도 흠뻑 젖어 있었다. 보급품 싣는 곳에서 있느라 뱃전으로 튀어 들어오는 물보라를 고스란히 뒤집어썼던 것이다. 머리 위로 태양이 구름을 뚫고 모습을 드러냈고, 하늘을 덮은 구름이 마치 불길을 피해 오그라드는 종잇장처럼 그 앞에서 화르르 물러났다. 그는 또 한 번 이마를 닦으면서, 옷깃이 마치 젖은 밧줄처럼 그의 목 주위로 죄어드는 것을 느꼈다.

뭐, 12파운드면 나쁘지 않은 거래였다. 헌은 씩 웃었다. 케리건이라면 그 보급품 값으로 적어도 15파운드, 어쩌면 20파운드를 요구했을지도 모른다. 그 선원은 얼간이었고, 장군도 얼간이었다. 커밍스는 그가 위스키만 갖고 돌아오리라 예상했을 것이다. 안 봐도 빤했다. 어제 호튼은 화물선의 사무장에 대해 이야기했다. "그 새끼 아주 비협조적이야." 그가 말한 사무장이 바로 케리건이었다.

호튼이 담당하는 과의 장교 한 사람이 할 일이 분명한데도, 장군은 장교 식당에서 쓸 여분의 식품을 구입하는 특별 임무를 그에게 맡긴 것이었다. 사실 그 자신도 어떤 식으로든 장군의 의도를 감지했던 게 분명하다. 그렇지 않았다면 굳이 선원을 돈으로 매수하거나 케리건의 주제넘은 말에 그토록 화를 내지는 않았을 것이다. 그러고 보면 장군은 그의 행동에 뭔가 영향을 미치고 있었다. 헌은 보급품을 덮은 방수포 위에 앉아 상의를 벗어 그것으로 젖은 몸을 문지른 후 한 손에 거머쥐고는, 뚱한 표정으로 담배에 불을 붙였다.

배가 해변에 닿자, 헌은 보급품을 탄약 수송차에 옮겨 실은 후 병사들과 함께 그 차로 돌아왔다. 그는 정오 전에 야영지에 도착해서, 커밍스에게 실망을 안겨 주리라 기대했다. 그러나 보고를 하러 천막에 갔을 때 장군은 그곳에 없었다. 헌은 장군의 사물함 위에 걸터앉아 못마땅한 눈으로 천막 안을 살폈다. 천막 안은 아침 일찍 클렐런이 정돈해 놓은 모습 그대로였다. 젖혀진 천막 자락을 통해 햇빛이 들어와 네모반듯하게 각 잡힌 천막 내부를 비추었다. 온기는커녕 사람 사는 곳 같은 흔적도 전혀 찾을 수가 없었다. 바닥에는 먼지 한 톨 없고, 담요는 장군의 매트리스 위에 단정하게 펴 있고, 책상 위는 깨끗이 정돈되어 있었다. 헌은 한숨을 쉬었다. 마음속에서 막연한 불안감이 피어올랐다. 그날 밤 이후 내내 그랬다.

장군은 작정하고 그를 애먹이고 있었다. 커밍스가 그에게 시키는 일들은 어렵다고는 할 수 없지만 언제나 묘한 굴욕감을 안겼다. 헌은 장군이 어떤 의미에서는 그에 대해 그 자신보다 더 잘 안다는 생각이 들었다. 그는 어떤 일이 주어지면 설사 개자식이 되는 한이 있어도 그 일을 수행해 냈다. 그런데 문제는 그런 일을 하면 할수록, 개자식이 되는 일이 매번 조금씩 더 쉬워진다는 것이었다. 멋지지 않은가. 오늘 아침 케리건과의 거래는 또 다른 양상을 띠었다. 냉정하게 바라보면, 그것은 한 사람에게 뇌물을 주고 물건을 몰래 빼돌려 달아날 때까지 전전긍긍하던 일에 지나지 않았다. 또 다른 수준에서 보자면 그것은 그의 아버지가 했을 법한 거래였다. "돈에 안 넘어오는 사람은 없어. 뇌물을 먹일 방법은 얼마든지 있지." 물론 그것을 그럴듯하게 포장할 상투적인 표현은 무궁무진했다. 하지만 결국 장군은 헌도 다른 사람보다 하등 나을 게 없다는 것을 그에게 보여 준 셈이었다. 레크리에이션 천막의 일이 그동안 수많은 다른 방식으로 재연되어 왔던 것이다.

"로버트, 자넨 교황의 특별 사면 같은 게 있다는 걸 잊고 있어." 그래, 이젠 그런 특권도 없어졌지. 그는 위아래에서 압력을 받는 일개 소위에 불과했고, 약간의 위엄과 자제심으로 자신의 위치를 간신히 지키고 있다는 점에서 다른 장교들과 다를 바 없었다. 이런 상태가 오래 지속되다 보면, 그는 두려움으로 인해 기계적으로 반응할 수밖에 없었다. 그가 장군을 상대해서 어떤 식으로든 이긴 적은 단 한 번도 없었다. 체스를 한 그날 밤에도 역겨움을 느낀 것은 그였지 커밍스가 아니었다. 침대에 누워 머릿속에서 더러운 기억의 찌꺼기들을 걸러낸 것도 그였다.

"하급 장교들이 다 술 배급을 받나?" 대체 무슨 뜻으로 한 말이었을까? 헌은 충동적으로 장군의 찬장을 열고 술병들을 살펴보았다. 커밍스는 거의 매일 밤 위스키를 1~2인치 정도 마시고는 병을 치우기 전에 구두쇠처럼 연필로 남은 술의 양을 표시해 두는 이상한 버릇이 있었다. 헌은 그것을 알고 우습다고 생각했다. 장군에게 있는 수많은 모순된 성향들 가운데 하나인 흥미로운 기벽쯤으로 생각했던 것이다.

그러나 오늘 병에 남은 위스키의 분량은 지난번 연필 표시에서 적어도 반 인치는 더 내려가 있었다. 커밍스가 아침에 그것을 보고 그더러 술을 마시지 않았느냐고 나무란 것이리라. "하급 장교들이 다 술 배급을 받나?" 하지만 그건 말도 안 되는 일이었다. 커밍스는 그렇게 어리석은 생각을 할 사람이 아니었다.

어쩌면 클렐런의 짓일지도 몰랐다. 어쩌면. 그러나 클렐런이 고작 술 한 잔 때문에 장군의 당번병이라는 편한 자리를 위태롭게 할 것 같지는 않았다. 설사 술 한 모금 마시고 싶었다 해도, 클렐런처럼 약삭빠른 녀석이라면 분명 남은 분량만큼 자기가 연필로 표시를 해 놓았을 것이다.

문득 전날 밤 막 잠자리에 들기 전 천막 안에 앉아 무언가 생각하면서 위스키 병의 라벨을 살펴보던 커밍스의 모습이 떠올랐다. 그는 심지어 연필을 집어 들고 잠시 고민하다가 병에 표시를 하지 않은 채 도로 찬장에 넣었을지도 모른다. 그 순간 그는 어떤 얼굴을 하고 있었을까?

웃을 일이 아니었다. 레크리에이션 천막 건과 꽃 소동, 그리고 케리건과 거래가 있은 후라, 이제 이런 일도 웃어넘길 수가 없었다. 이 작은 일화가 있기 전까지는 장군의 별난 행동들을 강렬하고 뒤틀린 갈망에서 분출되어 나오는 장난 정도로 생각할 수도 있었다. 어떤 면에서는 친구끼리 서로 괜히 찔러 보고 희롱하는 행위 같은 것으로. 그러나 이것은 악랄했다. 조금은 소름 끼치는 일이었다. 온갖 걱정거리로 인해 심한 압박을 받고 있는 상황에서 커밍스는 이러한 장난들을 꾸며냄으로써 자신이 느끼는 좌절감을 조금이나마 배출하려 했던 것이다.

그들 두 사람의 관계가 본질적으로는 늘 그랬다는 것을 헌은 그 순간 이해했다. 그는 주인에게 응석을 부리기도 하고 매를 맞기도 하면서 주인이 던져 주는 단 과자를 받아먹던, 그러다 어느 날 한번은 감히 주인을 물어 버린 애완견이었다. 그때부터 그는 대부분의 사람들이 오로지 짐승에 대해서만 느끼는 특별한 가학 취미의 제물이 된 것이다. 그는 장군의 기분 전환을 위한 도구에 불과했다. 그는 말로 표현할 수 없는 차가운 분노를 느꼈다. 그것은 어느 정도는 그 자신이 애완견 역할을 묵인해 왔고, 의식 밑으로 조심스럽게 가라앉아 있기는 하지만 그러한 애완견으로서 언젠가는 주인과 동등하게 되겠다는 꿈마저 지니고 있었음을 의식한 데서 기인했다. 어쩌면 커밍스는 그것까지 다 간파하고 혼자서 웃었을지도 모른다.

언젠가 커밍스가 그에게 해 주었던 한 육군성 직원에 관한 이야기가 생각났다. 그는 누군가가 그의 책상 서랍에 몰래 심어 놓은 공산당 문서 때문에 파면되었다고 했다.

"그런 일이 통하다니 놀랍습니다." 그때 헌은 말했었다. "그 사람이 공산당과 무관하다는 걸 모두가 알았다고 하시지 않았습니까?"

"로버트, 그런 일은 언제나 통하는 법이야. 거짓이라는 게 얼마나 위력적인지 자네는 상상조차 못 할 거야. 보통 사람들은 감히 상상하지 못하겠지만, 권력을 쥔 사람들도 그들과 마찬가지로 추잡한 충동을 갖고 있다네. 게다가 권력을 쥔 사람들은 그런 충동을 더욱 효과적으로 행동에 옮길 수 있지. 자기에게 죄가 없다고 맹세할 수 있는 사람은 없는 법이거든. 그래서 그 친구는 어쩌면 자기가 혹시 공산당에 가입했던 적이 있는 게 아닌가 하고 생각하기 시작했다네. 히틀러가 왜 그토록 오랫동안 방해받지 않고 권력을 유지할 수 있었다고 생각하나? 변변찮은 외교가적 사고방식으로는 히틀러가 해묵은 장난을 새로운 방식으로 치고 있다고는 생각할 수 없었던 거야. 자네나 나 같은 외부의 관찰자가 아니고서는 그가 20세기 인간의 해석자라는 걸 간파할 수 없었던 거라네."

커밍스는 필요하다고 여겨지면 충분히 그런 문서들을 몰래 남의 서랍 속에 넣어 놓을 수 있는 위인이었다. 그가 위스키의 분량을 조작한 것처럼 말이다. 그러나 헌은 장군의 뜻에 따라 움직이는 체스의 말이 되지는 않을 작정이었다. 커밍스가 이제 그를 기분 전환의 도구로 여긴다는 것은 의심할 여지가 없었다.

헌은 천막 안을 두리번거렸다. 장군이 돌아올 때까지 기다렸다가 무사히 보급품을 갖고 돌아왔다고 말하면 기분이 좋을 것 같았다. 그러나 그것은 다소 찜찜함이 남는 즐거움이었고, 커밍스는 그것을 곧 간파할 것이 분명했다. "땀을 좀 뺐지, 안 그런가, 로버트?" 그는 그렇게 말할지도 몰랐다. 헌은 담배에 불을 붙이고는, 성냥을 버리러 쓰레기통 쪽으로 갔다.

장군의 천막 바닥에 성냥을 버려서는 안 된다. 그건 이미 본능처럼 되어 버린 반응이었다. 그는 동작을 멈췄다. 장군의 꼭두각시 노릇에도 한계가 있었다.

깨끗한 바닥. 군대의 지엄한 명령이 갖는 주술적인 힘에 구애받지 않고 똑똑히 본다면, 그것은 터무니없고 뒤틀리고 역겨운 어떤 생각을 구현한 것에 지나지 않았다.

그는 성냥을 장군의 사물함 옆에 떨어뜨리고, 바보같이 가슴이 두근거리는 것을 느끼면서 피우던 담배를 티 한 점 없는 장군의 천막 바닥 한가운데로 신중하게 던진 다음 그것을 구두 뒤꿈치로 짓뭉갰다. 그러고 나서 놀라움과 다소 복잡한 심경이 섞인 자부심으로 그것을 내려다보았다.

커밍스더러 보라지. 잘 보라지.


한낮이 되자 인사과(G-1)의 천막 안 공기는 숨이 막힐 정도로 후텁지근했다. 비너 소령은 강철 테 안경을 닦으며 애처롭게 기침을 하고는 말끔한 관자놀이에서 땀방울을 닦아 냈다. "이건 중대한 문제야, 병장." 그가 조용히 말했다.

"알고 있습니다."

비너 소령이 장군 쪽을 잠시 흘끗 쳐다보았다. 이어 그는 손가락 끝으로 책상을 톡톡 두드리면서 자기 앞에 부동자세로 서 있는 사병을 보았다. 몇 발짝 떨어진 구석의 기둥 옆에서, 커밍스가 작은 원을 그리며 왔다 갔다 했다.

"래닝 병장, 사실을 말하면 군법 회의에서 중요하게 참작이 될 거다." 비너가 말했다.

"소령님, 무슨 말씀을 드려야 할지 모르겠습니다." 래닝이 항변하듯 대답했다. 그는 금발과 담청색 눈을 가진, 키가 작고 몸집이 단단한 사내였다.

"사실만 말하면 돼." 비너가 특유의 구슬픈 목소리로 느리게 말했다.

"정찰을 나갔는데, 엊그제에도 갔던 장소라 또 갈 필요는 없다고 생각한 것뿐입니다."

"네가 그걸 판단할 위치였단 말이야?"

"아닙니다. 하지만 부하들이 별로 좋아하지 않아서, 반쯤 갔을 때 분대를 어느 조그만 골짜기에서 쉬게 하고는 한 시간을 기다렸다가 돌아와서 보고를 한 겁니다."

"그 보고 내용은 전부 거짓이었지." 비너가 말했다. "너는 1킬로미터도…… 1킬로미터도 들어가 보지 않은 장소에 갔다 왔다고 보고했어."

화가 잔뜩 난 와중에도, 커밍스는 말이 꼬인 비너에게 가벼운 경멸감을 느꼈다.

"네, 말씀하신 대로입니다." 래닝 병장이 말했다.

"정확히 그런 방식으로 그런 발상을 하게 됐다는 건가? 그냥 불쑥 그런 생각이 떠올랐다는 말이야?"

커밍스는 심문 속도를 높이기 위해 끼어들려는 자신을 억제했다.

"소령님, 무슨 말씀을 하시는 건지 모르겠습니다." 래닝이 말했다.

"지금까지 몇 번이나 수색 임무를 그르쳤나?" 비너가 구슬픈 목소리로 물었다.

"이번이 처음입니다."

"너의 중대나 대대에서 허위 수색 보고를 해 온 분대장들이 또 누가 있나?"

"그런 분대장은 없습니다. 저는 들은 바 없습니다."

장군이 불쑥 다가와서 그를 노려보았다. "래닝, 너는 언젠가는 본국으로 돌아가고 싶은 건가, 아니면 이곳 죄수 수용소에서 썩고 싶은 건가?"

"장군님," 하고 래닝은 말을 더듬었다. "저는 부대에 배속된 지 삼 년이 됐고……."

"이십 년이 됐다 해도 그건 나랑 상관없어. 허위 수색 보고를 해 온 분대장이 또 누군가?"

"저는 전혀 모릅니다."

"애인이 있나?"

"결혼했습니다."

"아내를 다시 만나고 싶지 않아?"

래닝은 얼굴을 붉혔다. "아내는 일 년 전쯤에 저를 버렸습니다. 헤어지자는 편지를 받았습니다."

장군이 바닥을 긁는 메마른 구두 소리를 내면서 몸을 돌렸다. "소령, 이자를 내일 군법 회의에 회부하게." 그가 출입구에서 걸음을 멈췄다. "래닝, 경고해 두지만, 사실을 다 털어놓는 게 좋아. 너의 중대에서 이런 짓을 해 온 분대장의 이름을 난 다 알아야겠어."

"제가 아는 한 그런 분대장은 없습니다."

커밍스는 성난 걸음으로 밖으로 나가 야영지를 가로질렀

다. 분출할 수 없는 분노로 인해 무릎이 떨렸다. 뻔뻔한 놈. "제가 아는 한 그런 분대장은 없습니다." 전선 전체가 그와 같은 분대장들에게 맡겨져 있었다. 그들이 전달하는 보고의 4분의 3이 허위일 가능성이 있었다. 어쩌면 전선의 장교들까지 그들이 정찰한 내용을 조작하고 있을지 몰랐다. 가장 큰 문제는 설사 그렇다고 해도 그가 할 수 있는 일이 아무것도 없다는 것이었다. 만약 래닝을 일반 군법 회의에 회부한다면, 그 선고 내용이 재검토될 것이고 그렇게 되면 그의 부하들이 오합지졸이 되었다는 소문이 남태평양 전역에 퍼질 터였다. 설혹 래닝이 다른 분대장들의 이름을 댄다고 해도 그가 할 수 있는 일은 아무것도 없었다. 그들을 대체할 다른 분대장들은 그들보다 더 엉망일지도 몰랐다. 그러나 아무런 처벌도 내리지 않고 래닝을 자기 중대로 돌려보낼 생각은 추호도 없었다. 피를 말릴 필요가 있었다. 작전이 끝날 때까지(언젠가 끝이 난다면) 기다렸다가 재판에 넘기는 방법도 있었다. 그동안 심문은 얼마든지 계속할 수 있고, 매번 다음 날이나 그다음 날 재판을 받게 될 거라고 경고하면 그만이었다. 솟구쳐 오르는 분노를 만족시킬 방법이 머릿속에서 꼬리를 물고 이어졌다. 그러한 생각들이 장군의 발걸음에 박차를 가했다. 그래도 래닝이 버틴다면 또 다른 방법도 있었다. 병사들에게 작전을 성공적으로 완수하는 것이 자기들이 가장 편히 지낼 수 있는 길이라는 것을 아주 지겹도록 깨우쳐 줄 생각이었다. 지금의 야영지가 좋다 이 말이지? 좋아, 그런 생각을 고쳐 줄 방법이야 얼마든지 있지. 내일이면 사단 전체를 어느 쪽으로든 수백 미터 정도 이

동시켜 새로이 개인호를 파게 하고, 철조망을 치게 만들고, 천막을 세우게 할 수도 있었다. 만약 병사들이 또 진흙에 판자를 깔아 길을 만들고 변소를 개량한다면 또다시 이동시키면 그만이었다. 부동산을 개량하는 미국인의 능력이 문제였다. 스스로 집을 짓고, 그 안에서 편안히 살다가 죽는 그런 능력이 문제였다.

전 사단의 규율을 대대적으로 강화할 필요가 있었다. 수색에 나가서 빈둥거리는 놈들이 있는가 하면, 병사(病舍)에서 꾀병을 앓는 놈들도 있었다. 그는 이동 외과 병원에 의심이 가는 환자들을 엄중히 단속하라는 지시를 적은 메모를 보내야겠다고 생각했다. 부대 내에서 너무들 응석을 받아 주고 있었다. 그의 권위에 저항하고 그의 뜻에 거스르는 병사들이 지나치게 많았다. 병사들의 목숨을 헛되이 낭비해 버리는 백정 같은 인물이 새로운 사단장으로 와야 반가워할 텐가. 글쎄, 다들 정신을 바짝 차리지 않는다면 머지않아 그런 백정을 사단장으로 모시게 될 것이다. 주위에 엉터리 군인이란 늘 있는 법이니까.

그는 격분한 상태로 천막에 돌아와 책상 앞에 앉았다. 그러다 문득 자신이 연필로 무의미한 낙서를 하고 있다는 걸 깨달았다. 그는 연필을 던지고 강한 혐오감을 느끼며 침상 옆의 지도 판을 응시했다. 이제는 지도를 볼 때마다 스스로 조롱당하는 기분이었다.

그런데 천막 안이 어딘가 이상했다. 아침에 클렐런이 정돈을 한 후 뭔가 달라져 있었다. 그는 돌아앉아 극도의 불안을 느끼며 천막 안을 살폈다.

"이런!" 불평하는 소리인지, 놀라 숨죽이는 소리인지 모를 소리가 그의 입에서 나왔다. 고통과 두려움이 창처럼 가슴을 찔렀다. 바닥 한가운데에 성냥과 담배꽁초가 떨어져 있었다. 구둣발에 짓뭉개져 검은 재와 더럽혀진 종이와 갈색 연초가 서로 엉켜 배설된 담배꽁초는 너무도 보기 흉했다.

책상 위에 놓여 있던 쪽지 한 장이 그제야 눈에 들어왔다.


장군님,

기다리다가 오시지 않아 돌아갑니다. 지시하신 보급품은 가져다 놨습니다.

헌


그렇다면 바닥을 더럽힌 것은 헌이었다. 당연한 일이었다. 커밍스는 성냥과 꽁초가 있는 곳으로 가서 혐오스러운 표정으로 그것들을 집어 쓰레기통에 넣었다. 그리고 뒤에 조금 남은 검은 재를 발로 문질러 흩뜨렸다. 타 버린 담배 냄새가 역겨웠지만, 자기도 모르게 손가락을 코에 갖다 대고 냄새를 맡아 보지 않을 수 없었다.

배 속에서 뭔가가 이상 반응을 일으키며 설사가 나려는 듯 뒤틀리는 바람에 식은땀이 났다. 그가 손을 뻗어 야전 전화를 집어 들고 손잡이를 두 번 돌린 다음 수화기에다 나직하게 한마디 했다. "헌을 찾아서 내 천막으로 보내게." 그런 뒤 감각이 없어진 것 같은 왼쪽 볼을 맹렬하게 문질렀다.

"이런 짓을 하다니!" 분노의 불길이 일기 시작했다. 제어할 수 없는 격렬한 분노로 인해 그는 자기도 모르게 입을 앙다물었다. 심장 고동이 빨라지고 손가락 끝이 떨리기까지 했다. 참을 수 없는 일이었다. 그는 냉장고로 가서 물을 유리잔에 따라 몇 모금 만에 다 마셔 버렸다. 잠깐 동안 그 분노의 저 밑바닥에는 혐오감과 어쩌면 두려움이 혼합된 이상한 감정과, 자신이 마치 낯선 남자들이 가득 들어찬 방 안에서 옷을 벗는 소녀라도 된 것처럼 순간적으로 체념하고 순종하게 되는 느낌, 뭔가 불안감을 수반하는 기묘한 흥분이 자리했다. 그러나 분노가 그런 감정들을 질식시키고 그의 내부에서 몸을 불리고 불려 그가 느끼는 감정의 통로들을 죄다 봉쇄해 버렸고, 결국 그는 참을 수 없는 분노로 몸을 떨었다. 만약 그 순간 동물이라도 한 마리 안고 있었다면, 그는 그것의 목을 졸라 죽였을 것이다.

분노와 더불어 그가 뚜렷하게 인식한 것은 또 다른 유형의 두려움이었다. 헌이 한 짓은 사병이 그의 몸에 손을 댄 것과 매한가지 행위였다. 커밍스에게 그것은 부하들의 복종 거부, 부하들의 저항을 상징하는 행위였다. 부하들이 지금 그에 대해 갖고 있는 두려움, 존경심은 이성적인 것으로, 자기들을 벌할 수 있는 그의 권력을 인정한 데서 온 것이었다. 그런데 그것으로는 충분치가 않았다. 그들에겐 또 다른 종류의 두려움이, 이성과는 상관없는 맹목적인 두려움이 결핍되어 있었다. 그가 엄청난 힘을 갖고 있으며 그의 뜻을 거스르는 행위 자체가 사실상 신성 모독과 다름없다는 인식 말이다. 바닥에 버려진 담배꽁초는 래닝의 태만이나 일본군의 공격과 같은 위협이자, 그의 권위에 대한 부인이었다. 그는 그것에 직접적으로, 그리고 무자비하게 대처해야만 했다. 철저하게 분쇄할 필요가 있었다.

"부르셨습니까?" 헌이 천막 안으로 들어왔다.

커밍스가 천천히 고개를 돌려 그를 보았다. "그래, 앉게. 할 말이 있네." 차갑고 차분하게 가라앉은 음성이었다. 헌을 눈앞에 두자, 그의 분노는 칼날처럼 매섭게 통제되어, 행위의 도구가 되었다. 그는 이제 떨리지 않는 손으로 신중하게 담배에 불을 붙이고 나서 느긋하게 연기를 내뿜었다. "로버트, 우리가 이야기를 나눈 지도 오래됐군."

"네, 그렇습니다."

체스 게임을 한 날 밤 이후, 두 사람은 이야기를 나눈 적이 없었다. 두 사람 모두 그것을 의식하고 있었다. 커밍스는 역겨운 마음으로 헌을 보았다. 헌은 그가 단 한 번 드러낸 허점이자 단 한 번 저지른 실수의 화신이었다. 그 이후 그는 헌과 차마 자리를 같이할 수 없었다. "로버트, 내 마누라는 잡년이야." 그때의 기억이 떠오르자, 커밍스는 몸이 뒤틀렸고 잠시나마 약점을 드러낸 자신에게 구역질이 났다. 그때는…….

지금 헌은 의자에 다리를 쩍 벌리고 앉은 자세로 그의 눈앞에 있었다. 그러나 그의 큰 체구는 겉으로 보이는 것처럼 느긋하지 않았다. 그는 입을 심술궂게 다물고 차가운 눈으로 커밍스를 응시했다. 커밍스는 한동안 헌에게는 자신과 맞먹는 두뇌, 권력자가 될 소질, 의미를 지닌 특별한 갈망이 있다고 생각했다. 하지만 그것은 오해였다. 헌은 피상적으로 반응하고 피상적으로 화를 표출하는 텅 빈 몸체에 불과했다. 그는 분명 한순간의 충동을 못 이겨 담배꽁초를 짓뭉갰을 것이다.

"자네에게 강의를 할 테니 들어 보게, 로버트." 이때까지 커밍스는 어떤 식으로 이야기를 풀어 나갈 것인지 아무 생각이 없었다. 그저 직관이 시키는 대로 자신을 맡길 생각이었다. 이런 식으로 말문을 연 것은 바로 그 때문이었다. 우선 지적인 테두리 안에서 이야기를 시작하고 그 속으로 헌을 끌어들여 오늘 있을 최종적인 결과를 알아채지 못하게 할 생각이었다.

헌은 담배에 불을 붙였다. "네." 그는 여전히 성냥을 손에 쥐고 있었다. 그리고 두 사람 모두 그것을 지켜보았다. 헌이 성냥을 만지작거리는 동안, 두 사람이 지각할 수 있을 만큼의 침묵이 이어졌다. 이윽고 헌은 몸을 앞으로 굽혀 성냥을 재떨이에 떨어뜨렸다.

"자네는 몹시 깔끔한 사람이구먼." 커밍스가 떨떠름한 표정으로 말했다.

헌은 눈을 들어 순간적으로 경계하듯 그의 눈을 들여다보며 대꾸할 말을 생각했다. "가정 교육 덕입니다." 그가 짤막하게 말했다.

"로버트, 자넨 부친에게서 배울 수 있는 게 여러 가지 있었을 것 같은데 말이야."

"저희 아버님을 아시는 줄은 몰랐습니다." 헌이 조용하게 말했다.

"그런 유형의 사람들을 잘 알지." 커밍스는 기지개를 켰다. 헌이 준비되지 않은 사이에 또 한 가지 질문을 해야 했다. "우리가 왜 이 전쟁을 하는지 생각해 본 적 있나, 로버트?"

"진지한 대답을 원하시는 겁니까?"

"물론이지."

헌이 그 큰 손으로 넓적다리를 주물렀다. "글쎄요, 잘은 모르겠습니다. 모순이 많긴 하지만, 객관적으로 볼 때 우리 쪽이 옳은 것 같습니다. 유럽의 경우가 그렇다는 겁니다. 이쪽은 제 생각엔 제국주의끼리의 승부 같습니다. 아시아를 우리가 망치느냐, 일본이 망치느냐 하는 문제 아니겠습니까? 물론 우리의 방법이 조금 덜 과격할 것 같기는 합니다만."

"그게 자네의 의견인가?"

"역사를 예견할 수 있다고 우길 생각은 없습니다. 아마도 한 백 년쯤 지나면 제대로 된 대답을 할 수 있겠죠." 그는 어깨를 으쓱했다. "제 의견을 물으시다니 뜻밖입니다." 그의 눈은 다시 생기를 잃고 계산된 무관심의 표정을 띠었다. 헌의 태도는 침착했다. 그것은 부인할 수 없었다.

"실망이군. 그보다는 나은 대답이 나오길 기대했는데."

"그러시다면 좀 더 말씀을 드리죠. 전쟁에는 어떤 삼투 작용 같은 것이 있습니다. 그걸 뭐라고 부르든, 승자는 언제나 패자의…… 음, 뭐랄까, 특징적인 징후 같은 것을 띠기 쉽습니다. 전쟁에서 이기고 나면 우리는 파시스트로 쉽게 변신할지도 모릅니다. 그에 대한 해결책을 찾아내는 것이 진짜 문제이지요." 그가 담배를 빨았다. "저는 장기적인 전망 같은 것엔 관심이 없습니다. 그저 한 사람의 양심 때문에 수백만 명이 죽임을 당하는 것은 나쁜 일이라고 생각할 뿐입니다."

"그들의 목숨에 정말로 신경을 쓰는 건 아니겠지, 로버트?"

"그럴지도 모릅니다. 하지만 장군께서 더 좋은 생각을 말씀해 주신다면 몰라도, 당장은 이 관점을 고수할 수밖에 없습니다."

커밍스는 씩 웃었다. 그의 분노는 가라앉아 차갑고 효율적인 결단성으로 변해 있었다. 헌은 지금 자신 없이 머뭇거리고 있었다. 생각을 더듬어야 할 때마다 초조해하는 게 분명했다. 본인이 방금 말한 것과 다른 결론은 피하려고 애쓰는 게 눈에 보였다.

헌은 잠시 무언가 곰곰이 생각하는 듯했다. "우리는 조직을 확대하는 방향으로 움직이고 있습니다. 저는 미국에서 좌익이 싸움에서 이길 수 있다고는 생각하지 않습니다. 저는 간디가 옳았다는 생각을 할 때가 가끔 있습니다."

커밍스가 큰 소리로 웃었다. "간디보다 지각 없는 사람도 없을 걸세. 수동적 저항이라고? 자네라면 그 역할에 어울릴 거야. 자네나 클렐런이나 간디 같은 자들 말이야."

헌이 앉은 채로 몸을 조금 바로 세웠다. 구름이 바람에 흩어져 버린 지금, 가혹할 정도로 뜨거운 한낮의 태양이 야영지 위로 잔인하게 빛을 내리쬐며 천막 아래의 그림자들을 뚜렷하게 부각시켰다. 커밍스는 100미터 정도 거리의 수목이 듬성듬성한 비탈진 곳에서 사병 250명이 식사 배급 줄에 길에 늘어서서 천천히 앞으로 움직이는 모습을 지켜보았다.

헌이 입을 열었다 "제 생각엔, 클렐런은 오히려 각하 쪽에 가까운 녀석입니다. 이왕 이야기가 나왔으니 드리는 말씀인데, 꽃을 따 오라고 하신 건 장군님이라고 녀석에게 알려 주시죠."

커밍스는 또 한 번 웃었다. 그렇다면 그 일은 효과를 본 셈이었다. 그는 흰자위가 드러날 때의 효과를 의식하며 눈을 크게 뜨고는 몹시 재미있어하는 표정으로 무릎을 찰싹 쳤다. "자네 술은 충분한가, 로버트?" 물론 헌이 담배꽁초를 천막 바닥에 짓뭉갠 것은 그 때문이었다.

헌은 아무런 대꾸도 하지 않았지만, 그의 턱은 미세하게 떨렸다.

커밍스는 흡족한 기분으로 의자에 등을 기댔다. "말이 옆길로 좀 샜군. 나는 자네에게 이 전쟁을 설명할 작정이었지."

"네, 하시죠." 날카롭고 다소 불쾌한 듯한 헌의 말투에는 짜증이 조금 섞여 있었다.

"나는 이 전쟁을 역사 에너지의 한 과정으로 보네. 세상에는 잠재적인 힘, 잠재적인 자원을 가진 나라들이 있고, 그 나라들은 잠재된 에너지로 가득 차 있다고 말할 수 있지. 그런데 그런 에너지를 풀어내어 표현할 수 있는 위대한 개념들이 있다네. 운동 에너지로서 국가는 조직이고, 통합된 노력이고, 또 자네가 말하는 파시즘이야." 그는 앉은 의자의 위치를 조금 움직였다. "역사적으로 볼 때 이 전쟁의 목적은 미국의 잠재력을 운동 에너지로 전환시키는 데 있네. 잘 생각해 보면 파시즘의 개념은 공산주의보다 훨씬 더 건전하다고 볼 수 있어. 인간의 실제적인 본성에 확고하게 기반을 두고 있기 때문이지. 단지 그것이 완전히 성장하기에는 본래의 잠재력이 부족한 나라에서 잘못 태어났다는 게 문제였던 거야. 자원 부족이라는 근본적인 결함을 지녔기 때문에 선을 넘을 수밖에 없었던 독일 말일세. 그러나 그 개념, 그 꿈 자체는 건실했어." 커밍스는 입을 닦았다. "로버트, 자네가 삼투 작용이라는 게 있다고 말한 건 그리 나쁘지 않은 표현이야. 미국은 그 꿈을 흡수할 테니 말일세. 지금도 그 일은 진행 중이고. 힘과 자원과 군대는 일단 만들어지면 저절로 사라지지 않아. 한 국가로서 우리의 공간은 방출된 힘으로 가득 차 있어. 그리고 내 자네에게 말하지만 이제 우리는 역사의 전면으로 나오기 시작했다네."

"우리가 운명이 되었다는 말씀이시죠?" 헌이 말했다.

"바로 그거야. 한번 방출된 흐름은 가라앉지 않아. 거기서 뒷걸음친다는 것은 세계에 등을 돌리는 것과 마찬가지네. 이 문제는 내가 연구해 봤어. 지난 세기 동안의 역사는 힘을 더욱더 크게 통합해 가는 과정이었어. 이 세기를 대비한 물리적인 힘, 우리 세계의 확장, 정치적인 권력, 그리고 그것을 가능하게 만든 정치 조직 말일세. 미국의 권력자들은 역사상 처음으로 그들의 진정한 목표를 의식하게 되었네. 두고 보게. 전후의 우리 외교 정책은 지금까지 그 어느 때보다 훨씬 더 노골적이고 훨씬 덜 위선적인 성격을 띠게 될 테니. 더 이상 왼손으로는 우리의 눈을 가리면서 오른쪽으로는 제국주의의 앞발을 뻗는 일이 없을 걸세."

헌은 어깨를 으쓱했다. "그런 일이 그렇게 쉽게 될까요? 아무런 저항도 없이?"

"저항은 자네가 생각하는 것보다 훨씬 적을 걸세. 자네는 대학에서 사람은 누구나 병들고 부패하다는 것을 자명한 이치로 받아들인 것 같은데, 그것을 진리라고 봐도 무리는 없겠지. 건강한 건 죄 없는 사람들뿐인데, 죄 없는 사람들은 씨가 말라 가니까. 인류는 거의 다 사멸해서 그저 발굴되기만을 기다리고 있거든."

"그러면 사멸하지 않은 특별한 소수의 사람들은 어떻게 됩니까?"

"자네는 인간의 가장 절실한 욕구가 뭐라고 생각하나?"

헌은 커밍스의 눈을 들여다보면서 씩 웃었다. "실한 엉덩이맛 아닐까요?"

이 대답은 커밍스의 신경을 긁었다. 살이 묘한 흥분으로 따끔거렸다. 그때까지 그는 논쟁에 몰입해 있었고, 자신의 이론을 전개하는 데만 관심을 두느라 잠시 헌을 의식하지 않았다. 그런데 헌의 외설스러운 표현이 그의 불안감을 다시 휘저어 일으킨 것이다. 다시 화가 솟구쳤다.

그러나 그는 일단 헌의 태도를 무시했다. "그건 아닐 걸세."

헌은 또 한 번 어깨를 으쓱했다. 커밍스는 헌의 침묵이 말하는 것들을 불쾌할 정도로 생생하게 느끼고 있었다.

헌에게는 언제나 그의 비위를 건드리고 신경을 미묘하게 긁는, 접근할 수 없고 손에 넣을 수 없는 무언가가 있었다. 인간이 있어야 할 곳에 텅 빈 구멍이 있었다. 그 순간 그는 헌에게서 어떤 감정을 유발하고 싶은 절박함 때문에 이를 악물었다. 여자들이라면 헌에게서 애정을 끌어내고 싶었을 것이다. 그러나 그로서는 오직 한순간이라도 헌이 두려워하고 수치스러워하는 모습을 보고 싶었다.

커밍스가 조용하고 감정 없는 음성으로 말을 이었다. "보통의 인간은 언제나 다른 인간들과 비교해서 우월하다든가 열등하다든가 하는 식으로 자신을 보지. 그 안에서 여자들이 할 수 있는 역할은 아무것도 없어. 여자들은 그저 우월성을 측정하는 데 쓰이는 지수이자 척도에 불과해."

"그건 직접 얻으신 결론입니까? 매우 훌륭한 분석이십니다."

헌의 비아냥거리는 말투가 다시금 커밍스의 화를 돋웠다. "로버트, 자네가 이런 문제에 대해 초보적인 분석을 했다는 건 나도 아네. 하지만 그걸 더 이상 진행시키지는 말게. 거기 멈춰서, 출발점으로 돌아가 다시 시작해야 한다는 말일세. 진실을 말하자면, 인간은 시초부터 하나의 원대한 비전을 갖고 있었어. 그것이 처음엔 자연의 요구와 잔인성 때문에 흐려졌고, 자연이 정복되기 시작하면서부터는 두 번째 은폐물 때문에, 다시 말해 경제적 공포와 경제적 분투 때문에 흐려진 거야. 그 특별한 비전은 흐려지고 빗나갔지만, 우리는 우리의 발달된 기술로 그것을 되찾아올 수 있는 시기에 접어들었다네." 그는 담배 연기를 천천히 내뿜었다. "일반적으로 인간은 짐승과 천사 사이의 어딘가에 위치하는 존재라고들 생각하지만, 그건 잘못된 개념이야. 사실 인간은 짐승에서 신으로 변신하는 과정에 있어."

"인간의 가장 절실한 욕구는 전지전능의 존재가 되는 것이라는 뜻입니까?"

"그렇지. 그것이 종교가 아닌 건 분명해. 사랑도, 영성도 아니야. 그런 것들은 다 그 과정에서 필요한 작은 위안거리들이지. 우리 존재의 한계성 때문에 신성에 도달하려는 꿈에서 멀어질 때 우리 자신을 위해 고안해 내는 것들 말일세. 세상에 태어날 때, 우리는 신이야. 우주는 우리 감각의 한계지. 나이가 들면서 우리가 우주가 아니라는 걸 발견할 때, 그것은 우리 존재에 가장 깊은 충격을 남기지."

헌은 옷깃을 만지작거렸다. "전지전능한 존재가 되어야 한다는 건 그저 장군님의 절실한 욕구일 뿐입니다."

"자네의 욕구이기도 하지. 자네 자신이 인정하든 안 하든."

헌의 날카로운 음성이 비꼬는 말투로 조금은 누그러졌다. "지금까지 하신 말씀에서 저는 어떤 도덕적인 교훈을 얻어야 합니까?"

커밍스의 긴장감이 느슨해졌다. 이런 이론을 상세히 전개하는 데서 그는 깊은 만족감을 느꼈다. 헌과의 이 토론에는 다른 모든 관심사들과는 별개의 어떤 즐거움이 있었다. "로버트, 내가 자네에게 인식시키려 한 건 미래의 유일한 도덕률은 힘의 도덕률이고, 그것에 적응하지 못하는 자는 멸망할 수밖에 없다는 사실이야. 힘은 반드시 위에서 아래로 흐르게 되어 있네. 중간 단계에서 작은 저항이 생기면 더욱 큰 힘으로 물살을 내려보내 눌러 버리면 그만이야."

헌은 자기 손을 들여다보았다. "우리는 아직 미래에 살고 있지 않습니다."

"로버트, 군대는 미래를 미리 보여 준다고 보면 되네."

헌이 시계를 보았다. "식사 시간입니다." 눈부시게 내리쬐는 햇빛 아래서 천막 밖의 땅이 거의 하얗게 보였다.

"식사는 내가 허락할 때 가서 하게."

"알겠습니다." 헌은 구둣발로 천천히 바닥을 긁으면서 조용히, 다소 미심쩍은 표정으로 그를 응시했다.

"자네 오늘 내 천막 바닥에 꽁초를 버렸지?"

헌은 미소를 지었다. "결국 그 말씀을 하시려고 이 강의를 하시는 거라 짐작은 했습니다."

"자네로선 단순한 짓이었어, 그렇지 않은가? 내가 한 행동들 몇 가지가 분해서 어린애처럼 화를 터뜨린 거야. 하지만 나는 그런 짓을 용납할 생각이 없네." 장군이 반쯤 피운 담배를 가볍게 흔들면서 말했다. "내가 이걸 바닥에 던지면 줍겠나?"

"지옥으로 꺼지시라고 말씀드릴 겁니다."

"과연 그럴까? 나는 너무 오랫동안 자네 응석을 받아 줬어. 자넨 내가 장난으로 이러는 줄 알겠지? 자네가 이걸 안 주우면 나는 자네를 군법 회의에 회부할 거고, 자네는 영창에서 오 년을 썩게 될 수도 있어."

"그럴 힘이 있으신가요?"

"물론이지. 쉽진 않을 거야. 자네의 선고 내용도 재심될 거고, 전쟁이 끝난 후엔 말썽이 좀 생길지도 모르지. 심지어 내가 개인적으로 타격을 입을 수도 있어. 하지만 법원은 내 입장을 지지할 거야. 그렇게 할 수밖에 없을 거야. 최종적으로는 자네가 승소한다고 해도, 그 모든 것에 대한 결정이 내려지기까지 자네는 적어도 일이 년은 감옥에서 썩겠지."

"좀 지나치다고 생각지 않으십니까?"

"아주 많이 지나치지. 하지만 그럴 수밖에 없다네. 신의 개입에 관한 오랜 신화가 있어. 신을 모독하면 번갯불을 맞게 된다는 것 말이야. 그것도 좀 지나치지 않나? 벌이 죄질에 비례해서 내려진다면 권력은 물 탄 듯 싱거워지겠지. 두려움과 복종의 올바른 자세를 낳으려면 균형 따위는 무시한 엄청난 권력을 동원하는 길밖에 없다네. 이런 것을 염두에 둔다면, 자네는 꽁초를 주우라는 내 명령에 어떤 반응을 보이겠나?"

헌은 또다시 넓적다리를 주물렀다. "불쾌합니다. 부당한 말씀이에요. 장군께서는 장군님과 저의 의견 차이를 이런 식으로……."

"내가 총을 쥔 사람의 이야기를 했던 것 기억하나?"

"네."

"내가 이런 권력을 갖게 된 건 우연이 아니야. 자네가 지금과 같은 상황에 놓인 것도 우연이 아니지. 자네가 상황 판단을 좀 더 제대로 했다면 꽁초를 바닥에 던지는 짓 따위는 하지 않았을 걸세. 내가 상스럽게 고함이나 질러 대는 여느 평범한 장군이었어도 마찬가지고. 내가 장난을 하는 게 아니라는 걸 자넨 믿지 못하겠다는 거지, 그렇지?"

"어쩌면 그럴지도 모르겠습니다."

커밍스가 담배를 헌의 발치에 던졌다. "자아, 로버트, 그걸 줍게." 그가 조용히 말했다.

한동안 침묵이 흘렀다. 커밍스는 흉골 뒤에서 심장이 고통스럽게 삐걱거리는 느낌을 받았다. "로버트, 자네 자신을 위해서라도 줍길 바라네." 그는 또 한 번 헌의 눈을 들여다보았다.

헌은 커밍스의 말이 농담이 아님을 서서히 깨달았다. 그것은 그의 표정에 잘 드러나 있었다. 충돌하는 일련의 미묘한 감정들이 그의 얼굴 표면 뒤로 흘렀다. "장난을 하실 생각이시라면," 헌이 말했다. 커밍스가 기억하는 한 그의 목소리에서 동요가 느껴지는 건 이때가 처음이었다. 잠시 후 헌은 몸을 굽혀 꽁초를 집어서 재떨이에 넣었다. 커밍스는 증오로 가득 찬 헌의 시선을 피하지 않았다. 그는 커다란 안도감을 느꼈다.

"이제 가서 식사를 해도 좋네."

"장군님, 다른 사단으로 전속했으면 합니다." 헌이 약하게 떨리는 손으로 새 담배에 불을 붙였다.

"안 된다면?" 커밍스는 차분했고, 거의 유쾌해 보이기까지 했다. 그가 의자 등받이에 몸을 기대고 발로 바닥을 천천히 툭툭 건드렸다. "솔직히 말해 더 이상 자네를 내 옆에 부관으로 둘 생각은 없네. 자넨 아직 이번 일을 교훈으로 삼을 마음가짐이 안 되어 있어. 자네에겐 아주 어려운 일을 맡길 생각이야. 점심 식사가 끝나면 댈리슨의 담당과에 출두하고, 당분간 그 친구 밑에서 일하게."

"알겠습니다." 헌의 얼굴은 다시 무표정하게 바뀌어 있었다. 그가 천막 출입구로 가다가 걸음을 멈췄다. "장군님?"

"뭔가?" 이야기가 다 끝났으니, 커밍스는 헌이 빨리 물러가기를 바랐다. 승리감은 빛이 바래고, 그의 마음속에서는 사소한 후회와 석연치 않은 감정이 물릴 만큼 넘치고 있었다.

"부대 내 다른 모든 병사들에겐 어떻게 교훈을 주실 생각이십니까? 설마 6000명 전원을 한 사람씩 불러들여 꽁초를 줍게 하진 않으시겠지요?"

그의 유쾌한 기분을 망치는 게 바로 그 점이었다. 커밍스는 이제야 그걸 깨달았다. 아직 다른 문제, 더 큰 문제가 남아 있었다. "소위, 그건 내가 알아서 처리하지. 자넨 자네 일이나 걱정하게."

헌이 가고 나자 커밍스는 자기의 두 손을 들여다보았다. "작은 저항이 생기면 더욱 큰 힘으로 물살을 내려보내 눌러버리면 그만이야." 그런데 전방의 병사들에게는 그 방법이 통하지 않았다. 헌이라면 그가 눌러 버릴 수 있었고, 한 사람씩이라면 누구라도 다룰 수 있었지만, 전체로서의 그들은 사정이 달랐고 여전히 그에게 저항하고 있었다. 그는 가벼운 피로감을 느끼며 숨을 내쉬었다. 그렇다 해도 뭔가 방법이 있을 것이고, 그는 그것을 찾아낼 작정이었다. 헌도 그에게 저항하던 때가 있지 않았던가?

지금까지 억제되어 있던 우쭐한 기분이 그를 고무시켜 지난 몇 주 동안의 비참함과 좌절감을 어느 정도 덜어 주었다.


헌은 자기 천막으로 돌아왔고, 점심을 걸렀다. 그는 수치심과 자기혐오와 무력한 분노로 몸을 태우면서 거의 한 시간이나 침대에 얼굴을 처박고 엎드려 있었다. 그는 자기를 격렬히 조롱하는, 고통에 가까운 굴욕감에 시달리고 있었다. 그는 장군이 자기를 부른 순간부터 문제가 생기리라는 것을 알았고, 결코 굴복하지 않겠다는 자신감을 갖고 장군의 천막 안으로 들어갔다.

그러나 그는 커밍스가 두려웠다. 사실상 천막에 들어서는 순간부터 두려웠다. 내면의 목소리는 꽁초를 줍지 말라고 아우성쳤지만, 그는 역겹게도 잠시 자신의 의지를 마비시킨 채 그것을 집어 들었다.

　"중요한 것은 단 하나, 어떻게든 품위를 지키는 거야." 그는 언젠가 그런 말을 했었고, 딱히 달리 신조로 삼을 것이 없어서 그것을 신조로 삼아 살아왔다. 그리고 지금까지는 그것이 꽤 만족스러운 행동의 지표가 되어 왔다. 궁극적인 문제에관한 한 어느 누구에게도 존엄성을 침해당하지 않는 게 무엇보다 중요했다. 그런데 커밍스와의 일은 궁극적인 문제였다. 체내에서 엄청나게 큰 고름 덩어리가 왈칵 터져 나와 지금 그의 피를 오염시키고, 급작스럽고 맹렬하게 체내의 모든 혈관 속을 헤집고 다니는 것 같은 느낌이었다. 어떻게든 그것에 대응하지 않으면 그는 사실상 죽은 사람이 될 수밖에 없었다. 그로서는 흔치 않은 일이었지만, 그는 자신의 능력을 확신할 수 없었다. 도저히 있을 수 없는 일이었다. 무언가를 해야만 하는데 무엇을 해야 할지 생각이 나지 않았다. 견디기 어려운 순간이었다. 한낮의 더위는 맹렬했고 천막 안은 숨을 쉬기가 힘들었다. 그는 큰 턱을 침상 깔개에 처박은 채로, 살면서 배우기도 하고 일부러 버리기도 했던 모든 것들, 너무도 오랫동안 억압되어 있다가 이제 해방되어 그동안의 고통을 한풀이하듯 그의 내부에서 맹렬하게 날뛰는 모든 것들을 숙고하는 듯 눈을 감은 채 미동도 없이 엎드려 있었다.

　"내가 그자 앞에서 꽁무니를 빼다니."

그것이 충격이었다. 그것을 깨닫는다는 것은 무서운 일이었다.


## 타임머신

### 로버트 헌
혼탁한 자궁


그는 숱 많은 검은 머리와 진중하고 표정 없는 얼굴을 한 거구의 사내였다. 침착한 갈색 눈이 짧고 뭉툭하고 약간 휘어진 코 위에서 차갑게 앞을 응시했다. 단단하고 다부진 턱 위에 돌출한 크고 얇은 입에는 감정이 거의 드러나지 않았다. 그가 좋아하는 사람은 지극히 극소수였고, 대부분의 사람들은 그와 몇 분 동안 이야기를 하고 나면 거북한 심정으로 그것을 감지했다.

중심부에 도시가 있어 사람의 감각을 강렬하게 자극한다.
길과 대지가 1500킬로미터, 3000킬로미터에 걸쳐 그곳으로 이어졌다. 산봉우리들이 짓눌려 구릉으로 내려앉고, 다시 평원으로 주저앉았다가, 여유 있게 다시 모이고 수축되면서 위풍당당하게 굽이쳤다. 미국의 광대한 평원을, 아주 작은 지점들을, 그 성장과 확장을, 대도시와 그곳으로 이어지는 철도들을 정말로 이해하는 사람은 아무도 없었다.
연결 고리.

(온갖 어지러운 권모술수, 시가 연기, 매연(煤煙), 고가 철도의 콜타르 냄새와 구역질, 갑자기 건드려진 개미집 속의 개미 떼가 겁에 질려 미친 듯이 우왕좌왕하는 모습, 현재 외에는 아무것도 감각할 수 없으며 어느 거리, 어느 카페서만 의미를 갖는 무수한 사람들의 원대하고 여유롭고 마음을 사로잡는 계획들. 사람들은 역사를 대수롭지 않다는 듯이 기억한다. 역사의 가장 큰 사건들도 그들이 겪는 사건들에 비할 것이 못 된다.

도시인들의 거창한 자아.

그 모든 인공적인 거대함 속에서, 시장(市場)으로 이어지는 그 모든 둥근 대리석 천장과 벽돌로 만든 용마루와 용광로를 통해서, 도시인들이 어떻게 자신의 죽음을, 자신의 무의미성을 상상할 수 있겠는가? 그들은 언제나 자신의 죽음과 더불어 세계도 어떤 식으로든 끝난다고 믿는다. 그들의 죽음은 다른 어느 곳에서의 삶보다 더욱 강렬하고 과격하며 판에 박힌 일임에도.)

그리고 버섯처럼 급성장하는 도시 주변 부식토에서는 교외(郊外)가 성장한다.

지난번 그 곁채를 지은 후로 지금은 방이 스물두 개예요. 그걸 도대체 다 어디에 쓴단 말이오? 빌 헌이 고함치듯 말한다. 하지만 아이나 이 사람에겐 그런 말이 씨알도 안 먹힌단 말이죠. 필요하다니 지을 수밖에요.

그만해요, 빌. 아이나가 말한다. (열두 살짜리 아들이 있는 여자치고는 젊고 날씬하며 예쁘장하다. 하지만 미인이라고는 할 수 없다. 생기 없는 얇은 입술 사이로 살짝 돌출된 뻐드렁니가 보이고, 중서부 여자답게 윤기가 없다.)

나야 그저 평범한 인간 아닙니까? 빌 헌이 말한다. 허식 같은 건 없죠. 손바닥만 한 농장 출신이라는 게 무슨 흉이 됩니까? 사람 사는 데야 객실이나 거실 한 개, 침실 두세 개, 부엌한 개, 그리고 아래층에 오락실 한 개 정도 있으면 충분하죠. 안 그렇습니까, 저드 부인?

(저드 부인은 좀 더 풍만하고 말랑말랑하고 멍청해 보인다.) 그렇겠죠, 헌 씨. 남편과 저는 아덴 파크 매너에 있는 우리 집이 아주 마음에 든답니다. 관리하기가 참 편한 아파트예요.

저먼 타운은 좋은 곳이죠. 아이나, 우리도 한번 저드 씨네 댁을 방문해야겠어.

언제든지 오세요. 안내해 드리죠. 저드 씨가 말한다. 대화가 끊기자 그들은 서로를 의식하고 그릇 소리가 나지 않도록 조심하면서 식사를 한다. 여긴 경치가 참 좋네요. 저드 부인이 한마디 한다.

시카고의 더위를 피할 수 있는 곳은 이곳뿐이에요. 아이나가 말한다. 여긴 뉴욕에 비해 많이 뒤처져서, 요 앞 호텔에 옥상 정원이 생길 법도 한데 그렇지가 않네요. 5월치고는 너무 더워요. 빨리 여길 벗어나 셜리뵈일에 갔으면 좋겠어요. 아이나는 샤를보아를 셜리뵈일이라고 발음한다.

미시간은 숲이 울창한 곳이죠. 빌 헌이 말한다. 다시 대화가 끊긴다. 저드 부인이 로버트 헌을 보고 말한다. 열두 살치고는 굉장히 크구나, 보비. 난 네가 열두 살은 넘은 줄 알았단다.

아녜요. 열두 살이에요. 그는 웨이터가 그 앞에 구운 오리요리를 갖다 놓을 때 어색하게 머리를 움츠린다.

보비 녀석은 신경 쓰지 마십시오. 수줍음을 좀 타는 편이지요. 빌 헌이 큰 소리로 말한다. 이 녀석은 확실히 날 닮지 않았어요. 그는 얼마 안 되는 검은 머리를 쓸어 넘겨 탈모가 된 부분을 가린다. 땀을 흘리는 둥글고 살찐 얼굴에 작고 붉은 코가 단추처럼 달려 있다.

헌 부인이 입을 연다. 할리우드에 갔을 때 조감독인가 하는 사람이 우리를 파라마운트 촬영소로 데려가 구경시켜 줬어요. 유대인이지만 친절한 편이었죠. 그 조감독이 스타들에 대해 많은 이야기를 해 주더군요.

모나 바지너스가 행실이 아주 안 좋다던데, 사실인가요? 저드 부인이 묻는다.

(보비를 보더니 목소리를 한껏 낮춰서) 오, 보통 헤픈 게 아니랍니다. 못하는 짓이 없다더군요. 뭐 어찌 됐든 그 여자는 앞으로 별로 할 일이 없다고 봐야겠죠. 지금은 토키 영화[30]밖에는 안 만드니까요.

여기는 사업 이야기를 나눌 만한 장소는 아니지만 말입니다, 버드 사의 저드 씨. (헌이 웃는다.) 버드 사의 저드 씨라는 말은 매번 들으실 테죠. 어쨌든 당신도 사업에 몸담은 이상 사업을 해야 할 테고 그건 나도 마찬가지니까, 문제는 가격을 절충하는 일이겠지요. 그런데 톰슨식 기관은 이미 사양길에 접어든 상품입니다. 만약 개혁론자들이 집권을 하면, 우리는 그

---

30) 영사(映寫)할 때에 영상이 영사막에 비치는 것과 동시에 음성, 음악 등이 나오는 영화.

들과 적당히 타협을 하든지, 아니면 목욕 수건과 속옷도 구별 못하는 폴란드 출신 이민자들을 위한 물건이나 공장 변기 속에 향수나 뿌리고 있을 수밖에 없습니다. 그러니 계약에 신중을 기할 수밖에 없지요. 경제가 과열 상태라, 난 불황에 대비하는 중이오. 그런데 귀사의 가격으로는 좀 곤란해요.

저드 씨와 저는 파리로 갈 계획이에요. 크림 과자와 얼음물이 그들 앞에 놓인다.

내일 인디애나폴리스로 자동차 경주를 보러 가는 건 어떻습니까? 빌 헌이 묻는다.

로버트가 잠들었네요, 딱하기도 하지. 아이나가 빌 헌을 팔꿈치로 쿡 찌르면서 말한다.

정말이지 굉장히 덥군요. 저드 부인이 말한다.


아이나가 손을 뻗어 침대 머리맡의 등을 끈다. 빌, 저드 씨 부부에게 어떻게 마운트 홀리요크 대학이 어디 있는지를 물을 수 있죠? 뭘 모르면 많이 묻지 말고 그냥 잠자코 있어요.

그 사람들 딸이 정말로 그 대학에 간들 뭔 대수란 말이오? 내가 그 사람들 앞에서 기가 죽을 줄 알아? 잘 들어요, 아이나. 사교계 따윈 대수롭지 않아. 사실 중요한 건 돈이거든. 우리에겐 걱정할 딸도 없잖소. 그리고 어차피 로버트는 책밖에 모르는 녀석이니 딱히 사교계에 관심 가질 것 같지도 않고. 당신이 이 빌어먹을 집구석에 붙어 있질 않고 검둥이 식모가 어미 노릇을 하는 한 그런 걱정은 할 필요가 없다는 거요.

빌, 무슨 말을 그렇게 해요?

사람 성격은 바꿀 수 없는 거 알잖소, 아이나. 나에겐 사업이 있고 당신에게는 사교 생활이 있으니 각자 불만이 없어야지, 안 그래? 그래도 로버트한테는 좀 더 신경을 쓰도록 해요. 이렇게 크고 건강한 아이가 물고기처럼 차갑고 생기가 없잖아.

여름에는 캠프에 갈 거예요. 가을에는 고등학교에도 보낼 거고요.

아이를 하나, 아니 몇 명 더 낳을걸 그랬어.

그 이야기는 꺼내지도 말아요, 빌. 아이나는 이불을 덮고 잘 준비를 한다.

하긴, 당신 몸에서는 안 되겠지.

빌!


지도 교사가 말한다. 자, 여러분, 착한 사람은 협력할 줄 알아요. 공명정대하고 정직한 사람은 맡은 일을 다 하죠. 오늘 아침 침구 정리를 안 한 사람이 누구죠?

대답이 없다. 너지, 헌, 그렇지?

네.

지도 교사가 한숨을 쉰다. 여러분, 로버트 때문에 이 천막에 벌점을 하나 주겠어요.

글쎄요, 어차피 밤에 다시 펼 침구를 뭣 때문에 정리해 놓아야 합니까? 아이들이 킬킬거린다.

도대체 뭐가 문제냐, 헌? 원래 지저분한 성격이니? 가정 교육을 어떻게 받았기에 침구도 치우려 하지 않지? 그리고 왜 사내답게 잘못을 인정하지 않는 거냐?

오, 절 좀 내버려 두세요.

벌점 하나 추가. 지도 교사가 말한다. 여러분, 로버트가 규칙을 지키느냐 마느냐는 여러분에게 달려 있어요.

그러나 로버트는 그날 오후 팀 대항 권투 시합에서 벌점을 상쇄시킨다. 그는 어색한 동작으로 상대방 아이에게 접근하면서 주먹을 필사적으로 휘두른다. 글러브가 무거워 팔이 아프다.

그의 아버지가 그날 그의 경기를 보러 왔다. 한 방 먹여, 공격해라, 로버트, 머리에, 배에, 제대로 한 방 먹여.

상대 아이에게 얼굴을 제대로 한 방 맞는다. 그는 순간 멈칫하고 글러브를 내려뜨렸다가 얻어맞은 코를 만진다. 또 한 방 맞는다. 이번에는 귀가 먹먹하다. 기운을 내라, 보비. 아버지가 외친다. 상대방의 주먹이 빗나가 머리 위에서 원을 그리고, 팔뚝이 그의 얼굴을 스친다. 로버트는 금방이라도 울음이 터질 것 같다.

배를 공격해, 로버트.

그는 미친 듯이 두 팔을 휘두른다. 상대 아이가 들어오다가 한 대 맞고 놀라 주저앉더니 천천히 일어난다. 로버트가 계속 휘두르는 주먹에 한 방 더 맞은 상대 아이가 다시 쓰러진다. 심판이 시합을 중단시킨다. 그가 보비 헌의 TKO 승, 하고 외치며 청팀에게 4점을 준다. 아이들이 환호하고 빌 헌은 잔디 위 링에서 나오는 로버트를 얼싸안는다. 제대로 한 방 먹였구나, 보비. 내가 배를 공격하라고 했지? 싸움은 그렇게 하는 거다. 녀석, 대단해. 넌 두려움 없이 들어가서 주먹을 휘둘렀어.

그가 아버지의 품에서 빠져나온다. 아빠, 놓으세요, 절 내버려 두세요. 그는 울지 않으려 애쓰며 잔디 위를 달려 자기 천막으로 간다.

샤를보아에서 보내는 여름, 계속 증축되는 시카고 교외의 저택, 길고 무성한 초록의 잔디, 조용한 해변, 크로케 경기장과 테니스 코트, 그가 당연한 것으로 여기는 사사롭고 광범위한 부유함의 세부 항목들. 그는 나중에야 그런 것들이 당연한 것이 아니었음을 이해한다. 필드몬트 지방 학교에서 육 년을 보내는 동안 친구들도 사귀고 벌점도 받고 이따금 설교도 든는다. 개인적인 윤리 규범은 좀 더 배타적인 동부의 사립 중등 학교에서 빌려 온 것이다.

거짓말을 하지 말 것.　　　남을 속이지 말 것.
욕을 하지 말 것.　　　　욕을 하지 말 것.
　　　　　교회에 나갈 것.

물론 언제나 배후에 존재하는 빌 헌의 우렁찬 음성과 두툼한 손은, (믿기 힘들지만) 토요일 아침마다 열리는 댄스 강습, 그리고 아이나 헌의 꾸준하고 탐욕스러운 야심과 어떤 식으로든 연결되어 있다. 보비, 엘리자베스 퍼킨스를 3학년생 댄스파티에 데리고 가는 게 어떠니?
나를 에워싼 모태의 깊은 곳에,
집에서 집으로 푸른 잔디가 이어지고…….
다만 그런 생각은 나중에야 떠오른다.

필드몬트 고등학교를 졸업한 다음 주에 그는 몇 명의 졸업생 동기들과 함께 그들 중 한 명의 부친이 소유하는 숲 속 통나무집으로 술잔치를 벌이러 간다. 이 층짜리 통나무집 안에 바가 갖춰져 있다.

밤에 그들은 위층 침실에 둘러앉아 조심스럽게 병째 술을 들이켜고 나서 술병을 돌린다.

아버지가 아시는 날엔 큰일나.

아버지 따윈 꺼지라고 해. 모두들 깜짝 놀란다. 그러나 그 말을 한 사람은 카슨스다. 카슨스의 아버지는 1930년에 자살했다. 카슨스라면 그런 말을 해도 넘어갈 수 있다.

필드몬트여, 잘 있어라. 학교에서 참 별의별 일들이 많았지.

사실이야.

나쁜 사람은 아니지만 난 도저히 교장을 이해할 수 없어. 사모님이 미인이었던 거 기억나?

사모님을 위해 건배. 작년에는 한 달 동안이나 가출했었대.

오, 저런. 병이 두 순배, 세 순배 돌아간다.

필드몬트 시절은 대체로 괜찮았어. 벗어나게 돼서 기쁘지만 말이야. 나도 너희처럼 예일 대학에 가면 좋으련만.

한구석에서는 전 시즌의 축구 팀 주장이 헌의 귀에 대고 한창 신나게 떠들고 있다. 나는 이번 가을 시즌에 다시 올 수 있으면 좋겠어. 지금 3학년생들로 훌륭한 팀을 만들 수 있을 거야. 두고 봐, 하스켈은 사 년 안에 전미 대표 선수에 뽑힐 테니. 그리고 이왕 말이 나왔으니 말인데, 보비, 내가 충고 한마디 할게. 널 오랫동안 눈여겨봤거든. 너는 노력이 부족해. 무엇이든 기를 쓰고 하질 않아. 체구가 크고 소질도 있으니까 팀에 들어올 수도 있었는데, 너 스스로 의욕이 없으니 어쩌겠어. 정말 안타까운 일이야. 좀 더 열심히 노력해야 해.

얼음물에 머리나 박아.

헌이 취했다, 하고 주장이 큰 소리로 외친다.

헌이 또 구석에 처박혀 있구나. 애들레이드와 싸우고 헤어진 모양이야.

괜찮은 애긴 한데 너무 이 남자 저 남자 만나고 다니는 게 흠이지. 랜트리가 프린스턴 대학으로 떠나기 전에 그걸 걱정하곤 했지.

오빠들은 제 여동생에 대해 신경 안 쓴다는 게 내 이론이야. 내 여동생은 남자애들과 어울려 다니지는 않지만, 설사 그런다 해도 난 걱정 안 해.

얌전한 여동생을 뒀으니 그런 소릴 하는 거야. 발랑 까진 여동생이라도 있어 봐. 아이쿠, 머리가 빙빙 도는구나. 취한 사람 있어?

만세에! 헌이 방 한가운데 서서 머리를 뒤로 젖히고 숨을 헐떡이며 병나발을 분다. 나는 개새끼야. 어이, 너희들 모두 갖고 있는 비밀 다 털어놔 봐.

저 자식, 취했군.

자, 자, 나더러 창에서 뛰어내리라고 말할 사람 없어? 내가 재주 부리는 거 한번 봐 봐. 그가 땀을 흘리면서 갑자기 화난 기색으로 한 사람을 옆으로 밀치고 창문을 열고는 창턱에 올라서서 비틀거린다. 뛰어내릴 거야.

말려.

만세에! 그가 밤의 어둠 속으로 뛰어내린다. 쿵, 하며 덤불과 충돌하는 소리가 난다. 모두가 놀라서 창가로 달려간다. 괜찮아? 헌, 다치지 않았어? 어디 있는 거야, 헌?

필드몬트, 필드몬트, 위버 알레스!(가장 뛰어난!) 헌이 그들을 향해 외친다. 어둠 속에서 땅바닥 위에 누운 채 킬킬거리며 웃고 있다. 너무 취해서인지 아픔도 못 느낀다.

아무튼 괴짜야, 헌이란 놈은. 모두들 말한다. 저 녀석 작년에 취했을 때 기억 나?

대학에 들어가기 전 마지막 여름은 황금 같은 나날, 눈부신 해변, 여름밤 전등 빛의 마법, 여름 해변 클럽의 댄스 악단, 낭만적인 곳으로 가는 비행기 표, 젊은 여자들의 감촉과 냄새, 립스틱 향기, 분 냄새, 컨버터블 자동차 좌석의 고급스러운 가죽 냄새로 대변된다. 하늘에는 언제나 별이 반짝이고 달빛이 어둠에 감싸인 나무들을 은빛으로 물들인다. 도로에서는 전조등이 머리 위의 우거진 나뭇잎들 사이를 뚫고 지나가며 은색 터널을 만든다.

그에게는 여자 친구가 있다. 이 피서지의 젊은 미인으로 그로선 탁월한 선택이 아닐 수 없다. 레이크 쇼 드라이브의 샐리 텐데커 양이다. 크리스마스 연휴는 어쩔 수 없이 여러 가지 의미를 지니게 마련이다. 모피 외투, 향수, 큰 호텔의 화려하게 채색된 방들에서 벌어지는 대학생들의 댄스 같은 것들.

보비, 넌 내가 아는 사람 중 차를 제일 빨리 모는 것 같아.

이러다간 언젠가 사고로 죽고 말 거야.

아마도. 여자하고 있을 때 그는 아직 말주변이 없다. 지금은 굽이진 곳을 도는 데 정신이 팔렸다. 그의 뷰익[31]이 왼쪽으로 크게 돌다가 저항하고 오른쪽으로 트느라 고전하다가 겨우 정면으로 방향을 잡는다. 크게 당황했던 순간이 지나가면서 안도감이 이어진다. 곧게 뻗은 길을 시원하게 달릴 때는 환희의 감정이 치솟는다.

보비 헌, 넌 정말 거친 애야.

글쎄.

도대체 무슨 생각을 하는 거야?

그가 길에서 조금 떨어진 곳에 차를 세우고 그녀 쪽으로 고개를 돌린다. 별안간 말문이라도 트인 듯 속에 있던 말들을 쏟아 낸다. 나도 모르겠어, 샐리, 가끔 내 생각엔…… 아냐, 그게 아냐. 난 그냥 신경이 곤두선 채 이곳저곳 쏘다니는 게 전부야. 아무것도 하기가 싫어. 내가 하버드 대학에 가는 것도 아버지가 예일 대학 이야기를 꺼냈기 때문이야. 모르겠어. 뭔가 있는데, 뭔가 다른 게 있는데, 그게 정확히 뭔지 잘 모르겠어. 난 남에게 강요당하는 게 싫어. 모르겠어.

샐리가 웃는다. 오, 넌 돌았어, 보비. 아마 그래서 여자애들이 다 널 사랑하나 봐.

날 사랑해?

어머, 애 말하는 것 좀 봐. 물론 사랑하지, 보비. 가죽 쿠션

---

31) 미국의 제너럴모터스(GM)가 제작한 자동차.

에 나란히 앉은 샐리의 몸에서 향수 냄새가 다소 진하게 난다. 열일곱 살 여자애치고는 조금 지나치게 성숙하다. 그는 샐리의 가벼운 말투 뒤에 감추어진 진심을 감지하고는 두근거리는 마음으로 그녀에게 다가가 입을 맞춘다. 그러면서도 한편으로는 휴일마다, 그리고 수업이 없는 주말마다 하게 될 데이트, 여름마다 머물게 될 이 휴양지, 교외 저택의 푸른 잔디, 아버지의 친구들과 나눠야 하는 대화, 성대한 결혼식 같은 것들을 떠올린다.

있잖아, 의사가 되려면 장래 일을 계획할 수가 없어. 너도 알다시피 팔 년이나 십 년은 긴 시간이니까 말이야.

보비 헌, 잘난 체하지 마. 누가 그런 걸 걱정한대? 넌 정말 잘난 척이 심해.


자, 얘야, 이제 너도 대학에 가게 됐으니 너에게 몇 가지 할 말이 있다. 서로 이야기를 많이 나눌 기회는 별로 없었지만, 그래도 우리는 꽤 가까운 사이가 아니냐? 난 언제나 그렇게 생각하고 싶단다. 이제 네가 대학에 가지만, 언제나 네 뒤엔 내가 있다는 걸 기억하렴. 여자도 생기겠지. 여자가 안 생긴대서야 내 아들이랄 수 있나. 물론 나야 너의 어머니와 결혼한 후로는 그런 일이 없었지만 (새빨간 거짓말이지만 두 사람 모두 신경 쓰지 않는다.) 어쨌든 문제가 생기면 나한테 상의하도록 해라. 너의 할아버지도 나한테 여공들하고 무슨 문제라도 생기면 당신께 상의하라고 말씀하셨단다. (조부는 때론 농사꾼이기도 했고 때론 공장주이기도 했기 때문에 무엇을 한 사람이었는지 명확하지가 않다.) 그건 너한테도 해당되는 말이다, 보비. 그리고 명심해라, 여자와 문제가 생기면 결혼을 하기보다는 돈을 줘서 떼어 버리는 게 언제나 더 수월하고 자연스럽단다. 그러니 문제가 생기면 나한테 알려 다오. 편지는 친전(親傳)으로 보내도록 하고.

알겠어요.

그리고 의사가 되는 건, 뭐, 괜찮은 생각이다. 여기에는 친구들이 많으니 네가 개업을 할 때 도움이 될 거다. 은퇴하는 늙은 돌팔이 의사한테서 병원을 사들이면 되지.

저는 연구를 하고 싶어요.

연구라. 잘 들어라, 얘야. 우리가 아는 모든 사람들이 연구원 따위는 얼마든지 돈으로 살 수 있다는 걸 알면서도 그런 소릴 하는 거냐? 어쩌다 그런 어리석은 생각을 하게 됐는지는 모르겠다만, 앞으로는 생각이 달라질 거다. 내 말이 맞을 테니 두고 보렴. 네 어머니도 같은 생각이지만, 난 네가 결국은 사업을 하게 될 거라고 생각한다. 어차피 네가 할 일은 사업이야.

그렇지 않아요.

자, 자, 이 문제로 너와 다툴 생각은 없다. 정말 어리석은 녀석이구나. 어쨌든 두고 보렴. 마음을 바꾸게 될 거다.


그는 1학년의 처음 몇 주일을 허둥대며 보낸다. 어리둥절한 표정으로 교정을 걷는다. 이곳에서는 모두가 그보다 훨씬 아는 것이 많다. 그는 그들에 대해 본능적인 저항감을 느낀다. 지방 출신이라는 자의식이 엉성하게나마 남아 있는 탓이다.

모두가 그가 방에서 혼자 머릿속으로만 생각하는 것들을 가볍게 떠들어 댄다.

헌처럼 중서부 어느 도시의 지방 학교를 졸업한 룸메이트가 그에게 수작을 건다. 랠프 체슬리가 오는 거 알지? 아주 멋진 친구야. 꼭 한번 만나 봐. 델픽은 정말 좋은 클럽이야. 우리는 꿈도 못 꾸는 게 문제지만 말이야. 나도 진작 알았더라면 동부로 와서 엑서터나 앤도버에서 공부했을 텐데. 하긴 그 학교들로도 충분하진 않았을 거라고들 하더라고. 그래도 친구들을 제대로 골라 사귀면 스피커스 클럽에는 들어갈 수 있을 거야. 그건 그리 어려운 일이 아니지. 헤이스티 푸딩 클럽이라면 들어가는 데 전혀 문제가 없고. 하지만 파이널 클럽에 들어가려면 요령이 필요해. 그런데 그것도 요즘은 예전보다 개방적이라고 하더군.

난 아직 그런 건 생각해 보지 않았어.

생각해 봐야지. 아주 신중하게 고민해 봐야 해.

그의 첫 번째 자기주장. 난 그런 데 관심 없어.

야, 헌, 우린 서로 꽤 잘 지내는 사이잖아. 그러니 내 일까지 망치진 말아 줘. 룸메이트 때문에 기회를 놓치는 경우도 있거든. 그러니까 지나친 행동은 삼가 달라는 말이야. 내 말 무슨 뜻인지 알지?

첫해에는 지나친 행동을 하려고 해도 그럴 기회가 없다. 길이 그렇게 평탄치는 않다. 그는 여러모로 틀에 박힌 생활을 한다. 룸메이트들과 얼굴을 대하는 일도 드물다. 오후는 거의 실험실에서 보내고 밤에는 공부에 전념한다. 그는 일요일 아침에 신문의 만화란을 읽는 십오 분의 여유와 일요일 밤에 영화를 보는 시간까지 꼼꼼하게 정해 놓은 일과(日課) 시간표를 짠다. 플라스크에 꽂은 온도계의 변화를 기록하고 그 옆에다 비중계의 변화를 표시하면서 긴 오후를 보낸다. 해부를 하는데 개구리 머릿속의 신경 하나가 그의 실수로 자꾸만 끊어진다. 네 번째 시도에서, 바짝 건조되어 보존된 개구리의 머릿살을 메스로 조금씩 떼어 내고 침처럼 윤기를 지닌 가느다란 실 같은 신경을 노출시키는 데 성공한다. 성공한 순간 그의 마음은 무거워진다. 내가 정말 이 일을 원하는 걸까?

강의실에서 그는 자기도 모르게 꾸벅꾸벅 존다. 강철 테 안경을 쓰고 과학자다운 앙상한 얼굴을 한 조교수의 음성이 그의 귀를 몽롱하게 덮는다. 눈이 감긴다.

여러분, 갈조(褐藻)라는 것에 대해 한번 생각해 봅시다. 네레오시스티스 뤼트케아나, 매크로시스티스 피리페라, 펠라고피쿠스 포라, 라고 그가 칠판에 쓴다. 이들은 매우 특이한 형태의 해양 생물이죠. 뿌리도 없고 잎도 없으며 햇빛도 전혀 받지 못한다는 점을 한번 생각해 보세요. 거대한 갈조가 바다 밑에서 그야말로 식물의 정글을 형성하고, 대양의 환경에서 자양분을 흡수하면서 움직임 없이 살아갑니다.

식물 종의 부르주아군, 하고 옆자리의 학생이 혼자 중얼거린다. 그 말에 공감하고 자극을 받아 헌이 눈을 뜬다. 어쩌면 그 자신의 입에서도 나왔을 법한 말이다.

조교수의 강의가 이어진다. 갈조류가 해변에 올라오는 건 폭풍우가 칠 때뿐입니다 보통은 빽빽한 해저 정글에서 움직이지도 않고 자양분을 섭취하는 일에만 전념하며 산다고 생각해야 합니다. 다른 해양 식물들이 육지로 이동했을 때도 이런 종들은 뒤에 남아 있어야 했어요. 이들의 갈색 빛깔은 혼탁한 해저 정글에서는 유리하지만 육지의 강렬한 햇빛 아래서는 치명적이기 때문입니다. 조교수는 밧줄 같은 줄기가 있는 시든 갈색의 해초 한 오라기를 들어 올린다. 돌려 가면서 보도록 해요.

한 학생이 손을 든다. 교수님, 갈조의 용도는 주로 무엇입니까?

용도야 여러 가지지. 주로 비료로 쓰인다네. 칼륨 성분을 추출할 수 있으니까.

그러나 이런 순간이 오는 건 아주 드문 일이다. 그는 텅 비어 있고 지식에 굶주려 있다. 아직 채워야 할 부분이 많은 그릇이다.


서서히 대학 생활에 익숙해지면서 그는 사람들과도 조금씩 어울리고 이곳저곳을 찾아가 보기도 한다. 1학년 봄에는 호기심에서 하버드 극회 모임에도 나가 본다. 회장은 야심이 많고, 공연 계획에 대한 토론은 치밀하다.

잠깐만 생각해 보아도 이건 정말 터무니없는 짓이야. 우리한테 이따위 엉터리 뮤지컬이나 급조해 올리라니 정말 말도 안 되는 얘기라고. 우리는 영역을 넓혀야 해.

래드클리프 여학교에 아는 학생이 하나 있는데, 스타니슬

랍스키를 연구했어. 누군가가 느린 말투로 말한다. 프로그램만 괜찮으면, 그 여자를 끌어들일 수 있을 거야. 그러면 우리도 그 방법으로 제대로 훈련을 할 수 있을걸.

오, 잘됐네. 체호프를 하자.

뿔테 안경을 쓴 호리호리한 청년이 일어나 발언을 청한다. 우리가 한 꺼풀 벗고 성장하려면, 「F-6의 등반」[32]을 해야 해. 난 우리가 이걸 꼭 했으면 해. 모두가 이 작품을 냉대하고 무대에 올릴 생각을 안 하는데, 난 정말 이해를 못하겠어. 이걸 올리면 대단한 명성을 얻게 될 거야.

테드, 오든과 이셔우드에 관해서라면 난 너하고 의견이 달라. 누군가가 대꾸한다.

목소리가 깊고 권위가 있으며, 머리칼이 검고 몸집이 건장한 학생이 발언을 한다. 나는 오데츠[33]를 해야 한다고 생각해. 그는 미국에서 유일하게 진지한 희곡을 쓰는 극작가야. 오데츠는 적어도 보통 사람들의 좌절감과 열망을 알지.

우우우우. 누군가가 야유를 보낸다.

오닐과 엘리엇이야말로 진짜들이야.

엘리엇은 오닐과 같은 침대에서 자지 않거든. (웃음소리)

토론이 한 시간 가까이 이어지고 헌은 그들의 입에 오르내리는 이름들에 귀를 기울인다. 입센, 쇼, 골즈워디 등 몇몇 이

---

32) The Ascent of F-6. 위스턴 오든(Wystan Auden)과 크리스토퍼 이셔우드 (Christopher Isherwood)가 공동 집필하여 1936년에 발표한 비극.
33) Clifford Odets(1906~1963). 1930년대 미국 사회 저항극을 주도한 극작가.

름은 귀에 익지만, 스트린드베리, 하우프트만, 말로, 로페 데 베가, 웹스터, 피란델로 등은 생소한 이름들이다. 그 밖에도 많은 이름들이 언급된다. 그는 다급한 마음으로 책을 읽어야겠다고 다짐한다.

그는 1학년 늦봄에 독서를 시작해서 예비 학교 시절 그에게 정신적인 자양분을 공급해 주었던 하우스만의 저서들을 재발견하고, 릴케, 블레이크, 스티븐 스펜더 등의 시인들도 섭렵한다. 여름 방학을 보내기 위해 집으로 갈 무렵엔 이미 전공을 영문학으로 바꾼 상태다. 그는 오후의 해변을 포기하고 샐리 텐데커 같은 여자들의 접근도 종종 피하며 밤마다 단편 소설을 쓴다.

그가 소설이라고 쓰는 것들은 결코 수작이라 부를 순 없지만, 한때나마 그가 신나서 열중한 대상으로 어느 정도는 성공한 작품들이라 할 수 있다. 하버드로 돌아왔을 때 작품 한 편이 어느 문예지 추계 공모에 당선된다. 입문식이 진행되는 동안 그는 취한 사람처럼 스포트라이트를 노려보고, 큰 실수 없이 단에서 내려온다.

처음엔 느렸던 변화의 속도가 시간이 갈수록 빨라진다. 그는 닥치는 대로 책을 읽고 포그 미술관에서 많은 시간을 보낸다. 금요일 오후에는 교향악단의 연주를 들으러 가고, 오래된 잡지사 사무실에서 낡은 가구와 오래된 출판물들을 연상시키는 기분 좋은 냄새와 빈 맥주 깡통의 몰트 냄새를 맡는다. 봄에는 나무들이 싹을 틔우는 케임브리지의 길들을 따라 배회하기도 하고, 저녁 무렵에는 찰스 강변을 거닐거나 자기 집 앞에 서서 사람들과 이야기를 나누기도 한다. 그는 자유를 만끽한다.

친구 한두 명과 함께 스콜레이 광장으로 술을 마시러 간 것도 여러 번이다. 일부러 헌옷을 걸치고 바와 주점을 일일이 다들러 본다.

3번가의 고급 술집에 진출하기 위해 연습을 하는 것이다.

술집 바닥에 누가 토해 놓은 흔적이라도 보이면, 그들은 신이 난다. 영화배우들과 춤을 추는 남학생 사교 클럽의 회원이라도 된 듯하다. 그러나 기분은 완전히 바뀐다. 취하고 나면 늦은 봄날 저녁의 감미로운 비애에 젖는다. 모든 희망과 그리움이 우연하고 추한 시간의 마멸 작용에 맞선다는 인식이 고개를 든다. 기분이 좋다.

맙소사, 이 사람들 좀 봐. 헌이 말한다. 자네가 말하던 동물적인 존재들 아닌가.

뭘 기대했는데? 친구가 말한다. 모두들 물질 만능 사회의 부산물이야. 쓰레기들이지. 슈펭글러가 말하는 세계 도시[34]의 고름 덩어리들이라고.

잰슨, 넌 가짜야. 물질 만능 사회에 대해 네가 뭘 알아? 내가 너한테 해 줄 수 있는 말들이 있는데, 그건 달라, 넌 가짜야, 그뿐이야.

---

34) 독일의 역사가 오스발트 슈펭글러(Oswald Spengler)는 그의 저서 『서구의 몰락』에서 하나의 세계 도시만 남고 다른 지역이 모두 시골로 변하는 시점이 한 문명이 몰락하기 시작하는 징표라고 한 바 있다.

너도 다를 거 없어. 우린 모두 가짜야. 기생충이고 온실의 꽃이야. 탈출해서 운동에 가담해야지.

왜 이래? 헌이 묻는다. 나한테 정치 강의라도 할 셈이야?

나는 정치 따위는 몰라. 정치는 엉터리야. 모든 게 다 허튼소리라고. 그가 팔을 크게 휘젓는다.

헌이 한 손으로 턱을 괸다. 있잖아, 아무것도 할 게 없으면 난 남색가나 될 거야. 하찮은 여자 역이 아니라 푸른 잔디 위에 사는 의젓한 사회의 기둥이 될 거란 말이야. 양성애자. 남자 여자 가릴 것 없으니 따분할 시간도 없을 것 아냐? 너도 마찬가지야. 신나지 않겠어?

잰슨의 고개가 푹 꺾인다. 해군에 입대해.[35]

사양하겠어. 기계적인 성교 따위는 나하고 맞지 않아. 미국의 문제는 사람들이 성교를 할 줄 모른다는 거야. 우리의 삶에는 예술이 없어. 지식인이라는 작자들도 저마다 저급한 속물근성을 숨기고 있지. 오, 이 표현 맘에 드는데? 맘에 들어. 이봐, 잰슨, 지금 내가 한 말 좀 기록해 줄래?

우리는 죄다 신경증 환자들이야.

물론이지.

한동안은 모든 게 멋지고 유쾌하기만 하다. 그들은 현명하고 의식이 깨어 있고 병들어 있다. 바깥 세계는 타락했는데, 그걸 아는 건 그들뿐이다. 그 세계에서 통용될 수 있는 건 오직 세계고(世界苦), 우울증, 세계관이라는 가치뿐이다.

---

35) 미국에서 일부 사람들이 해군을 동성애자라고 조롱한 데서 나온 말이다.

그러나 그것이 언제까지나 통하는 건 아니다. 나는 가짜야. 헌이 말한다. 그리고 경박성, 값싼 우울증, 만족감을 주기까지 하는 자기혐오만으로 통하지 않을 때도 있다. 그럴 때 할 수 있는 일들이 없는 것은 아니다.

그는 여름 내내 이 문제에 관해 고민하고, 아버지와도 한 번 충돌한다.

로버트, 네가 어쩌다 조합이니 뭐니 하는 허튼생각을 하게 됐는지는 모르겠다. 조합원이라는 놈들은 죄다 깡패라는 거 아니? 내 밑에서 일하는 사람들은 날 믿고 일하는 쪽이 유리하다는 거 알아? 내가 그 사람들을 여러 번 어려운 고비에서 도와줬고, 크리스마스 때는 보너스도 준 걸 아니냐 말이다. 아는 건 쥐뿔도 없으면서 뭘 참견하겠다는 거냐?

그런 말씀 불쾌해요. 아버진 온정주의가 뭔지 절대 모르실 분이에요.

난 그런 어마어마한 용어는 모른다만, 네가 절 길러 주는 사람의 손을 무는 걸 아무렇지도 않게 생각한다는 건 알겠다.

그 문제에 대해선 더 이상 걱정하지 않으셔도 될 겁니다.

자, 자, 무슨 소릴 하는 거냐?

호소와 언쟁이 좀 더 이어진 후, 그는 일찍 학교로 돌아가 기숙사에서 접시 닦는 일을 한다. 학기가 시작된 후에도 그는 이 일을 계속한다. 두 사람을 화해시키기 위한 움직임이 인다. 아이나가 삼 년 만에 처음으로 보스턴에 나온다. 그는 마지못해 아버지와 화해한다. 그 후 어쩌다 한 번씩 집에 편지를 띄우기는 하지만 집에서 돈은 받지 않는다. 3학년 때는 신입생들에게 대학의 예약 출판물을 판매하거나 다리미질과 세탁 서비스를 알선하고, 주말에는 이것저것 닥치는 대로 일을 하고, 기숙사에서는 접시를 닦는 대신 식탁의 시중을 드는 등 힘들고 단조로운 일을 하면서 보낸다. 그 어느 것도 마음에 들지는 않지만, 그는 새로운 변화, 새로운 힘의 원천을 발견한다. 그는 이제 더 이상 부모로부터 돈 받는 문제를 두고 고민하지 않는다.

그 한 해 동안 그는 자신이 성숙하고 강해졌음을 느끼고, 그 까닭을 생각해 보지만 답을 얻지는 못한다. 어쩌면 나는 아버지한테서 고집스러운 성품을 물려받았는지도 모른다. 가장 가까운 우성 형태라는 건 대개 논쟁의 여지가 없는 법이다. 그는 청춘 특유의 갈망에 싫증을 내면서 십팔 년간을 공허하게 살아왔다. 그러다 기존의 세계를 뒤흔드는 대학이라는 새로운 세계에 들어와, 흡수하고 껍질을 벗어던지고 촉수를 내밀면서 이 년을 살아왔다. 그의 내부에서는 한 번도 완전히 이해된 적 없는 어떤 변화가 일어났다. 어쩌다 아버지와 충돌한 것이 결국 의도했던 것 이상의 반항으로 확대되었는데, 그는 그것이 그가 이미 잊어버린 것들까지 포함하는 모든 것의 총화라는 사실을 알고 있다.

옛 친구들과는 여전히 친분을 유지했지만, 그들에 대한 호감은 예전 같지 않다. 식탁 시중을 들고, 도서관에서 일하고, 클럽 회원들을 가르치며 지루하고 고된 일상을 보내다 보니 조바심 같은 것이 생긴다. 말, 말만이 전부이던 세계에 지금은 다른 현실, 필요성에 의해 지켜야 할 시간표가 생긴 것이다.

잡지사에 발걸음하는 일이 뜸해지고, 강의 시간에 초조하게 시계만 들여다보는 일이 잦아진다.

토마스 만에게는 7이라는 숫자의 의미가 매우 중요해요. 한스 카스토르프[36]가 산에서 칠 년을 보내는데, 처음 칠 일 간이 크게 강조된다는 거 여러분은 기억하나요? 카스토르프(Castorp), 클라브디아(Clavdia), 요아힘(Joachim) 등, 주요 등장인물의 이름이 일곱 글자로 되어 있어요. 심지어 제템브리니(Settembrini)라는 이름의 라틴어 어원은 7을 뜻하죠.

필기와 조용한 경청. 교수님, 하고 헌이 입을 연다. 그게 무슨 의미가 있습니까? 솔직히 말씀드려서 저는 이 소설을 과장되고 지루한 작품이라고 생각합니다. 7과 관련된 논의만 해도 독일식 교수법의 표본 아닙니까? 아무것도 아닌 걸 확대해서 그럴듯한 비평적인 의미를 갖다 붙이고 대가적인 기교로 평가하지만 저는 아무런 감동도 느낄 수 없습니다.

그의 발언으로 인해 강의실에서는 가벼운 동요가 일고 정중한 토론이 이어진다. 강사는 조용한 말투로 그 토론을 마무리 지어 주고 강의를 계속하지만, 조금 전의 발언이 헌에게는 의미심장한 초조감을 의미한다. 일 년 전 같았으면 그런 발언을 하지 않았을 것이다.

한 달 동안 정치에 빠져 지내기도 한다. 그는 마르크스와 레닌의 저서들을 읽고 존 리드 클럽[37]에 가입하여 다른 회원들

---

36) 토마스 만의 소설 『마의 산』의 주인공.

37) John Reed(1887~1920). 미국의 혁명 작가로, 미국 공산당 결성을 거들었다. 1919년에 미국 공산당과 공산주의 노동당이 분열했을 때 리드는 공산

과 고집스럽게 토론을 벌인다.

노조 지상주의자[38]들에 대해 그런 식으로 말하다니, 난 이해할 수 없군. 스페인에서 굉장한 역할을 할 사람들 아닌가. 그리고 만약 참여자들끼리의 협동이 강화되지 않는다면…….

헌, 넌 관련된 사안들을 제대로 파악하지 못하고 있어. 노조주의자들과 우리 사이에는 예전부터 심각한 정치적 반목이 있었어. 지금 이 시점에서 실현될 수 없고 체계도 없는 유토피아로 대중을 호도하는 것은 역사적으로 볼 때 대단히 부적절한 일이야. 너도 혁명을 연구해 본다면 무정부주의자들이 위기 상황에서 호색과 정치적 방탕을 일삼고 테러 지도자들과 더불어 봉건주의적 규율을 채택하는 경향을 보인다는 걸 알게 될 거야. 1919년 바트코 마흐노[39]의 이력을 한번 조사해 보는 게 어때? 심지어 크로포트킨까지도 무정부주의자들의 지나친 행동에 반발해서 혁명에 가담하지 않았다는 걸 모르는 거야?

그렇다면 스페인 내전[40]에서 우리 편이 져도 괜찮단 말이야?

---

주의 노동당의 당수가 되었다. 반역죄로 기소된 그는 소련으로 도망쳤다가 티푸스에 걸려 죽었으며, 그가 죽은 뒤 공산당은 작가와 예술가로 구성된 존 리드 클럽을 미국 도시 곳곳에 결성했다.

38) 노동자들의 총파업, 사보타주 등의 직접 행동에 의해 생산, 분배 수단의 소유를 목표로 하는 노동 조합주의자.

39) 네스토르 이바노비치 마흐노(1888~1934). 10월 혁명 이후 볼셰비키에 협조하기를 거부한 우크라이나의 무정부주의 혁명가.

40) 마누엘 아사냐가 이끄는 좌파 인민전선 정부와 프란시스코 프랑코를 중심으로 한 우파 반란군 사이에 있었던 내전. 1936년 7월 17일 모로코에서 프랑코가 쿠데타를 일으켜 내전이 시작되었고, 1939년 4월 1일에 공화파 정

우리 편이라 해도 러시아와 제휴하지 않으려는 좋지 못한 무리들이 그 전쟁에서 승리한다면 어떻게 되겠어? 오늘날 유럽에 현존하는 파시스트들의 압력하에서 그런 자들이 얼마나 오래 버틸 것 같아?

그런 예단은 좀 지나치게 멀리 본 것 아닐까? 그가 기숙사 방 안을 둘러본다. 회원 일곱 명이 소파와 방바닥과 낡은 의자 두 개를 차지하고 앉아 있다. 내 생각엔 당장은 지금 이 순간에 최선으로 보이는 것들을 하고, 나머지는 나중에 걱정해도 될 것 같은데.

그런 게 바로 부르주아의 윤리야, 헌. 중산층의 경우라면 타성을 낳는다는 것 외에 그것이 해가 될 건 없겠지. 하지만 자본주의 국가에서는 윤리의 대변자들이 바로 그러한 윤리성을 다른 목적으로 동원한단 말이야.

회의가 끝나고 나서 회장은 맥브라이드 주점에서 맥주를 마시며 헌과 이야기를 나눈다. 부엉이를 닮은 심각한 얼굴이 다소 슬퍼 보인다. 헌, 나는 네가 회원이 되었을 때 환영했어. 곰곰이 생각해 보니 그게 내가 가진 부르주아적 야심의 잔재라는 걸 알게 됐지. 아직도 학습이 덜 되어서 그런지, 너의 출신 계급에 대해 선망하는 마음이 여전히 남아 있었나 봐. 하지만 난 너한테 클럽에서 나가 달라고 말할 수밖에 없어. 너는 우리가 가르칠 수 있는 단계에 아직 안 와 있거든.

내가 부르주아 인텔리라는 말인가, 앨?

---

부가 마드리드에서 항복하여 프랑코 측의 승리로 끝났다.

그건 사실이야, 로버트. 너는 현 체제의 기만성에 반발했지만, 그건 막연한 반항에 불과했어. 너는 완전성을 원해. 너는 부르주아 이상주의자야. 그래서 널 믿을 수 없다는 거야.

부르주아 인텔리에 대한 이런 불신은 좀 케케묵은 이야기 아닐까?

아냐, 로버트. 이런 불신은 마르크스의 견해에 근거한 것인데, 지난 세기의 경험이 그의 생각이 정당했음을 입증해. 정신적인 이유나 지적인 이유로 당에 가입한 사람은, 애초에 그를 당에 가입하게 만든 바로 그 특정한 심리적 풍토가 변하면 곧 당을 등지게 돼. 경제적 불공정 때문에 하루하루를 굴욕 속에서 살아가는 사람이야말로 훌륭한 공산주의자가 될 수 있어. 너는 경제적인 문제들을 고민할 필요가 없으니 두려움도 없고 문제를 제대로 이해할 수도 없어.

아무래도 난 탈퇴해야겠군. 그렇지만 우리는 여전히 친구야, 앨.

물론이지. 두 사람은 다소 서로를 의식하며 악수를 하고는 헤어진다. 곰곰이 생각해 보니 그게 내가 가진 부르주아적 야심의 잔재라는 걸 알게 됐지. 바보 같은 녀석, 하고 헌은 생각한다. 지금의 상황이 우습게 여겨지면서 앨에 대해 약간의 경멸감이 생긴다. 어느 상점 앞을 지나다가 그는 잠시 유리에 비친 자신의 검은 머리와 매부리코를 응시한다. 중서부 부자의 아들이라기보다 유대인에 가까운 얼굴이군. 내가 금발이었다면 앨도 고민을 좀 더 했겠지.

그러나 다른 요소들도 있다. 너는 완전성을 원해. 그럴지도 모른다. 아니면 무언가 또 다른 이유가, 뭐라 정의하기 힘든 이유가 있을지도 모른다.

4학년 때 그는 새로운 분야로 진출하는데, 기숙사 대항 축구 시합을 통해 뜻밖에도 격렬한 만족감을 얻는다. 잊을 수 없는 시합 하나가 있다. 상대 팀의 공을 잡은 선수가 방어선의 뚫린 구멍으로 돌진해 오다가 헌이 태클을 하려는 순간 멈칫하더니 그 자리에서 뻣뻣하게 서 버린다. 헌은 있는 힘을 다해 태클을 하고, 상대방 선수는 무릎이 뒤틀려 경기장 밖으로 실려 나간다. 헌이 그 뒤를 잰걸음으로 따라간다.

괜찮겠어, 로니?

괜찮아. 훌륭한 태클이었어, 헌.

미안해. 하지만 진심으로 미안한 것은 아니다. 상대방 선수가 태클을 기다리며 꼼짝 못하고 있음을 알아챈 순간 그는 놀라울 정도로 완벽한 희열을 맛보았다. 전 기숙사 대표 선수로 뽑힌 것에 대해서는 아무 느낌도 없다.

다른 분야에서도 마찬가지다. 그는 디 울프 거리에서 사교계의 미인들을 유혹하여 원치 않은 악명을 떨친다. 지금은 스피커스 클럽의 회원이 된 신입생 시절 룸메이트를 통해 친구 몇 사람과 사귀면서, 사 년 만에 처음으로 브래틀 홀 댄스파티에 뒤늦은 초대를 받는다.

파트너가 없는 남자들은 벽에 기대서서 시시껄렁한 잡담을 하다가 아는 여자나 아는 사람의 여자 친구와 춤을 춘다. 헌은 따분하게 담배를 한두 대 피우다가 금발에 키가 큰 어느 클럽 회원과 춤을 추던 조그마한 금발 소녀를 가로채서 춤을 춘다.

대화를 나누기 위한 형식적인 말 걸기.

아가씨 이름이 베티 카튼이라고요? 어느 학교에 다니죠?

미스 루시 여학교에 다녀요.

그렇군요. 곧이어 자신도 억제할 수 없는 상스러운 질문이 저절로 그의 입에서 나온다. 미스 루시는 여학생들에게 결혼할 때까지는 그걸 지키라고 하던가요?

뭐라고요?

이런 식으로 이해할 수 없는 유머를 던지는 일이 잦아진다. 앨과 잰슨과 잡지사 사람들과 대학 문학 평론가들의 텅 비고 썩은 것이 분명한 집단적인 뇌 조직의 어딘가에, 예술 애호가들이 드나드는 살롱 어딘가에, 케임브리지의 조용한 뒷골목에 자리한 현대적인 거실 어딘가에는, 스스로 인정하지는 않지만 브래틀 홀의 댄스파티에 나가서 권태감을 느끼며 우월감을 맛보려는 갈망이 있다. 그게 아니라면 스페인으로 갈 수밖에 없다.

그는 하룻밤 내내 이 문제를 끝까지 생각해 본다. 브래틀 홀에서 열리는 댄스파티 같은 건 정말이지 조금도 아쉽지 않다. 푸른 잔디 위에서, 댄스 교습소에서 훈련을 받으며, 혹은 밤에 샤를보아 뒤쪽의 도로 위에서 컨버터블 차를 몰면서 그런 유의 일은 얼마든지 경험해 보았기 때문이다. 올려다보지도 못할 부의 수준과 사교계의 높은 담 때문에 괴로워하고 안달하는 것은 살롱에 드나드는 학생들이나 할 일이다.

자기가 진정으로 스페인을 걱정하는 게 아니라는 건 그 자신도 안다. 스페인 내란은 마지막 고비에 이르렀는데, 그에겐 그곳에 감으로써 만족감을 얻을 만한 요인이 전혀 없다. 충족하고픈 포괄적인 이해와 연민의 정도 없다. 졸업할 날이 다가온다. 그는 양친에게 상냥하지만 냉담하다. 그들에게 따분함도 느낀다.

뭘 할 생각이냐, 보비? 내가 도울 일은 없겠니? 빌 헌이 묻는다.

네, 없어요. 전 뉴욕으로 갈 생각이에요. 엘리슨의 아버지가 제게 일자리를 주기로 약속했거든요.

여기는 굉장한 곳이구나, 보비. 빌 헌이 말한다.

네, 사 년 동안 별 우스운 일들이 다 있었지요. 속으로는 신경이 극도로 예민해져 있다. 두 사람 모두 꺼져 버려요, 날 좀 내버려 두라고요, 제발. 그러나 이제는 그런 말을 입 밖에 내지 말아야 한다는 것을 안다.

그는 졸업 논문 「허먼 멜빌의 우주적 충동에 관한 연구」로 우등상을 받는다.


그는 다음 이 년간을 편안하게 일을 하며, 자신을 의식적으로, 그리고 재미있다는 듯이 '뉴욕의 한 젊은이'로 바라본다. 그는 자신이 하버드 대학 뉴욕 분교라고 부르는 엘리슨 출판사에서 처음에는 교정 직원으로 일하다가 나중에는 편집차장이 된다. 그는 동부 60번가에 작은 부엌이 딸린 방 하나를 소유한다. 아, 나는 그저 문단의 협잡꾼이구나, 하고 그는 생각한다.

이 작품을 쓰느라 얼마나 고생했는지 몰라요. 여류 역사 소설가가 그에게 말한다. 줄리아의 동기를 만드느라 꽤나 고심했어요. 속을 알 수 없는 나쁜 년이잖아요. 하지만 내가 그녀에게서 노리던 효과는 성취한 것 같아요. 내가 정말 걱정하는 건 랜덜 클랜드본이에요.

그렇군요. 헬델 양. 웨이터, 같은 걸로 두 잔 더. 그가 둥글게 칸막이가 있는 자리의 가죽 소파 위에서 천천히 몸을 돌리면서 담배에 불을 붙인다. 어디까지 말씀하셨던가요, 헬델 양?

랜덜이 잘 형상화되어 있다고 보시나요?

랜덜 클랜드본이라, 흠. (누구였더라?) 아아, 그래요, 전체적으로는 성공적이라고 생각해요. 하지만 좀 더 명확하게 개성을 부각시켜 보는 건 어떨까요? 그 이야기는 사무실에 돌아가서 하십시다. (이 술을 마시고 나면 머리가 아플 게 분명했다.) 헬델 양, 솔직히 말해서, 나는 당신의 등장인물들에 대해서는 그리 걱정하지 않습니다. 모두들 생동감이 있어요.

그렇게 생각해요, 헌 씨? 그 말씀을 들으니 정말 큰 힘이 되는군요.

아, 그럼요, 아주 잘된 작품입이다.

그러면 조지 앤드류 조핸슨은 어떻게 생각하시죠?

글쎄요, 솔직히 말씀드리죠. 그건 일단 원고가 다 마무리된 후에 논의하는 게 좋겠어요. 등장인물들은 완벽하게 기억하지만, 이름을 외우는 데는 아주 서툴러서요. 내 결함 중 하나죠. 양해를 구합니다.

그는 이 여류 작가를 만날 때마다 언제나 머릿속에서 그녀의 모자 깃털을 하나씩 뽑아 버리곤 한다.

그는 이미 그녀를 두고 진지한 작가이지만 아직 부족하다고 결정을 내려놓은 상태다.

글쎄요, 고드프리 씨, 작품은 매우 훌륭합니다만, 지금은 출판사 사정이 이 모양인지라 정말 안타깝습니다. 아무래도 1936년은 이 책을 낼 시기가 아닌 것 같습니다. 1920년대에 나왔다면 고전이 됐을 만한 작품인데요. 이를테면 조지만 해도 그 책을 엄청 좋아했으니까요.

그래요, 그건 알겠어요. 하지만 그래도 한번 모험을 해 보실 의향은 없습니까? 지금처럼 수익이 확실한 실용 본위의 책들만 내면 뭐합니까? 진지한 책을 내지 않는 출판사가 무슨 존재 의의가 있겠어요?

옳은 말씀입니다. 부끄러운 일이지요. 그가 괴로운 표정으로 술을 홀짝인다. 혹시 다른 작품을 집필하실 생각이면 저희 쪽에 꼭 알려 주십시오.


여름의 주말들:

칸스하고 한번 이야기해 보세요. 농담을 어찌나 재미나게 하는지. 그렇다고 그가 별나거나 하다는 건 아니에요. 뭐, 자기만의 방식대로 살아가는 사람인 건 분명해요. 하지만 정원사로선 아주 훌륭하죠. 심지어 같은 고장 사람들도 그 사람의 랭커서 말투를 특이하다고 생각해요. "하늘에서 수프가 비처럼 내린다면 말이지요. 나는 포크를 들고 나가 서 있을 거란 말이지요." 안주인이 술잔을 내려놓으면서 그의 말투를 흉내 낸다 이런 뒷공론은 현관 맞은편에서 어렵지 않게 엿들을 수 있다. 그 여자의 바람기는 믿을 수가 없을 정도예요. 지방 공연을 나가서는 남자의 성기 무게로 주인공 역을 골랐으니 말 다 했죠. 그런데 그 남자가 어린 주디하고 놀아나니까 베로마가 어땠는지 알아요? 글쎄 주디와 그 남자만 쏙 빼고 다른 사람들을 다 초대해서 파티를 열었지 뭐예요.

한낮의 사무실:

헌, 오늘은 그가 꼭 나타날 거야. 꼭 올 거라고. 우리 모두 초대받았어. 엘리슨이 우리더러 꼭 참석하라고 했어.

이런, 제기랄.

그 친구가 대여섯 잔 비우고 난 뒤에 접근해 봐. 아주 깜짝 놀랄 이야기들을 늘어놓을 테니까. 그 친구 부인, 새 부인 말이야, 아무튼 그 부인하고도 이야기해 봐. 아주 멋쟁이야.

하버드 동창생과 바에서:

헌, 넌《스페이스》지(誌)에서 일한다는 게 어떤 건지 상상도 못할 거야. 그 작자는 정말이지 가증스러워. 파시스트야. 그 작자가 데리고 있는 작가들은 재능을 낭비하며 노예처럼 일하고 있어. 주급이 200달러나 돼서 떠나길 두려워하지. 독립해서 활동할 능력도 없거든. 그 사람들이 그 작자가 원하는 저급하고 너절한 글을 쓰느라 정신이 없는 꼴을 볼 때마다 구역질이 나. 그가 담배를 비벼 끈다. 자넨 어쩌다 이런 난장판에 발을 들여놓은 거야?

재미 삼아 하는 거지 뭐.

설마 이런 일을 하면서 작가가 되려는 건 아니겠지?

나는 작가가 아니야. 되고 싶은 욕망도 별로 없고.

작가가 되고 싶어 하는 사람은 많지. 하지만 쓸 만한 놈은 하나도 못 봤어.

누가 아니래?

술에 취해서 여자랑 자고, 그런데도 아침에는 어떻게든 일어나지거든.

당연하지.


그리고 여자들:

헌, 하고 여자가 깊고 쉰 목소리로 말한다. 당신은 속이 텅 빈 껍데기야. 빌어먹을 껍데기에 불과하다고. 여자를 5만 명쯤 이리로 끌고 와서 욕망을 채우고 나면, 그걸 잘라서 어딘가에 걸어 놓고 말려 버릴 사람이야. 어디선가 제법 허리 놀리는 기술은 배워 갖고 그것만으로 세상을 살아갈 수 있다고 믿지. 당신은 더러운 것을 혐오하지, 안 그래? 남의 손이 닿는 걸 못 참아 하지. 정말이지 당신 때문에 미치겠어. 함께 있으면 뭐해. 마음은 저 멀리 있는데. 마음 가는 게 아무것도 없지? 아무것도 손댈 가치가 없고.

오오. 소녀가 어린애같이 숨 가쁜 목소리로 조용히 말한다. 당신은 정말 좋은 사람이에요. 아주 착해요. 하지만 그건 잘못된 거예요. 진정한 연민이란 악한 거거든요. 병원에 입원했을 때 나는 겨우 몇 분 동안이었지만 어느 의사를 사랑했어요. 그러고는 금방 그를 잊었죠. 그런데 충격 요법을 받으면서 나는 줄곧 접촉은 나쁘다, 오직 자유만이 가치가 있다, 하는 생각을 했어요. 당신은 자유롭고 선량하기 때문에 나를 원하지 않는 거예요.

소녀의 음성은 조율이 잘된 피리 소리 같다. 오, 글쎄요, 내가 뭘 할 수 있겠어요? 어리석은 풋내기들이 나를 시샘하고 저희들이 나보다 더 잘할 수 있다고 철석같이 믿는 데에야. 정말이지 어처구니없는 소리죠. 그 애들이 그 작품을 어떤 식으로 해석했는지 당신이 봤어야 해요. 그냥 문제를 일으키려고 작정한 것들이에요. 그들이 에디와 나 사이를 다 망쳐 놨죠. 전부 다요. 그 애들만 아니었다면 나는 「아침 식사 때 노래를」에서 여주인공을 맡을 수도 있었어요. 내가 왜 당신이랑 어울려 다니면서 시간이나 낭비하는지 모르겠네요.

그러나 특별한 순간들도 있다. 밤마다 다른 여자의 품에서 여자의 육체를 탐닉하며 누워 있노라면, 견디기 힘든 쾌락에 황홀해진다. 사랑의 수확도 있다. 때로는 수 개월간 한 여자하고만 정사를 나눈다. 상대방 육체의 은밀한 곳을 남몰래 알고 있다는 걸 자랑스러워하며 두 사람은 놀라울 정도로 황홀한 사랑을 나눈다. 섬세하게 다양한 체위를 구사하며 음탕하게 혹은 격렬하게 몸을 섞고, 때론 부드럽게, 때론 젊은 연인들처럼 달콤하고 천진난만하게 서로를 애무하기도 한다.

다만 그것이 오래가지는 않는다.

나도 이유를 모르겠어, 하고 그가 어느 날 밤 한 친구에게 말한다. 그냥 연애를 시작할 때마다 그 결말이 빤히 보이는 거야. 내 경우에는 무슨 일을 하든지 시작이 종말을 내포해. 그렇게 시작부터 종말의 과정을 밟아 가는 거야.

내가 다니는 정신과에 가 보는 건…….

그건 싫어. 만약 나한테 내 물건이 잘리지 않을까 하는 두려움 같은 것이 존재한다면, 차라리 모르는 편이 나아. 그건 치료가 아니라 굴욕이야. 뭔가 총체적 난국에 빠졌을 때 짠 하고 나타나는 신 같은 거지. 원인을 찾아내면 행복한 마음으로 시카고로 돌아가 가정을 꾸리고 아버지가 물려 준 공장에서 1만 명쯤 되는 종업원들 위에 폭군으로 군림하는 게 고작 아니겠어? 치료를 받고 병이 나으면, 지금까지 겪은 일, 배운 일들이 다 의미가 없어지겠지.

치료를 안 받으면 병이 더 심각해질 텐데?

그렇지만 내가 아픈 것 같지는 않아. 공허함과…… 우월감이 있을 뿐이야. 아무려면 어때, 그냥 두고 보는 수밖에.

어쩌면 그럴지도 모른다. 그 자신은 해결책을 모를뿐더러 신경도 쓰지 않는다. 여러 달 동안 그의 머릿속에는 피상적인 반응들, 우습다는 생각, 권태감 외에는 거의 아무것도 자리하지 않는다.

유럽에서 전쟁이 시작되자, 그는 캐나다 공군에 입대하려고 하지만 야간 시력이 자격에 못 미친다. 그동안 뉴욕을 떠나는 문제를 두고 고민해 온 그는 더 이상 그곳에 머무를 수 없다는 판단을 내린다. 밤에 혼자 외출해서 브루클린이나 브롱크스를 배회하고, 버스나 고가 철도를 타고 종점까지 가 보고, 조용한 거리들을 답사해 볼 때가 있다. 그러나 밤에 슬럼가를 걷다가 현관 콘크리트 계단 위에 앉아 있는 노파를 보며 우수에 젖을 때가 더 많다. 노파는 이런 집들과 이런 거리들의 육십 년, 칠십 년 세월을 멍한 눈으로 반추하고 있다. 그럴 때면 아이들의 음성이 단단한 아스팔트에 부딪쳐 생기 없고 슬픈 메아리가 되어 돌아온다.

점점 커져 가는 공허감과 비애감이 결국 그를 다시 운동에 투신케 한다. 그는 한 친구를 통해서 북부 어느 도시의 노조 조직원이 된다. 일 개월간 조직원 교육을 받은 후, 어느 공장에 들어가 겨울 한 철 일을 하면서 조합원을 모집한다. 이번에도 또 반목이 일어난다. 막상 종업원의 과반수가 조합에 가입하고 노조가 승인되자, 간부들이 파업을 하지 않기로 결정한 것이다.

헌, 자넨 이해하지 못해. 자네는 이번 결정을 규탄할 입장이 못 돼. 노동 문제에 관한 한 자넨 아마추어에 불과하거든. 자네 눈엔 간단해 보여도 문제들이 실상 그렇게 간단하지는 않다네.

파업을 하지 않을 거라면 무엇 때문에 조합을 키우는 건데? 노동자들에게서 조합비나 걷자는 수작이 아니고 뭐냔 말이야?

잘 들어. 나는 우리가 맞서고 있는 이 회사가 어떤 회사인지 알아. 우리가 파업을 한다면 회사 측은 조합 승인을 취소하고, 우리 가운데 많은 사람들을 해고하고, 파업 방해자들을 잔뜩 끌어들일 거야. 여긴 공업 도시라는 걸 잊지 말게.

그렇다면 회사 측을 NLRB[41]에 제소하면 될 거 아닌가?

그래서 우리 입장을 두둔하는 판결이 나올 때까지 팔 개월을 기다리잔 말인가? 그동안 노동자들은 뭘 하고?

그렇다면 왜 노동조합을 출범시키고 노동자들에게 큰소리를 땅땅 친 거지? 고등 정치를 하느라고 그랬나?

자넨 그걸 비난할 만큼 사정에 밝지 않아. 이렇게 하지 않았다면 내년에 CIO가 이곳으로 진출하게 되어 있었어. 처음부터 끝까지 빨갱이로 무장한 스타키의 조합 말일세. 우리는 울타리를 쳐야 해. 자네는 어린애같이 모든 걸 간단하게 처리하기를 원하고, 이렇게 하면 저걸 얻을 수 있다는 식으로 생각하지. 글쎄, 내 말해 두지만 그런 식으로 되는 일은 없어. 우리는 노동자들을 보호하기 위한 울타리를 세워야 한다고.

편집 일도 끝났고, 이 일도, 그리고 다른 일도 끝났다는 것을 그는 깨닫는다. 하수구 주변을 뛰어다니는 어설픈 아마추어. 그의 손이 닿는 순간 모든 것이 엉망이 되고 모든 것이 가짜가 되고 모든 것이 응고되어 버린다. 그 경험 자체가 문제였던 것은 아니다. 다른 어떤 것이 있었던 것이다. 뭐라 정확히 꼬집어 말할 순 없지만 무언가에 대한 어떤 막연한 그리움 같은 것?

그는 충동적으로 시카고의 부모님 곁으로 돌아간다. 몇 주 정도 지낼 요량이다.

자, 자, 보비, 하릴없이 돌아다녀 봐야 무슨 소용 있니? 너도

---

41) National Labor Relations Board. 전국노동관계위원회.

나가서 고생을 해 봤으니 이제는 세상이 어떻게 돌아가는지도 알 거다. 유럽과 전시 계약도 체결해야 하고 우리가 건설하는 군대와도 사업을 계속해야 하니 네가 날 도와주면 좋겠구나. 사업이 너무 커지다 보니 내가 관여하고 있는 공장조차도 모르는 게 있는 판이란다. 그리고 앞으로도 계속 규모가 커질 거야. 내가 젊었을 때하고는 사정이 다르다. 지금은 모든 것이 서로 연계되어 있어서 감당할 수가 없을 지경이야. 사업이 얼마나 커졌는지를 생각하면 기분이 이상해질 때도 있단다. 모든 사업이 지금은 하나로 통합되어 있어. 넌 내 아들이고 날 닮았다. 네가 여기저기 빈둥거리며 돌아다닌 건, 몰두할 만큼 큰 일을 아직 만나지 못했기 때문이야.

어쩌면요. 그는 과연 그럴까 하고 생각한다. 마음속 깊은 곳에서 더욱 절실한 욕망이 꿈틀거린다. 좀 더 생각해 볼게요.

어차피 다 시시한 일뿐이니까, 이왕이면 크게 한번 해 보렴.

그는 어느 파티에서 샐리 텐데커 랜돌프를 만나 그녀와 한 구석에서 이야기를 나눈다.

오, 물론이지, 보비, 난 이제 가정주부가 다 됐어. 아이가 둘이야. 돈(예비 학교 동급생)은 몸이 나서 알아보기도 힘들걸. 널 보니 옛날 생각이 난다.

이런저런 대화와 탐색 끝에 두 사람은 가볍게 관계를 가진다. 그는 샐리와 그녀가 교제하는 사람들 주변을 돌며 한 달을 보낸다. 그리고 또 한 달이 지나간다. (몇 주일로 예정했던 기간이 연장된다.)

기묘한 세계다. 사람들은 거의 전부가 결혼해서 아이를 하나나 둘 정도 낳고 보모를 둔다. 때때로 잠자리에 드는 아이들이 인사하는 모습을 볼 때도 있다. 거의 매일 밤 레이크 쇼 드라이브에 있는 집들에서 돌아가며 파티를 연다. 남편들과 아내들은 언제나 술에 취해 아무렇게나 서로 어울린다. 닥치는 대로 짝을 지어 다소 성급한 욕정을 불사르는데, 간통까지 가기보다는 주로 몸을 더듬는 데서 끝날 때가 많다.

일주일에 한 번쯤은 남들이 보는 앞에서 부부 싸움이 볼만하게 벌어지거나 취중에 횡설수설하는 사람이 있어 그의 등골을 오싹하게 만든다.

이봐, 친구, 하고 돈 랜돌프가 그에게 말한다. 너하고 샐리는 옛날에 아주 가까운 사이였지. 어쩌면 지금도 그럴지 모르지. (그가 몽롱하게 취한 눈으로 힐난하듯 그를 본다.) 샐리와 나는 서로 사랑해. 아주 뜨거운 사이지. 내가 여자 관계가 좀 복잡하긴 했어. 난 개새끼야. 회사에도 여자가 있고, 알렉 존슨의 아내인 베벌리랑도 관계를 가졌거든. 같이 차를 타고 돌아와 그 여자 집 앞에서 내리는 거 자네가 봤잖아. 아, 정말, 대단했지. 나는 개새끼야. 윤리관이라는 게 전혀 없어. 나는…… 나는…… (울기 시작한다.) 아이들은 정말 사랑스러워. 그런데 샐리는 아주 나쁜 엄마야. 그가 일어서더니 비틀거리며 댄스 플로어로 가서 샐리를 그녀의 춤 상대로부터 떼어 놓는다.

술 그만 마셔.

저리 가요, 여보.

랜돌프 내외가 또 시작이군. 누군가가 킬킬거린다. 헌은 머리가 아찔해지면서 취기를 느낀다.

보비, 내가 어떤 애였는지 기억하지? 샐리가 말한다. 내가 어떤 가능성을, 어떤 재능을 갖고 있었는지 넌 알잖아. 아무것도 날 막을 수 없을 거야. 그런데 돈은 정말 구제 불능이야. 나를 틀에 가두려고 해. 게다가 변태야. 그 작자가 무슨 짓을 하는지 알면 놀랄걸. 성격도 음울하고. 우린 한 달 반 동안이나 서로 손끝 하나 안 대고 지내기도 했어. 우리 아버지 말로는 사업에도 재능이 없나 봐. 그저 아이들한테 묶여서 꼼짝도 못하고 이러고 있는 거야. 뭐라고 딱 꼬집어서 말할 수는 없지만 내가 진정으로 몰두할 만한 그런 일이 없는 것 같아. 내가 남자라면 얼마나 좋을까. 도로시에게 교정기를 맞춰 주러 치과에도 가야 하고, 또 밤낮 암에 걸릴까 걱정도 해야 해. 여자들에게는 암이 큰 걱정거리거든. 어쨌든 나는 자꾸만 뒤처지는 느낌이 들어. 한번은 항공대 중위와 사귀었는데, 어리지만 아주 친절하고 사냥했어. 그런데 너무 순진했지. 내가 얼마나 나이 든 느낌인지 넌 모를 거야. 네가 부러워, 보비. 내가 남자라면 얼마나 좋을까.

그는 이 일도 오래가지 못하리라는 것을 안다. 레이크 쇼와 회의, 그를 따분하게 만드는 접대자들, 딱딱한 사무실 분위기, 어머니의 중매를 피하는 일, 그 피하려는 욕망을 수많은 여자들과 사귀는 일로 전환하는 일, 선거 자금 제공, 다루기 쉬운 하원 의원들과 상원 의원들, 침대차, 테니스 코트, 열중해서 치는 골프, 단골 호텔들, 술 냄새, 호텔 방에 깔린 융단. 그런 것들이 일차적인 만족감을 안겨 주지 않는 것은 아니지만, 그

동안 그는 다른 것들을 너무 많이 배워 왔다.

뉴욕으로 다시 돌아온 그는 어느 라디오 방송국의 광고 문안가가 된다. 하지만 그 역시 한시적인 일이라는 걸 자신이 더 잘 안다. 그는 열정도 없이 그저 막연한 감정에서 영국을 지원하기 위해 많은 일을 하고, 독일군의 모스크바 진격 기사를 읽으며 별로 진지하지 않은 마음으로 당에 가입할지를 고민한다. 밤에는 이따금 이불을 차 버리고 알몸으로 침대에 누워 늦가을의 밤공기가 창문을 통해 흘러 들어오는 것을 느끼고, 고통스러울 만큼 우울한 기분으로 안개에 실려 흘러오는 항구의 소음에 귀를 기울인다. 일본군의 진주만 공습이 있기 한 달 전, 그는 육군에 입대한다.

이 년 후 어느 추운 겨울날 해 질 무렵, 그는 금문교 아래를 지나 태평양으로 진입하는 수송선의 갑판 위에 서서, 마치 벽난로에서 꺼져 가는 장작불처럼, 희미해져 가는 샌프란시스코를 응시한다. 잠시 후에는 바다와 짙어 가는 야음을 아직도 갈라 놓는 황량한 육지의 선만 거무스레하게 보인다. 파도가 차갑게 선체에 와서 부딪친다.

새로운 국면. 예전에는 모색만을 거듭하다가 스스로 만든 벽에 머리를 부딪친 그였다.

그가 선창으로 들어가 담배를 피워 문다. "나는 무언가를 모색하고 있다."는 말이 있다. 그러나 그는 그 말이 사실은 중요하지도 않은 그 모색의 과정에 어떤 중요성을 부여한다고 생각한다. 인간은 자기를 움직이게 만드는 계기가 무엇인지

를 결코 알 수 없다. 그리고 시간이 흐르다 보면 그것의 중요
성조차 결국은 사라진다.

지금 미국의 어딘가에는 도시들이 있고, 계단에 앉아 있는
낙오자들과 전등 불빛과 그 전등 불빛에 대한 복종이 있다.

(온갖 어지러운 권모술수, 시가 연기, 매연(煤煙), 고가 철도의 콜
타르 냄새와 구역질, 갑자기 건드려진 개미집 속 개미 떼가 겁에 질
려 미친 듯이 우왕좌왕하는 모습. 시장(市場)으로 이어지는 그 모든
둥근 대리석 천장과 벽돌로 만든 용마루와 용광로 속에서, 도시인들
이 어떻게 자신의 죽음을 상상할 수 있겠는가?)

그런 것은 이제 사라지고 있었다. 바다가 육지를 거의 완전
히 잠식해 버렸고, 머리 위에는 태평양의 무한하고 거대한 밤
이 자리를 잡고 있었다. 그리고 사라져 버린 육지를 향한 그리
움만이 남았다.

사랑도 아니고, 딱히 증오랄 것도 없었지만, 그가 예기치 않
았던 어떤 감정이 솟구쳤다.

언제나 내게 덤벼들고 내게 손짓하는 그런 힘이 있었다.

헌은 한숨을 쉬고 다시 난간이 있는 곳으로 갔다. 그가 젊은
시절에 만났던 총명한 젊은이들은 모두가 이런저런 것들에
머리를 갖다 부딪치는 과정에서 힘을 잃어 갔지만, 그들이 머
리를 부딪친 그 이런저런 것들은 여전히 그 자리에 버티고 서
있었다.

미국의 병든 가슴에서…… 쫓겨난 무리들.

# 12

미네타는 부상당한 후 사단의 야전 병원으로 후송되었다. 병원은 규모가 매우 작았다. 열두 명씩 수용할 수 있는 분대용 천막 여덟 개가 해변에서 가까운 공터에 세워져 있었다. 천막은 네 개씩 두 줄로 배열되었고, 각 천막의 둘레에 모래주머니를 쌓아 만든 1미터 높이의 벽이 있었다. 공터의 한쪽 끝에 야전 취사장과 군의(軍醫) 막사와 이곳에서 일하는 사병들의 숙소로 쓰이는 천막 몇 개가 있었는데, 이것이 사단 병원 시설의 전부였다.

병원은 언제나 조용했다. 한낮이 되면 무거운 공기가 짓눌렀고 천막 안은 강렬한 햇빛 때문에 견디기 힘들 만큼 더웠다. 환자들은 대개가 불편한 자세로 졸면서 잠꼬대를 하거나 상처의 아픔 때문에 신음 소리를 냈다. 달리 할 수 있는 일이라곤 거의 없었다. 회복기에 접어든 환자들 가운데 몇 명은 카드놀이를 하거나 잡지를 읽거나 공터 한가운데에 물을 채운 드럼통을 야자나무로 만든 단 위에 고정하여 만든 야전 샤워 시설로 가서 샤워를 했다. 또 하루 세 끼의 식사와 군의관의 아침 회진이 있었다.

미네타는 처음에는 입원 생활을 즐겼다. 그가 입은 부상이라야 총알이 스친 정도에 불과했다. 허벅다리에 몇 인치 정도 입을 벌린 상처가 났으나, 총알이 박히지도 않았고 출혈도 심하지 않았다. 부상당한 지 한 시간 만에 약간 절뚝거리며 걸을 수 있는 정도였다. 병원에서 그는 야전 침대 한 개와 담요 몇 장을 배정받아 편안하게 드러누워서 어두워질 때까지 잡지를 읽었다. 군의관 한 사람이 대충 진찰하고 상처에 설파제 분말을 바르고 붕대를 감은 뒤, 다음 날 아침까지 그를 내버려 두었다. 미네타는 나른하고 편안했다. 약하게 충격을 받은 상태였지만, 그 덕분에 총알을 맞은 순간에 느꼈던 놀라움과 고통을 잊을 수 있었다. 육 주 만에 처음으로 밤에 보초를 서느라 잠에서 깨지 않고 내처 잘 수 있었다. 땅바닥에서 잘 때에 비하면 야전 침대는 사치스러울 정도로 부드러웠다. 그는 또렷하고 유쾌한 기분으로 잠에서 깼다. 그리고 군의관이 올 때까지 천막 안에서 환자 한 사람과 체커 게임을 했다. 환자는 몇 명 되지 않는데, 전날 밤 어둠 속에서 그들과 유쾌하게 이야기를 주고받은 기억이 어렴풋하게 떠올랐다. 이거 괜찮은데, 하고 미네타는 생각했다. 병원 측에서 자기를 한 달쯤 입원시켜 주었으면, 아니, 차라리 다른 섬으로 후송시켜 주었으면 하는 생각이 들었다. 그는 자기가 매우 심각한 부상을 입었다고 스스로에게 주문을 걸기 시작했다.

그러나 군의관이 상처를 한 번 들여다보더니 붕대를 갈고는 이렇게 말했다. "자넨 내일이면 퇴원할 수 있겠어."

그 말에 미네타는 가슴이 쓰렸다. "그렇습니까?" 그가 애써 군의관의 말을 반기듯이 말했다. 그러고는 침대 위에서 몸의 위치를 일부러 힘겹게 바꾸며 한마디 덧붙였다. "네, 전우들한테로 빨리 돌아가고 싶습니다."

"자, 자, 서두를 것 없어." 군의관이 말했다. "내일 아침에 보자." 그가 수첩에다 무언가를 적고 나서 다음 침대로 갔다. 개새끼, 하고 미네타는 혼자 중얼거렸다. 걸음도 제대로 못 걷는 사람한테 퇴원이라니. 마치 그 생각을 입증이라도 하듯 다리에 약간의 통증이 느껴지기 시작했다. 여기서는 사람이 죽건 살건 아랑곳하지도 않는군. 그는 분한 생각이 들었다. 돌아가서 총알받이나 하라 이거지. 그는 침울한 기분으로 오후를 내내 졸면서 보냈다. 심지어 상처를 꿰매 주지도 않았어. 그런 생각도 한 번 떠올랐다.

저녁 무렵에 비가 내리기 시작했다. 천막 안에 있으니 편안하고 안전한 느낌이 들었다. 오늘 밤 보초를 서지 않아도 되니 얼마나 좋아, 하고 그는 중얼거렸다. 천막 위로 쏟아지는 빗소리를 들으며, 축축한 담요를 덮고 자다가 깨우는 소리에 어쩔 수 없이 일어나 진흙투성이의 기관총 호 속에서 옷 속으로 스며드는 비를 맞으며 떨고 앉아 있을 소대원들을 생각하며 기분 좋은 연민을 느꼈다. "난 해당 없어." 그는 혼잣말을 했다.

그런데 다음 순간 군의관이 한 말이 생각났다. 비는 내일도 올 터였다. 사실 매일 오고 있었다. 내일이면 소대로 복귀해서 도로 건설 현장이나 해변에서 작업을 하고 밤에는 보초를 서야 했다. 어쩌면 곧 수색을 나가 이번에는 부상을 입는 정도가 아니라 목숨을 잃을지도 몰랐다. 갑자기 해변에서 총알을 맞던 순간이 생각나면서 등골이 오싹했다. 총알 같은 작은 물건이 그에게 해를 입힌다는 사실이 가능해 보이지가 않았다. 총알이 발사되는 소리와 그가 느꼈던 감정이 되살아났다. 그는 약하게 진저리를 쳤다. 정말로 자기한테 그런 일이 일어났던가 싶었다. 거울을 너무 오래 들여다보면 자기 얼굴이 비현실적으로 느껴질 때가 있는 것처럼 말이다. 미네타는 담요를 어깨 위로 끌어 올렸다. 내일 날 돌려보내지 못하게 할 거야. 그는 스스로 다짐했다.

아침에 군의관이 오기 전에 미네타는 붕대를 풀고 상처를 살펴보았다. 치료가 거의 다 되어, 상처가 아물고 분홍색 새살이 돋아나 있었다. 오늘 퇴원하게 될 것이 분명했다. 미네타는 주위를 살펴보았다. 다른 환자들은 다른 일을 하거나 잠을 자고 있었다. 그는 빠른 동작으로 상처를 다시 벌렸다. 다시 피가 나기 시작하자, 그는 죄책감이 섞인 희열을 느끼며 떨리는 손으로 붕대를 감았다. 그런 뒤에도 담요 밑에서 이삼 분에 한 번씩 상처를 문질러 다시 피가 나오게 했다. 그리고 긴장되고 초조한 마음으로 군의관이 오기를 기다렸다. 붕대 밑의 허벅다리 살이 화끈거리고 끈적거리는 게 느껴졌다. 미네타는 옆 침대의 환자에게 고개를 돌리고 말했다. "내 다리에서 피가 나고 있어. 상처라는 게 참 이상하단 말이야."

"그러게."

군의관이 상처를 살펴볼 때, 미네타는 입을 다물고 있었다. "상처가 벌어졌군."

"네."

군의관이 붕대를 살폈다. "건드린 건 아니겠지?" 그가 물었다.

"건드린 건 아닐 겁니다, 군의관님. 그냥 피가 나기 시작했습니다." 눈치를 챘구나, 하고 미네타는 판단했다. "뭐, 괜찮습니다. 오늘 안으로 소대로 돌아갈 수 있겠죠, 안 그렇습니까?" 그가 애원하듯 말했다.

"하루 더 기다려 보자. 상처가 이렇게 벌어지다니 이상한 일이군." 군의관이 다시 붕대를 감기 시작했다. "이번에는 붕대에 손대지 마라." 그가 말했다.

"네, 물론입니다." 미네타는 군의관이 다른 환자한테로 가는 것을 지켜보았다. 마음이 무거웠다. 이 속임수는 이번이 마지막이라는 생각이 들었다.

그는 병원에 눌러앉을 방법을 궁리하느라 하루 종일 안절부절못했다. 소대로 돌아갈 생각만 하면 기분이 가라앉았다. 작업과 전투가 끝없이 되풀이될 나날들을 그려 보았다. 소대에는 친구라고 할 만한 놈 하나 없지 않은가? 폴래크는 믿을 만한 놈이 못 되었다. 브라운과 스탠리는 싫었고 크로프트는 두려웠다. 저희끼리 뭉쳐서는 아주 재수 없는 놈들이었다. 그는 영원히 계속될 전쟁에 대해 생각했다. 이 섬이 끝나면 다른 섬, 그다음엔 또 다른 섬이 있을 게 빤했다. 아아, 도대체가 미래를 기대해 볼 수 있는 것이 아무것도 없었다. 그는 잠깐 잠이 들었다가 더욱 비참한 기분으로 잠을 깼다. 이제 더는 못 참겠어, 하고 그는 생각했다. 운이 좋아 중상을 입었더라면 지금쯤 미국으로 가는 비행기에 탔을 텐데. 미네타는 이 문제를 곰곰이 생각해 보았다. 언젠가 그는 폴래크에게 자기는 일단 병원에 들어가면 절대로 소대로 돌아오지 않을 거라고 큰소리를 친 적이 있었다. "일단 들어가기만 하면 방법을 찾아낼 거야." 그는 그렇게 말했었다.

무슨 방법이 있을 터였다. 미네타는 가능성이 없는 패를 하나씩 버렸다. 총검으로 상처를 쑤셔 볼 생각도 했고, 본부 중대로 돌아가는 길에 트럭에서 굴러떨어질까 하는 생각도 해 보았다. 그는 침대 위에서 몸을 뒤틀며 자기 연민에 빠졌다. 어느 침대에선가 병사 하나가 작게 투덜거렸다. 그 소리에 짜증이 났다. 내가 입 닫고 조용히 하지 않으면 저 친구 뚜껑이 열리겠군, 하고 그는 생각했다.

어떤 생각이 무의식중에 그의 머리를 스쳤다. 그것을 잊어버릴까 봐 전전긍긍하며, 그는 흥분한 채 벌떡 일어나 앉았다. 바로 이거다, 바로 이거야. 그는 생각했다. 하지만 그것이 얼마나 어려운 일일지 생각하니 덜컥 겁이 났다. 내게 그런 배짱이 있을까? 그는 자문해 보았다. 꼼짝도 않고 누워서, 그 이유로 제대한 군인들에 관해 들었던 이야기들을 기억해 내려 애썼다. 그래, 8조에 해당되면 돼, 하고 그는 생각했다. 그와 같은 훈련 소대에 있던 한 사병의 일이 떠올랐다. 마르고 예민한 녀석이었는데, 사격장에서 총을 쏘고 나면 울음을 터뜨렸던 것이다. 그 사병은 병원으로 보내졌고, 몇 주 후 미네타는 그가 제대했다는 소식을 들었다. 그래, 그거야. 미네타는 혼자서 중얼거렸다. 한순간 그는 실제로 군 복무에서 벗어나기라도 한 것처럼 행복감을 느꼈다. 나도 그런 놈들만큼은 머리가 돌아가니 해낼 수 있을 거야. 신경 쇼크. 그래 그걸 써먹는 거야. 난 부상도 입었잖아, 안 그래? 군에서는 부상자를 제대시키기는커녕, 그저 적당히가치료한 뒤 일선으로 돌려보낸단 말이야. 우릴 그저 대포 밥 정도로만 생각하는 거지. 미네타는 의분(義憤)을 느꼈다.

그런 기분이 빠져나가자 다시 겁이 났다. 폴래크와 의논할 수 있으면 좋을 텐데. 녀석이라면 좋은 방법을 알 테니까. 미네타는 자기 손을 내려다보았다. 내가 폴래크보다 못할 게 뭐야? 폴래크가 말로만 떠들고 다니는 동안 나는 실제로 이곳에서 벗어날 수 있다고. 그는 이마를 짚어 보았다. 병원에서는 한 이틀쯤 이곳에 데리고 있다가 미친놈들을 수용하는 다른 병원으로 옮기겠지. 거기로 가면 그놈들을 흉내 낼 수 있을 거야. 그러다 별안간 기분이 또 우울해졌다. 군의관이 날 계속 지켜볼 테니 그 일도 녹록지는 않겠구나. 미네타는 절뚝거리며 천막 한가운데 놓인 테이블로 가서 잡지를 한 권 집어 들었다. 이곳을 벗어나면 폴래크에게 편지를 보내야지. "누가 미쳤다 그래?" 이렇게 말하는 거야. 그걸 읽는 폴래크의 표정이 그려지자, 웃음이 킬킬 터져 나왔다. 중요한 건 배짱이야, 하고 그는 생각했다.

그는 잡지로 얼굴을 덮고는 반 시간 동안 꼼짝도 않고 누위 있었다. 햇볕에 달아오른 천막은 한증막 같았다. 몸에 기운이 없고 비참했다. 그의 내부에서 긴장이 고조되었다. 그가 스스로에게 생각할 여유를 주지 않고 갑자기 일어나 악을 썼다. "이 개새끼들아!"

"이봐, 진정해." 옆 침대의 한 병사가 말했다.

미네타가 그 병사에게 잡지를 던지고는 고래고래 악을 썼다. "저기 천막 밖에 일본 놈이 있다. 바로 저기 일본 놈이 있어. 바로 저기 있단 말이야." 그가 미친 듯이 사방을 두리번거리며 외쳤다. "총 어디 있어? 총을 줘." 흥분으로 몸을 떨던 그가 자기 소총을 집어 천막 출입구 밖을 겨냥했다. "일본 놈이 저기 있어. 저기 있다고." 그가 악을 쓰고 소총을 발사했다. 총성이 아득하게 들렸다. 자신의 대담성이 스스로도 놀라웠다. 난 배우가 되어야겠군. 그런 생각이 그의 머리를 스쳤다. 다른 병사들이 자기를 붙잡아 저지할 것을 기대하며 기다렸지만 아무도 움직이지 않았다. 그들은 경악과 공포로 인해 침대에서 얼어붙은 채 경계하듯 그를 지켜보았다. "총들을 버려, 일본 놈들이 공격하고 있다." 그렇게 말하고 나서 그는 총을 바닥에 던졌다. 그는 총을 한 번 걷어차고, 자기 침대 쪽으로 가서는 총을 집어 들었다가는 다시 내동댕이쳤다. 그러고는 땅바닥에 몸을 내던지고 비명을 지르기 시작했다. 병사 한 사람이 그를 덮쳤다. 미네타는 잠시 버둥거리며 버티다가 이내 힘을 뺐다. 병사들의 고함 소리와 그를 향해 달려오는 발소리들이 들렸다. 이제 됐다. 그는 생각했다. 몸을 마구 떨면서 일부러 침을 흘렸다. 이거면 되겠지. 그는 언젠가 영화에서 본 적이 있는, 입에 거품을 문 미친 사람의 모습을 떠올렸다.

누군가가 그를 거칠게 일으키더니 침대에 앉혔다. 그의 상처를 치료해 준 군의관이었다. "이자의 이름이 뭔가?" 군의관이 물었다.

"미네타입니다." 누군가가 말했다.

"좋아," 군의관이 입을 열었다. "괜한 수작 부리지 마라, 미네타. 이런 짓을 하고 그냥 넘어갈 수 있을 것 같아?"

"지랄 마, 넌 일본 놈을 못 잡아." 미네타가 악을 썼다.

군의관이 그의 몸을 잡고 흔들었다. "미네타, 넌 미 육군의 장교와 이야기하고 있다. 말버릇 고치지 않으면 군법 회의에 넘길 줄 알아."

미네타는 순간 겁이 덜컥 났다. 하지만 난 이미 깊숙이 들어왔어. 들어왔다고. 그는 속으로 되뇌었다. 그것은 어느 외설스러운 재담의 마지막 대목이었다. 그가 신경질적으로 웃기 시작했다. 자신의 웃음소리에서 용기를 얻어 그는 더욱더 소리를 높여 미친 듯이 웃었다. 연기만 제대로 하면 제 놈들이 어쩌겠어. 그는 막연하게 생각했다. 그는 돌연 웃음을 멈추더니 한마디 했다. "지랄 마, 이 일본 개새끼야." 뒤이은 침묵 속에서 한 병사의 말소리가 들렸다. "저 새끼 돌았어." 누군가가 대꾸하는 소리도 들렸다. "아까 총 겨냥할 때 봤지? 우릴 다 죽이는 줄 알았어."

군의관은 곰곰 생각을 하는 눈치였다. "넌 연기를 하고 있어, 미네타. 내 눈엔 다 보여." 갑자기 그가 말했다.

"넌 일본 놈이야." 미네타는 아랫입술 위로 침을 좀 흘리고는 킬킬거렸다. 이제 걸려들었겠지. 그는 속으로 중얼거렸다.

"진정제 한 대 놔." 군의관이 옆에 서 있던 위생병에게 지시했다. "그리고 7호실로 옮겨라."

미네타가 멍한 눈으로 흙바닥을 내려다보았다. 그가 들은 바로 7호실은 중환자가 수용되는 천막이었다. 그가 바닥에 침을 뱉기 시작했다. "일본 놈 새끼." 그가 군의관의 등 뒤에 대고 고함을 쳤다. 위생병이 그를 붙잡자 그는 몸을 경직시켰다가 다시 힘을 빼면서 무의미하게 킬킬거리기 시작했다. 주삿바늘이 팔에 꽂힐 때도, 그는 아무런 움직임도 보이지 않았다. 제대로 해내야지. 그는 속으로 다짐했다.

"자, 날 따라와." 위생병이 말했다. 미네타가 일어나서 그를 따라 공터를 가로질러 갔다. 다음엔 뭘 해야 하나 싶었다. 그는 위생병에게 따라붙으며 그의 귀에 속삭였다. "넌 빌어먹을 일본 놈이지만 5달러만 주면 아무에게도 안 이를게."

"따라오기나 해." 위생병이 지겹다는 듯이 대꾸했다.

미네타는 그를 따라 휘청휘청 걸었다. 그러다 7호실 천막 앞에 이르자 걸음을 멈추고 다시 악을 쓰기 시작했다. "난 안 들어갈 거야. 안에 있는 일본군 새끼가 날 죽일 거야. 난 안 들어가."

위생병이 억센 손으로 그의 팔을 잡아 안으로 밀어 넣었다. "놔! 놔! 놓으란 말이야!" 미네타가 고함을 쳤다. 한 침대 앞에 오자 위생병이 그에게 누우라고 일렀다. 미네타가 침대 위에 걸터앉아 구두끈을 풀기 시작했다. 한동안은 얌전히 있는 게 좋겠어. 그는 스스로에게 일렀다. 진정제가 효력을 발휘하기 시작했다. 침대 위에 드러누워 눈을 감았다. 잠시 그는 자기가 무슨 짓을 했는지를 깨달았다. 가슴속 저 깊은 곳에서 흥분과 난감한 기분이 교차했다. 침을 몇 번 삼켰다. 그의 마음에 기쁨과 두려움과 긍지가 뒤엉켜 끓어올랐다. 이런 식으로 계속하면 되는 거야. 하루 이틀 안에 여기서 내보내겠지.

잠시 후 잠이 든 그는 아침까지 깨어나지 않았다. 잠이 깨어 몇 분이 지난 후에야 전날 벌어진 사건들이 기억났다. 그는 또 겁이 나기 시작했다. 정상적으로 행동해서 어제 있었던 일을 그냥 넘겨 버릴까 하는 생각도 잠시 들었다. 하지만 소대로 돌아갈 일을 생각하면⋯⋯. 안 돼! 맙소사, 그건 절대 안 돼! 그는 끝까지 버틸 작정이었다. 미네타는 일어나 앉아 천막 안을 두리번거렸다. 천막 안에는 세 사람이 있었는데, 두 사람은 머리에 붕대를 감고 있었고, 나머지 한 사람은 반듯하게 누워 꼼짝도 않고 텅 빈 눈으로 천장의 마룻대를 응시하고 있었다. 저 녀석이야말로 8조의 경우구나, 라는 생각이 미네타의 머릿속을 스쳤다. 순간 몸에 전율이 일었다. 이 상황이 얼마나 아이러니한가를 깨닫자 우스워졌다. 그러나 다음 순간 그는 다시 겁을 먹었다. 어쩌면 미친 사람은 저런 모습이어야 하는지도 몰랐다. 움직이지도, 말을 하지도 않는 것 말이다. 그렇다면 전날 그의 연기는 지나쳤는지도 몰랐다. 미네타는 걱정이 되었다. 그는 그 병사와 비슷하게 행동해야겠다고 생각했다. 그러는 편이 목구멍을 위해서라도 훨씬 나았다.

9시에 군의관이 들렀을 때, 미네타는 꼼짝도 않고 누워 간혹 의미 없는 말을 몇 마디 지껄였다. 군의관은 그를 힐끗 보더니 아무 말 없이 다리의 상처를 치료하고 다음 환자한테로 갔다. 미네타는 마음이 놓이면서도 기분이 나빴다. 사람이 죽어도 거들떠보지도 않지. 그는 또 한 번 중얼거렸다. 그러고는 눈을 감고 생각하기 시작했다. 오전 시간은 무난하게 지나갔다. 그는 기분이 좋았고 자신감도 생겼다. 군의관이 회진을 와서 자기에게 전혀 관심을 보이지 않은 것이 오히려 좋은 징조라고 판단했다. 그들도 날 포기한 거지. 곧 다른 섬으로 보내 버릴걸.

그는 집으로 돌아갈 일을 꿈꾸기 시작했다. 가슴에 달 훈장들을 생각하고, 동네 거리를 걸어가다가 마주친 사람들과 이야기하는 자신의 모습을 상상했다. "거긴 어땠어? 힘들었지?" 하고 사람들이 물을 것이고, 그러면 그는 "아니요, 그렇게 나쁘진 않았어요."라고 대답할 것이다. "내가 모를 줄 알고? 꽤 험악했을 거야."라는 말에는 고개를 젓고 "그럭저럭 견딜 만했어요. 무난하게 보냈죠."라고 말할 것이다. 사람들 사이에는 이런 말들이 오갈 것이다. "스티븐 미네타는 좋은 애예요. 그건 인정해야 해요. 그 고생을 다 하고도 겸손한 것 좀 봐요."

바로 그거야, 우선은 돌아가고 볼 일이다, 하고 미네타는 생각했다. 파티란 파티는 다 참석하는 자신의 모습이 그려졌다. 인기가 대단하겠지. 여자들은 남자들을 꼬시려 할 테지만, 그는 좀 비싸게 굴 생각이었다. 이번에는 로지도 말을 듣겠지, 하고 그는 생각했다. 돌아가면 설렁설렁 놀며 지낼 작정이었다. 직장에서 똥 빠지게 일하는 놈들은 죄다 얼간이들이지. 일해서 덕 본 남자 있어?

여러 시간째 꼼짝도 않고 누워 있으려니 이번에는 성적인 환상이 그를 괴롭히기 시작했다. 햇볕에 의해 다시 달아오르기 시작한 천막 안에서, 그는 열기와 땀 속에 기분 좋게 빠져 있었다. 그는 긴 유혹의 장면들을 상세하게 머릿속에 그려 보았다. 로지의 허리 위로 굴곡진 육체가 얼마나 탄탄했던가를 욕정의 가벼운 전율을 느끼며 기억했다. 로지는 좋은 여자야. 언젠가는 결혼해야지. 로지가 쓰던 향수 냄새와 흥미롭게 반짝이던 속눈썹의 선이 기억에 생생했다. 속눈썹 밑에 바셀린을 바른 것이 분명했지만, 여자가 그런 요령 정도 부릴 줄 안다 해서 나쁠 건 없었다. 여러 주둔지에서 겪었던 여자들 생각이 떠오르자, 그의 환상은 그 여자들 쪽으로 옮겨 갔다. 그는 자기와 관계한 여자들의 수를 헤아리기 시작했다. 열네 명, 내 또래들의 전적과 비교할 때 적은 숫자는 아니지. 나만한 기록을 가진 녀석도 그리 많진 않을걸. 그는 다시금 성적인 몽상 속으로 표류해 들어갔지만, 그것도 이제는 고통스러웠다. 그 여자들은 모두 참 꼬시기 쉬웠다. 그럴듯하게 진심을 가장하여 사랑한다고 말해 주면 대개 넘어오게 되어 있었다. 그런 말에 자기 몸을 내주다니, 여자란 얼마나 어리석은지. 다시 로지 생각이 나면서 화가 났다. 로지는 딴 놈을 만나고 있어. 편지에는 내가 돌아올 때까지 아무하고도 춤추지 않겠다고 썼지만, 그따위 말을 어떻게 믿어? 난 로지를 잘 알아. 그년은 춤추는 걸 너무 좋아해. 춤에 관한 이야기가 거짓말이라면, 다른 것에 대해서도 거짓말을 안 한다고 어떻게 믿어? 질투심이 피어올랐다. 그는 불만을 분출하려고 별안간 악을 썼다. "저 일본 놈을 잡아!" 참 쉬운 일이었다. 그가 한 번 더 악을 썼다.

위생병이 의자에서 일어나 그에게 다가와 팔에 주사기를 꽂았다. "이제 조용해진 줄 알았는데." 그가 말했다.

"일본 놈이다." 미네타가 고함쳤다.

"알았어, 알았어, 알았어." 위생병이 몸을 돌려 도로 자리에 가서 앉았다. 미네타는 잠시 후 잠이 들었고, 아침까지 깨지 않았다.

이튿날도 그는 약에 취한 기분이었다. 머리가 아팠고, 팔다리에 감각이 없었다. 군의관이 쳐다보지도 않고 지나가자, 미네타는 격분했다. 빌어먹을 장교 새끼들은 자기네들 호강시키려고 군대가 설립된 줄 알아. 그는 몹시 화가 났다. 내가 다른 놈들보다 못한 게 뭐야? 어째서 내가 몇몇 개새끼들한테 이래라저래라 명령을 받아야 해? 그는 침대 위에서 불편한 듯이 몸을 뒤틀었다. 이건 음모다. 그는 모든 것에 대해 막연한 반감을 느꼈다. 세상이 모조리 돼먹지가 않았어. 꼭대기에 올라서지 않은 놈들은 더러운 꼴을 당하고 만단 말이야. 모두가 날 못 잡아먹어서 안달이지. 크로프트가 그의 상처를 들여다보고 웃던 일이 생각났다. 그 새끼는 남이야 어떻게 되든 요만큼도 신경을 안 써. 그저 우리가 죽는 꼴을 빨리 보고 싶어 안달이 난 놈이야. 총알을 맞았을 때 느꼈던 고통과 충격과 당혹감이 되살아났다. 그는 처음으로 정말 두려워졌다. 다시는 돌아가지 않겠어. 내가 제일 먼저 당할 거야. 그가 입술을 움직였다. 도대체가 언제가 안전한지를 알 수 있어야지. 그건 사람 사는 게 아니야. 그는 오후 내내 침울하게 생각에 잠겨 있었다. 이틀 동안 그의 기분은 환희에서 권태로, 그리고 뒤이어 불만으로 바뀌었다. 이제 그는 조금 절망적인 기분이 되어 가고 있었다. 나는 훌륭한 사병이야. 기회만 주어진다면 분대장이 될 자질도 있어. 하지만 크로프트란 놈이 내게 그런 기회를 줄 리가 없지. 크로프트는 첫인상으로 모든 걸 결정하는 놈이니까. 미네타는 담요를 걷어찼다. 내가 뭣 때문에 똥 빠지게 일을 해야 해? 나도 맡은 일을 할 수 있지만 그래 봐야 아무런 전망도 없잖아. 내가 아무런 대가도 없이 일을 할 사람이라고 생각했다면 오산이야. 그는 훈련소에서 자기가 소대를 인솔했던 일을 생각했다. 나보다 우수한 병사는 한 놈도 없었지. 근데 점점 야심이 없어지는 게 문제야. 지금 난 건달이 되어 가고 있어. 너무 많이 아는 게 문제야. 사람을 쉼 없이 들들 볶기만 하는 군대를 위해 내가 뭣 때문에 일을 해야 해? 이런 생각을 하자 그는 슬퍼졌고, 무언가를 동경한다는 것에서 즐거움을 느끼며 내 인생은 망했구나 하는 생각을 했다. 나는 세상 돌아가는 이치를 알아. 부질없이 뭘 해 보겠다고 애쓰느라 시간을 낭비하기엔 너무 약았지. 군에서 제대하면 뭘 해야 할지도 모르겠어. 일을 할 수 없으니 낙오자가 되겠지. 아마 여자들 꽁무니나 쫓아다니려고 할걸. 그는 몸을 뒤집어 침대에 얼굴을 묻었다. 인생 별거 있어? 한숨이 나왔다. 폴래크의 말처럼, 쉬운 돈벌이 수단을 찾는 수밖에 없었다. 그렇게 생각하니 뭔가 복수를 할 수 있겠다 싶어 통쾌했다. 그는 살인을 저지르고 감옥에 들어가 있는 자신을 상상했다. 눈에 연민의 눈물이 맺혔다. 그는 신경질적으로 다시 돌아누웠다. 여기서 빠져나 가야 해. 도대체 얼마나 오랫동안 거들떠보지도 않고 잡아 둘 작정이지? 빨리 내보내 주지 않으면 정말 돌아 버릴 것 같은 데. 군대의 어리석음을 생각하니 우스워졌다. 도대체가 관심 을 주지 않으니까 병사 한 사람을 이렇게 잃는 거라고.

그는 잠이 들었다가 어지러이 섞이는 사람들의 목소리와 위생병들이 환자들을 천막 안으로 옮기는 소리에 밤중에 잠 을 깼다. 이따금 손전등을 가리는 손뼈의 붉은 윤곽이 드러났 고, 가느다란 빛줄기가 환자의 무시무시한 얼굴을 한두 번 스 치고 지나갔다. 무슨 일일까? 궁금했다. 누군가가 신음을 하 고 있었다. 그 소리에 그는 등골이 오싹했다. 군의관이 들어 와 한동안 위생병 한 명과 이야기를 나누었다. "저 흉부의 배 농관을 잘 지켜봐. 너무 괴로워하면 보통 때보다 양을 두 배로 해서 주사를 놔."

"알겠습니다."

그저 주사, 주사. 저들이 아는 거라곤 주사밖에 없지. 미네 타는 생각했다. 나도 의사 노릇은 할 수 있겠다. 그는 실눈을 뜨고 주위에서 일어나는 일들을 지켜보면서, 이따금 머리에 붕대를 두른 환자 둘이 주고받는 이야기에 귀를 기울였다. 그 두 사람의 대화를 듣는 건 처음이었다. "이봐, 위생병." 그들 중 한 사람이 물었다. "무슨 일이야?"

위생병이 그들에게 와서 그들과 잠시 말을 주고받았다. "오늘 수색대가 많이 나갔대. 이 친구들은 대대 구호소에서 방금 왔어."

"E중대도 참가했는지 아나?"

"장군에게 물어봐." 위생병이 말했다.

"난 거기서 빠질 수 있어 다행이군." 환자 가운데 한 사람이 중얼거렸다.

"쓸모 있는 일 한번 했네." 위생병이 말했다.

미네타는 돌아누웠다. 이런 식으로 잠을 깨다니, 하고 그는 생각했다. 천막의 한쪽 구석에서 환자 한 명이 가슴과 목구멍에서 쥐어짜는 듯이 탁한 소리로 울고 있었다. 미네타는 눈을 감았다. 난장판이군. 그는 혐오감을 느꼈다. 불쾌한 기분이 공포감을 상당 부분 압도했다. 천막 바깥에서 나는 밤 정글의 숨소리가 갑자기 그의 의식을 파고들었다. 어둠 속에서 갑자기 잠을 깬 어린아이같이 겁이 났다. 제기랄, 하고 그는 중얼거렸다. 이틀하고 하루 반나절 동안 침대 밑의 변기를 쓰고 그의 앞에 갖다 놓아주는 식사를 하기 위해 몸을 약간 움직이는 것 외에는 가만히 누워만 있었다. 그로 인해 그는 극도로 마음이 불안했다. 정말이지 견딜 수가 없군. 그는 생각했다. 울고 있던 환자가 지금은 비명을 지르고 있었다. 그 소리가 너무도 끔찍해서 미네타는 이를 갈며 담요로 귀를 틀어막았다. "피우우웅, 피우우우우우웅." 환자가 박격포 소리를 흉내 내며 울부짖다가 다시 악을 썼다. "하느님, 절 좀 구해 주세요, 절 좀 구해 주세요!"

그 뒤로 어두운 천막 안에는 긴 침묵이 이어졌다. 이윽고 환자 한 명이 중얼거렸다. "정신병자가 또 하나 있군."

"빌어먹을, 여기가 정신병동이야 뭐야?"

미네타는 몸을 부르르 떨었다. 자는 동안에 저 미친놈 손에 죽을 수도 있겠구나. 거의 다 나은 허벅다리 상처가 욱신거리기 시작했다. 깨어 있어야겠어. 그는 천막 밖 숲 속의 귀뚜라미 소리와 짐승들의 소리에 귀를 기울이면서 불안하게 몸을 뒤척였다. 멀리서 총성이 몇 번 울렸다. 그는 다시 몸을 떨기 시작했다. 이러다 아침이 오기도 전에 미쳐 버릴지 모르겠다는 생각이 들어 그는 킬킬거리기 시작했다. 속이 텅 빈 느낌이었다. 배가 고팠다. 대체 내가 왜 이 짓을 시작했을까?

새로 들어온 환자들 가운데 한 명이 괴로운 듯 신음을 하더니, 나중에는 심하게 기침을 해 댔다. 목구멍에서 가래가 그르렁그르렁 끓었다. 심상치 않은 소리였다. 죽음. 그 순간에는 손을 뻗으면 죽음을 만질 수도 있을 것 같았다. 공기가 오염이라도 된 것 같아 숨을 쉬기가 두려웠다. 어둠 속 그의 주변에서 무엇인가가 움직이는 느낌이 들었다. 끔찍한 밤이다. 그는 생각했다. 심장이 빠르게 고동쳤다. 제기랄, 그냥 날 좀 내보내 줘.

위 근육이 당기고 속이 거북했다. 그는 헛구역질을 한두 번 했다. 이러다가는 잠을 한숨도 못 잘 게 분명했다. 질투심이 다시 그를 괴롭히기 시작했다. 미네타는 로지가 다른 남자와 사랑을 나누는 환상에 오래도록 빠져들었다. 그것은 그의 상상 속에서 로지가 혼자서 로즈랜드에 춤을 추러 가는 걸로 시작해서, 불가피하고 역겨운 결말로 이어졌다. 어깨와 허벅다리 뒤쪽에 땀이 배는 것이 느껴졌다. 가족들도 걱정이 됐다. 한두 달은 내 소식을 못 들을 텐데. 내가 대체 어떻게 편지를 쓸 수 있겠어? 내가 죽었다고 생각할지도 몰라. 어머니가 걱정하실 걸 생각하니 마음이 아팠다. 내가 감기만 들어도 야단법석을 떨던 어머니인데. 이탈리아인 어머니와 유대인 어머니 들은 언제나 그런 식이다. 어머니에 대한 걱정을 억누르기 위해 그는 다시금 로지를 떠올렸다. 나한테서 소식이 없으면 다른 놈들하고 놀아나겠지. 입맛이 썼다. 아, 빌어먹을 년, 나한텐 그년보다 나은 여자들도 있었다고. 여자들이야 얼마든지 있지. 그는 가슴을 두근거리게 하던 로지의 반짝이는 눈빛을 떠올리며, 감미로운 슬픔과 자기 연민을 느꼈다. 로지가 그리웠다.

전쟁 신경증에 걸린 그 환자가 또다시 악을 쓰는 바람에, 미네타는 몸을 떨면서 일어나 앉았다. 잠을 좀 자야 하는데 이래 가지곤 참을 수가 없어. 그가 고함을 지르기 시작했다. "저기 일본 놈이 있다. 바로 저기, 바로 저기 있어. 저놈을 죽일 거야!" 그가 침대에서 내려와 천막의 흙바닥을 배회하기 시작했다. 맨발에 닿은 땅이 차갑고 축축했다. 그는 정말로 와들와들 떨기 시작했다.

위생병이 의자에서 일어나 한숨을 쉬었다. "이거야, 원, 정말 못해 먹겠군." 그가 옆의 테이블에서 주사기를 집어 들고 미네타에게 다가갔다. "이봐, 가서 누워."

"신경 꺼!" 미네타는 위생병이 이끄는 대로 침대로 돌아왔다.

그는 숨을 참고 있다가 주삿바늘이 근육 속에 꽂힌 다음에야 숨을 내쉬었다. "아, 정말 힘들군." 그가 신음하듯 중얼거렸다.

가슴에 부상을 입은 병사가 다시 가래 섞인 기침을 했지만, 미네타의 귀에는 그 소리가 아득하게만 들렸다. 그는 진정제 생각을 하면서 아늑하고 따뜻한 기분에 젖어 들었다. 이거 좋은데……. 이러다 약물 중독자 되겠어……. 아무려면 어때, 제대만 하면 돼……. 그는 잠이 들었다.

아침에 잠에서 깨어 보니 환자 한 명이 죽어 있었다. 죽은 사람의 얼굴에 담요가 끌어 올려져 있었고, 발이 꼿꼿하게 굳어 있었다. 미네타는 등골이 오싹했다. 그는 시체를 보다가 고개를 돌렸다. 강렬한 침묵이 시체 주위를 감싸고 있었다. 사람이 죽고 나면 어딘지 달라지는 것 같다고 미네타는 생각했다. 담요에 덮인 그 병사의 얼굴이 불현듯 몹시도 궁금했다. 어떤 모습을 하고 있을까? 호기심이 생겼다. 천막 안에 아무도 없었다면, 그곳으로 가서 담요를 들어 올렸을지도 모른다. 가슴에 구멍이 뚫렸구나, 하는 생각이 들었다. 그는 다시 겁이 났다. 바로 옆에서 불쌍한 녀석 하나가 죽었는데, 어떻게 이런 곳에 그냥 남아 있는단 말인가? 두려움이 목구멍을 타고 스멀스멀 기어 올라오면서 욕지기가 났다. 진정제 때문에 두통이 심한 데다 속이 쓰리고 팔다리가 쑤셨다. 제기랄, 여기서 나가야겠다.

위생병 두 명이 들어와서 시체를 들것에 싣고 나갔다. 환자들은 아무 말이 없었지만, 미네타는 여전히 저도 모르게 빈 침대를 응시했다. 어젯밤과 같은 밤을 또 한 번 견뎌 낼 자신이 없었다. 위에서 신물이 올라오자, 그는 무심코 꿀꺽 삼켰다.

아, 정말 죽겠군.

아침 식사가 왔지만 음식에 손을 댈 수가 없었다. 그는 앉아서 곰곰이 생각했다. 병원에서 하루를 더 버틸 수 없는 것은 분명했다. 차라리 소대로 돌아갔으면 하는 생각이 들었다. 어떻게든 이곳에서 벗어나야 한다.

군의관이 왔다. 미네타는 군의관이 그의 다리에서 붕대를 푸는 것을 조용히 지켜보았다. 분홍색 새살이 한 줄 보일 뿐 상처는 완전히 아문 상태였다. 군의관은 그 위에 빨간 소독약을 바르고 붕대는 갈지 않았다. 미네타의 심장이 빠르게 고동쳤다. 머릿속에 텅 비고 떨리는 느낌이었다.

그는 자기 음성에 놀랐다. "저, 군의관님, 언제 퇴원할 수 있습니까?"

"뭐라고?"

"모르겠어요, 오늘 아침에 정신이 들었습니다. 여긴 어딥니까?" 미네타는 당혹스러운 표정으로 미소를 지었다. "다리 부상 때문에 다른 천막에 있었던 건 생각이 납니다. 그런데 지금 여기에 와 있네요. 어떻게 된 겁니까?"

군의관이 잠자코 그를 보았다. 미네타가 억지로 그의 눈을 마주 보았다. 기를 써 봤지만 결국에는 힘없이 히죽 웃을 수밖에 없었다.

"너, 이름이 뭐야?" 군의관이 물었다.

"미네타입니다." 그가 자기 군번을 댔다. "오늘 퇴원할 수 있겠습니까, 군의관님?"

"그래."

미네타는 안도감과 실망감이 뒤섞인 감정을 느꼈다. 그 순간 그냥 잠자코 있을걸, 하는 생각이 잠시 들었다.

"아, 그리고 미네타, 옷을 입고 나면 나한테 들러라. 할 말이 있다." 군의관이 돌아서더니 뒤를 보며 말했다. "몰래 빠져나 갈 생각하지 마라. 이건 명령이다. 너한테 할 말이 있다."

"네, 알았습니다." 미네타는 어깨를 으쓱했다. 왜 저러지? 그는 궁금했다. 지금껏 손쉽게 속여 넘긴 걸 생각하니 기분이 유쾌했다. 머리 회전만 빠르면 무슨 짓을 해도 걸리질 않거든. 그가 침대 머리맡에 똘똘 뭉쳐져 있던 옷을 입고 군화 속에 발을 밀어 넣었다. 햇볕도 아직 따가울 정도는 아니어서, 그는 기분이 좋았다. 계속해서 이렇게 드러누워 지내는 건 나한테 맞지 않아. 그는 생각했다. 죽은 병사가 누워 있던 침대를 보고 불안한 떨림을 억누르기 위해 어깨를 으쓱했다. 이런 곳에서 나가는 것만으로도 운이 좋은 거지. 어제 있었던 수색 작전이 문득 떠오르면서, 마음이 무거워졌다. 우리 소대는 작전에 안 내보내면 좋겠는데. 그는 자기가 괜한 짓을 한 게 아닐까 하고 생각했다.

옷을 입고 나니 시장기가 느껴졌다. 그가 병원 식당 천막으로 가서 제1 취사병에게 말을 걸었다. "설마 아침에 빈속으로 전방으로 돌아가라고 하진 않겠지?" 그가 물었다.

"알았어, 알았어. 뭐라도 먹어, 그럼." 미네타는 분말 계란으로 만든 스크램블 에그 남은 것을 먹고 40리터들이 주전자에 아직 남아 있는 미지근한 커피를 조금 마셨다. 커피에서 나는 염소 냄새가 독해서, 저절로 얼굴이 찌푸려졌다. 차라리 요

오드팅크[42]를 마시는 게 낫겠다는 생각이 들었다.

그가 취사병의 등을 탁 쳤다. "고마워, 친구." 그가 말했다. "우리 부대에서도 음식을 이 정도로 만들 줄 알면 좋겠군."

"그래."

미네타는 병원의 보급 하사관에게서 소총과 철모를 찾은 뒤 군의관의 천막으로 갔다. "절 보자고 하셨죠?" 그가 물었다.

"그래." 미네타가 접이의자에 가서 앉았다.

"일어나!" 군의관이 말했다. 그가 차가운 눈으로 미네타를 쳐다보았다.

"네?"

"미네타, 너 같은 놈은 군대에서 쓸모가 없다. 넌 아주 비열한 짓을 했어."

"무슨 말씀을 하시는 건지 모르겠습니다." 미네타의 음성에는 가벼운 조롱기가 담겨 있었다.

"건방진 수작은 집어치워라." 군의관이 매섭게 말했다. "널 군법 회의에 회부할 수도 있었어. 하지만 그렇게 하면 시간이 너무 오래 걸리고, 그건 오히려 네가 바라는 바일 테지."

미네타는 잠자코 있었다. 얼굴이 달아오르는 게 느껴졌다. 잔뜩 긴장하고 화가 난 채 그는 그대로 서 있었다.

"대답을 해!"

"네!"

"다시 한 번 그따위 속임수를 썼다간, 내가 직접 나서서 십

---

42) 상처나 피부의 소독에 사용되는 용액.

년은 감옥에서 썩게 할 테니 그리 알아. 너의 중대장에게 쪽지를 보내 널 일주일 동안 중대 근무에 돌리겠다."

미네타는 개의치 않는다는 표정을 지으려 애썼다. 그는 침을 한 번 삼키고 나서 입을 열었다. "군의관님은 어째서 절 차별하시는 겁니까?"

"닥쳐."

미네타는 군의관을 노려보았다. "말씀 다 끝나셨습니까?" 그가 마침내 물었다.

"썩 물러가. 배에 구멍이라도 나기 전에는 올 생각 마라."

미네타는 부루퉁해서는 큰 걸음으로 밖으로 나갔다. 그는 분에 못 이겨 부들부들 떨었다. 빌어먹을 개 같은 장교들, 그가 혼자 중얼거렸다. 장교란 놈들은 다 똑같아. 나무뿌리에 발부리가 걸려 비틀거리자, 그는 화가 나서 발을 굴렀다. 전쟁이 끝나고 잡히기만 해 봐. 개새끼, 아주 혼쭐을 내 줄 테다. 그는 병원이 서 있는 공터 가장자리를 지나는 도로로 나가서 해변으로부터 오는 트럭을 기다렸다. 침을 한두 번 뱉었다. 저 멍청한 새끼는 전쟁이 일어나기 전엔 아마 밥벌이도 못했을걸. 꼴에 의사라고. 창피한 감정이 온몸을 훑고 지나갔다. 너무 화가 나서 눈물이 날 것 같았다.

몇 분 후 트럭이 한 대 와서 그를 태우기 위해 섰다. 그는 트럭 뒤에 올라타서 소화기(小火器) 탄약 상자 더미 위에 앉았다. 초조하고 짜증이 났다. 그 새끼들이 부상병을 어떻게 대하는지 봐. 개 다루듯 한단 말이야. 어디 우릴 거들떠보기나 하나. 내가 내 발로 돌아가겠다는데 왜 죄인 취급하고 지랄이냐고. 아, 빌어먹을. 죄다 개새끼들이야. 그는 철모를 이마 뒤로 젖혔다. 다시는 그 짓을 하나 봐라. 내 힘으로 나가고 말지. 날 그렇게 다루겠다면 맘대로 하라 그래. 그렇게 생각하니 마음이 조금은 편안했다. 좋다 이거야. 그는 그렇게 중얼거렸다.

그는 트럭 양쪽으로 두텁게 뒤로 미끄러져 지나가는 정글을 응시했다. 좋다 이거야. 그는 담배에 불을 붙였다.

좋다 이거야.

소대가 도로 건설 현장에서 돌아온 뒤 점심 식사 때, 레드는 미네타를 보았다. 줄을 서서 음식을 받아 온 레드가 미네타 옆에 와 앉아서 식기를 땅 위에 내려놓았다. 그는 신음 소리를 한 번 내더니 나무에 등을 기댔다. "이제 막 돌아왔나 보군?" 그가 미네타를 보고 고개를 끄덕였다.

"응, 오늘 아침에."

"좀 긁힌 걸 가지고 꽤나 오래 있었군."

"그래." 미네타는 잠시 말이 없다가 다시 입을 열었다. "글쎄, 들어가기 어려운 곳은 나오기도 어렵더라고." 그가 한입 가득 문 비엔나소시지를 꿀꺽 삼켰다. "거기선 꽤 편하게 지냈지."

레드는 수분이 다 빠진 짓이긴 감자와 콩깍지 통조림을 스푼으로 쿡쿡 찔렀다. 여러 달 전에 나이프와 포크를 버린 탓에 지금 그에게는 스푼밖에 없었다. "대우는 괜찮은 편이었겠지?" 그는 자신의 호기심이 못마땅했다.

"아주 좋았지." 미네타가 말했다. 그는 커피를 조금 마셨다. "내가 말이야, 거기 군의관 새끼랑 한판 붙었거든. 성질이 나서 욕을 한바탕 해 줬지. 그래서 지금 중대 근무를 하게 됐어. 뭐, 그것 빼고는 괜찮았어."

"그렇군." 레드가 말했다. 두 사람은 말없이 식사를 계속했다.

레드는 몸이 불편했다. 몇 주째 신장의 통증이 심해지고 있었는데, 그날 아침 도로 공사 현장에서 곡괭이질을 하면서 몸에 무리가 간 것이다. 곡괭이를 머리 위로 한껏 들어 올렸을 때 심한 통증이 그를 엄습하면서 손에 마구 경련이 이는 바람에 그는 이를 악물었다. 그리고 잠시 후에는 일손을 놓을 수밖에 없었다. 그 후로도 등의 묵직한 통증은 오전 내내 지속되었다. 트럭이 와서 후부 개폐판 위에 오를 때도 무척이나 힘이 들었다. "레드, 너도 이제 늙는구나." 와이먼이 새된 소리로 한마디 던졌다.

"그런가 봐." 트럭이 달리면서 덜컹거릴 때마다 통증은 더욱 심해졌고, 그는 말을 하지 못했다. 포성이 끊임없이 울렸고, 병사들은 곧 시작될 공격 작전에 관해 이야기했다. 우리를 또 싸움터로 내보내겠구나, 하고 레드는 생각했다. 몸 문제를 해결하는 게 좋겠어. 잠시 그는 병원을 생각했다가 역겨운 느낌에 그 생각을 눌러 버렸다. 지금까지 무슨 일이건 꽁무니를 빼 본 적이 없는데 이제 와서 그럴 이유는 없지. 그러나 그는 자꾸만 불안하게 뒤를 돌아보았다. 아직 그 한 주를 잊지 못했나 보군. 그가 혼자 중얼거렸다.

"그래, 대우를 꽤 잘해 준단 말이지?" 레드가 재차 미네타에게 물었다.

미네타가 커피를 내려놓고 의아한 눈빛으로 레드를 보았다. "그래, 그렇다니까."

레드가 담배에 불을 붙이고 어색한 동작으로 몸을 일으켰다. 그는 온수 통에 가서 식기를 씻으면서 진료받는 문제를 놓고 고민했다. 진료를 받는다는 게 어쩐지 창피하게 생각되었다.

결국 그는 윌슨의 천막에 들르는 것으로 절충을 보았다. "이봐, 진료를 받아 볼까 하는데, 같이 안 갈래?"

"글쎄, 괜찮은 의사 놈을 본 적이 없어서."

"넌 몸이 아픈 줄 알았는데."

"맞아. 레드, 솔직히 말해서 내 몸속은 엉망진창이야. 이젠 오줌을 눌 때도 불타는 것처럼 화끈거려."

"술이 좀 필요하겠어."

윌슨이 킬킬거렸다. "그래, 내 몸 어딘가가 고장이 난 게 틀림없어."

"빌어먹을, 우리 아무래도 병원에 가 보는 게 좋겠어." 레드가 제안했다.

"있잖아, 레드, 그놈들이 진찰해 봐도 모르는 병은 병이 아니야. 그 개새끼들이 하는 거라곤 성병 검사를 하거나 아스피린을 주는 게 고작이라고. 게다가 난 도로 작업 빠지려고 꾀를 부리고 싶진 않아. 내가 어떤 면에서는 개새끼일지도 모르지만, 내 몫은 한다는 건 아무도 부정하지 못할걸."

갑자기 등이 욱신거려서 레드는 찡그리고 싶은 걸 참으며 눈을 감고 담배에 불을 붙였다. 욱신거리던 것이 가라앉자, 그가 입을 열었다. "가 보자, 우린 하루쯤 쉴 자격이 있어."

윌슨이 한숨을 쉬었다. "좋아, 하지만 난 어째 좀 안 내키는데."

두 사람은 중대 사무실로 가서 중대 서기에게 이름을 댔다. 이어 그들은 야영지를 가로질러 연대 의료 지원 천막으로 갔다. 천막 안에는 사병 몇 명이 서서 검사받을 차례를 기다리고 있었다. 한쪽 구석에는 야전 침대 두 개가 놓여 있었고, 그 위에 대여섯 명의 병사들이 걸터앉아서 무좀 때문에 헐어 버린 발에 빨간 소독약을 바르고 있었다. 사병 한 사람이 그들을 진찰하고 있었다.

"빌어먹을, 줄이 줄어들 생각을 안 하네." 윌슨이 투덜거렸다.

"줄 서서 기다리는 게 원래 지루한 거야." 레드가 말했다. "군대에서는 모든 일을 체계적으로 처리하니까. 줄 서서 기다려라, 줄 서서 기다려라, 늘 그 소리지. 그놈의 줄 때문에 좋은 일도 하기가 싫어져."

"집에 돌아가서도 여자를 차지하려면 줄을 서야 할 것 같군."

줄이 앞으로 움직이는 동안 그들은 하릴없이 잡담을 했다. 위생병 앞에 섰을 때 레드는 잠시 혀가 굳어 버렸다. 그는 류머티즘과 관절염과 매독으로 인해 팔다리가 뒤틀린 늙은 이민자들을 떠올렸다. 그들의 눈에는 초점이 없었고 대개가 취해 있었다. 한때는 그런 사람들이 그에게 다가와 훌쩍훌쩍 울면서 약을 구걸했었다.

그런데 지금은 입장이 바뀌어 있었다. 잠시 말문이 막혔던 것도 그 때문이었다. 위생병이 지겨운 표정으로 그를 바라보왔다.

"등이 아파서 왔어." 레드가 곤혹스러운 표정으로 겨우 중 얼거렸다.

"옷을 벗지. 옷을 입고 있으면 볼 수가 없잖아." 위생병이 퉁명스럽게 말했다.

그의 기분 나쁜 말투가 레드의 말문을 열었다. "옷을 벗는 다고 더 잘 보이지는 않을걸. 신장 때문이니까." 그가 화난 음 성으로 말했다.

위생병이 한숨을 쉬었다. "별의별 병을 다 생각해 내는군. 저기 군의관님한테 가 봐." 그러고 보니 더 짧은 줄이 있었다. 그는 대꾸를 하지 않고 그곳으로 갔다. 그는 화가 치밀었다. 난 그런 개 같은 소리를 들을 이유가 없어. 그가 혼자 중얼거렸다.

곧이어 윌슨도 왔다. "쥐뿔도 모르는 것들이 이리 가라 저 리 가라 소리만 하는군."

레드가 막 진찰을 받으려는데, 장교 한 명이 천막으로 들어 와 군의관에게 인사를 했다. "이쪽으로 오게." 군의관이 장교 에게 말했다. 레드가 듣는 옆에서 두 사람이 잠시 이야기를 나 누었다. "코감기에 걸렸어." 장교가 말했다. "기후가 여간 고 약해야지. 기운 좀 차리게 뭐라도 좀 주게. 그놈의 빌어먹을 아 스피린은 말고." 군의관이 큰 소리로 웃었다. "마침 자네에게 줄 게 있네, 에드. 지난번 뱃짐으로 도착한 게 조금 남았거든. 골고루 다 돌아갈 만큼은 아니지만, 자네야 안 줄 수 있나."

레드가 윌슨을 돌아보고 코웃음을 쳤다. "우리가 감기로 와 도 과연 저렇게 말할까?" 그가 장교들 들으라는 듯 큰 소리로 그렇게 말하자, 군의관이 그를 차갑게 쏘아보았다. 레드도 마주 노려보았다.

장교가 가고 나서 군의관은 레드를 찬찬히 보았다. "자넨 무슨 문제로 온 건가?"

"신장염입니다."

"괜찮다면 진단은 내게 맡기게."

"제가 아는 병입니다. 미국에 있을 때 의사에게 들었어요." 레드가 말했다.

"다들 하나같이 자기 병이 뭔지를 아는 것 같군." 군의관이 그에게 증세를 물었고 그의 말을 건성으로 들었다. "틀림없이 신장염이군. 그래, 나더러 어쩌라는 말인가?"

"그걸 알고 싶어서 여기 온 것 아닙니까?"

군의관이 지겹다는 표정으로 천막의 마룻대를 쳐다보았다. "병원에 가는 걸 싫어하진 않겠지?"

"그저 고치고 싶을 뿐입니다." 군의관의 말이 그를 불편하게 했다. 정말 그 말을 들으려고 이리로 온 걸까?

"오늘 병원에서 보고가 왔는데, 꾀병을 부리는 놈들이 있으니 잘 지켜보라더군. 자네가 증상들을 가장하는 게 아니라는 걸 내가 어떻게 알 수 있겠나?"

"증상을 확인할 수 있는 검사들이 있지 않겠습니까?"

"전시 상황이 아니라면 방법이 있겠지." 군의관이 탁자 밑에서 외상용 정제 한 갑을 집어 레드에게 주었다. "이걸 먹으면서 물을 많이 마시게. 만약 꾀병을 부리는 거라면 그냥 버려 버리면 그만이야." 레드의 얼굴에서 핏기가 가셨다. "다음 사람." 군의관이 말했다.

레드가 돌아서서 큰 걸음으로 천막 밖으로 나갔다. "빌어먹을 군의관 새끼들, 내가 다시는 네놈들하고 노닥거리나 봐라." 그는 분을 못 이겨 부들부들 떨었다. "만약 꾀병을 부리는 거라면……." 그는 공원의 벤치, 한겨울의 얼음장 같은 복도 등, 자기가 잠을 잤던 장소들을 떠올렸다. 아, 빌어먹을 개새끼들.

레드는 본국에 있을 때 병원에서 받아 주지 않아 목숨을 잃은 병사를 기억했다. 체온이 39도가 넘지 않는 사람은 입원할 수 없다는 병원 규칙 탓에, 그 병사는 열이 있는 몸으로 사흘간 훈련을 받아야 했다. 나흘째 되는 날 그는 병원으로 옮겨졌고, 그 후 몇 시간 만에 죽었다. 급성 폐렴이었던 것이다.

그래, 모두가 다 계산된 행동이야. 레드는 생각했다. 그놈들을 싫어하게 만들면 어지간해선 찾아가지 않을 테고, 그렇게 해서 사람들을 전방에 붙잡아 두는 거지. 물론 이따금 죽는 녀석도 생기겠지만, 한두 명 죽는다고 군대가 어떻게 되는 것도 아니잖아? 저 돌팔이들은 아마도 상부의 명령을 받고 일부러 개새끼처럼 구는 거야. 그렇게 생각하니 씁쓸한 의분을 느끼면서도 마음이 후련했다. 우리를 사람으로 취급하지 않는 거지.

그러나 곧이어 그는 자기의 분노가 두려움에서 오는 것일 수도 있다는 걸 알았다. 오 년 전이었다면 그 군의관 놈한테 제대로 한소리 해 줬을 텐데. 의사라는 놈들 그러는 거야 하루 이틀 일이 아니지만, 군대의 의사 놈들은 훨씬 더 심했다. 그런 놈들한테도 당하고 있을 수밖에 없는 게 군대였다. 설사 그것이 그저 입 다물고 잠자코 있는 것일 뿐임에도 말이다. 하고 싶은 대로 다 하다가는 한 달도 버텨 낼 수 없어, 레드는 혼자 중얼거렸다. 하지만 부당한 대우를 참기만 해야 한다면 여기 이러고 있을 이유가 대체 뭐란 말인가? 도무지 알 수 없는 일이었다.

윌슨의 목소리에 그는 깜짝 놀랐다. "어이, 레드, 가자."

"그래." 두 사람은 함께 걷기 시작했다.

윌슨은 말이 없었다. 얼굴을 찡그린 탓에 넓은 이마에 주름이 파였다. "레드, 진찰을 괜히 받은 것 같아."

"그러게 말이야."

"나 수술을 받아야 한대."

"그럼 병원에 가는 거야?"

윌슨이 고개를 저었다. "아니, 군의관 말로는 작전이 끝날 때까지 기다려도 된대. 서두를 것 없다나."

"어디가 안 좋은데?"

"알 게 뭐야." 윌슨이 말했다. "거기 있는 놈 말로는 몸속이 다 엉망이라는군. 성병이래." 그가 잠시 휘파람을 불다가 말을 이었다. "우리 아버지가 수술을 받다 죽었어. 그래서 난 수술이라면 질색이야."

"아." 레드가 말했다. "그렇게 나쁜 건 아닐 거야. 안 그랬음 당장 수술하자고 했겠지."

"난 정말 이해가 안 돼, 레드. 나는 다섯 번이나 매독에 걸렸지만 매번 나았거든. 친구 한 놈이 알려 줘서 피르돈인가 프리디온인가 하는 걸 먹었더니 금세 괜찮아지더라고. 그런데 군의관이 나은 게 아니라는 거야."

"그 새끼가 뭘 안다고."

"그래, 군의관은 개새끼지, 맞아. 그런데 레드, 내 몸이 엉망인 건 사실이야. 오줌 누는 것도 쉽지 않고 등은 아프고 또 가끔씩 심한 경련이 일기도 하거든." 윌슨이 한심하다는 표정으로 손가락을 튕겼다. "도대체가 말이 안 돼, 레드. 여자하고 사랑을 나누면 기분 좋고 따스하고 아늑해서 몸이 젤리처럼 흐물흐물해지는 것 같잖아. 그런데 그게 결국은 내 몸을 망친다는 게 웃기지 않아? 난 정말 이해할 수가 없어. 있잖아, 내 생각엔 그자가 잘못 안 것 같아. 내가 아픈 건 다른 이유 때문일 거야. 여자하고 잔다고 탈이 나진 않아."

"탈이 날 수도 있어." 레드가 말했다.

"글쎄, 뭔가 죄다 엉망진창이 됐어. 그건 확실해. 그런 좋은 일 때문에 몸이 망가지다니 도대체 이해가 안 돼." 그가 한숨을 쉬었다. "레드, 난 정말 뭐가 뭔지 모르겠어." 그들은 각자 자기 천막으로 돌아갔다.

## 타임머신

### 우드로 윌슨
무적의 사나이

그는 서른쯤의 몸집이 큰 사내로, 황동색 머리칼은 숱이 풍성했고, 건강하고 혈색 좋은 얼굴은 이목구비가 큼직하고 뚜렷했다. 그는 어울리지 않게도 둥근 은테 안경을 쓰고 있었는데, 그 때문에 언뜻 보기에 모범생 같거나 적어도 꼼꼼할 것 같은 인상을 풍겼다. "내가 많은 여자들하고 해 봤지만, 고년 맛은 정말 잊을 수가 없다니까." 손등으로 높고 단정한 이마를 훔치듯 금발을 쓸어 올리며 그가 말했다.

나태한 퇴폐, 죽음과 질병, 단조로움과 폭력과 같은 상투어들이 마음속에서 샘솟는다. 큰 거리는 불쾌할 정도로 값싸고 번지르르한 번영의 모습을 띠고 있다. 사람들이 붐비는 무더운 거리에 옹색하고 불결한 상점들이 늘어서 있다. 나른하고 열에 들뜬 소녀들이 가는 다리에 의지해 걷는다. 얼굴에 분칠을 한 그 소녀들이 현란한 간판이 붙은 영화관들을 응시하며 턱에 난 종기를 뜯고, 햇빛이 더러운 아스팔트 위를 내리쬐어 행인들의 발에 짓밟힌 신문의 먼지 낀 구멍들을 드러내는 동안 옅은 색의 거만한 눈을 가늘게 뜬다.

100미터 떨어져 있는 뒷거리는 초목이 싱그럽고 아름다우며, 나무의 잎들이 머리 위에서 서로 어우러져 있다. 집들은 오래되었지만 쾌적하다. 다리를 지나면서 내려다보면, 둥글고 반질반질한 바위 위로 실개천이 완만하게 굽이치며 흐른다. 만물이 자라는 소리와 나른하게 부풀어 오른 5월의 미풍에 나뭇잎들이 살랑거리는 소리가 들린다. 좀 더 가면 차양이 망가지고 기둥의 칠이 벗겨지고, 칙칙한 암회색 벽이 마치 신경이 죽은 치아 같은 모습을 한 작고 낡은 저택이 있다. 이 저택 때문에 거리의 아름다움이 반감되고 거리의 윤곽은 생기를 잃고 어두워진다.

시 중심부의 잔디밭에는 사람의 모습을 찾아볼 수가 없다. 대신 잭슨 장군의 동상이 대좌 위에 서서 피라미드형으로 쌓아 올린 시멘트 대포알들과 포미(砲尾)가 사라진 구식 대포를 생각에 잠겨 쳐다보고 있다. 동상 뒤로는 흑인 거주 지역이 모랫길 양쪽으로 농장 지대까지 뻗어 있다.

흑인들이 사는 빈민가에는 네모난 기둥 위에 세워진 방 두 칸짜리 판잣집들이 기우뚱하게 세워져 있는데, 말라서 갈라지고 썩은 목재 위로 쥐와 바퀴벌레가 바쁘게 움직인다. 더위 속에서는 모든 것이 시든다.

그 끝으로 가면 거의 시골이라 할 수 있는 곳에 비슷한 판잣집들이 있는데, 그곳에 사는 가난한 백인들은 이곳을 벗어나 시의 반대쪽 구역으로 이사할 날을 꿈꾼다. 그 구역에는 구둣방 점원들과 은행원들, 그리고 공장의 감독들이 사는 네모반듯한 집들이, 아직은 나무들이 어려 하늘을 가리지 못하는 단단한 거리에 늘어서 있다.

이 모든 것 위로 나른하고 심술궂은 5월의 미풍이 서성인다. 늦봄의 바람이 갑갑하고 무겁다.


오직 열기만을 느끼는 사람도 있다. 곧 열여섯 살이 되는 우드로 윌슨은 모랫길 옆의 통나무 위에 널브러져 햇볕을 쬐며 졸고 있다. 살이 따뜻해지자 나른한 쾌감이 몸속에 흐른다. 두어 시간 더 있다가 샐리 앤을 만나러 가야지. 따뜻한 냄새, 머릿속에 떠올린 여자의 젖꼭지와 거웃의 모습이 욕정을 자극해서 코끝이 간지럽다. 아, 빨리 밤이 되었으면. 햇볕 속에서 여자의 은밀한 부분을 생각하니 몸이 녹아 버릴 것 같은걸. 그가 한숨을 쉬고 느긋하게 두 다리를 움직인다.

아버진 정신없이 자고 있을 거야.

그의 뒤로, 네모진 기둥 위에 비스듬히 세워진 찌그러진 베란다 위에서, 그의 아버지가 녹슨 해먹에 누워 자고 있다. 땀에 젖은 가슴에 속옷이 착 달라붙은 채로.

아버지처럼 술을 잘 마시는 사람은 또 없지. 그가 혼자서 킬킬거린다. 나도 일이 년 후면 아버지한테 지지 않겠지만 말이야. 햇볕 아래 누워 있는 것만큼 좋은 게 또 있을까.

흑인 소년 둘이 노새의 고삐를 잡아 끌며 옆으로 지나간다. 그가 몸을 일으킨다.

어이, 검둥이들, 그 노새 이름이 뭐냐?

소년들이 겁을 먹고 그를 쳐다본다. 그들 중 한 명이 발로 땅을 뭉갠다. 조세핀입니다. 그가 우물우물 대답한다.

알았다. 그는 혼자서 느긋하게 킬킬거린다. 오늘은 일을 안 해도 되니 얼마나 좋아. 그는 하품을 한다. 내가 아직 열아홉 살도 안 됐다는 걸 샐리 앤이 눈치채지 못해야 할 텐데. 뭐, 어차피 샐리는 날 좋아하니까. 참 좋은 여자야.

열여덟 살쯤 되는 흑인 소녀가 그의 옆을 지나쳐 간다. 그녀가 맨발을 디딜 때마다 그 앞에 작은 먼지구름이 일어난다. 스웨터 안에 브래지어를 하지 않아, 흔들리는 젖가슴이 매우 풍만하고 부드러워 보인다. 소녀의 얼굴이 통통하고 육감적이다.

그가 소녀를 응시하며, 두 다리를 또 한 번 움직인다. 제기랄. 소녀의 튼실한 궁둥이가 천천히 좌우로 씰룩인다. 그는 즐거운 마음으로 멀어져 가는 소녀를 지켜본다.

언젠가는 저런 것도 한번 맛을 봐야지.

그는 가볍게 한숨을 쉬고 하품을 한다. 햇볕이 하복부에 견디기 어려우리만치 쾌감을 준다. 행복해지는 데 많은 게 필요한 건 아닌 것 같다.

그는 눈을 감는다. 남자가 누릴 수 있는 재미라는 게 얼마든지 있단 말이야.


자전거포 안은 어둡고, 벤치는 기름으로 얼룩져 있다. 그가 자전거를 이리저리 돌려보며 핸드 브레이크를 살핀다. 지금까지 코스터 브레이크[43]밖에 본 적이 없는 터라, 그는 어리둥절하다. 이걸 어떻게 수리하는지 와일리에게 물어봐야겠군. 그가 상점 주인에게로 고개를 돌렸다가 망설인다. 그러고는 혼자서 해 보기로 마음먹는다.

그는 어둑한 상점 안에서 눈을 가늘게 뜨고, 연결봉을 더듬어 브레이크의 강도를 살피고, 금속 패드를 바퀴 쇠에 밀어붙인다. 죽 한번 살펴본 후에, 연결선이 감겨 있지 않은 느슨한 나사를 찾아내어 그것을 바짝 죈다. 브레이크가 이제 말을 듣는다.

---

43) 페달을 거꾸로 밟아서 멈추게 하는 제동기. 역전 브레이크.

이걸 만든 놈은 머리가 좋군. 그가 혼잣말을 한다. 그는 자전거를 치워 놓으려다가 분해해 보기로 한다.

한 시간 만에 그걸 뜯어냈다가 재조립한 후, 그는 흡족하게 미소를 짓는다. 역시 기계만 한 게 없다니까. 그는 핸드 브레이크를 구성하는 선과 너트와 레버를 머릿속으로 더듬으며 깊은 만족감을 느낀다.

모든 기계 장치들은 단순하거든. 직접 뜯어 보면 어떻게 작동하는지 알 수 있으니까. 그는 기분이 좋아 잠깐 휘파람을 분다. 이 년 정도만 지나면, 내가 수리하지 못할 기계는 없을걸.

그러나 이 년 후 그는 어느 호텔에서 일한다. 자전거포는 불경기로 인해 문을 닫았고, 그가 얻을 수 있는 일거리라곤 큰 거리 끝에 위치한 방 50개짜리 호텔에서 팁만 받고 일하는 급사 자리뿐이다. 그는 이곳에서 돈을 좀 모은다. 여자와 술은 항시 대기 중이다. 야근하는 날 밤, 호텔 안에서 몇 시간 정도를 함께 보낼 여자를 찾는 건 어려운 일도 아니다.

친구 하나가 낡은 포드를 갖고 있는데, 비번 날 주말이면 그는 그 친구와 함께 모랫길 위를 달린다. 그럴 때면 4리터들이 술통이 기어 옆 고무판 위에서 덜거덕거린다. 여자 둘을 동반할 때도 있다. 그리고 일요일에는 어쩌다 그렇게 됐는지도 알지 못한 채 종종 낯선 방에서 잠을 깨기도 한다.

어느 일요일에 잠에서 깨고 보니 그는 유부남이 되어 있다. (잠에서 덜 깬 상태로 돌아누우며 자기 옆의 둥그스름한 배 위에 팔을 미끄러뜨리듯 얹는다. 시트를 끌어 올려 머리 위까지 뒤집어쓰고는 따스한 피부와 세모꼴로 난 검은 거웃을 본다. 그는 여자의 배꼽에 손가락을 가져간다.) 이봐, 일어나. 그는 여자의 이름을 기억해 내려 애쓴다.

잘 잤어요, 우드로? 강인해 보이는 인상을 가진 여자다. 그녀는 침착하게 하품을 하고 그쪽으로 돌아눕는다. 잘 잤어요, 내 남편?

남편? 그가 머리를 흔든다. 전날 밤의 기억이 조금씩 되살아난다. 두 사람은 진정 결혼하길 원합니까? 그것이 치안 판사가 한 말이었다. 웃음이 나온다. 빌어먹을! 이 여자를 어디서 만났더라. 그가 기억해 내려 애쓴다.

슬림은 어디 있지?

옆방에 클라라랑 같이 있어요.

슬림도 결혼한 거야? 그럼요. 월슨이 또 한바탕 웃는다. 여자와 사랑을 나누던 일이 생각나면서 몸이 뜨거워진다. 그가 천천히 그녀를 애무한다. 너 꽤 잘하더군. 이제 생각나.

당신은 괜찮은 남자야, 우드로, 그녀가 쉰 목소리로 말한다.

으응. 그는 잠시 생각한다. (어차피 언젠가는 결혼을 해야 할 테지. 아버지 집을 나와 톨리버 거리의 그 집을 얻어 살림을 차려야겠다.) 그의 눈은 다시 여자를 향하고, 그녀의 몸을 훑는다. (나는 취중에도 여자는 제대로 고르거든.) 그가 킬킬거린다. 내가 결혼을 했다고? 제기랄. 자, 키스해 줘.


첫 아이가 태어난 다음 날, 그는 병원에서 아내와 이야기한다.

앨리스, 나 돈 좀 줘.

돈은 왜요, 우드로? 내가 무엇 때문에 돈을 아끼는지 당신도 알잖아요. 또 지난번 같은 일이 생기면 어쩌려고 그래요? 우드로, 우리에겐 그 돈이 필요해요. 이제 아이도 낳았으니 병원에도 돈을 내야 하잖아요.

그가 고개를 끄덕인다. 앨리스, 사내란 가끔 취하고 싶을 때가 있는 거야. 그동안 차고에서 뼈 빠지게 일했으니 숨 좀 돌리고 싶단 말이야. 난 당신한테 거짓말은 안 해.

그녀가 의심스러운 눈으로 그를 본다. 여자 만나러 가는 건 아니죠?

앨리스, 여자라면 이제 신물이나. 지긋지긋해. 자기 남편도 못 믿으면 어떻게 살아? 그런 식으로 말하면 마음 아파.

그녀가 10달러짜리 수표에 자기 이름을 공들여 쓴다. 그는 수표책이 아내의 자랑거리임을 안다. 당신은 글씨를 참 잘 써. 그가 말한다.

내일 아침엔 돌아올 거죠, 여보?

물론이지.

수표를 현찰로 바꾸고 거리에 나선 그는 한잔하려고 술집에 들른다. 여자란 하느님이 만든 동물 중에서도 가장 빌어먹을 동물이야. 그가 단언한다. 결혼 전과 후가 완전히 딴판이거든. 숫처녀로 알고 결혼하면 헤픈 년이고, 헤픈 년으로 알고 결혼했는데 요리를 하고 바느질을 하고 남편 이외의 남자에게는 다리를 벌리지 않는단 말이야. 그러다 나중에는 남편에게도 안 벌리지. (웃음소리) 난 말이야, 한 이틀 동안은 자유의 몸이다 이거야.

그는 길을 정처 없이 걸어 내려가다가 작은 잡목들이 우거진 곳을 통해 가는 차를 얻어 탄다. 차에서 내려 위스키 4리터가 든 통을 어깨에 걸머메고 발육이 정지된 소나무들 사이로 난 오솔길을 터벅터벅 걷는다. 어느 농가에 도달한 그가 문을 발로 차서 연다. 클라라, 여보.

우드로, 왔어요?

응, 잠깐 당신을 만나러 왔지. 일이 있건 없건 일주일이나 집을 비우는 건 슬림이 잘못하는 거야.

그 사람은 당신 친구인 줄 알았는데.

물론 친구지. 하지만 친구 마누라가 더 예쁜 걸 어떡해? (두 사람이 웃는다.) 이리 와, 자기, 한잔 마시자. 그가 상의를 벗고 여자를 무릎 위에 앉힌다. 오두막 안은 몹시 덥다. 그가 여자에게 힘 있게 몸을 밀착시킨다. 얘기 하나 해 줄까? 얼마 전에 어느 창녀하고 잤는데, 그날 밤에 일을 열두 번이나 치렀지. 지금 상태 같아서는, 몸 안에 쌓인 것도 있고 하니 당신하고 그 기록을 깰 수도 있을 것 같아.

우드로, 너무 마시지 말아요. 기운 없어지면 어떡해?

기운이 없어지다니? 나는 여자랑 하는 걸 좋아하는 남자야. 그가 술통을 입에 대고 기울인다. 술이 귀 위로 흘러 가슴의 금빛 털 사이로 사라지자 기분 좋게 목을 가눈다.


우드로, 당신은 정말 빌어먹을 인간이야. 자기 아내가 아길 낳느라고 병원에 있는 사이에 아내를 속여서 집 안에 있는 돈을 다 써 버리다니, 그것만큼 저열한 짓이 또 어디 있어? (앨리스가 울먹이며 말한다.)

앨리스, 나는 아무 말도 않겠지만 그 이야기는 이제 그만해 둬. 나도 당신한테 잘해 줄 때 많잖아. 그러니 당신이 그렇게 까지 말할 이유는 없다고. 좀 놀고 싶어서 논 것뿐인데, 뭔 놈의 바가지를 그렇게 긁어?

우드로, 난 당신에게 아내 노릇 잘하고 있잖아. 결혼한 후 내가 한 번이라도 딴짓한 적 있어? 게다가 애가 생겼잖아. 당신도 이제 정신을 차려야 해. 당신이 내 이름으로 수표를 끊어서 집에 있는 돈을 몽땅 써 버린 걸 알았을 때 내 심정이 어땠겠어?

당신도 내가 즐겁게 지내는 걸 좋아할 줄 알았는데, 여자란 남자더러 그저 옆에 붙어 있으라는 말밖에 할 줄을 모르는군.

그걸로 모자라 당신은 그 쓸모없는 창녀한테서 병까지 얻었잖아.

이봐, 잔소리 좀 그만해. 피리딘인가 뭔가 하는 게 있으니까 거뜬히 나을 수 있어. 벌써 여러 번 그걸로 나았단 말이야.

그걸로 죽는 사람도 있어.

쓸데없는 소리. (그는 덜컥 겁이 나지만 얼른 억누른다.) 구석에 처박혀서 사는 놈이나 병에 걸리는 거야. 재미있게 사는 사람은 병에 안 걸린다고. (그가 한숨을 쉬고는 아내의 팔을 토닥인다.) 자, 자, 그렇게 난리법석 떨 것 없어. 내가 당신 사랑하는 거 알잖아. 당신한테 잘해 줄 때도 있고.

그는 또 한 번 혼자서 한숨을 쉰다. (하고 싶은 일을 할 수만 있다면 그깟 수고쯤이야. 거짓말을 하고 여자랑 놀아나려면 이런 식으로 해야 한단 말이야. 북쪽으로 10미터를 걷고 싶을 땐, 먼저 남쪽으로 50미터를 걸어야 하지.)

그는 이제 여섯 살이 된 큰딸과 대로변을 걷는다. 뭘 보니, 메이?

그냥 보는 거야, 아빠.

그래, 알았다.

그는 딸이 상점 쇼윈도에 진열된 인형을 빤히 보는 모습을 지켜본다. 인형 발에 4달러 59센트가 적힌 가격표가 붙어 있다. 왜 그러니, 저 인형이 갖고 싶니?

응, 아빠.

메이는 그가 가장 예뻐하는 딸이다. 그가 한숨을 쉰다. 애야, 넌 아빠를 빈털터리로 만들 셈이구나. 주머니를 더듬어 5달러짜리 지폐를 만지작거린다. 주말까지 쓸 돈인데, 이제 겨우 수요일이다. 좋아, 들어가 보자, 애야.

아빠, 나 저거 사 주면 엄마가 아빠한테 화낼까?

아냐, 엄마 걱정은 하지 마. 그는 속으로 웃는다. (조그만 게 똑똑한 거 봐.) 그는 딸이 사랑스러운 듯 작은 궁둥이를 토닥인다. (언젠가는 어떤 재수 좋은 녀석이 이 아일 데려가겠지.) 들어가자, 메이.

집으로 걸어가면서, 그는 인형 때문에 앨리스와 한바탕 싸울 일을 생각한다. (아, 몰라, 맘대로 하라 그래. 잔소리를 시작하면 한바탕 성질을 부리지 뭐. 그러면 얼른 주둥이를 다물 거야. 여자라는 족속은 겁을 줘야 말을 잘 듣거든.) 가자, 메이.

그는 딸과 함께 거리를 걷다가 친구들을 만나면 고개를 끄덕이고 인사를 건넨다. (남자하고 여자가 뒹굴면 어째서 아이가 생기는 건지 이해할 수가 없단 말이야. 이건 이거고 그건 그거 아닌가? 앞으로 뭘 해야 할지 차분히 한번 생각해 보고 싶어도 도대체 뭐가 뭔지 헷갈려서, 원. 제기랄, 그저 일이 닥치면 되는대로 살아가면 그만이야.)

딸의 걸음이 처지자 그가 아이를 안아 올린다. 가자, 아가, 너는 인형을 안고 나는 널 안으면 우린 아무것도 걱정할 게 없단다.

(그저 편하고 즐겁게 사는 게 제일이야.) 그는 즐겁고 흐뭇한 기분으로 집으로 걸음을 옮겼다. 앨리스가 인형 값이 비싸다고 불평하자, 그는 벌컥 화를 내고는 술을 한 잔 따라 마셨다.

# 13

헌이 댈리슨의 과로 전속한 후, 커밍스는 바쁘게 한 주를 보냈다. 그동안 커밍스는 도야쿠 방어선에 대한 대대적이고 결정적인 공격을 거의 일 개월간 연기시켜 왔으나, 이제 공격은 사실상 절대적인 필요성을 띠게 되었다. 군단과 군에서 내려오는 전언의 성격으로 보아, 더 이상의 지연은 허락되지 않았다. 커밍스에게도 군 고위층 내부에 정보원이 있었다. 그는 앞으로 일주일에서 이 주일 이내에 어느 정도 가시적인 성과를 내놓지 않으면 안 된다는 걸 알고 있었다. 그의 참모들은 공격 계획을 마지막 변동 사항과 세부 사항들까지 마무리했고, 공격은 사흘 후에 시작하는 것으로 예정되었다.

그러나 커밍스는 이 계획이 그다지 마음에 들지 않았다. 공격에 참여하는 몇 천의 병사로 그가 동원할 수 있는 병력은 비교적 강력할 터였지만, 이번 공격은 정면 공격이었고 이보다 앞서 실패로 돌아간 공격보다 나은 성과를 낳으리라는 보장이 없었다. 병사들이 전진을 하다가 최초의 심각한 저항에 부딪히면 위축되어 진격을 중지해 버릴 수도 있었다. 그들을 계속 진격하게 만들 강력한 동력이 없었다.

커밍스는 수 주일째 또 한 가지 계획을 만지작거리고 있었으나, 이 계획은 해군의 지원을 어느 정도 받을 수 있어야 가능했다. 그러나 해군의 지원 가능성은 언제나 불확실했다. 그는 몇 번이나 조심스럽게 상부의 반응을 타진해 봤지만, 그가 받은 회답들이 서로 상반되는 내용들이었던 탓에 여전히 마음을 결정하지 못했다. 이 2안은 어떤 구체적이고 효과적인 성과를 낳아야 한다는 필요성 때문에, 그의 마음 한쪽으로 밀려나 있는 상태였다. 그러나 그의 마음을 끄는 것은 이 2안이었다. 그래서 어느 날 아침 참모 회의 때, 그는 해군의 지원을 포함시킨 추가 작전 계획을 세우기로 결정했다.

2안은 단순하면서도 강력했다. 도야쿠 방어선의 최우익은 반도와 섬이 만나는 지점에서 뒤로 2~3킬로미터 되는 곳의 해변에 견고하게 자리 잡고 있었다. 이 지점에서 10킬로미터 뒤쪽에 보토이라고 불리는 작은 만(灣)이 있었다. 장군의 새 계획은 약 1000명의 병력을 보토이 만에 상륙시킨 뒤 대각선으로 진격하여 후면으로부터 섬의 중심부를 점령하는 것이었다. 동시에, 당연히 줄어든 병력으로 정면 공격을 감행하여 침공 부대와의 합류를 꾀하려 했다. 침공 작전은 상륙 작전이 성공할 경우에만 효과를 볼 수 있었다.

그런데 바로 그 부분이 문제였다. 섬 앞바다에 정박한 화물선들에서 보급품을 운반하는 데 쓰이는 상륙정들은 장군도 충분히 갖고 있었으므로, 필요하다면 침공 부대를 한 번에 수송할 수 있었다. 그러나 보토이 만은 사단 포병대의 사정거리 밖에 있었고, 항공 정찰 보고에 따르면 50명, 아니, 어쩌면 100명 정도의 일본군이 그쪽 해안에 벙커와 토치카[44] 등을 구축하고 포진해 있는 상황이었다. 포나 급강하 폭격기로는 그들을 해변에서 몰아낼 수 없었다. 적어도 구축함 한 척, 더 낫게는 두 척이 표적 거리, 다시 말해 해변에서 1000미터 정도 떨어진 거리에서 함포 사격을 해 주어야만 했다. 해군의 지원 없이 일 개 대대를 상륙시킨다면 끔찍한 피의 살육이 벌어질 게 분명했다.

해변에서 적어도 80킬로미터 이상 떨어져 군대를 상륙시킬 수 있는 곳은 보토이 만의 해안뿐이었다. 보토이를 넘어가면 아노포페이에서도 가장 울창한 정글이 사실상 물속까지 뻗어 있었고, 아군 방어선에 가까운 쪽으로는 침공군이 오르기에는 너무도 가파른 벼랑들이 솟아 있었다. 다른 대안은 없었다. 도야쿠 방어선을 후방에서 공략하려면 해군의 지원이 필요했다.

이 측면 공격 작전이 커밍스의 마음을 끈 것은, 이른바 '심리적 안정성' 때문이었다. 보토이에 상륙하게 될 병사들은 안전한 퇴로 없이 적의 후방에 서게 되는 셈인데, 그들이 안전을 확보하기 위해서는 앞으로 진격해서 아군과 합류하는 길밖에

---

44) 철근 콘크리트 따위로 견고하게 만든 진지. 내부에는 중화기와 관측 장비를 갖추고 있다.

없었다. 그들은 앞으로 나아갈 수밖에 없을 터였다. 정면에서 공격하는 부대 역시 더욱 열성을 보일 것이 분명했다. 병사들은 자기들이 수월한 임무를 맡았다고 믿을 때 더 잘 싸운다는 것을 커밍스는 경험을 통해서 알았다. 자기들이 상륙 작전에서 빠진 것도 다행으로 여기겠지만, 그들은 무엇보다 배후의 아군 병력 때문에 그들을 맞는 적의 저항이 덜 완강할 거라고 믿을 터였다.

정면 공격의 전투 계획이 완성된 후, 이제는 보급품을 전방까지 옮겨 놓는 동안 며칠을 더 기다리는 문제만이 남아 있었다. 커밍스는 특별 참모 회의를 소집하여 새 계획안을 설명했고, 총공격안의 보조 계획으로서 기회가 주어지면 실행에 옮길 수 있도록 이를 전개하라고 명령했다. 동시에 그는 구축함 세척을 정식으로 요청했다. 그런 다음 참모들에게 일을 맡겼다.

서둘러 점심 식사를 마친 후, 댈리슨 소령은 작전과(作戰課) 천막으로 돌아와서 보토이 상륙 작전 계획을 작성하기 시작했다. 그는 책상 앞에 앉아 칼라 단추를 풀고 두툼하고 번들거리는 아랫입술을 생각에 잠겨 늘어뜨린 채 정신을 집중해서 연필 몇 자루를 깎은 후, 백지를 골라 그 윗부분에 굵은 글씨로 크게 '코다 작전'이라고 썼다. 그는 즐거운 듯 한숨을 쉬고 시가에 불을 붙였다. '코다'는 그에게 익숙지 않은 단어였다. 그는 잠시 그것의 뜻을 생각해 보았다. "'코드'라는 뜻이겠지." 이렇게 혼자 중얼거리고는 그 말은 잊어버렸다. 그는 억지로 그 앞에 놓인 일에 정신을 집중했다. 그것은 그의 성미에 꽤 잘 맞는 일이었다.

좀 더 창의적인 사람이었다면, 본질적으로 인력과 장비 목록을 길게 작성하고 시간표를 만드는 게 전부인 이 임무가 몹시 못마땅했을 것이다. 이 일은 십자말풀이를 고안할 때만큼이나 인내심을 요구했다. 그러나 댈리슨은 자기 앞에 놓인 일의 첫 부분이 마음에 들었다. 이 일을 해낼 자신이 있었던 것이다. 자기도 딱히 확신할 수 없는 다른 유형의 임무도 있는 터에, 그런 임무가 맡겨지지 않은 것을 다행으로 생각했다. 그가 맡은 임무는 야전 교본에 나오는 절차대로만 하면 되는 유형의 일이었다. 그래서 댈리슨은 음치가 어떤 곡조를 알아들었을 때 느낄 법한 그런 만족감을 느꼈다.

댈리슨은 침공 부대 병력을 전방에서 해변으로 수송하는 데 필요한 트럭 대수를 계산하는 일부터 시작했다. 그때쯤엔 정면 공격이 틀림없이 진행 중일 것이므로 어느 부대를 상륙 작전에 투입할 것인지는 지금 결정할 수 없었다. 그것은 앞으로 상황이 어떻게 전개되느냐에 따라 결정할 문제였지만, 어차피 섬에 있는 네 개의 소총 대대 가운데 하나일 수밖에 없었다. 따라서 댈리슨은 이것을 네 가지 문제로 구분해서 각각의 가능성에 따라 서로 다른 트럭 대수를 배정했다. 지상 공격에도 트럭은 필요할 테지만, 지상 공격에 트럭을 배정하는 일은 병참과에서 처리할 문제였다. 댈리슨이 고개를 들고 찌푸린 얼굴로 천막 안의 행정병들과 장교들을 보았다.

"어이, 헌." 그가 고함을 쳤다.

"네?"

"이걸 호바트에게 가져가서 어디에서 트럭을 빼낼 수 있는

지 알아보라고 하게."

헌은 고개를 끄덕이고 댈리슨이 건네는 서류를 받아 들고는 휘파람을 불면서 천막 밖으로 성큼성큼 걸어 나갔다. 댈리슨은 곤혹스럽고 약간은 호전적인 표정으로 그를 지켜보았다. 헌은 어딘가 비위에 조금 거슬렸다. 무엇 때문인지는 딱히 꼬집어 설명할 수 없었지만, 다소 미심쩍고 거북하게 느껴지는 건 사실이었다. 그는 언제나 헌이 자기를 비웃고 있다는 느낌을 지울 수가 없었는데, 그렇다고 그런 느낌에 어떤 구체적인 근거가 있는 것은 아니었다. 장군이 헌을 작전과로 보냈을 때는 조금 놀랐으나 그건 그가 왈가왈부할 문제가 아니었다. 그래서 지도의 오버레이에 표시를 하는 제도병(製圖兵)들의 감독을 헌에게 맡기고는 그의 일은 거의 잊다시피 하고 지냈다. 헌은 그런대로 조용히 일을 잘해 왔다. 천막 안에서는 거의 언제나 열 명이 넘는 인원이 움직이고 있었으므로, 헌에게 관심을 두는 일은 거의 없었다. 어쨌든 적어도 처음엔 그랬다. 그런데 최근에 와서는 헌이 작전과 천막에 새로운 유머를 도입한 느낌이었다. 이제는 일이 유난히 따분하고 무의미할 때는 모종의 냉소를 담아 킬킬거리는 게 유행이 되어 버렸다. 한번은 헌이 하는 말이 댈리슨의 귀에 들어온 적도 있었다. "물론이지, 우리의 열혈남께서는 병사들의 잠자리를 돌봐 주지. 아이들도 없는 데다 개도 따르지 않으니, 달리 뭘 기대하겠어?" 그 순간 병사들은 와자하게 웃음을 터뜨렸지만, 그 말이 댈리슨에게도 들렸다는 것을 눈치채고는 돌연 웃음을 멈췄다. 그때부터 댈리슨은 헌이 자기 이야기를 하고 있었다고 의

심하게 되었다.

댈리슨은 이마의 땀을 닦고 다시 책상으로 시선을 돌려 침공 대대의 승선과 하선 시간표를 짜기 시작했다. 일을 하는 동안 그는 시가를 맛있게 씹으면서 잇새에 담뱃잎이 낄 때마다 하던 일을 멈추고 큰 손가락으로 입안을 쑤셨다. 때때로, 습관적으로 고개를 들어 지도가 다 제자리에 있는지, 병사들이 모두 책상에서 일을 하는지를 살폈다. 전화가 울리면 일손을 멈추고 누군가가 전화를 받기를 기다렸는데, 그 시간이 너무 길어지면 험악한 표정으로 고개를 저었다. 그의 책상은 한쪽 구석의 기둥 쪽으로 비스듬히 놓여 있어서, 마음이 내키면 언제든지 야영지 일대를 내다볼 수 있었다. 가벼운 바람이 일어 그의 발밑에 깔린 풀들을 살짝 흔들었고, 그의 붉고 넓적한 얼굴을 식혀 주었다.

소령은 가난한 집안에서 태어났고, 형제도 많았기에, 고등학교를 졸업한 것만도 다행이라고 여겼다. 1933년에 육군에 입대하기까지, 그는 연달아 운도 따르지 않고 기회도 비껴가는 암울한 상황 속에서 옴짝달싹 못하는 세월을 보냈다. 끈기 있게 힘든 일을 해낼 수 있는 능력과 충성심 강한 성품을 알아주는 사람은 비교적 드물었다. 젊은 시절의 그는 내성적이고 말이 없었기 때문이다. 그러나 군대에서 그는 완벽한 군인이었다. 하사관이 되면서는 맡은 일을 빈틈없이 감독했고, 그 후 진급은 단시간에 이루어졌다. 그러나 전쟁이 시작되지 않았다면, 아마 퇴역 때까지 일등 상사로 머물렀을 것이다.

징집으로 신병들이 대거 유입되면서 그는 장교로 임관했

고, 소위에서 중위를 거쳐 대위로 빠르게 진급했다. 훈련소에서 그는 유능한 중대장이었다. 중대는 기강이 서 있었고, 사열을 우수한 성적으로 통과했고, 행진은 일사불란했다. 무엇보다도, 중대원들이 자기 부대에 대해 긍지를 갖고 있었다. 댈리슨은 늘 이 점을 자랑스러워했는데, 중대원들을 향한 그의 연설은 큰 웃음을 주기도 했다. "너희가 가장 훌륭한 빌어먹을 연대의 가장 훌륭한 빌어먹을 대대 중에서도 가장 훌륭한 빌어먹을 중대의 가장 훌륭한 염병할 병사들이다……." 이런 식으로 계속되는 연설이었다. 그러나 병사들은 그 연설을 비웃으면서도 진정성만큼은 인식했다. 그는 판에 박은 문구들을 적절히 이용하는 재주를 갖고 있었다. 그가 소령으로 진급한 것은 얼마든지 예상할 수 있는 일이었다.

댈리슨의 고민이 시작된 것은 소령이 되면서부터였다. 사병들과 직접 소통할 기회가 뜸해지고, 거의 전적으로 장교들하고만 어울려야 했다. 그로 인해 그는 다소 무력감과 소외감을 느끼게 되었다. 사실 그는 장교들과 어울리는 것이 불편했다. 심지어 대위로 있을 때에도 자신을 4분의 3은 사병이라고 여기던 그였다. 자신의 상소리를 좋아해 주는 사병들 사이에서 근무하던 시절이 그리웠다. 소령으로서 그는 언행을 삼가야만 했는데, 무엇을 어떻게 해야 할지 도무지 자신이 없었다. 급기야는 소령의 직위가 자기에게는 어울리지 않는 옷이라는 생각을 하기에 이르렀다.(물론 그의 비밀스러운 속내가 그랬다는 것이지, 스스로 그렇게 시인한 적은 없다.) 그는 함께 일하는 사람들의 높은 계급에 조금은 위압감을 느꼈다. 때로는 자신이 맡은 책임감 때문에 마음이 무겁기도 했다.

작전과를 맡고 있다는 사실도 그에게 불편함을 더했다. 사단의 작전과는 사단 참모부에서 작전과 훈련을 책임지는 분과였다. 이 일을 완벽하고 효과적으로 수행하기 위해서는 영민하고 철저하고 머리 회전이 빠르면서도 많은 양의 세부적인 일들을 처리할 수 있어야 했다. 다른 사단 같았으면, 댈리슨은 아마 이 자리에 오래 머무르지 못했을 것이다. 그러나 커밍스 장군은 언제나 여느 사단장보다 작전에 직접적으로 관여하는 인물이었다. 거의 모든 작전 계획은 그가 직접 구상했고, 군사 행동에 관한 한은 아무리 규모가 작아도 직접 승인했다. 장군이 그려 놓은 그림에 소령이 아주 제한된 양의 음영만 덧칠하면 되니, 작전 참모가 가진 능력의 최대치가 필요한 것은 아니었다. 댈리슨 소령이 작전 참모의 지위를 유지할 수 있었던 것도 그 덕분이었다. 사실 그의 선임자가 남긴 교훈도 있었다. 선임자는 중령이었는데, 작전 참모로서 완벽하리만큼 적격인 인물이었다. 그런 그가 다른 곳으로 전출된 것도 정확히 그 이유 때문이었다. 장군 본인이 처리하기를 원하는 일에 그가 손을 댔던 것이다.

소령은 허둥대며 일을 해 나갔다. 아니, 진땀을 흘렸다는 게 더 정확한 표현일 것이다. 머리가 비상하지 않은 바에야 성실하게 일을 해서라도 성과를 내야겠다고 결심했기 때문이다. 그러다 보니 시간이 지나면서 그도 일상적인 절차, 군사 기획의 체제, 그리고 필요할 사항을 기재해야 할 서식들을 모두 숙지하게 되었지만, 늘 불안했다. 그는 자신의 머리가 빨리 돌아가지 않는 것이 걱정이었다. 앞에 참고할 서류가 없거나 상황이 긴박할 때면, 결정을 내리는 시간이 무척이나 길어졌다. 일본군이 공격한 밤, 장군과 함께 있을 때 벌어진 일 같은 것들은 생각만 해도 괴로웠다. 그날 장군은 전화 통화만으로 병력을 척척 배치했었다. 그는 자기로서는 장군의 능숙함과 신속함을 흉내조차 내지 못하리라는 것을 잘 알았다. 그때 만약 장군이 그 일을 자기에게 맡겼다면 어떻게 되었을까 상상해 보기도 했다. 그는 자신의 위치가 요구하지만 그가 갖고 있지 않은 뛰어난 능력을 발휘해야만 하는 상황이 올까 봐 늘 전전긍긍했다. 만약 그런 상황이 온다면, 그는 작전과의 일만 아니면 그 어떤 일이라도 환영하는 심정이 될 터였다.

그러나 소령은 전속을 신청할 생각은 한 번도 해 본 적이 없었다. 그는 훌륭한 장교라고 생각하는 지휘관에 대해서는 언제나 뜨거운 충성심을 가졌다. 게다가 그동안 장군만큼 그에게 감명을 준 지휘관은 없었다. 떠나라는 명령을 받지 않는 한, 장군 곁을 떠난다는 것은 상상도 할 수 없는 일이었다. 만약 이 야영지가 일본군 손에 떨어지면, 그는 아마도 장군의 천막에서 장군을 지키다가 죽을 터였다. 이것이 그의 둔한 몸과 마음속에 지닌 유일한 낭만적 요소였다. 더욱이 소령에겐 스스로를 지탱해 주는 나름의 야심이 있었다. 물론 그것은 매우 소극적인 야심이었다. 중세의 부유한 상인이 왕이 되길 꿈꾸지 않았던 것처럼, 그는 장성이 되겠다는 희망 같은 건 갖지 않았다. 소령은 전쟁이 끝나기 전까지 중령, 가능하면 대령으로 진급하고 싶었는데, 그가 작전 참모인 것을 감안하면 지나친 욕심은 아니었다. 그의 계산은 단순했다. 그는 전쟁이 끝난 후에도 군에 남아 있을 생각이었는데, 중령까지 승진하기만 하면 전후에 강등된다 해도 대위 계급 아래로는 내려가지 않으리라고 판단했다. 모든 계급들 가운데 대위는 그가 일등 상사 다음으로 좋아하는 계급이었다. 다시 사병 신분으로 돌아간다면 그로서는 억울할 것도 같았다. 그런 생각을 하니 마음이 조금 서글펐다. 그래서 그는 우울한 마음으로 작전 참모의 업무와 씨름을 계속했다.

이제 시간표 짜는 일을 끝낸 그는 내키지 않는 마음으로 일개 대대를 전방에서 철수시켜 해변으로 돌리는 데 필요한 행군 명령서 작성에 돌입했다. 일 자체는 복잡한 것이 아니었으나 어느 대대가 차출될지 몰랐으므로 서로 다른 철수 명령서 네 가지를 작성하고, 또 각 경우마다 생기는 공백을 메우기 위한 보충 병력 이동 계획안도 네 가지를 작성해야 했다. 그 일을 하느라 그는 오후 시간 대부분을 바쁘게 보냈다. 워낙 철저하고 일 처리가 느린 데다, 일의 일부를 리치와 또 한 사람의 부관에게 맡겼다고는 하나 그들이 작성한 것을 자기가 다시 검토해야 했기 때문이다.

마침내 그 일을 끝낸 그는 일단 보토이에 상륙하면 침공 대대가 따르게 될 잠정적인 행군 명령서의 대략적인 밑그림을 그렸다. 여기에는 그가 참고할 만한 선례가 없었다. 장군이 공격 계획의 밑그림을 대략적으로 설명했지만, 그의 설명은 다소 모호했다. 댈리슨은 자기가 어떤 안을 제출해야 하고, 그러면 장군이 그것을 난도질하듯 평가한 뒤 부대의 이동에 대해 구체적으로 지시한다는 것을 경험으로 알았다. 피하고 싶은 상황이었지만, 그럴 수 있는 일이 아니었다. 그래서 그는 천막 안의 더위에 땀을 뻘뻘 흘리며 주요 오솔길 가운데 한곳을 따라 전투의 진격 경로를 표시하고, 각 부분에 소요될 시간을 계산했다. 이 일은 이해하기 힘든 분야라, 그는 여러 차례 하던 일을 멈추고 이마의 땀을 닦으며 억지로 불안감을 눌렀다. 천막 안에서 지속적으로 들려오는 낮은 말소리, 책상 사이를 분주히 오가는 병사들의 발소리, 작업 중인 제도병들의 흥얼거리는 소리가 그의 신경을 긁었다. 그는 한두 번 얼굴을 들어 누구든 말을 하는 사람을 험악하게 쏘아보고는 들리도록 투덜거리면서 하던 일로 돌아갔다.

전화가 자주 울리자 댈리슨은 자기도 모르게 전화 대화에 귀를 기울였다. 한번은 헌이 다른 어느 장교와 몇 분간이나 통화를 했다. 마침내 댈리슨이 손에 쥐었던 연필을 내던지며 고함을 쳤다. "이런 빌어먹을, 왜 일은 안 하고 입만 놀리는 거야?" 물론 헌을 겨냥한 말이었다. 헌이 수화기에 대고 낮은 소리로 말하더니 뭔가를 생각하는 표정으로 댈리슨을 쳐다보고 나서야 수화기를 내려놓았다.

"아까 그 서류들은 호바트에게 전달했나?" 그가 헌에게 물었다.

"네."

"그럼 그 이후로 지금껏 자넨 뭘 하고 있었던 건가?"

헌이 씩 웃으며 담배에 불을 붙였다. "특별히 하는 일은 없습니다, 소령님." 천막 안의 행정병 몇 명이 소리를 죽여 킬킬거렸다.

댈리슨은 화가 나서 자기도 모르게 벌떡 일어섰다. "그 빌어먹을 건방진 소린 그만해 두게, 헌." 이것이 상황을 더욱 꼴사납게 만들었다. 사병들 앞에서 장교를 힐책하는 건 좋은 일이 아니었다. "가서 리치 일을 돕게."

헌은 몇 초 동안 움직이지 않다가 고개를 끄덕이고 무심하게 어슬렁거리며 리치의 책상으로 가서 그 옆에 앉았다. 댈리슨은 일에 다시 집중하기가 힘들었다. 사단이 더 이상 나아가지 못하고 발이 묶인 후 수 주일 동안 그는 부하들을 다그치는 것으로 자신의 우려를 드러냈다. 그는 부하들이 게으름을 피우고 일을 소홀히 한다는 걱정을 자주 했다. 이런 상황을 시정하기 위해, 그는 오타나 지운 자국이 하나라도 있는 문서는 다시 타자를 치라고 휘하 사병들을 늘 다그쳤고, 일을 더 많이 하라고 하급 장교들을 끊임없이 닦달했다. 그렇게 하는 이유는 본질적으로 미신 때문이었다. 댈리슨은 자기가 지휘하는 작은 부서가 완전하게 기능하면 사단 전체가 그를 본보기로 삼을 거라고 믿었다. 지금껏 그가 헌 때문에 느끼는 불편한 감정은 부분적으로 헌이 자신의 일에 그다지 관심을 갖지 않는다는 확신에서 기인했다. 헌의 그런 태도는 위험한 것이었다. "한 사람 때문에 부대 전체가 엉망이 될 수 있다."는 것이 댈리슨의 신조였다. 그리고 헌은 부대에 위협이 되는 존재였다. 그에게 자기가 아무 일도 안 하고 있다고 말한 부하는 그가 기억하는 한 헌이 처음이었다. 그런 일이 일어나기 시작할 때는…… 댈리슨은 그 후로도 내내 마음을 삽지 못한 채 자신할 수 없는 행군 명령서 초안을 작성했는데, 장군에게 제출할 만한 수준의 작전 계획을 완성한 것은 저녁 식사가 시작되기 한 시간 전이었다.

그는 커밍스의 천막으로 가서 행군 명령서를 장군에게 넘기고는 옆에 서서 장군의 의견을 초조하게 기다렸다. 커밍스는 그것을 주의 깊게 검토하면서 이따금 얼굴을 들어 이런저런 지적을 했다. "철수 명령을 네 종류로 준비하고 집결 지점도 네 군데를 정해 놨군."

"네."

"그럴 필요는 없을 걸세, 소령. 집결 지점은 2대대 후방으로 해서 어느 대대가 상륙 부대가 되건 그곳으로 가는 걸로 하게. 어느 곳을 택하든 행군 거리는 8킬로미터를 넘지 않으니까."

"네." 댈리슨은 부지런히 수첩에 메모했다.

"상륙정의 주행 시간은 104분이 아니라 108분으로 잡는 게 좋겠네."

"네, 알겠습니다."

장군의 지적은 그런 식으로 계속되었다. 커밍스가 반대 의견을 말하면 댈리슨은 그것을 계속 수첩에 적었다. 커밍스는 약간 경멸감이 섞인 눈으로 그를 보았다. 이자는 전화 교환수 같은 두뇌를 갖고 있군, 하고 그는 생각했다. 미리 준비한 사안에 대해 질문을 받으면 적절한 답을 제공하지만, 그렇지 않을 경우엔 어쩔 줄 몰라 허둥대는 것이다

커밍스가 한숨을 쉬고는 담배에 불을 붙였다. "이 계획에 관해서는 참모들 상호 간의 긴밀한 협조가 필요하네. 호바트

와 콘에게 일러 아침 일찍 내 천막으로 모이라 하게. 자네도."

"알겠습니다." 댈리슨이 우렁찬 목소리로 말했다.

장군이 윗입술을 긁었다. 헌이 아직 부관으로 있다면, 그것은 헌이 할 일이었다. 커밍스는 부관을 두지 않고 있었다. 그가 담배 연기를 내뿜었다. "그런데 소령," 커밍스가 입을 열었다. "헌은 거기서 잘하고 있나?" 커밍스는 그저 우연히 생각나서 물었다는 듯이 하품을 했지만 사실 긴장하고 있었다. 헌이 매일 눈앞에 있지 않은 지금, 어떤 후회, 어떤 충동이 다시금 그를 유혹했다. 그러나 그는 그러한 감정들을 억눌렀다. 헌과의 일은 참으로 까다로운 것이었다고 커밍스는 생각했다. 어찌 되었든 헌을 다시 부를 수는 없었다. 그건 생각할 수도 없는 일이었다.

댈리슨은 넓적한 이마에 주름을 모았다. "일은 그런대로 잘합니다. 쓸데없이 말이 많은 게 흠이지만, 그 버릇은 제가 고쳐 놓을 수 있습니다."

지금 생각해 보니, 조금 실망스럽지 않을 수 없었다. 장교 식당에서 몇 번 일별한 바로는, 헌은 전과 다름없이 무표정하고 뚱한 얼굴을 하고 있었다. 헌은 속마음을 겉으로 드러내는 사람이 아니었다. 그렇다고는 하나…… 커밍스가 부과한 벌은 판에 박힌 일상의 사소한 일들에 매몰되어 이미 그 효과를 잃고 있었다. 장군은 헌에게 가한 굴욕을 연장시키고 싶은…… 충동을 느꼈다. 어쨌든 헌을 너무 쉽게 풀어 준 것만은 분명했다.

"헌을 다시 전속시킬까 하는데 자네 생각은 어떤가?" 커밍스가 조용히 물었다.

댈리슨은 어리둥절했다. 헌을 다른 곳으로 보내는 것에 대해서는 전혀 불만이 없었다. 오히려 반기는 쪽이었다. 그러나 장군의 태도는 당혹스러웠다. 커밍스가 그에게 헌 이야기를 꺼낸 적은 한 번도 없었고, 댈리슨은 아직도 헌이 장군의 총애를 받고 있다고 여겼다. 커밍스가 무슨 동기에서 그런 질문을 한 건지도 이해할 수가 없었다. "전 아무래도 좋습니다." 마침내 그는 그렇게 대답했다.

"어쨌든 그 문제는 유의해 두게. 나는 헌을 좋은 참모감으로 보지는 않네." 댈리슨이 헌에게 관심이 없다면, 헌을 그곳에 두는 것은 무의미한 일이었다.

"헌은 평균 수준입니다." 댈리슨이 조심스럽게 말했다.

"일선 부대는 어떤가?" 커밍스가 지나가는 말처럼 물었다. "그를 어디에 배치했으면 좋겠는가?"

댈리슨은 더더욱 어리둥절했다. 소위 한 사람의 배치 문제에 장성이 관심을 갖는다는 건 매우 이상한 일이었다. "글쎄요, 458연대의 B중대에 장교가 한 명 부족합니다. 그 중대 내 한 소대의 수색 보고를 하사 한 명이 서명하고 있습니다. 그리고 F중대에도 장교 두 명이 필요하고 459연대의 C중대에도 한 명이 부족합니다."

커밍스는 이 가운데 어느 하나도 딱히 끌리지 않았다. "다른 곳은 없나?"

"여기 본부 중대의 수색 소대도 있습니다만, 꼭 장교가 필요한 건 아닙니다."

"어째서?"

"소대 선임 하사가 458연대에서도 제일 우수한 하사관 중한 명입니다. 그렇지 않아도 그 친구에 관해 말씀드리려던 참입니다. 이번 작전이 끝나면 현지 임관을 시킬까 생각하고 있습니다. 이름은 크로프트인데 우수한 군인입니다."

커밍스는 어떤 사람을 댈리슨이 우수한 병사라고 부를까하고 생각해 보았다. 상식이 풍부하고 두려움이라고는 모르는, 아마도 아주 무식한 녀석이겠지. 그가 다시 입술을 만지작거렸다. 헌이 수색 소대에 있으면 그가 헌을 계속 주시할 수있었다. "글쎄, 생각해 보지. 급할 건 없으니까." 그가 댈리슨에게 말했다.

댈리슨이 돌아간 후, 커밍스는 의자 위에 축 늘어져 꼼짝도하지 않고 오랫동안 생각에 잠겼다.

헌과의 사이에는 아직도 무언가가 남아 있었다. 꽁초를 집으라는 명령에서 정점에 달한 그 특정한 욕망들이 아직도 완전히 충족되지 못한 상태에 머물러 있었다. 그리고 그의 앞에는 아직도 해군의 지원을 얻는 문제가 놓여 있었다. 느닷없이기분이 도로 착 가라앉았다.

그날 밤 헌은 작전과 천막에서 몇 시간 당직 근무를 했다. 등화관제를 위해 천막의 옆 자락이 내려지고 이중 입구가 세워지고 구석구석이 가려졌다. 늘 그랬듯이 천막 안은 괴로울정도로 더웠다. 헌과 당직병은 상의를 열어젖히고 콜먼 등의빛을 피해 눈을 돌린 채 얼굴에 땀을 흘리며 의자에 앉아 졸고있었다. 매 시간 전방에서 오는 전화 보고를 받는 것 외에는 달리 할 일이 없었기 때문에, 이런저런 생각을 하기 좋은 시간이었다. 탁자보가 깔리지 않은 탁자와 아무것도 놓이지 않은 책상, 그들을 사방으로 에워싼 천으로 가려진 지도 판이 비몽사몽 간에 어떤 생각에 몰두하기에 적절한 분위기를 자아냈다. 두꺼운 천을 뚫고 들려오는 천둥소리처럼, 적진을 교란시키기 위한 야간 포성이 산발적으로 들려왔다.

헌이 기지개를 켜고 손목시계를 보았다. "스테이시, 자넨 몇 시에 근무가 끝나나?" 그가 물었다.

"오전 2시에 끝납니다, 소위님."

헌의 근무는 3시까지였다. 그가 한숨을 쉬고 두 팔을 뻗었다가 의자에 푹 꺼지듯 몸을 파묻었다. 무릎 위에 잡지가 한 권 놓여 있었으나 이미 훑어본 것이라, 약간은 따뜻한 기분으로 그것을 가까운 탁자 위에 던져 놓았다. 잠시 후 그는 윗주머니에서 편지 한 통을 꺼내 천천히 다시 읽었다. 대학 때 친구에게서 온 편지였다.

이곳 워싱턴에서는 모든 행동 양식들을 다 볼 수 있다네. 반동주의자들은 겁을 먹고 있지. 그들은 믿고 싶어 하지 않지만 이 전쟁이 인민의 전쟁이 되었고 세계 혁명의 기운이 감돌고 있음을 알고 있어. 그것은 인민의 운동인데, 반동주의자들은 그것을 막기 위해 온갖 낡은 억압 수단을 동원하고 있다네. 전쟁이 끝나면 빨갱이 사냥이 시작될 테지. 그러나 그것은 실패로 돌아가고 공동의 자유를 향한 인민의 기본 의지가 표현될 걸세. 반동주의자들이 얼마나 공포에 질려 있는지 자넨 상상도 못할 걸세. 그들로서는 사력을 다한 싸움이니 말일세.

같은 취지의 글이 얼마간 더 이어졌다. 헌은 편지를 다 읽고
나서 어깨를 으쓱했다. 베일리는 옛날부터 늘 낙천가였다. 건
전한 마르크스주의 낙천가였다.

그러나 그건 다 헛소리였다. 전쟁이 끝나면 빨갱이 사냥이
시작되리라는 건 맞는 말이었다. 그러나 그것이 공포에 질렸
기 때문에 나온 행위는 아닐 터였다. 커밍스가 뭐라고 했더
라? 미국의 에너지는 운동 에너지가 되었고, 그 에너지의 방
향은 돌이킬 수 없다고 했다. 커밍스는 공포에 질려 있지 않았
다. 그런 의미로는 아니었다. 그의 말을 들을 때 두려움을 느
끼는 건 그의 냉정함과 흔들리지 않는 확신 때문이었다. 우익
은 이번에는 아무런 근심 없이, 역사의 피할 수 없는 발소리에
불안해하며 집중해서 귀를 기울이는 일 없이 싸움에 임할 준
비가 되어 있었다. 이번에는 그들이 낙천가가 될 것이며, 이번
에는 그들이 공세를 취할 터였다. 커밍스가 입에 올린 적은 없
으나 그의 모든 주장이 암암리에 암시하는 것이 있었다. 역사
는 우익의 수중에 있고, 전쟁이 끝난 후 우익의 정치 캠페인은
더더욱 맹렬해지리라는 것. 이번 한 차례의 대대적인 밀어붙
이기, 한 차례의 대대적인 공세로, 역사는 이번 세기 동안, 아
니, 어쩌면 다음 세기까지도 우익의 것이 될 것이다. 전능한
사람들의 동맹.

물론 그것도 간단한 일은 아니다. 어떤 것도 간단치는 않다.
그러나 그렇다 해도 미국에는 각성하여 전진하는 권력자들이

있었다. 그들 가운데는 심지어 자신의 특별한 꿈을 의식하는 사람들도 있을 터였다. 필요한 도구들은 모두 마련되어 있었다. 길이 자기를 어디로 이끄는지 알지 못하고, 또 알려고 하지 않으면서도 본능적으로 서로 한마음 한뜻으로 행동할 그의 아버지 같은 사람들 말이다. 그런 사람들은 서로 대화를 나누지도 않고 의식 수준도 같지 않은, 열 명이나 스무 명 정도의 사람들로 좁혀질 수 있을 것이다.

그러나 그보다 훨씬 많을 수도 있다. 그 열 명을 죽일 수도 있겠지. 그러나 그들을 대체할 다른 열 명이 나타날 것이다. 그 후로도 또 다른 열 명이, 그리고 또 다른 열 명이 나타날 것이다. 역사의 막중한 압력과 역류로부터 20세기 인간의 원형이 진화하고 있었다. 역사의 방향을 결정하고 "불안을…… 천부의 사명"으로 여기는 특정한 인간이 등장한 것이었다. 기술이 정신을 앞지른 것이었다. "대다수의 인간은 기계에 굴종해야 하는데, 인간은 그렇게 하는 것을 본능적으로 달갑게 여기지 않는다." 그리고 그 경계 영역에, 그 간극에, 꿈을 낳는 독특한 긴장이 있었다.

헌은 좀 역겨운 듯이 편지를 손가락으로 튕겨 뒤집었다. "인간이 신성을 이룩하고 신과 동등해지기 위해서는 신을 파괴해야 하네." 이것 역시 커밍스의 말이었다. 아니, 과연 커밍스가 한 말이었던가? 커밍스의 생각과 자기 생각의 경계가 모호해질 때가 있었다. 그 말은 커밍스의 입에서 나올 법한 말이었다. 사실상 그것은 커밍스의 생각이었다. 그는 편지를 접어 주머니에 도로 넣었다.

뭐, 다 좋다. 그런데 헌 자신은 어디에 위치하게 되는 것일까? 대체 어디에? 그게 무엇이든 헌의 내부에 존재하는 충동이 커밍스가 할 수 있는 일에 끌린 적도 있었다. 아니, 사실 많았다. 바로 그거였다. 변죽을 울리는 모든 미사여구와 사람을 혼란스럽게 하고 오도하는 태도를 떠나 생각한다면, 헌도 근본적으로 커밍스와 다를 바 없었다. "내 마누라는 잡년일세."라는 말을 내뱉을 수밖에 없었던 그런 충동이 과연 자기에게는 없다고 장담할 수 있을까? 커밍스가 옳았다. 그들 두 사람은 동류였다. 그래서 처음에는 친근해져 서로에게 매력을 느끼다가, 나중에는 증오하는 사이로 변한 것이다.

두 사람 사이엔 그런 감정이 여전히 존재했다. 적어도 그의 경우엔 그랬다. 커밍스를 볼 때마다 매번, 아주 잠깐일지언정 두려움과 미움이 그를 사로잡았고 엎드려 담배꽁초를 줍던 순간의 괴로운 감정이 되살아났다. 그것은 지금도 그에게 굴욕감을 안겨 주는 동시에 교훈을 주기도 했다. 그는 그 전까진 자신의 허영심이 어느 정도인지, 그것이 상처를 입었을 때 생기는 증오심이 어느 정도인지 깨닫지 못했다. 사실 그는 커밍스를 미워하는 만큼 다른 사람을 미워해 본 적이 없었다. 작전과로 와서 댈리슨 밑에서 보낸 일주일 동안, 그는 반쯤 숨이 막힐 것 같은 기분이었다. 이곳의 방식을 숙지하고 맡은 일을 기계적으로 처리했지만, 속은 견디기 힘든 좌절감으로 타들어 갔다. 최근에 그는 그런 상태에서 벗어나려는 참이었다. 그런데 오늘 오후 그는 댈리슨에게 건방지게 굴었고, 그것은 무언가 다른 일, 그리 유쾌하지 않은 어떤 일이 일어날 징조였다. 이곳에 계속 남아 있다간 결국은 굴욕만 더 맛보게 될 일련의 무의미한 반항으로 자신을 소모시킬 게 분명했다. 이곳을 나가는 것, 다른 부서로 전속하는 것만이 해결책이었는데, 그것은 커밍스가 허락하지 않을 터였다. 일주일 내내 단단히 억누르던 울화가 다시 치밀어 올랐다. 커밍스에게 가서 전방 소대로 전출시켜 달라고 요청할 수 있다면 좋으련만, 그렇게 했다가는 오히려 치명적인 결과를 낳을 게 빤했다. 커밍스가 그의 청을 받아 줄 리 없었다.

전화기가 울리자 헌이 수화기를 집어 들었다. 수화기에서 상대방의 말소리가 빠르게 흘러나왔다. "여기는 파라곤 레드, 00시 30분에서 01시 30분까지 이상 무."

"알았다." 헌이 수화기를 내려놓고 그동안 종이 위에 끼적였던 전언을 응시했다. 그것은 각 대대로부터 매 시간 자동적으로 전화로 알려 오는 보고 내용이었다. 하룻밤에 이런 전화가 보통 50회 정도 걸려 왔다. 그가 연필을 집어 그 내용을 일지에 기입하려는데, 댈리슨이 천막 안으로 들어섰다. 잡지를 펴 들고 졸던 행정병 스테이시가 몸을 바로 세웠다. 댈리슨은 머리에 대충 빗질을 했다. 두툼한 얼굴이 잠을 자다 일어난 탓인지 홍조를 띠고 있었다. 그가 랜턴 불빛에 눈을 깜박이면서 살피듯 천막 안을 둘러보았다. "아무 일 없나?" 그가 물었다.

"네." 헌이 대답했다. 문득 작전이 걱정되어 잠을 깼으리라는 생각이 들자 헌은 내심 웃음이 나왔다.

"전화벨 소리가 들리던데." 댈리슨이 말했다.

"파라곤 레드에서 이상 없다는 보고가 들어왔을 뿐입니다."

"기록은 했나?"

"아직입니다."

"그럼 기록을 하게." 댈리슨이 하품을 했다.

헌은 전화 보고 내용 몇 가지를 이미 일지에 기입해 놓은 상태였다. 그는 서식을 확인하느라 앞서 기입해 놓은 것을 확인한 뒤 그대로 베껴 적었다.

댈리슨이 다가와서 문서 받침의 종이 집게를 만지작거리며 일지를 들여다보았다. "다음부터는 글씨를 좀 더 깔끔하게 쓰게."

댈리슨으로부터 어린애처럼 훈계를 들을 생각은 전혀 없었다. "최선을 다하죠, 소령님." 그가 빈정거리는 어조로 중얼거렸다.

댈리슨이 굵은 집게손가락으로 기록된 부분을 짚었다. "이 보고는 몇 시 건가?"

"00시 30분에서 01시 30분까지의 것입니다."

"그렇다면 왜 그렇게 적지 못하나? 빌어먹을. 23시 30분부터 00시 30분까지로 되어 있잖아. 숫자도 읽을 줄 모르나? 시계도 볼 줄 몰라?"

헌이 지난번 보고에서 시간까지 베껴 적었던 것이다. "죄송합니다." 헌이 낮은 소리로 말했다. 그런 실수를 한 자신에게 미친 듯이 화가 났다.

"그리고 이 보고는 또 어떻게 처리할 생각인가?"

"글쎄요, 이건 그동안 제가 해 왔던 일이 아니라서."

"그럼 내가 가르쳐 주지." 댈리슨이 신이 나서 말했다. "자네도 머릿속의 거미줄을 털어 내고 나면 이것이 전투 보고서라는 것을 알 걸세. 그러니까 일일 보고서에 기입하고 지도에 표시를 한 다음 그것을 정기 보고서를 위해 철해 두어야 하네. 내일 내가 그걸 정리하고 나면, 자네는 전날분 서류들을 사료(史料)철에 옮겨 끼우고, 행정병에게 그걸 복사하게 해서 복사본을 일일 보고철에 끼워 넣어야 해. 대학 교육을 받은 사람에겐 그다지 어려운 일이 아닐 거야. 안 그런가, 헌?"

헌은 어깨를 으쓱했다. "아무 내용도 없는 보고인데, 성가시게 뭐하러 그럽니까?" 그는 반격의 기회가 온 걸 내심 반기며 씩 웃었다. "제가 보기엔 별로 의미 없는 일 같은데요."

댈리슨은 격분했다. 그는 헌을 노려보았다. 턱밑 살이 어두워졌고, 이를 악무는 바람에 입술이 얄팍해졌다. 첫 땀방울이 눈을 지나 볼의 윤곽을 따라 흘렀다. "자네한텐 의미 없어 보인다 이거지, 응?" 그가 같은 말을 반복했다. "의미 없어 보인다." 댈리슨이 한 발로 뛰면서 타력을 증가시키는 투포환 선수 같은 동작으로 스테이시 쪽을 향하더니 말했다. "헌 소위에게는 의미 없는 일 같아 보인다는군." 댈리슨이 빈정거리는 말로 분노를 삭이는 동안, 스테이시는 어색하게 킬킬거렸다. "이보게, 소위, 잘 듣게. 의미 없어 보이는 일이야 얼마든지 있다네. 내가 군인이 된 것도 의미 없는 일일지 모르고, 자네가 장교로 있는 것도 부자연스러운 일일지 몰라. 의미 없는 일인지도 모르지." 그가 원래의 말을 되풀이하면서 비아냥거렸다. "나는 군인보다는, 어쩌면 말이야, 소위, 나는 차라리…… 어, 차라리……." 그는 혐오감을 충분히 드러낼 수 있는 말을 생각해 내려고 애쓰다가 곧 주먹을 불끈 쥐면서 한마디 내뱉었다. "시인이 되는 게 좀 더 자연스러웠을지도 몰라."

댈리슨의 장광설이 계속되는 동안 헌의 얼굴은 점점 더 창백해졌다. 그는 화가 나서 한동안 아무 말도 하지 못했다. 그러면서도 댈리슨의 과격한 반응이 내심 당혹스럽기도 하고 놀랍기도 했다. 군대가 아니었다면, 댈리슨은 바지 멜빵이 끊어져라 짐이나 나를 위인이었다. 헌은 침을 삼키고 탁자 모서리를 움켜쥐었다. "부디 진정하시지요, 소령님."

"뭐야?"

그러나 커밍스가 천막으로 들어서는 바람에 두 사람의 대화는 중단되었다. "자넬 찾고 있었네, 소령. 여기 있지 않을까 생각했지." 커밍스의 음성은 대단히 정확하고 또렷했지만 아무런 감정도 느껴지지 않는 것이, 어딘지 이상했다. 댈리슨이 뒤로 물러서면서 부동자세라도 취할 듯이 본능적으로 몸을 바로 폈다. "무슨 일이십니까?" 헌은 때마침 장군이 두 사람의 상황에 끼어든 것에 안도하는 자신에게 화가 났다.

커밍스가 느린 동작으로 턱을 문질렀다. "총사령부에 있는 내 친구로부터 소식이 왔네." 그는 자기로선 관심 없는 일이라는 듯이 멍한 표정으로 말했다. "통신 센터로부터 방금 연락을 받았지."

불필요한 설명이었다. 커밍스가 중언부언하는 것도 이상했다. 헌은 그를 빤히 쳐다보았다. 장군은 무엇 때문인지 당황한 상태임이 분명했다. 그때까지 헌은 굳은 자세로 서 있었다. 장군이 앞에 있다는 고통스러운 인식 때문에, 몸에서 땀이 나고 심장이 요란하게 뛰었다. 커밍스의 옆에 있는 것은 고통스러운 일이었다.

장군이 미소를 짓더니 담배에 불을 붙였다. "잘 지내나, 스테이시?" 그가 행정병에게 물었다.

"덕분에 잘 지냅니다, 각하." 그것이 커밍스의 수법이었다. 한두 번 말을 건넨 사병의 이름을 그는 늘 기억해 두었다.

"이보게, 소령." 커밍스의 음성에는 여전히 감정이 없었다. "코다 작전을 짜느라고 애썼네만, 그건 헛수고였던 것 같네."

"해군의 지원이 없는 겁니까?"

"아쉽지만 그럴 것 같네. 내 친구 말로는 가능성이 별로 없다더군." 커밍스가 어깨를 으쓱했다. "우리는 계획대로 돌진 작전에 착수할 걸세. 하지만 사소한 변경 사항이 한 가지 있네. 1중대 맞은편 진지를 먼저 점령해야 해. 내일 오전에 T중대를 전진시킬 테니 작전 명령서를 오늘 밤 안으로 작성해 주게."

"네."

"어디 한번 볼까." 그가 헌에게로 고개를 돌렸다. "소위, 그 지도를 이리 좀 주겠나?"

"네?" 헌은 깜짝 놀랐다.

"지도를 달라고 했네." 커밍스가 다시 댈리슨에게로 고개를 돌렸다.

"이것 말입니까?"

"그것 말고 다른 지도가 또 있나?" 커밍스가 퉁명스럽게 말했다.

지도는 큰 제도판 위에 고정되어 있었고, 그 위에 셀룰로이드로 된 오버레이가 씌워져 있었다. 무겁지는 않았지만 워낙 커서 옮기는 일이 녹록지 않았다. 헌은 천막 바닥을 볼 수 없었기 때문에 조심스럽게 움직여야 했다.

지도를 가져갈 필요가 없다는 생각이 불쑥 들었다. 커밍스가 힘들이지 않고 지도 앞으로 갈 수 있었다. 사실 지도를 굳이 보지 않아도 내용을 다 기억하고 있지 않은가.

"서두르게." 커밍스가 큰 소리로 재촉했다.

잠시 헌은 커밍스를 굽어보며 서 있었다. 그 위치에서는 커밍스의 생김새를 하나하나 뜯어볼 수 있었다. 천막 안의 열기 때문에 땀이 배고 붉게 달아오른 피부, 무관심과 경멸감을 띤 채 그를 빤히 쳐다보는 커다랗게 열린 눈, 그 모든 것들이 확대되어 보였다.

커밍스가 팔을 뻗었다. "그렇게 들고 있지만 말고 이리 주게." 그가 손을 내밀었다.

헌이 지도 판을 너무 빨리 손에서 놓아 버린 셈이었다. 어쩌면 내던져 버린 것일 수도 있었다. 어차피 그는 커밍스가 지도를 떨어뜨리기를 바랐으므로, 고의냐 실수냐를 구분하는 것은 무의미했다. 결과는 그가 의도한 대로 되었다. 지도 판은 장군의 손목에 퍽 소리를 내며 부딪쳤다가 곤두박질쳤다.

지도 판이 떨어지면서 장군의 정강이를 쳤다.

판이 천막 바닥 위에서 한 번 튀었고, 그 바람에 지도와 오버레이가 벗겨졌다. 헌은 두려움과 승리감이 교차하는 감정으로 커밍스를 지켜보았다. 조금은 비꼬는 어투로 차분하게 흘러나오는 자신의 목소리가 들렸다. "죄송합니다."

통증이 심했다. 자세를 흐트러뜨리지 않으려고 기를 썼지만, 커밍스에겐 참기 어려운 고통이었다. 눈에 눈물이 괴는 것을 느끼고 너무 놀라 그는 눈을 감았다. 눈을 깜박여 어떻게든 눈물을 도로 집어넣으려 애썼다. "이런 빌어먹을." 그가 악을 쓰듯 호통을 쳤다. "조심성 없이 이게 무슨 짓이야!" 천막 안의 누구도 커밍스가 고함을 지르는 것을 들어 본 적이 없었다. 스테이시가 몸을 부르르 떨었다.

그래도 고함을 치고 나니 통증이든 화든 조금은 가라앉는 것 같았다. 정강이를 문지르고 싶은 충동도 억제할 수 있었다. 그러나 커밍스는 거의 기진한 상태였고, 더욱이 설사기까지 그를 괴롭혔다. 그것을 조금 덜어 보느라고 그는 의자에 앉은 자세에서 몸을 앞으로 기울였다. "헌, 오버레이를 손보게."

"네."

댈리슨과 스테이시는 바닥을 기다시피 하면서 떨어질 때 찢어져 나간 지도 조각들을 줍고 있었다. 헌이 무표정한 눈으로 커밍스를 보다가 몸을 구부려 오버레이를 집어 들었다.

"아프십니까?" 온전히 염려하는 음성이었다.

"괜찮아, 고맙네."

천막 안은 아까보다 훨씬 더웠다. 커밍스는 가벼운 현기증을 느꼈다. "소령, 지도를 제대로 해 놓은 다음 이동 명령서를 작성해 주겠나?" 그가 말했다.

"예, 알겠습니다." 댈리슨이 바닥에 구부려 앉은 자세로 말했다.

커밍스는 구석의 기둥에 잠시 몸을 기댔다가 밖으로 나갔다. 젖은 옷에 닿는 밤공기가 선득했다. 그는 사방을 살피고 나서 정강이를 살살 주무른 뒤에 절뚝거리면서 야영지를 가로질러 갔다.

아까 천막을 나서기 전에 콜먼 등을 꺼놓았던 터라 천막 안은 어두웠다. 그는 어둠 속에서 침대에 누워 천막의 희미한 윤곽을 응시했다. 그의 눈이 고양이의 눈처럼 약간의 빛을 반사했다. 지금 천막에 들어서는 사람이 있다면, 어둠 속에서 다른 무엇보다도 그의 눈을 알아보았을 것이다. 정강이가 몹시 쑤시고 속이 조금 거북했다. 지도 판이 다리에 부딪친 순간, 지난 두 달간의 긴장과 집념이 낳은 모든 질환들이 다 터져 나왔다. 옴에 걸렸을 때처럼 피부가 근질거리고, 온몸이 원인을 알 수 없는 땀으로 푹 젖었다. 그는 그 익숙한 현상을 "솔기가 터지고 있다."고 표현했다. 그런 일은 모토메에서도 있었고, 과거 특정 시기에도 몇 번 있었다. 그것은 육체가 그에게 무언가를 강요하고 있음을 의미했다. 따라서 그는 수동적, 아니, 거의 순종적이라 할 만한 태도로 그것이 발호하여 사라지기까지 한두 시간 동안 불행을 곱씹으며 견뎠다. 그런 뒤 하룻밤을 자고 나면 다음 날 아침에는 기력이 회복되어 재충전된 기분이 들곤 했다.

이번엔 순한 진정제를 먹고 한 시간도 못 되어 잠이 들었다. 깨어났을 때 사위는 여전히 어두웠으나, 그의 마음은 불안했고 머릿속은 극도로 바쁘게 돌아갔다. 정강이가 여전히 쑤셨다. 그는 어둠 속에서 일이 분쯤 정강이를 주무르고 나서 침대 옆의 콜먼 등을 켜고 멍든 부위를 조심스럽게 살폈다.

그것은 실수가 아니었다. 헌이 지도 판을 고의로 떨어뜨렸거나, 설사 그렇진 않다 해도 의도성이 다분하다고 커밍스는 확신했다. 그 생각을 지지하기라도 하듯 심장이 힘차게 고동치기 시작했다. 어쩌면 커밍스 자신이 그런 일이 벌어지길 바랐는지도 모른다. 그가 헌에게 지도 판을 갖고 오라고 지시했을 때, 헌은 그의 존재를 의식하고 모종의 경계를 하고 있었다. 커밍스는 고개를 저었다. 그런 문제를 자꾸만 캐 보는 것은 부질없는 일이었다. 그는 자기 자신을 알았다. 그 문제는 그 정도에서 흘려보내는 게 최선이었다. 잠에서 깬 지 삼사 분밖에 안 지났는데도 머리가 고통스러울 정도로 맑았다. 무언가를 생각하고 말하려 할 때마다 가슴속에 도사린 근심이 곧 튀어나올 것만 같았다.

그는 헌을 전출시킬 생각이었다. 그를 그의 통제하에 두는 것은 위험한 일이었다. 더욱 심각한 사건과 반발을 불러일으킬 것이고, 그러다 결국은 귀찮고 불유쾌하기 마련인 군법 회의라는 사태까지 갈지도 몰랐다. 꽁초를 줍게 했을 때 그는 여차하면 군법 회의까지 몰고 갈 생각이었고, 지금도 무슨 일이 생기면 그럴 작정이었다. 그러나 그런 식으로 사태를 해결하는 것은 고약한 일이었다. 상부에서 그를 무시할 리는 없었지만, 그 일이 그의 경력에 오점을 남길 수도 있었다.

헌을 전출시켜야 하는 것은 분명했다. 커밍스는 승리감과 좌절감을 동시에 느꼈다. 그는 헌을 어디로든 보낼 수 있었지만, 다시는 반항 따윈 꿈도 꾸지 못하게끔 완전히 눌러 버리지는 못한 상태였다. 그 점이 자꾸만 마음에 걸렸다. 그는 등불 때문에 너무 눈이 부셔 심지를 조금 낮추고 한 손으로 허벅다리를 주물렀다. 그 동작은 헌의 버릇이었다. 그것을 깨닫자 기분이 언짢았다.

그를 어디로 보내야 하나? 어디로 보내든 그 자체는 크게 중요하지 않았다. 댈리슨이 말한 수색 소대에 보내는 것도 나쁘지 않았다. 그렇게 하면 헌을 본부 중대에 잡아 둘 수 있었다. 헌의 동정을 살필 수도 있었다. 어쨌든 그것은 아침에 처리하면 될 일이었다. 1중대 전초 기지에 관한 문제로 댈리슨을 만났을 때, 헌의 전속 결정이 댈리슨의 생각인 것처럼 보이도록 교묘하게 유도할 수도 있을 것이다. 그러는 편이, 이쪽의 의도가 덜 드러나는 편이 더 나을 터였다.

커밍스는 깍지 낀 두 손을 베고 다시 누워 또 한 번 천장의 마룻대를 응시했다. 마치 그를 비웃기라도 하듯이 아노포페이 섬의 지도가 캔버스 천 위에 겹쳐 보였다. 해군의 지원을 받을 수 없다는 소식을 들었을 때 느꼈던 좌절감과 분노가 다시금 밀려들어, 그는 불편하게 몸을 비틀었다. 해군의 지원에 지나칠 정도로 큰 기대를 걸었던 것이다. 지금 그는 보토이 만 상륙 작전 구상을 머리에서 떨쳐 버릴 수가 없었다. 다른 작전도 있을 터이고, 또 그래야 하지만, 그럼에도 정면 공격과 후방 상륙의 협공 작전을 마음속으로 계속해서 그려 보았다. 해군의 지원 없이 그 작전을 감행해야 할 것인가를 생각해 보았다. 그러나 그것은 고무보트 작전 때처럼 엄청난 수의 사상자를 감수한다는 의미였다. 그가 그렇게 할 수 있는 것은 보토이 해변이 무방비 상태인 경우에 한해서였다.

바로 그 점이 어떤 발상의 핵심이었다. 먼저 소규모 병력으로 해안 방어선을 분쇄하고 난 다음에 상륙정들을 보낸다면…… 소규모 파견대가 밤사이에 해변을 확보할 수 있다면, 아침에 다른 부대가 상륙할 수도 있을 것 같았다. 그러나 그것은 너무 무모한 계획이었다. 그의 사단에는 야간 침공 작전을 펼칠 수 있을 만큼 훈련이 잘된 부대가 없었다.

보토이를 점령할 타격 부대, 그것이 해군의 역할을 대신할 수도 있을 것이다. 그러나 어떻게 그 일을 한다? 일 개 중대 병력을 아군의 전방에서 보낸다면 그것은 적진 돌파를 의미하기 때문에 불가능한 일이었다. 어쩌면 부대를 일본군 진지 30킬로미터 후방에 상륙시켜 해안을 따라 진격하게 할 수도 있을 터였다. 그러나 너무 빽빽한 정글이 문제였다. 보토이 후면의 해안을 따라 진격하기에는, 침공 부대가 해안에서 벗어나야 하는 곳도 있었고 사람이 도저히 통과할 수 없을 정도로 나무가 밀생한 숲도 있었다. 그렇지만 만약…….

뚜렷한 형태를 갖춘 것은 아니었지만, 한 가지 발상이 떠올랐다. 처음에 그는 그저 발상 하나가 떠올랐다는 것을 의식하고 멍하니 그것을 붙들고 있었다. 그는 침대에서 일어나 맨발로 바닥의 판자를 딛고 책상으로 가서 항공 사진 몇 장을 검토했다. 일 개 중대가 그것을 해낼 수 있을까?

충분히 가능할 것 같았다. 일 개 중대를 상륙정에 태우고 섬을 완전히 한 바퀴 돌게 하여 사람의 발길이 닿지 않은 남쪽 해안에 상륙시킨다. 남쪽 해안과 도야쿠의 부대 사이에는 와타마이 산맥이 가로막고 있다. 중대 병력은 섬 중앙부를 직진으로 돌파해서 아나카 산에 인접한 협곡을 통과하여 일본군의 후면으로 침투해 들어간다. 그곳에서 보토이 만의 해변을 공격하여 점령하고 대대 병력이 상륙할 때까지 그곳을 확보해 둔다. 그것은 성공 가능성이 있는 공격 작전이었다. 보토이 해변의 일본군 방어 진지는 바다로부터의 공격을 염두에 두고 구축되었기 때문이다. 일본군 진지가 거의 다 그렇듯이, 그곳에서도 화선(火線)⁴⁵⁾의 기동성은 떨어졌다.

그는 턱을 문질렀다. 이 작전에서는 시간을 맞추는 것이 가장 골치 아픈 문제였다. 하지만 얼마나 멋진 구상인가. 거기에는 그가 크게 매력을 느끼는 참신성과 대담성이 있었다. 그러나 커밍스는 그 점에 관심을 두지 않았다. 새로운 계획을 숙고할 때면 늘 그랬지만, 그의 머리는 실행 가능성에 입각하여 단도직입적으로 움직였다. 그는 신속하게 거리를 계산했다. 섬을 횡단해서 일본군이 있는 협곡까지의 거리는 40킬로미터였고, 그곳에서 보토이 만까지는 11킬로미터였다. 중간에 무슨 일이 생겨 발목을 잡히지 않는 한, 일 개 중대 병력이 사흘이면 통과할 수 있는 거리였고, 좀 더 속도를 내면 이틀로도 가능했다. 그는 항공 지도를 면밀히 살펴보았다. 물론 지형은 험난하기 이를 데 없었지만, 그래도 섬의 다른 편은 통과할 수 없을 정도는 아니었다. 물가에는 폭이 수 킬로미터밖에 안 되는 정글 외곽이 어느 정도 이어졌고 뒤이어 비교적 공간이 트인 구릉과 쿠나이 초원이 산과 협곡이 있는 곳까지 이어졌다.

---

45) 사격 임무를 받은 사수가 차지하고 사격을 진행하는 점들을 연결한 선.

병력이 그곳을 행군하는 건 가능했다. 문제는 협곡을 통과하고 나서 그들이 일본군 후방의 정글 속에서 길을 찾는 일이었다. 아무런 복안 없이 중대를 내보낸다면, 적의 매복에 서툴게 당할 것이 거의 확실했다.

커밍스는 의자 등받이에 기대앉아 생각에 잠겼다. 먼저 정찰을 할 필요가 있었다. 불가능할지도 모르는 일에 일 개 중대를 묶어 둔다는 것은 너무도 손실이 크고 위험이 따르는 일이었다. 일이 개 분대 규모의 병사들로 수색대를 꾸려 정찰을 보내는 편이 나을 것 같았다. 그 정도 병력이면 그곳으로 가서 길을 내고 일본군 후방에서 공격로들을 정찰한 뒤 같은 길로 해서 상륙정이 있는 곳으로 돌아올 수 있었다. 만약 그들이 무사히 돌아온다면 그때 일 개 중대를 보내 계획대로 작전을 진행할 수 있을 터였다. 커밍스는 잠시 등불을 응시했다. 최초의 정찰 수색은 닷새, 길어야 엿새 정도 걸릴 것이고, 그들이 돌아오는 대로 중대 병력을 보내면 사흘 안으로 보토이에 도달할 수 있을 것이다. 안전을 위해, 작전 기간을 열흘로 잡을 수도 있었다. 사실 내일 밤까지는 작전을 개시할 수 없으므로 열하루를 잡아야 하는 셈이었다. 공격은 이틀 안에 시작될 것이므로, 그가 보토이 만 침공 작전을 개시하는 것은 아흐레 정도가 지난 뒤인 셈이었다. 운이 좋다면 그때까지 침투가 어느 정도 이루어질 수도 있겠지만, 정면 공격이 그 정도까지 성공할 가능성은 희박했다. 그러나 구상 자체를 놓고 볼 때, 시기는 아주 적절해 보였다. 그는 담배에 불을 붙였다. 이 작전 계획이 아주 마음에 들었다.

첫 정찰에 누구를 내보낼까? 곧 수색 소대가 떠올랐다. 그는 수색 소대에 관한 기억을 더듬으며 생각에 잠겼다. 그들은 고무보트 작전 때도 참가했었다. 그러나 생존자는 몇 명 되지 않았고, 그 후로는 거의 전투에 참가한 적이 없었다. 일본군의 도강 공격이 있던 날 밤, 그들은 훌륭하게 임무를 완수했다. 그들을 이끄는 자는 댈리슨이 언급한 크로프트라는 인물이었다. 무엇보다 마음에 드는 것은, 소대 규모가 작아서 전원을 다 내보낼 수 있다는 점이었다. 만약 규모가 큰 소대에서 일부만을 차출한다면, 수색대로 나가는 병사들은 거기에 뽑힌 자신들의 불운을 원망할 터였다.

그는 내일 헌이 수색 소대에 배치된다는 것을 가벼운 충격과 함께 떠올렸다. 소대원들을 잘 모르는 장교를 수색 작전에 내보내는 것은 그다지 좋은 생각이라고 할 수 없었지만, 그렇다고 이번과 같은 수색 작전의 성패를 일개 하사관에게 맡길 수는 없었다. 게다가 헌은 이런 장기 작전이 요구하는 신체 조건을 갖춘 데다 지능이 있었다. 이 순간 커밍스는 경주마의 장단점을 훑듯 냉정하게 헌을 분석했다. 헌이라면 할 수 있는 일이었다. 어쩌면 헌에게는 지휘관으로서의 재능이 있을지도 몰랐다.

부정적인 면도 고려할 필요가 있었다. 이 새로운 작전 계획은 많은 위험을 내포하고 있었다. 사실 위험 요소가 너무도 많아서 믿고 추진할 수 없을 정도였다. 커밍스는 이 계획을 포기할까 하는 생각도 잠시 해 보았다. 그러나 초반에 투입해야 할 병력이 그리 많은 편도 아니었다. 열두 명에서 열다섯 명이면 설사 일이 잘못된다 해도 손실이라 볼 정도는 아니었다. 그러는 사이에 해군의 지원도 전혀 가망 없다고 포기해 버릴 것은 아니었다. 일단 공격이 시작되면, 자신이 총사령부로 가서 구축함을 요청해 볼 수도 있었다.

그는 침대로 돌아가 누웠다. 파자마 바람이라 그런지 천막 안이 갑자기 써늘하게 느껴져서 몸이 부르르 떨렸다. 겉으로 드러내지 않으려 애를 썼지만 기대감과 의기양양한 기분이 드는 것은 어쩔 수 없었다. 시도해 볼 만한 작전이었다. 그 일은 헌에게 맡겨도 좋을 것 같았다.

만약 이 작전이 성공하기만 한다면. 그는 승리가 가져다줄 명성을 잠시 생각해 보았다. 그는 등불을 끄고 자리에 누워서 다시 어둠 속을 응시했다. 저 멀리 어딘가에서 포성이 울렸다.

그는 아침까지 자기가 다시 잠들지 않으리라는 것을 알았다. 정강이가 다시 한 번 욱신거리자 그는 소리 내어 웃었다. 밤에 텅 빈 천막 안에서 울려 퍼지는 자신의 웃음소리가 선득하기도 했다. 이 계획은 어쩌다 우연히 떠오른 것이 아니었다. 그것은 그의 마음속에 잠재된 경로들을 따라 발전하다가 제대로 방향을 잡고 필요한 순간에 결실을 맺은 것이었다. 헌에게 취한 그의 몇몇 행동들도 이제는 앞뒤가 맞아 들었다. 찾으려고 마음만 먹으면 의미는 얼마든지 갖다 붙일 수 있었다.

"하지만 난 이 수색 작전을 아주 진지하게 생각하고 있어."

과연 그럴까? 발상이 아주 기발하면서도 동시에 실현성이 없다고 생각되었다. 그것에 대한 자신의 태도가 혼란스럽고 복잡하여 그는 흥분과 불안을 동시에 느꼈다. 또 한 번 웃음이 나오려 했다.

그는 웃는 대신 하품을 했다. 이 수색 작전을 생각해 낸 것은 좋은 전조 같았다. 너무도 오랫동안 발상이 고갈된 상태였지만, 이번 것을 계기로 다음 일주일 동안 많은 생각이 떠오르리라는 확신이 섰다. 그는 최근에 자신의 행동을 구속해 온 상황들을 떨어낼 생각이었다……. 헌을 떨어낸 것처럼 말이다. 결국 중요한 것은 필요와 필요에 대한 반응뿐이었다.


## 타임머신

### 커밍스 장군
독특한 미국적 언설

평균보다 약간 큰 키, 적당한 살집, 햇볕에 그을린 대체로 잘생긴 얼굴에다 하얗게 새어 가는 머리 등, 장군은 언뜻 보기엔 다른 장성들과 다른 점이 별로 없었다. 하지만 분명 다른 점이 있었다. 웃을 때의 표정은 여느 미국 상원 의원이나 사업가의 혈색 좋고 자족적이고 엄격한 외모와 매우 가까웠지만, 강인하고 호인다운 분위기는 그다지 엿보이지 않았다. 그의 얼굴에는 어떤 빈틈이 있었다. 특정한 표정이 있는 것 같지만 또 없기도 했다. 헌은 장군의 미소 띤 얼굴이 사실은 무감각한 표정이 아닐까 늘 생각했었다.

그 마을은 중서부의 이 지역에 오랫동안 존재해 왔다. 1910년에 벌써 마을의 역사는 칠십 년을 넘겼지만, 시(市)가 된 것은 그리 오래전 일이 아니다. 이곳 사람들은 이렇게 말한다. "아 글쎄, 별로 옛날 일도 아냐. 여긴 우체국이랑 학교랑 장로교회랑 메인 호텔이 다였어. 지금도 기억나는걸, 뭐. 그때는 아이크 커밍스 영감이 잡화점을 운영했어. 그리고 한동안 이발업을 하던 친구도 있었는데, 오래 견디지 못하고 다른 곳으로 가 버렸지. 그리고 말일세," 넌지시 윙크를 하며 말을 잇는다. "창녀가 하나 이 지역 사내들을 상대로 장사를 했지."

그리고 물론 (매코믹의 이름을 딴) 사이러스 커밍스[46]는 은행 일로 뉴욕에 가곤 했지만, 시간을 낭비하는 사람이 아니었다. 사람들은 이렇게 말한다. "공장을 이곳으로 옮겨 와야 했거든. 1896년에 사이러스 커밍스가 매킨리에게 그냥 도움을 준 게 아니었어. 북부의 장사꾼이 그럴 리가 없지. 그 당시야 그 사람의 은행이라는 게 별 볼 일 없었지만, 선거 전주에 이 지역 농민들에게서 빚을 다 거두어들이자, 여기 이 마을이 매킨리 군(郡)이 된 거야. 아이크 영감이 잡화점을 할 땐 아무도 병든 말을 팔아넘길 수가 없었거든. 그만큼 똑똑했다고. 그런데 사이러스는 그 아이크 영감보다 훨씬 더 똑똑했단 말이야." 지금은 점점 사라져 가는 크래커 통을 깔고 앉은 노인은 그렇게 말하고 골이 지게 짠 낡은 손수건에 침을 뱉는다. "물론," 그가 씩 웃고 나서 말한다. "이 마을에 사이러스를 필요

---

46) Cyrus McCormick(1809~1882). 자동 수확기를 발명하고 제조한 미국인.

이상으로 좋아하는 사람은 한 명도 없어. 하지만 이 마을 사람들이……." 그는 또 한 번 씩 웃는다. "그러니까 이 도시 사람들이 그에게 많은 빚을 진 건 분명한 사실이지. 돈을 빌리든, 신세를 지든."

마을은 미국 대평원의 중심부에 자리하고 있다. 마을의 경계를 따라 구릉들이 솟아 있고 작은 시내가 흐르지만, 이것들은 중서부의 길고 평평한 얼굴에 난 사소한 기복에 불과하다. 철도 선로에서 바람이 막힌 쪽에는 나무가 꽤 울창하다. 길이 넓고 여름에는 느릅나무와 참나무가 꽃을 피워, 앤 여왕 시대 양식으로 지어진 집들의 거칠고 난해한 윤곽들을 완화해 주고 박공창과 끝을 자른 지붕창 돌출부에 흥미로운 그림자들을 던진다. 중심가에는 과시용 현관이 딸린 건물은 겨우 몇 채뿐, 지금은 점포가 많이 들어서 있다. 토요일 오후가 되면 수많은 농촌 사람들이 마을로 오기 때문에 말이 진흙에 빠지지 않도록 포석을 까는 공사가 시작되었다.

마을에서 제일가는 부자임에도, 사이러스 커밍스의 집은 마을의 다른 집들과 별반 다를 바가 없다. 삼십 년 전에 처음 집을 지었을 때만 해도, 커밍스의 집은 마을 외곽에 외따로 서 있었다. 초가을과 봄에 그곳으로 걸어가려면 넓적다리까지 진흙에 빠지곤 했다. 그러나 지금은 그 주변에 집들이 빽빽이 들어서서 사이러스 커밍스가 집을 개조하고 싶어도 할 수 없는 형편이 되어 버렸다.

그러나 모든 변화들 가운데서도 가장 마뜩지 않은 변화는 그의 아내에게 책임이 있다고 말할 수 있다. 커밍스네 집안을 아는 사람들은 동부 출신의 그 교양 있는 신식 여자 탓이라고 말한다. 사이러스는 까다롭긴 해도 신식은 아니거든. 유리창이 비스듬히 달린 그 새 앞문은 프랑스식이라나 뭐라나. 교회 모임에서 그 여자가 그걸 뭐라고 불렀는데. 뉴벨(Newvelle) 어쩌고 했지, 아마? 사이러스 커밍스는 심지어 그 여자 때문에 미국 성공회로 개종해서, 성공회 교회 짓는 일에 발 벗고 나섰다더군.

이상한 집에 이상한 애들이라고 사람들은 말한다.

거실에는 벽에 주르르 걸린 초상화들과 물결무늬로 장식된 금빛 액자에 끼워진 갈색의 칙칙한 풍경화들과 어두운 색 커튼과 갈색 가구와 벽난로가 있다. 이 거실에 가족들이 모여 앉아 있다.

그 데브스라는 놈이 또 말썽을 일으키고 있어. 사이러스 커밍스가 말한다. (머리가 일부 벗겨진 그는 윤곽이 뚜렷한 얼굴에 은테 안경을 썼다.)

그래요? 아내가 바늘을 놀려 장식용 깔개 한복판의 큐피드 엉덩이에 금실로 수를 놓는다. (멋진 가슴을 자랑하는 그 시절의 긴 드레스를 입은 예쁘장한 여자다. 움직이는 모습이 조금은 불안정해 보인다.) 그런데 왜 말썽을 부려요?

아, 뭐. 사이러스가 콧방귀를 뀐다. 기본적으로 여자의 말을 우습게 여기는 버릇이 있다.

그런 놈은 목을 매달아야 해. 아이크 커밍스가 말한다. 고령이라 목소리가 떨린다. 전쟁(남북 전쟁) 때 우린 그런 놈을 말에 태우고 밧줄을 목에 건 다음, 말 엉덩이를 탁 때리고는 그놈이 발버둥치는 걸 지켜봤지.

사이러스가 신문을 부스럭거린다. 목을 매달 것까지야 없지요. 그가 자기 손을 보면서 뚱하게 웃는다. 에드워드는 자는 거요?

그녀가 고개를 들고 불안한 표정으로 얼른 대답한다. 그럴 거예요. 그 애가 그렇게 말했으니까. 에드워드랑 매튜가, 아까 가서 자겠다고 했어요. (매튜 아널드 커밍스가 동생이다.)

가서 보고 오겠소.

아이들 방에서, 매튜는 잠들어 있고, 일곱 살 난 에드워드가 한쪽 구석에 앉아 천 조각을 들고 바느질을 하고 있다.

아버지가 다가서자 아이의 얼굴에 그림자가 진다. 너 뭐 하고 있는 거냐?

아이가 바짝 얼어붙은 채 그를 올려다본다. 바느질이요. 엄마가 괜찮다고 하셨어요.

이리 내놔. 천 조각과 실이 휴지통 속으로 내던져진다. 엘리자베스, 이리 와 봐요.

아이는 자기를 두고 화를 내며 다투는 부모의 말소리에 귀를 기울인다. 그들은 잠든 동생을 생각해서 목쉰 소리로 열띠게 속삭인다. 나는 내 자식이 빌어먹을 여자처럼 구는 꼴은 못 봐. 더 이상 이따위 책들, 이따위 여자들이나 하는…… 쓸데없는 짓거리들은 시키지 말란 말이오. (야구 배트와 글러브는 다락방에서 먼지만 뒤집어쓰고 있다.)

저는 이 애한테 아무 말도…… 아무 말도 안 했어요.

바느질하라는 말을 안 했단 말이오?

제발, 사이러스, 저 앨 그냥 내버려 두세요. 찰싹, 소리가 나더니 아이의 볼이 귀밑에서 입까지 붉어진다. 아이는 방바닥에 앉아 무릎 위에 눈물을 뚝뚝 떨어뜨린다.

앞으로 사내답게 굴어야 해, 알아들어?

두 사람이 나가고 나자 아이의 머릿속에서는 너무 많은 것들이 뒤얽힌다. 자기에게 실을 주며 조용히 바느질하라고 이른 사람은 엄마였다.


교회에서 설교가 끝난다. 우리는 모두 주 예수와 하느님의 아이들이며 주님의 사랑을 실천하는 사람들이며 주님의 선한 도구가 되어 형제애와 착한 일의 씨앗을 뿌리기 위해 이 세상에 태어났습니다.

좋은 설교예요. 어머니가 말한다.

음.

목사님 말이 옳아요? 에드워드가 묻는다.

물론이지. 사이러스가 말한다. 하지만 목사님 말씀은 신중하게 받아들여야 한다. 세상을 살아간다는 것은 쉬운 일이 아니거든. 누구도 너에게 뭘 주지 않아. 뭐든 혼자 힘으로 해야 한다. 사람들은 틈만 있으면 남을 해치려고 하지. 너도 앞으로 그걸 알게 될 거다.

아버지, 그럼 목사님 말은 틀렸네요.

그렇게 말하진 않았다. 목사님 말씀도 옳고 내 말도 옳아. 그저 하느님을 믿을 때와, 그보다는 속된 일이지만 사업을 할 때는 행동 방식이 다를 수밖에 없다는 말을 하는 거야. 물론 사업을 하는 것도 기독교도의 일이지.

어머니가 그의 어깨를 쓰다듬는다. 참 훌륭한 설교였어, 에드워드.

이 마을 사람들은 거의가 다 나를 미워한다. 사이러스가 말한다. 그들은 너도 미워한단다, 에드워드. 너도 일찌감치 알아두는 게 좋겠지. 사람들은 성공한 사람을 제일 미워한다는 걸 말이야. 물론 너도 성공할 거다. 그러면 사람들은 널 미워하면서도 네 앞에서 굽실거릴 수밖에 없어.

어머니와 아들은 교외로 소풍을 나가 평원의 나직한 언덕들을 스케치한 후 물감과 이젤을 챙겨 집으로 돌아가는 길이다. 봄날 오후지만 여전히 쌀쌀하다.

재미있었니, 에디? 에드워드와 단둘이 있을 때라 어머니의 음성에서 전에 없던 활기와 따스함이 스며 나온다.

정말 좋았어요, 엄마.

나는 어렸을 때 언젠가 아들이 생기면 함께 소풍을 가서 그림을 그려야지, 하고 꿈꾸곤 했단다. 바로 지금처럼 말이야. 자, 돌아가는 길에 엄마가 재미있는 노래 가르쳐 줄게.

보스턴은 어떤 곳이에요? 그가 묻는다.

오, 큰 도시지. 지저분하고 아주 춥단다. 거기 사람들은 모두 옷을 점잖게 차려입지.

아빠처럼요?

어머니는 애매하게 웃는다. 그래, 아빠처럼. 오늘 여기 왔었다는 이야긴 아빠한테는 하지 마라…….

여기 소풍 온 게 나쁜 일이에요?

아니다, 어서 집에 가자. 아빠한테는 아무 말도 하지 마. 비밀이다.

그는 갑자기 어머니가 미워져서, 마을로 돌아가는 동안 입을 다문 채 시무룩해 있다. 그날 밤 그는 아버지에게 모든 걸 일러바치고는, 부모님 사이에 말다툼이 일어나자 일종의 희열과 두려움이 섞인 감정으로 귀를 기울인다.

저 애가 저 모양인 건 다 당신 탓이야. 당신이 오냐오냐 해서 나쁜 버릇만 길러 주고 있잖아. 보스턴을 떠나 사는 게 그렇게 억울해? 여기가 당신에겐 그렇게 부족한 곳인가?

사이러스, 제발.

나는 말이야, 저 애를 군사 학교에 보낼 거요. 저만한 나이면 제 앞가림은 해야지. 사내 녀석이 아홉 살이 됐으면 어떻게 하는 게 사내답게 행동하는 것인지를 생각할 줄 알아야 해.

아이크 커밍스가 고개를 주억인다. 군사 학교가 좋겠군. 저 애는 전쟁 이야기 듣는 걸 좋아하거든.

일이 이렇게까지 전개된 데는 사이러스가 마을 의사와 나눴던 대화 탓도 어느 정도 있다. 멋진 수염을 기르고 눈빛이 날카로운 의사가 눈을 반짝이며 사이러스를 빤히 쳐다본다. 그의 시선을 되받는 사이러스의 눈빛도 만만치 않다. 글쎄요, 커밍스 씨, 지금으로선 내가 할 수 있는 일이 없어요. 나이가 좀 든 애라면 샐리한테 데려가서 남자 구실을 한다는 게 어떤 건지 좀 가르쳐 주라고 하겠지만 말입니다.

나이 열 살에 하는 근본적인 이별, 기차, 마을 변두리 진흙 길에서의 작별 인사, 황량한 가정집들, 아버지의 은행 냄새,

줄에 걸린 세탁물들.

잘 가라, 애야. 가서 제대로 해야 한다, 알겠니?

그는 별 느낌 없이 아버지의 결정을 받아들였지만, 지금 아버지의 손이 자기 어깨에 얹히자 보일 듯 말 듯 몸을 떤다.

안녕히 계세요, 엄마. 어머니는 울고 있다. 그는 가벼운 경멸감과 거의 잊고 있던 연민의 감정을 느낀다.

안녕. 그렇게 그는 떠나 수도원 같은 생활 속에 뛰어들고, 단추를 닦아 윤을 내고 침대를 정돈하는 학교의 일과에 몰입한다.

그에게 몇 가지 변화가 생긴다. 그 전에도 다른 소년들과 사이좋게 어울리는 일이 없던 그였지만, 이제는 수줍음을 탄다기보다 차가워진다. 수채화와 『소공자』, 『아이반호』, 『올리버 트위스트』 같은 책들은 예전만큼 그의 관심을 끌지 못한다. 몇 년에 걸쳐 그는 학급에서 가장 우수한 성적을 올리고, 테니스 팀에서 세 번째 실력을 자랑하는 등 운동에서도 두각을 나타낸다. 아버지가 그렇듯, 그 역시 사랑은 못 받아도 존경은 받는다.

물론 동성에게 반하기도 한다. 토요일 아침 점검 때 그는 침대 옆에 서 있다가, 교장이 다가오자 소리를 내어 발뒤꿈치를 맞추고 부동자세를 취한다. 일단의 수행 교관들이 지나간다. 그는 마비된 사람처럼 생도 대표를 기다린다. 생도 대표는 키가 크고 머리색이 검은 젊은이다.

커밍스. 생도 대표가 부른다.

네.

혁대 구멍에 녹이 슬었군.

네. 그는 생도 대표의 눈에 띄었다는 사실 때문에 괴로움과 흥분이 교차하는 감정을 맛보면서 멀어져 가는 생도 대표를 지켜본다. 그것은 사실 그가 의도적으로 피하기 때문에 오히려 두드러지는 잠재의식적인 현상이다. 그는 사내아이들만 다니는 사립 학교에서 흔히 있는, 그런 특수한 행동에 가담하는 일도 없기 때문이다.

금욕적인 막사 생활, 공동 취침, 제복에 대한 공포, 장비에 대한 공포, 행군 때의 긴장, 무의미한 방학. 그런 것들이 구 년간 이어진다. 그는 여름마다 육 주 동안 부모님 곁으로 가서 지내지만, 그들이 낯설게 느껴진다. 동생에게도 거리감을 느낀다. 사이러스 커밍스 부인이 옛날 일을 추억할 때마다 그는 따분함을 느낀다.

에디, 언덕에 올라가 그림 그리던 일 기억나니?

그럼요, 어머니.

그는 생도 대표로 졸업한다.

집에서는 군복을 입은 그의 모습이 약간의 흥분을 자아낸다. 사람들은 그가 웨스트포인트 육군사관학교에 가리라는 것을 안다. 마을 사람들 사이에서 그는 좋은 신랑감으로 부상하지만, 그는 소녀들에게 정중하고 무관심한 태도로 일관한다. 그는 이제 꽤 인물이 좋다. 키는 그다지 크지 않지만 체구가 당당하고 얼굴은 지적이면서도 세련된 인상을 풍긴다.

사이러스가 그에게 말한다. 자, 얘야, 너도 이제 웨스트포인트로 갈 준비가 됐겠지?

네, 그래야겠죠.

음. 군사 학교에 가길 잘한 것 같으냐?

최선을 다했어요.

사이러스가 고개를 끄덕인다. 아들이 웨스트포인트로 간다니 기분이 좋다. 그는 은행은 매튜 아널드에게 맡기고, 군복을 입은 이 이상하게 뻣뻣한 아들은 집에서 떠나보내기로 이미 오래전에 결심한 터였다. 널 군사 학교에 보내길 잘한 것 같다. 사이러스가 말한다.

아…… 머릿속이 텅 비어 버린다. 강한 불안감이 그의 등골을 타고 움직인다. 아버지와 이야기할 때는 언제나 손바닥에 땀이 밴다. 아, 네. (어쩐지 아버지는 그런 대답을 바랄 것 같다. 그는 그것을 안다.) 아, 네. 웨스트포인트에 가서 열심히 하겠습니다.

열심히 안 한다면 내 아들이 아니지. (거래가 잘 성사되었을 때처럼 흡족한 기분으로 크게 웃으며 아들의 등을 툭툭 두드린다.)

또 한 번…… 네. 그는 마음의 문을 닫는다. 그것이 그의 근본적인 반응이다.


웨스트포인트에서 이 년을 보내고 난 뒤 여름에, 그는 결혼할 여자를 만난다. 고향집에 왔다 갈 만큼 긴 방학이 없었기 때문에 그는 이 년 동안 한 번도 집에 가지 못한다. 그렇다고 고향집이 그리웠던 적은 없다. 대신에 그는 방학 때면 보스턴으로 가서 어머니의 친척들을 방문한다.

그는 보스턴이 마음에 든다. 남의 일을 노골적으로 캐묻곤

하던 고향 사람들에 비해 친척들의 태도는 경이롭기까지 하다. 그는 처음에는 매우 정중하고 말이 없다. 말을 가려서 할 줄 알게 될 때까지는 안심하고 입을 놀릴 수 없다는 것을 알기 때문이다. 그렇다고 생각이나 느낌까지 없는 것은 아니다. 그는 비콘 힐의 거리를 걷고 비좁은 인도를 따라 빠른 걸음으로 주 의회 의사당이 있는 곳까지 올라간다. 그곳에서 꼼짝도 않고 서서 1킬로미터 아래쪽에 흐르는 찰스 강물 위에 빛이 반사되는 모습을 지켜본다. 문에 달린 칙칙한 검은색 노커가 그의 흥미를 끈다. 그는 집집마다 다니며 좁은 문들을 일일이 살펴본다. 그의 사관 후보생 복장을 보고 기분 좋게, 그러면서도 약간은 미심쩍은 표정으로 미소를 짓는 검정색 옷을 입은 노파들에게, 그는 모자에 손을 갖다 대며 가볍게 인사를 건넨다.

내가 좋아하는 게 바로 이런 거야.

난 보스턴이 아주 마음에 들어. 그는 몇 주 후 육촌 누이인 마거릿에게 말한다. 그들은 서로 마음을 털어놓는 사이이다.

그래요? 그녀가 말한다. 조금씩 지저분해지고 있어요. 아버진 갈 만한 곳이 점점 줄어들고 있다고 하시죠. (그녀의 얼굴은 섬세하게 길고 기분 좋게 차갑다. 코가 긴 편이지만 끝이 살짝 들려 있다.)

아, 그건 아일랜드 사람들 때문이지. 그는 왈칵 성이 난다. 하지만 진부한 말이라는 걸 알기 때문에 그 말을 하면서도 마음이 편하지는 않다.

앤드루 삼촌은 그 사람들이 우리한테서 정권을 빼앗았다고 늘 불평이죠. 요전 날 밤에도 여기가 이제 프랑스처럼 되어 버렸다고 말씀하시는 걸 들었어요. 삼촌은 거기 가 본 적이 있거든요. 그러니까 출세하려면 (국무성의) 관리가 되든가 군인이되든가 하는 길밖에 없는데, 거기에도 믿을 수 없는 무리들이끼어 있다는 거죠. (그녀는 자신의 말실수를 깨닫고, 얼른 한마디를 덧붙인다.) 삼촌은 당신을 아주 좋아해요.

다행이네.

그런데 정말 이상해요. 마거릿이 말한다. 몇 년 전만 해도앤드루 삼촌은 모든 것에 대해 굉장히 까다로웠거든요. 비밀한 가지 알려 줄까요? (그녀가 소리 내어 웃더니 그의 팔짱을 낀다.) 삼촌은 언제나 해군을 더 좋아했어요. 더 기품이 있다나.

그렇군. (한순간 그는 난감해진다. 친척들의 정중한 태도, 그를가족처럼 받아들여 주는 친척들의 태도를 그는 지금 다른 각도에서생각해 본다. 짧은 순간 기억나는 말을 모두 뒤집어보며 새로운 관점에서 검토해 본다.)

그런 말이 다 무슨 상관이에요? 마거릿이 말한다. 어차피우리는 다 가짜인걸 뭐. 이런 말 하긴 껄끄럽지만, 우리는 우리 집안에 익숙한 것들만 인정해요. 그렇다는 걸 처음 알았을때 엄청 충격을 받았죠.

그렇다면 나도 괜찮겠네. 그가 가볍게 말한다.

오, 아니, 그렇지도 않아요. (그녀가 먼저 웃기 시작하자, 그도조금은 망설이며 따라 웃는다.) 당신은 그저 서부에서 온 우리의육촌 형제일 뿐인걸. 자격이 안 되죠. (마거릿의 긴 얼굴에 잠시즐거운 표정이 떠오른다.) 농담이 아니라, 지금까지 우리 집안에서는 해군밖에 몰랐어요. 톰 홉킨슨도, 대처 로이드도, 왜 데니스에서 만났잖아요, 아닌가요? 아무튼 그 사람들도 모두 해군이에요. 앤드루 삼촌은 그 사람들 아버지와 아주 잘 아는 사이거든요. 하지만 삼촌은 당신을 좋아해요 내 생각엔, 삼촌이 한때 당신 어머니를 짝사랑한 것 같아.

그렇다면 더 안심할 수 있겠군. (두 사람은 또 한바탕 웃고, 벤치에 앉아 찰스 강에 자갈을 던져 넣는다.)

넌 정말 명랑해, 마거릿.

오, 실은 나도 가짜예요. 날 잘 알고 나면 당신도 나더러 굉장히 우울한 성격이라고 말할걸.

그럴 리가.

이 년 전에 미노트와 한 조가 되어서 학급 대항 보트 경주에 나간 적이 있어요. 지고 나서 얼마나 울었는지 몰라요. 정말 우스운 일이죠. 아버진 내가 이기길 바라셨거든요. 아버지가 뭐라고 하실까 봐 겁이 났던 거예요. 여기서는 운신의 폭이 너무 좁아요. 할 수 있는 게 아무것도 없죠. 하면 안 되는 이유가 늘 있고. (한순간 그녀의 음성에 신랄함이 담긴다.) 당신은 우리하고 달라요. 진지하고 의젓해. (그녀의 음성이 다시 명랑해진다.) 아버지가 그러시는데 반에서 2등 했다면서요? 너무 배려심이 없는 거 아니에요?

중간쯤 했으면 괜찮았으려나?

당신은 그러면 안 되죠. 장군이 될 거니까.

설마. (보스턴에서 몇 주 지내는 동안 그의 음성은 조금 높아지고 조금 느긋해졌으며, 말투는 한결 점잖아졌다. 그는 보스턴에서 느끼는 흥분을, 아니, 어쩌면 희열을 설명할 수가 없다. 보스턴에서는 모든 것이 완벽하다.)

놀리는 거 다 알아. 그가 말한다. (중서부의 저열한 표현이 입 밖에 나오는 순간 그는 아차 싶었지만, 되돌리기에 이미 늦었다. 그는 잠시 당황한다.)

아니, 난 당신이 큰 인물이 될 거라고 확신해요.

난 네가 좋아, 마거릿.

내가 그렇게 칭찬을 해 줬는데 당연히 그래야죠. (그녀는 한 번 더 킬킬거리고 나서 솔직하게 말한다.) 난 당신이 날 좋아해 주면 좋겠어요.

여름이 끝나고 보스턴을 떠날 때, 그녀가 그를 껴안고 귀에다 속삭인다. 우리가 정식으로 약혼했다면 당신이 내게 키스할 수 있을 텐데.

내 생각도 그래. 그러나 그가 그녀를 사랑할 만한 여성으로 생각한 건 이때가 처음이다. 그는 조금 충격을 받기도 하고, 또 조금 공허감을 느끼기도 한다. 돌아가는 열차 안에서, 그녀는 마음에 동요를 일으켰던 한 개성 있는 여성으로서가 아니라, 그녀의 가족과 그들의 배경이 되는 보스턴의 유쾌한 중심으로 기억된다. 그녀와 이야기를 하면서, 그는 처음으로 또래들과의 만족스러운 일체감을 경험한다. 그는 애인을 갖는다는 것이 중요한 일임을 깨닫는다.

그는 여러 수준에서 머리를 써야 한다는 것을 알고, 늘 지식을 습득한다. 그가 진리라고 생각하는, 머리로 해명해야 하는 객관적인 상황이 있는가 하면, 그가 '심층'이라고 부르는, 구름 위에 놓인 매트리스 같은 것이 있다. 그는 구름의 두께를 발로 더듬어 재어 볼 생각은 없다. 그리고 또 한 가지 매우 중요한 수준의 지식이 있다. 함께 생활하고 일하는 사람들에게 미치는 효과를 염두에 두고 말하고 행동해야 한다는 점이다.

그는 이 마지막 교훈을 군사학과 전술학 시간에 극적으로 배운다. (걸레질이 잘된 갈색 강의실 전면에 칠판이 있고, 열 지어 놓은 긴 의자들 위에는 생도들이 체스 판의 사각 칸 속에 앉듯 의심할 수 없는 대칭을 이룬 채 앉아 있다.)

교관님. (그가 허락을 받고 발언한다.) 리가 그랜트보다 유능한 장군이었다고 말하는 게 과연 공정한 평가이겠습니까? 두 사람의 전술이 비교가 되지 않는다는 건 저도 알지만, 그랜트는 전략에 정통한 장군이었습니다. 보다 더…… 더 중요한 병력과 물자의 문제가 제대로 해결되지 않는다면 전술이 무슨 의미가 있겠습니까? 전술은 그저 전체의 일부분일 뿐인데요. 이렇게 본다면 무형의 요소들도 참작하려 한 그랜트가 더 위대하지 않을까요? 춤 솜씨는 그저 그랬지만 그랜트는 쇼 전체를 아울러 연출해 내는 능력이 있었죠. (왁자하게 웃음이 터진다.)

삼중의 실책이었다. 그의 말은 앞뒤가 맞지 않았고 반항적이었으며 익살스러웠다.

커밍스, 앞으로는 요점을 좀 더 간략하게 말하게.

네.

공교롭게도 자네 의견은 틀렸어. 앞으로 제군들은 경험이 이론보다 훨씬 중요하다는 사실을 알게 될 거다. 모든 전략의 근거를 대기란 불가능하다. 리치먼드에서도 그랬고, 지금 유럽의 참호전에서도 벌어지는 일이지만, 전략으로 기대했던 성과가 손실에 상쇄되어 버리는 것이 보통이다. 전술이야말로 언제나 결정적인 요인이다. (교관이 그것을 칠판에 적는다.)

그리고 커밍스…….

네?

자네 같은 생도가 이십 년 내로 대대장이 되려면 운이 좋아야 할 테니까, 전군(全軍)의 전략보다는 소대의 전략 문제에나 관심을 쏟는 편이 현명할 거야. (그의 비꼬는 말에 생도들이 소리 죽여 웃다가, 웃음을 허락하는 교관의 표정을 보고는 마음 놓고 크게 웃는다. 커밍스는 온몸이 달아오른다.)

그는 이 일로 몇 주 동안이나 농담의 대상이 된다. 어이, 커밍스, 자네라면 리치먼드를 점령하는 데 몇 시간이나 걸리겠나?

에드, 자넬 프랑스군의 고문으로 보낸다는 소문이 있던데. 구상만 제대로 한다면 힌덴부르크 방어선도 돌파할 수 있을 거야.

그는 이 일에서 많은 것을 배운다. 무엇보다도 사람들이 그를 좋아하지 않으며 앞으로도 좋아하지 않으리라는 것, 실수를 해서는 안 된다는 것, 그리고 자신을 물어뜯으려고 기다리는 무리들에게 약점을 노출해서는 안 된다는 것을 알게 된다. 때를 기다리는 수밖에 없다. 그러나 마음이 무척 상해서 결국 참지를 못하고 마거릿에게 그 일에 관해 편지를 쓴다. 그런 일을 보상하듯, 사람들에 대한 경멸감이 커진다. 이런 무리들이 세련된 세계에 대해 뭘 알겠어.

그가 졸업할 때 연보 「곡사포」에 실린 그의 기록 밑에는 '전략가'라는 말이 인쇄되어 있다. 그러나 그런 표현이 연보의 부드럽고 감상적인 분위기와 사뭇 어울리지 않는다고 여겼는지 "행위가 훌륭해야 훌륭한 사람이다."라는 애매한 문구가 덧붙여져 있다.

그는 마거릿과 함께 짧은 휴가를 보낸다. 두 사람이 약혼을 발표한 지 얼마 지나지 않아 그는 유럽의 전쟁터로 가는 수송선을 탄다.

총사령부 기획부에 배속된 그는 어느 성에 남은 곁채에서 생활하며 백색 도료를 칠한 가구 없는 방에서 잠을 잔다. 그곳이 한때 하녀가 쓰던 방이었다는 사실을 그는 모른다. 전쟁은 그의 기질과 잘 맞는다. 전쟁은 틀에 박힌 따분한 일과와 병력 이동 상황을 약술하는 작업에 변화를 가져온다. 포성은 언제나 그의 과업에 윤기를 더하고, 사납게 파헤쳐진 바깥의 땅은 그가 다루는 숫자의 중요성을 말해 준다.

그가 보기에 이 전쟁 전체가 하나의 칼날 위에 아슬아슬하게 놓여 있는 것처럼 비치는 밤도 있다. 그런 때는 어느 쪽으로든 한 치 앞도 예측할 수 없다.

그는 대령, 운전병, 그리고 다른 장교 두 명과 함께 전방 시찰을 나간다. 샌드위치를 싸고 보온병에 커피를 담아 가지고 간다. 마치 소풍이라도 나가는 것 같은 모양새다. 통조림도 가져가지만 그걸 먹을 기회는 없을 듯싶다. 그들이 탄 차는 뒷길로 해서 도로에 팬 구멍과 포탄 구덩이 위를 천천히 덜컹거리

며 지나가기도 하고 요란하게 흙탕물을 튀기기도 하면서 전
방으로 간다. 차는 황량한 들판을 한 시간 동안 달린다. 음울
한 오후의 하늘을 밝히는 것은 포화뿐인데, 조명탄의 거칠고
불길한 깜박임은 무더운 여름밤의 번갯불 같다. 참호 진지를
1킬로미터쯤 앞둔 곳에 지평선을 간신히 가릴까 말까 한 낮은
능선이 있다. 이곳에서 차를 세운 일행은 아침에 온 비로 바닥
에 1센티미터가량 물이 괸 연락 참호를 따라 천천히 걷는다.
보조 참호가 가까워지면서 연락 참호는 지그재그로 꼬부라지
기 시작하다가 점점 깊어진다. 100미터를 전진할 때마다 커밍
스가 흉벽에 올라 조심스럽게 머리를 내밀고 어둑어둑한 무
인 지대를 살핀다.

예비 참호에서 그들은 걸음을 멈추고 콘크리트 대피호 하
나에 자리를 잡는다. 그들은 그들의 대령과 그 전투 지구의 연
대장이 나누는 대화를 경청한다. 연대장 또한 공격을 앞두고
이곳에 와 있는 상황이다. 어둠이 내리기 한 시간 전 포문이
열리기 시작하는데, 탄막이 차츰차츰 전군의 진지에 접근하
다가 마침내 적의 참호에 포격이 집중된다. 포격은 십오 분간
지속된다. 독일군의 포격도 시작되는데 몇 분에 한 번씩 방향
이 빗나간 포탄이 그들의 관측소 근처에 떨어진다. 박격포 공
격이 시작되면서 그 소리가 모든 것을 덮을 만큼 요란해지자,
사람들은 의사 전달을 위해 너도 나도 고함을 지른다.

시간이 됐어. 이제 진격이야. 누군가가 고함을 친다.

커밍스가 쌍안경을 들고 콘크리트 벽에 난 구멍으로 밖을
내다본다. 진흙투성이 병사들이 노을빛 속에서 희미한 은빛

평원 위의 은빛 망령들처럼 보인다. 다시 비가 내린다. 병사들은 얼굴을 처박고 엎어지기도 하고 뒤로 기우뚱 넘어가기도 하고 납빛 진흙탕 속에서 배를 깔고 미끄러지기도 하면서, 걷는 것도 달리는 것도 아닌 속도로 앞으로 나아간다. 독일군도 잔뜩 약이 오르고 화가 나서 미친 듯이 응사한다. 그들 쪽에서 사납게 분출되는 빛과 소리가 너무도 엄청나서 그의 감각을 압도해 버린다. 나중에는 그들이 그저 벌판을 가로질러 진격하는 아군 보병들 앞에 놓인 하나의 배경처럼 인식되기까지 한다.

병사들은 이제 마치 맞바람을 맞으며 걸을 때처럼 몸을 앞으로 기울이고 느린 속도로 전진한다. 모든 것들이 느리게 움직인다. 병사들은 무기력하게 전진하고 무기력하게 쓰러진다. 그는 그 느림에, 그 무기력함에 매료된다. 공격에는 일정한 양식이 없고, 병사들에게는 의지가 없는 것 같다. 돌이 떨어진 연못 속의 나뭇잎처럼 그들은 온갖 방향으로 움직이지만, 그럼에도 총체적으로는 앞으로 나아간다. 어지러이 움직이는 듯 보이는 개미 떼들이 최종적으로는 모두 한 방향으로 움직이는 것이다.

그는 쌍안경을 통해 한 병사가 앞으로 달려 나가다가 진흙속으로 고꾸라지는 듯하더니 이내 몸을 일으켜 세워 다시 달려 나가는 것을 본다. 그것은 마치 높은 건물의 창문을 통해 군중을 내려다보거나, 애완동물 가게의 창 너머에서 꿈틀거리는 여러 마리의 강아지들에서 한 마리를 떼어 놓은 것과도 같다. 그 집단이 개개의 단위로 구성되어 있다는 게 이상하면서도 실감이 나지 않는다.

그 병사가 쓰러지더니 진흙 속에서 경련을 일으킨다. 그는 쌍안경을 돌려 다른 병사에게 초점을 맞춘다.

독일군 진지에 도달했다! 누군가가 고함을 친다.

그가 서둘러 그쪽을 본다. 몇몇 병사가 가름대에 접근하는 장대높이뛰기 선수들처럼 총검을 앞으로 내밀고 적의 참호 흉벽을 뛰어넘는다. 그들의 동작이 너무도 느긋해 보이고 그들의 뒤를 따르는 이들도 너무 적어 보여서 그는 어리둥절하다. 다들 어디로 간 겁니까, 하고 물으려는데 연대장이 외친다. 점령했다. 잘하고 있어. 점령했구나. 그가 손에 수화기를 들고 큰 소리로 빠르게 명령을 내린다.

독일군 포병이 방금 빼앗긴 참호 진지를 포격하기 시작한다. 병사들의 대열이 땅거미가 지기 시작한 조용한 들판을 죽은 병사들의 시체를 피해 돌면서 느린 속도로 전진하여 독일군 참호 속으로 들어간다. 사위가 전부 어두워지다시피 했는데 집이 한 채 불타는 동쪽 하늘이 장밋빛으로 물든다. 쌍안경을 통해서는 이제 아무것도 보이지 않는다. 그는 쌍안경을 아래로 내리고 경이로운 눈으로 조용히 벌판을 바라본다. 벌판은 상상 속에서 그려 봤던 달 표면처럼 원초적이고 낯설다. 포탄 구덩이들에서는 물이 반짝이고 쓰러진 병사들의 시체들을 피해 길게 잔물결을 이루며 미끄러지듯 흐른다.

어떤가? 대령이 그의 옆구리를 찌른다.

오, 이건 정말이지……. 그러나 적당한 말을 찾을 수가 없다. 너무도 엄청나고 너무도 충격적인 광경이었기 때문이다.

교본에서 배운 길고 무미건조한 전투들이 현실처럼 생생하게 머릿속에서 펼쳐진다. 그의 머릿속엔 오로지 공격을 명령한 사람에 대한 생각뿐이다. 그는 그 인물에 대해 경외심을 품는다. 그 놀라운…… 용기. 그 책임감. (더 멋진 말이 생각나지 않아서 그는 군대식 표현을 쓴다.)

저 많은 병사들이 있고, 그들 위에 누군가가 있어 그들에게 명령을 하고, 어쩌면 그들의 인생을 영원히 바꾸는 것이다. 그는 어둠 속에서 지금까지 그의 영혼을 두드렸던 가장 커다란 비전에 애가 탈 정도로 매혹되어 멍하니 벌판을 바라본다.

사람이 할 수 있는 일은 얼마든지 있었다.

그 모든 걸 지휘한다는 것. 그는 자신의 강렬한 감정, 분노, 환희, 막연하고 거대한 갈망 때문에 숨이 막힌다. 그는 대위(임시 계급)로 귀국하여 진급과 강등 명령을 동시에 받고 중위(정식 계급)가 된다. 그는 신부 측 부모의 은근한 반대를 무릅쓰고 마거릿과 결혼한다. 짧은 신혼여행 후 어느 육군 기지에 살림을 차리고 적당히 즐거운 의미 없는 파티와 토요일 밤마다 장교 클럽에서 열리는 무도회를 전전한다.

두 사람의 잠자리는 한동안은 꿈처럼 황홀하다.

그는 그녀를 굴복시키고 흡수해 버리고 갈기갈기 찢어 버리고 소모시키지 않고는 견디질 못한다.

그의 이러한 심리는 두 사람이 서로 경험이 없고 낯설고 익숙지 않다는 사실에 가려 한두 달은 숨겨졌으나 결국은 표면으로 드러나고 만다. 반년, 아니 거의 일 년 동안 두 사람의 사랑의 행위는 격렬하고 광포하다. 그래서 행위가 끝나고 나면 그는 피로감과 좌절감 때문에 그녀의 젖가슴에 엎드려 흐느낀다.

날 사랑해? 당신은 내 거지? 날 사랑해 줘.

그래요, 그래요.

널 갈가리 찢어 놓을 거야, 널 삼켜 버릴 거야, 내 걸로 만들 거야, 이 잡년아.

자기가 뱉어 놓고도 깜짝 놀랄 만한 상소리가 어느새 터져 나온다.

한동안 마거릿은 오히려 그 때문에 달아오르고 흥분한다. 그것이 열정이라 여겨 몸을 활처럼 휘며 더욱 타오르지만, 그것도 한때의 일이다. 일 년이 지나자 현실이 적나라하게 드러난다. 그녀의 몸 위에서 그 혼자 자기 자신과의 싸움을 하고 있다는 그녀도 분명히 알게 된다. 그녀의 마음속에서 무언가가 시들어 버린다. 모든 권위, 그리고 그 권위에 목매는 가족과 보스턴 거리와 역사를 떠나온 그녀가 더 무서운 권위, 더 큰 요구에 직면한 것이다.

물론 이 사실은 말로 직접 표현되지 않는다. 그런 말을 입 밖에 내는 순간 두 사람은 서로를 견디지 못하게 될 것이다. 대신 두 사람의 결혼 생활은 형태를 바꿔, 가볍고 속이 텅 빈 위선적인 동반자 관계로 변질된다. 이제는 잠자리를 같이하는 일도 드물다. 어쩌다 하게 되더라도 두 사람은 괴로울 정도로 서로에게서 소외된다. 그는 그녀에게서 물러나 자기의 상처를 핥으며 박차고 나갈 수 없는 제한된 세계 속에서 몸부림친다. 사교 생활이 훨씬 큰 의미를 지니게 된다.

그녀는 초대와 방문의 미묘한 대차 관계 일람표를 만들며 집 안을 꾸려 나가는 일로 바쁘게 시간을 보낸다. 한 달에 한 번씩 개최하는 파티에 초청할 사람들의 명단을 작성하는 데 꼬박 두 시간이 걸린다.

한번은 장군을 집에 초대해도 되는지를 놓고 일주일 내내 양쪽의 경우를 상세히 따져 가며 검토하기도 한다. 두 사람은 장군을 초대하는 건 온당한 일이 아니며 설사 그가 초대에 응한다 해도 오히려 그들에게 불리한 결과를 초래할 수 있다는 결론을 내린다. 그러나 며칠 후 커밍스 대위는 밤에 다시 그 문제와 씨름하다가 새벽에 잠을 깨서 그것은 반드시 시도해 보아야 하는 모험이라고 판단한다.

두 사람은 대단히 용의주도하게 계획을 짠다. 장군에게 선약이 없는 데다가 무슨 일이 생길 것 같지도 않은 어느 주말을 파티 날짜로 정한다. 마거릿은 장군 집 당번병에게서 장군이 좋아하는 음식을 알아낸다. 그리고 주둔지의 댄스파티에서 장군 부인과 이십 분 동안 나눈 대화를 통해 친정아버지의 지인 가운데 장군이 아는 사람이 있다는 정보를 얻는다.

초청장을 보내자 장군이 응한다. 파티 전의 일주일간은 초조함이, 파티에서는 긴장감이 감돈다. 장군이 들어오더니 뷔페 테이블 옆에 서서 훈제 칠면조 고기와 마거릿이 사람을 보내 보스턴에서 가져온 새우 요리를 꽤나 열심히 먹는다.

결국 파티는 성공적으로 끝난다. 장군은 여덟 잔째 스코치 위스키, 쿠션을 부풀리고 술로 장식한 가구 (그는 고작해야 단풍나무로 만든 가구 정도를 예상했었다.), 새우 소스의 달콤하면서도 톡 쏘는 맛에 만족하여 커밍스에게 알 듯 모를 듯한 미소를 짓는다. 작별 인사를 할 때 그는 커밍스의 어깨를 두드리고 마거릿의 볼을 살짝 꼬집는다. 긴장이 와르르 무너지며 하급 장교들과 부인들은 노래를 부르기 시작한다. 그러나 모두 기진한 상태라 파티는 일찍 끝난다.

그날 밤 마거릿과 파티의 성공을 자축할 때, 커밍스는 매우 기분이 좋다.

그러나 그 기분을 마거릿이 망쳐 놓는다. 그녀는 그즈음 뭐든 망쳐 버리는 재주를 발휘한다. 있잖아요, 에드워드, 솔직히 이게 다 무슨 소용이에요? 그렇다고 당신 진급이 빨라지는 것도 아닌데. 당신을 장성으로 천거하는 문제가 생길 때쯤, 그 늙다리는 이미 세상에 없을 것 아니에요. (그녀도 가볍게 상스러운 말을 하는 습관이 생겼다.)

평판 관리는 일찌감치 시작하는 게 좋아. 그가 얼른 말한다. 그는 관례라는 것을 모두 받아들이고 스스로를 다그쳐 그것을 충실히 따르려 애쓰지만, 남들이 그에 대해 의문을 갖는 건 좋아하지 않는다.

그런 막연한 말이 어디 있어요? 그 사람을 초대한 게 지금 생각하면 우습다는 생각이 들어요. 그 사람이 없었다면 훨씬 더 재미있었을 텐데.

재미라고? (그 말이 그의 본질적인 부분에 타격을 가해, 그는 분노로 힘이 빠져 버린다.) 세상에는 재미보다 중요한 일들이 있는 거야. 그는 자기가 등 뒤로 문을 쾅 닫아 버린 것 같은 기분이 든다.

당신 그러다가 아주 따분한 사람이 되겠어요.

그만해 둬. 그가 목소리를 높인다. 그가 화가 난 것을 보고 그녀는 입을 다문다. 그러나 두 사람 사이에는 계속 앙금이 남고, 그것은 또다시 표면화된다.

당신 대체 어떻게 된 건지 모르겠군. 그가 중얼거린다.

다른 방향으로 다른 움직임이 있다. 그는 한동안 장교 클럽의 주당들과 어울려 술을 마시고 포커를 하고 다른 여자들과 몇 차례 밀회를 즐기기도 한다. 그러나 그 역시 마거릿과의 관계를 재판하는 것이라, 결국은 모멸감으로 끝나고 만다. 일이 년을 그렇게 보낸 후, 그는 남들과 어울리기보다 자기 자신에게 집중하게 되고 부대를 지휘하는 일에 전념한다.

그는 그 방면에 재능이 있다. 그는 문제를 완벽하게 파악하고 밤에는 침대에 누워 어떻게 하면 개성이 서로 다른 병사들을 잘 다룰 수 있고 효과적으로 통솔할 수 있을까를 고민한다. 낮에는 거의 모든 시간을 중대에서 보내며, 작업을 감독하고 부단히 검열한다. 그가 지휘하는 중대는 언제나 주둔지에서 가장 훌륭하게 관리되고, 그의 중대 앞길은 단연코 가장 깨끗하고 정돈이 잘 되어 있다.

토요일 아침에는 각 소대에서 일 개 분대가 차출되어 병사(兵舍) 밑의 잡초를 벤다.

그는 신안(新案)의 놋쇠 광택기들을 일일이 다 시험해 본 뒤 가장 품질이 좋은 것을 골라 그 상표의 제품만을 사용하라는 명령을 게시한다.

매일 실시되는 변소 검사 때는 언제나 사병들보다 한 발 앞서 변소로 간다. 어느 날 아침 그는 엎드려서 배수구 판을 들어 올려 보고는 하수관에 기름때가 끼어 있다고 해서 소대에 벌점을 준다.

검열 때 그는 바늘을 들고 와서 층계의 갈라진 틈에 먼지가 끼어 있는지를 살핀다.

주둔지에서 여름마다 열리는 장애물 경주 대회에서는 그의 중대 팀이 항상 우승한다. 2월 1일부터 연습에 임하게 한 결과이다.

중대 식당 바닥은 매 끼니 식사가 끝날 때마다 끓는 물로 걸레질을 한다.

그는 언제나 사병보다 한 발 앞에 있다. 장군 한 명이 오기로 예정되어 있는 토요일의 총 검열 때면, 그는 선임 하사에게 지시를 내려 사병들이 침대 앞에 내놓아야 할 예비 군화 밑창에 기름칠을 하게 한다.

그는 연병장에서 소총을 분해하여 용수철 후면에 먼지가 끼어 있는지까지도 검사하는 것으로 유명하다

중대원들은 중대장이 사병들에게 구두를 벗고 병사에 들어가게 할 것이라는 농담을 하곤 한다.

영관급 장교들은 하나같이 커밍스 대위가 주둔지에서 가장 우수한 하급 장교임을 인정한다.


보스턴의 친정을 방문한 마거릿이 질문을 받는다.

아직 아이를 가질 계획은 없는 거니?

아뇨, 아직요. 마거릿이 웃는다. 아이가 생겼다가는 에드워

드가 유모차에 걸레질을 하려 들걸요.

칠 년이면 너무 오래 아이가 없다고 생각하지 않니?

아마 그렇겠죠. 그런데 전 잘 모르겠어요.

너무 오래 기다리는 건 좋지 않다.

마거릿이 한숨을 쉰다. 남자들은 참 이상해요. 정말 알 수가 없어요. 이렇게 생각하고 보면 저렇고, 저렇게 생각하고 보면 이렇고.

숙모는 얇은 입술을 꼭 다문다. 마거릿, 내가 늘 느끼던 거지만, 넌 우리가 잘 아는 사람과 결혼했어야 했어.

그건 정말 꽉 막힌 생각이에요. 에드워드는 언젠가 유명한 장군이 될 거예요. 전쟁만 일어난다면 전 조세핀[47]이 된 기분일걸요.

(꿰뚫어 보는 눈초리) 그렇게 허세를 떨 필욘 없다, 마거릿. 결혼생활을 한 지도 오래되었으니 이제 너도 좀 더…… 좀 더 여자다워졌을 줄 알았는데. 모르는 상대하고 결혼하는 건 현명한 일이 아니야. 하긴 난 정확히 그 이유 때문에 네가 에드워드와 결혼한 거라고 늘 생각했단다. (의미심장하게 사이를 두기) 대처의 아내인 루스는 벌써 셋째를 가졌다는 구나.

(마거릿은 화가 난다.) 저도 늙으면 숙모처럼 심술궂어질지도 모르겠네요.

그 신랄한 말버릇은 언제까지고 고치기 힘들 것 같구나.

---

47) 프랑스의 황후, 나폴레옹 1세의 부인.

토요일 밤 장교들의 댄스파티에서 마거릿이 술에 취하는 일이 더욱 잦아진다. 가끔은 저러다 곧 추태를 부리겠구나 싶을 때도 있다.

대위님, 내내 혼자 계시는군요. 어느 장교의 부인이 말을 건넨다.

네, 저는 좀 구식이라서요. 전쟁과…… (그녀의 남편이 임관된 것은 1차 세계 대전이 끝난 1918년 이후다.) 그렇지 않아도 춤을 좀 배워 둘걸, 하고 늘 후회한답니다. (장차 그가 다른 직업 장교들 사이에서 돋보이게 될 이런 배려 깊은 태도는 이 무렵에 시작되었다.)

부인은 잘 추시네요.

그렇습니다. (장교 클럽의 한구석에서 마거릿이 남자들에게 둘러싸여 있다. 그녀는 지금 어느 소위의 어깨에 손을 얹고 큰 소리로 웃고 있다.) 그는 멸시와 혐오의 감정을 담아 그쪽을 건너다본다.

웹스터 사전에는 '증오'라는 단어가 이렇게 정의되어 있다. 명사. 강렬한 반감 또는 혐오의 감정. 굳어진 악의 또는 적의.

대개의 부부 사이에는 실오라기 수준으로 존재하는 감정이 커밍스 내외의 경우에는 지배적인 요소가 되어 가고 있다.

싸움도 없고 욕설도 없는, 차가운 형태의 증오.

그는 지금 공부에 매진 중이다. 주둔지에서 주둔지로 옮겨 가며 그는 관사 거실에서 일주일에 대여섯 밤을 독서로 보낸다. 그동안 놓쳤던 배움의 기회들을 놀라운 속도로 만회해 간다. 먼저 철학 서적에 손을 대고, 뒤이어 정치학, 사회학, 심리학, 역사, 심지어 문학과 예술 서적까지 탐독한다. 그는 이 모든 학문을 자신이 가끔씩 과시하는 놀라운 기억력과 동화력으로 흡수하고, 그것을 즉시 다른 무엇으로 변화시켜 그의 마음을 지배하는 뒤틀린 심리를 만족시킨다.

그것은 군 주둔지에서 어쩌다 한 번씩 지적인 토론을 벌일 때 어느 정도 효과를 나타낸다. 내 생각에 프로이트는 꽤 흥미로운 데가 있어. 그가 말한다. 요컨대 인간은 쓸모없는 존재라는 것, 그리고 모든 것은 자기 자신을 어떻게 효과적으로 통제하느냐 하는 문제로 귀결된다, 라는 거야.

1931년에는 슈펭글러가 특히 기질에 맞는다. 그는 중대원들 앞에서 조심스럽게 짧은 연설을 한다.

세상 돌아가는 사정이 심상치 않다는 것은 내가 굳이 이야기할 필요도 없겠지. 너희 가운데는 바로 그 이유 때문에 군에 입대한 사람들도 있다. 그러나 나는 우리가 중요한 역할을 하게 될지도 모른다는 점을 지적하고 싶다. 세계 곳곳으로 군대가 출동하고 있다는 것은 너희도 신문을 읽어 알 것이다. 앞으로 엄청나게 많은 변화가 일어날지도 모른다. 그럴 경우 나를 통해 전달되는 정부의 명령에 복종하는 것이 너희의 임무가 될 것이다.

그의 구상들은 윤곽이 뚜렷해지지도 문서화되지도 않은 채, 결국 소멸해 버린다. 1934년의 커밍스 소령은 외국의 소식에 훨씬 더 깊은 관심을 갖는다.

히틀러의 인기는 일시적으로 유행했다가 사라질 현상이 아닐세. 그가 주장한다. 히틀러에게는 뭔가 새로운 발상의 싹이 있어. 더욱이 그의 정치적 역량은 인정하지 않을 수 없지. 그

가 독일 국민을 다루는 솜씨는 아주 비상해. 지크프리트 선[48]
은 독일 민족에게 근본적인 의미가 있어.

1935년에 커밍스는 포트 베닝의 보병 학교에서 몇 가지 개
혁 조치를 단행함으로써 사람들의 뇌리에 남는다.

1936년에 그는 워싱턴의 육군 대학에서 그해 가장 장래가
촉망되는 영관급 장교로 인정받는다. 그는 워싱턴 사교계에 잔
잔한 파문을 일으키고, 하원 의원 몇 사람과 친분을 맺고, 워싱
턴에서 영향력 있는 안주인들을 만난다. 한동안 그는 워싱턴
사교계의 군사 고문으로 눌러앉을 위험에 처하기도 한다.

그러나 그는 현실에 안주하지 않고 늘 관심 분야를 확장
한다. 지금은 혼란과 서로 모순된 충동들이 감춰져 있다. 맡
은 일에 집중하는 그의 태도 밑에 가려 보이지 않는 것이다.
1937년 여름에 삼십 일간의 휴가를 얻은 그는 메인에서 휴가
를 보내는 처남을 방문한다. 두 사람은 커밍스가 워싱턴에서
근무할 때 매우 친해졌다.

어느 날 오후, 두 사람은 함께 돛배를 탄다.

에드워드, 난 우리 가족의 의견에는 처음부터 동의하지 않
았어. 자네에게 무슨 잘못이 있는 것도 아닌데 우리 가족은 진

---

48) 원래 1차 세계 대전 기간 동안 독일이 프랑스에 건설한 힌덴부르크 선의
전차 방어 및 요새 방어 지역의 일부였다. 일반적으로는 1930년대 프랑스에
서 건설된 마지노선과 함께 2차 세계 대전 기간에 건설된 독일 국경의 요새
를 의미한다. 지크프리트 선은 전략적 이유보다도, 히틀러가 나치 프로파간
다를 위해 계획, 건설한 방어선이다.

심으로 자넬 받아들이지 못했지. 그들의 미적지근한 태도가 조금은 맥 빠지겠지만, 자넨 물론 이해할 테지.

이해할 것 같네, 마이넛. (마이넛과의 관계와 같은, 이런 다른 감정과 야망의 네트워크가 있다. 그것은 이따금 되살아나곤 한다. 그를 손짓해 불렀던 보스턴의 형언할 수 없는 완전성은 그에게 기묘한 만족감과 불안감을 동시에 안겨 준다. 그는 자기가 워싱턴에서 보스턴을 염치없이 이용한 사실을 냉소적으로 시인한다. 그럼에도 여전히 매력과 불확실함이 있다.) 그의 말은 그의 귀에도 지나친 수사(修辭)로 들린다. 마거릿이 그 모든 일에 대해 아주 훌륭하게 처신했지.

내 동생이지만 멋진 여자야.

그래.

자넬 몇 년 더 일찍 알지 못한 게 아쉬워. 자넨 국무성에 정말 잘 맞았을 텐데. 난 자네가 군에서 성장하는 과정을 지켜봐 왔네, 에드워드. 자네는 상황이 요구할 때 내가 아는 누구보다도 판단과 기지가 뛰어나고 상황의 핵심을 재빨리 포착하더군. 이젠 너무 늦어 버렸으니 아깝지 뭐야.

하긴 나도 그쪽 방면으로 진출해도 잘하지 않았을까 하고 생각할 때가 있네. 커밍스가 동의한다. 하지만 자네도 알다시피 나는 일 년 후엔 중령으로 진급하네. 중령 이후엔 연공서열과 상관없이 진급할 수 있지. 내 자랑을 하는 것 같아 민망하지만, 다시 일 년만 더 있으면 대령이 될 거야.

음. 자네, 프랑스어는 할 줄 아는가?

뭐, 그럭저럭. 1917년에 프랑스에 갔을 때 배웠고, 그 후 쭉 공부해 왔으니까.

처남은 턱을 손가락으로 만지작거린다. 에드워드, 정부에서 하는 일이라는 게 다 그렇지만 같은 부처 내부에서도 여러가지 관점이 존재하는 법이라네. 나는 자네를 프랑스에 보내 작은 전투를 치르게 하면 어떨까 하고 생각해 왔어. 물론 장교로서 능력을 발휘해서 말일세. 공식적인 임무는 아니고.

그럼 어떤 임무인가, 마이닛?

오, 한마디로 정의 내리기 힘든 일일세. 이곳저곳에서 사람들을 만나 몇 마디 하는 거지. 국무성 안에 우리의 스페인 정책을 바꾸려고 하는 세력이 있거든. 그자들의 기도가 성공할 거라고는 생각하지 않지만, 혹시라도 성공할 경우 지브롤터를 소련에게 넘겨주는 격이 되니까 큰일이지. 내가 걱정하는 건 프랑스일세. 그들이 중립적인 태도를 취하는 한 우리 쪽에서 독자적으로 무언가를 시도할 필요는 없을 것 같아.

그들을 중립 상태로 유지시키는 게 내 임무이겠군.

뭐 그리 거창한 일은 아닐세. 적절한 곳에 압력을 좀 가할 수 있는 재정적인 약정, 일종의 보험 같은 게 이쪽에 어느 정도 마련되어 있으니까. 프랑스에서는 누구나 뇌물로 매수할 수 있고, 털어서 먼지 안 나는 사람이 없다는 걸 염두에 두어야 하네.

내가 여기서 몸을 뺄 수 있을까?

우리가 프랑스와 이탈리아에 군사 사절단을 파견하게 되어 있거든. 내가 육군성을 통해 알선할 수 있네. 자네한테 상황 설명을 좀 해야겠지만, 그건 자네라면 별 문제가 안 될 테고.

대단히 흥미롭군. 커밍스가 말한다. 정치 공작의 문제들은…… 그는 말끝을 흐린다.

뱃전을 때리며 뒤로 흐르던 물이 선미 뒤에서 마치 고양이가 털을 핥아 매끄럽게 만들어 놓은 것처럼 조용하고 부드럽게 수면으로 사라진다. 외대박이 돛배 저편으로 햇빛이 만 위에 흩어져 물 위에서 반짝인다.

이제 돌아가는 게 좋겠군. 처남이 말한다.

해안선이 올리브색을 띤 녹색의 나무로 덮여 원시 그대로의 작은 만을 이룬다.

나는 저 위로 올라가 본 적이 없어. 처남이 커밍스에게 말한다. 아직도 숲 속에 인디언들이 있을 것 같거든. 메인은 때가 안 탄 고장이야.

사무실은 예상했던 것보다 작고 가죽 냄새가 심하고 기름때가 많다. 프랑스 지도에는 연필 자국이 많이 나 있고, 한쪽 귀퉁이가 낡은 책장처럼 말려 있다.

사무실이 이 꼴이라 사과를 드려야겠습니다. 사내가 말한다. (억양은 무시할 만한 수준인데, 다소 또박또박 말하는 느낌이다.) 처음에 언급하셨던 우리 일의 성격을 고려할 때, 이곳에서 만나는 것이 최선이라고 생각했지요. 뭐 꼭 남몰래 은밀히 진행해야 하는 건 아니지만, 증권 거래소에는 보는 눈이 너무 많아서요. 사방이 첩자예요.

이해합니다. 선생을 만나기가 쉽지 않더군요. 우리가 아는 관계자는 드베르네 씨가 어떻겠느냐는 의견이었지만, 그 사람은 거리가 좀 있어서 판단하기 힘들다고 생각했죠.

채권이 있다고 말씀하셨죠?

차고 넘치죠. 이건 공식적인 것이 아니라는 걸 분명히 해 두겠습니다. 암묵적인 합의가 있어서 말입니다…….

암묵적? 암묵적이라고요?

리웨이 화학 회사와의 합의 말입니다. '그 사람'이 괜찮다고 생각하는 프랑스 기업에 투자하기로 했어요. 달리 콩고물 같은 건 없습니다. (그는 '콩고물'이라는 은어를 자기가 맞게 쓴 건지 궁금하다.) 정당한 상거래죠. 그러나 이윤은 살부아죄 형제 회사에 이득을 주고 필요할 경우 선생이 조정을 할 수 있을 만큼 클 거라 생각합니다.

좋습니다.

물론 선생이 밟을 절차에 관해 좀 더 구체적인 내용을 알아야 합니다.

커밍스 소령님, 하원 의원 25명의 표는 제가 보증할 수 있습니다.

표결까지 가지 않는 게 가장 좋겠죠. 다른 방법들이 있을 겁니다.

저는 제 접근 경로를 밝힐 입장이 못 됩니다.

(상황의 핵심) 살부아죄 씨, 선생은…… 견식이 있는 분일 테니 리웨이 화학 회사가 제의하는 그런 규모의 사업이라면 선생 측에서 좀 더 구체적인 것을 제시할 필요가 있다는 걸 분명히 아실 겁니다. 프랑스에 자회사를 설립한다는 건 벌써 몇 해 전에 결정된 사실입니다. 누가 그것을 맡느냐의 문제가 남았을 뿐이지요. 물론 선생 측에서 필요한 재정 보증을 한다는 조

건이 있긴 합니다만, 나는 살부아죄 형제 회사와 합병할 수 있는 권한을 위임받은 상태입니다. 만약 선생께서 더 확실한 보증을 할 수 없으시다면, 안타깝지만 저는 현재 제가 조사하는 다른 경로들을 통해 거래를 하지 않을 수 없습니다.

애석한 일이군요, 커밍스 소령님.

저도 그렇게 생각합니다.

살부아죄가 의자에서 몸을 비틀어 높이 난 좁은 창으로 아래쪽 길에 깔린 포석을 내려다본다. 프랑스 자동차의 경적 소리가 커밍스의 귀에 높고 날카롭게 들려온다.

경로는 몇 가지가 있습니다. 제가 보증을 하고 관계 문서를 드리고 사후에 소개도 해 드리겠습니다만, 가령 레 카굴라르에는 화학 회사는 아니지만 특정 기업들에 영향력을 좀 행사할 수 있는 제 친구들이 몇 명 있습니다. 과거에 그 기업들의 일에 도움을 준 연고지요. 그 기업들은 필요할 경우 하원에서 75명 의원단의 결정을 좌우할 수 있습니다. (그가 한 손을 든다.) 물론 소령께선 사태가 표결까지 가지 않길 바라시겠지만, 당신을 위해 그걸 막을 수 있는 사람은 아무도 없습니다. 그러나 저는 투표 결과를 장담할 수 있어요. 그 하원 의원들 가운데는 각료들을 움직일 수 있는 사람들이 많습니다.

그가 말을 멈춘다. 정치라는 게 워낙 복잡한 것 아니겠습니까?

그건 그렇습니다.

외무성 고위직에 급진 사회당원이 몇 명 있는데, 그 사람들한테 제가 영향력을 발휘할 수 있을지도 모릅니다. 어느 기관에서 얻은 정보인데 그들에 관한 정보를 돈으로 살 수 있답니다. 그렇게 되면 그들도 고분고분해지겠지요. 신문 기자 수십 명과 프랑스 은행 간부 몇 명의 신상 서류도 제 수중에 있습니다. 저랑 이야기가 통하는 노조 지도자가 있는데, 일단의 사회당원들이 그의 말에 따라 움직입니다. 모든 것이 간접적이기는 합니다만, 이러한 경로들을 모두 동원하면 필요한 만큼의 표를 조성할 수 있지요. 제가 혼자 일하는 사람이 아니라는 점을 아셔야 합니다. 십팔 개월 동안은 아무 일도 없으리라는 걸 보장할 수 있어요. 그 후의 일은 역사에 맡겨야겠죠. 역사의 물줄기를 무한정 돌려놓을 수는 없는 거니까요.

두 사람은 몇 시간에 걸친 논의 끝에 계약의 첫 조건들에 관해 합의한다.

그곳을 떠나면서 커밍스는 미소를 짓는다. 이 일은 장기적으로 볼 때 프랑스와 미국 모두에게 최선의 결과를 가져올 겁니다.

살부아죄도 미소를 짓는다. 물론이죠, 커밍스 소령님. 참으로 미국인다운 어법이군요.

갖고 있는 문서를 보여 준다고 하셨지요. 내일은 어떻습니까?

좋습니다!

한 달 후, 맡은 임무를 완수한 커밍스는 로마로 간다. 처남에게서 전보가 한 통 온다.

예비 협상 결과에 만족. 성공을 축하함.

군사 사절단 임무의 일환으로 그는 어느 이탈리아군 대령을 만난다.

소령님, 우리가 아프리카 전투를 성공적으로 치러 내면서 이질 문제 해결에도 상당한 진전을 이뤘음을 주목해 주시기 바랍니다. 우리는 그런 질병의 무섭고 해로운 성향들을 피하는 데 73퍼센트나 더 효과가 있는 일련의 새로운 위생 조치들을 알아냈습니다.

여름 더위는 숨이 막힐 정도이다. 이탈리아군 대령의 강의는 들었지만 그는 설사로 고생하고 심한 감기에 시달린다. 지칠 대로 지쳐 일주일 동안 처량하게 앓아눕는다. 처남에게서 편지가 한 통 날아온다.

파리에서 일을 깔끔하게 매듭짓고 지금 당연히 의기양양해 있을 자네의 기분을 망치기는 정말 싫지만, 자네에게 꼭 해야 할 말이 있네. 자네도 알다시피 마거릿이 이 주째 워싱턴의 내 집에 와 있네. 그리고 최대한 완곡하게 표현하자면, 그 애는 매우 이상하게 행동하고 있어. 나이에 어울리지 않게 될 대로 되라는 식으로 행동하고 있다는 말일세. 솔직히 말해 그 애가 과연 내 동생이 맞나 싶을 때가 종종 있다네. 자네가 아니었다면, 나는 마거릿한테 내 집에서 나가 달라고 말했을 거야. 로마에서 보내는 휴가를 망치게 되어 나도 여간 괴로운 게 아니네만, 가능하면 자네가 돌아오는 것도 나쁘진 않을 것 같아. 트루페니오 씨를 만나서 안부 전해 주게.

이번에는 피곤함과 혐오감이 동시에 밀려온다. 제발 소문만 안 나게 얌전히 있어 달라고 속으로 빈다. 그날 밤 악몽에 시달리다가 열이 오른 상태로 잠에서 깬다. 일이 년 만에 처음으로 아버지를 생각한다. 아버지는 몇 해 전 세상을 떠났다. 그때 느꼈던 불안이 조금 되살아나는 것 같다. 자정이 지나자 그는 충동적으로 일어나 거리를 헤매다가 결국 어느 뒷골목의 술집에서 취해 버리고 만다.

조그만 사내가 그에게 매달린다. 소령님, 나하고 같이 우리 집에 가요.

그가 비틀거리며 따라간다. 자기가 무엇을 원하는지를 어렴풋하게 의식한다. 그러나 그는 원하는 것을 얻지 못한다. 다른 골목길에서 그 조그만 사내는 공범 한 명과 함께 달려들어 그의 주머니를 턴 뒤 그곳에 버려두고 간다. 그는 햇볕을 받아 쓰레기 썩는 냄새가 진동하는 로마의 어느 뒷골목에서 찌르듯 눈부신 햇살을 받으며 정신을 차린다. 그는 되도록 사람들의 눈을 피해 호텔로 돌아와서 옷을 갈아입고 목욕을 한 뒤 온종일 침대에 누워 있다. 온몸이 갈가리 찢기는 기분이다.

추기경님, 사실 저는 여러 해 전부터 교회에 존경심을 갖고 있었습니다. 교회의 광대무변함에 바로 교회의 위대성이 있다고 생각합니다.

추기경이 고개를 살짝 숙인다. 만나게 되어 기쁘오. 당신은 이미 좋은 일을 했소. 당신이 파리에서 반그리스도 분자들을 막느라고 애쓴 일은 나도 들어 알고 있소.

제 나라를 위해 일한 것뿐입니다. (이런 상황에서는 그런 말을 해도 어색한 느낌이 들지 않는다.)

그건 훌륭한 일이오.

저도 그건 압니다만, 추기경님…… 때론 만사가 의미 없고 피곤하게 느껴집니다.

당신은 어떤 중요한 변화를 준비하고 있는지도 모르오.

저도 그렇게 생각할 때가 있습니다. 저는 언제나 가톨릭교회를 우러러보아 왔습니다.

그는 바티칸의 넓은 마당을 지나 성 베드로 대성당의 돔을 오랫동안 바라본다. 방금 참석했던 의식은 그를 감동시켰다. 그의 머릿속에서 아직도 음악이 울리는 것 같다.

가톨릭으로 개종해야 하나?


그러나 미국으로 돌아가는 배 위에서 그는 다른 문제들을 생각한다. 배 위에서 산 신문에서 리웨이 화학 회사가 살부아 죄 형제 회사와 협상을 시작한다는 기사를 읽고 조용히 득의 만면한 표정을 짓는다.

개구리를 먹는 나라[49]와 이탈리아 놈들의 나라에서 벗어나 집으로 돌아가게 되니 좋은걸. 사절단 소속 장교들 가운데 한 사람이 그에게 말한다.

그래.

무솔리니가 일을 많이 했다지만 이탈리아는 여전히 후진국

---

49) 프랑스를 가리킨다.

이더군. 가톨릭 국가는 언제나 후진성을 면할 수 없다는 말이
아직은 유효한가 보네.

그런 것 같네.

잠시 동안 그의 생각이 명확해진다. 로마의 뒷골목에서 일
어난 일은 위험 신호야. 앞으로는 정말 조심해야겠어. 결코 다
시는 그런 일이 표면으로 드러나선 안 돼.[50) 교회에서의 일도
그런 관점에서 보면 이해가 가는군. 이런 시점에서 어디 가당
키나 한 일인가? 난 곧 대령이 될 텐데, 가톨릭으로 개종해서 진급
을 위태롭게 할 수는 없지.

커밍스가 한숨을 쉰다. 그래도 난 많은 걸 배웠네.

그래, 나도 마찬가지야.

커밍스는 한동안 바닷물을 보다가 천천히 고개를 든다.
수평선이 시야에 담긴다. 중령…… 대령…… 준장…… 소
장…… 중장…… 대장?

전쟁이 도와준다면야 못 될 것도 없지.

그런데 그다음에는? 정치력이 그보다 훨씬 더 중요했다. 전
쟁이 끝나고 나면…….

---

50) It must never come out again. come out의 여러 가지 의미 가운데 '동성애
자임을 공식적으로 밝히다'라는 뜻과 '신앙 고백을 하다'라는 뜻이 있는데,
여기서는 이 두 가지 의미가 함께 암시되어 있다고 볼 수 있다. 앞서 커밍스
는 몸집이 작은 사내에게 무언가를 바라고 따라갔는데, (그 전에도 몇 번 모
호하게 암시된 바 있지만) 여기서 그의 잠재된 동성애적 성향을 볼 수 있다.
또한 그는 가톨릭으로의 개종을 고려한 바 있다. 이 두 가지는 출세를 지향하
는 그의 입장에서 반드시 피해야 할 일들이며, 따라서 로마 뒷골목에서의 일
과 교회에서의 일은 그에게 '위험 신호', 일종의 경고 역할을 한 셈이다.

아직은 정치에 투신할 때가 아니다. 앞으로 정세가 변화될 가능성은 얼마든지 있다. 스탈린이 남을 수도 있고, 히틀러가 남을 수도 있다. 그러나 결국 미국에서 권력에 이르는 길은 반공 노선일 수밖에 없다.

정신 바짝 차려야겠다고 커밍스는 다짐한다.


## 코러스

100만 달러짜리 상처란 어떤 것?

이른 아침의 공동 변소 야영지 한쪽 끝의 숲 속에 있는, 변기 구멍 여섯 개짜리 변소에는 천막도 쳐져 있지 않다. 변소의 양쪽 끝에 말뚝이 박혀 있고, 거기에 휴지 두루마리가 달려 있다. 휴지에는 양철통이 씌워져 있다.


갤러거   이런 빌어먹을 아침에는 총알이나 한 방 맞았으면 하는 생각이 들어.

윌슨   총 맞을 부위를 이쪽에서 고를 수 없다는 게 문제지.

스탠리   그게 가능하다면, 군에서 날 이렇게 오래 잡아 두지 못할걸.

갤러거   100만 달러짜리 상처가 난다고 해도 총알 맞아 아프지 않은 곳은 없어.

스탠리   차라리 다리 한 짝 잃고 이놈의 짓을 그만두고 싶을 때가 있거든.

윌슨  다리 한 짝 잃었을 때 문제가 뭐냐면, 여자 배 위에 올라
    탔는데 남편이 문간에 나타났다고 생각해 봐. 그때 어떻게
    도망치려고 그래? (웃음소리)

마르티네즈  팔 한 짝은 어때?

스탠리  제기랄, 그건 더 나쁘지. 내가 그걸 감당할 수나 있을
    지도 모르겠어. 팔 한 짝 없이 어떻게 벌어먹어? 더구나 양
    쪽 팔이 다 없으면, 맙소사!

갤러거  정부에서 먹여 살리겠지.

윌슨  딸딸이를 치고 싶어도 못 치는 건 어떡하고.

갤러거  (역겨운 듯이) 제기랄.

마르티네즈  상처가 생긴다는 건 곧 죽는다는 거야. 그냥 부상
    만 입으려면 운이 더럽게 좋아야 한다고.

스탠리  하긴, 다들 그러더라. (잠시 침묵) 리지스 같은 놈에겐
    머리통이 날아가는 게 100만 달러짜리 상처지. (웃음소리)

갤러거  로스나 골드스타인 같은 놈들은 머리에 총을 맞아도
    모를걸.

스탠리  제기랄, 그런 말은 꺼내지도 마. 오싹하다.

갤러거  이득은 군에서 다 가져가는데, 우리는 원하는 곳에 부
    상 입고 여길 나가지도 못하니.

스탠리  나라면 발 하나쯤은 언제든지 내놓겠어. 서약서에 서
    명하라면 지금이라도 할 거야.

마르티네즈  나도 그래. 그게 뭐 대수라고. 토글리오는 팔 하나
    날린 덕분에 빠져나갔잖아.

윌슨  빌어먹을, 정말 끝내주지 않아? 그 겁쟁이 토글리오 얼굴이 어땠는지는 이제 기억도 안 나지만, 그 녀석이 팔 하나 날리고 빠져나간 건 절대 못 잊을 거야.

(대화는 계속 이어진다.)

(2권에서 계속)

세계문학전집 **341**

# 벌거벗은 자와 죽은 자 1

1판 1쇄 펴냄  2016년 5월 11일
1판 5쇄 펴냄  2024년 3월 20일

지은이  노먼 메일러
옮긴이  이운경
발행인  박근섭, 박상준
펴낸곳  (주)민음사

출판등록  1966. 5. 19. (제 16-490호)
서울특별시 강남구 도산대로1길 62(신사동) 강남출판문화센터 5층 (우편번호 06027)
대표전화 02-515-2000  팩시밀리 02-515-2007
www.minumsa.com

한국어 판 ⓒ (주)민음사, 2016. Printed in Seoul, Korea

ISBN 978-89-374-6341-9 04800
ISBN 978-89-374-6000-5 (세트)

# 세계문학전집 목록

세계문학전집은 계속 간행됩니다.